Robert Jordan

James Oliver Rigney, de son vrai nom, né en 1948 à Charleston (Caroline du Sud), initié par son père à la chasse et à la pêche, élève de la Citadelle, médaillé au Viêtnam et revenu vivre dans sa ville natale, est un Sudiste comme on n'en fait plus. Il a commencé en 1977 une carrière d'écrivain qui, à travers le roman historique (pseudonyme : Reagan O'Neal) et le western (pseudonyme : Jackson O'Reilly), l'a conduit en 1986 à la fantasy (pseudonyme : Robert Jordan).

ROBERT JORDAN

James Oliver Rigney, de son vrai nom, né en 1948 à Charleston (Caroline du Sud), initié par son père à la chasse et à la pêche, élève de la Citadelle, médaillé au Viêt-nam et revenu vivre dans sa ville natale, est un Sudiste comme on n'en fait plus. Il a commencé en 1977 une carrière d'écrivain, qui, à travers le roman historique (pseudonyme : Reagan O'Neal) et le western (pseudonyme : Jackson O'Reilly), l'a conduit en 1986 à la fantasy (pseudonyme : Robert Jordan).

LA BANNIÈRE DU DRAGON

DU MÊME AUTEUR
CHEZ POCKET

LA ROUE DU TEMPS

L'INVASION DES TÉNÈBRES

1. LA ROUE DU TEMPS
2. L'ŒIL DU MONDE

LA GRANDE CHASSE

1. LE COR DE VALÈRE
2. LA BANNIÈRE DU DRAGON

LE MAÎTRE DU MAL

1. LE DRAGON RÉINCARNÉ
2. LE JEU DES TÉNÈBRES

SCIENCE-FICTION

Collection dirigée par Jacques Goimard

ROBERT JORDAN

LA GRANDE CHASSE

LA BANNIÈRE DU DRAGON

Rivages/Fantasy

Titre original :
The Great Hunt
Traduit de l'américain
par Arlette Rosenblum

Si vous souhaitez recevoir régulièrement
notre zine **« Rendez-vous ailleurs »**, écrivez-nous à :

« Rendez-vous ailleurs »
Service promo Pocket
12, avenue d'Italie
75627 PARIS Cedex 13

PRESSECO

PAPIER RECYCLÉ
NATURE PROTÉGÉE

ISBN 2-266-07891-7

Ce livre est dédié à :

Lucinda Culpin, Al Dempsey, Tom Doherty, Susan England, Dick Gallen, John Jarrold, les Johnson City Boys (Mike Leslie, Kenneth Loveless, James D. Lund, Paul R. Robinson), Karl Lundgren, le Montana Gang (Eldon Carter, Ray Grenfell, Ken Miller, Rod Moore, Dick Schmidt, Ray Sessions, Ed Wildey, Mike Wildey et Sherman Williams), William McDougal, Louisa Cheves Popham Raoul, Ted et Sydney Rigney, Robert A. T. Scott, Bryan et Sharon Webb, et Heather Wood.

Ils m'ont prêté assistance quand Dieu a marché sur les eaux et que l'Œil du Monde, le vrai, s'est posé au passage sur ma maison.

Robert Jordan
Charleston (Caroline du Sud)
Février 1990

Alors adviendra que les œuvres des hommes seront réduites à néant, que l'Ombre s'étendra sur le Dessin de l'Ère et que le Ténébreux mettra une fois encore la main sur le monde des humains. Les femmes se lamenteront et les hommes perdront courage tandis que les nations de la terre se déchireront telle de l'étoffe pourrie. Et plus rien ne tiendra debout et ne subsistera.

Cependant quelqu'un naîtra pour s'opposer à l'Ombre – naissant de même qu'il était né auparavant et renaîtra éternellement. Le Dragon ressuscitera, et il y aura des pleurs et des grincements de dents à sa réapparition. Il vêtira le peuple de toile à sac et le couvrira de cendres, par sa venue il détruira de nouveau le monde, rompant tous liens d'attachement. Comme une aurore sans nuages, il nous aveuglera et nous brûlera, néanmoins le Dragon Ressuscité affrontera l'Ombre au cours de la Dernière Bataille et son sang nous donnera la Lumière. Laisse couler tes larmes, ô peuple de la Terre. Pleure pour ton salut.

Extrait de : *Le Cycle de Karaethon : les Prophéties du Dragon*, dans la traduction d'Ellaine Marise'idin Alshinn, Bibliothécaire en chef à la Cour d'Arafel en l'An de Grâce 231 de la Nouvelle Ère, Troisième Évolution.

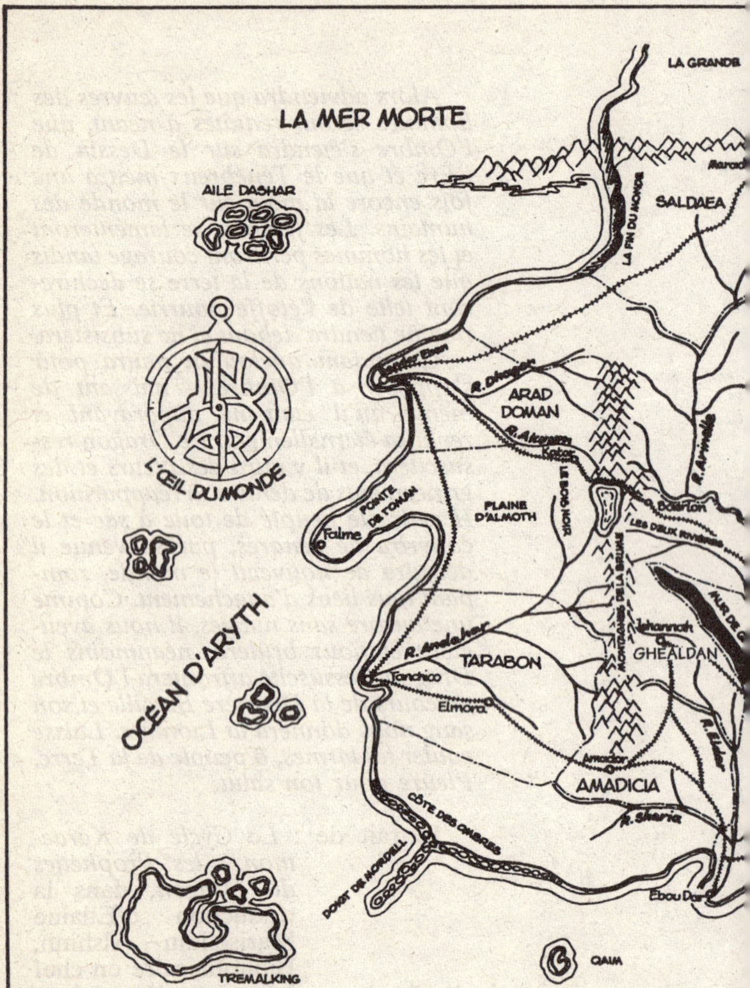
LA MER MORTE
AILE DASHAR
L'ŒIL DU MONDE
OCÉAN D'ARYTH
TREMALKING
QAIM
LA GRANDE
SALDAEA
LA FIN DU MONDE
Bandar Eban
R. Dhagar
ARAD DOMAN
PLAINE D'ALMOTH
LE BOIS NOIR
POINTE DE TOMAN
Falme
Baerlon
LES DEUX RIVIÈRES
MONTAGNES DE LA BRUME
Jehannah
GHEALDAN
R. Andahar
TARABON
Tanchico
Elmora
Amador
AMADICIA
R. Eldar
CÔTE DES OMBRES
Ebou Dar

DÉVASTATION
SHAYOL GHUL
MONTAGNES DU DESTIN
LES TERRES MAUDITES
LA BRÈCHE DE TARWIN
PLAINE DES LANCES
LA GRANDE DÉVASTATION
Chachin
Shol Arbela
Fal Dara
LES DÉFILÉS DE NIAMH
Fal Moran
KANDOR
ARAFEL
SHIENAR
DÉSERT D'AIEL
LES COLLINES NOIRES
R. Ivo
R. Luan
TAR VALON
LA DAGUE DU MEURTRIER-DES-SIENS
LE MONT DU DRAGON
R. Haevin
R. Gaelin
PRAIRIES DE CARALAIN
Cairhien
CAIRHIEN
BOIS DE BRAEM
R. Alguenya
Statue d'Artur
Aile-de-Faucon
ANDOR
L'ÉCHINE DU MONDE
Les Quatre Rois
Caemlyn
Pont-Blanc
Aringill
Manetherendrelle
MURANDY
R. Iralell
R. Storn
R. Erinin
Lugard
COLLINES DE KINTARA
Far Madding
R. Cary
ALTARA
PLAINE DE MAREDO
TEAR
Tear
ILLIAN
LES DOIGTS DU DRAGON
Godan
TERRES ENGLOUTIES
MER
DES TEMPÊTES
Mayene
Illian
CINDAKING
ILES DU PEUPLE DE LA MER

Résumé des volumes précédents

On raconte qu'en des temps reculés certains avaient le don d'obtenir de la Lumière un pouvoir surhumain, le *saidin* pour les hommes ou la *saidar* pour les femmes. À ces élus était donné le nom d'Aes Sedai.

En ces temps-là, le Seigneur de l'Ombre voulant imposer sa suprématie au monde entier, les Aes Sedai s'unirent pour le combattre sous la conduite d'un des leurs, surnommé le Dragon. Ils parvinrent à sceller sur le Ténébreux la porte d'un cachot, aux confins des terres du nord dans le Shayol Ghul.

Alors ses amis et alliés prirent leur revanche en provoquant chez leurs vainqueurs une folie meurtrière qui ravagea le monde. Les siècles s'écoulèrent ; les ruines furent en partie relevées. Seules restèrent des femmes élues capables de posséder le don, mais à la puissance limitée, car le *saidin* leur manquait. Ainsi, famines, guerres ou cataclysmes apparaissaient aux peuples comme l'œuvre des Amis de l'Ombre, des jalons préparant une nouvelle offensive destinée à assurer le triomphe final du Ténébreux.

La légende disait que le Dragon renaîtrait pour délivrer de l'Ombre la terre des hommes. Au fil des ans, de faux Dragons se levèrent, avides de conquêtes, semeurs de mort et de misère. Ainsi devait en aller le monde tant que durerait la rivalité entre l'ombre et la Lumière.

Tome I. L'Invasion des ténèbres
Volume 1. La Roue du Temps

Au pays des Deux Rivières, on est sceptique devant ce passé tumultueux qui s'estompe en une histoire plus légendaire que véridique. Les ménestrels en colportent encore les épisodes de cité en village ; encore se montrent-ils bien rares dans cette région fort isolée, qui vit au rythme des traditions.

L'hiver n'a pas tout à fait battu en retraite, et les loups rôdent encore, que déjà s'annonce Bel Tine, la fête du premier jour du printemps. Le cœur léger, Rand al'Thor accompagne son père, Tam, qui part livrer au bourg du Champ d'Emond cidre et eau-de-vie promis pour les festivités à l'aubergiste et maire, Maître al'Vere.

Rand, âgé de dix-huit ans, osera-t-il demander une

danse à Egwene, fille cadette de Bran al'Vere, sa camarade d'enfance, tout comme l'espiègle Mat Cauthon et le sérieux apprenti forgeron Perrin Aybara ? Un sentiment de malaise interrompt ses réflexions lorsqu'il aperçoit dans la forêt un cavalier en manteau noir qui les suit. Tam regarde à son tour, mais la route est déserte.

S'agit-il d'une illusion ? Pourtant Mat, Perrin, d'autres encore, ont entrevu le cavalier mais, malheureusement, aucun de leurs aînés. Ce souci s'efface à l'arrivée de deux étrangers, la Dame Moiraine accompagnée du guerrier Lan, et du ménestrel Thom Merrilin.

On attend encore Padan Fain le colporteur, avec son arsenal de feux d'artifice, et cette fête de Bel Tine sera la plus belle de mémoire d'homme. Mais Fain apporte aussi la nouvelle d'une guerre dans le Ghealdan, causée par l'apparition d'un Dragon réincarné. Le bourg entre en effervescence, et Tam et Rand décident de s'en retourner à la ferme, abrégeant les réjouissances de circonstance en cette dernière Nuit de l'Hiver.

Dans la nuit, des Trollocs, géants mi-hommes mi-bêtes, attaquent la ferme. Rand en tue un avec l'épée de Tam, qui porte la marque du héron, celle d'un maître ès armes. Rand emporte son père, blessé, à travers la forêt où ils évitent un Myrddraal à la tête d'une colonne de Trollocs. Arrivé au bourg, Rand tente de faire soigner Tam par Nynaeve, la « Sagesse » du village, mais la blessure dépasse sa science et Moiraine devra s'en charger.

Moiraine est une Aes Sedai. Elle guérit Tam et convainc Rand que c'est lui, ainsi que ses amis d'enfance Mat Cauthon et l'apprenti-forgeron Perrin Aybara, que cherche le cavalier sans visage au manteau noir. L'unique moyen de sauver leur bourg natal de la destruction est de fuir à Tar Valon, la cité forte des Aes Sedai, seules capables de s'opposer aux séides du Ténébreux.

Grâce à Moiraine et à ses pouvoirs, le groupe surmonte danger après danger, franchit en bac la rivière Taren, sort indemne de la ville de Baerlon, patrouillée par les fanatiques Enfants de la Lumière, puis se réfugie pour une nuit dans la cité maudite de Shadar Logoth où la moindre pierre renferme les germes du mal. Malgré les recommandations de Moiraine, Mat y subtilise un poignard orné de rubis. Alors surviennent des Trollocs.

Poursuivis par ces géants cruels, harcelés par les maléfices de Mashadar, le Mal incarné, les compagnons se dispersent à la hâte. Thom, Rand et Mat parviennent à fuir en bateau sur l'Arinelle. Moiraine et Lan sont rejoints par Nynaeve, décidée à ramener au Champ d'Emond les trois jeunes dont elle estime, en tant que « Sagesse », avoir la garde. Egwene et Perrin, eux, traversent l'Arinelle à la nage, puis errent dans ce qu'ils pensent être la direction de Caemlyn, capitale du Royaume d'Andor et étape sur la route de Tar Valon. Ils croisent heureusement le chemin d'Elyas Machera, l'Homme aux Loups, qui offre de leur servir de guide avec sa meute. Tous savent qu'ils ont une chance de se retrouver à Caemlyn.

Au port fluvial de Pont-Blanc survient un Myrddraal, toujours sur la piste de ses proies. Thom Merrilin se sacrifie pour que Rand et Mat puissent lui échapper et continuer vers Caemlyn. Pendant ce temps, Perrin et Egwene ont fait la connaissance des Thuatha'ans, qu'on appelle le Peuple Voyageur. Et Moiraine tente toujours de les rattraper.

Volume 2. L'Œil du Monde

À Pont-Blanc, Moiraine et ses compagnons découvrent des traces du Ténébreux : incendies et rixes font peser une atmosphère lourde sur la ville. De leur côté, Elyas, Perrin et Egwene sont pourchassés par une nuée de corbeaux, noirs serviteurs du Ténébreux. Ils leur échappent en se réfugiant dans un *stedding*, village d'Ogiers, géants bâtisseurs et planteurs de forêts. Perrin se découvre la faculté de communiquer avec les loups. Les Enfants de la Lumière capturent Perrin et Egwene, qu'ils prennent pour des Amis de l'Ombre et veulent emmener à Amador, place forte des Blancs Manteaux, pour les juger.

Sur la route de Caemlyn, Rand et Mat vont de ferme en village, gagnant leur pain en jouant de la musique dans les auberges. À trois reprises, les serviteurs de l'Ombre tentent de s'emparer d'eux mais échouent. Ba'alzamon le Ténébreux apparaît dans leurs cauchemars et tente de les soumettre à sa volonté. L'épée ornée du héron que porte Rand attire convoitises et curiosité, et ce n'est qu'arrivés à Caemlyn, cité grandiose bâtie par les Ogiers, qu'ils peuvent trouver un répit en se fondant dans la foule nombreuse qui vient voir le « faux Dragon », un nommé Logain.

À l'auberge de Maître Gill, *la Bénédiction de la Reine*, où Thom Merrilin leur avait fixé rendez-vous, Rand et Mat apprennent que la Reine Morgase soutient les Aes

Sedai et en a une pour conseillère, Elaida, de l'Ajah Rouge. Cela provoque des antagonismes au sein de son royaume, en particulier avec les Enfants de la Lumière, farouchement opposés aux Aes Sedai. Rand fait la connaissance de Loial, un Ogier haut de trois mètres qu'il prend d'abord pour un Trolloc. Loial a quitté son *stedding* pour voir le monde. Grand connaisseur du passé, il déclare à Rand que celui-ci est *ta'veren*, un personnage essentiel du Dessin des Ères, comme le furent avant lui Lews Therin Telamon, dit le Dragon, ou Artur Aile-de-Faucon. Moiraine, Lan et Nynaeve arrivent près du camp des Enfants de la Lumière et Lan fait évader Perrin et Egwene.

À Caemlyn, la tension monte. Un mystérieux mendiant cherche à contacter Rand et Mat. Rand grimpe sur les remparts du palais pour apercevoir Logain, le « faux Dragon », prisonnier que des Gardes de la Reine et des Liges emmènent dans une cage auprès de Morgase. Il tombe du mur et se retrouve dans le jardin de la Reine, où il est recueilli par la princesse Elayne et son frère Gawyn. Le prince Galad, aîné des enfants royaux, survient et veut le livrer aux gardes mais Elayne insiste pour accompagner Rand auprès de la Reine. Le fait que Rand soit un berger des Deux-Rivières intrigue la Reine Morgase et alarme Elaida, l'Aes Sedai. Celle-ci proclame que la souffrance et la division vont s'abattre sur le monde et que Rand sera au cœur de cette épreuve. Il constitue, dit-elle, un danger terrible, mais la Reine le libère néanmoins, au nom de la justice.

De retour à l'auberge, Rand raconte sa mésaventure à Loial. Moiraine et ses compagnons surviennent. Mat, qui est possédé par le mal dont est imprégné le poignard volé à Shadar Logoth, tente de tuer Moiraine. Maîtrisé, il est à demi guéri de son envoûtement par l'Aes Sedai.

Les Trollocs et les Évanescents s'assemblent aux portes de Caemlyn avec l'intention d'entrer dans la ville à la recherche de Rand. Moiraine annonce qu'il faut aller à Fal Dara, près de l'Œil du Monde « qui a été créé en vue de la plus grande nécessité que le monde aura à affronter ». Ils devront passer par les Voies. Les Voies sont des chemins secrets hors du temps qui autrefois furent offerts aux Ogiers par les Aes Sedai. Mais le *saidin*, le pouvoir qui servit à créer les Voies, ayant été contaminé par le Ténébreux, elles sont dangereuses à utiliser. Il n'y a pourtant pas d'autre choix, car Moiraine déclare que Rand, Mat et

Perrin sont tous *ta'veren* et doivent se rendre au plus vite auprès de l'Œil du Monde. Leur première étape sera la cité forte de Fal Dara.

Les compagnons, guidés par Loial, passent par une porte secrète souterraine d'une maison de Caemlyn et pénètrent ainsi dans les Voies. Ils franchissent plusieurs ponts et échappent à la menace invisible du Vent Noir. Ils ressortent au Shienar, à la frontière de la Grande Désolation. À Fal Dara, le Seigneur Agelmar les accueille dans sa forteresse. Tandis que le groupe se rend auprès de l'Œil du Monde, Agelmar part livrer une grande bataille aux Demi-Hommes et aux Trollocs à la Brèche de Tarwin. Un étrange prisonnier a été capturé à Fal Dara, en qui Rand reconnaît le mendiant de Caemlyn et le colporteur Padan Fain, qui se révèle un limier du Ténébreux dont la mission est de traquer Rand.

Les compagnons se mettent en route vers l'Œil du Monde, à travers la Grande Dévastation, échappant de peu aux créatures horribles qui y rôdent. Ils parviennent au domaine de l'Homme Vert, créature de légende faite de matière végétale, qui les guide vers leur but.

Au bord de la surface limpide de l'Œil du Monde, source de *saidin*, Rand et ses amis sont confrontés à deux des Réprouvés, ces paladins de l'Ombre emmurés avec le Ténébreux nommés Aginor et Balthamel, qui les attaquent aussitôt. L'Homme Vert s'interpose, et Balthamel et lui s'entre-tuent. Rand fait appel à la Lumière pour anéantir Aginor. Il se retrouve soudain au-dessus du champ de bataille où s'affrontent l'armée d'Agelmar et celle des Trollocs, face à Ba'alzamon, qui tente de le soumettre. Avec l'aide de la Lumière, Rand provoque la mort de ce qu'il croit être le Ténébreux.

Ses compagnons ont récupéré au fond de l'Œil du Monde la bannière de Lews Therin, le Dragon, ainsi qu'un coffret qui renferme le Cor de Valère, instrument magique dont le son doit, d'après les légendes, appeler hors de la tombe les héros du passé.

Moiraine, blessée, doit se reposer à Fal Dara avant de regagner Tar Valon avec Mat, pour achever de l'arracher à l'emprise du mal de Shadar Logoth, en compagnie de Nynaeve et d'Egwene, les deux jeunes femmes qui veulent devenir Aes Sedai. Quant à Rand, *ta'veren* se découvrant avec un pouvoir capable de tout anéantir, il songe à fuir loin de ceux qu'il aime.

Tome II. La grande chasse
Volume 1. Le Cor de Valère

Dans l'ombre du Shayol Ghul, une inquiétante assemblée se réunit : des fidèles du Ténébreux de toutes origines, humains, Trollocs, ou Myrddraals. Alors, le Maître en personne, Ba'alzamon, fait son apparition.

Ba'alzamon annonce que le Jour du Retour, triomphe des Ténèbres, est proche. Il conjure l'image de Rand, de Mat et de Perrin, et proclame que l'un d'eux est le Dragon Ressuscité, mais ne doit point être détruit car il pourrait être converti à la cause des Ténèbres. Puis il transmet ses instructions à chacun des fidèles présents. L'homme nommé Bors est envoyé, dans le Tarabon, à la recherche des trois jeunes gens.

À Fal Dara, une armée approche de la forteresse sous la bannière de la Flamme de Tar Valon, escortant la Souveraine d'Amyrlin, chef des Aes Sedai. Sentant que celle-ci est venue pour lui, Rand, saisi d'angoisse, décide de s'enfuir seul. Mais la forteresse est bouclée et il n'y parvient pas.

Anaiya et Liandrin, deux Aes Sedai, apportent à Moiraine des nouvelles fraîches : trois nouveaux faux Dragons sont apparus et ravagent le pays ; à Caemlyn, le pouvoir de la Reine Morgase est en péril. La Reine a envoyé à Tar Valon ses enfants, Gawyn et Elayne, accompagnés d'Elaida, sa conseillère Aes Sedai ; Elayne est elle-même sans le savoir une Aes Sedai. À Illian, la Grande Quête du Cor a été proclamée, car on dit que la Dernière Bataille approche. Des rumeurs de combats proviennent de la Plaine d'Almoth, au Tarabon.

Moiraine rencontre seule à seule l'Amyrlin. Les deux femmes discutent du pouvoir naissant d'Egwene, des factions rivales, Ajah Bleue et Ajah Rouge, au sein des Aes Sedai, et de l'avènement du Dragon Réincarné. Leurs plans se tissent autour de Rand et du destin qui l'attend.

Deux mille Enfants de la Lumière arrivent au Tarabon sous la conduite de l'honnête Geofram Bornhald pour y rejoindre une troupe de Blancs Manteaux fanatiques dite La Main de la Lumière, section d'Inquisiteurs sans merci commandée par Jaichim Carridin, qui se sont donné pour mission d'exterminer les Amis des Ténèbres.

Des Trollocs et un Évanescent surviennent soudain dans Fal Dara : un traître les a fait pénétrer dans la forteresse. Padan Fain parvient à s'évader à la faveur de leur assaut, aidé par Liandrin. Mat est blessé au cours de l'évasion, et le poignard nécessaire à sa complète guérison a disparu. Moiraine avertit Rand qu'il lui faut partir vite et l'Amyrlin lui révèle qu'il est le Dragon Réincarné.

Rand, Loial, Perrin, Mat, Ingtar, Hurin le Flaircur et quelques guerriers partent à la poursuite de Padan Fain qui a emporté le Cor de Valère. Egwene, Nynaeve et les Aes Sedai s'en retournent vers Tar Valon avec l'escorte de l'Amyrlin. Sans explication, Moiraine s'éclipse avec Lan le Lige, et Liandrin part de son côté.

Rand, Loial et Hurin disparaissent. Perrin utilise alors ses propres dons de Flaireur pour guider son groupe sur leurs traces. Vérine, l'autre confidente de l'Amyrlin, les rejoint. Cependant, Ba'alzamon apparaît à Rand et lui fait entrevoir la face noire de son destin. Peu après, il sauve la vie de Séléné, une jeune fille magnifique et étrange, issue de la noblesse de Cairhien et tout de blanc vêtue, qui se joint à eux. Ils finissent par rejoindre Fain et lui dérobent le poignard et le Cor. La poursuite s'inverse alors, Fain et les Amis du Ténébreux s'élancent après Rand. En route pour Cairhien, ville où Rand, Agelmar et ses autres compagnons savent devoir se retrouver, Séléné vers qui Rand se sent fortement attiré, les abandonne subitement.

Moiraine, qui s'était retirée à la campagne chez des amies Aes Sedai pour étudier les Prophéties, est attaquée par un Draghkar, une créature de l'Ombre. Est-ce l'œuvre de l'Ajah Noire, la faction des Aes Sedai qui ont secrètement adhéré au parti du Ténébreux et dont personne n'ose parler ? Lan sauve Moiraine et tous deux prennent hâtivement la route. À la Tour Blanche, Egwene devenu novice fait la connaissance de la Fille-Héritière d'Andor, Elayne, fille de la Reine Morgase, cependant que Nynaeve subit avec succès les trois épreuves permettant d'accéder au rang d'Acceptée, dernier stade avant d'être de plein droit une Aes Sedai.

25. Cairhien

La ville de Cairhien s'étageait sur des hauteurs au bord de la rivière Alguenya et Rand en eut un premier aperçu depuis les collines du nord, dans l'éclat du soleil à son zénith. Elricain Tavolin et les cinquante soldats cairhienins lui donnaient toujours l'impression de gardes surveillant des prisonniers – davantage encore depuis qu'ils avaient traversé le pont au Gaelin ; plus ils avançaient vers le sud, plus ils devenaient rébarbatifs – mais Loial et Hurin ne paraissaient pas s'en inquiéter et il s'efforça de ne pas s'en soucier non plus. Il examina l'agglomération, parmi les plus importantes qu'il connaissait. Des navires aux flancs bombés et de larges péniches encombraient la rivière, de grands entrepôts de grains s'étendaient sur la berge opposée ; par contre, Cairhien semblait construite selon un strict plan orthogonal derrière des remparts élevés de couleur grise. Ces remparts eux-mêmes formaient un carré parfait, avec un des côtés bâti au ras de l'eau. Selon la même répartition précise, des tours se dressaient à l'intérieur de ces remparts, les dominant de vingt fois leur hauteur ; cependant, même d'un point de vue aussi éloigné que les collines, Rand remarqua que chaque tour avait un sommet en dents de scie.

À l'extérieur des remparts, les cernant sur les deux rives, se dessinait un labyrinthe de rues qui s'entrecroisaient dans tous les sens et grouillaient de monde. Le Faubourg, c'est ainsi qu'il s'appelait, Rand l'avait appris par Hurin ; jadis, il y avait eu un marché à chaque porte de la cité mais, au fil des ans, ils s'étaient développés et fondus en un seul, formant un fouillis foisonnant de rues et de ruelles.

Quand Rand et ses compagnons s'engagèrent dans ces rues dont la chaussée était en terre battue, Tavolin enjoignit à quelques-uns de ses hommes de leur frayer un passage à travers la foule ; les soldats se mirent à vociférer en poussant en avant leurs chevaux, l'air prêt à piétiner quiconque ne s'écarterait pas aussitôt. Les gens se déplacèrent avec juste un coup d'œil comme s'il n'y avait là rien que d'ordinaire. Rand se surprit cependant à sourire.

Les vêtements des Faubouriens étaient le plus souvent râpés, mais beaucoup avaient de vives couleurs et partout régnait une animation bruyante. Des camelots vantaient leurs marchandises et des boutiquiers interpellaient les passants pour qu'ils examinent les articles étalés sur des éventaires devant leur magasin. Des barbiers, des vendeurs de fruits au panier, des rémouleurs, des hommes et des femmes offrant une douzaine de services et une centaine de choses à acheter circulaient dans la cohue. De la musique provenant de plus d'un édifice se mêlait au brouhaha des voix ; au début, Rand avait cru qu'elle émanait d'auberges, mais les enseignes ornant leurs façades représentaient des joueurs de flûte ou de harpe, des équilibristes ou des jongleurs et, en dépit de leurs grandes dimensions, ces bâtiments ne comportaient pas de fenêtres. La plupart des immeubles du Faubourg étaient en bois, même quand ils étaient importants, et beaucoup paraissaient neufs, encore que construits à la va-vite. Rand en contempla avec stupeur plusieurs comptant six étages ou davantage ; ils oscillaient légèrement, mais les gens qui y entraient ou en sortaient d'un pas pressé ne semblaient pas y prêter attention.

« Des paysans, marmotta Tavolin qui regardait droit devant lui avec une expression méprisante. Regardez-les, corrompus par les mœurs étrangères. Ils ne devraient pas se trouver ici.

– Où devraient-ils se trouver ? » questionna Rand.

L'officier cairhienin lui jeta un regard hostile et éperonna son cheval, en faisant claquer dans la foule la longue mèche en cuir tressé de sa cravache.

Hurin effleura le bras de Rand. « C'est à cause de la Guerre des Aiels, Seigneur Rand. » Il s'assura qu'aucun des soldats n'était à portée de voix. « Bon nombre de paysans avaient peur de retourner dans leur domaine près de l'Échine du Monde et ils sont tous venus ici, ou tant s'en faut. Voilà pourquoi Galldrian a la rivière pleine de péniches apportant du blé de fermes de l'est parce qu'il n'existe plus de fermes. Toutefois, mieux vaut ne pas en parler à un Cairhienin, mon Seigneur. Ils aiment à prétendre que la guerre ne s'est jamais produite, ou du moins qu'ils l'ont gagnée. »

En dépit de la cravache de Tavolin, ils furent contraints de s'arrêter lorsqu'un étrange cortège leur coupa la route. Une demi-douzaine d'hommes, battant du tambour et dansant, précédaient une file d'énormes marionnettes, chacune plus grande de moitié que les hommes qui les manœuvraient avec de longues perches. Des personnages couronnés, masculins et féminins, revêtus de longues robes chamarrées, saluaient les spectateurs en s'inclinant au milieu d'animaux fantastiques. Un lion ailé. Un bouc bicéphale marchant sur ses pattes de derrière, chacune de ses têtes censée cracher du feu, à en juger par les serpentins rouges sortant de ses deux bouches. Quelque chose qui était moitié chat moitié aigle, et un autre avec une tête d'ours sur un corps d'homme, que Rand supposa être un Trolloc. La foule les acclama et rit quand ils passèrent en se pavanant.

« Celui qui a fabriqué ça n'a jamais vu de Trolloc, grommela Hurin ; la tête est trop grosse et le corps trop maigre. Probable aussi qu'il n'y croyait pas, mon Seigneur, pas plus qu'à ces autres machins. Les seuls monstres auxquels ces Faubouriens croient sont les Aiels.

– Célèbrent-ils une fête ? » questionna Rand. Il n'en voyait aucun signe à part cette procession, mais il pensait qu'elle devait correspondre à quelque chose. Tavolin ordonna à ses soldats de reprendre leur marche.

« Pas plus que les autres jours, Rand », expliqua Loial. Marchant à côté de son cheval, le coffre toujours enveloppé dans sa couverture et attaché sur sa selle, l'Ogier attirait autant les regards que les marionnettes. Il y eut même des badauds pour rire et applaudir comme au passage de ces dernières. « Galldrian, je regrette de le dire, maintient son peuple tranquille en lui offrant des distractions. Il accorde aux jongleurs et aux ménestrels le Don du Roi, une allocation en pièces d'argent, pour donner des représentations ici dans le Faubourg, et subventionne des courses de chevaux quotidiennes au bord de la rivière, souvent aussi des feux d'artifice sont tirés le soir. » Loial avait pris un air dégoûté. « Haman l'Ancien qualifie Galldrian de répugnant personnage. » Il cligna des paupières en se rendant compte de ce qu'il venait de dire et regarda précipitamment si un des soldats avait entendu. Ce n'était le cas pour aucun, selon toute apparence.

« Des feux d'artifice, reprit Hurin avec un hochement de tête. Les Illuminateurs ont construit ici une Maison de Réunion, à ce que j'ai appris, la même qu'à Tanchico. Je ne me suis pas peu diverti à regarder les feux d'artifice quand je suis venu ici précédemment. »

Rand secoua la tête. Il n'avait jamais vu de feux d'artifice assez élaborés pour nécessiter la présence même d'un seul Illuminateur. On racontait qu'ils ne quittaient Tanchico que pour organiser des spectacles à l'intention des têtes couronnées. Étrange était cet endroit où il arrivait.

Une fois franchie la haute arche carrée de la porte de la ville, Tavolin ordonna de faire halte et mit pied à terre devant un bâtiment de pierre aux formes ramassées jouxtant le rempart. Ce bâtiment avait des meurtrières en lieu de fenêtres et une porte massive bardée de fer.

« Un moment, mon Seigneur Rand », dit l'officier. Jetant ses rênes à l'un des soldats, il disparut à l'intérieur.

Après un coup d'œil méfiant aux soldats – ils se tenaient en selle dans une posture rigide, alignés sur deux longues files ; Rand se demanda comment ils réagiraient si Hurin, Loial et lui-même tentaient de s'en aller – il profita de l'occasion pour examiner la ville qui se déployait devant lui.

Cairhien même offrait un contraste frappant avec l'animation chaotique du Faubourg. De vastes rues pavées, assez larges pour que les passants qui s'y trouvaient paraissent moins nombreux qu'ils n'étaient, se croisaient à angle droit. Comme à Trémosien, les collines avaient été entaillées et aménagées en banquettes rectilignes. Des chaises à porteurs fermées, quelques-unes arborant de petites flammes marquées du sceau d'une Maison, se déplaçaient d'une allure mesurée et des attelages roulaient lentement dans les rues. Les gens marchaient en silence, vêtus de sombre, sans couleurs vives sauf çà et là celles de crevés sur le devant des tuniques ou des robes. Plus grand était le nombre de ces crevés, plus marquée était l'assurance orgueilleuse de ceux revêtus de ces habits, mais personne ne riait ou même souriait. Les bâtiments sur leurs terrasses étaient tous en pierre et leur décoration faite de lignes droites et angles vifs. Il n'y avait ni camelots ni colporteurs dans les rues et même les boutiques semblaient discrètes, avec seulement de petites enseignes et aucune marchandise n'était exposée au-dehors.

Rand distinguait plus nettement les grandes tours, à présent. Des perches liées entre elles tout autour de chacune formaient des échafaudages où fourmillaient des ouvriers qui posaient de nouvelles pierres pour rehausser encore ces tours.

« Les Tours-Crevant-les-Nues de Cairhien, murmura tristement Loial. Ma foi, elles ont été jadis assez hautes pour mériter ce nom. Quand les Aiels ont pris Cairhien, vers l'époque où vous êtes né, les tours ont brûlé, se sont fendues et écroulées. Je ne vois aucun Ogier parmi les maçons. Aucun Ogier ne pourrait travailler ici – les Cairhienins veulent ce qu'ils veulent, sans embellissement – mais il y avait des Ogiers quand je suis venu ici auparavant. »

Tavolin sortit, amenant à sa suite un autre officier et deux commis, l'un portant un gros registre relié en bois et l'autre une tablette avec le matériel nécessaire pour écrire. Le devant du crâne de l'officier était dénudé comme celui de Tavolin, encore que l'absence de cheveux fût probablement due à l'effet d'une calvitie grandissante plutôt qu'à l'action du rasoir. Les yeux des deux officiers allèrent de Rand au coffre dissimulé sous la couverture rayée de Loial puis se reportèrent sur Rand. Aucun ne demanda ce qu'il y avait sous cette couverture. Tavolin l'avait examinée souvent en cours de route en venant de Trémosien, mais il n'avait jamais non plus posé de question. L'homme au front qui se dégarnissait regarda également l'épée de Rand et pinça les lèvres un instant.

Tavolin dit que l'autre officier se nommait Asan Sandair et annonça d'une voix forte : « Le Seigneur Rand de la Maison al'Thor en Andor et son serviteur appelé Hurin, avec Loial, un Ogier du *Stedding* Shangtai. » Le commis au registre l'ouvrit, le soutenant sur ses bras, et Sandair inscrivit les noms en ronde.

« Vous devez vous présenter à ce poste de garde demain à la même heure, mon Seigneur, déclara Sandair en laissant au deuxième commis le soin de sabler ce qu'il avait écrit, et indiquer le nom de l'auberge où vous logez. »

Rand jeta un coup d'œil aux rues mornes de Cairhien, puis derrière lui à l'animation du Faubourg. « Pouvez-vous m'indiquer une bonne auberge là-bas ? » Il indiqua le Faubourg d'un mouvement de tête.

Hurin émit un *chut* ! fébrile et se pencha vers Rand. « Ce ne serait pas convenable, Seigneur Rand, murmura-t-il. Si vous vous installez dans le Faubourg, étant un seigneur et tout ça, ils seront persuadés que vous manigancez je ne sais quoi. »

Rand comprit que le Flaireur avait raison. Dès qu'il avait posé sa question, la bouche de Sandair s'était brusquement ouverte et les sourcils de Tavolin haussés, et les deux hommes l'observaient toujours attentivement. Il avait envie de leur dire qu'il ne jouait pas à leur Grand Jeu mais à la place il déclara : « Nous logerons en ville. Nous pouvons partir maintenant ?

– Certes, mon Seigneur Rand. » Sandair s'inclina. « Mais... l'auberge ?

– Je vous l'indiquerai quand nous en aurons choisi une. » Rand fit tourner le Rouge, puis marqua une pause. Le billet de Séléné crissait dans sa poche. « Il faut que je voie une jeune femme de Cairhien. La Dame Séléné. Elle a mon âge et elle est belle. Je ne connais pas sa Maison. »

Sandair et Tavolin échangèrent un regard, puis Sandair répliqua : « Je m'informerai, mon Seigneur. Peut-être serai-je à même de vous donner ce renseignement quand vous viendrez demain. »

Rand salua d'un signe de tête et précéda Loial et Hurin dans la ville. Les cavaliers étaient rares et pourtant ils n'attirèrent guère l'attention. Même Loial n'en éveilla pratiquement pas. Les gens mettaient presque de l'ostentation à ne s'occuper que de leurs propres affaires.

« Vont-ils l'interpréter de travers, ma demande concernant Séléné ? demanda Rand à Hurin.

– Sait-on jamais avec les Cairhienins, Seigneur Rand ? Ils ont l'air de croire que tout se rapporte au *Daes Dae'mar.* »

Rand haussa les épaules. Il avait l'impression d'être le

point de mire des regards. Il était impatient d'endosser de nouveau une bonne tunique toute simple et de cesser de feindre d'être ce qu'il n'était pas.

Bien qu'ayant passé la majeure partie de son temps dans le Faubourg, Hurin connaissait plusieurs auberges en ville. Le Flaireur les conduisit à l'une d'elles appelée *Le Défenseur du Rempart du Dragon*, dont l'enseigne figurait un homme couronné, le pied posé sur la poitrine d'un autre homme et l'épée pointée sur sa gorge. Le gisant avait les cheveux roux.

Un valet d'écurie vint prendre leurs montures, lançant de brefs coups d'œil à Rand et à Loial quand il pensait n'être pas observé. Rand se recommanda de cesser de se monter la tête ; impossible que tous les habitants de la cité jouent à ce fameux Jeu dont ils étaient férus. Et en admettant que ce soit le cas, lui n'y jouait pas.

La salle commune était dans un ordre parfait, les tables alignées selon un plan aussi strict que celui régissant la cité et devant elles étaient assis un petit nombre de consommateurs qui levèrent la tête vers les arrivants et la rabaissèrent aussitôt sur leur coupe de vin ; Rand eut néanmoins le sentiment qu'ils les observaient encore et tendaient l'oreille. Un petit feu brûlait dans l'énorme cheminée, malgré le fait que la température du jour augmentait.

L'aubergiste était un homme corpulent à l'air patelin dont la cotte gris foncé s'ornait d'une seule bande transversale verte. Il sursauta en les apercevant, ce qui n'étonna pas Rand. Loial, serrant dans ses bras le coffre sous sa couverture rayée, avait dû courber la tête pour passer sous le linteau de l'entrée ; Hurin ployait sous la charge de tous leurs paquets et sacoches de selle ; quant à lui, son manteau rouge formait un contraste éclatant avec les teintes sombres que portaient les clients attablés là.

L'aubergiste ne fut pas sans repérer le manteau et l'épée de Rand, et son sourire mielleux réapparut. Il s'inclina en frottant ses mains lisses comme s'il les savonnait. « Pardonnez-moi, mon Seigneur. C'est simplement que pour une seconde j'ai cru que vous étiez... Pardonnez-moi. Ma tête n'est plus ce qu'elle était. Vous désirez des chambres, mon Seigneur ? » Il ajouta un autre salut moins profond à l'adresse de Loial. « Je m'appelle Cuale, mon Seigneur. »

Il m'a pris pour un Aiel, songea Rand avec amertume. Il avait envie de tourner le dos à cette ville, mais c'était le seul endroit où Ingtar avait une chance de les trouver. Et Séléné avait dit qu'elle l'attendrait à Cairhien.

Préparer leurs chambres demanda quelque temps, Cuale expliquant avec trop de sourires et de révérences qu'on était obligé d'y installer un lit spécial pour Loial. Rand voulait qu'ils partagent de nouveau tous la même chambre mais, entre la mine scandalisée de l'aubergiste et l'insistance de Hurin – « Nous devons démontrer à ces Cairhienins que nous connaissons les convenances aussi bien qu'eux, Seigneur Rand » – ils avaient abouti à en avoir deux, dont une pour lui seul, avec une porte de communication entre elles.

Les chambres se ressemblaient à ceci près que la leur comportait deux lits, dont l'un avait les dimensions nécessaires pour un Ogier, tandis que la sienne n'en contenait qu'un, et un lit presque aussi vaste que les deux autres réunis, avec des montants massifs carrés qui atteignaient presque le plafond. Son fauteuil rembourré à haut dossier et la table de toilette étaient aussi carrés et massifs, et l'armoire placée contre le mur était sculptée dans un style rigide et lourd qui donnait l'impression que le meuble était quasiment près de lui tomber dessus. Deux fenêtres encadrant son lit permettaient de voir la rue, un étage plus bas.

Dès que l'aubergiste fut sorti, Rand ouvrit la porte de communication et fit entrer dans sa chambre Hurin et Loial. « Cet endroit m'exaspère, leur dit-il. Tout le monde vous regarde comme si vous mijotiez quelque chose. Je retourne au Faubourg pour une heure, en tout cas. Au moins, les gens rient, là-bas. Lequel d'entre vous veut bien veiller le premier sur le Cor ?

– Je reste, dit aussitôt Loial. Je serai content d'avoir l'occasion de lire un peu. Que je n'aie pas vu d'Ogiers ne signifie pas qu'il n'y a pas ici de tailleurs de pierre du *Stedding* Tsofu. Il ne se trouve pas loin de cette ville.

– J'aurais cru que vous aimeriez les rencontrer.

– Ah... non, Rand. La dernière fois, ils m'ont assez bombardé de questions pour savoir pourquoi j'étais seul dans le Monde Extérieur. S'ils ont reçu des nouvelles du Stedding Shangtai... Eh bien, donc, je vais simplement me reposer ici et lire, ma foi. »

Rand secoua la tête. Il oubliait souvent qu'en fait Loial

s'était enfui de chez lui pour découvrir le monde. « Et vous, Hurin ? Il y a de la musique dans le Faubourg et des gens gais. Je suis prêt à parier que personne ne joue au *Daes Dae'mar* là-bas.

– Je ne serais pas aussi affirmatif sur ce point-là, Seigneur Rand. En tout cas, je vous remercie de l'invitation, mais je n'y tiens pas. Il y a tant de bagarres – et de meurtres aussi – dans le Faubourg qu'il sent mauvais, si vous voyez ce que je veux dire. Non pas que les gens là-bas soient tentés de s'attaquer à un seigneur, naturellement ; les soldats leur tomberaient dessus s'ils s'y essayaient. Mais, avec votre permission, j'aimerais vider une coupe dans la salle commune.

– Hurin, vous n'avez pas besoin de demander mon autorisation pour quoi que ce soit. Vous le savez bien.

– À vos ordres, mon Seigneur. » Le Flaireur esquissa un commencement de révérence.

Rand aspira à fond. S'ils ne quittaient pas Cairhien à bref délai, Hurin se répandrait perpétuellement en courbettes. Et si Mat et Perrin voyaient ça, ils ne le lui laisseraient jamais oublier. « J'espère que rien ne retarde Ingtar. S'il n'arrive pas bientôt, nous devrons rapporter le Cor nous-mêmes à Fal Dara. » Il tâta le billet de Séléné à travers sa tunique. « Nous y serons obligés. Loial, je reviendrai pour que vous puissiez visiter un peu la ville.

– Je préfère ne pas m'y risquer », répliqua Loial.

Hurin descendit en compagnie de Rand. Dès qu'ils atteignirent la salle commune, Cuale s'inclina devant Rand en lui mettant un plateau sous le nez. Trois parchemins pliés et scellés étaient posés dessus. Rand les ramassa, puisque c'était apparemment ce que voulait l'aubergiste. Les parchemins étaient de belle qualité, souples et lisses au toucher. Coûteux.

« Qu'est-ce ? » demanda-t-il.

Cuale s'inclina de nouveau. « Des invitations, naturellement, mon Seigneur. De trois des nobles Maisons. » Il s'inclina et s'éloigna.

« Qui m'enverrait des invitations ? » Rand les retourna dans sa main. Personne parmi les clients attablés n'avait levé les yeux, mais il avait l'impression que néanmoins ils l'observaient. Il ne reconnut pas les sceaux. Aucun ne comportait le motif de croissant de lune avec des étoiles qu'avait utilisé Séléné. « Qui saurait que je suis ici ?

– Tout le monde, à présent, Seigneur Rand », chuchota Hurin. Lui aussi semblait sentir qu'on les épiait. « Les gardes à la porte de la ville ne resteraient pas bouche close alors qu'un seigneur étranger arrive à Cairhien. Le palefrenier, l'aubergiste... tous transmettent ce qu'ils ont comme renseignements là où ils escomptent en recevoir le plus de bénéfice, mon Seigneur. »

Avec une grimace, Rand avança de deux pas et jeta les invitations au feu. Elles s'enflammèrent aussitôt. « Je ne joue pas au *Daes Dae'mar* », s'exclama-t-il, assez fort pour que chacun l'entende. Même Cuale ne tourna pas la tête vers lui. « Je n'ai rien à voir avec votre Grand Jeu. Je suis simplement ici pour attendre des amis. »

Hurin lui saisit le bras. « Je vous en prie, Seigneur Rand. » Il parlait dans un chuchotement pressant. « Je vous en prie, ne recommencez plus ça.

– Recommencer ? Vous croyez vraiment que j'en recevrai d'autres ?

– J'en suis sûr. Par la Lumière, vous me rappelez cette fois où Téva était tellement irrité par le bourdonnement d'une guêpe près de son oreille qu'il a donné un coup de pied dans le nid. Vous venez probablement de réussir à convaincre du premier jusqu'au dernier client présent ici que vous menez une partie subtile dans le Jeu. Elle doit être très subtile, à leur point de vue, si vous niez que vous jouez. Il n'y a pas un seigneur ni une dame dans Cairhien qui n'y joue. » Le Flaireur jeta un coup d'œil aux invitations qui se recroquevillaient en noircissant dans les flammes et tiqua. « Et vous vous êtes fait sûrement des ennemis dans trois Maisons. Pas des Maisons importantes, car elles n'auraient pas réagi aussi vite, mais nobles néanmoins. Il faut que vous répondiez sans exception aux autres invitations que vous recevrez, mon Seigneur. Pour les refuser si vous le désirez – ce qui n'empêche pas que l'on tirera des déductions à propos de celles que vous aurez déclinées. De même que pour celles que vous accepterez. Évidemment, si vous les déclinez toutes ou les acceptez toutes...

– Je ne veux pas jouer à ce Jeu-là, dit à mi-voix Rand. Nous quitterons Cairhien dès que possible. » Il fourra ses poings serrés dans les poches de sa tunique et sentit se froisser le billet de Séléné. Il le sortit et le lissa sur le devant de son vêtement. « Dès que possible, répéta-t-il entre ses dents en remettant le billet dans sa poche. Allez boire, Hurin. »

Il s'en fut à grands pas avec irritation, ne sachant pas s'il était furieux contre lui-même, contre Cairhien et son Grand Jeu ou contre Séléné pour s'être esquivée ou encore contre Moiraine. C'est elle qui était à l'origine de cette situation, puisqu'elle lui avait subtilisé ses vêtements pour les remplacer par des costumes de seigneur. Même maintenant qu'il se proclamait libéré d'elles, une des Aes Sedai se débrouillait encore pour intervenir dans son existence, et sans être sur place par-dessus le marché.

Il repassa par la Porte qu'il avait franchie pour entrer dans la ville, comme c'était le chemin qu'il connaissait. Un homme qui se tenait devant le poste de garde l'aperçut – Rand tranchait sur les Cairhienins par la teinte vive de ses vêtements et par sa haute taille – et se précipita à l'intérieur, mais Rand n'y prêta pas attention. Les rires et la musique du Faubourg l'attiraient.

Si sa tunique rouge brodée d'or le faisait remarquer à l'intérieur des remparts, elle convenait pour le Faubourg. Parmi la foule qui se pressait dans les rues encombrées, une quantité d'hommes étaient habillés d'une façon aussi sombre que ceux de la ville, mais autant étaient revêtus de cottes rouges, bleues, vertes ou dorées – certaines assez voyantes pour convenir à des membres du Peuple Voyageur – et un nombre encore plus grand de femmes avaient des robes brodées et des écharpes ou des châles colorés. La plupart de ces atours n'étaient guère mieux que des guenilles et on aurait dit qu'ils avaient été taillés à l'origine pour quelqu'un d'autre tant ils étaient mal ajustés mais, si quelques-uns de ceux qui les portaient se retournèrent sur sa tunique élégante, personne ne parut s'en formaliser.

Une fois, il dut s'arrêter pour laisser passer un autre cortège de marionnettes géantes. Pendant que les tambours battaient leurs instruments en gambadant, un Trolloc à tête de sanglier, y compris les défenses, luttait avec un homme couronné. Après quelques coups désordonnés, le Trolloc s'affaissa sous les rires et les acclamations des badauds.

Rand émit un grognement. *Ils ne meurent pas si facilement que ça.*

S'arrêtant devant la porte, il jeta un coup d'œil à l'intérieur d'un des hauts bâtiments sans fenêtres. À sa surprise, c'était une énorme salle à ciel ouvert au milieu, garnie tout autour de balcons avec une vaste estrade à une extrémité. Jamais il n'avait rien vu de pareil ni n'en avait entendu parler. Entassés sur les balcons et au rez-de-chaussée, des gens en regardaient d'autres qui s'activaient sur l'estrade. Il glissa de nouveau un regard dans d'autres bâtiments devant lesquels il passait et aperçut des jongleurs et des musiciens, une quantité d'acrobates et même un ménestrel en manteau couvert de pièces multicolores qui déclamait d'une voix sonore sur le mode du Grand Chant un épisode de *La Quête du Cor*.

Cela le fit penser à Thom Merrilin, et il hâta le pas. Se rappeler Thom le rendait toujours triste. Thom avait été un ami. Un ami qui était mort pour lui. *Pendant que je m'enfuyais en le laissant mourir.*

Dans un autre des hauts bâtiments, une femme au volumineux costume blanc faisait disparaître d'un panier des choses qui réapparaissaient au fond d'un autre, puis s'éclipsaient d'entre ses mains en grosses bouffées de fumée. La foule qui la contemplait poussait des *oh!* et des *ah!*

« Deux sous de cuivre, mon bon Seigneur, dit un petit homme à face de rat qui se tenait à l'entrée. Deux sous pour voir l'Aes Sedai.

– Cela ne me tente pas. » Rand regarda de nouveau brièvement la femme. Une colombe blanche était apparue dans ses mains. *Une Aes Sedai?* « Non. » Il adressa une légère inclination de tête à l'homme à face de rat et s'éloigna.

Il avançait à travers la cohue, en se demandant quoi voir ensuite, quand une voix profonde, accompagnée du son d'une harpe retentit – venant d'une entrée surmontée d'une enseigne où figurait un jongleur.

« ... Glacé est le vent qui souffle dans le Défilé de Shara; glacée est la tombe anonyme. Pourtant chaque année le dimanche, sur ces pierres entassées en tumulus il y a une rose, une seule, avec sur ses pétales une larme de cristal pareille à une goutte de rosée, déposée par la belle main de Dunsinine, car elle reste fidèle au marché conclu par Rogosh Œil-d'Aigle. »

La voix attira Rand à la façon d'un cordage. Il se fraya un passage vers l'entrée comme des applaudissements éclataient à l'intérieur.

« Deux sous de cuivre, mon bon Seigneur, dit un homme à face de rat qui aurait pu être le jumeau de l'autre. Deux sous pour voir... »

Rand fouilla à la recherche de quelques pièces et les lui tendit brusquement. Il avança comme dans un rêve, dévisageant l'homme qui saluait sur l'estrade sous les applaudissements de ses auditeurs, serrant sa harpe au creux d'un bras et déployant de l'autre son manteau couvert de pièces d'étoffe comme pour capter tout le vacarme qu'ils faisaient. C'était un homme de haute taille, sec de corps et pas jeune, avec de longues moustaches aussi neigeuses que les cheveux sur sa tête. Et, quand il se redressa et aperçut Rand, ses yeux qui s'écarquillèrent étaient bleus avec un regard aigu.

« Thom. » Le murmure de Rand se perdit dans le bruit de la foule.

Sans quitter Rand du regard, Thom Merrilin eut un bref mouvement de menton vers une petite porte sur le côté de l'estrade. Puis il s'inclina de nouveau, souriant et jouissant des applaudissements.

Rand se dirigea vers la porte qu'il franchit. Il se retrouva dans ce qui n'était qu'un petit couloir avec trois marches donnant accès à l'estrade. Dans la direction opposée à cette estrade, Rand aperçut un jongleur qui s'exerçait avec des balles de couleur et six acrobates qui s'échauffaient les muscles.

Thom apparut sur les marches, boitant comme si sa jambe droite ne se pliait pas aussi bien qu'autrefois. Il toisa le jongleur et les acrobates, souffla dans sa moustache dédaigneusement et se tourna vers Rand. « Tout ce qu'ils veulent entendre, c'est *La Grande Quête du Cor*. Avec les nouvelles qui arrivent de la Saldaea et du Cœur-Sombre-du-Haddon, on s'imaginerait que l'un d'eux réclamerait *Le Cycle de Karaethon*. Ma foi, peut-être pas ça, mais je paierais volontiers pour réciter autre chose. » Il examina Rand de la tête aux pieds « Tu m'as l'air d'avoir bien réussi, mon garçon. » Il tâta du bout des doigts le col de Rand et pinça les lèvres. « Très bien. »

Rand ne put s'empêcher de rire. « J'ai quitté Pont-Blanc persuadé que vous étiez mort. Moiraine disait bien que vous étiez toujours en vie, mais je... Par la Lumière, Thom, c'est bon de vous revoir ! J'aurais dû retourner sur mes pas pour vous prêter assistance.

– Ç'aurait été de ta part le comble de la bêtise, mon petit. Cet Évanescent... » – Il jeta un coup d'œil circulaire ; personne n'était assez près pour l'entendre – « ... ne s'intéressait pas à moi. Il m'a laissé le petit cadeau d'une jambe raide et vous a couru après, Mat et toi. Tu n'aurais abouti qu'à mourir. » Il se tut un instant, l'air pensif. « Moiraine a dit que j'étais toujours vivant, hein ? Est-elle encore avec vous ? »

Rand secoua la tête. À sa surprise, Thom parut désappointé.

« Dommage, en un sens. C'est une femme de valeur, quand bien même elle est... » Il laissa la suite non dite. « Ainsi c'était Mat ou Perrin qu'elle recherchait. Je ne demanderai pas lequel. C'étaient de bons garçons et je ne veux pas le savoir. » Rand oscilla avec malaise d'un pied sur l'autre et sursauta comme Thom lui plantait dessus un doigt osseux. « Ce que je tiens à savoir, c'est si tu as encore ma harpe et ma flûte. Je veux que tu me les rendes, mon garçon. Celles que j'ai maintenant ne sont même pas assez bonnes pour un cochon.

– Je les ai, Thom. Je vous les apporterai, je le promets. Je n'arrive pas à croire que vous êtes en vie. Ni à croire que vous n'êtes pas à Illian. La Grande Quête se prépare. Le prix pour la meilleure narration de *La Grande Quête du Cor*. Vous n'aviez qu'une envie, c'est d'y aller. »

Thom émit un bruit sec de dédain. « Après Pont-Blanc ? Je serais probablement mort si j'y étais allé. En admettant même que j'aie réussi à arriver au bateau avant qu'il parte, Domon et son équipage entier auraient colporté dans tout Illian que j'étais pourchassé par des Trollocs. S'ils ont vu l'Évanescent, ou entendu parler de lui avant que Domon tranche ses amarres... La plupart des gens d'Illian sont persuadés que les Trollocs et les Évanescents sont des inventions, mais il y en a assez d'autres capables de vouloir savoir pourquoi ces engeances prennent quelqu'un en chasse pour rendre Illian un peu plus qu'un séjour périlleux.

– Thom, j'ai tellement de choses à vous raconter. »

Le ménestrel lui coupa la parole. « Plus tard, mon garçon. » Il échangeait des regards coléreux avec l'homme à la face de rat rencontré à la porte, qui était planté à l'autre bout du couloir. « Si je ne retourne pas réciter encore un poème, il va sûrement envoyer le jongleur, et ces imbéciles nous feront écrouler la salle sur la tête. Va à *La Grappe de Raisin*, juste après la Porte de Jangai. J'ai une chambre là-bas. N'importe qui t'indiquera où c'est. J'y serai dans une heure environ. Un conte de plus devrait les satisfaire. » Il se mit à remonter les marches, lançant par-dessus son épaule : « Et apporte ma harpe et ma flûte ! »

26. Désaccord

Rand traversa en flèche la salle du *Défenseur du Rempart du Dragon* et monta quatre à quatre l'escalier, souriant du regard surpris que lui avait décoché l'aubergiste. Rand avait envie de sourire à tout. *Thom est vivant !*

Il ouvrit précipitamment la porte de sa chambre et alla droit à l'armoire.

Loial et Hurin qui étaient dans la pièce voisine passèrent la tête dans celle-ci, tous les deux en manches de chemise et avec entre les dents une pipe qui laissait derrière elle une traînée de fumée.

« Est-il arrivé quelque chose, Seigneur Rand ? » questionna Hurin d'une voix anxieuse.

Rand jeta sur son épaule le paquet qu'enveloppait le manteau de Thom. « La meilleure qui soit, après la venue d'Ingtar. Thom Merrilin est vivant. Et il est ici, à Cairhien.

– Le ménestrel dont vous m'avez parlé ? dit Loial. C'est merveilleux, Rand. J'aimerais faire sa connaissance.

– Alors accompagnez-moi, si Hurin veut bien monter la garde un moment.

– Avec plaisir, Seigneur Rand. » Hurin ôta la pipe de sa bouche. « Ces types dans la salle commune n'ont cessé d'essayer de me tirer les vers du nez – sans trahir leurs intentions, naturellement – pour savoir qui vous étiez, mon Seigneur, et pourquoi nous sommes à Cairhien. Je leur ai dit que nous attendions ici des amis qui devaient nous rejoindre, mais étant Cairhienins ils s'imaginaient que je dissimulais quelque chose de plus compliqué.

– Qu'ils pensent donc ce qu'ils veulent. Venez, Loial.

– M'est avis que non. » L'Ogier soupira. « Je préférerais réellement rester ici. » Il leva un livre dont il marquait une page de son doigt épais. « Je peux rencontrer Thom Merrilin une autre fois.

– Loial, vous n'allez pas vous claquemurer ici perpétuellement. Nous ne savons même pas combien de temps nous séjournerons à Cairhien. D'ailleurs, nous n'avons rencontré aucun Ogier. Et, serait-ce le cas, ils ne vous recherchent pas spécialement, n'est-ce pas ?

– Ils ne sont pas à mes trousses, à proprement parler mais, Rand, il se peut que j'aie été un peu irréfléchi en quittant le *Stedding* Shangtai comme je l'ai fait. Quand j'y retournerai, je risque d'avoir de gros ennuis. » Ses oreilles s'affaissèrent. « Même si j'attends d'être aussi âgé que Haman l'Ancien. Peut-être trouverai-je un *stedding* abandonné pour y attendre le moment de rentrer.

– Si Haman l'Ancien refuse de vous admettre là-bas, vous n'aurez qu'à vous installer au Champ d'Emond. C'est un joli coin. » *Un endroit magnifique.*

« J'en suis sûr, Rand, mais cela ne servirait à rien. Vous comprenez...

– Nous en parlerons quand la question se posera, Loial. Pour le moment, vous venez voir Thom. »

L'Ogier était une fois et demi plus grand que Rand, mais ce dernier le força à enfiler sa tunique et à endosser son manteau, puis à descendre l'escalier. Quand ils traversèrent d'un pas pressé la salle commune, Rand adressa un clin d'œil à l'hôtelier, riant ensuite de son expression stupéfaite. *Qu'il pense donc que je pars jouer à son damné Grand Jeu. Qu'il imagine ce qu'il veut. Thom est vivant.*

Une fois franchi le rempart oriental de la cité par la Porte de Jangai, tout le monde paraissait connaître *La Grappe de Raisin*. Rand et Loial ne tardèrent pas à la trouver, dans une rue calme pour être située dans le Faubourg, à l'heure où le soleil était à la moitié de sa course descendante vers l'horizon.

Le bâtiment à deux étages était vieux, en bois et en mauvais état, mais la salle commune était propre et bondée de clients. Des hommes jouaient aux dés dans un angle et des femmes aux fléchettes dans un autre. La moitié, sveltes et pâles de teint, paraissaient des natifs de Cairhien, mais Rand entendit l'accent andoran et d'autres accents qu'il ne connaissait pas. Cependant tous portaient les costumes caractéristiques du Faubourg, un mélange des styles d'une demi-douzaine de pays. Quelques personnes tournèrent la tête quand Loial et lui entrèrent, mais toutes reprirent leurs occupations.

L'aubergiste était une femme aux cheveux aussi blancs que ceux de Thom et aux yeux au regard perçant qui jaugèrent Loial avec autant d'attention que Rand. Elle n'était pas originaire du Cairhien à en juger d'après sa peau brune et sa façon de parler. « Thom Merrilin ? Oui, il a une chambre. En haut de l'escalier, la première porte à droite. Probable que Dena vous laissera l'attendre là-haut... » – elle examina la tunique rouge de Rand, avec ses hérons sur le col officier et les ronces d'or brodées le long des manches, ainsi que son épée – « ... mon Seigneur. »

Les marches gémirent sous les bottes de Rand, pour ne rien dire de leur grincement sous celles de Loial. Rand n'aurait pas juré que la maison resterait debout longtemps. Il trouva la porte et frappa en se demandant qui était Dena.

« Entrez, cria une voix féminine. Je ne peux pas vous ouvrir. »

Rand écarta le battant avec hésitation et passa la tête à l'intérieur. Un grand lit en désordre était poussé contre un mur et le reste de la pièce était quasiment occupé par deux armoires, plusieurs malles et coffres cerclés de cuivre, une table et deux sièges de bois. La mince jeune femme assise en tailleur sur le lit, ses jupes ramenées sous elle, faisait tourner en l'air six balles de couleur qui formaient une roue.

« Je ne sais pas ce que vous apportez, reprit-elle, gardant son attention sur sa jonglerie, mais posez-le sur la table. Thom vous paiera à son retour.

– Êtes-vous Dena ? » questionna Rand.

Elle rattrapa les balles et pivota sur elle-même pour le dévisager. Elle n'avait que quelques années de plus que lui, et elle était jolie, avec une peau claire de Cairhienine et des cheveux noirs qui flottaient librement sur ses épaules. « Je ne vous connais pas. Ceci est ma chambre, la mienne et celle de Thom Merrilin.

– La patronne de l'auberge a dit que vous nous laisseriez peut-être attendre Thom ici, répondit Rand. Si vous êtes Dena ?

– Nous ? » répéta Dena. Rand avança dans la pièce pour permettre à Loial de s'y introduire et la jeune femme haussa les sourcils. « Ainsi donc l'Ogier est revenu. Je suis Dena. Qu'est-ce que vous voulez ? » Elle posa un regard si appuyé sur la tunique de Rand que l'omission du « mon Seigneur » devait être délibérée, encore que ses sourcils se soient de nouveau haussés devant les hérons sur son fourreau et la poignée de son épée.

Rand souleva le paquet dont il était chargé. « J'ai rapporté à Thom sa harpe et sa flûte. Et je voudrais bavarder un peu avec lui », ajouta-t-il vivement ; elle paraissait sur le point de lui dire de poser là flûte et harpe et de déguerpir. « Je ne l'ai pas vu depuis longtemps. »

Elle examina le paquet. « Thom se lamente toujours d'avoir perdu la meilleure flûte et la plus belle harpe qu'il avait jamais possédées. On croirait qu'il était barde de cour, à l'entendre gémir. Très bien. Vous pouvez l'attendre, mais il faut que je m'exerce. Thom dit qu'il me laissera donner une représentation dans les salles la semaine prochaine. » Elle se leva d'un mouvement gracieux et prit l'un des deux sièges, faisant signe à Loial de s'asseoir sur le lit. « Zéra en ferait payer six à Thom si vous cassiez un de ceux-là, ami Ogier. »

Rand donna leurs noms en s'installant dans l'autre fauteuil – qui craqua de façon alarmante même sous son poids à lui – et questionna avec hésitation : « Êtes-vous l'apprentie de Thom ? »

Dena eut un petit sourire. « On pourrait appeler ça comme ça. » Elle avait recommencé à jongler et ses yeux ne quittaient pas les balles qui tourbillonnaient.

« Je n'ai jamais entendu parler d'une femme exerçant le métier de ménestrel, commenta Loial.

– Je serai la première. » Le grand cercle devint deux petits qui s'entrecroisaient. « D'ici que j'en aie fini avec la vie, j'aurai parcouru le monde entier. Thom dit qu'une fois que nous aurons assez d'argent nous irons à Tear. » Elle changea et jongla avec trois balles dans chaque main. « Et peut-être ensuite aux Îles du Peuple de la Mer. Les Atha'an Miere paient bien les ménestrels. »

Rand examina la pièce, avec tous ces coffres et malles. Elle n'avait pas l'air de la chambre de quelqu'un qui a l'intention de partir bientôt. Il y avait même une fleur poussant dans un pot sur le rebord de la fenêtre. Son regard tomba sur l'unique grand lit, où Loial était assis. *Ceci est ma chambre, la mienne et celle de Thom Merrilin.* Dena lui lança un coup d'œil de défi à travers la roue unique qu'elle avait reformée. Le visage de Rand s'empourpra.

Il s'éclaircit la gorge. « Peut-être devrions-nous attendre en bas », commençait-il à dire quand la porte s'ouvrit et Thom entra dans un envol de sa cape dont les pièces voltigeaient. Les étuis d'une flûte et d'une harpe pendaient sur son dos ; ils étaient en bois rougeâtre, poli par l'usage.

Dena escamota les balles à l'intérieur de sa robe et courut jeter les bras autour du cou de Thom, en se dressant sur la pointe des pieds pour y arriver. « Tu m'as manqué », dit-elle, et elle l'embrassa.

Le baiser dura un moment, si long que Rand en vint à se demander si Loial et lui ne devraient pas s'éclipser, mais Dena retomba sur ses talons avec un soupir.

« Sais-tu ce que cet abruti de Seaghan a inventé maintenant, ma mie ? s'exclama Thom, les yeux baissés vers elle. Il a engagé une bande de rustres qui se prétendent “ acteurs ”. Ils paradent en feignant d'être Rogosh Œil-d'Aigle et Blaes, et Gaidal Cain, et... Aaagh ! Ils suspendent derrière eux un bout de toile peinte, censée donner à croire aux spectateurs que ces idiots sont dans le Palais de Matuchin, ou les hauts défilés des Montagnes du Destin. *Moi*, je persuade ceux qui m'écoutent qu'ils voient chaque bannière, qu'ils sentent l'odeur de chaque bataille, qu'ils éprouvent chaque émotion. Je sais convaincre chacun d'eux qu'ils sont, *eux*, Gaidal Cain. Seaghan verra sa salle lui tomber sur la tête s'il me colle aux trousses ce lot d'imbéciles.

– Thom, nous avons de la visite. Loial, fils d'Arent fils de Halan. Oh, et un garçon qui dit s'appeler Rand al'Thor. »

Thom regarda Rand par-dessus la tête de Dena, en fronçant les sourcils. « Laisse-nous un moment, Dena. Tiens. » Il lui fourra quelques pièces d'argent dans la main. « Tes couteaux sont prêts. Va donc les payer à Ivon, veux-tu ? » Il effleura d'une jointure noueuse sa joue lisse. « Va. Je te revaudrai ça. »

Elle eut à son adresse un regard mécontent, mais elle jeta sa cape sur ses épaules en marmottant : « Gare à Ivon s'il n'a pas soigné l'équilibrage.

– Un de ces jours, elle deviendra un barde, déclara Thom après son départ, une note de fierté dans la voix. Elle écoute une histoire une fois – une seule, notez bien ! – et elle la possède sur le bout du doigt, non seulement en ce qui concerne les paroles, mais aussi chaque nuance, chaque rythme. Elle a un joli doigté à la harpe et la première fois qu'elle a joué de la flûte elle s'en est mieux tirée que tu n'y es jamais arrivé. » Il posa les étuis en bois de ses instruments sur une des plus grosses malles, puis s'affala dans le fauteuil qu'elle avait abandonné. « Quand je suis passé par Caemlyn en venant ici, Basel Gill m'a dit que tu étais parti en compagnie d'un Ogier. Entre autres. » Il s'inclina à l'adresse de Loial, réussissant même un envol de manteau en dépit du fait qu'il était assis dessus. « Je suis heureux de vous connaître, Loial fils d'Arent fils de Halan.

– Et moi de même, Thom Merrilin. » Loial se leva pour exécuter une révérence à son tour ; en se redressant, il toucha presque le plafond et se rassit vivement. « Cette jeune femme disait qu'elle voulait devenir ménestrel. »

Le sec mouvement de tête de Thom marquait du dédain. « Ce n'est pas une existence pour une femme. Guère plus pour un homme, d'ailleurs. Errer de ville en ville, de village en village, à se demander quelle entourloupette on essaiera de vous jouer cette fois-ci, à passer la moitié du temps à s'inquiéter d'où vous tirerez votre prochain repas. Non, je m'arrangerai pour qu'elle change d'idée. Elle sera barde à la cour d'un roi ou d'une reine avant de s'en être rendu compte. Aaah ! Vous n'êtes pas venus pour parler de Dena. Mes instruments, mon garçon. Tu les as apportés ? »

Rand poussa le ballot de l'autre côté de la table. Thom le déplia vivement – il cilla quand il vit que c'était son vieux manteau, tout couvert de pièces de couleur comme celui qu'il portait – et ouvrit l'étui recouvert de cuir de la flûte, hochant la tête à la vue de l'instrument orné de ciselures d'or et d'argent niché à l'intérieur.

« J'ai gagné de quoi dormir et manger avec ça après notre séparation, dit Rand.

– Je sais, répliqua le ménestrel, sardonique. Je me suis arrêté dans quelques-unes des mêmes auberges, mais j'ai dû me débrouiller avec des jongleries et des récits simples puisque tu avais ma... Tu n'as pas touché à la harpe ? » Il ouvrit l'autre étui de cuir sombre et en sortit une harpe au décor d'or et d'argent aussi travaillé que celui de la flûte, la tenant entre ses mains comme un petit enfant. « Tes doigts maladroits de berger n'ont jamais été prévus pour jouer de la harpe.

– Je n'y ai pas touché », lui assura Rand.

Thom pinça deux cordes et esquissa une grimace. « Tu aurais pu au moins la maintenir accordée », marmotta-t-il.

Rand se pencha vers lui par-dessus la table. « Thom, vous vouliez vous rendre à Illian, pour voir les participants à la Grande Quête du Cor se mettre en route et vous trouver parmi les premiers à composer sur elle de nouveaux poèmes, mais vous ne l'avez pas pu. Que diriez-vous si je vous annonçais que vous avez encore une chance d'en être ? D'y jouer un grand rôle ? »

Loial s'agita avec malaise. « Rand, croyez-vous vraiment que... » Rand lui intima silence d'un geste, le regard fixé sur Thom.

Thom jeta un coup d'œil à l'Ogier et fronça les sourcils. « Cela dépend du rôle et de ce qu'il comporte. Si tu as des raisons de penser qu'un des Chasseurs participant à la Quête se dirige par ici... Je suppose que les membres de la Quête ont déjà pu quitter Illian, mais des semaines seraient nécessaires pour que celui-ci arrive à Cairhien en admettant qu'il s'y dirige tout droit et pourquoi y viendrait-il ? Est-ce un de ces gaillards qui ne sont jamais allés à Illian ? Il ne figurera pas dans les poèmes sans la bénédiction, quelque résultat qu'il obtienne.

– Peu importe que le cortège de la Quête ait quitté Illian ou non. » Rand entendit Loial retenir brusquement son souffle. « Thom, nous avons le Cor de Valère. »

Pendant un instant s'établit un silence de mort. Que Thom rompit d'un énorme éclat de rire. « Vous deux avez le Cor ? Un berger et un Ogier imberbe ont le Cor de... » Il se plia en deux tout en se tapant sur le genou. « Le Cor de Valère !

– Pourtant, nous l'avons », rétorqua Loial gravement.

Thom prit une profonde aspiration. De courtes séquelles d'hilarité le secouaient encore malgré lui. « J'ignore ce que vous avez déniché, par contre, je peux vous conduire dans dix tavernes où un quidam vous dira connaître quelqu'un connaissant quelqu'un d'autre qui a trouvé le Cor et il vous expliquera aussi comment le Cor l'a été – pour autant que vous lui paierez de l'ale. Je peux vous mener à trois hommes qui vous vendront le Cor et jureront sur leur âme devant la Lumière que c'est le vrai de vrai. Il y a même ici en ville un seigneur qui possède sous clef dans son manoir ce qu'il déclare être le Cor. Il prétend que c'est un trésor transmis de génération en génération dans sa Maison depuis la Destruction du Monde. Je ne sais pas si les Chasseurs découvriront jamais le Cor, mais ils récolteront sûrement dix mille mensonges en cours de route.

– Moiraine affirme qu'il s'agit du Cor », déclara Rand.

La gaieté de Thom s'évanouit d'un coup. « Ah, oui ? Je croyais que tu avais dit qu'elle n'était pas avec vous.

– Elle n'y est pas, Thom. Je ne l'ai pas vue depuis que j'ai quitté Fal Dara, dans le Shienar, et pendant un mois avant ça, elle ne m'a pas adressé deux paroles à la suite. » Il ne put empêcher sa voix de se teinter d'amertume. *Et quand elle a parlé, j'ai regretté qu'elle n'ait pas continué à m'ignorer. Je ne la laisserai plus jamais me mener par le bout du nez, que la Lumière les brûle, elle et toutes les autres Aes Sedai. Non. Excepté Egwene. Et Nynaeve.* Il prit conscience que Thom l'observait avec attention. « Moiraine n'est pas ici, Thom. Je ne sais pas où elle est et ne m'en soucie pas.

– Eh bien, au moins avez-vous eu assez de bon sens pour ne pas le proclamer sur les toits. Sans quoi le Faubourg entier aurait appris la nouvelle à l'heure qu'il est et la moitié de Cairhien serait à l'affût pour mettre la main dessus. La moitié du monde, même.

– Oh, nous avons gardé le secret, Thom. Et il faut que je le rapporte à Fal Dara sans que les Amis des Ténèbres ou qui que ce soit d'autre s'en emparent. Il y a bien là suffisamment pour vous servir de thème à un récit, n'est-ce pas ? J'aurais grand besoin d'un ami au fait du train du monde. Vous avez voyagé partout ; vous êtes au courant de choses que je n'imagine même pas. Loial et Hurin sont plus expérimentés que moi et, malgré cela, nous trois avançons comme dans le brouillard.

– Hurin... ? Non, n'explique pas. Je ne veux pas savoir. » Le ménestrel recula son siège et s'en alla regarder par la fenêtre. « Le Cor de Valère. Cela signifie que la Dernière Bataille approche. Qui s'en apercevra ? Avez-vous vu les gens s'esbaudir là-bas dans les rues ? Que les barges chargées de céréales s'arrêtent une semaine et ils ne riront plus. Galldrian croira qu'ils sont devenus des Aiels du premier jusqu'au dernier. Les nobles jouent tous au Jeu des Maisons, ils intriguent pour approcher du Roi, ils intriguent pour conquérir plus de puissance que lui, ils intriguent pour renverser Galldrian et devenir à sa place le Souverain. Ou la Souveraine. Ils s'imagineront que l'Ultime Bataille n'est qu'une manœuvre de dissuasion dans le Jeu. » Il se détourna de la fenêtre. « Je ne suppose pas que vous parlez de chevaucher simplement jusqu'au Shienar pour déposer le Cor entre les mains de... de qui ?... le Roi ? Pourquoi le Shienar ? Les légendes relient toujours le Cor à Illian. »

Rand regarda Loial. Les oreilles de l'Ogier étaient affaissées. « Au Shienar, parce que je sais à qui le remettre là-bas. Et il y a des Amis du Ténébreux et des Trollocs à nos trousses.

– Pourquoi n'en suis-je pas étonné ? Non. Je suis peut-être un vieux fou, mais je veux l'être à ma façon. Garde la gloire pour toi, mon garçon.

– Thom...

– Non ! »

Un silence s'établit, troublé seulement par un craquement du lit sous le poids de Loial qui changeait de position. Rand demanda finalement : « Loial, cela vous ennuierait-il de nous laisser seuls un moment, Thom et moi ? S'il vous plaît ? »

Loial parut surpris – les huppes de ses oreilles se dressèrent presque en pointe – mais il acquiesça d'un hochement de tête et se leva. « Ces parties de dés dans la grande salle avaient l'air intéressantes. Peut-être me laissera-t-on jouer. » Thom dévisagea Rand d'un regard soupçonneux tandis que la porte se refermait sur l'Ogier.

Il y avait des choses qu'il avait besoin de connaître, des choses que Thom savait, il en était certain – le ménestrel s'était révélé naguère en possession d'un grand nombre de renseignements concernant une surprenante quantité de sujets – mais il se demandait comment poser ses questions. « Thom, finit-il par dire, existe-t-il des livres qui contiennent *Le Cycle de Karaethon* ? » Plus facile d'en parler de cette façon que des Prophéties du Dragon.

« Dans les grandes bibliothèques, répondit Thom lentement. Un bon nombre traduit et même des livres écrits dans l'Ancienne Langue, ici et ailleurs. » Rand s'apprêtait à s'informer s'il y avait moyen pour lui de s'en procurer, mais le ménestrel reprit : « L'Ancienne Langue a sa musique propre ; par contre, trop de gens, même parmi les nobles, n'ont pas de nos jours la patience de l'écouter. Les nobles sont tous censés avoir la pratique de cette Ancienne Langue, néanmoins beaucoup en ont seulement une teinture suffisante pour impressionner ceux qui l'ignorent. Les traductions n'ont pas la même musicalité, à moins d'être récitées sur le mode du Grand Chant et parfois cela modifie la signification du texte encore davantage que la plupart des traductions. Le Cycle comporte une strophe – elle se scande mal quand on la transcrit mot à mot, mais elle garde intégralement son sens – qui dit ceci :

Par deux fois et deux fois encore il sera marqué,
deux fois pour vivre et deux fois pour mourir.
Une fois du héron, pour préparer sa voie,
Deux fois du héron pour le bien désigner.
Une fois du Dragon, pour les souvenirs perdus,
Deux fois du Dragon, pour le prix qu'il doit payer. »

Il tendit la main et passa un doigt sur les hérons brodés autour du col droit de Rand.

Pendant un instant, ce dernier ne put que le considérer avec ébahissement puis, quand il eut recouvré la parole, il avait la voix tremblante. « Comptez cinq avec l'épée. La poignée, la lame et le fourreau. » Il retourna la main contre la table, cachant l'empreinte sur sa paume. Il en était conscient pour la première fois depuis que le baume de Séléné en avait apaisé la brûlure. Cette marque n'était pas douloureuse, mais il la savait là.

« Tu as raison. » Thom eut un rire bref. « Une autre strophe me revient en tête.

Par deux fois se lève le jour où son sang est versé.
Une fois pour un deuil, une fois pour une naissance.
Rouge sur noir, le sang du Dragon teint le roc du Shayol Ghul.
Dans le Gouffre du Destin son sang libérera les humains de l'emprise de l'Ombre. »

Rand secoua la tête dans un mouvement de dénégation, mais Thom n'y prêta apparemment pas attention. « Je me demande bien comment le jour peut se lever deux fois, mais aussi il faut admettre qu'une bonne partie de tout cela n'a pas grand sens. La Pierre de Tear ne tombera que lorsque Callandor sera brandie par le Dragon Réincarné, mais l'Épée-qui-ne-peut-pas-être-touchée repose au cœur de la Pierre, alors comment la brandirait-il avant, hein ? Bah, peu importe. Je soupçonne que les Aes Sedai veulent que les événements concordent d'aussi près que possible avec les Prophéties. Mourir quelque part dans les Terres Maudites serait payer un prix élevé pour s'y conformer. »

Ce fut un effort pour Rand de répondre d'un ton calme, mais il y parvint. « Aucune Aes Sedai ne m'utilise pour quoi que ce soit. Je vous l'ai dit, la dernière fois que j'ai vu Moiraine, j'étais dans le Shienar. Elle a déclaré que je pouvais aller où bon me semblait et je suis parti.

– Et il n'y a pas d'Aes Sedai avec toi maintenant ? Absolument aucune ?

– Aucune. »

Thom lissa ses longues moustaches blanches de ses doigts repliés. Il avait l'air satisfait en même temps qu'intrigué. « Alors pourquoi me questionner sur les Prophéties ? Pourquoi renvoyer l'Ogier de la chambre ?

– Je... je ne voulais pas le bouleverser. Il est déjà assez nerveux à cause du Cor. C'est cela que je voulais demander. Est-ce que le Cor est mentionné dans le... les Prophéties ? » Il était toujours incapable d'en parler sans réticence. « Tous ces faux Dragons et maintenant voilà le Cor retrouvé. Les gens croient que le Cor de Valère est censé rameuter les héros morts pour lutter contre le Ténébreux lors de la Dernière Bataille et le... le Dragon Réincarné... est censé combattre le Ténébreux au cours de cette Bataille. Cela paraissait naturel de poser la question.

– Oui, je suppose. Ils ne sont pas nombreux, ceux qui savent que le Dragon Réincarné mènera l'ultime combat ou, s'ils le savent, ils croient qu'il se rangera au côté du Ténébreux. Il n'y en a pas beaucoup qui lisent les Prophéties pour se renseigner. Qu'est-ce que tu disais à propos du Cor ? “ Est censé ” ?

– J'en ai appris un peu plus long depuis que nous avons été séparés, Thom. Les héros viendront pour quiconque sonnera du Cor, même un Ami du Ténébreux. »

Les sourcils broussailleux de Thom se haussèrent jusqu'au ras de ses cheveux. « Alors là, voilà quelque chose que j'ignorais. Oui, tu en as appris plus long.

– Cela ne veut pas dire que je permettrai à la Tour Blanche de m'utiliser comme faux Dragon. Je ne veux rien avoir à faire avec les Aes Sedai ou les Faux Dragons, ou le Pouvoir ou... » Rand se mordit la langue. *Dès que tu te laisses emporter par la colère, tu ne contrôles plus ce que tu racontes. Imbécile !*

« Pendant un temps, mon petit, j'ai cru que c'était toi que cherchait Moiraine et je pensais même avoir deviné pourquoi. Vois-tu, aucun homme ne choisit de canaliser le Pouvoir. C'est quelque chose qui l'affecte, comme une maladie. On ne peut pas reprocher à un homme de tomber malade, même si cela risque de vous tuer, vous aussi.

– Votre neveu pouvait canaliser, n'est-ce pas ? Vous m'avez dit que c'est pour cette raison que vous nous aidiez, parce que votre neveu avait eu des ennuis avec la Tour Blanche et que personne ne s'était trouvé là pour l'aider. Il n'y a qu'une sorte d'ennuis que les hommes risquent d'avoir avec les Aes Sedai. »

Thom regarda fixement le dessus de la table, en pinçant les lèvres. « Inutile de le nier, je suppose. Tu comprends, avoir un parent capable de canaliser n'est pas un sujet de conversation que l'on tient à aborder. Aaagh ! L'Ajah Rouge n'a pas donné une seule chance à Owyn. Elle l'a neutralisé, puis il est mort. Il a simplement renoncé à vivre... » Il eut un long soupir attristé.

Rand frissonna. *Pourquoi Moiraine ne m'a-t-elle pas neutralisé ?* « Une chance, Thom ? Voulez-vous dire qu'il aurait pu s'en sortir par un moyen quelconque ? Qu'il aurait pu ne pas devenir fou ? Ne pas mourir ?

– Owyn avait combattu ce don pendant presque trois ans. Il n'avait jamais nui à personne. Il n'a utilisé le Pouvoir que lorsqu'il n'a pas pu faire autrement, et alors seulement pour aider son village. Il... » Thom abandonna son plaidoyer. « J'imagine qu'il n'y avait pas le choix. Les gens de l'endroit où il habitait m'ont dit qu'il s'était conduit bizarrement tout au long de sa dernière année. Ils ne tenaient guère à en parler et ils ont été bien près de me lapider quand ils ont découvert que j'étais son oncle. Je soupçonne qu'il était effectivement en train de devenir fou. N'empêche, il était de mon sang, mon petit. Je ne peux pas féliciter les Aes Sedai de ce qu'elles lui ont fait, même si elles y étaient obligées. Si Moiraine t'a laissé partir, alors réjouis-toi de t'en être tiré. »

Rand garda le silence un instant. *Que tu es bête ! Bien*

sur qu'on n'y échappe jamais. Tu vas devenir fou et tu mourras, quoi que tu entreprennes. Par contre, Ba'alzamon a prétendu... « Non ! » Il rougit sous le regard scrutateur de Thom. « Je veux dire... je m'en suis sorti, Thom. N'empêche, j'ai encore le Cor de Valère. Songez-y, Thom. Le Cor de Valère. D'autres ménestrels seraient en mesure de raconter des histoires à son sujet, mais vous pourriez affirmer l'avoir eu entre vos mains, vous. » Il se rendit compte qu'il parlait comme Séléné, mais cela l'incita seulement à se demander où elle se trouvait. « Il n'y a personne dont je souhaite la présence parmi nous autant que la vôtre, Thom. »

Thom fronça les sourcils comme s'il réfléchissait mais, finalement, il secoua la tête. « Mon garçon, j'ai de l'amitié pour toi, mais tu sais aussi bien que moi que j'ai apporté mon concours auparavant seulement parce qu'une Aes Sedai était mêlée à votre affaire. Seaghan n'essaie pas de m'estamper davantage que je m'y attends et, en ajoutant le Don du Roi à ce qu'il me donne, je ne parviendrais jamais à gagner autant dans les villages. À ma très grande surprise, Dena a l'air de m'aimer – aussi surprenant, le sentiment est réciproque de ma part. Voyons, qu'est-ce qui pourrait m'inciter à abandonner cela pour aller me faire pourchasser par des Trollocs et des Amis du Ténébreux ? Le Cor de Valère ? Oh, c'est une tentation, je l'admets, mais non. Non, je ne veux pas me retrouver entraîné de nouveau dans cette aventure. »

Il se pencha pour prendre un des étuis de bois, long et étroit. Quand il l'ouvrit, une flûte apparut posée à l'intérieur, d'une facture simple mais ornée d'argent. Il referma l'étui et le poussa de l'autre côté de la table. « Tu auras peut-être besoin de gagner de nouveau ton dîner, un de ces jours, mon garçon.

– C'est bien possible, dit Rand. Au moins nous pouvons bavarder ensemble. Je resterai à... »

Le ménestrel secouait la tête. « Mieux vaut une rupture nette, mon garçon. Si tu reviens toujours dans les parages, en admettant même que tu n'en parles pas, je ne réussirai pas à me sortir le Cor de l'esprit. Et je refuse de m'impliquer dans cette histoire. Je m'y refuse absolument. »

Après le départ de Rand, Thom jeta son manteau sur le lit et s'assit, les coudes sur la table. *Le Cor de Valère. Comment ce jeune paysan a-t-il découvert...*Il coupa court à ce genre de réflexion. Qu'il songe trop longtemps au Cor et il se retrouverait galopant avec Rand pour l'emporter au Shienar. *Oui, cela constituerait un beau récit, la chevauchée pour emporter le Cor de Valère vers les pays des Marches avec aux trousses des Trollocs et des Amis des Ténèbres acharnés à la poursuite.* Fronçant les sourcils, il se rappela Dena. En admettant même qu'elle ne l'ait pas aimé, un talent comme le sien ne se rencontrait pas tous les jours. Et elle l'aimait réellement, encore qu'il fût bien incapable d'imaginer pourquoi.

« Vieil imbécile, dit-il entre haut et bas.

– Oui, un vieil imbécile », s'écria Zéra depuis le seuil de la chambre. Il sursauta ; il avait été tellement absorbé dans ses pensées qu'il n'avait pas entendu la porte s'ouvrir. Il fréquentait Zéra depuis des années, au gré de ses pérégrinations, et elle s'était toujours prévalue de leur amitié pour lui parler avec franchise. « Un vieux fou qui se remet à jouer le Jeu des Maisons. À moins que mes oreilles ne me trahissent, ce jeune seigneur a sur la langue l'accent d'Andor. Il n'est pas Cairhienin, c'est sûr et certain. Le *Daes Dae'mar* est déjà assez dangereux sans laisser un seigneur étranger t'impliquer dans ses intrigues. »

Thom cilla, puis se représenta l'aspect de Rand. Son costume avait effectivement une assez belle allure pour convenir à un seigneur. Il vieillissait, pour laisser des détails de ce genre lui échapper. Avec mélancolie, il se rendit compte qu'il se demandait s'il allait raconter la vérité à Zéra ou la laisser continuer à s'enferrer dans ses déductions. *Rien que d'évoquer le Grand Jeu, je me mets à y jouer.* « Ce garçon est un berger, Zéra, originaire des Deux Rivières. »

Elle eut un rire moqueur. « Et moi je suis la Reine du Ghealdan. Crois-moi, le Jeu est devenu dangereux dans Cairhien ces quelques dernières années. Rien de comparable à ce que tu as connu à Caemlyn. Il y a eu des meurtres commis, à présent. Tu vas te retrouver la gorge tranchée si tu n'y prends pas garde.

– Crois-moi aussi, je ne participe plus au Grand Jeu. Depuis vingt ans, pour le moins.

– Oui-da. » Elle ne paraissait pas en être persuadée.

« Mais quoi qu'il en soit et sans parler de jeunes seigneurs étrangers, tu as commencé à donner des représentations dans les manoirs des nobles.

– Ils paient bien.

– Et ils t'entraîneront dans leurs complots aussitôt qu'ils auront mis au point la façon d'y parvenir. Voir quelqu'un et chercher comment l'utiliser est aussi naturel pour eux que respirer. Ton jeune seigneur ne t'aidera pas ; ils le mangeront tout cru. »

Il renonça à essayer de la convaincre qu'il ne jouait plus à ce Jeu. « Est-ce cela que tu es venue me dire, Zéra ?

– Oui-da. Oublie de jouer au Grand Jeu, Thom. Épouse Dena. Elle t'acceptera, cette grande sotte, quelque sac d'os chenu que tu es. Épouse-la et oublie ce jeune seigneur et le *Daes Dae'mar*.

– Je te remercie du conseil », répliqua-t-il, narquois. *L'épouser ? La charger du fardeau d'un vieux mari. Elle ne deviendra jamais un barde avec mon passé lui pesant autour du cou.* « Si tu n'y vois pas d'inconvénient, Zéra, j'aimerais rester seul un moment. Je donne un récital pour la Dame Arilyn et ses invités ce soir et j'ai besoin de me préparer. »

Elle répliqua par un bref éclat de rire ponctué d'un hochement de tête sec, puis referma la porte en la claquant derrière elle.

Thom tambourina des doigts sur la table. Avec ou sans tunique, Rand n'était toujours qu'un berger. S'il avait été davantage, s'il avait été ce que Thom avait un jour supposé – un homme capable de canaliser – ni Moiraine ni aucune autre Aes Sedai ne l'auraient laissé partir sans le neutraliser. Avec le Cor ou sans lui, le garçon n'était qu'un berger.

« Le voilà quitte de cette histoire, conclut-il à haute voix, et moi de même. »

27. L'Ombre dans la nuit

« Je n'y comprends rien, dit Loial. Je gagnais. La plupart du temps. Et voilà que Dena est venue se mettre de la partie, et elle a tout regagné. À chaque fois qu'on jetait les dés. Elle a appelé cela une petite leçon. Qu'est-ce qu'elle entendait par là ? »

Rand et l'Ogier cheminaient à travers le Faubourg, tournant le dos à *La Grappe de Raisin*. Le soleil était bas à l'ouest, boule rouge à demi disparue au-dessous de l'horizon, et projetait de longues ombres derrière eux. La rue était déserte à part une des grandes marionnettes, un Trolloc aux cornes de bouc avec une épée à la ceinture qui avançait dans leur direction et dont cinq hommes manipulaient les perches, mais des bruits de gaieté résonnaient encore en provenance d'autres endroits du Faubourg, où se trouvaient les salles de spectacle et les tavernes. Par ici, les portes étaient déjà assujetties par leurs bâcles et les fenêtres closes par des volets.

Rand cessa de retourner entre ses doigts l'étui en bois de la flûte et le mit en bandoulière. *Je ne pouvais pas m'attendre à ce qu'il renonce à tout pour m'accompagner, je suppose, mais du moins il aurait pu me parler. Par la Lumière, je voudrais bien qu'Ingtar arrive.* Il fourra ses mains dans ses poches et sentit le billet de Séléné.

« Vous ne pensez pas qu'elle... » Loial s'interrompit, gêné. « Vous ne pensez pas qu'elle trichait, hein ? Tout le monde souriait à belles dents comme si elle jouait un bon tour. »

Rand rajusta sa cape d'un mouvement d'épaule. *Il faut que je prenne le Cor et que je parte. Si nous attendons Ing-*

tar, n'importe quoi peut se produire. Fain viendra tôt ou tard. Je dois garder mon avance sur lui. Les hommes avec la marionnette étaient presque à leur hauteur.

« Rand, s'écria soudain Loial, je ne crois pas que ce soit une... »

Brusquement, les hommes laissèrent leurs perches choir avec fracas sur la terre dure de la chaussée ; au lieu de s'effondrer, le Trolloc bondit vers Rand les mains en avant.

Le temps manquait pour réfléchir. L'instinct fit jaillir en arc étincelant sa lame du fourreau. *La-Lune-se-lève-sur-les-lacs.* Le Trolloc recula en trébuchant avec un cri gargouillé, grondant alors même qu'il tombait.

Pendant un instant, tous demeurèrent figés. Puis le regard des hommes – sûrement des Amis du Ténébreux – se porta du Trolloc gisant dans la rue à Rand armé de son épée, avec Loial à côté de lui. Ils tournèrent les talons et s'enfuirent.

Rand contemplait aussi le Trolloc. Le vide s'était formé autour de lui avant que sa main atteigne la poignée de l'épée ; le *saidin* brillait dans son esprit, l'attirant, le rendant malade. Avec un effort, Rand obligea le vide à disparaître et s'humecta les lèvres. Sans le vide, la peur lui donnait la chair de poule.

« Loial, nous devons retourner à l'auberge. Hurin est seul et il... » Il émit un grognement comme il était soulevé dans les airs par un bras massif assez long pour plaquer les deux siens contre sa poitrine. Une main velue agrippa sa gorge. Il aperçut un boutoir encadré par des défenses juste au-dessus de sa tête. Une odeur fétide lui envahit les narines, à part égale sueur acide et lisier de porcherie.

Aussi vite qu'elle l'avait empoigné, la main fut arrachée d'autour de sa gorge. Étourdi, Rand la regarda avec des yeux stupéfaits, regarda les gros doigts de Loial resserrés sur le poignet du Trolloc.

« Tenez bon, Rand. » La voix de Loial était tendue. L'autre main de l'Ogier apparut et saisit le bras qui retenait encore Rand au-dessus du sol. « Tenez bon. »

Rand fut secoué d'un côté à l'autre pendant la lutte entre l'Ogier et le Trolloc. Subitement, il fut libre. Il s'écarta de deux pas chancelants pour prendre du champ et se retourna, l'épée haute.

Debout derrière le Trolloc à la hure de sanglier, Loial

l'avait saisi par le poignet et l'avant-bras, maintenant ses bras écartés, le souffle rendu court par l'effort. Le Trolloc grommela d'une voix gutturale en rude langue trolloque, rejetant la tête en arrière, cherchant à embrocher Loial sur une de ses défenses. Leurs bottes raclaient la terre battue de la chaussée.

Rand chercha un endroit où enfoncer sa lame dans le Trolloc sans blesser Loial, mais Ogier et Trolloc tournoyaient tellement dans leur espèce de danse qu'il ne découvrait aucune ouverture.

Avec un grognement, le Trolloc dégagea son bras gauche mais, avant qu'il ait réussi à se rendre complètement maître de ses mouvements, Loial plaqua son propre bras autour de son cou, l'étreignant contre lui. Le Trolloc essaya d'agripper son épée ; la lame courte comme une faux était suspendue du mauvais côté pour être utilisée de la main gauche ; pourtant, centimètre par centimètre, l'acier noir commença à glisser hors du fourreau. Et ils continuaient à bouger en tous sens, de sorte que Rand ne pouvait pas frapper sans risquer la vie de Loial.

Le Pouvoir. Voilà ce qui résoudrait la question. Comment, il l'ignorait, mais il ne voyait rien d'autre à essayer. Le Trolloc avait son épée à demi dégainée. Quand la lame incurvée serait à nu, elle tuerait Loial.

À regret, Rand fit le vide dans son esprit. Le *saidin* rayonna vers lui, l'appela. Il eut le vague souvenir d'une fois où le *saidin* avait chanté pour lui mais, à présent, il l'attirait seulement – comme un parfum de fleur attire une abeille, comme la puanteur du fumier attire une mouche. Rand s'ouvrit au *saidin*, se tendit vers lui. Il ne trouva rien. En vérité, il aurait aussi bien pu chercher à capter de la lumière entre ses doigts. La corruption flua sur lui, le souilla, mais il n'y avait pas de flot de lumière en lui. Poussé par un vague désespoir, il renouvela avec persévérance ses tentatives. Et chaque fois il ne rencontra que la corruption.

Dans un soudain effort, Loial rejeta le Trolloc à l'écart, si violemment que celui-ci boula jusqu'au flanc d'une maison qu'il heurta, tête la première, avec un craquement retentissant ; il glissa le long du mur et resta gisant, le cou tordu selon un angle défiant les lois de la nature. Loial le contempla, la poitrine haletante.

Depuis son cocon de vide, Rand regarda un instant

avant de comprendre ce qui s'était passé. Dès qu'il s'en fut rendu compte, toutefois, il laissa disparaître vide et lumière corruptrice pour se hâter de rejoindre Loial.

« Jamais jusqu'à présent, Rand, je n'ai... tué. » Loial aspira un souffle frémissant.

« C'est lui qui vous aurait tué si vous ne l'aviez pas fait », lui dit Rand. Il inspecta anxieusement les ruelles, les volets fermés et les portes closes. Où deux Trollocs étaient là, il s'en trouvait sûrement davantage. « Je suis navré que vous y ayez été obligé, Loial, mais il nous aurait mis à mort tous les deux, sinon pire.

– Je sais. N'empêche que cela ne me plaît pas. Même un Trolloc. » Un doigt pointé vers le soleil couchant, l'Ogier attrapa Rand par le bras. « En voilà encore un. »

À contre-jour, Rand ne distinguait pas les détails, mais c'était manifestement un autre groupe d'hommes avec une énorme marionnette qui venaient vers eux. À part qu'à présent au courant de ce qu'il devait regarder, il se rendait bien compte que les jambes de la « marionnette » se mouvaient avec trop de naturel et que sa tête terminée en boutoir de sanglier se redressait pour flairer l'air sans que personne n'agite de perche. Il conclut que les Trollocs et les Amis du Ténébreux ne pouvaient pas le voir dans les ombres vespérales, ni voir non plus ce qui gisait autour de lui; ils se déplaçaient trop lentement. Pourtant, ils suivaient visiblement une piste et ils se rapprochaient.

« Fain sait que je suis quelque part par ici, dit-il en essuyant précipitamment sa lame sur la tunique d'un Trolloc défunt. Il les a envoyés me chercher. Toutefois, il craint que les Trollocs ne soient remarqués, sinon il ne les aurait pas fait se déguiser. Si nous pouvons gagner une rue où il y a des passants, nous serons en sécurité. Il faut que nous retournions auprès de Hurin. Si Fain le repère, seul avec le Cor... »

Il entraîna Loial jusqu'au coin de rue suivant et s'engagea en direction des plus proches bruits de gaieté et de musique mais, longtemps avant qu'ils y arrivent, un autre groupe d'hommes surgit devant eux dans la rue vide, avec une marionnette qui n'en était pas une. Rand et Loial tournèrent dans la rue transversale suivante. Elle menait vers l'est.

À chaque tentative de Rand pour rejoindre rires et musique, il y avait un Trolloc en travers du chemin, souvent humant l'air en quête d'une odeur. Quelques Trollocs chassaient au flair. De temps à autre, là où nul œil ne pouvait l'observer, un Trolloc traquait seul. Plus d'une fois, Rand fut convaincu que c'en était un qu'il avait déjà remarqué. Ils les cernaient et s'assuraient que Loial et lui ne sortiraient pas des rues désertes aux fenêtres aveuglées par des volets. Tous deux étaient lentement poussés vers l'est, loin de la cité et de Hurin, loin d'autres gens, dans des rues étroites qui devenaient lentement de plus en plus obscures et filaient dans tous les sens, montant et descendant. Rand examina les maisons devant lesquelles ils passaient, de grandes bâtisses hermétiquement closes pour la nuit, avec rien de plus qu'un peu de regret. Même s'il martelait une porte jusqu'à ce que quelqu'un ouvre, même si on les accueillait à l'intérieur, lui et Loial, aucune des portes qu'il voyait n'arrêterait un Trolloc. Cela n'aboutirait qu'à causer d'autres victimes en plus de lui-même et de Loial.

« Rand, dit finalement ce dernier, il n'y a nulle part ailleurs où aller. »

Ils avaient atteint la limite est du Faubourg ; les hauts bâtiments qui les encadraient étaient les derniers. Des lumières aux étages supérieurs narguaient Rand, mais les rez-de-chaussée plus bas étaient tous noirs. Devant eux s'étageaient les collines voilées par les premières ombres du crépuscule et dépourvues d'habitations, même d'une simple ferme. Pas entièrement, toutefois. Il distinguait juste des murs blancs courant autour d'une des collines les plus importantes, à peut-être un quart de lieue, et des bâtiments de l'autre côté de ces murailles.

« Une fois qu'ils nous auront poussés là-bas, dit Loial, ils n'auront plus à s'inquiéter d'être repérés. »

Rand désigna du geste ces murailles ceignant la colline. « Voilà qui est en mesure d'arrêter un Trolloc. Ce doit être un manoir seigneurial. Peut-être nous laissera-t-on entrer. Un Ogier et un seigneur étranger ? Il faut bien que cet habit serve à quelque chose tôt ou tard. » Il jeta un coup d'œil en arrière dans la rue. Pas encore de Trollocs en vue, néanmoins il attira Loial de l'autre côté de l'immeuble.

« Je crois que c'est la Maison de Réunion des Illuminateurs, Rand. Les Illuminateurs gardent strictement leurs secrets. Je ne crois pas qu'ils admettraient même Galldrian en personne.

– Dans quels ennuis vous êtes-vous fourrés, à présent ? » questionna une voix féminine familière. Un parfum aromatique se répandit soudain dans l'air.

Rand ouvrit de grands yeux : Séléné avait surgi au détour du coin de la rue qu'ils venaient de quitter, sa robe blanche lumineuse dans la pénombre. « Comment êtes-vous venue ici ? Qu'est-ce que vous faites là ? Il faut vous en aller tout de suite. Courez ! Il y a des Trollocs à notre poursuite.

– C'est ce que j'ai constaté. » Sa voix était sèche, encore que calme et pleine de sang-froid. « Je suis partie à votre recherche et voilà que je vous trouve permettant à des Trollocs de vous pousser devant eux comme des moutons. L'homme qui possède le Cor de Valère peut-il se laisser traiter de pareille façon ? »

Il riposta avec brusquerie : « Je ne l'ai pas avec moi et je ne vois pas en quoi il me serait utile si je l'avais. Les héros morts ne sont pas censés revenir pour me sauver des Trollocs. Allez-vous-en, Séléné. Maintenant ! » Il se risqua à regarder au coin de la rue.

A cent pas de là, un Trolloc avançait prudemment sa tête cornue pour inspecter la voie, flairant l'air nocturne. Une grande ombre à côté de lui devait être un autre Trolloc, et il y avait aussi des ombres plus petites. Des Amis du Ténébreux.

« Trop tard », marmotta Rand. Il déplaça l'étui à flûte pour enlever sa cape et la draper autour de Séléné. Cette cape était assez longue pour dissimuler entièrement sa robe blanche et traîner sur le sol par-dessus le marché. « Relevez-la pour courir, recommanda-t-il. Loial, si on nous refuse l'accès à l'intérieur, nous aurons à imaginer un moyen de nous y introduire en cachette.

– Mais, Rand...

– Préférez-vous attendre les Trollocs ? » Il donna une poussée à Loial pour qu'il parte et prit la main de Séléné, puis s'élança derrière lui au pas de course. « Dénichez-nous un chemin qui ne nous rompra pas le cou, Loial.

– Vous vous laissez troubler », commenta Séléné. Elle semblait avoir moins de peine que Rand à suivre Loial dans la clarté déclinante. « Recherchez l'Unité et soyez calme. Quelqu'un qui veut être grand doit toujours être calme.

– Les Trollocs risquent de vous entendre, répliqua-t-il. Je ne tiens pas à la grandeur. » Il crut l'entendre proférer un grognement irrité.

Des cailloux leur roulaient parfois sous les pieds, mais gravir les collines n'était pas malaisé en dépit des ombres crépusculaires. Ces collines avaient été depuis longtemps dépouillées de leurs arbres et même de leurs buissons utilisés comme combustible. Rien n'y poussait à part l'herbe haute qui leur montait aux genoux et bruissait doucement contre leurs jambes. Une légère brise nocturne s'éleva. Rand craignit qu'elle n'emporte leur odeur jusqu'aux Trollocs.

Loial s'arrêta quand ils atteignirent le mur ; lequel était deux fois plus haut que l'Ogier, ses pierres recouvertes d'un enduit blanchâtre. Rand se retourna vers le Faubourg. Des rangées de fenêtres éclairées brillaient comme les rayons d'une roue au-dessus des remparts de la ville.

« Loial, demanda-t-il à voix basse, est-ce que vous les voyez ? Nous suivent-ils ? »

L'Ogier regarda en direction du Faubourg et hocha la tête à regret. « Je n'en aperçois que quelques-uns, mais ils viennent par ici. En courant. Franchement, Rand, je ne crois pas que... »

Séléné lui coupa la parole. « S'il veut entrer, *alantin*, il a besoin d'une porte. Comme celle-là. » Elle désigna une tache sombre un peu plus loin sur le mur. Même avec cette indication, Rand n'aurait pas juré qu'il s'agissait d'un battant de porte mais, quand Séléné s'avança et le tira à elle, il s'ouvrit.

« Rand... », commença Loial.

Rand le poussa vers la porte. « Plus tard, Loial. Et parlez bas. Nous sommes là clandestinement, vous vous rappelez ? » Il les fit entrer et referma le battant derrière eux. Il y avait des crampons pour une bâcle, mais nulle barre n'était en vue. La porte n'arrêterait personne, mais peut-être les Trollocs hésiteraient-ils à entrer dans cette enceinte.

Ils se trouvaient dans une ruelle qui escaladait la colline entre deux longs bâtiments bas sans fenêtres. Au premier coup d'œil, Rand crut qu'ils étaient en pierre aussi, puis il se rendit compte que le crépi blanc avait été étalé sur du bois.

La soirée était maintenant assez sombre pour que la lune qui se réfléchissait sur ces murs donne un semblant de clarté.

« Mieux vaut être arrêté par les Illuminateurs que pris

par les Trollocs, murmura-t-il en commençant à monter la colline.

– Mais c'est justement ce que j'essayais de vous expliquer, protesta Loial. J'ai entendu dire que les Illuminateurs tuent les intrus. Ils gardent farouchement leurs secrets, Rand. »

Rand s'arrêta net et tourna la tête vers la porte. Les Trollocs étaient encore là-bas, de l'autre côté. En mettant les choses au pire, les humains devaient être plus traitables que les Trollocs. Il réussirait peut-être à persuader les Illuminateurs de les laisser partir ; les Trollocs n'écoutaient pas avant de tuer. « Désolé de vous avoir entraînée dans ce mauvais pas, Séléné.

– Le danger ajoute un certain piquant, répliqua-t-elle à mi-voix. Et jusqu'à présent vous vous en tirez bien. Si nous allions voir ce qu'il y a là-bas ? » Elle le frôla en le dépassant dans l'allée. Rand la suivit, les narines assaillies par son parfum aromatique.

Au sommet de la colline, l'allée débouchait sur une vaste esplanade d'argile soigneusement aplanie, presque aussi blanche que le crépi et pratiquement entourée d'autres bâtiments blancs sans fenêtres séparés par l'ombre d'étroites ruelles entre eux, mais à la droite de Rand s'élevait un bâtiment avec des fenêtres dont la lumière tombait sur l'argile claire. Il recula dans l'obscurité de l'allée, car un homme et une femme survenaient, traversant lentement l'esplanade.

Leurs vêtements n'étaient manifestement pas cairhienins. L'homme portait une culotte aussi bouffante que ses manches de chemise, avec de la broderie ornant les jambes de la culotte et barrant le corps de la chemise, l'une et l'autre d'un jaune tendre. La robe de la femme, au corsage très travaillé, paraissait vert pâle et ses cheveux étaient nattés en une multitude de courtes tresses.

« Tout est prêt, dis-tu ? questionnait la femme d'un ton autoritaire. Tu en es certain, Tammuz ? Tout ? »

L'homme ouvrit les bras. « Tu vérifies perpétuellement derrière moi, Aludra. Tout est prêt. Le spectacle, on pourrait le donner à cette minute même.

– Les grilles et les portes, elles sont toutes bâclées ? Toutes les... ? » Sa voix se perdit comme ils avançaient vers l'autre extrémité du bâtiment éclairé.

Rand examina l'esplanade, ne reconnaissant presque rien. En son milieu, plusieurs douzaines de tubes verticaux, chacun pratiquement aussi grand que lui et ayant un diamètre d'un pied ou davantage, étaient placés sur de larges piétements en bois. De chaque tube partait un cordon câblé de couleur sombre qui s'étalait par terre du côté opposé jusque derrière une murette de peut-être trois pas de long. Tout autour de l'esplanade, il y avait une masse de râteliers en bois chargés de bacs, de tubes, de bâtons fourchus et vingt autres objets.

Il avait vu seulement des fusées d'artifice qu'on pouvait tenir dans la main et c'est tout ce qu'il savait de la question, sinon qu'elles éclataient avec un bruit de tonnerre ou partaient avec un sifflement au ras du sol en déroulant des spirales d'étincelles, ou parfois encore filaient droit vers le ciel. Elles étaient toujours accompagnées d'avertissements donnés par les Illuminateurs qu'en ouvrir une provoquait son déclenchement. De toute façon, les fusées d'artifice étaient trop coûteuses pour que le Conseil du Village autorise quelqu'un qui ne s'y était pas exercé à les utiliser. Il se rappelait fort bien cette fois où Mat avait précisément tenté l'expérience ; près d'une semaine s'était écoulée avant que quiconque en dehors de la propre mère de Mat veuille lui adresser la parole. La seule chose familière à Rand était les cordons – les mèches. C'était à ces mèches, il le savait, que l'on mettait le feu.

Avec un coup d'œil en arrière à la porte non bâclée, il fit signe aux autres de le suivre et se mit à contourner les tubes. S'ils devaient dénicher un endroit où se dissimuler, il voulait que ce soit aussi loin que possible de cette porte.

Cela impliquait de se faufiler entre les râteliers, et Rand retint son souffle chaque fois qu'il en effleurait un. Les choses qui y étaient rangées remuaient avec des crépitements au plus léger contact. Toutes semblaient être en bois, sans une once de métal. Il imaginait le vacarme si l'une d'elles était renversée. Il regarda avec méfiance les hauts tubes, se souvenant du bang produit par une fusée de la taille de son doigt. Si c étaient des fusées d'artifice, il ne tenait pas à en être aussi près.

Loial parlait continuellement entre ses dents, surtout quand il heurtait un des râteliers puis reculait si vite qu'il se cognait contre un autre. L'Ogier avançait comme sur des œufs dans un accompagnement de claquements de bois et de murmures étouffés.

Séléné n'était pas moins cause d'angoisse. Elle avançait d'une allure aussi délibérée que s'ils étaient dans une rue de la ville. Elle n'ébranlait rien, ne causait aucun bruit, mais elle ne faisait également aucun effort pour maintenir la cape assujettie. La blancheur de sa robe semblait plus éclatante que celle de tous les murs réunis. Rand observait les fenêtres éclairées, s'attendant à ce que quelqu'un s'y montre. Une seule personne suffirait ; Séléné serait aperçue immanquablement, et l'alarme donnée.

Néanmoins, les fenêtres restaient vides. Ils approchaient de la murette – ainsi que des ruelles et bâtiments situés derrière – et Rand venait de pousser un soupir de soulagement quand Loial effleura un autre râtelier situé juste à côté du petit mur. Ce râtelier soutenait dix bâtons d'aspect lisse, aussi longs que le bras de Rand, avec un filet de fumée sortant de leur extrémité. Le râtelier tomba pratiquement sans bruit, les bâtons qui se consumaient lentement s'affalant en travers d'une des mèches. Avec un crépitement sifflant, la mèche prit feu et la flamme courut vers un des grands tubes.

Un bref instant, Rand regarda avec des yeux stupéfaits, puis il s'efforça de chuchoter un cri d'avertissement : « Derrière le mur ! »

Séléné proféra une exclamation d'agacement quand il la précipita au sol derrière le mur bas, mais il n'en tint pas compte. Il s'efforça de s'étendre sur elle pour la protéger, tandis que Loial se pressait à côté d'eux. En attendant que le tube explose, Rand se demanda s'il resterait quelque chose du petit mur. Il y eut un claquement sourd dont il sentit la résonance dans le sol autant qu'il l'entendit. D'un mouvement prudent, il se souleva au-dessus de Séléné juste assez pour voir de l'autre côté de la murette. Séléné lui décocha un coup de poing dans les côtes, un coup vigoureux et se tortilla en rampant pour se dégager, avec un juron dans une langue qu'il reconnut, mais autre chose que Séléné absorbait son attention.

Un filet de fumée s'évadait doucement du sommet d'un des tubes. C'était tout. Il secoua la tête avec étonnement. *S'il n'y a rien que ça...*

Dans un fracas de tonnerre, une énorme fleur rouge et blanche s'épanouit dans les hauteurs du ciel à présent noir, puis commença à se disperser lentement en étincelles.

Comme il la contemplait, ébahi, un vacarme se déclencha dans le bâtiment éclairé. Des hommes et des femmes qui s'exclamaient apparurent aux fenêtres, le regard braqué en l'air et le bras tendu.

Rand examina avec un ardent désir la ruelle sombre à dix pas seulement de là. Mais le premier pas serait en pleine vue des gens aux fenêtres. Des martèlements de pieds résonnèrent, jaillissant du bâtiment.

Il repoussa Loial et Séléné contre la murette, espérant que leur trio passerait aussi pour de l'ombre. « Ne bougez plus et gardez le silence, chuchota-t-il. C'est notre seul espoir.

– Quelquefois, répliqua tout bas Séléné, quand on garde une parfaite immobilité, personne ne vous voit. » D'après le ton de sa voix, elle n'était pas le moins du monde inquiète.

Des allées et venues de bottes arpentant lourdement le sol s'entendaient de l'autre côté de la murette, et des voix coléreuses s'élevaient. En particulier une que Rand reconnut être celle d'Aludra.

« Tammuz, espèce de grand imbécile ! Espèce de gros porc. Ta mère était une chèvre, Tammuz ! Un de ces jours, tu nous tueras tous.

– Ce n'est pas moi le responsable, Aludra, protesta son compagnon. Je me suis assuré que tout était bien placé comme il faut et les mèches d'amadou, elles étaient...

– Ne me parle pas, Tammuz ! Un grand cochon ne mérite pas de parler comme un humain ! » Le ton d'Aludra changea pour répondre à la question d'un autre homme. « Le temps manque pour en préparer une autre. Galldrian, il devra se contenter du reste pour ce soir. Avec une en avance. Et toi, Tammuz ! Tu vas tout mettre en ordre et demain tu partiras avec les autres charrettes pour acheter le fumier. Que quelque chose d'autre tourne mal ce soir et je ne te confierai même plus le soin de t'occuper du fumier ! »

Des bruits de pas s'éloignèrent vers le bâtiment, accompagnés des bougonnements d'Aludra. Tammuz resta, protestant entre ses dents contre l'injustice du sort.

Rand retint sa respiration quand il s'approcha pour redresser le râtelier renversé. Collé contre le mur dans l'ombre, il voyait le dos et l'épaule de Tammuz. Celui-ci n'avait qu'à tourner la tête et il ne manquerait pas de découvrir Rand et ses compagnons. Continuant à se lamenter à mi-voix, Tammuz replaça les bâtons allume-feu au bout en braise sur le râtelier, puis s'éloigna à grands pas vers le bâtiment où tous les autres étaient rentrés.

Relâchant son souffle, Rand jeta un coup d'œil rapide au bonhomme, puis se retira dans la pénombre. Quelques personnes étaient encore aux fenêtres. « Impossible de s'attendre à une nouvelle petite chance ce soir, chuchota-t-il.

– Il est dit que les grands hommes se créent eux-mêmes leur chance, rétorqua à mi-voix Séléné.

– Oh, assez avec ça », riposta Rand d'un ton las ; il aurait aimé que son parfum ne l'entête pas autant ; cela lui rendait difficile de réfléchir avec clarté. Il se rappelait encore le contact de son corps quand il l'avait précipitée au sol – douceur et fermeté dans un troublant mélange – et cela ne l'aidait pas non plus.

« Rand ? » Loial risquait un regard prudent au bout de la murette le plus éloigné du bâtiment éclairé. « Je crois que nous avons encore besoin de chance, Rand. »

Rand se déplaça pour regarder par-dessus l'épaule de l'Ogier. Au-delà de l'esplanade, sur l'allée qui conduisait à la porte non barrée, trois Trollocs restés prudemment dans l'ombre examinaient les fenêtres éclairées. Une femme se tenait à l'une d'elles ; elle ne semblait pas avoir repéré les Trollocs.

« Et voilà, commenta tout bas Séléné. C'est devenu un piège. Il y a le risque que ces gens vous tuent s'ils vous attrapent. Et une certitude que ces Trollocs le feront. Toutefois peut-être pouvez-vous abattre les Trollocs assez vite pour qu'ils ne déclenchent pas une chasse à l'homme. Peut-être pouvez-vous empêcher ces gens de vous tuer dans le but de préserver leurs petits secrets. Il est possible que la grandeur ne vous tente pas, mais cela demande un grand homme pour accomplir ces choses-là.

– Pas besoin d'en avoir l'air aussi réjouie », riposta Rand. Il s'efforça de ne plus penser au parfum qui émanait d'elle, à la sensation physique qu'elle provoquait en lui, et il se retrouva presque cerné par le vide. Il s'en débarrassa d'une secousse. Les Trollocs ne paraissaient pas les avoir déjà localisés. Il reprit sa position première et examina la ruelle sombre la plus proche. Dès que leur trio avancerait d'un pas vers cette ruelle, les Trollocs s'en apercevraient sûrement, et aussi la femme à la fenêtre. Ce serait une course entre les Trollocs et les Illuminateurs à qui les atteindrait les premiers.

« Votre grandeur me comblerait de bonheur. » En dépit de ces paroles, Séléné avait un accent de colère. « Peut-être devrais-je vous laisser trouver seul votre chemin pendant un temps. Si vous ne saisissez pas la grandeur quand elle est à votre portée, peut-être méritez-vous de mourir. »

Rand se refusa à lui accorder un regard. « Loial, est-ce que vous arrivez à distinguer s'il y a une autre porte au bout de cette allée ? »

L'Ogier secoua la tête. « Il y a trop de clarté ici et trop d'ombre là-bas. Si j'étais dans l'allée, oui. »

Rand palpa la poignée de son épée. « Emmenez Séléné. Dès que vous verrez une porte – si vous en voyez une – appelez-moi et je viendrai. S'il n'y a pas de porte là-bas, il faudra que vous souleviez Séléné pour qu'elle atteigne le sommet du mur et passe par-dessus.

– D'accord, Rand. » Loial avait un ton préoccupé. « Mais, dès que nous bougerons les Trollocs s'élanceront après nous, sans considération de qui les regarde. Même s'il y a une porte, ils seront sur nos talons.

– Laissez-moi me soucier des Trollocs. » *Ils sont trois. Je peux m'en sortir, avec le vide.* La pensée du *saidin* le décida. Trop de choses étranges s'étaient produites quand il avait laissé s'approcher la partie masculine de la Vraie Source. « Je suivrai aussitôt que possible. Partez. » Il se tourna vers l'extrémité de la murette pour surveiller les Trollocs.

Du coin de l'œil, il eut une vision fugitive de Loial qui se mettait en marche, de la robe blanche de Séléné, à demi recouverte par son propre manteau. Un des Trollocs au-delà des tubes tendit le doigt avec excitation dans leur direction, mais les trois hésitèrent encore, les yeux levés vers la fenêtre où la femme continuait à regarder dehors. *Ils sont trois. Un moyen doit bien exister. Qui ne soit pas le Vide. Pas le saidin.*

La voix de Loial lui parvint dans un murmure : « Il y a une porte ! » Un des Trollocs fit un pas hors de la zone d'ombre et les autres, rassemblant leur courage, l'imitèrent. Comme d'une très grande distance, Rand entendit s'exclamer la femme à la fenêtre et Loial crier quelque chose.

Sans réfléchir, Rand se dressa. Il devait arrêter les Trollocs d'une manière ou de l'autre, sinon ils le rattraperaient ainsi que Loial et Séléné. Il saisit un des allume-feu en combustion et se précipita sur le tube le plus proche. Lequel s'inclina, commença à tomber et Rand l'empoigna par sa base carrée en bois ; le tube était pointé droit sur les Trollocs. Ils ralentirent, hésitants – la femme à la fenêtre hurla – et Rand posa le bout fumant de l'allume-feu sur la mèche juste à l'endroit où elle rejoignait le tube.

Le claquement sourd résonna aussitôt et l'épais socle de bois le frappa à la poitrine, le jetant à terre. Un grondement pareil à un coup de tonnerre retentit dans la nuit et une aveuglante gerbe de lumière troua l'obscurité.

Clignant des paupières, Rand se releva en chancelant, toussant à cause de l'épaisse fumée âcre, des sifflements plein les oreilles. Il ouvrit de grands yeux stupéfaits. La moitié des tubes et tous les râteliers gisaient renversés et un coin du bâtiment à côté duquel s'étaient trouvés les Trollocs avait tout simplement disparu, des flammes léchant des fragments de planches et de chevrons. Des Trollocs, ne restait pas trace.

À travers le tintement de ses oreilles, Rand perçut des clameurs provenant du bâtiment des Illuminateurs. Il s'élança d'un pas de course vacillant, s'engagea pesamment dans la ruelle. À mi-chemin, il trébucha sur quelque chose et se rendit compte que c'était sa cape. Il la ramassa sans s'arrêter. Derrière lui, les cris des Illuminateurs emplissaient la nuit.

Loial sautillait avec impatience d'un pied sur l'autre à côté de la porte ouverte. Et il était seul.

« Où est Séléné ? s'exclama Rand.

– Elle est repartie là-bas, Rand. J'ai essayé de la retenir et elle m'a échappé des mains. »

Rand se retourna en direction du vacarme. À travers le bruit assourdissant qui résonnait sans discontinuer dans ses oreilles, certains cris étaient tout juste discernables. Il y avait de la clarté maintenant là-bas, provenant des flammes.

« Les seaux de sable ! Allez vite chercher les seaux !

– C'est un désastre ! Un désastre !

– Il y en a qui sont partis de ce côté-là ! »

Loial agrippa Rand par l'épaule. « Vous ne pouvez pas l'aider, Rand. Pas en vous faisant prendre. Nous devons nous en aller. » Des gens apparurent au bout de la ruelle, des ombres dont la lueur d'incendie par-derrière dessinait le contour, et Loial les désigna du geste. « Venez, Rand ! »

Ce dernier se laissa entraîner par l'embrasure de la porte dans l'obscurité. Le feu s'affaiblit derrière eux jusqu'à ne plus être qu'un reflet dans la nuit et les lumières du Faubourg se rapprochèrent. Rand souhaitait presque voir apparaître d'autres Trollocs, quelque chose qu'il puisse combattre. Mais il n'y avait que la brise nocturne qui agitait l'herbe.

« J'ai essayé de l'arrêter », dit Loial. Un long silence suivit. « Nous ne pouvions rien faire, en vérité. On nous aurait seulement capturés nous aussi. »

Rand soupira. « Je sais, Loial. Vous avez agi au mieux. » Il marcha à reculons pendant quelques pas, contemplant la lueur de l'incendie. Elle semblait moins forte ; les Illuminateurs devaient être en train d'éteindre les flammes. « Il faut que je m'arrange pour lui porter secours. » *Comment ? Grâce au saidin ? Au Pouvoir ?* Il frissonna. « Il le faut. »

Ils traversèrent le Faubourg par les rues éclairées, plongés dans un silence contre lequel ne put prévaloir la gaieté ambiante.

Lorsqu'ils entrèrent au *Défenseur du Rempart du Dragon*, l'aubergiste présenta son plateau avec un parchemin scellé.

Rand le prit et contempla le sceau. Un croissant de lune et des étoiles. « Qui a déposé cela ? Quand ?

– Une vieille femme, mon Seigneur. Il n'y a pas un quart d'heure. Une servante, encore qu'elle n'ait pas dit à quelle Maison elle appartenait. » Cuale arbora un sourire invitant aux confidences.

« Merci », dit Rand qui considérait toujours le sceau. L'aubergiste les regarda monter à l'étage d'un air pensif.

Hurin ôta sa pipe de sa bouche quand Rand et Loial entrèrent dans la chambre. Hurin avait sur la table son épée et son brise-épée qu'il astiquait avec un chiffon huilé. « Vous êtes restés longtemps avec le ménestrel, mon Seigneur. Va-t-il bien ? »

Rand sursauta. « Comment ? Thom ? Oui, il va bien... » Il rompit le sceau avec son pouce et lut.

Quand je crois savoir ce que vous allez faire, vous agissez autrement. Vous êtes un homme dangereux. Peut-être ne se passera-t-il pas longtemps avant que nous soyons réunis. Pensez au Cor. Pensez à la gloire. Et pensez à moi car vous êtes toujours mien.

De nouveau le billet ne comportait pas d'autre signature que son écriture cursive.

« Toutes les femmes sont-elles folles ? » s'exclama Rand à l'adresse du plafond. Hurin haussa les épaules. Rand se jeta dans l'autre fauteuil, celui construit pour un Ogier ; ses pieds pendillaient au-dessus du sol, mais il ne s'en souciait pas. Il contemplait le coffre enveloppé d'une couverture sous le bord du lit de Loial. *Pensez à la gloire.* « Je voudrais bien qu'Ingtar arrive. »

28. Un Nouveau Fil dans le tissage du Dessin

Tout en chevauchant, Perrin regardait avec malaise les montagnes de la Dague du Meurtrier-des-Siens. La pente s'élevait toujours et semblait devoir monter sans fin, bien qu'il eût l'idée que la crête du défilé n'était probablement pas très loin. D'un côté de la piste, le terrain plongeait de façon abrupte jusqu'à un torrent peu profond qui se précipitait en écumant contre des rocs aigus ; de l'autre côté, les montagnes se dressaient en une série de falaises déchiquetées, pareilles à des cascades de pierre figées. La piste elle-même filait à travers des champs de blocs erratiques, certains de la taille d'une tête humaine et d'autres gros comme une charrette. Se cacher dans cette caillasse ne demandait pas grande habileté.

Les loups disaient qu'il y avait des gens dans les montagnes. Perrin se demanda s'il s'agissait de quelques Amis du Ténébreux. Les loups l'ignoraient, ou ne s'en souciaient pas. Ils savaient seulement que les Difformes se trouvaient quelque part en avant. Encore loin devant, malgré le train rapide imposé par Ingtar à la colonne. Perrin remarqua que Uno observait les montagnes qui les entouraient avec à peu près le même sentiment que lui.

Mat, son arc en bandoulière, allait son chemin avec une apparente insouciance, jonglant avec trois balles colorées, cependant il paraissait plus pâle qu'auparavant. Vérine l'examinait deux ou trois fois par jour, à présent, d'un air soucieux, et Perrin était sûr qu'elle avait tenté au moins une fois de le Guérir, mais sans que cela fasse une différence notable aux yeux de Perrin. En tout cas, elle semblait plus absorbée par quelque chose dont elle ne parlait pas.

Rand, songea Perrin en regardant le dos de l'Aes Sedai. Elle chevauchait toujours à la tête de la colonne avec Ingtar et elle voulait toujours qu'ils avancent encore plus vite que ne le permettait le seigneur du Shienar. *D'une manière ou de l'autre, elle est au courant pour Rand.* Des images transmises par les loups lui traversèrent l'esprit – des fermes bâties en pierre et des villages aux maisons étagées sur des terrasses, tous au-delà des pics montagneux ; les loups ne les voyaient pas différemment des collines ou des prés, sauf qu'ils les considéraient comme du terrain gâché. Pendant un instant, il se surprit à partager ce regret, se souvenant d'endroits que les Deux-Pattes avaient abandonnés depuis longtemps, se rappelant la ruée rapide au milieu des arbres, le claquement de ses dents se refermant sur le jarret alors que le cerf tentait de fuir et... Avec un effort, il repoussa les loups de son esprit. *Ces Aes Sedai vont nous détruire tous.*

Ingtar laissa son cheval ralentir pour revenir à la hauteur de Perrin. Parfois, aux yeux de ce dernier, le cimier du casque en forme de croissant que portait le Shienarien apparaissait comme des cornes de Trolloc. Ingtar réclama à mi-voix : « Répétez-moi ce que les loups ont dit.

– Je vous l'ai expliqué dix fois, marmotta Perrin.

– Recommencez ! Peut-être y a-t-il quelque chose qui m'a échappé, n'importe quoi qui m'aiderait à trouver le Cor... » Ingtar aspira une bouffée d'air et la relâcha lentement. « Je dois trouver le Cor de Valère, Perrin. Répétez encore. »

Perrin n'eut pas besoin de mettre ses pensées en ordre, pas après de si nombreuses répétitions. Il débita son récit d'une voix monocorde. « Quelqu'un – ou quelque chose – a attaqué les Amis du Ténébreux au cours de la nuit et a tué ces Trollocs que nous avons découverts. » Son estomac ne se convulsa plus à cette idée. Les corbeaux et les vautours mangeaient de façon dégoûtante. Être humain ou autre. « Les loups l'appellent Tueur-de-l'Ombre ; je pense que c'est un homme, mais ils ne s'approchent pas assez pour bien voir. Ils n'éprouvent pas de peur envers ce Tueur-de-l'Ombre ; plutôt de la révérence. Ils estiment que maintenant les Trollocs suivent sa piste. Et ils ajoutent que Fain les accompagne », – même après si longtemps l'odeur de Fain dont il se souvenait, la sensation de l'homme, lui crispait la bouche – « donc les Amis du Ténébreux qui restent doivent les accompagner aussi.

– Tueur-de-l'Ombre, murmura Ingtar. Une créature du Ténébreux, comme un Myrddraal ? J'ai vu dans la Dévastation des choses qui auraient pu être appelées Tueurs-du-Ténébreux, mais... N'ont-ils rien vu d'autre ?

– Ils ne veulent pas s'en approcher. Ce n'est pas un Évanescent. Je vous l'ai dit, ils sont encore plus vite prêts à tuer un Évanescent qu'un Trolloc, même s'ils y perdent la moitié de la meute. Ingtar, les loups qui ont vu cela en ont informé d'autres, qui l'ont conté à d'autres encore avant que cela me parvienne. Je peux seulement vous indiquer ce qu'ils ont transmis et après une telle succession de récits... » Il laissa sa voix tomber comme Uno les rejoignait.

« Un Aiel dans les rochers, annonça le borgne dans un murmure.

– À cette distance de leur Désert ? » s'exclama Ingtar d'un ton incrédule. Uno se débrouilla pour paraître offensé sans qu'un de ses traits bouge et Ingtar ajouta : « Non, je ne mets pas votre parole en doute. Je suis seulement surpris.

– Il tenait fichtrement à ce que je le voie, sinon je n'aurais eu aucune chance de le repérer. » L'accent d'Uno exprimait son dépit d'avoir à en convenir. « Et son sacré visage n'était pas voilé de noir, alors il n'est pas en veine de tuer. Mais quand on voit un bougre d'Aiel, il y en a toujours d'autres qu'on ne voit pas. » Soudain, ses pupilles se dilatèrent. « Que je sois brûlé s'il n'a pas fichtrement l'air de vouloir davantage que d'être repéré. » Il tendit le bras : un homme venait de se poster sur leur chemin.

Aussitôt la lance de Masema s'inclina à l'horizontale et il enfonça ses talons dans les flancs de son cheval, lancé à fond de train en trois enjambées. Il ne fut pas le seul ; quatre pointes d'acier se précipitaient vers l'homme à pied.

« Halte ! cria Ingtar. Halte, j'ai dit ! Je ferai couper les oreilles de quiconque ne s'arrête pas sur place ! »

Masema tira rageusement sur les rênes de sa monture, lui sciant la bouche. Les autres s'immobilisèrent aussi, dans un nuage de poussière, à moins de dix pas du nouveau venu, leurs lances toujours dirigées sur sa poitrine. Il leva une main pour chasser la poussière qui dérivait vers lui ; c'était son premier mouvement.

Il était grand, il avait la peau brunie par le soleil, avec des cheveux roux coupés court à l'exception d'une mèche dans le dos qui pendait jusqu'à ses épaules. De ses bottes souples lacées s'arrêtant au genou jusqu'à l'étoffe nouée lâchement autour de son cou, ses vêtements étaient tous dans des nuances de brun et de gris qui se fondaient bien dans les rochers ou la terre. L'extrémité d'un court arc de corne dépassait par-dessus son épaule et un carquois se hérissait de flèches à sa ceinture d'un côté. Un long couteau était suspendu de l'autre. Dans sa main gauche, il agrippait un bouclier rond en peau et trois courtes lances, dont la longueur ne dépassait pas la moitié de sa stature, avec des pointes nettement égales à celles des lances shienariennes.

« Je n'ai pas de joueurs de cornemuse pour la musique, déclara l'Aiel en souriant, mais si vous désirez la danse... » Il ne bougea pas, mais Perrin perçut dans sa stance une subite tension indiquant qu'il était prêt à réagir. « Mon nom est Urien de l'enclos des Deux Flèches de l'Aiel Reyn. Je suis un Bouclier Rouge. Mes compliments. »

Ingtar mit pied à terre et s'avança en ôtant son casque. Perrin n'hésita qu'une seconde avant de sauter à bas de sa selle pour l'accompagner. Impossible de manquer l'occasion de voir un Aiel de près. *Se conduire comme un Aiel voilé de noir.* Dans d'innombrables contes, les Aiels étaient aussi redoutables et dangereux que les Trollocs – et même selon certains c'étaient tous des Amis du Ténébreux – mais le sourire d'Urien n'avait en quelque sorte rien d'alarmant en dépit du fait qu'il semblait sur le point de bondir. Ses yeux étaient bleus.

« Il ressemble à Rand. » Perrin tourna la tête et vit que Mat les avait rejoints. « Peut-être Ingtar a-t-il raison, ajouta tout bas Mat. Peut-être que Rand est un Aiel. »

Perrin acquiesça d'un signe de tête. « Mais cela ne change rien.

– Non, évidemment. » Mat donnait l'impression de ne pas parler de la même chose que Perrin.

« Nous sommes les uns et les autres loin de nos demeures, dit Ingtar à l'Aiel, et nous, au moins en ce qui nous concerne, sommes venus dans des intentions qui n'ont rien à voir avec l'envie de nous battre. » Perrin révisa son opinion concernant le sourire d'Urien ; l'Aiel semblait déçu.

« Comme il vous plaira, Shienarien. » Urien se tourna vers Vérine, qui descendait juste de son cheval, et esquissa un salut bizarre, enfonçant les pointes de ses lances dans le sol et allongeant la main droite, paume en l'air. « Sagette, mon eau est à vous. »

Vérine tendit ses rênes à l'un des guerriers d'Ingtar. Elle examinait l'Aiel en s'approchant. « Pourquoi m'appelez-vous de cette façon ? Me prenez-vous pour une Aielle ?

– Non, Sagette, mais vous ressemblez à celles qui ont fait le voyage jusqu'à Rhuidean et qui ont survécu. Les années n'affectent pas les Sagettes de la même façon que les autres femmes, ou que les hommes. »

Le visage de l'Aes Sedai s'anima d'une vive excitation, mais Ingtar prit la parole avec impatience. « Nous suivons des Trollocs et des Amis des Ténèbres, Urien. En avez-vous décelé des traces ?

– Des Trollocs ? Ici ? » Les yeux d'Urien s'illuminèrent. « C'est un des signes dont parlent les Prophéties. Quand de nouveau les Trollocs sortiront de la Dévastation, nous quitterons la Terre Triple et nous reprendrons notre place de jadis. »

Un murmure s'éleva dans le groupe de cavaliers du Shienar. Urien les dévisagea avec une fierté qui le fit paraître les regarder de haut.

« La Terre Triple ? » répéta Mat d'un ton interrogateur.

Perrin se dit qu'il avait l'air encore plus pâle ; pas exactement comme s'il était malade, plutôt comme s'il était resté trop longtemps sans être exposé au soleil.

« Vous l'appelez le Désert, répliqua Urien. Pour nous, c'est la Terre Triple. Une pierre à façonner afin de nous former ; un terrain de mise à l'épreuve, afin de mesurer notre valeur ; et un châtiment pour le péché.

– Quel péché ? » questionna Mat. Perrin retint son souffle, s'attendant à voir étinceler les lances dans la main d'Urien.

L'Aiel haussa les épaules. « Cela se passait il y a si longtemps que personne ne s'en souvient. À part les Sagettes et les chefs de clan, et ils ne veulent pas en parler. Cela doit être un très grand péché pour qu'ils ne puissent se résoudre à nous mettre au courant, mais le Créateur nous châtie bien.

– Des Trollocs, insista Ingtar. Avez-vous vu des Trollocs ? »

Urien fit un signe de dénégation. « Dans ce cas-là, je les aurais tués, mais je n'ai vu que le ciel et les rochers. »

Ingtar secoua la tête, son intérêt dissipé, mais Vérine parla d'une voix où perçait une intense concentration. « Ce Rhuidean. Qu'est-ce que c'est ? Où est-ce ? Comment sont choisies les jeunes femmes qui y vont ? »

Le visage d'Urien devint neutre, ses paupières voilèrent les yeux. « Il ne m'est pas possible d'en parler, Sagette. »

Involontairement, la main de Perrin empoigna la hache. À cause de ce qui résonnait dans la voix d'Urien. Ingtar lui aussi s'était tendu, prêt à dégainer, et un frémissement parcourut le groupe de cavaliers, mais Vérine avança vers l'Aiel presque à toucher sa poitrine et leva la tête pour le regarder dans les yeux.

« Je ne suis pas une Sagette comme vous l'entendez, Urien, déclara-t-elle d'un ton pressant. Je suis une Aes Sedai. Racontez-moi ce qu'il vous est possible de dire concernant Rhuidean. »

L'homme qui avait été prêt à se battre seul contre vingt avait à présent l'air de souhaiter échapper à cette unique femme rondelette aux cheveux grisonnants. « Je... je ne peux vous dire que ce qui est connu de tous. Rhuidean se trouve sur le territoire des Aiels Jenn, le treizième clan. Je ne peux parler d'eux que pour les nommer. Personne n'est autorisé à aller là-bas, à part les femmes qui désirent devenir Sagettes ou les hommes qui souhaitent être chefs de clan. Peut-être les Aiels Jenn choisissent-ils parmi eux ; je ne le sais pas. Beaucoup y vont ; peu reviennent et ceux-là portent la marque de ce qu'ils sont – Sagettes ou chefs de clan. Rien de plus je ne puis dire, Aes Sedai. Rien de plus. »

Vérine continuait à le dévisager, les lèvres pincées.

Urien regarda le ciel comme s'il essayait d'en fixer le souvenir dans sa mémoire. « Allez-vous maintenant me mettre à mort, Aes Sedai ? »

Elle cligna des paupières. « Quoi ?

– Allez-vous me mettre à mort maintenant ? L'une des prophéties de jadis dit que si jamais nous manquons de faire ce que demandent les Aes Sedai, elles nous tueront. Je sais que votre pouvoir est plus grand que celui des Sagettes. » L'Aiel eut un brusque rire sans joie. Une lueur farouche brillait dans ses yeux. « Déclenchez vos éclairs, Aes Sedai. Je danserai avec eux. »

L'Aiel croyait qu'il allait mourir et il n'avait pas peur. Perrin se rendit compte qu'il en était resté la bouche ouverte et la referma brusquement.

« Que ne donnerais-je pas pour vous avoir dans la Tour Blanche, murmura Vérine en contemplant Urien. Ou simplement vous voir disposé à parler. Oh, calmez-vous, mon garçon. Je n'ai pas l'intention de vous faire de mal. À moins que vous n'ayez l'intention, vous, de m'en faire, avec vos histoires de danse. »

Urien paraissait abasourdi. Il regarda les cavaliers du Shienar en selle autour de lui, comme s'il croyait à une ruse. « Vous n'êtes pas une Vierge de la Lance, répliqua-t-il avec lenteur. Comment pourrais-je frapper une femme qui n'a pas épousé la Lance ? C'est interdit sauf pour sauver sa vie, et encore je suis prêt à supporter auparavant bien des blessures pour éviter de frapper.

– Pourquoi êtes-vous ici, à une telle distance de votre pays ? demanda-t-elle. Pourquoi êtes-vous venu vers nous ? Vous auriez pu rester dans les rochers et nous ne nous serions jamais douté que vous étiez là. » L'Aiel hésita et elle poursuivit : « Ne dites que ce que vous êtes désireux de dire. J'ignore ce que font vos Sagettes, mais je ne vous causerai aucun mal ni n'essaierai de vous contraindre.

– Ainsi parlent les Sagettes, répliqua Urien d'un ton sarcastique, néanmoins même un chef de clan doit avoir du cœur au ventre pour ne pas agir selon leur volonté. » Il parut choisir ses mots avec soin. « Je cherche... quelqu'un. Un homme. » Son regard passa sur Perrin, sur Mat et sur les guerriers du Shienar, les éliminant tous. « Celui-qui-vient-avec-l'Aube. Il est dit qu'il y aura de grands signes et présages de son arrivée. J'ai vu que vous étiez du Shienar d'après l'armure de votre escorte, et vous avez l'aspect d'une Sagette, alors j'ai pensé que vous aviez peut-être été avertie de grands événements, les événements qui devraient l'annoncer.

– Un homme ? » La voix de Vérine était douce, mais ses yeux avaient un regard aussi perçant qu'un poignard. « Quels sont ces signes ? »

Urien secoua la tête. « Il est dit que nous les connaîtrons quand nous en entendrons parler, de même que nous le reconnaîtrons quand nous le verrons, car il sera marqué. Il viendra de l'ouest, par-delà l'Échine du Monde, mais il sera de notre sang. Il ira à Rhuidean et nous conduira hors de la Terre Triple. » Il prit une lance dans sa main droite. Cuir et métal grincèrent comme les soldats tiraient leur épée, et Perrin se rendit compte que lui-même avait de nouveau empoigné sa hache mais, d'un coup d'œil irrité, Vérine leur intima à tous de se tenir tranquilles. Urien traça dans la poussière un cercle avec la pointe de sa lance, puis dessina en travers une ligne sinueuse. « Il est dit que par ce signe il vaincra. »

Ingtar regarda le symbole avec un froncement de sourcils, ne le reconnaissant visiblement pas, mais Mat murmura un juron et Perrin sentit sa bouche se dessécher. *L'antique symbole des Aes Sedai.*

Du bout du pied, Vérine effaça le dessin. « Je suis dans l'impossibilité de vous indiquer où il se trouve, Urien, déclara-t-elle, et je n'ai entendu parler d'aucun signe ou prodige permettant de vous guider vers lui.

– Alors je vais continuer ma quête. » Ce n'était pas une question, pourtant Urien attendit qu'elle ait acquiescé d'un signe de tête avant de dévisager les hommes du Shienar avec fierté, avec défi, puis de leur tourner le dos. Il s'éloigna d'une démarche souple et disparut entre les rochers sans un regard en arrière.

Plusieurs parmi les guerriers se mirent à bougonner. Uno proféra quelque chose concernant « cette espèce de sacré fou d'Aiel » et Masema grommela qu'ils auraient dû laisser l'Aiel en pâture aux corbeaux.

« Nous avons perdu un temps précieux, déclara Ingtar d'une voix forte. Nous allons accélérer l'allure pour le rattraper.

– Oui, acquiesça Vérine, il nous faut accélérer l'allure. »

Ingtar lui jeta un coup d'œil, mais l'Aes Sedai contemplait le sol remué, où son pied avait effacé le symbole.

« À terre, ordonna-t-il. Les armures sur les chevaux de bât. Nous sommes maintenant dans le Cairhien. Pas question que les Cairhienins s'imaginent que nous sommes venus les combattre. Dépêchez-vous ! »

Mat se pencha vers Perrin. « Est-ce que... crois-tu qu'il parlait de Rand ? C'est absurde, je sais, mais même Ingtar pense que c'est un Aiel.

– Je ne pourrais pas te dire, répliqua Perrin. Tout a été absurde depuis que nous sommes entrés en contact avec des Aes Sedai. »

Très bas, comme pour elle-même, Vérine qui regardait toujours fixement le sol déclara : « Cela doit en faire partie, mais comment ? La Roue du Temps introduit-elle dans le tissage du Dessin des fils dont nous ignorons tout ? Ou le Ténébreux recommence-t-il à modifier le Dessin ? »

Perrin ressentit un frisson.

Vérine leva la tête vers les guerriers qui ôtaient leur armure. « Vite, ordonna-t-elle avec encore plus d'autorité qu'Ingtar et Uno réunis. Il faut nous hâter ! »

29. Les Seanchans

Geofram Bornhald ne prêta pas attention à l'odeur des maisons qui brûlaient ni aux cadavres gisant sur la terre battue de la chaussée. Byar et une garde de cent hommes en manteau blanc entraient sur ses talons dans le village, la moitié de la colonne qu'il avait avec lui. Sa légion était trop dispersée pour son goût et trop de leviers de commande se trouvaient entre les mains des Inquisiteurs, mais ses ordres avaient été explicites : Obéissez aux Inquisiteurs.

Il n'y avait eu qu'une faible résistance ici : des colonnes de fumée ne sortaient que d'une demi-douzaine d'habitations. L'auberge était encore debout, il le constata, en pierres recouvertes de crépi blanc comme presque toutes les constructions dans la Plaine d'Almoth.

S'arrêtant devant cette auberge, il laissa son regard aller des prisonniers que gardaient ses soldats, près du puits du village, au long gibet qui déparait le pré communal. Il avait été construit sommairement, rien qu'une longue perche soutenue par des poteaux, mais il avait reçu trente cadavres dont la brise agitait les vêtements. Des petits corps étaient pendus parmi ceux de leurs aînés. Même Byar les regardait avec incrédulité.

« Muadh ! » appela Bornhald d'une voix de tonnerre. Un homme grisonnant se détacha au pas de course de ceux qui gardaient les prisonniers. Un jour, Muadh était tombé aux mains d'Amis du Ténébreux ; sa face ravagée par des cicatrices faisait peur même aux plus hardis. « Est-ce votre œuvre, Muadh, ou celle des Seanchans ?

– Ni de moi ni d'eux, mon Seigneur Capitaine. » La voix de Muadh était un grondement presque chuchoté, un autre souvenir des Amis du Ténébreux. Il n'en dit pas davantage.

Bornhald fronça les sourcils. « Ce n'est sûrement pas ceux-là qui l'ont fait », dit-il avec un geste en direction des prisonniers. Les Enfants n'avaient plus l'air aussi impeccables que lorsqu'il les avait amenés à travers le Tarabon, mais ils semblaient prêts à passer une revue en comparaison du ramassis qui courbait l'échine sous leurs regards vigilants. Des hommes vêtus de loques et de fragments d'armure, à l'expression morne. Les restes de l'armée que le Tarabon avait envoyée combattre les envahisseurs sur la Pointe de Toman.

Muadh hésita, puis expliqua en mesurant ses paroles : « Les habitants du village disent qu'ils portaient des manteaux tarabonais, Seigneur Capitaine. Parmi eux se trouvait un homme de forte corpulence, avec des yeux gris et une longue moustache, qui donne l'impression d'être le jumeau de l'Enfant Earwin et un jeune gars tâchant de cacher un joli minois derrière une barbe blonde qui maniait son arme de la main gauche dans la bataille. Il ressemble quasiment à l'Enfant Wuan, mon Seigneur Capitaine.

– Ces Inquisiteurs ! » s'exclama avec mépris Bornhald. Earwin et Wuan étaient du nombre de ceux dont il avait dû se séparer sur l'ordre des Inquisiteurs. Il avait déjà vu les résultats de la tactique des Inquisiteurs, mais c'était la première fois qu'il trouvait des cadavres d'enfants.

« Si mon Seigneur Capitaine le dit. » Muadh donna à son commentaire l'accent d'un acquiescement fervent.

« Coupez leurs cordes, reprit Bornhald d'une voix lasse. Dépendez-les et assurez-vous que les gens du village sachent qu'il n'y aura plus d'exécution. » *À moins que quelque imbécile ne décide de jouer au brave parce que son épouse le regarde et que je ne sois obligé de faire un exemple.* Il mit pied à terre, examinant de nouveau les prisonniers, tandis que Muadh s'éloignait hâtivement en réclamant des échelles et des couteaux. Il avait des sujets de préoccupations plus pressants que le zèle outrageux des Inquisiteurs ; il aurait aimé pouvoir détourner complètement son esprit de ces Inquisiteurs.

« Ils n'ont guère de cœur au ventre, mon Seigneur

Capitaine, que ce soit ces Tarabonais ou ce qui reste des Domani. Ils montrent les dents comme des rats acculés dans un coin mais détalent dès que n'importe quoi leur rend la pareille.

– Voyons ce dont nous sommes capables en face des envahisseurs, Byar, avant de mépriser ces gens-là, hein ? » Les prisonniers avaient une expression abattue qui se trouvait déjà sur leur visage avant que ses hommes arrivent. « Que Muadh m'en choisisse un. » La face de Muadh suffisait à elle seule à saper la résolution de la plupart des gens. « Un officier, de préférence. Un qui paraisse assez intelligent pour raconter ce qu'il a vu sans broder, mais suffisamment jeune pour ne pas avoir trop de caractère. Recommandez à Muadh de ne pas trop y aller avec des gants, hein ? Donnez à ce bonhomme l'impression que je vais lui infliger pire que ce qu'il a jamais imaginé, à moins qu'il ne réussisse à me convaincre d'y renoncer. » Il jeta ses rênes à un des Enfants et entra à grands pas dans l'auberge.

Chose étonnante, l'aubergiste s'y trouvait, obséquieux, transpirant, sa chemise sale tendue sur son ventre à croire que les brandebourgs rouges brodés dessus allaient craquer. Bornhald le congédia d'un geste ; il entrevit vaguement une femme et des enfants blottis dans l'encadrement d'une porte jusqu'à ce que l'aubergiste les emmène tous.

Bornhald ôta ses gantelets et s'installa à une des tables. Il connaissait trop peu de choses sur les envahisseurs, les étrangers. C'est ainsi que presque tout le monde les appelait, c'est-à-dire ceux qui ne se bornaient pas à débiter des sornettes à propos d'Aile-de-Faucon. Il savait qu'ils se donnaient le nom de Seanchans et de *Hailènes*. Il avait des notions suffisantes de l'Ancienne Langue pour comprendre que cet autre nom signifiait Ceux-qui-arrivent-les-Premiers, ou les Avant-Courriers. Ils se donnaient aussi le nom de *Rhyagelles*, Ceux-qui-reviennent-dans-leurs-foyers, et parlaient du *Corenne*, le Retour. C'était presque assez pour qu'il croie ce qui se disait sur le retour des Armées d'Artur Aile-de-Faucon. Personne ne savait d'où venaient les Seanchans, sinon qu'ils étaient arrivés en bateaux. Les demandes de renseignements que Bornhald avait présentées au Peuple de la Mer n'avaient suscité en réponse que le silence. L'Amador ne tenait pas en haute estime les Atha'an

Miere et cette manière de voir lui était rendue par eux au centuple. Ce qu'il savait sur les Seanchans, il l'avait appris par des gens comme ceux qui étaient là dehors. Une cohue découragée, vaincue, qui parlait – avec des yeux écarquillés par l'effroi, la sueur au front – d'hommes qui avaient mené l'assaut à califourchon autant sur des monstres que sur des chevaux, avec aussi comme alliés luttant auprès d'eux des monstres, et qui obligeaient des Aes Sedai à ouvrir la terre sous les pieds de leurs ennemis.

Un bruit de bottes sur le seuil l'incita à arborer un sourire cruel, mais Byar n'était pas accompagné par Muadh. L'Enfant de la Lumière qui se tenait auprès de lui, les épaules rejetées en arrière et le casque au creux du bras, était Jeral que Bornhald aurait imaginé à cent lieues de là. Par-dessus sa cuirasse, le jeune homme portait un manteau de coupe domani, bordé de bleu, et non la cape blanche des Enfants.

« Muadh s'entretient en ce moment avec un jeune homme, mon Seigneur Capitaine, annonça Byar. L'Enfant Jeral vient d'arriver avec un message. »

Bornhald indiqua de la main à Jeral de parler.

L'Enfant garda sa posture rigide. « Les compliments de Jaichim Carridin qui guide la Main de la Lumière dans... commença-t-il, le regard fixé sur l'horizon.

– Je n'ai nul besoin des compliments de l'Inquisiteur », grommela Bornhald. Il vit l'air surpris du messager. Jeral était encore jeune. D'ailleurs, Byar semblait lui aussi mal à l'aise. « Transmettez-moi son message, hein ? Pas mot pour mot, à moins que je ne le demande. Expliquez-moi simplement ce qu'il veut. »

L'Enfant, qui s'était apprêté à réciter, avala sa salive avant de commencer. « Mon Seigneur Capitaine, il... il dit que vous amenez un trop grand nombre d'hommes trop près de la Pointe de Toman. Il dit que les Amis du Ténébreux séjournant sur la Plaine d'Almoth doivent être éliminés et vous devez – pardonnez-moi, Seigneur Capitaine – vous devez rebrousser chemin immédiatement et prendre la direction du cœur de la Plaine. » Il resta au garde-à-vous, attendant.

Bornhald l'examina. La poussière de la Plaine maculait le visage de Jeral, ainsi que son manteau et ses bottes. « Allez vous chercher quelque chose à manger, lui dit Bornhald. Il y a sûrement de l'eau pour vous laver dans une de ces maisons, si vous le désirez. Revenez me trouver dans une heure. J'aurai des messages à vous confier. » Il congédia de la main le jeune homme.

« Les Inquisiteurs ont peut-être raison, mon Seigneur Capitaine, dit Byar après le départ de Jeral. Il y a de nombreux villages dispersés dans la Plaine et les Amis du Ténébreux... »

Le claquement de la paume de Bornhald sur la table l'interrompit. « Quels Amis du Ténébreux ? Je n'ai rien vu dans aucun village qu'il a ordonné de prendre, sinon des fermiers et des artisans alarmés à l'idée que nous allions brûler leurs moyens d'existence, et quelques vieilles femmes qui s'occupent de malades. » Le visage de Byar était une démonstration de l'art de se dépouiller de toute expression ; il était toujours plus prompt que Bornhald à déceler partout des Amis du Ténébreux. « Et les enfants, Byar ? Est-ce que les enfants d'ici deviennent des Amis du Ténébreux ?

– Les péchés de la mère retombent sur les enfants jusqu'à la cinquième génération et les péchés du père jusqu'à la dixième », cita Byar. Cependant il paraissait mal à l'aise. Même Byar n'avait jamais tué d'enfant.

« Vous êtes-vous jamais avisé, Byar, de vous demander pourquoi Carridin nous a enlevé nos bannières et les manteaux des hommes dont les Inquisiteurs ont pris le commandement ? Cela indique quelque chose, non ?

– Il doit avoir ses raisons, Seigneur Capitaine, répliqua Byar avec hésitation. Les Inquisiteurs ont toujours des raisons, même quand ils ne les communiquent pas à nous autres. »

Bornhald se contint en se rappelant que Byar était un bon soldat. « Les Enfants portent des manteaux du Tarabon dans le nord, Byar, et ceux qui sont dans le sud des manteaux domanis. Je n'aime pas ce que cela me donne à penser. Il y a des Amis du Ténébreux ici, mais ils sont à Falme et non pas dans la Plaine. Quand Jeral remontera à cheval, il ne partira pas seul. Des messages iront à tous les groupes d'Enfants que je sais où joindre. J'ai l'intention d'emmener la Légion à la Pointe de Toman, Byar, pour voir ce que veulent faire les vrais Amis du Ténébreux, ces Seanchans. »

Byar parut troublé mais, avant qu'il ait eu le temps de prendre la parole, Muadh apparut avec un des prisonniers. Le jeune homme transpirant d'inquiétude, revêtu d'un haubert ouvragé qui avait subi des vicissitudes, lançait des coups d'œil craintifs en direction du visage terrifiant de Muadh.

Bornhald dégaina son poignard et commença à se nettoyer les ongles. Il n'avait jamais compris pourquoi cela rendait quelques personnes nerveuses, néanmoins il utilisait ce jeu de scène. Même son sourire grand-paternel fit pâlir le visage sali du prisonnier. « Maintenant, jeune homme, vous allez me dire tout ce que vous savez concernant ces étrangers, hein ? Si vous avez besoin de réfléchir à ce que vous avez à raconter, je vous renverrai dehors avec l'Enfant Muadh pour mettre vos idées en ordre. »

Le prisonnier regarda vivement Muadh d'une prunelle dilatée. Puis les mots commencèrent à jaillir de sa bouche.

L'ample houle de l'Océan d'Aryth imprimait du roulis à *L'Écume*, mais les pieds écartés de Domon lui assuraient un bon équilibre pendant qu'il portait le long tube de la lunette d'approche à son œil pour étudier le grand vaisseau qui les poursuivait. Poursuivait et peu à peu gagnait sur eux. Le vent dans lequel naviguait *L'Écume* n'était ni le plus favorable ni le plus fort mais, à l'endroit où l'autre bateau écrasait les lames en montagnes d'écume sous sa proue renflée, il n'aurait pas pu souffler avec plus de puissance. La côte de la Pointe de Toman se dressait à l'est, falaises sombres et bandes étroites de sable. Domon avait préféré ne pas emmener *L'Écume* trop au large et maintenant il craignait d'avoir à s'en repentir.

« Les étrangers, Capitaine ? » Yarin avait dans la voix l'accent de l'angoisse. « Est-ce un bateau des étrangers ? »

Domon abaissa la lunette d'approche, mais son œil semblait toujours empli par ce haut vaisseau pansu avec ses curieuses voiles nervurées. « Scanchan », dit-il, et il entendit Yarin pousser un gémissement. Il tambourina de ses gros doigts sur la lisse, puis ordonna à l'homme de barre : « Rapprochez-vous de la côte. Ce navire n'osera pas se risquer dans les eaux peu profondes où *L'Écume* peut naviguer. »

Yarin cria des ordres et l'équipage se hâta de haler les

vergues tandis que le timonier pesait sur la barre pour orienter la proue davantage vers la côte. *L'Écume* avança plus lentement, puisqu'elle s'était ainsi rapprochée du lis du vent, mais Domon était certain de pouvoir atteindre les petits fonds avant que l'autre vaisseau arrive à sa hauteur. *Des soutes seraient-elles pleines que mon Écume naviguerait encore par moins de fond que ne le pourrait cette grande coque.*

Son bateau était plus haut sur l'eau que lorsqu'il était parti de Tanchico. Un tiers de la cargaison de fusées d'artifice qu'il avait embarquées là-bas était écoulé, vendu dans les villages de pêcheurs de la Pointe de Toman, mais les pièces d'argent qui avaient afflué à la suite de ces ventes de fusée avaient été aussi accompagnées de nouvelles inquiétantes. Les gens avaient parlé des incursions des hauts navires pansus des envahisseurs. Quand ces vaisseaux seanchans s'étaient ancrés au large de la côte, les villageois qui s'étaient rassemblés pour défendre leurs foyers avaient été déchiquetés par la foudre tombée du ciel, alors même que les envahisseurs étaient encore à bord des chaloupes qui les amenaient à terre, et le sol s'était enflammé sous leurs pieds. Domon avait pris cela pour pures fariboles jusqu'à ce qu'on lui montre le sol noirci – et il l'avait vu dans trop de villages pour continuer à douter. Des monstres combattaient au côté des soldats seanchans, non pas qu'une grande résistance leur restât opposée, avaient expliqué les villageois, et certains même prétendaient que les Seanchans aussi étaient des monstres, avec des têtes pareilles à d'énormes insectes.

Dans Tanchico, personne ne savait même comment ils s'appelaient et les Tarabonais parlaient avec assurance de leurs soldats qui rejetaient les envahisseurs à la mer mais, dans chaque ville côtière, il en allait différemment. Les Seanchans disaient aux habitants stupéfaits qu'ils devaient de nouveau prêter les serments oubliés, bien que sans jamais daigner expliquer quand ils les avaient négligés ou ce que ces serments impliquaient. Les jeunes femmes étaient emmenées une par une pour être interrogées et certaines conduites à bord des vaisseaux, après quoi on ne les avait plus jamais revues. Quelques femmes plus âgées avaient également disparu, elles faisaient partie des Guides et des Guérisseuses. De nouveaux maires étaient choisis par les Seanchans, ainsi que de nouveaux

Conseils municipaux, et quiconque protestait contre la disparition des femmes ou le fait de n'avoir pas eu voix dans le choix des édiles risquait de se retrouver pendu ou explosant en flamme ou repoussé de côté comme des chiens dont les jappements importunent. Et impossible de savoir quel serait le sort réservé avant qu'il ne soit trop tard.

Et une fois que les gens avaient été totalement domptés – qu'ils avaient été contraints de s'agenouiller et de jurer, hébétés, d'obéir aux Avant-Courriers, d'attendre le Retour et de servir jusqu'à la mort Ceux-qui-reviennent-chez-eux-dans-leurs-foyers – les Seanchans mettaient à la voile et, en général, ne revenaient jamais. Falme, disait-on, était la seule ville dont ils gardaient effectivement le contrôle.

Dans quelques-uns des bourgs qu'ils avaient quittés, les hommes et les femmes retournèrent lentement à leur existence antérieure, allant jusqu'à parler d'élire de nouveau eux-mêmes leur Conseil de Village, mais la plupart considéraient la mer avec nervosité et protestaient en pâlissant qu'ils avaient l'intention de rester fidèles aux serments qu'ils avaient été obligés de proférer même s'ils ne les comprenaient pas.

Domon n'avait pas l'intention de se trouver face à face avec des Seanchans s'il pouvait s'en dispenser.

Il levait sa longue-vue pour tenter de distinguer ce qu'il pourrait sur les ponts seanchans en train de se rapprocher quand, avec un grondement, la surface de la mer se transforma en geyser d'eau et de flamme à moins de cent pas à bâbord de son bateau. Avant même qu'il ait commencé à béer de stupeur, une autre colonne de feu fendit la mer à tribord et, comme il pivotait vivement pour regarder celle-là, une autre explosa sur l'avant. Ces éruptions moururent aussi vite qu'elles étaient nées, l'écume qu'elles avaient provoquée volant sur le pont. À l'endroit où elles s'étaient produites, la mer était couverte de bulles et de vapeur comme si elle bouillait.

« Nous... nous atteindrons les hauts-fonds avant qu'ils nous rejoignent », dit lentement Yarin. Il semblait s'efforcer de ne pas regarder l'eau qui tourbillonnait sous des nuages de buée.

Domon secoua la tête. « Je ne sais pas ce qu'ils ont fait, mais ils peuvent nous pulvériser même si j'emmène le bateau sur les brisants. » Il frissonna à la pensée de la flamme au centre des geysers d'eau et de ses soutes pleines de fusées. « Que la Fortune me pique, nous risquerions d'être morts avant de nous noyer. » Il tira sur sa barbe et frotta sa lèvre supérieure glabre, peu désireux de donner l'ordre – le bateau et ce qu'il contenait étaient tout ce qu'il possédait au monde – mais finalement il se força à parler. « Bout au vent, Yarın, et amenez la toile. Vite, mon gars, avant qu'ils croient que nous essayons encore de fuir. »

Tandis que les hommes d'équipage couraient abattre les voiles triangulaires, Domon se tourna pour observer l'approche du vaisseau seanchan. *L'Écume* perdit de l'erre et piqua du nez dans la houle. L'autre vaisseau était plus haut que le bateau de Domon au-dessus de l'eau, avec des superstructures en bois à l'arrière et à l'avant. Des hommes dans le gréement manœuvraient ces voiles bizarres, et des silhouettes cuirassées se tenaient sur les châteaux de proue et de poupe. Une chaloupe avait été descendue le long du bord, mise à l'eau, et filait vers *L'Écume*, propulsée par dix avirons. Elle transportait des silhouettes en armure et – Domon en fronça les sourcils de surprise – deux femmes accroupies à l'arrière. La chaloupe vint tosser contre la coque de *L'Écume*.

Le premier à monter à bord fut un des hommes en armure et Domon comprit aussitôt pourquoi certains villageois affirmaient que les Seanchans eux-mêmes étaient des monstres. Le casque ressemblait beaucoup à la tête d'un insecte géant, avec de minces plumes rouges comme des antennes ; celui qui le portait avait l'air de regarder à travers des mandibules. Le casque était peint et doré de façon à accentuer cet effet, et le reste de l'armure était également orné de peinture et d'or. Des lames plates en métal imbriquées, noires et rouges soulignées d'or, couvraient sa poitrine et se chevauchaient sur le dessus des bras et le devant des cuisses. Même le dos d'acier de ses gantelets était rouge et or. Là où ils n'étaient pas revêtus de métal, ses vêtements étaient en cuir noir. L'espadon à la lame incurvée qu'il portait sur le dos avait une poignée et un fourreau de cuir rouge et noir.

Puis le personnage en armure enleva son casque et Domon ouvrit de grands yeux. Ce personnage était une femme. Ses cheveux noirs étaient coupés court et ses traits étaient durs, mais il n'y avait pas à s'y tromper. Il n'avait jamais entendu parler de rien de pareil, excepté chez les Aiels, et les Aiels étaient bien connus pour être fous. Tout aussi déconcertant était le fait que son visage ne différait pas de ce qu'il attendait d'une Seanchane. Ses yeux étaient bleus, c'est vrai, et son teint extrêmement clair, mais il avait déjà vu l'un et l'autre auparavant. Si cette femme portait une robe, personne ne se retournerait sur elle. Il l'examina et révisa son jugement, ce regard froid et ces joues aux méplats durs la feraient remarquer n'importe où.

Les autres soldats suivirent cette femme sur le pont. Domon fut soulagé de constater, quand quelques-uns retirèrent leur casque bizarre, qu'eux, du moins, étaient des hommes ; des hommes aux yeux noirs – ou marron – qui seraient passés inaperçus dans Tanchico ou Illian. Il avait commencé à avoir des visions de hordes de femmes aux yeux bleus armées d'une épée. *Des Aes Sedai avec des épées*, se dit-il en se remémorant la mer entrée en éruption.

La Seanchane inspecta le bateau d'un air arrogant, puis identifia en Domon le capitaine – ce devait être lui ou Yarin, d'après leur habillement ; la façon dont Yarin fermait les yeux en marmottant des prières désignait Domon – et le dévisagea fixement d'un regard perçant comme un épieu.

« Y a-t-il des femmes parmi votre équipage ou vos passagers ? » Sa façon de prononcer les mots sans articuler nettement la rendait difficile à comprendre, mais il y avait dans sa voix un accent cassant disant qu'elle était habituée à recevoir des réponses à ses questions. « Parlez, si vous êtes le capitaine. Sinon, réveillez cet autre imbécile et dites-lui de répondre.

– Je suis bien le capitaine, ma Dame », répliqua Domon d'un ton circonspect. Il n'avait aucune idée de la formule à utiliser pour s'adresser à elle et il ne tenait pas à commettre d'impair. « Je n'ai pas de passagers et il n'y a pas de femmes dans mon équipage. » Il songea aux jeunes filles et aux femmes qui avaient été enlevées et, pas pour la première fois, se demanda ce que ces gens leur voulaient.

Les deux femmes vêtues en femmes avaient quitté la chaloupe et en montant à bord, l'une tira l'autre – Domon cligna des paupières – avec une laisse de métal argenté. La laisse partait d'un bracelet porté par la première vers un collier autour du cou de la seconde. Il ne distinguait pas si cette laisse était attachée par un anneau ou soudée – elle paraissait être les deux à la fois – mais c'était clair qu'elle faisait corps avec le bracelet et le collier. La première femme roula la laisse en glène comme l'autre se hissait sur le pont. La femme au collier, qui portait un habit gris foncé tout simple, se tint les mains croisées et les yeux fixés sur les planches à ses pieds. L'autre avait des panneaux rouges ornés d'éclairs arborescents brodés au fil d'argent sur le corsage et les côtés de sa robe bleue, qui s'arrêtait au ras de la cheville, découvrant ses bottes. Domon examina ces femmes avec malaise.

« Parlez lentement, bonhomme », ordonna la femme aux yeux bleus avec sa diction qui avalait les mots. Elle traversa le pont pour se poster en face de lui, levant la tête pour le regarder et semblant en quelque sorte plus grande et plus massive que lui. « Vous êtes beaucoup plus difficile à comprendre que les autres de ce pays abandonné par la Lumière. Et encore je ne me targue pas d'appartenir au Sang Noble. Pas encore. Après le *Corenne*...je suis le capitaine Egeanine. »

Domon répéta ce qu'il avait dit, en s'efforçant de parler avec lenteur, et ajouta : « Je suis en fait un paisible négociant, Capitaine, je ne vous veux pas de mal et je n'ai rien à voir dans votre guerre. » Il ne put s'empêcher d'examiner de nouveau les deux femmes reliées par la laisse.

« Un paisible négociant ? répéta Egeanine d'un ton pensif. Dans ce cas, vous serez libre de passer votre chemin quand vous aurez de nouveau prêté serment de fidélité. » Elle remarqua la direction de ses coups d'œil et se tourna vers les femmes avec un orgueilleux sourire de propriétaire. « Vous admirez ma *damane* ? Elle m'a coûté cher, mais elle vaut son prix. Rares à part les nobles sont ceux qui possèdent une *damane* et la plupart appartiennent au Trône. Elle est forte, marchand. Elle aurait pu réduire votre bateau en miettes, si je l'avais voulu. »

Domon regardait avec stupeur les femmes et la laisse d'argent. Dans son esprit, il avait associé celle dont la robe s'ornait d'éclairs aux fontaines de feu dans la mer et présumé qu'elle était une Aes Sedai. Egeanine venait de lui mettre le cerveau en ébullition. *Personne ne peut faire ça à une...* « C'est une Aes Sedai ? » dit-il d'une voix incrédule.

Il ne vit même pas venir le revers de main négligent. Il trébucha quand le gantelet au dos d'acier lui fendit la lèvre.

« Ce nom n'est jamais prononcé, dit Egeanine avec une douceur inquiétante. Elles ne sont que les *damanes*, les Enchaînées, et à présent elles servent. » Son regard aurait fait paraître la glace chaude.

Domon ravala son sang et maintint à ses côtés ses mains crispées. Même s'il avait eu une épée à sa portée, il n'aurait pas conduit son équipage à la boucherie contre une douzaine de soldats en armure, mais ce lui fut un effort de garder un ton humble. « Je n'entendais pas manquer de respect, Capitaine. Je ne connais rien de vous ni de vos habitudes. Si j'ai offensé, c'est par ignorance, non par intention. »

Elle le regarda, puis déclara : « Vous êtes tous ignorants, Capitaine, mais vous paierez la dette de vos aïeux. Cette terre était à nous et elle redeviendra nôtre. Elle le sera avec le Retour. » Domon ne sut que répondre – *Voyons, elle ne peut vouloir dire que ces racontars sur Artur Aile-de-Faucon sont véridiques ?* – aussi garda-t-il bouche cousue. « Vous conduirez votre bateau à Falme » – il voulut protester, mais elle eut un regard de colère qui le réduisit au silence – « où vous et votre bateau seront examinés. Si vous n'êtes qu'un paisible marchand, comme vous le prétendez, vous serez autorisé à continuer votre métier quand vous aurez prêté les serments.

– Les serments, Capitaine ? Quels serments ?

– Obéir, attendre et servir. Vos ancêtres auraient dû s'en souvenir. »

Elle rassembla ses hommes – à l'exception d'un seul en armure simple, ce qui le désignait comme d'un rang peu élevé tout comme la profondeur du salut qu'il adressa au Capitaine Egeanine – et leur chaloupe s'éloigna vers le grand vaisseau. Le Seanchan restant ne donna pas d'ordres, il se contenta de s'asseoir en tailleur sur le pont et se mit à affiler son épée, tandis que l'équipage hissait les voiles et mettait le bateau en route. Il semblait ne pas craindre d'être seul et Domon aurait jeté personnellement par-dessus bord le matelot qui aurait porté la main sur lui car, cependant que *L'Écume* longeait la côte, le vaisseau seanchan le suivait en eau plus profonde. Il y avait un quart de lieue entre les deux navires, mais Domon savait n'avoir aucune chance de s'échapper et il avait bien l'intention de rendre son passager au Capitaine Egeanine en aussi bon état que s'il avait été transporté dans les bras de sa mère.

Le trajet jusqu'à Falme fut long, et Domon réussit finalement à persuader le Seanchan de bavarder – tant soit peu. C'était un homme d'âge mûr aux yeux noirs, avec une cicatrice ancienne au-dessus des yeux et une autre qui lui entaillait le menton, son nom était Caban et il n'avait que du mépris pour quiconque vivait de ce côté-ci de l'Océan d'Aryth. Cela donna à réfléchir à Domon. *Peut-être sont-ils vraiment... Non, c'est de la folie.* La diction de Caban avait le même manque d'articulation que celle d'Egeanine mais, alors que la sienne était de la soie glissant sur du métal, celle de Caban évoquait le cuir crissant sur du roc, et il voulait essentiellement discourir de batailles, de beuveries et de femmes qu'il avait connues. La moitié du temps, Domon ne savait pas s'il parlait du moment et du lieu présents ou de là où il venait. Il ne se montrait nullement expansif, c'est un fait, sur ce que Domon avait envie de connaître.

Une fois, Domon l'interrogea sur les *damanes*. Caban allongea le bras depuis l'endroit où il était assis, devant l'homme de barre, et appuya la pointe de son épée sur la gorge de Domon. « Prenez garde à ce que touche votre langue, sinon vous la perdrez. C'est l'affaire du Sang, pas de gens de votre espèce. Ou de la mienne. » Un sourire lui fendit la bouche jusqu'aux oreilles en le disant et, dès qu'il eut fini, il se remit à faire glisser une pierre le long de sa lourde lame courbe.

Domon porta la main à la goutte de sang qui s'enflait au-dessus de son col et résolut de s'abstenir désormais de questionner au moins sur ce sujet-là.

Plus les deux navires approchaient de Falme, plus ils dépassaient de hauts vaisseaux d'aspect carré appartenant aux Seanchans, les uns sous voiles, mais davantage à l'ancre. Chacun était renflé à l'avant et nanti de châteaux en proue et en poupe ; Domon n'en avait jamais vu d'aussi massif, même chez le Peuple de la Mer. Il aperçut un petit nombre de bâtiments, identifiables par leurs proues pointues et leurs voiles obliques comme étant de la région, qui fendaient la houle verte. Ce qui lui donna l'assurance qu'Egeanine avait dit vrai en parlant de le laisser aller librement.

Quand *L'Écume* arriva au cap où se dressait Falme, Domon considéra avec ébahissement le nombre de navires seanchans ancrés devant le port. Il essaya de les compter et abandonna à cent, n'en ayant pas dénombré la moitié. Il avait vu cette quantité de bateaux réunis en un seul endroit jusqu'à présent – à Illian, à Tear et même à Tanchico – mais ces flottes comprenaient beaucoup de bâtiments plus petits. Marmonnant pour lui-même d'un ton morose, il fit entrer *L'Écume* dans le port, surveillé par son grand chien de garde seanchan.

La ville de Falme était située sur une langue de terre à l'extrémité même de la Pointe de Toman avec rien d'autre à l'ouest que l'Océan d'Aryth. De hautes falaises s'élevaient des deux côtés jusqu'à l'entrée du port et, au sommet de l'une d'elles, il y avait les tours des Guetteurs-Par-Dessus-Les-Vagues. Une cage était accrochée au flanc d'une des tours, avec un homme assis dedans, l'air abattu, les jambes pendantes entre les barreaux.

« Qui est-ce donc ? » questionna Domon.

Caban avait finalement abandonné son aiguisage d'épée, après que Domon avait commencé à se demander s'il avait l'intention de se raser avec. Le Seanchan leva les yeux vers l'endroit que Domon désignait. « Oh. C'est le Premier Guetteur. Pas celui qui était en poste quand nous sommes arrivés, bien entendu. Chaque fois qu'il meurt, on en choisit un autre et on le met dans la cage.

– Mais pourquoi ? » s'étonna Domon.

Le rictus de Caban découvrit trop de dents. « Ils n'avaient pas guetté ce qu'il fallait et oublié ce dont ils auraient dû se souvenir. »

Domon força ses yeux à se détourner du Seanchan. *L'Écume* descendit le long de la dernière lame de vraie houle de mer pour entrer dans les eaux plus calmes du port. *Je suis un marchand et ceci ne me concerne pas.*

Falme montait depuis les quais de pierre jusqu'en haut des pentes de la baie qui constituait le port. Domon fut incapable de décider si les maisons de pierre sombres formaient un bourg de bonne taille ou une petite cité. En tout cas, il ne vit pas d'immeubles rivalisant avec le plus petit palais d'Illian.

Il dirigea *L'Écume* vers un emplacement à l'un des quais et, pendant que l'équipage l'amarrait, il se demanda si les Seanchans achèteraient une partie des fusées d'artifice que contenait sa cale. *Ça ne me concerne pas.*

À sa surprise, Egeanine s'était fait conduire au quai avec sa *damane*. Cette fois, le bracelet était porté par une autre femme ayant les panneaux rouges et les éclairs en zigzag sur sa robe, mais la *damane* était la même jeune femme à l'expression désolée qui ne levait les yeux que lorsque l'autre lui parlait. Sur l'ordre d'Egeanine, Domon et son équipage furent débarqués sur le quai où ils s'assirent, sous les yeux de deux de ses soldats – elle semblait penser que davantage n'était pas nécessaire, et Domon n'avait pas l'intention de discuter avec elle là-dessus – tandis que d'autres fouillaient *L'Écume* sous sa direction. La *damane* participait aux recherches.

Le long du quai apparut une chose. Domon était incapable de trouver un autre mot pour la décrire. Une créature lourdaude avec une peau gris-vert ressemblant à du cuir et une bouche qui était un bec dans une tête cunéiforme. Et trois yeux. Elle avançait pesamment à côté d'un homme dont l'armure portait trois yeux peints, exactement comme ceux de la créature. Les gens du pays, dockers et matelots aux chemises grossièrement brodées sous de longs gilets descendant au genou, s'écartaient peureusement sur le passage de ces deux-là, mais aucun Seanchan ne leur prêtait attention.

L'homme et cette créature s'engagèrent entre les bâtiments, laissant Domon avec un regard stupéfait et ses matelots murmurant entre leurs dents. Les deux gardes seanchans se gaussèrent d'eux en silence. *Pas mon affaire*, se morigéna Domon. Son affaire, c'était son bateau.

L'air avait une odeur familière d'eau salée et de poix. Il changea de position avec malaise sur les pierres, chauffées à blanc par le soleil, et se demanda ce que les Seanchans cherchaient. Ce que la *damane* cherchait. Se demanda ce qu'était cette créature. Des mouettes criaient en tournoyant au-dessus du port. Il pensa aux sons que pouvait émettre un homme encagé. *Ce n'est pas mon affaire.*

Finalement Egeanine ramena les autres sur le quai. Le capitaine seanchan, Domon le remarqua avec défiance, tenait quelque chose enveloppé dans un morceau de soie jaune. Quelque chose d'assez petit pour être porté dans une seule main, mais qui était posé avec précaution dans les deux siennes.

Il se releva – lentement, à cause des soldats, nonobstant le dédain exprimé dans leurs yeux, le même que dans ceux de Caban. « Vous voyez, Capitaine ? Je ne suis qu'un paisible négociant. Peut-être vos compatriotes aimeraient-ils acheter quelques feux d'artifice ?

– Peut-être, négociant. » Elle avait une expression d'excitation contenue qui inquiéta Domon, et ses paroles suivantes accrurent ce sentiment. « Venez avec moi. »

Elle commanda à deux soldats de les accompagner et l'un d'eux donna une poussée à Domon pour qu'il se mette en marche. Ce n'était pas une bourrade brutale ; Domon avait vu des fermiers pousser une vache de cette façon pour l'inciter à bouger. Serrant les dents, il suivit Egeanine.

La rue pavée en cailloutis escaladait la pente, laissant derrière l'odeur du port. Les maisons coiffées d'ardoises devinrent plus grandes et plus hautes à mesure que la rue montait. Fait étonnant pour une ville sous la coupe d'envahisseurs, il y avait dans les rues plus de gens du pays que de soldats seanchans et, de temps à autre, un palanquin aux rideaux clos survenait, porté par des hommes au torse nu. Les habitants de Falme semblaient vaquer à leurs occupations comme si les Seanchans n'étaient pas là. Ou presque pas là.

Quand passait un palanquin ou un soldat, les pauvres, avec juste une ou deux lignes en forme de volute brodées sur leurs vêtements crasseux, aussi bien que les riches, avec des chemises, tuniques et robes couvertes de l'épaule à la taille par des broderies au dessin complexe, s'inclinaient et demeuraient courbés jusqu'à ce que le Seanchan ait disparu. Ils firent de même pour Domon et son escorte. Ni Egeanine ni ses soldats ne les gratifièrent même d'un coup d'œil.

Domon se rendit soudain compte avec un choc que quelques-uns des gens du pays qu'ils croisaient avaient un poignard à la ceinture et, dans quelques cas, une épée. Il était si surpris qu'il parla sans réfléchir. « Il y en a qui sont de votre côté ? »

Egeanine le regarda par-dessus son épaule en fronçant les sourcils, visiblement perplexe. Sans ralentir, elle jeta un coup d'œil aux passants et hocha la tête pour elle-même. « Vous faites allusion aux épées. À présent, ces gens sont à nous, marchand ; ils ont prêté les serments. » Elle s'arrêta brusquement, le doigt pointé vers un homme de haute taille et de forte carrure, vêtu d'une tunique surchargée de broderies, armé d'une épée qui se balançait au bout d'un simple baudrier de cuir. « Vous. »

L'homme s'arrêta net, un pied en l'air et une subite expression d'effroi sur le visage. Il avait des traits rudes mais donnait l'impression d'avoir envie de prendre la fuite. En lieu de quoi, il se tourna vers elle et s'inclina, les mains sur les genoux, le regard abaissé vers les bottes d'Egeanine. « En quoi cette personne pourrait-elle servir le Capitaine ? demanda-t-il d'une voix blanche.

– Vous êtes un marchand ? répliqua Egeanine. Vous avez prêté les serments ?

– Oui, Capitaine. Oui. » Il garda les yeux fixés sur les pieds de la Seanchane.

« Que dites-vous aux gens quand vous conduisez vos chariots au cœur du pays ?

– Qu'ils doivent obéir aux Avant-Courriers, Capitaine, attendre le Retour et servir Ceux-qui-sont-Revenus-au-Pays-de-leurs-aïeux.

– Et vous ne pensez jamais à utiliser cette épée contre nous ? »

Les mains de l'homme se crispèrent sur ses genoux au point que ses jointures blanchirent, et de la peur vibra soudain dans sa voix. « J'ai prêté les serments, Capitaine. J'obéis, j'attends et je sers.

– Vous voyez ? reprit Egeanine en s'adressant à Domon. Il n'y a aucune raison de leur interdire le port d'armes. Il faut que le commerce marche et les négociants doivent se protéger contre les bandits. Nous permettons aux gens d'aller et venir à leur gré, pour autant qu'ils obéissent, attendent et servent. Leurs ancêtres ont rompu leurs serments, mais ceux-ci sont plus sages. » Elle se remit à gravir la colline et les soldats poussèrent Domon à sa suite.

Il se retourna pour regarder le marchand. L'homme resta courbé comme il l'était jusqu'à ce qu'Egeanine ait avancé de dix pas, puis il se redressa et se hâta dans l'autre sens, à grandes enjambées bondissantes le long de la pente.

Egeanine et les gardes de Domon ne s'intéressèrent pas non plus à la troupe de cavaliers seanchans qui grimpaient aussi la colline et les dépassèrent. Les soldats étaient à califourchon sur des créatures qui ressemblaient presque à des chats de la taille d'un cheval mais avec des écailles de lézard couleur de bronze ondulant sous leur selle. Des pattes griffues agrippaient le cailloutis. Une tête à trois yeux pivota pour examiner Domon quand la troupe arriva à leur hauteur ; toute autre considération mise à part, elle avait l'air trop... perspicace pour la paix d'esprit de Domon. Il trébucha et faillit tomber. Tout le long de la rue, les habitants de Falme reculaient et s'aplatissaient contre la façade des maisons, certains fermant les yeux. Les Seanchans ne leur adressaient pas un regard.

Domon comprit pourquoi les Seanchans pouvaient accorder aux gens autant de liberté. Il se demanda s'il aurait eu assez de sang-froid pour résister. Des *damanes*. Des monstres. Il se demanda ce qui pourrait empêcher les Seanchans d'avancer jusqu'à l'Échine du Monde. *Pas mon affaire*, se rappela-t-il avec rudesse, et il chercha s'il n'y aurait pas moyen d'éviter les Seanchans dans ses futures expéditions commerciales.

Ils atteignirent le sommet de la pente, où la ville cédait la place à des collines. Il n'y avait pas de mur d'enceinte. Devant eux se trouvaient les auberges accueillant les marchands qui commerçaient dans l'intérieur du pays, et des écuries et des cours où ranger les chariots. Ici, les maisons auraient fait de respectables manoirs pour les seigneurs de rang modeste à Illian. La plus vaste avait devant sa façade une garde d'honneur de soldats seanchans, et une bannière bordée de bleu arborant un faucon d'or aux ailes déployées flottait au-dessus.

Egeanine abandonna son épée et son poignard avant d'emmener Domon à l'intérieur. Ses deux gardes restèrent dans la rue. Domon commença à transpirer. Il pressentait dans cette histoire la présence d un seigneur ; faire affaire avec un seigneur sur le propre terrain de celui-ci n'était jamais bon.

Dans le vestibule, Egeanine laissa Domon près de la porte et s'adressa à un serviteur. Un homme de la région, à en juger par les amples manches de sa chemise et les spirales brodées sur sa poitrine. Domon crut entendre les mots « Puissant Seigneur ». Le scrviteur s'éloigna vivement et, quand il revint, les conduisit finalement à ce qui devait être à coup sûr la plus vaste pièce de la demeure. Tout le mobilier en avait été enlevé, même les tapis, et le dallage de pierre était poli jusqu'à en briller. Des paravents peints d'oiseaux bizarres masquaient murs et fenêtres.

Egeanine s'arrêta aussitôt qu'elle eut pénétré à l'intérieur de la salle. Quand Domon voulut demander où ils se trouvaient et pourquoi, elle lui intima silence d'un regard féroce et d'un grondement inarticulé. Elle était immobile mais paraissait prête à bondir sur la pointe des pieds. Elle tenait ce qu'elle avait emporté de son bateau comme si c'était précieux. Il tenta d'imaginer ce que cela pouvait être.

Soudain un gong résonna doucement et la Seanchane tomba à genoux, déposant soigneusement à côté d'elle le quelque chose enveloppé de soie. Sur un coup d'œil d'elle, Domon s'agenouilla aussi. Les seigneurs ont des manières curieuses et il soupçonna les seigneurs seanchans d'en avoir de plus étranges que celles qu'il connaissait.

Deux hommes apparurent dans l'encadrement de la porte à l'autre extrémité de la salle. L'un avait le côté gauche du crâne rasé, le reste de ses cheveux blond pâle était natté et pendait sur son oreille jusqu'à l'épaule. Sa robe jaune foncé tombait jusqu'à terre juste assez pour laisser apparaître furtivement le bout de pantoufles jaunes quand il marchait. L'autre portait une robe de soie bleue brochée d'un motif d'oiseaux et assez longue pour traîner de près d'une fois sa hauteur derrière lui. Il avait la tête complètement rasée et ses ongles égalaient au moins la dimension de deux jointures de doigts, les ongles de l'index et du majeur de chaque main étaient laqués de bleu. Domon en resta bouche bée.

« Vous êtes en présence du Haut et Puissant Seigneur Turak qui conduit Ceux-qui-Viennent-en-avant et prête son aide au Retour », psalmodia l'homme blond.

Egeanine se prosterna, les mains le long des flancs. Domon l'imita vivement. *Même les Puissants Seigneurs de Tear n'en demandent pas tant*, songea-t-il. Du coin de l'œil, il aperçut Egeanine qui baisait le sol. Avec une grimace, il décida qu'il y avait des limites à l'imitation. *Ils ne peuvent pas voir si je m'exécute ou non, de toute façon.* Soudain Egeanine se releva. Il commença aussi à se redresser et avait plié un genou quand un grognement de gorge d'Egeanine et un air scandalisé sur la face de l'homme à la tresse le ramenèrent à sa position première, face au sol et rageant entre ses dents. *Je ne ferais pas cela pour le Roi d'Illian et le Conseil des Neuf réunis.*

« Votre nom est Egeanine ? » Ce devait être la voix de

l'homme en robe bleue. Sa diction, avaleuse de syllabes, suivait un rythme qui ressemblait presque à du chant.

« J'ai été ainsi nommée le Jour-de-mon-épée, Puissant Seigneur, répliqua-t-elle d'un ton plein d'humilité.

– C'est un beau spécimen, Egeanine. Tout à fait rare. Désirez-vous une récompense ?

– Que le Puissant Seigneur soit satisfait est une récompense suffisante. Je vis pour servir, Puissant Seigneur.

– Je mentionnerai votre nom à l'Impératrice, Egeanine. Après le Retour, de nouveaux noms seront intégrés dans la liste du Sang. Montrez-vous apte et vous pourrez rejeter le nom d'Egeanine pour un autre plus noble.

– Le Puissant Seigneur m'honore.

– Oui. Vous pouvez vous retirer. »

Domon ne voyait que ses bottes sortant à reculons de la salle, s'arrêtant par intervalles pour des révérences. La porte se referma derrière elle. Le silence perdura. Domon regardait la sueur dégoutter de son front par terre quand Turak prit de nouveau la parole.

« Vous pouvez vous relever, négociant. »

Domon se mit sur pied et vit ce que Turak tenait dans ses doigts aux ongles démesurés. Le disque de *cuendillar* en forme de l'antique sceau des Aes Sedai. Se rappelant la réaction d'Egeanine quand il avait mentionné les Aes Sedai, Domon commença à transpirer à grande eau. Il n'y avait pas d'animosité dans les yeux noirs du Puissant Seigneur, seulement une légère curiosité, mais Domon ne se fiait pas aux seigneurs.

« Savez-vous ce qu'est ceci, négociant ?

– Non, Puissant Seigneur. » Domon avait répondu d'un ton ferme comme le roc ; aucun marchand ne survivrait longtemps s'il était incapable de mentir avec un visage impassible et une voix normale.

« Et cependant vous le conservez dans un emplacement secret.

– Je collectionne de vieux objets des temps passés, Puissant Seigneur. Il y en a qui volent ces choses-là, s'ils peuvent mettre facilement la main dessus. »

Turak contempla pendant un instant le disque noir et blanc. « Ceci est en cuendillar, négociant – connaissez-vous ce nom ? – et plus ancien que vous ne l'imaginez peut-être. Venez avec moi. »

Domon le suivit avec circonspection, se sentant un peu

plus rasséréné. Avec n'importe quel seigneur des pays où il avait voyagé, si des gardes devaient être convoqués, ils l'auraient déjà été. Mais le peu qu'il avait vu des Seanchans lui avait appris qu'ils ne se conduisaient pas comme les autres hommes. Il contraignit son expression à rester calme.

Il fut conduit dans une autre pièce. Il se dit que ce qui la meublait avait dû être apporté par Turak. Ce mobilier semblait tout en courbes, sans une seule ligne droite, et le bois avait été poli de façon à ce que ressorte son grain inconnu. Il y avait un seul fauteuil, sur un tapis de soie où étaient tissés des oiseaux et des fleurs et une vaste armoire de forme circulaire. Des paravents constituaient de nouvelles parois.

L'homme à la tresse ouvrit les portes de l'armoire, révélant des étagères portant un curieux assortiment de figurines, de coupes, de bols, de vases, cinquante objets différents, pas deux de la même taille ou de la même forme. Domon fut suffoqué quand Turak déposa avec soin le disque à côté de son jumeau.

« De la *cuendillar*, reprit Turak. Voilà ce dont je fais collection, négociant. Seule l'Impératrice en possède une plus belle. »

Les yeux de Domon lui en sortaient presque de la tête. Si tout ce qui se trouvait sur ces planches était bien de la *cuendillar*, cela suffirait à acheter un royaume, ou du moins à fonder une importante Maison. Pour en avoir acquis autant, même un roi pourrait s'être mis sur la paille, en admettant même qu'il ait su où en trouver pareille quantité. Domon arbora un sourire.

« Haut et Puissant Seigneur, veuillez accepter cet objet en cadeau. » Il ne tenait pas à s'en séparer, mais cela valait mieux que d'irriter ce Seanchan. *Si ça se trouve, les Amis du Ténébreux vont maintenant le pourchasser.* « Je ne suis qu'un simple négociant. Je veux seulement faire du commerce. Laissez-moi reprendre la mer et je promets que... »

L'expression de Turak ne changea nullement, mais l'homme à la tresse interrompit Domon d'une exclamation sèche : « Chien non rasé ! Vous parlez de donner au Puissant Seigneur ce que le Capitaine Egeanine a déjà donné. Vous marchandez, comme si le Puissant Seigneur était un... un commerçant ! Vous serez écorché vif en neuf jours, chien, et... » Le mouvement à peine perceptible du doigt de Turak le réduisit au silence.

« Je ne peux pas vous permettre de me quitter, négociant, déclara le Puissant Seigneur. Dans cette terre de briseurs de serments envahie par l'Ombre, je ne trouve personne qui sache s'entretenir avec quelqu'un de raffiné. Mais vous êtes un collectionneur. Peut-être votre conversation sera-t-elle intéressante. » Il s'installa dans le fauteuil, nonchalamment renversé dans ses courbes, pour examiner Domon.

Ce dernier esquissa ce qu'il espérait être un sourire engageant. « Puissant Seigneur, je suis un simple négociant, un homme simple. Je n'ai pas l'habitude de converser avec des Seigneurs importants. »

L'homme à la tresse lui décocha un regard incendiaire, mais Turak parut ne pas entendre. De derrière un des paravents apparut d'un pas rapide une svelte et jolie jeune femme qui s'agenouilla devant le Puissant Seigneur en lui présentant un plateau de laque sur lequel il n'y avait qu'une tasse, fine et dépourvue d'anse, contenant un liquide noir fumant. Elle avait un visage rond au teint sombre qui rappelait vaguement le type des membres du Peuple de la Mer. Sans lui accorder un regard, Turak prit précautionneusement la tasse entre ses doigts aux ongles démesurés et huma l'odeur qui s'en exhalait. Domon jeta un coup d'œil à la servante et détourna la tête en étouffant un hoquet de surprise ; sa robe de soie blanche était brodée de fleurs mais si mince qu'il voyait aisément au travers et il n'y avait dessous que la gracilité de son corps.

« L'arôme du *kaf*, dit Turak, est presque aussi délectable que son goût. Voyons, négociant. J'ai appris que la *cuendillar* était encore plus rare ici qu'au Seanchan. Expliquez-moi comment un simple commerçant est parvenu à en posséder un exemplaire. » Il but son *kaf* à petites gorgées et attendit.

Domon respira à fond et se mit en devoir d'essayer de se sortir de Falme à force de mensonges.

30. Le Daes Dae'mar

Dans la chambre que partageaient Hurin et Loial, Rand scrutait par la fenêtre le tracé bien ordonné de Cairhien avec ses alignements en gradins, ses bâtiments de pierre aux toits d'ardoise. Il ne pouvait pas voir la Maison des Illuminateurs ; même si d'énormes tours et de vastes résidences seigneuriales ne lui avaient pas fait obstacle, les remparts de la cité l'en auraient empêché. Les Illuminateurs étaient le sujet de toutes les conversations, même maintenant des jours après cette soirée où ils avaient envoyé dans le ciel une unique fleur nocturne, et en avance encore. Une douzaine de versions différentes du scandale avaient couru, sans compter des variations mineures, mais aucune approchant de la vérité.

Rand se détourna. Il espérait que personne n'avait été blessé dans l'incendie, mais les Illuminateurs n'avaient jusqu'ici jamais admis qu'il y en avait eu un. Ils gardaient bouche cousue concernant tout ce qui se passait à l'intérieur de leur Maison de Réunion.

« Je me chargerai de la prochaine garde dès mon retour, dit-il à Hurin.

– Ce n'est pas nécessaire, mon Seigneur. » Hurin s'inclina aussi profondément qu'un Cairhienin. « Je peux me charger de surveiller. Sincèrement, mon Seigneur n'a pas besoin de se déranger. »

Rand soupira et échangea un coup d'œil avec Loial. L'Ogier se contenta de hausser les épaules. Le Flaireur devenait plus cérémonieux de jour en jour depuis qu'ils étaient à Cairhien ; l'Ogier se contentait de commenter que les humains agissaient souvent de façon bizarre.

« Hurin, dit Rand, vous aviez l'habitude de m'appeler Seigneur Rand et non pas de me gratifier d'une révérence chaque fois que je m'adressais à vous. » *Je veux qu'il se détende et m'appelle de nouveau Seigneur Rand*, songea-t-il avec stupeur. *Seigneur Rand ! Par la Lumière, il faut que nous partions d'ici avant que je commence à avoir envie qu'il me salue bien bas.* « Voulez-vous vous asseoir, je vous prie ? Vous me fatiguez rien qu'à vous regarder. »

Hurin se tenait au garde-à-vous mais paraissait prêt à s'élancer pour accomplir n'importe quelle tâche que Rand requerrait de lui. Présentement, il ne relâcha pas sa pose rigide ni ne s'assit. « Ce ne serait pas convenable, mon Seigneur. Nous devons montrer à ces Cairhienins que nous savons nous conduire avec autant de décorum que...

– Voulez-vous arrêter de dire ça ! s'exclama Rand avec violence.

– Comme il vous plaira, mon Seigneur. »

Rand dut faire un effort pour ne pas pousser un autre soupir. « Hurin, je suis désolé. Je n'aurais pas dû vous crier après.

– C'est votre droit, mon Seigneur, répliqua Hurin avec simplicité. Si je n'agis pas comme vous le désirez, c'est votre droit de me réprimander. »

Rand avança vers le Flaireur avec l'intention de l'attraper au collet et de le secouer.

Un coup frappé à la porte donnant dans la chambre de Rand les figea tous sur place, mais Rand fut content de voir que Hurin n'avait pas attendu d'en demander la permission avant de saisir son épée. La lame estampillée au héron était suspendue à la taille de Rand ; en se mettant en marche, il en toucha la poignée. Il laissa à Loial le temps de s'asseoir sur son long lit, disposant ses jambes et les pans de sa tunique de façon à rendre encore moins visible le coffre enveloppé d'une couverture caché sous ce lit, puis il rabattit brusquement la porte.

L'aubergiste se tenait là, piétinant d'impatience, et il plaça son plateau sous le nez de Rand. Deux parchemins scellés s'y trouvaient. « Pardonnez-moi, mon Seigneur, dit Cuale d'une voix haletante. Je ne pouvais pas attendre que vous descendiez et comme vous n'étiez pas dans votre propre chambre, et... et... Pardonnez-moi, mais... » Il agita le plateau.

Rand saisit les invitations sans les regarder, il y en avait eu tellement, attrapa l'aubergiste par le bras et le tourna vers la porte du couloir. « Merci d'avoir pris cette peine, Maître Cuale. Et maintenant, voulez-vous nous laisser seuls, s'il vous plaît...

– Mais, mon Seigneur, protesta Cuale, ces invitations viennent de...

– Merci. » Rand poussa l'aubergiste dans le couloir et referma la porte d'un geste ferme. Il jeta les parchemins sur la table. « Il n'a encore jamais fait ça. Loial, croyez-vous qu'il a écouté à la porte avant de frapper ?

– Vous commencez à penser comme ces Cairhienins. » L'Ogier rit, mais il frémit des oreilles pensivement et ajouta : « Toutefois, c'est un Cairhienin, alors peut-être que oui. Je ne pense pas que nous ayons dit quoi que ce soit qu'il n'aurait pas dû entendre. »

Rand essaya de se souvenir. Aucun d'eux n'avait mentionné le Cor de Valère, ou les Trollocs, ou les Amis du Ténébreux. Quand il s'avisa qu'il était en train de se demander comment Cuale pourrait se servir de ce qu'ils avaient effectivement dit, il se secoua. « Les mœurs d'ici sont contagieuses », murmura-t-il entre ses dents.

« Mon Seigneur ? » Hurin avait pris en main les parchemins et regardait fixement les sceaux. « Mon Seigneur, ils viennent du Seigneur Barthanes, Haut Siège de la Maison de Damodred, et du... » – dans son émoi, sa voix baissa de ton – « du Roi. »

Rand les écarta du geste. « Ils iront quand même au feu, comme les autres. Non ouverts.

– Mais... , mon Seigneur !

– Hurin, répliqua Rand avec patience, vous et Loial m'avez bien détaillé à vous deux ce qu'est ce Grand Jeu. Si je vais là où l'on m'invite, les Cairhienins y verront un indice quelconque et ils penseront que je participe au complot de quelqu'un. Si je n'y vais pas, ils en tireront aussi une conclusion. Si j'envoie une réponse, ils se creuseront les méninges pour y trouver un sens et de même si je ne réponds pas. Et comme apparemment la moitié de Cairhien épie l'autre, il n'y a personne qui ne soit renseigné sur moi. J'ai brûlé les deux premières invitations et je vais brûler celles-ci, exactement comme les autres. » Un jour, il y en avait eu douze dans la liasse qu'il avait jetée dans l'âtre, les sceaux intacts. « Quelque conclusion qu'ils en tirent, du moins sera-ce la même pour tout le monde. Je ne suis pour personne de Cairhien et je ne suis contre personne.

– Je vous répète ce que j'ai tenté de vous expliquer, riposta Loial, à mon sens, cela ne fonctionne pas de cette façon. Quoi que vous décidiez, les Cairhienins y verront une manœuvre. C'est du moins ce que disait toujours Haman l'Ancien. »

Hurin tendit les invitations scellées à Rand comme s'il s'agissait d'or. « Mon Seigneur, celle-ci porte le sceau personnel du Seigneur Barthanes, qui est le plus puissant après le Roi. Mon Seigneur, brûlez-les et vous vous créerez les ennemis les plus puissants que vous puissiez avoir. Brûler les invitations a donné des résultats jusqu'à présent parce que les autres Maisons attendent de voir ce que vous avez en tête et s'imaginent que vous devez avoir de puissants alliés pour courir le risque de les insulter. Mais le Seigneur Barthanes... et le Roi ! Insultez-les et ils réagiront, c'est certain. »

Rand se passa les mains dans les cheveux. « Et si je refuse leurs deux invitations ?

– Cela ne servira à rien, mon Seigneur. Toutes les Maisons de la première à la dernière vous ont envoyé une invitation maintenant. Si vous déclinez celles-ci... eh bien, c'est sûr qu'au moins une des autres Maisons, si vous n'êtes pas allié avec le Roi ou le Seigneur Barthanes, estimera qu'elle peut venger l'insulte d'avoir brûlé son invitation. Mon Seigneur, j'ai entendu dire que les Maisons de Cairhien ont des tueurs à leur solde aujourd'hui. Un poignard dans la rue. Une flèche du haut d'un toit. Du poison versé dans votre vin.

– Pourquoi ne pas accepter les deux ? suggéra Loial. Je sais que vous n'en avez pas envie, Rand, mais ce pourrait même être amusant. Une soirée dans un manoir seigneurial ou même au Palais Royal. Rand, les Shienariens ont cru en vous. »

Rand eut une grimace. Les Shienariens l'avaient cru un seigneur par pur hasard ; le hasard d'une ressemblance de noms, une rumeur parmi les serviteurs, et Moiraine et l'Amyrlin mettant leur grain de sel. Par contre, Séléné y avait cru, elle aussi. *Peut-être sera-t-elle à l'une de ces réceptions.*

Toutefois, Hurin secouait la tête énergiquement. « Bâtisseur, vous ne connaissez pas le *Daes Dae'mar* aussi bien que vous le pensez. Avec la plupart des Maisons, cela n'aurait pas d'importance. Même quand elles complotent à outrance les unes contre les autres, elles se conduisent comme si de rien n'était, en public. Sauf ces deux-là. La Maison de Damodred a occupé le trône jusqu'à ce que Laman le perde et elle veut le récupérer. Le Roi l'écraserait si elle n'était pas presque aussi puissante que lui. On ne trouve pas de rivaux plus acharnés que la Maison de Riatin et la Maison de Damodred. Si mon Seigneur accepte les deux, l'une et l'autre Maison seront au courant dès qu'il enverra ses réponses, et l'une et l'autre penseront qu'il participe à un complot ourdi par l'autre contre elle. Elles se serviront du poignard et du poison en un clin d'œil.

– Et je suppose, grommela Rand, que si je n'accepte l'invitation que d'une, l'autre imaginera que je suis allié avec cette Maison-là. » Hurin acquiesça d'un signe de tête. « Et elle tentera probablement de me tuer pour couper court à ce dans quoi je suis impliqué. » Hurin acquiesça de nouveau. « Alors avez-vous une idée du moyen d'éviter que l'une ou l'autre veuille me voir mort ? » Hurin secoua négativement la tête. « Je voudrais bien n'avoir pas brûlé ces deux premières.

– Oui, mon Seigneur, mais cela n'aurait pas changé grand-chose à la situation, m'est avis. Quelle que soit la personne que vous auriez acceptée ou repoussée, ces Cairhienins en déduiraient quelque chose. »

Rand tendit la main et Hurin y déposa les deux parchemins pliés. L'un était scellé non avec *l'Arbre et la Couronne* de la Maison de Damodred mais avec le *Sanglier en Pleine Charge* de Barthanes. L'autre arborait le *Cerf* de Galldrian. Des sceaux personnels. Manifestement, il avait réussi sans même lever le petit doigt à susciter de l'intérêt dans les plus hautes sphères.

« Ces gens sont fous, dit-il en s'efforçant d'imaginer un moyen de s'en sortir.

– Oui, mon Seigneur.

– Je les laisserai me voir avec ces parchemins dans la salle commune », dit-il avec lenteur. Tout ce qui était vu dans la salle de l'auberge était connu dans dix Maisons avant la tombée de la nuit, et dans toutes à l'aube le lendemain. « Je ne romprai pas les cachets. De cette façon, on saura que je n'ai encore répondu à aucune invitation. Aussi longtemps qu'on attendra de voir de quel côté je me tourne, peut-être gagnerai-je quelques jours de grâce. Il faut qu'Ingtar arrive bientôt. C'est vital.

– Voilà qui est penser comme un Cairhienin, mon Seigneur », déclara Hurin avec un grand sourire.

Rand lui décocha un coup d'œil peu amène, puis fourra les parchemins dans sa poche, par-dessus les lettres de Séléné. « Allons-y, Loial. Il se peut qu'Ingtar soit là. »

Quand Loial et lui descendirent dans la grande salle, ni homme ni femme ne regardèrent Rand. Cuale astiquait un plateau d'argent comme si sa vie dépendait de son brillant. Les serveuses se hâtaient entre les tables comme si Rand et l'Ogier n'existaient pas. Clients et clientes attablés contemplaient unanimement avec fixité leurs chopes comme si les secrets du pouvoir gisaient au fond du vin ou de l'ale. Personne ne disait mot.

Au bout d'un instant, Rand sortit de sa poche les deux invitations, examina les sceaux, puis les remit en place. Cuale esquissa un soubresaut quand il se dirigea vers la porte. Avant que le battant se soit refermé derrière lui, Rand entendit les conversations fuser de nouveau.

Il arpentait la rue si vite que Loial n'eut pas à modérer son allure pour rester à côté de lui. « Nous devons trouver un moyen de sortir de la cité, Loial. Ce tour de passe-passe avec les invitations ne tiendra pas plus de deux ou trois jours. Si Ingtar n'est pas arrivé d'ici là, nous devons partir de toute façon.

– D'accord, dit Loial.

– Mais comment ? »

Loial commença à dénombrer les faits sur le bout de ses gros doigts. « Fain est dans le Faubourg, sinon il n'y aurait pas de Trollocs là-bas. Si nous sortons à cheval, ils nous sauteront dessus dès que nous serons hors de vue de la ville. Si nous voyageons avec un convoi de marchands, ils nous attaqueront certainement. » Aucun marchand n'avait plus de cinq ou six gardes du corps et ils prendraient sûrement leurs jambes à leur cou dès qu'ils apercevraient un Trolloc. « Dommage que nous ne sachions pas de combien de Trollocs Fain dispose, ni de combien d'Amis du Ténébreux. Vous avez diminué leur nombre. » Il ne mentionna pas le Trolloc qu'il avait tué mais, d'après sa mine rembrunie, ses longs sourcils qui pendaient sur ses joues, il y songeait.

« Peu importe combien il y en a, répliqua Rand. Dix ne vaut pas mieux que cent. Que dix Trollocs nous attaquent, à mon avis nous ne nous en tirerions pas cette fois-ci. » Il évita de penser à la façon dont il pourrait, pourrait peut-être seulement, terrasser dix Trollocs. Somme toute, cela n'avait pas marché quand il avait voulu se porter au secours de Loial.

« Je ne le crois pas non plus. Je n'ai pas l'impression que nous avons assez d'argent pour voyager loin en bateau. D'ailleurs, en admettant même que nous en ayons suffisamment et que nous tentions de nous rendre aux quais du Faubourg... eh bien, Fain doit les faire surveiller par des Amis des Ténèbres. S'il présume que nous prendrons un bateau, je suis convaincu qu'il se moquerait pas mal que quelqu'un voie les Trollocs. Même au cas où nous aurions le dessus dans une bagarre avec les Trollocs, nous devrions nous expliquer devant les gardes de la cité et ils ne voudraient certainement pas admettre que nous sommes dans l'incapacité d'ouvrir le coffre, donc...

– Pas question que des Cairhienins aient connaissance de ce coffre, Loial. »

L'Ogier hocha la tête. « Et les quais de la cité sont également inaccessibles. » Les quais de la cité étaient réservés aux péniches de céréales et aux bateaux de plaisance des seigneurs et des dames. Personne n'y pénétrait sans autorisation. On pouvait les regarder depuis les remparts, mais c'était une hauteur de chute qui romprait même le cou de Loial. Loial agita le pouce comme s'il cherchait aussi pour cela un argument valable. « C'est dommage, vraiment, que nous ne puissions atteindre le *Stedding* Tsofu. Les Trollocs ne pénètrent jamais dans un *stedding*, mais ils ne nous donneraient jamais le temps de parcourir un aussi long trajet sans passer à l'attaque. »

Rand ne répondit pas. Ils étaient parvenus au grand poste de garde juste à l'intérieur de la porte par laquelle ils étaient entrés à Cairhien le premier jour. De l'autre côté, le Faubourg fourmillait d une foule tourbillonnante et deux gardes les surveillaient. Rand eut vaguement conscience qu'un homme, portant ce qui avait été naguère de solides vêtements à la mode du Shienar, replongeait dans la foule en le voyant, mais il n'en était pas certain. Il y avait trop de gens en costumes de trop de régions, qui tous se hâtaient. Il gravit le perron du poste où il pénétra, passant devant des sentinelles revêtues de cuirasses qui encadraient l'entrée.

Le vaste vestibule comprenait des bancs durs en bois

pour ceux qui avaient à faire là, principalement des gens attendant avec une humble patience, aux simples habits sombres qui étaient la marque distinctive du petit peuple le plus modeste. Il y avait parmi eux quelques Faubouriens, signalés par la vétusté et les vives couleurs de leur tenue, qui espéraient sans doute l'autorisation de chercher du travail à l'intérieur des remparts.

Rand se dirigea tout droit vers la longue table au fond de la salle. Un seul homme y était assis, pas un soldat, avec une unique barre verte en travers de sa cotte. Personnage corpulent dont la peau semblait prête à éclater, il aligna des documents sur la table et modifia par deux fois la position de son encrier avant de lever les yeux en adressant à Rand et à Loial un sourire artificiel.

« En quoi puis-je vous être utile, mon Seigneur ?

– De la même façon que j'espérais votre aide hier, ainsi qu'avant-hier et le jour précédent, répliqua Rand avec plus de patience qu'il n'en ressentait. Le Seigneur Ingtar est-il arrivé ?

– Le Seigneur Ingtar, mon Seigneur ? »

Rand aspira une grande bouffée d'air et la relâcha lentement. « Le Seigneur Ingtar de la Maison de Shinowa, dans le Shienar. Le même dont j'ai demandé des nouvelles chaque fois que je me suis présenté ici.

– Personne de ce nom n'est entré dans la cité, mon Seigneur.

– En êtes-vous certain ? N'avez-vous pas besoin de consulter au moins vos listes ?

– Mon Seigneur, les listes d'étrangers qui sont venus à Cairhien circulent entre les postes de garde au lever et au coucher du soleil, et je les examine dès qu'elles me sont apportées. Aucun seigneur du Shienar n'est entré dans Cairhien depuis quelque temps.

– Et la Dame Séléné ? Avant que vous me posiez de nouveau la question, j'ignore à quelle Maison elle appartient, mais je vous ai donné son nom et je vous l'ai décrite trois fois. N'est-ce pas suffisant ? »

L'employé ouvrit les mains dans un geste d'impuissance. « Je suis navré, mon Seigneur. Ne pas connaître sa Maison rend les choses très difficiles. » Son expression était neutre. Le dirait-il même s'il était au courant, Rand se le demanda.

Un mouvement sur le seuil d'une des portes derrière le bureau attira l'attention de Rand – un homme qui s'apprêtait à entrer dans le vestibule tournait précipitamment les talons.

« Peut-être le Capitaine Caldevwin saura-t-il me renseigner, dit Rand au commis.

– Le Capitaine Caldevwin, mon Seigneur ?

– Je viens de le voir derrière vous.

– Je suis désolé, mon Seigneur. S'il existait un Capitaine Caldevwin au poste de garde, je le saurais. »

Rand le dévisagea jusqu'à ce que Loial lui touche l'épaule. « Rand, mieux vaudrait partir. Je crois.

– Merci de votre obligeance, dit Rand d'une voix crispée. Je reviendrai demain.

– Je suis heureux de rendre service autant que c'est en mon pouvoir », répliqua le commis avec son sourire factice.

Rand sortit à grands pas du poste, si vite que Loial dut se presser pour le rattraper dans la rue. « Il mentait, soyez-en sûr, Loial. » Il ne ralentit pas, au contraire il précipita plutôt l'allure comme s'il pouvait se soulager un peu de sa frustration par l'exercice physique. « Caldevwin était bien là-bas. Il a menti peut-être sur toute la ligne. Aussi bien Ingtar est déjà là, en train de nous chercher. Je parie que ce bonhomme connaît aussi Séléné.

– Possible, Rand. Le *Daes Dae'mar*...

– Par la Lumière, je suis fatigué d'entendre parler du Grand Jeu. Je ne veux pas y jouer. Je ne veux pas y participer. » Loial continua à marcher à côté de lui, sans rien dire. « D'accord, reprit finalement Rand. On croit que je suis un seigneur et, dans Cairhien, même les seigneurs étrangers participent au Jeu. J'aurais bien aimé n'avoir jamais endossé cette tunique. » *Moiraine*, songea-t-il avec amertume. *Elle me cause encore des ennuis*. Presque aussitôt, cependant, bien qu'à regret, il admit qu'en toute honnêteté elle ne pouvait être tenue pour responsable de ce qui se passait ici. Il y avait toujours eu une bonne raison de feindre d'être ce qu'il n'était pas. D'abord pour soutenir le moral de Hurin, puis pour essayer de faire impression sur Séléné. Après Séléné, il n'avait pas trouvé moyen de cesser. Il ralentit le pas jusqu'à s'arrêter complètement. « Quand Moiraine m'a laissé partir, j'ai cru que les choses étaient de nouveau simples. Même aller en quête du Cor, même avec... avec tout ça, j'ai pensé que ce serait simple. » *Même avec le saidin dans ta tête ?* « Par la Lumière, que ne donnerais-je pas pour que tout recommence à être simple.

– Les *ta'veren*..., commença Loial.

– Je ne veux pas entendre parler de ça non plus. » Rand recommença à marcher au pas accéléré. « Tout ce que je désire, c'est rapporter le poignard à Mat et le Cor à Ingtar. » *Et ensuite ? Mourir ? Si je meurs avant de devenir fou, au moins ne nuirai-je à personne. Mais je ne souhaite pas non plus mourir. Lan a beau jeu de parler de Mettre l'Épée au Fourreau, je ne suis pas un Lige, je suis un berger.* « Si je m'abstiens d'y toucher, dit-il entre ses dents, peut-être que je pourrai... Owyn y a presque réussi.

– Quoi donc, Rand ? Je n'ai pas entendu.

– Oh, rien d'important, répliqua Rand d'un ton las. Je serai content lorsque Ingtar arrivera. Et Mat, et Perrin. »

Ils continuèrent leur chemin en silence pendant un temps, Rand perdu dans ses pensées. Le neveu de Thom avait survécu près de trois ans en canalisant seulement quand il le jugeait indispensable. Si Owyn était parvenu à limiter le nombre de ses recours au Pouvoir, ne pas canaliser du tout devait être réalisable, si séduisant que soit le saidin.

« Rand, annonça Loial, il y a un incendie devant nous. »

Rand secoua ses réflexions importunes et leva les yeux vers le cœur de la ville, les sourcils froncés. Une épaisse colonne de fumée noire ondoyait au-dessus des toits. Il ne voyait pas ce qu'il y avait à la base, mais cette fumée était trop proche de l'auberge.

« Les Amis du Ténébreux, dit-il en contemplant la fumée. Les Trollocs ne peuvent pénétrer à l'intérieur des remparts sans être vus, mais les Amis du Ténébreux... Hurin ! » Il s'élança au pas de course, Loial se maintenant sans peine à sa hauteur.

Plus ils se rapprochaient, plus cela devenait une certitude et quand ils parvinrent au dernier coin de rue, ils découvrirent *Le Défenseur du Rempart du Dragon* avec de la fumée jaillissant des fenêtres de son étage et des flammes se frayant une voie à travers le toit. Un attroupement s'était formé devant l'auberge. Cuale, criant et courant de-ci de-là, lançait des ordres à des hommes qui sortaient des objets d'ameublement dans la rue. Une double chaîne d'hommes se passait de main en main des seaux remplis à un puits situé plus loin dans la rue pour les apporter pleins à l'intérieur et les ressortir vidés. La plupart des assistants se contentaient de rester là à regarder ; une nouvelle nappe de flammes s'éleva à travers le toit d'ardoise et ils poussèrent un grand *aaaah*.

Rand se fraya un chemin au milieu des badauds jusqu'à l'aubergiste. « Où est Hurin ?

– Attention à cette table ! cria Cuale. Ne l'éraflez pas ! » Il se tourna vers Rand et cligna des paupières. Son visage était noirci par la fumée. « Mon Seigneur ? Qui ? Votre serviteur ? Je ne me rappelle pas l'avoir vu, mon Seigneur. Sans doute est-il sorti. Ne laisse pas tomber ces chandeliers, imbécile ! Ils sont en argent ! » Cuale s'éloigna d'un bond pour haranguer les hommes coltinant ses biens hors de l'auberge.

« Hurin ne serait pas sorti, dit Loial. Il n'aurait pas laissé le... » Il jeta un coup d'œil autour de lui et laissa sa phrase inachevée ; certains des assistants semblaient trouver l'Ogier aussi intéressant que l'incendie.

« Je sais », répliqua Rand qui s'engouffra dans l'auberge.

À voir la grande salle, on n'aurait guère cru que le bâtiment était en feu. La double chaîne d'hommes se déployait le long de l'escalier, se passant les seaux, et d'autres se précipitaient pour emporter ce qui restait de mobilier, mais il n'y avait là pas plus de fumée que si quelque chose avait brûlé dans la cuisine. À mesure que Rand montait en hâte, la fumée s'épaississait. En toussant, il gravit les marches quatre à quatre.

Les chaînes s'arrêtaient avant le palier, des hommes à mi-chemin de l'étage lançaient l'eau de leurs seaux en l'air jusqu'à un couloir empli de fumée. Des flammes léchaient les murs en jetant des lueurs rouges à travers la fumée noire.

Un des hommes attrapa Rand par le bras. « Vous ne pouvez pas aller là-haut, mon Seigneur. Au-dessus d'ici, tout est perdu. Ogier, raisonnez-le. »

C'est alors que Rand se rendit compte que Loial l'avait suivi. « Retournez, Loial, je vais le sortir.

– Vous ne pouvez pas porter en même temps Hurin et le coffre, Rand. » L'Ogier haussa les épaules. « D'ailleurs, je ne veux pas laisser mes livres brûler.

– Alors baissez-vous. Pour être au-dessous de la fumée. » Rand se mit à quatre pattes et escalada de cette façon le reste de l'escalier. L'air était plus léger à proximité du sol ; encore assez enfumé pour le faire tousser, mais il pouvait respirer. Cependant même l'air donnait l'impression d'être brûlant. Il ouvrit la bouche et sentit sa langue se dessécher.

Une partie de l'eau que les hommes jetaient lui tomba dessus, le trempant jusqu'aux os. Sa fraîcheur n'apporta qu'un soulagement momentané ; la chaleur s'imposa aussitôt après. Rand continua à ramper avec détermination, conscient que Loial était derrière lui uniquement parce qu'il l'entendait tousser.

Une des parois du couloir était presque un mur de feu, et le plancher à proximité avait déjà commencé à ajouter de fines volutes au nuage planant au-dessus de sa tête. Il était content de ne pas pouvoir voir ce qu'il y avait au-delà de cette fumée. Des crépitements sinistres en disaient assez.

La porte de la chambre de Hurin ne s'était pas encore enflammée, mais elle était assez brûlante pour qu'il s'y reprenne à deux fois avant de réussir à la pousser. La première chose qui frappa son regard fut Hurin étendu par terre. Rand rampa jusqu'au Flaireur et le souleva. Il y avait une bosse de la taille d'une prune sur le côté de sa tête.

Hurin ouvrit les paupières, dévoilant un regard vague. « Seigneur Rand ? murmura-t-il d'une voix faible... frappé à la porte... crut que c'était encore des invi... » Ses yeux se révulsèrent. Rand le tâta à la recherche d'un battement de cœur et se sentit fondre de soulagement quand il le trouva.

« Rand... » Loial toussa. Il était à côté de son lit, les couvertures relevées montrant le plancher nu. Le coffre avait disparu.

Au-dessus de la fumée, le plafond craqua et des morceaux de bois en feu tombèrent par terre.

Rand dit : « Prenez vos livres. Je me charge de Hurin. » Il se mit en devoir d'installer sur ses épaules le corps flasque du Flaireur, mais Loial lui enleva Hurin.

« Les livres devront brûler, Rand. Vous ne pouvez pas le porter et ramper en même temps, et si vous restez debout vous n'atteindrez jamais l'escalier. » L'Ogier hissa sur son vaste dos Hurin dont les bras et les jambes pendillaient de chaque côté. Le plafond émit un craquement violent. « Il faut nous dépêcher, Rand.

– Allez, Loial. Allez, je vous suis. »

L'Ogier sortit en rampant dans le couloir avec son fardeau et Rand fit un pas derrière lui. Puis il s'arrêta et tourna la tête pour regarder la porte donnant dans sa chambre. La bannière était encore là-bas. La bannière du Dragon. *Qu'elle brûle donc*, se dit-il, et une pensée lui vint en réponse comme s'il entendait Moiraine l'énoncer. *Ta vie peut en dépendre. Elle essaie encore de m'utiliser. Ta vie risque d'en dépendre. Les Aes Sedai ne mentent jamais.*

Avec un gémissement, il se lança dans un roulé-boulé vers la porte qu'il repoussa d'un coup de pied.

L'autre pièce était une fournaise. Le lit flambait, des langues de feu s'étalaient déjà sur le plancher comme d'étroits tapis de passage. Pas question de ramper là-dessus. Il se redressa et courut à demi courbé, se recroquevillant au contact de la chaleur, toussant, suffoquant. De la vapeur monta de sa tunique trempée. Un des côtés de l'armoire avait commencé à brûler. Il ouvrit précipitamment la porte. Ses sacoches étaient à l'intérieur, encore à l'abri de l'incendie, l'une d'elles gonflée par la bannière de Lews Therin Telamon, l'étui en bois de la flûte posé auprès. Un court instant, il hésita. *Je pourrais toujours la laisser brûler.*

Le plafond au-dessus de lui craqua. Il saisit sacoches et étui, puis bondit vers le seuil, atterrissant sur les genoux de l'autre côté au moment même où des poutres incandescentes s'écroulaient à la place où il s'était tenu. Traînant après lui son fardeau, il rampa jusqu'au couloir. Le plancher trembla sous le choc d'autres solives qui tombaient.

Les hommes armés de seaux étaient partis quand il atteignit l'escalier. Il glissa jusqu'au rez-de-chaussée plus qu'il ne dévala les marches, se rétablit et traversa en courant le bâtiment maintenant vide jusqu'à la rue. Les badauds regardèrent avec de grands yeux sa figure barbouillée de noir et sa tunique couverte de suie, mais il se dirigea en trébuchant vers la maison d'en face contre le mur de laquelle Loial avait accoté Hurin. Une femme sortie de la foule essuyait la figure de Hurin avec un linge, mais il gardait les yeux clos et sa respiration était haletante.

« Y a-t-il une Sagesse par ici ? demanda Rand avec autorité. Il a besoin de soins. » La femme le dévisagea d'un air incompréhensif, et il essaya de se rappeler les autres noms qu'il avait entendu donner à celles qu'on appelait Sagesses dans son pays des Deux Rivières. « Une Sagette ? Quelqu'un que vous appelez Mère quelque chose. Quelqu'un qui connaît les herbes et sait guérir ?

– Je suis une Déchiffreuse, si c'est ce que vous voulez dire, répliqua la femme, mais le maximum que je puisse pour celui-ci c'est de veiller à le mettre à son aise. Il a quelque chose de cassé dans la tête, je le crains.

– Rand ! Te voilà ! »

Rand se retourna avec stupeur. C'était Mat qui conduisait son cheval par la bride à travers l'attroupement, son arc en bandoulière. Un Mat dont les traits étaient pâles et tirés mais Mat quand même et souriant, encore que faiblement. Et derrière lui s'avançait Perrin, ses yeux dorés brillant dans la clarté de l'incendie et attirant d'aussi nombreux regards que la fournaise. Et Ingtar qui mettait pied à terre, en tunique à haut col droit au lieu d'une armure mais toujours la poignée de son épée saillant au-dessus de son épaule.

Rand sentit un frémissement le parcourir. « Trop tard, dit-il. Vous êtes arrivés trop tard. » Puis il s'assit sur la chaussée et commença à rire.

31. Sur la Piste

Rand s'aperçut que Vérine était là seulement quand l'Aes Sedai lui prit le visage entre ses mains. Un instant, il discerna de l'inquiétude dans son expression, peut-être même de la crainte, puis il eut subitement la sensation d'avoir reçu une douche froide, non pas la mouillure mais la réaction qu'elle procure. Il eut un brusque frisson et cessa de rire ; elle l'abandonna pour se pencher sur Hurin. La Déchiffreuse observait Vérine attentivement. Rand aussi. *Que fait-elle ici ? Comme si je ne le savais pas.*

« Où êtes-vous allés ? questionna Mat avec irritation, d'une voix rauque. Vous avez tous disparu comme ça, pfuit, et maintenant vous voilà à Cairhien bien avant nous. Loial ? » L'Ogier eut un haussement d'épaules hésitant et examina la foule, les oreilles frémissantes. La moitié des badauds s'étaient détournés de l'incendie pour regarder les nouveaux venus. Quelques-uns se rapprochaient dans l'intention d'écouter.

Rand accepta l'aide de Perrin pour se relever. « Comment avez-vous découvert l'auberge ? » Il jeta un coup d'œil à Vérine agenouillée, les mains sur la tête du Flaireur. « Par elle ?

– D'une certaine façon, répliqua Perrin. Les gardes à la porte de la cité ont voulu savoir nos noms et un bonhomme qui sortait du poste a sursauté en entendant celui d'Ingtar. Il a affirmé qu'il ne connaissait pas ce nom-là, mais il avait un sourire qui proclamait à une lieue à la ronde qu'il mentait.

– Je crois que je devine de qui tu veux parler, commenta Rand. Il sourit comme ça tout le temps.

– Vérine lui a montré son anneau et lui a chuchoté à l'oreille », précisa Mat. Son aspect et sa voix indiquaient qu'il était malade, de même que ses joues enfiévrées et creuses, néanmoins il avait la bouche fendue jusqu'aux oreilles par un sourire. C'était la première fois que Rand voyait se dessiner ses pommettes. « Je n'ai pas entendu ce qu'elle disait, mais je me suis demandé si les yeux de ce bonhomme allaient lui jaillir de la tête ou s'il avalerait d'abord sa langue. Tout d'un coup, il s'est mis en quatre pour nous contenter. Il nous a annoncé que vous nous attendiez et où vous logiez. Il a proposé de nous y conduire en personne, mais il a paru franchement soulagé quand Vérine a décliné son offre. » Il ricana. « Seigneur Rand de la Maison d'al'Thor.

– C'est trop long à expliquer maintenant, répliqua Rand. Où sont Uno et les autres ? Nous aurons besoin d'eux.

– Dans le Faubourg. » Mat se rembrunit en poursuivant d'une voix lente : « Uno a déclaré qu'ils préféraient rester là-bas plutôt qu'à l'intérieur des remparts. D'après ce que je vois, j'aurais mieux aimé être avec eux. Rand, pourquoi aurons-nous besoin d'Uno ? Est-ce que tu... tu les as trouvés ? »

C'était le moment, Rand s'en rendit compte, qu'il avait redouté. Il respira à fond et regarda son ami droit dans les yeux. « Mat, j'ai eu le poignard et je l'ai perdu. Les Amis du Ténébreux l'ont repris. » Il entendit le hoquet de stupeur des Cairhienins qui écoutaient, mais il ne s'en préoccupa pas. Qu'ils jouent à leur Grand Jeu s'ils en avaient envie mais, maintenant qu'Ingtar était venu, lui en avait enfin terminé avec ça. « Néanmoins, ils n'ont pas dû aller loin. »

Ingtar qui avait gardé le silence jusque-là s'avança et saisit Rand par le bras. « Vous l'aviez ? Et le... » – il regarda le cercle de badauds – « l'autre chose ?

– Ils l'ont repris aussi », répliqua Rand à mi-voix. Ingtar tapa du poing dans son autre paume et se détourna ; en apercevant son expression, quelques Cairhienins reculèrent.

Mat se mordit la lèvre, puis secoua la tête. « Je ne savais pas qu'il avait été retrouvé, donc ce n'est pas comme s'il m'avait de nouveau échappé. Il est simplement toujours perdu. » De toute évidence, il parlait du poignard et non du Cor de Valère. « Nous le récupérerons. Nous avons deux Flaireurs à présent. Perrin en est un, lui aussi. Il a suivi la piste tout du long jusqu'au Faubourg après ta disparition avec Hurin et Loial. Je pensais que tu t'étais peut-être défilé... ma foi, tu vois ce que je veux dire. Où donc es-tu allé ? Je ne comprends toujours pas comment tu as une telle avance sur nous. Ce bonhomme a prétendu que vous étiez là depuis des jours. »

Rand jeta un coup d'œil à Perrin – lui, un Flaireur ? – et s'aperçut que Perrin le dévisageait aussi. Il eut l'impression que Perrin murmurait quelque chose. Tueur de l'Ombre ? Je dois avoir mal entendu. Le regard d'or de Perrin soutint un instant le sien, apparemment gros de secrets le concernant. Se reprochant de se monter inutilement la tête – Je ne suis pas fou. Pas encore. – il se détourna.

Vérine était en train d'aider à se relever un Hurin encore ébranlé. « Je me sens tout à fait d'aplomb, s'exclama-t-il. Toujours un peu fatigué, mais... » Il laissa sa phrase inachevée, manifestement voyant Vérine pour la première fois et pour la première fois comprenant ce qui s'était passé.

« La lassitude persistera quelques heures, répondit-elle. Le corps doit faire un effort pour se guérir rapidement. »

La Déchiffreuse cairhienine se redressa. « Aes Sedai ? » murmura-t-elle. Vérine inclina la tête et la Déchiffreuse plongea dans une révérence cérémonieuse. Bien que prononcés très bas, les mots « Aes Sedai » furent repris par la foule sur un ton allant du profond respect à la crainte et à l'indignation. Tous les yeux étaient fixés sur eux à présent – même Cuale ne prêtait plus attention à sa propre auberge en feu – et Rand songea qu'en somme un peu de prudence serait de mise.

« Avez-vous déjà un logement ? demanda-t-il. Il faut que nous parlions et nous ne le pouvons pas ici.

– Bonne idée, approuva Vérine. Je m'étais installée au Grand Arbre lors d'un séjour précédent. Allons-y. »

Loial partit chercher les chevaux – le toit de l'auberge s'était complètement effondré maintenant, mais les écuries étaient intactes – et ils se frayèrent bientôt un chemin par les rues, tous en selle sauf Loial qui affirma s'être réhabitué à marcher. Perrin tenait la longe d'un des chevaux de bât qu'ils avaient amenés dans le sud.

« Hurin, questionna Rand, quand serez-vous en forme pour relever de nouveau leur piste ? Pouvez-vous la suivre ? Les hommes qui vous ont frappé et ont allumé l'incendie ont laissé une piste, n'est-ce pas ?

– Je peux la suivre tout de suite, mon Seigneur. Je les ai sentis dans la rue. L'odeur ne durera pas, cependant. Il n'y avait pas de Trollocs et ils n'ont tué personne. Rien que des hommes, mon Seigneur. Des Amis du Ténébreux, je suppose, mais on ne peut jamais en être sûr par l'odeur. Nous disposons d'un jour, disons, avant qu'elle se dissipe.

– Je ne crois pas non plus qu'ils sachent ouvrir le coffre, Rand, remarqua Loial, sinon ils se seraient contentés d'emporter le Cor. S'ils en avaient été capables, ç'aurait été beaucoup plus facile que de se charger du coffre. »

Rand acquiesça d'un signe de tête. « Ils ont dû le déposer dans une charrette ou sur le dos d'un cheval. Une fois qu'ils auront dépassé le Faubourg, ils rejoindront les Trollocs, c'est certain. Vous serez en mesure de repérer cette piste-là, Hurin.

– Effectivement, mon Seigneur.

– Alors, reposez-vous jusqu'à ce que vous soyez rétabli » , conclut Rand. Le Flaireur avait retrouvé de l'assurance, mais il était affaissé sur sa selle et ses traits étaient las. « Au mieux, ils n'ont que quelques heures d'avance sur nous. Si nous marchons à vive allure... » Il s'aperçut subitement que les autres – Vérine et Ingtar, Mat et Perrin – le regardaient. Il prit conscience de ce qu'il était en train de faire et il rougit. « Pardonnez-moi, Ingtar. C'est simplement que je me suis habitué à assumer des responsabilités, je suppose. Je n'essaie pas de m'emparer de votre place. »

Ingtar hocha lentement la tête. « Moiraine a bien choisi quand elle a conseillé au Seigneur Agelmar de vous nommer mon second. Peut-être aurait-il mieux valu que le Trône d'Amyrlin vous confie cette charge. » Le Shienarien eut un rire sec. « Du moins avez-vous réussi à toucher pour de bon le Cor. »

Après cela, ils chevauchèrent en silence.

Le *Grand Arbre* aurait pu passer pour le double du *Défenseur du Rempart du Dragon*, haut cube de pierre avec une salle commune lambrissée de bois sombre et décorée d'argent, et une grande pendule luisante sur le manteau de la cheminée. L'aubergiste aurait pu être la sœur de Cuale. Maîtresse Tiedra avait la même apparence quelque peu rebondie et la même onctuosité dans ses manières – ainsi que les mêmes yeux perçants, le même air d'écouter ce qu'il y a derrière les mots que vous prononcez. Cependant Tiedra connaissait Vérine et son sourire d'accueil pour l'Aes Sedai fut chaleureux ; elle ne mentionna jamais à haute voix le mot Aes Sedai, mais Rand était certain qu'elle était au courant.

Tiedra et un essaim de serviteurs s'occupèrent de leurs chevaux et les installèrent dans leurs chambres. Bien que celle de Rand fût aussi belle que celle qui avait brûlé, il s'intéressa surtout à la grande baignoire de cuivre que deux serviteurs introduisirent tant bien que mal par la porte, et aux seaux fumants que des servantes montèrent de la cuisine. Un coup d'œil au miroir au-dessus de la table de toilette lui avait montré un visage qu'il donnait l'impression d'avoir frotté avec du charbon de bois et des macules noires tachaient le drap de laine rouge de sa tunique.

Il se déshabilla et entra dans la baignoire, mais il se plongea dans ses réflexions autant que dans l'eau et réfléchit autant qu'il se lava. Vérine était là. Une des trois Aes Sedai dont il pouvait être sûr qu'elles n'essaieraient pas de le neutraliser ou de le livrer à celles qui seraient prêtes à le faire. Ou du moins cela en avait-il l'apparence. Une de ces trois qui tenaient à ce qu'il se croie le Dragon Réincarné pour l'utiliser comme faux Dragon. *Elle est les yeux de Moiraine qui me surveillent, la main de Moiraine qui tente de tirer mes fils de marionnette. Mais j'ai coupé ces fils.*

Ses sacoches de selle avaient été apportées dans sa chambre, ainsi qu'un paquet contenant des vêtements de rechange qui avait été arrimé sur le cheval de bât. Après s'être essuyé, il ouvrit le paquet et soupira. Il avait oublié que les deux autres tuniques en sa possession étaient aussi ornées que celle qu'il avait jetée sur le dos d'une chaise pour qu'une servante la nettoie. Au bout d'un instant, il choisit la noire, comme étant en accord avec son humeur. Des hérons d'argent se dressaient sur le col droit et des torrents d'argent couraient le long de ses manches, leur flot se pulvérisant en écume contre des rocs aux arêtes vives.

Transférant dans cette tunique ce que contenait la première, il trouva les parchemins. Machinalement, il fourra les invitations dans sa poche tout en étudiant les deux lettres de Séléné. Il se demanda comment il avait pu être aussi stupide. C'était la jeune et belle fille d'une noble Maison. Lui était un berger dont les Aes Sedai cherchaient à se servir, un homme condamné à devenir fou s'il ne mourait pas avant. N'empêche, il sentait encore l'attirance qu'elle exerçait sur lui, rien qu'à regarder son écriture ; il sentait presque son parfum.

« Je suis un berger, dit-il aux lettres, pas un homme illustre et s'il m'était possible de me marier avec quelqu'un ce serait avec Egwene, mais elle veut devenir une Aes Sedai et comment puis-je épouser une femme, quelle qu'elle soit, l'aimer, alors que je vais devenir fou et la tuerai peut-être ? »

Néanmoins des mots ne suffisaient pas à estomper le souvenir qu'il gardait de la beauté de Séléné ni ce don qu'elle avait de lui échauffer le sang simplement en le regardant. Il avait quasiment l'impression qu'elle se trouvait dans la pièce, qu'il percevait son parfum, à tel point qu'il jeta un coup d'œil autour de lui et rit de se découvrir seul.

« Je rêve tout éveillé comme si j'avais déjà le cerveau brouillé », murmura-t-il.

D'un geste brusque, il écarta le manchon de la lampe sur la table de nuit, l'alluma et plaça les lettres dans la flamme. Au-dehors, autour de l'auberge, le bruit du vent devint un rugissement de tempête, s'infiltrant à travers les volets et attisant la flamme qui engloutit les parchemins. Rand jeta précipitamment dans l'âtre froid les lettres qui brûlaient, juste avant que le feu atteigne ses doigts. Il attendit que le dernier fragment recroquevillé et noirci se soit éteint avant de boucler le ceinturon de son épée et de quitter la chambre.

Vérine avait retenu une salle à manger particulière, où des étagères le long du mur sombre étaient garnies d'un nombre de pièces d'argenterie encore plus grand que dans la salle commune. Mat jonglait avec trois œufs durs et affectait de son mieux un air nonchalant. Ingtar plongeait un regard soucieux dans l'âtre vide. Loial, qui avait encore dans ses poches quelques livres de Fal Dara, en lisait un près d'une lampe.

Perrin était affalé devant la table et contemplait ses mains jointes posées devant lui. Son nez trouvait à la salle la senteur de la cire d'abeille utilisée pour entretenir les lambris. *C'est lui*, pensait-il. *Rand est le Tueur-de-l'Ombre. Par la Lumière, que nous arrive-t-il à tous ?* Ses mains se resserrèrent en poings épais et carrés. *Ces mains ont été prévues pour manier un marteau de forgeron et non une hache.*

Il leva les yeux à l'entrée de Rand. Perrin se dit qu'il avait l'air résolu, prêt à mettre en œuvre une décision. L'Aes Sedai indiqua du geste à Rand un siège à haut dossier en face d'elle.

« Comment va Hurin ? lui demanda Rand en disposant son épée de façon à pouvoir s'asseoir. Il se repose ? »

C'est Ingtar qui répondit. « Il a insisté pour sortir. Je lui ai recommandé de ne suivre la piste que jusqu'à ce qu'il repère des Trollocs. Nous pourrons la reprendre à partir de là demain. Ou voulez-vous les pourchasser dès ce soir ?

– Ingtar, répliqua Rand avec embarras, je n'essayais pas de m'emparer de la direction des opérations. J'ai parlé simplement sans réfléchir. » Mais pas avec autant d'embarras qu'il en aurait éprouvé naguère, songea Perrin. Tueur-de-l'Ombre. *Nous sommes tous en train de changer.*

Ingtar ne dit rien, il se contenta de continuer à regarder le cœur de la cheminée.

« Il y a certains points qui m'intéressent énormément, Rand, déclara Vérine à mi-voix. Le premier, c'est comment vous avez disparu du camp d'Ingtar sans laisser de trace. Un autre, c'est comment vous êtes arrivés à Cairhien avant nous. Cet employé a été affirmatif sur ce point-là. Il vous aurait fallu voler. »

Un des œufs de Mat tomba par terre et se fendit. Pourtant il ne baissa pas la tête. Il avait les yeux fixés sur Rand, et Ingtar s'était retourné. Loial feignit de continuer à lire, mais il avait l'air soucieux et ses oreilles se dressaient en pointes velues.

Perrin s'avisa que lui-même dévisageait aussi Rand. « Eh bien, commenta-t-il à haute voix, il ne s'est pas envolé. Je ne vois pas d'ailes. Peut-être a-t-il des choses plus importantes à nous raconter. » Vérine reporta sur lui son attention, juste un instant. Il réussit à soutenir son regard mais fut le premier à détourner le sien. *Une Aes Sedai. Par la Lumière, pourquoi avons-nous été assez bêtes pour suivre une Aes Sedai?* Rand lui adressa un coup d'œil, lui aussi, un coup d'œil reconnaissant, et Perrin lui répondit par un franc sourire. Ce n'était plus le Rand de naguère – il semblait avoir toujours porté ce genre de tunique élégante; elle n'avait pas l'air déplacée sur lui, à présent – mais il restait le garçon avec qui Perrin avait grandi. *Tueur-de-l'Ombre. Quelqu'un que les loups vénèrent. Quelqu'un capable de canaliser.*

« D'accord », dit Rand, et il relata les faits avec simplicité.

Perrin s'aperçut qu'il en restait bouche bée : des Pierres Portes, d'autres mondes où le sol semblait bouger, Hurin qui décelait la voie que les Amis du Ténébreux *emprunteraient plus tard.* Et une belle jeune femme en détresse exactement comme dans un conte de ménestrel.

Mat émit un léger sifflement de surprise. « Et elle vous a ramenés? Par une de ces... de ces Pierres? »

Rand hésita une seconde. « Pas possible autrement, reprit-il. Alors vous voyez, voilà comment nous avons eu tant d'avance sur vous. Quand Fain est arrivé, Loial et moi avons réussi à subtiliser le Cor de Valère au cours de la nuit et nous nous sommes rendus à Cairhien parce qu'à mon avis nous ne pourrions pas leur échapper dès qu'ils seraient sur leurs gardes et je savais qu'Ingtar continuerait sa route vers le sud à leur recherche et finirait par aboutir à Cairhien. »

Tueur-de-l'Ombre. Rand le regarda en plissant les paupières et Perrin se rendit compte qu'il avait prononcé le nom à haute voix. Apparemment pas assez fort toutefois pour que quelqu'un d'autre l'entende, car personne ne se tourna vers lui. Il se surprit à vouloir parler des loups à Rand. *Je suis au courant pour toi. Ce n'est que juste que tu connaisses aussi mon secret* Mais Vérine était là. Il ne pouvait pas le dévoiler devant elle.

« Intéressant, commenta l'Aes Sedai, l'air pensif. J'aimerais beaucoup rencontrer cette jeune femme. Si elle sait utiliser une Pierre Porte... Même cette appellation n'est pas très connue. » Elle se secoua. « Bah, ce sera pour une autre fois. Une jeune femme de haute taille ne devrait pas être difficile à trouver dans les Maisons de Cairhien. Aah, voilà notre dîner. »

Perrin perçut l'odeur d'agneau avant même que Tiedra arrive en tête d'un cortège portant des plateaux de vivres. L'eau lui monta à la bouche davantage pour cet agneau que pour les pois et les courgettes, les carottes et les choux qui l'accompagnaient, ou pour les pains chauds croustillants. Il appréciait encore la saveur des légumes mais parfois, ces derniers temps, il rêvait de viande rouge. Même pas cuite, en général. C'était déconcertant de se rendre compte qu'il jugeait trop cuites les tranches d'agneau d'un rose délicat que découpait l'aubergiste. Il se servit de tout avec décision. Y compris une double portion d'agneau.

Ce fut un repas silencieux, chacun s'absorbant dans ses réflexions. Perrin trouvait pénible de regarder Mat manger. Il n'avait rien perdu de son appétit robuste, en dépit de la rougeur que la fièvre faisait monter à ses joues, et la façon dont il enfournait les aliments dans sa bouche donnait l'impression qu'il prenait son dernier repas avant de mourir. Perrin tint ses yeux fixés sur son assiette autant que possible et regretta qu'ils aient un jour quitté le Champ d'Emond.

Quand les serveuses eurent débarrassé la table et se furent retirées, Vérine insista pour qu'ils restent ensemble jusqu'au retour de Hurin. « Il apportera peut-être des nouvelles qui nous obligeront à partir aussitôt. »

Mat se remit à ses exercices de jonglerie et Loial à sa lecture. Rand demanda à l'aubergiste s'il y avait d'autres livres et elle lui apporta *Les Voyages de Jain Farstrider*. Perrin aimait aussi ce livre-là avec ses récits d'aventures chez le Peuple de la Mer et de pérégrinations dans les pays situés au-delà du Désert des Aiels, d'où provenait la soie. Toutefois, il n'avait pas envie de lire ; il installa donc une tablette pour jouer aux mérelles avec Ingtar. Le Shienarien avait un style de jeu audacieux et brillant. Ordinairement, Perrin jouait après mûre réflexion, cédant du terrain à regret, mais cette fois-ci il se retrouva en train de jouer avec autant de témérité qu'Ingtar. La plupart des parties se terminèrent en partics nulles, mais il réussit à en gagner autant qu'Ingtar. Le Shienarien le regardait avec une considération toute neuve en début de soirée quand le Flaireur revint.

Le sourire de Hurin était en même temps triomphant et perplexe. « Je les ai découverts, Seigneur Ingtar, Seigneur Rand. Je les ai traqués jusqu'à leur repaire.

– Leur repaire ? répéta vivement Ingtar. Vous voulez dire qu'ils se cachent quelque part à proximité ?

– Oui, Seigneur Ingtar. Ceux qui ont dérobé le Cor, je les ai suivis tout droit jusque là-bas et l'odeur de Trolloc était répandue partout, mais dans des coins cachés comme s'ils n'osaient pas risquer d'être vus là. Et pas étonnant. » Le Flaireur respira à fond. « C'est le grand manoir que le Seigneur Barthanes a juste fini de faire construire.

– Le Seigneur Barthanes ! s'exclama Ingtar. Mais il... il est... il est...

– On compte des Amis du Ténébreux parmi les élites comme parmi les humbles, commenta avec calme Vérine. Les puissants donnent leur âme à l'Ombre aussi bien que les humbles. »

Ingtar esquissa une grimace comme si cette pensée lui déplaisait.

« Il y a des sentinelles, poursuivit Hurin. Nous n'y pénétrerons pas avec vingt hommes, non, impossible d'y entrer puis d'en ressortir. Cent le pourraient, mais deux cents vaudrait mieux. Voilà ce que j'en pense, mon Seigneur.

– Et le Roi ? suggéra Mat avec autorité. Si ce Barthanes est un Ami du Ténébreux, le Roi nous viendra en aide.

– Galldrian Riatin prendrait des mesures contre Barthanes Damodred, j'en suis certaine, sur la simple rumeur que Barthanes est un Ami du Ténébreux, répliqua Vérine d'un ton sarcastique, et qu'il se réjouirait d'en avoir le prétexte. Je suis certaine aussi que Galldrian ne lâcherait jamais le Cor de Valère une fois qu'il le tiendrait. Il le sortirait les jours de fête pour le montrer au peuple et proclamer combien est fort et superbe le Cairhien, et personne ne verrait jamais le Cor autrement. »

D'émotion, Perrin cligna des paupières. « Mais le Cor de Valère doit être là quand la Dernière Bataille se livrera. Galldrian ne pourrait pas le garder pour lui.

– Je ne connais pas grand-chose des Cairhienins, lui dit Ingtar, mais j'en ai entendu assez sur Galldrian. Il nous fêterait et nous remercierait pour la gloire que nous aurions apportée au Cairhien. Il nous bourrerait les poches d'or et nous comblerait d'honneurs. Et si nous tentions de partir avec le Cor, il ferait couper nos têtes honorées sans même s'arrêter pour reprendre haleine. »

Perrin se passa la main dans les cheveux. Plus il en apprenait sur les rois, moins il les appréciait.

« Et le poignard ? se hasarda à demander Mat. Ça, il ne s'y intéresserait pas, hein ? » Ingtar lui décocha un regard indigné et il se tortilla avec gêne. « Je sais que le Cor est important, mais je ne vais pas combattre dans l'Ultime Bataille. Ce poignard... »

Vérine posa les mains sur les bras de son fauteuil. « Galldrian ne l'aura pas non plus. Ce qu'il nous faut, c'est un moyen de pénétrer dans la demeure de Barthanes. Si seulement nous réussissons à localiser le Cor, nous imaginerons peut-être aussi un moyen de le récupérer. Oui, Mat, avec le poignard. Dès que l'on saura qu'une Aes Sedai est dans la cité... eh bien, d'habitude j'évite ce genre de chose mais, si je laisse entendre à Tiedra que j'aimerais visiter la nouvelle résidence seigneuriale de Barthanes, j'aurai une invitation d'ici un jour ou deux. Amener avec moi quelques-uns au moins d'entre vous ne devrait pas présenter de difficulté. Qu'y a-t-il, Hurin ? »

Le Flaireur se balançait sur ses talons d'un air anxieux depuis qu'elle avait mentionné l'invitation. « Le Seigneur Rand en a déjà une. Du Seigneur Barthanes. »

Perrin regarda Rand avec stupéfaction et il n'était pas le seul.

Rand sortit de la poche de sa tunique deux parchemins scellés et les tendit sans un mot à l'Aes Sedai.

Ingtar vint jeter un coup d'œil étonné aux sceaux pardessus l'épaule de Vérine. « Barthanes et... et Galldrian ! Rand, comment les avez-vous obtenues ? Qu'avez-vous donc fait ?

– Rien, répliqua Rand. Je n'ai rien fait. Ils me les ont envoyées, simplement. » Ingtar relâcha longuement son souffle. La bouche de Mat était béante. « Eh oui, ils les ont envoyées de leur propre initiative », dit-il avec calme. Il avait une dignité que Perrin ne se souvenait pas lui avoir déjà vue. Rand regardait l'Aes Sedai et le seigneur du Shienar comme s'il était leur égal.

Perrin secoua la tête. *Tu cadres bien avec tes habits. Nous changeons, les uns et les autres.*

« Le Seigneur Rand a brûlé tout le reste, annonça Hurin. Chaque jour des invitations arrivaient et chaque jour il les jetait au feu. Sauf celles-ci, bien sûr. Chaque jour, de Maisons chaque fois plus importantes. » Sa voix vibrait de fierté.

« La Roue du Temps nous tisse tous à sa volonté dans

le Dessin, déclara Vérine en contemplant les parchemins, mais parfois elle fournit ce qui nous est nécessaire avant que nous sachions que nous allons en avoir besoin. »

D'un geste distrait, elle froissa l'invitation royale en boule qu'elle lança dans l'âtre où elle s'immobilisa, blanche sur les bûches froides. Rompant l'autre sceau avec son pouce, elle lut. « Oui. Oui, celle-ci sera on ne peut plus suffisante.

– Comment puis-je y aller ? objecta Rand. Ils se rendront compte que je ne suis pas un seigneur. Je suis un berger et un fermier. » Ingtar eut un air sceptique. « Mais si, Ingtar. Je vous l'ai dit. » Ingtar haussa les épaules ; il n'était toujours pas convaincu. Hurin regardait Rand avec une expression de parfaite incrédulité.

Que je brûle, songea Perrin, *si je ne le connaissais pas, je ne le croirais pas non plus*. Mat observait Rand, la tête inclinée sur le côté, fronçant les sourcils comme s'il contemplait quelque chose qu'il voyait pour la première fois. *Il s'en aperçoit aussi, à présent*. Perrin intervint : « Tu le peux, Rand. Tu en es capable.

– Cela facilitera les choses, reprit Vérine, si vous ne clamez pas à tous les échos ce que vous n'êtes pas. Les gens voient ce qu'ils s'attendent à voir. À part cela, regardez-les en face et parlez avec assurance. Comme vous m'avez parlé », ajouta-t-elle avec une pointe de malice et les joues de Rand s'empourprèrent, mais il ne baissa pas les yeux. « Peu importe ce que vous dites. On attribuera ce qui serait déplacé à votre origine étrangère. Ce serait également utile que vous vous rappeliez la façon dont vous vous êtes comporté devant l'Amyrlin. Si vous vous montrez aussi arrogant, on vous prendra pour un seigneur, seriez-vous vêtu de loques. »

Mat ricana sous cape.

Rand céda. « D'accord. J'irai. Mais je suis toujours persuadé qu'on me démasquera cinq minutes après que j'aurai ouvert la bouche. Quand ?

– Barthanes vous a proposé cinq dates différentes et il y en a une qui est demain soir.

– Demain ! s'exclama Ingtar avec la violence d'une explosion. D'ici demain soir, le Cor risque d'être à vingt lieues en aval ou... »

Vérine lui coupa la parole. « Uno et vos soldats peuvent surveiller le manoir. Si on essaie d'emporter le

Cor, nous pouvons aisément suivre et peut-être le récupérer plus facilement qu'à l'intérieur de la propriété de Barthanes.

– Peut-être que oui, acquiesça Ingtar de mauvaise grâce. J'avoue que je n'aime pas attendre, maintenant que le Cor est presque à ma portée. Je veux l'avoir. Il me le faut ! Il me le faut ! »

Hurin le regarda avec stupeur. « Mais, Seigneur Ingtar, ce n'est pas ainsi que cela se passe. Ce qui arrive arrive et ce qui doit arriver arrivera... » Le regard furieux d'Ingtar le fit s'interrompre, mais il n'en reprit pas moins dans un murmure : « Cela ne sert à rien de prétendre qu'il *faut.* »

Ingtar s'adressa de nouveau à Vérine d'un ton guindé. « Vérine Sedai, les Cairhienins sont très stricts en ce qui concerne leur protocole. Si Rand n'envoie pas de réponse, Barthanes peut se sentir tellement insulté qu'il ne nous laissera pas entrer, même avec ce parchemin entre nos mains. D'autre part, si Rand répond... eh bien, Fain au moins le connaît. Nous risquons de les avertir de nous tendre un piège.

– Nous les prendrons par surprise. » Le bref sourire de Vérine n'était pas plaisant. « Par ailleurs, je pense que Barthanes voudra de toute façon voir Rand. Ami du Ténébreux ou non, je doute qu'il ait abandonné ses visées sur le trône. Rand, il écrit que vous vous êtes intéressé à l'un des projets du Roi, mais il ne précise pas lequel. Qu'entend-il par là ?

– Je ne sais pas, dit Rand avec lenteur. Je n'ai strictement rien fait depuis mon arrivée. Attendez. Peut-être est-ce une allusion à la statue. Nous avons traversé un village où l'on dégageait de la terre une statue énorme. Datant de l'Ère des Légendes, paraît-il. Le Roi a l'intention de la transporter à Cairhien, quoique j'ignore comment il peut déplacer une masse pareille. Mais je me suis simplement contenté de demander ce que c'était.

– Nous sommes passés devant dans la journée, sans nous arrêter pour poser de questions. » Vérine laissa l'invitation choir dans son giron. « Imprudent, peut-être, de la part de Galldrian d'exhumer ça. Non pas qu'il y ait réellement du danger, mais ce n'est jamais sage de toucher à des choses appartenant à l'Ère des Légendes quand on ignore ce qu'on a entre les mains.

– Qu'est-ce que c'est ? dit Rand.

– Un *sa'angreal.* » Elle répondait comme si cela n'avait pas vraiment une grande importance, mais Perrin eut soudain conscience que les deux avaient entamé une conversation personnelle, abordant des sujets hermétiques pour tout autre. « Celui-ci appartient à une paire, ce sont les deux plus grands *sa'angreals* jamais fabriqués que nous connaissions. Et une paire curieuse, d'ailleurs. L'un d'eux, toujours enfoui sur l'île de Tremalking, n'est utilisable que par une femme, celui-ci que par un homme. Ils ont été créés au cours de la Guerre des Pouvoirs, comme arme mais, s'il y a quelque chose dont on puisse se féliciter à propos de la fin de cette Ère ou de la Destruction du Monde, c'est que tout a été fini avant qu'ils aient eu le temps de servir. Réunis, ils auraient aisément assez de puissance pour détruire de nouveau le Monde, de façon pire encore même que lors de la première Destruction. »

Les mains de Perrin devinrent comme des nœuds serrés. Il évita de regarder ouvertement Rand mais, même du coin de l'œil, il discernait une blancheur autour de sa bouche. Il en conclut que Rand ressentait probablement de la peur et il ne l'en blâma nullement.

Ingtar avait l'air bouleversé, ce qui se comprenait. « Cette chose devrait être enfouie de nouveau et aussi profondément qu'il est possible d'entasser de la terre et des cailloux par-dessus. Que serait-il arrivé si Logain l'avait découvert ? Ou n'importe quel malheureux capable de canaliser, pour ne rien dire de quelqu'un qui se proclamerait le Dragon Réincarné. Vérine Sedai, il vous faut avertir Galldrian de ce qu'il risque.

– Quoi donc ? Oh, ce n'est pas nécessaire, je pense. Les deux doivent être utilisés en même temps pour obtenir le Pouvoir qui suffise à la Destruction du Monde – c'était ainsi que cela fonctionnait à l'Ère des Légendes ; un homme et une femme agissant ensemble étaient dix fois plus forts que séparément – et quelle Aes Sedai voudrait aujourd'hui aider un homme à canaliser ? Un *sa'angreal par* lui-même possède de la puissance, mais je ne vois que peu de femmes assez fortes pour survivre au Pouvoir affluant par celui de Tremalking. L'Amyrlin, bien sûr. Moiraine... et Elaida. Peut-être une ou deux autres. Et trois qui sont encore en apprentissage. Quant à Logain, il aurait eu besoin de toute sa force simplement pour éviter d'être réduit en cendres, sans rien qui reste pour réaliser quoi que ce soit. Non, Ingtar, je ne crois pas que vous ayez à vous inquiéter. Du moins pas tant que le vrai Dragon Réincarné ne s'est pas déclaré, et alors nous aurons suffisamment de quoi nous tracasser. Préoccupons-nous maintenant de la façon dont nous allons agir quand nous serons dans le manoir de Barthanes. »

Elle s'adressait à Rand, Perrin le devina et, dans l'expression de malaise qui se lisait dans le regard de Mat, ce dernier aussi. Même Loial s'agitait nerveusement dans son fauteuil. *Oh, par la Lumière, Rand*, songea Perrin. *Par la Lumière, ne la laisse pas te manipuler.*

Les mains de Rand se pressaient si fortement contre le dessus de la table que leurs jointures avaient blanchi, mais sa voix était ferme. Ses yeux ne se détournèrent pas une seconde de l'Aes Sedai. « D'abord, nous devons récupérer le Cor, ainsi que le poignard. Ensuite, ce sera fini, Vérine. Alors ce sera fini. »

À voir le sourire de Vérine, à peine esquissé, mystérieux, Perrin sentit un frisson le parcourir. Il avait l'intuition que Rand ne connaissait que la moitié de ce qu'il croyait savoir. Pas même la moitié.

32. Au Péril des paroles

Tel un énorme crapaud accroupi dans la nuit, la résidence du Seigneur Barthanes se déployait sur autant de terrain qu'une forteresse avec ses hauts murs et ses dépendances. Elle n'avait cependant rien de la forteresse avec sa multitude de grandes fenêtres, ses lumières et les bruits de rires et de musique qui en jaillissaient, ce qui n'empêcha pas que Rand vit des gardes se déplacer en haut des tours et le long des chemins de ronde en bordure des toits, et aucune des fenêtres n'était à proximité du sol. Il descendit du Rouge, lissa sa tunique et rajusta son ceinturon. Les autres mirent pied à terre autour de lui, au bas d'un vaste perron en pierre blanche qui s'élevait jusqu'au portail à larges vantaux abondamment sculptés de cette demeure seigneuriale.

Dix guerriers du Shienar sous la conduite d'Uno formaient leur escorte. Le borgne échangea de brefs mouvements de tête avec Ingtar avant d'emmener ses hommes rejoindre les autres escortes, à l'endroit où de l'ale était distribuée et où un bœuf entier rôtissait sur une broche devant un feu ardent.

Les dix autres guerriers avaient été laissés dans leur logement, ainsi que Perrin. Chacun devait se trouver là dans un but bien défini, avait déclaré Vérine, et Perrin n'avait pas de tâche à remplir ce soir-là. Une escorte était nécessaire pour préserver leur dignité aux yeux des Cairhienins, mais plus de dix hommes d'escorte auraient suscité des soupçons. Rand était là parce qu'il avait reçu l'invitation. Ingtar était venu pour ajouter le prestige de son titre, tandis que la présence de Loial se justifiait parce que les Ogiers étaient très recherchés dans les hautes sphères de la noblesse cairhienine. Hurin assumait le rôle de valet d'Ingtar. Son but réel était de détecter les Amis du Ténébreux et les Trollocs s'il le pouvait ; le Cor de Valère ne devait pas être loin d'eux. Mat, qui continuait à en récriminer, devait passer pour le serviteur de Rand, étant donné qu'il pouvait déceler la présence du poignard quand il en était à proximité. Si Hurin n'y parvenait pas, peut-être lui réussirait-il à repérer les Amis du Ténébreux.

Quand Rand demanda à Vérine la raison de sa présence, elle se contenta de sourire et de répondre : « Pour vous éviter à vous autres de vous attirer des ennuis. »

Tandis qu'ils montaient les marches du perron, Mat grommela entre ses dents : « Je ne comprends toujours pas pourquoi je dois faire semblant d'être un domestique. » Lui et Hurin suivaient les autres. « Que je brûle, si Rand peut jouer les seigneurs, moi aussi je suis capable d'enfiler une belle tunique.

– Un domestique, expliqua Vérine sans se retourner, peut aller dans de nombreux endroits inaccessibles à quelqu'un d'autre, et bien des nobles ne le voient même pas. Vous et Hurin avez une tâche à remplir.

– Taisez-vous à présent, Mat, dit à son tour Ingtar, à moins que vous ne vouliez nous trahir. » Ils approchaient du portail, où une demi-douzaine de gardes se tenaient, l'Arbre et la Couronne de la Maison de Damodred blasonnés sur la poitrine, et un nombre égal d'hommes en livrée vert sombre avec Arbre et Couronne sur la manche.

Rand respira à fond et présenta l'invitation. « Je suis le Seigneur Rand de la Maison d'al'Thor, débita-t-il tout d'une traite pour en finir plus vite. Et voici mes compagnons. Vérine Aes Sedai de l'Ajah Brune. Le Seigneur Ingtar de la Maison de Shinowa, originaire du Shienar. Loial, fils d'Arent fils de Halan, du *Stedding* Shangtai. » Loial aurait préféré que son *stedding* ne soit pas mentionné, mais Vérine avait affirmé qu'ils ne devaient négliger aucun détail d'étiquette les concernant.

Le serviteur qui avait tendu la main pour prendre l'invitation avec un salut machinal sursauta légèrement à l'énoncé de chaque nom supplémentaire ; ses yeux s'exorbitèrent en entendant celui de Vérine. D'une voix étranglée, il dit : « Soyez les bienvenus dans la Maison de

Damodred, mes Seigneurs. Bienvenue, Aes Sedai. Bienvenu, Ami Ogier. » Il fit signe aux autres serviteurs d'ouvrir le portail à deux battants et s'inclina pendant que Rand et les autres pénétraient à l'intérieur, où il transmit précipitamment l'invitation à un autre homme en livrée tout en lui chuchotant à l'oreille.

L'emblème de l'Arbre et la Couronne figurait en grand sur le devant de la cotte verte de ce dernier. « Aes Sedai », dit-il en maniant la longue hampe de sa masse dans un salut et s'inclinant au point que sa tête descendait presque à la hauteur de ses genoux devant chacun d'eux tour à tour. « Mes Seigneurs. Ami Ogier. Je m'appelle Ashin. Veuillez me suivre. »

Le hall d'entrée ne contenait que des serviteurs, mais Ashin les conduisit dans une vaste salle bondée de nobles, à un bout de laquelle un jongleur exécutait son numéro tandis qu'à l'autre opéraient des tombeurs ; Des voix et de la musique venant d'ailleurs indiquaient que ce n'étaient pas les seuls invités ni les uniques divertissements. Les nobles se tenaient par groupe de deux ou trois et quatre, parfois hommes et femmes ensemble, parfois seulement rien que les uns ou les autres, toujours gardant avec soin leur distance avec chaque groupe afin que ce qui se disait ne puisse s'entendre. Les invités portaient les couleurs sombres du Cairhien, chacun avec des bandes de teinte vive au moins jusqu'à moitié du buste, et quelques-uns jusqu'à la taille. Les femmes avaient les cheveux relevés en échafaudage de boucles compliqué pareil à une tour, chacune dans un style différent, et leurs jupes sombres étaient si larges qu'elles devaient sûrement s'avancer de profil pour franchir le seuil de portes plus étroites que l'entrée du manoir. Aucun des hommes n'avait la tête rasée des soldats – ils étaient tous coiffés de toques de velours foncé sur de longues chevelures, certaines plates et d'autres en forme de cloche – et, comme pour les femmes, des manchettes de dentelle couleur vieil ivoire leur dissimulaient presque les mains.

Ashin frappa le sol de sa masse et les annonça d'une voix de stentor, Vérine en premier.

Ils attirèrent tous les regards. Vérine avait son châle à franges brunes, brodé de sarments de vigne ; l'annonce de l'arrivée d'une Aes Sedai suscita un murmure parmi les seigneurs et les dames et déstabilisa le Jongleur qui laissa choir un de ses anneaux, mais personne ne le regardait plus. Loial fut gratifié de presque autant d'attention avant même qu'Ashin prononce son nom. En dépit des broderies d'argent sur le col et les manches, le noir de la tunique de Rand que rien d'autre n'éclairait lui donnait un aspect quasiment sévère en comparaison des Cairhienins, et son épée comme celle d'Ingtar draina bien des curiosités. Aucun des seigneurs ne semblait armé. Rand entendit plus d'une fois les mots « une lame estampillée d'un héron ». Quelques-uns des coups d'œil qu'il reçut étaient dépourvus d'aménité ; ils devaient, soupçonna-t-il, venir de gens qu'il avait insultés en brûlant leur invitation.

Un bel homme svelte approcha. Il avait de longs cheveux grisonnants, et des bandes de multiples teintes barraient le devant de sa cotte gris intense, depuis le col presque jusqu'à l'ourlet juste au-dessus de ses genoux. Il était extrêmement grand pour un Cairhienin, pas plus d'une demi-tête de moins que Rand et il avait une façon de se tenir qui lui donnait l'apparence d'être encore plus grand, avec le menton relevé de sorte qu'il avait l'air de considérer tous les autres de haut. Ses yeux étaient des cailloux noirs. Néanmoins, il dévisageait Vérine avec méfiance.

« Votre présence m'honore grandement, Aes Sedai. » La voix de Barthanes Damodred était grave et assurée. Son regard parcourut les autres. « Je ne m'attendais pas à une compagnie aussi distinguée. Seigneur Ingtar. Ami Ogier. » Son salut à l'adresse de chacun n'était guère plus qu'un hochement de tête. Barthanes connaissait avec précision sa puissance. « Et vous, mon jeune Seigneur Rand. Vous avez provoqué beaucoup de commentaires dans la cité et dans les Maisons. Peut-être aurons-nous une occasion de nous entretenir ce soir. » Le ton de Barthanes impliquait qu'il se moquait éperdument que l'occasion ne se présente jamais, qu'il n'avait été incité à aucun commentaire, néanmoins ses yeux se détournèrent une fraction de seconde vers Ingtar et Loial et vers Vérine avant qu'il les braque de nouveau sur Rand. « Soyez les bienvenus. » Il se laissa entraîner par une belle femme qui posa sur son bras une main surchargée de bagues enfouies dans des dentelles, mais son regard revint vers Rand tandis qu'il s'éloignait.

Le bourdonnement des conversations reprit et le jongleur lança ses anneaux dans un ovale étroit qui monta presque jusqu'au plafond décoré de moulures en plâtre, à quatre bonnes hauteurs d'homme. Les acrobates ne s'étaient pas arrêtés ; une femme appuyée sur les mains renversées en coupe d'un de ses partenaires bondit et sa peau huilée brilla dans la clarté de cent lampes quand elle tourna sur elle-même en l'air et atterrit debout, ses pieds reposant sur les mains d'un homme qui était déjà perché sur les épaules d'un autre. Il la souleva à bras tendus tandis que son porteur en faisait autant pour lui et la jeune femme ouvrit les bras dans un geste qui sollicitait les applaudissements. Aucun Cairhienin ne parut s'y intéresser.

Vérine et Ingtar se mêlèrent à la foule. Le Shienarien reçut quelques coups d'œil méfiants ; certains contemplaient l'Aes Sedai avec émerveillement, d'autres avec la mine inquiète et rembrunie de qui découvre un loup dévorant à portée de la main. Parmi ces derniers, il y avait plus d'hommes que de femmes, et quelques-unes des femmes lui adressèrent la parole.

Rand s'aperçut que Mat et Hurin avaient déjà disparu en direction de la cuisine, où tous les serviteurs venus avec les invités devaient être rassemblés en attendant qu'on les appelle. Rand espéra qu'ils n'auraient pas de mal à s'esquiver.

Loial se pencha à son oreille pour n'être entendu que de lui. « Rand, il y a une Porte de Voie pas loin d'ici. Je la sens.

– Vous voulez dire qu'un bosquet ogier poussait ici ? » répliqua Rand dans un murmure, et Loial hocha la tête.

« Le *Stedding* Tsofu n'avait pas été retrouvé quand il a été planté, sinon les Ogiers qui ont aidé à bâtir Al'cair'rahienallen n'auraient pas eu besoin d'un bosquet pour leur rappeler le *stedding*. Tout ici était une forêt quand je suis passé la première fois par Cairhien et appartenait au Roi.

– Barthanes s'en est probablement emparé par une machination quelconque. » Rand examina l'ensemble de la salle avec nervosité. Tous continuaient à bavarder, mais plus d'un les observaient, lui et l'Ogier. Il ne vit pas Ingtar. Vérine était au centre d'un groupe de femmes. « J'aimerais que nous puissions rester ensemble.

– Vérine recommande que non, Rand. Elle dit que cela éveillerait les soupçons de tous et les irriterait parce qu'ils penseraient que nous gardons nos distances par mépris. Nous devons endormir leur méfiance jusqu'à ce que Mat et Hurin trouvent ce qu'ils trouveront.

– J'ai entendu ce qu'elle a dit aussi bien que vous, Loial, mais je persiste à affirmer que si Barthanes est un Ami du Ténébreux, alors il doit savoir la raison de notre présence ici. Nous disperser, c'est tout bonnement inviter à nous assener des coups sur la tête.

– Vérine assure qu'il n'entreprendra rien tant qu'il n'aura pas découvert à quoi nous pouvons lui servir. Faites ce qu'elle nous a indiqué, Rand. Les Aes Sedai savent de quoi elles parlent. »

Loial pénétra dans la foule, rassemblant autour de lui un cercle de seigneurs et de dames avant d'avoir avancé de dix pas.

D'autres se dirigèrent vers Rand, maintenant qu'il était seul, mais il pivota dans la direction opposée et s'éloigna en hâte. *Les Aes Sedai savent peut-être où elles veulent en venir, seulement moi j'aimerais bien en être au même point. Cette situation ne me plaît pas. Par la Lumière, je donnerais n'importe quoi pour être certain qu'elle dit la vérité. Les Aes Sedai ne mentent jamais, par contre la vérité qu'elles énoncent peut ne pas être la vérité que l'on croit entendre.*

Il continua à se déplacer pour éviter de s'entretenir avec les nobles. Il y avait de nombreuses autres salles toutes bondées de seigneurs et de dames, toutes avec des professionnels du divertissement : trois ménestrels différents drapés dans leur cape traditionnelle, d'autres jongleurs et acrobates ; ainsi que des musiciens jouant de la flûte, du cistre, du tympanon et du luth, y compris cinq tailles différentes de violons, six sortes de cors – droits ou incurvés ou enroulés sur eux-mêmes – et dix dimensions de tambours depuis la grosse caisse jusqu'à la timbale. Il regarda par deux fois quelques-uns des cornistes, ceux qui avaient des cors recourbés sur eux-mêmes, mais les instruments étaient tous uniquement en cuivre.

On n'utiliserait pas ici le Cor de Valère, espèce d'idiot, pensa-t-il. *Pas à moins que Barthanes n'ait l'intention que des héros morts figurent dans les divertissements qu'il offre.*

Il y avait même un barde en cape jaune, dont les bottes s'ornaient de ciselures d'argent à la mode de Taren, qui passait de salle en salle en pinçant sa harpe et parfois s'arrêtait pour déclamer sur le mode du Grand Chant. Il jetait des coups d'œil dédaigneux aux ménestrels et ne s'attardait pas dans les salles où ceux-ci se trouvaient, mais Rand ne voyait pas grande différence entre lui et eux à l'exception de leurs costumes.

Soudain Barthanes apparut au côté de Rand, avançant du même pas. Un domestique en livrée présenta aussitôt avec un salut son plateau d'argent. Barthanes prit une coupe en verre soufflé remplie de vin. Marchant à reculons devant eux, le dos toujours incliné, le serviteur présenta le plateau à Rand jusqu'à ce que celui-ci refuse d'un signe de tête, puis se fondit dans la cohue.

« Vous semblez incapable de rester un instant en repos, commenta Barthanes en dégustant son vin.

– J'aime marcher. » Rand se demanda comment suivre la recommandation de Vérine et, se rappelant ce qu'elle avait dit à propos de sa visite à l'Amyrlin, il adopta le pas du Chat-qui-traverse-l'esplanade. Il ne connaissait pas d'allure plus hautaine. Barthanes pinça les lèvres et Rand songea que le seigneur la trouvait peut-être trop arrogante, mais le conseil de Vérine était son seul guide, aussi n'en changea-t-il pas. Pour en adoucir légèrement l'effet, il déclara d'un ton courtois : « C'est une belle réception. Vous avez beaucoup d'amis, et je n'ai jamais vu autant d'artistes réunis pour divertir.

– Nombreux sont mes amis, convint Barthanes. Vous pouvez préciser à Galldrian combien ils sont et qui ils sont. Certains noms le surprendront peut-être.

– Je ne connais pas le Roi et je ne m'attends pas du tout à le rencontrer.

– Bien sûr. Vous vous êtes trouvé par hasard dans ce hameau minuscule. Vous n'étiez pas en train de vérifier l'avancement des travaux pour exhumer cette statue. Une formidable entreprise, vraiment.

– Oui. » Il recommençait à penser à Vérine, souhaitant qu'elle lui ait donné des conseils sur la manière de s'entretenir avec quelqu'un persuadé qu'il mentait. Sans réfléchir, il ajouta : « C'est dangereux de toucher à des choses datant de l'Ère des Légendes quand on n'est pas conscient de ce que l'on fait. »

Barthanes contemplait son vin, réfléchissant comme si Rand venait de dire quelque chose de profond. « Entendez-vous par là que vous ne soutenez pas Galldrian dans cette opération ? questionna-t-il finalement.

– Je vous l'ai dit, je n'ai jamais rencontré le Roi.

– Oui, naturellement. J'ignorais que les Andorans jouaient aussi bien au Grand Jeu. Nous n'en voyons pas beaucoup ici dans Cairhien. »

Rand respira à fond pour s'empêcher de lui répondre avec irritation qu'il ne jouait pas à leur Jeu. « Il y a de nombreuses barges de blé en provenance d'Andor sur le fleuve.

– Des négociants et des commerçants. Qui remarque ces gens-là ? Autant s'intéresser à des insectes sur des feuilles. » La voix de Barthanes exprimait un mépris égal pour les insectes et pour les marchands, mais une fois de plus il se rembrunit comme si Rand avait sous-entendu quelque chose. « Bien rares sont les gens qui voyagent en compagnie d'une Aes Sedai. Vous semblez trop jeune pour être un Lige. Je suppose que le Seigneur Ingtar est le Lige de Vérine Sedai ?

– Nous sommes ce que nous avons dit que nous sommes », répliqua Rand qui esquissa une grimace. *Sauf moi.*

Barthanes examinait le visage de Rand presque ouvertement. « Jeune. Bien jeune pour être armé d'une épée estampillée au héron.

– J'ai moins d'un an », riposta automatiquement Rand, qui regretta aussitôt de ne pas avoir gardé la réponse pour lui. Elle semblait ridicule à ses propres oreilles, mais Vérine lui avait dit de se comporter comme lorsqu'il était en présence de l'Amyrlin, et c'était la réponse que lui avait indiquée Lan. Un homme des Marches considérait le jour où son épée lui avait été remise comme son jour de naissance.

« Ah. Un natif d'Andor et cependant éduqué comme un frontalier. Ou est-ce comme un Lige ? » Les yeux de Barthanes étudièrent Rand entre ses paupières mi-closes. « Je crois que Morgase n'a qu'un fils. Du nom de Gawyn, à ce qu'on m'a dit. Vous devez avoir à peu près le même âge que lui.

– J'ai fait sa connaissance, répondit Rand avec circonspection.

– Ces yeux. Ces cheveux. Je me suis laissé dire que la lignée royale d'Andor n'était pas loin d'avoir les yeux et les cheveux d'une couleur presque semblable à celle des Aiels. »

Rand trébucha bien que le sol fût de marbre lisse. « Je ne suis pas un Aiel, Seigneur Barthanes, et je n'appartiens pas non plus à la lignée royale.

– Il faut vous croire. Vous m'avez donné beaucoup à réfléchir. Je suis convaincu que nous trouverons des terrains d'entente quand nous nous entretiendrons de nouveau. » Barthanes inclina la tête et leva sa coupe en un léger salut, puis se détourna pour s'adresser à un homme aux cheveux gris portant de nombreuses rayures de couleur du haut en bas de son bliaud.

Rand secoua la tête et reprit sa marche, pour éviter d'autres conversations. Parler à un seigneur cairhienin avait déjà été pénible ; il n'avait pas envie de renouveler l'expérience. Barthanes avait semblé découvrir un sens profond au propos le plus banal. Rand se rendit compte qu'il en avait maintenant appris suffisamment sur le *Daes Dae'nar* pour n'avoir aucune idée de la façon de le pratiquer. *Mat, Hurin, trouvez vite quelque chose pour que nous puissions sortir d'ici. Ces gens sont fous.*

Puis il arriva dans une nouvelle salle et à l'autre bout le ménestrel qui pinçait distraitement sa harpe en récitant un épisode de *La Grande Quête du Cor* était Thom Merrilin. Thom n'eut pas l'air de le voir, bien que son regard eût passé sur lui deux fois. Apparemment, Thom avait parlé sérieusement. Une rupture complète.

Rand s'apprêtait à aller ailleurs quand une femme s'approcha avec aisance et posa sur la poitrine de Rand une main dont la manchette de dentelle se rabattit en arrière, découvrant un poignet délicat. Sa tête ne lui arrivait pas jusqu'à l'épaule, mais son échafaudage de boucles atteignit sans peine la hauteur des yeux de Rand. Le col droit de sa robe repoussait sous son menton une fraise de dentelle et des bandes couvraient le devant de sa robe bleu foncé sous ses seins. « Je suis Alaine Chuliandred et vous êtes le célèbre Rand al'Thor. Dans sa propre demeure, je suppose que Barthanes a le droit de vous parler le premier, mais nous sommes tous fascinés par ce que nous avons appris sur vous. J'ai même entendu dire que vous jouez de la flûte. Se peut-il que ce soit vrai ?

– Effectivement, je joue de la flûte. » *Comment a-t-elle... ? Caldevwin. Par la Lumière, tout le monde est au courant de tout dans Cairhien.* « Si vous voulez bien m'excuser...

– Je savais que des seigneurs étrangers faisaient de la musique, mais je ne l'avais jamais cru. J'aimerais beaucoup vous entendre jouer. Peut-être voudriez-vous bavarder avec moi, d'une chose ou l'autre. Barthanes a paru trouver votre conversation fascinante. Mon mari passe ses journées à déguster le produit de ses vignobles et me laisse bien seule. Il n'est jamais là pour s'entretenir avec moi.

– Il doit vous manquer », répliqua Rand en s'efforçant de contourner la dame et son ample jupe. Elle eut un rire cristallin comme s'il avait dit la chose la plus drôle du monde.

Une autre femme s'approcha d'un pas glissant auprès de la première et une autre main se posa sur sa poitrine. Cette femme avait une robe ornée d'autant de bandes qu'Alaine et elles avaient approximativement le même âge, soit dix bonnes années de plus que lui. « Avez-vous l'intention de le garder pour vous, Alaine ? » Les deux femmes se sourirent des lèvres et se poignardèrent du regard. La seconde adressa son sourire à Rand. « Je suis Belevaere Osiellin. Tous les hommes de l'Andor sont-ils aussi grands ? Et aussi beaux ? »

Il s'éclaircit la gorge. « Ah... quelques-uns sont aussi grands. Excusez-moi, mais si vous voulez bien...

– Je vous ai vu vous entretenir avec Barthanes. On dit que vous connaissez aussi Galldrian. Il faut que vous veniez me rendre visite, que nous bavardions. Mon mari est parti inspecter nos terres dans le sud.

– Vous avez la subtilité d'une fille d'auberge », lui décocha Alaine d'une voix sifflante, qui aussitôt après sourit à Rand. « Elle n'a pas d'éducation. Aucun homme ne peut sympathiser avec une femme aux manières si frustes. Apportez votre flûte à mon manoir et nous discuterons. Peut-être m'enseignerez-vous à en jouer ?

– Ce qu'Alaine prend pour de la subtilité n'est que du manque de courage, dit d'un ton charmeur Belevaere. Un homme qui porte une épée ornée d'un héron doit être brave. C'est une lame estampillée au héron, n'est-ce pas ? »

Rand essaya de s'éloigner d'elles à reculons. « Je vous prie de m'excuser, je... » Elles le suivirent pas à pas jusqu'à ce que son dos heurte le mur ; la largeur de leurs jupes réunies formait un autre mur devant lui.

Il sursauta quand une troisième femme s'inséra à côté des deux autres, ses jupes joignant les leurs au mur de ce côté-là. Elle était plus âgée qu'elles mais tout aussi jolie, avec un sourire amusé qui ne diminuait pas l'acuité de son regard. Elle arborait un nombre de bandes de couleur une fois et demie plus grand que celles d'Alaine et de Belevaere ; elles esquissèrent une révérence des plus minimes et dardèrent sur elle des regards mornes et furieux.

« Ces deux araignées essaient-elles de vous engluer dans leur toile ? dit leur aînée en riant. La moitié du temps, elles s'y emberlificotent elles-mêmes encore plus serré que n'importe qui. Venez avec moi, mon beau jeune Andoran et je vous raconterai quelques-uns des ennuis qu'elles vous infligeront. Pour commencer, moi je n'ai pas de mari dont m'inquiéter. Les maris provoquent toujours des ennuis. »

Au-dessus de la tête d'Alaine, Rand aperçut Thom qui se redressait après avoir salué sans qu'on l'ait applaudi ou seulement regardé. Avec une grimace, le ménestrel saisit une coupe sur le plateau d'un serviteur qui en fut abasourdi.

« Je vois quelqu'un à qui je dois parler », déclara Rand aux dames et il s'extirpa du coin où elles l'avaient acculé juste au moment où la dernière arrivée allait lui saisir le bras. Le trio de dames le regarda avec stupeur s'éloigner d'un pas pressé vers le ménestrel.

Thom le dévisagea par-dessus le rebord de sa coupe, puis avala une longue gorgée.

« Thom, je sais que vous avez voulu une rupture complète, mais il fallait que j'échappe à ces femmes. Tout ce qu'elles voulaient, c'est déplorer l'absence de leurs maris, mais elles faisaient déjà allusion à d'autres choses. » Thom s'étrangla avec son vin et Rand lui tapota le dos. « Vous buvez trop vite et on avale toujours de travers dans ces cas-là. Thom, elles s'imaginent que je complote avec Barthanes ou peut-être Galldrian et je ne pense pas qu'elles me croiront quand je leur dirai le contraire. J'avais simplement besoin d'une excuse pour les planter là. »

Thom caressa ses longues moustaches d'un doigt replié et examina les trois femmes à l'autre bout de la salle. Elles étaient toujours ensemble et les observaient, Rand et lui. « Je connais ce trio-là, mon garçon. Breane Taborwin à elle seule te donnerait une éducation que tout homme devrait recevoir au moins une fois dans son existence, s'il réussit à y survivre. Soucieuses à propos de leurs maris ! Par exemple, en voilà une bien bonne, mon garçon. » Soudain son regard devint plus âpre. « Tu m'as dit que tu t'étais débarrassé des Aes Sedai. La moitié des conversations ici ce soir roulent sur le seigneur andoran qui a surgi sans préavis, une Aes Sedai à son côté. Barthanes et Galldrian. Tu as laissé la Tour Blanche te fourrer dans la marmite, cette fois-ci.

– Elle n'est arrivée qu'hier, Thom. Et dès que le Cor sera en sécurité, je serai de nouveau libéré d'elle. J'ai la ferme intention d'y veiller.

– À t'entendre, il n'est pas en sécurité pour le moment, dit Thom avec lenteur. Ce n'est pas ce que tu avais l'air de prétendre avant.

– Des Amis du Ténébreux l'ont volé, Thom. Ils l'ont apporté ici. Barthanes est l'un d'eux. »

Thom paraissait contempler son vin, mais ses yeux dardèrent un regard de-ci de-là pour s'assurer que personne n'était assez proche pour entendre. Il n'y avait que les trois femmes pour les observer du coin de l'œil en feignant de bavarder, mais chaque petit groupe maintenait ses distances par rapport aux autres. Néanmoins, Thom parla dans un murmure. « C'est dangereux à dire si c'est faux et plus dangereux si c'est vrai. Une accusation pareille contre l'homme le plus puissant du royaume... Tu dis qu'il est en possession du Cor ? Je suppose que tu recherches de nouveau mon aide maintenant que tu es encore une fois retombé dans les rets de la Tour Blanche.

– Non. » Il avait conclu que Thom avait eu la bonne réaction, même si le ménestrel en ignorait la raison. Il ne pouvait pas impliquer qui que ce soit d'autre dans ses ennuis. « Je désirais seulement m'éloigner de ces femmes. »

Le ménestrel souffla dans ses moustaches, surpris. « Bon. Oui. C'est parfait. La dernière fois que je t'ai aidé, j'y ai gagné une boiterie, et tu as l'air de t'être encore laissé mettre à la patte les ficelles de Tar Valon. Cette fois-ci, tu devras t'en sortir tout seul. » Il donnait l'impression d'essayer de se convaincre lui-même.

« Je m'en chargerai, Thom. Je m'en chargerai. » *Aussitôt que le Cor sera en sécurité et que Mat aura récupéré ce maudit poignard. Mat, Hurin, où êtes-vous ?*

Comme si cette pensée avait été un appel, Hurin apparut dans la salle, fouillant des yeux la foule des seigneurs et des dames. Ceux-ci le traitèrent comme s'il était invisible ; les serviteurs n'existaient que lorsqu'on avait besoin d'eux. Quand il découvrit Rand et Thom, il se fraya un chemin parmi les petits groupes et s'inclina devant Rand. « Mon Seigneur, on m'envoie vous prévenir. Votre valet a fait une chute et s'est tordu le genou. Je ne sais pas jusqu'à quel point c'est grave, mon Seigneur. »

Rand resta interdit un instant avant de comprendre. Puis, conscient de tous les yeux braqués sur lui, il parla assez distinctement pour que les nobles les plus proches l'entendent. « Quel maladroit. À quoi m'est-il bon s'il ne peut pas marcher ? Mieux vaut que j'aille voir, je pense, s'il s'est sérieusement blessé. »

C'était apparemment la chose à dire. Hurin parut soulagé quand il s'inclina de nouveau et répliqua : « Comme mon Seigneur le désire. Si mon Seigneur veut bien me suivre ?

– Tu joues très bien le rôle de seigneur, chuchota Thom. Mais rappelle-toi ceci : les Cairhienins jouent peut-être au *Daes Dae'mar*, mais en premier lieu c'est la Tour Blanche qui a inventé le Grand Jeu. Prends garde à toi, mon garçon. » Avec un regard sans aménité aux nobles, il posa sa coupe sur le plateau d'un serviteur qui passait et s'éloigna en pinçant sa harpe. Il se mit à réciter *Maîtresse Mili et le marchand de soieries*.

« Montre-moi le chemin, mon garçon », ordonna Rand à Hurin en se sentant ridicule. Quand il suivit le Flaireur hors de la salle, il sentit tous les regards braqués sur lui.

33. Un Message des Ténèbres

« Vous l'avez trouvé ? » questionna Rand qui descendait derrière Hurin un escalier étroit. Les cuisines étaient situées aux étages inférieurs et les serviteurs venus accompagner les invités avaient tous été envoyés là. « Ou Mat a-t-il réellement eu un accident ?

– Oh, Mat va bien, Seigneur Rand. » Le Flaireur se rembrunit. « Du moins semble-t-il se porter comme un charme et il récrimine comme s'il était en pleine forme. Je ne voulais pas vous inquiéter, mais il me fallait une raison pour vous emmener en bas. J'ai repéré assez facilement la piste. Les hommes qui ont mis le feu à l'auberge ont tous pénétré dans un jardin entouré de murs derrière le manoir. Des Trollocs se sont joints à eux et ont pénétré en même temps dans ce jardin. À un moment quelconque de la journée d'hier, je pense. Peut-être la nuit d'avant-hier. » Il hésita. « Seigneur Rand, ils ne sont pas ressortis. Ils doivent y être encore. »

Au pied de l'escalier, le long du couloir, s'entendaient les sons des divertissements des domestiques, rires et chants. Quelqu'un pinçait un cistre, jouant un air tapageur rythmé par des claquements de mains et le martèlement de la danse. Il n'y avait pas de décorations en staff au plafond ni de belles tapisseries en ce lieu, seulement de la pierre nue et du bois ordinaire. La lumière dans les couloirs provenait de torches de jonc qui enfumaient le plafond et étaient assez éloignées pour que la clarté diminue au maximum entre elles.

« Je suis heureux que vous me parliez de nouveau sur un ton naturel, commenta Rand. À la façon dont vous

vous prodiguiez en salamalecs, je commençais à croire que vous étiez encore plus cairhienin que les Cairhienins. »

Le visage de Hurin s'empourpra. « Eh bien, sur ce point-là... » Il jeta un coup d'œil vers le fond du couloir d'où provenait le vacarme et offrit l'impression d'avoir envie de cracher. « Ils affectent tous d'être tellement convenables, seulement... Seigneur Rand, il n'y en a pas un qui ne proclame sa loyauté envers son maître ou sa maîtresse, mais tous donnaient à entendre qu'ils sont disposés à vendre ce qu'ils savent ou ont appris par ouï-dire. Et quand ils ont avalé quelques godets, ils vous raconteront dans le creux de l'oreille, sur les seigneurs et les dames qu'ils servent, des choses à vous dresser les cheveux sur la tête. Je me dis bien qu'ils sont cairhienins, mais je n'avais jamais entendu parler de pareilles manières d'agir.

– Nous partirons bientôt d'ici, Hurin. » Rand espéra que cela se réaliserait. « Où est ce jardin ? » Hurin obliqua dans un couloir latéral qui conduisait vers l'arrière du manoir. « Avez-vous déjà amené là-bas Ingtar et les autres ? »

Le Flaireur secoua la tête. « Le Seigneur Ingtar s'est laissé accaparer par six ou sept de celles qui se qualifient de grandes dames. Je n'ai pas pu arriver assez près pour lui adresser la parole. Et Vérine Sedai était avec Barthanes. Elle m'a regardé de telle façon quand je me suis approché que je n'ai même pas essayé de l'avertir. »

Ils franchirent un nouveau tournant et tombèrent sur Loial et sur Mat, l'Ogier légèrement courbé à cause de la faible hauteur du plafond.

Le sourire de Loial lui fendit presque la figure. « Vous voilà. Je n'ai jamais été aussi content de quitter personne autant que ces gens de là-haut, Rand. Ils ne cessaient de me demander si les Ogiers allaient revenir et si Galldrian avait accepté de payer ce qui était dû. Il semble que la raison du départ de tous les tailleurs de pierre ogiers est que Galldrian avait cessé de les payer autrement qu'avec des promesses. Je me suis tué à leur répéter que j'ignorais tout de la question, mais la moitié d'entre eux paraissaient penser que je mentais et l'autre que je sous-entendais je ne sais quoi.

– Nous allons sortir d'ici bientôt, lui assura Rand. Mat, est-ce que tu te sens bien ? » Les joues de son ami lui avaient l'air plus creuses qu'il ne s'en souvenait, même là à l'auberge, et ses pommettes plus saillantes.

« Ça va, répliqua Mat d'un ton grincheux, mais je n'ai eu aucun mal à quitter les autres domestiques. Ceux qui ne demandaient pas si tu me mettais à la portion congrue croyaient que j'étais malade et préféraient se tenir à distance.

– As-tu perçu la présence du poignard ? » questionna Rand.

Mat, morose, secoua la tête. « La seule sensation que j'ai eue, c'est que la plupart du temps quelqu'un me surveillait. Ces gens-là sont aussi malins que les Évanescents pour ce qui est de fourrer leur nez partout sans se faire remarquer. Que je brûle si je n'ai pas failli mourir de peur quand Hurin m'a dit qu'il avait repéré la trace des Amis du Ténébreux. Rand, je n'ai pas eu conscience du tout de ce poignard et j'ai exploré cette sacrée baraque de la cave au grenier.

– Cela n'implique pas qu'il n'y est pas, Mat. Je l'avais mis dans le coffre, rappelle-toi. Peut-être que c'est ce qui t'empêche de déceler sa présence. Je ne crois pas que Fain sache ouvrir le coffre, sinon il n'aurait pas pris la peine de porter ce poids quand il s'est enfui de Fal Dara. Même cette masse d'or est sans importance en regard du Cor de Valère. Quand nous découvrirons le Cor, nous aurons aussi le poignard. Tu verras.

– Pour autant que je n'aurai plus à passer pour ton domestique, marmotta Mat. Pour autant que tu ne deviens pas fou et... » Les mots s'étouffèrent dans une crispation de sa bouche.

« Rand n'est pas fou, dit Loial. Les Cairhienins ne l'auraient jamais laissé entrer s'il n'avait pas été un seigneur. Ce sont eux qui sont fous.

– Je ne suis pas fou, lança Rand avec rudesse. Pas encore. Hurin, montrez-moi ce jardin.

– Par ici, Seigneur Rand. »

Ils sortirent dans la nuit par une petite porte sous laquelle Rand dut baisser la tête pour passer ; Loial fut forcé de se courber et de rentrer les épaules. La lumière tombant des fenêtres en flaques jaunes donnait une clarté suffisante pour que Rand distingue des allées pavées de brique entre des parterres de fleurs carrés. La silhouette d'écuries et autres dépendances formait des masses sombres dans le noir, de chaque côté. De temps à autre, des bribes de musique flottaient au-dehors, provenant du quartier des serviteurs, en bas, ou de ceux qui divertissaient leurs maîtres, en haut.

Hurin les conduisit par ces allées, de plus en plus loin si bien que même la faible clarté s'estompa complètement et qu'ils se dirigèrent uniquement au clair de lune, leurs bottes foulant la brique avec un crissement léger. Des buissons qui auraient été éclatants de fleurs au grand jour prenaient maintenant dans l'obscurité l'aspect de bosses étranges. Rand tâta son épée et ne laissa pas ses yeux s'attarder trop longtemps à aucun endroit. Cent Trollocs pouvaient se cacher là sans qu'on les voie. Il savait que dans ce cas Hurin les aurait décelés, mais ce n'était pas d'un grand réconfort. Si Barthanes était un Ami du Ténébreux, alors au moins quelques-uns parmi ses domestiques et ses gardes devaient en être aussi et Hurin n'était pas toujours en mesure de flairer un Ami du Ténébreux. Des Amis du Ténébreux surgissant de la nuit, cela ne vaudrait pas mieux que des Trollocs.

« Là-bas, Seigneur Rand », chuchota Hurin en tendant le bras.

Devant eux, des murs de pierre pas beaucoup plus hauts que la tête de Loial renfermaient un carré d'une cinquantaine de pas de côté. À cause de la pénombre, Rand ne pouvait en jurer, mais il avait l'impression que les jardins s'étendaient au-delà de ces murs. Il se demanda pourquoi Barthanes avait construit un enclos au milieu de son parc. Aucun toit n'apparaissait au-dessus du mur. *Pourquoi seraient-ils entrés là et y seraient-ils restés ?*

Loial se pencha pour approcher sa bouche de l'oreille de Rand. « Je vous ai dit que c'était ici tout un bosquet ogier, jadis. Rand, la Porte des Voies se trouve à l'intérieur de ces murs. Je la sens. »

Rand entendit Mat pousser un soupir de désespoir. « Nous ne pouvons pas renoncer, Mat, dit-il.

– Je ne renonce pas. J'ai seulement assez d'intelligence pour ne pas vouloir voyager de nouveau par les Voies.

– Nous y serons peut-être obligés, répliqua Rand. Va trouver Ingtar et Vérine. Arrange-toi pour qu'ils soient seuls – peu m'importe comment – et explique-leur qu'à mon avis Fain a emporté le Cor par une Porte des Voies.

Veille bien à ce que personne d'autre n'entende. Et souviens-toi de boiter ; tu es censé avoir fait une chute. » Il était étonné que même Fain ait couru le risque des Voies, mais cela semblait la seule explication. *Ils ne resteraient pas un jour et une nuit assis là-dedans, sans un toit au-dessus de leurs têtes.*

Mat s'inclina dans un profond salut et sa voix était vibrante de sarcasme. « À l'instant, mon Seigneur. Comme mon Seigneur désire. Porterai-je votre étendard, mon Seigneur ? » Il repartit vers le manoir, ses récriminations s'affaiblissant avec la distance. « Il faut que je boite, à présent. La prochaine fois, ce sera le cou cassé ou...

– Il est seulement nerveux à cause du poignard, Rand, dit Loial.

– Je sais », répondit Rand. *Mais d'ici combien de temps dira-t-il à quelqu'un qui je suis, sans même en avoir l'intention ?*Il ne pouvait pas croire que Mat le trahirait volontairement ; cela au moins subsistait de leur amitié. « Loial, faites-moi la courte échelle pour que je voie pardessus le mur.

– Rand, si les Amis du Ténébreux sont encore...

– Ils n'y sont pas. Soulevez-moi, Loial. »

Ils se rapprochèrent tous les trois de l'enclos et Loial noua ses mains en étrier pour le pied de Rand. L'Ogier se redressa sans peine en dépit du poids, soulevant Rand juste assez pour que sa tête dépasse le faîte du mur.

Le mince croissant de lune à son déclin ne donnait guère de clarté et presque tout l'emplacement était plongé dans la pénombre, mais il ne semblait y avoir ni fleurs ni arbustes à l'intérieur de ce carré ceint de murs. Seulement un unique banc de marbre blanc, placé comme si un homme s'y asseyait pour contempler ce qui se dressait au milieu de l'enclos telle une énorme pierre levée, un énorme menhir.

Rand empoigna le haut du mur et se hissa. Loial poussa tout bas un ssst et lui saisit le pied, mais il se libéra d'une secousse et roula par-dessus le mur, tombant à l'intérieur. Il y avait de l'herbe rase sous ses pieds ; la pensée lui traversa vaguement l'esprit que Barthanes devait y mettre à paître des moutons, pour le moins. Tandis qu'il contemplait cette dalle sombre – la Porte des Voies – il fut surpris d'entendre des bottes s'enfoncer avec bruit sur le sol à côté de lui.

Hurin se releva en s'époussetant. « Vous devriez être prudent quand vous vous risquez à ça, Seigneur Rand. N'importe qui pourrait se cacher ici. Ou n'importe quoi. »

Il sonda l'obscurité à l'intérieur du courtil, tâtant à sa ceinture comme s'il cherchait son brand – sa courte épée – et son faucard, son casse-épée, qu'il avait dû déposer à l'auberge ; les serviteurs ne circulaient pas armés dans Cairhien. « Quand on saute dans un trou sans regarder, chaque fois on y trouve un serpent.

– Vous les sentiriez, dit Rand.

– Peut-être. » Le Flaireur huma longuement l'air. « Mais je ne sens que ce qu'on a fait, pas ce qu'on a l'intention de faire. »

Un raclement résonna au-dessus de la tête de Rand, puis Loial se laissa glisser du haut du mur. L'Ogier n'eut même pas à déplier complètement les bras pour que ses bottes touchent le sol. « Impétueux, murmura-t-il. Vous autres humains êtes toujours tellement téméraires et vifs. Et maintenant vous m'avez entraîné à me conduire de même. Haman l'Ancien me réprimanderait et ma mère... » L'obscurité occultait son visage, mais Rand était sûr que ses oreilles s'agitaient vigoureusement. « Rand, si vous ne commencez pas à agir avec un peu plus de prudence, vous allez m'entraîner dans des ennuis. »

Rand se dirigea vers la Porte des Voies, tourna tout autour. Même fermée, elle ne semblait rien de plus qu'un épais carré de pierre, plus haut que lui. L'arrière était lisse et frais au toucher – il s'était contenté de l'effleurer rapidement – mais la face avant avait été sculptée par la main d'un artiste. Des plantes grimpantes, des feuilles et des fleurs la couvraient, chacune si admirablement taillée que dans le clair-obscur lunaire elles paraissaient presque réelles. Il tâta l'herbe devant cette face ; le gazon avait été en partie arraché selon un arc tel que ses vantaux devaient en décrire quand ils s'ouvraient.

« Est-ce cela une Porte de Voie ? questionna Hurin d'une voix hésitante. J'en connaissais l'existence, évidemment, mais... » Il huma l'air. « La piste y va tout droit et s'y arrête, Seigneur Rand. Comment allons-nous les suivre, maintenant ? J'ai entendu dire que si on franchit une de ces Portes, on ressort des Voies fou, en admettant même que l'on en ressorte.

– C'est réalisable, Hurin. Je l'ai fait, tout comme Loial, Mat et Perrin. » Rand ne quittait pas des yeux le fouillis de feuilles sur la pierre. Parmi toutes celles sculptées là, une était différente, il le savait. La feuille trilobée du légendaire *Avendesora*, l'Arbre de Vie. Il posa la main dessus. « Je parie que vous saurez repérer leur piste sur les Voies. Nous pouvons les suivre n'importe où ils iront. » Se prouver à lui-même qu'il était capable de se forcer à franchir une Porte de Voie était une bonne chose. « Je vais vous le démontrer. » Il entendit Hurin pousser un gémissement. La feuille était sculptée dans la pierre de la même façon que les autres, mais elle se détacha dans sa main. Loial gémit, lui aussi.

En un instant, l'illusion de plantes vivantes sembla soudain se transformer en réalité. Des feuilles de pierre parurent frémir sous l'effet d'une brise, des fleurs prendre couleur même dans le noir. Au centre de la masse, une ligne se dessina et les deux parties de la dalle tournèrent lentement vers Rand. Il recula pour les laisser s'ouvrir. Il ne se retrouva pas en train de regarder l'autre côté du courtil carré ceint de murs, mais il ne vit pas non plus le reflet d'argent dont il avait gardé le souvenir. L'espace entre les vantaux qui s'écartaient était d'un noir si foncé qu'il donnait l'impression que la nuit autour était plus claire. Ce noir de poix s'infiltrait entre les battants qui continuaient à se mouvoir.

Rand bondit en arrière avec un cri, laissant choir dans sa hâte la feuille *d'Avendesora*, et Loial s'exclama : « Le *Machin Shin*. Le Vent Noir. »

Le souffle du vent leur emplit les oreilles ; l'herbe ondula vers les murs de l'enclos, la poussière tourbillonna, aspirée en l'air. Et dans le vent mille voix insensées semblèrent crier, dix mille voix se chevauchant, se recouvrant mutuellement. Rand distingua ce que disaient certaines, bien qu'essayant de ne pas les entendre.

*... le sang tellement exquis, le sang si délicieux à boire, le sang qui goutte, goutte, en perles si rouges ; jolis yeux, beaux yeux, je n'ai pas d'yeux, arrache-toi les yeux de la tête ; broie tes os, fends tes os à l'intérieur de ta chair, suce ta moelle tout en criant ; crie, crie, des cris chantants, chante tes cris...*Et le pire, un chuchotement qui courait à travers tout le reste comme un fil. *Al'Thor. Al'Thor. Al'Thor.*

Rand découvrit le vide autour de lui et l'accepta, sans se préoccuper de l'éclat tentateur, repoussant, du *saidin* présent juste à la limite extérieure de son champ visuel. De tous les dangers encourus sur les Voies le pire était le Vent Noir qui emportait l'âme de ceux qu'il tuait et rendait fous ceux qu'il laissait vivre, mais le *Machin Shin* faisait partie des Voies; il ne pouvait les quitter. Or voilà qu'il se répandait dans la nuit et que ce Vent Noir proférait son nom.

La Porte de la Voie n'était pas encore complètement ouverte. Si seulement ils parvenaient à remettre en place la feuille de *l'Avendesora*...Il vit Loial qui, à quatre pattes, fouillait l'herbe en tâtonnant dans l'obscurité.

Le *saidin* l'envahit. Il eut l'impression que ses os vibraient, il éprouva l'afflux du Pouvoir Unique, d'une ardeur de braise, d'un froid de glace, se sentit vivre comme jamais il ne l'avait ressenti avant cet afflux, sentit la souillure lisse telle de l'huile... *Non !* Et il se cria intérieurement par-delà le vide : *Il vient pour toi ! Il va nous tuer tous !* Il précipita la totalité de ce qu'il avait en lui vers le gonflement noir, qui saillait à présent de deux bonnes longueurs de bras d'homme hors de la Porte. Il ne savait pas ce qu'il avait projeté, ni comment, mais au cœur de cette noirceur s'épanouit une fontaine de lumière étincelante.

Le Vent Noir hurla, dix mille cris aigus inarticulés exprimant la souffrance. Lentement, cédant à regret pouce par pouce, la masse diminua; lentement, l'écoulement s'inversa, réintégrant la Porte encore ouverte.

Le Pouvoir parcourait Rand en torrent. Il percevait le lien entre lui et le *saidin*, tel un fleuve en crue, entre lui et le pur feu flambant au cœur du Vent Noir, telle une cataracte brûlante. La chaleur en lui fut portée du rouge au blanc puis plus encore, à un miroitement qui aurait fondu la pierre, transformé l'acier en vapeur et fait s'enflammer l'air. Le froid s'accentua au point que le souffle dans ses poumons aurait dû devenir un bloc de glace aussi dur que du métal. Il le perçut qui l'envahissait, perçut la vie qui s'érodait à la manière d'une berge de fleuve en argile tendre, perçut que ce qui constituait son être se désintégrait.

Impossible que je cesse ! S'il parvient à sortir... Il faut que je le tue ! Je... ne... peux... pas... arrêter ! Avec l'énergie du désespoir, il se cramponna à des fragments de son être. Le Pouvoir Unique rugissait à travers lui ; il s'y maintenait comme un copeau de bois dans des rapides. Le vide commença à fondre et à s'écouler ; du néant s'élevèrent les vapeurs d'un froid glacial.

Le mouvement de la Porte s'interrompit – et s'inversa.

Rand regardait avec fascination, persuadé – dans ses pensées diffuses flottant en dehors du vide – qu'il voyait seulement ce qu'il avait envie de voir.

Les vantaux de la Porte se rapprochèrent l'un de l'autre, repoussant en arrière le *Machin Shin* comme si le Vent Noir avait une consistance ferme. Le brasier rugissait toujours au sein du Vent.

Avec un étonnement vague, détaché, Rand aperçut Loial, toujours à quatre pattes, qui s'éloignait à reculons des battants en train de se refermer.

L'espace entre eux se rétrécit, disparut. Les feuilles et les lianes se fondirent en une surface continue, un mur de pierre.

Rand sentit se briser d'un coup sec le lien entre lui et le feu, s'interrompre la course du Pouvoir en lui. Un moment encore et il aurait été emporté à jamais. Tremblant, il tomba à genoux. Il l'avait encore là en lui. Le *saidin*. Non plus roulant ses flots mais là, en nappe d'étang. Rand était une nappe du Pouvoir Unique. Il en vibrait. Il percevait l'odeur de l'herbe, de la terre au-dessous, de la pierre des murs. Même dans l'obscurité, il discernait chaque brin d'herbe, séparé et entier, et tous à la fois. Il était sensible au moindre mouvement de l'air sur son visage. Sa langue s'empâta du goût de la souillure ; son estomac se noua et se convulsa.

Il se débattit frénétiquement pour sortir du vide ; toujours agenouillé, sans bouger, il réussit à se libérer. Et alors plus rien ne demeura que le goût fétide disparaissant peu à peu de sa langue, ainsi que les crampes dans son estomac et le souvenir. *Et voilà... vivant.*

« Vous nous avez sauvés, Bâtisseur. » Hurin se tenait le dos pressé contre le mur du courtil et sa voix était rauque. « Cette chose... c'était le Vent Noir ?... c'était pire que... allait-il précipiter ce feu sur nous ? Seigneur Rand ! Vous a-t-il fait du mal ? Vous a-t-il touché ? » Il accourut comme Rand se redressait, l'aidant à reprendre son équilibre. Loial se relevait aussi, se brossant les mains et les genoux.

« Nous ne suivrons jamais Fain par là. » Rand posa la

main sur le bras de Loial. « Merci. Vous nous avez sauvé la vie. » *Vous m'avez sauvé, moi au moins. Cela me tuait. Cela me tuait et c'était... merveilleux.* Il avala sa salive ; une légère trace du goût fétide lui empâtait toujours la bouche. « J'ai besoin de boire quelque chose.

– J'ai seulement retrouvé la feuille et l'ai remise en place, dit Loial avec un haussement d'épaules. J'avais l'impression que si nous n'arrivions pas à fermer la Porte de la Voie, ce Vent nous tuerait. Ma foi, je ne suis pas un très bon héros, Rand, j'avais tellement peur que c'est à peine si je pouvais réfléchir.

– Nous avions peur l'un et l'autre, répliqua Rand. Peut-être sommes-nous une pauvre paire de héros, mais nous n'avons pas mieux sous la main. Heureusement qu'Ingtar nous accompagne.

– Seigneur Rand, demanda timidement Hurin, pouvons-nous... partir, à présent ? »

Le Flaireur souleva une foule d'objections à ce que Rand franchisse le mur le premier sans savoir ce qui l'attendait de l'autre côté, jusqu'à ce que Rand lui fasse remarquer qu'il était le seul d'entre eux à être armé. Même alors, Hurin n'eut pas l'air enchanté de laisser Loial soulever Rand pour qu'il attrape la crête du mur et passe par-dessus.

Rand atterrit debout, ses semelles heurtant le sol avec un bruit sourd, et il scruta la nuit en tendant l'oreille. Pendant un instant, il crut voir quelque chose bouger, entendre une botte racler l'allée de brique, mais aucun de ces faits ne se répéta et il les mit sur le compte de sa nervosité. Il se dit qu'il avait bien le droit d'être nerveux. Il pivota sur ses talons pour aider Hurin à descendre.

« Seigneur Rand, questionna le Flaireur dès que ses pieds furent solidement posés sur le sol, comment nous débrouillerons-nous pour les suivre, maintenant ? D'après ce que j'ai appris là-dessus, toute la bande pourrait être à cette heure de l'autre côté de la terre, dans n'importe quelle direction.

– Vérine connaîtra un moyen. » Rand eut soudain envie de rire ; pour trouver le Cor et le poignard – s'ils demeuraient trouvables à présent – il était obligé de s'en remettre de nouveau aux Aes Sedai. Elles lui avaient rendu sa liberté d'action et voilà qu'il était contraint d'aller de nouveau à elles. « Je ne laisserai pas mourir Mat en restant les bras croisés. »

Loial les rejoignit et ils retournèrent vers le manoir où ils furent accueillis à la porte basse par Mat qui l'ouvrait à l'instant où Rand tendait la main vers le loquet. « Vérine dit que vous ne devez rien tenter. Si Hurin a découvert l'endroit où est déposé le Cor, alors elle dit que nous ne pouvons pas nous avancer davantage pour le moment. Elle dit que nous partirons dès que vous serez de retour et que nous établirons un plan. Et moi je dis que c'est la dernière fois que je cours comme un dératé pour porter des messages. Si tu veux annoncer quelque chose à quelqu'un, désormais, parle-lui toi-même. » Mat sonda la nuit du regard derrière eux. « Est-ce que le Cor est quelque part par là-bas ? Dans un bâtiment des communs ? As-tu vu le poignard ? »

Rand le fit tourner sur lui-même et rentrer à l'intérieur. « Ce n'est pas une dépendance, Mat. J'espère que Vérine aura une bonne idée de la conduite à tenir maintenant ; moi, je n'en ai aucune. »

Mat désirait visiblement poser des questions, mais il ne résista pas quand il fut poussé dans le couloir mal éclairé. Il se souvint même de boiter en montant l'escalier.

Quand Rand et les autres rentrèrent dans les salles bondées de nobles, ils furent le point de mire d'un certain nombre de regards. Rand se demanda si ces gens avaient appris d'une manière ou d'une autre ce qui s'était passé au-dehors, ou s'il aurait dû envoyer Hurin et Mat attendre dans le vestibule, mais alors il se rendit compte que les regards ne différaient pas de ce qu'ils étaient auparavant, curieux et calculateurs, cherchant ce que le seigneur et l'Ogier avaient manigancé. Les serviteurs étaient invisibles pour ces gens-là. Aucun n'essaya d'approcher, puisqu'ils étaient ensemble. Apparemment, la conspiration dans le Grand Jeu était régie par des protocoles ; n'importe qui peut tenter d'écouter une conversation privée, mais on ne s'immisce pas dans cette conversation.

Vérine et Ingtar étaient debout ensemble, et donc seuls aussi. Ingtar avait l'air un peu désorienté. Vérine jeta un coup d'œil à Rand et aux trois autres, fronça les sourcils en voyant leur expression, puis rajusta son châle et se dirigea vers le vestibule.

À l'instant où ils y arrivaient, Barthanes surgit comme si quelqu'un l'avait averti de leur départ. « Vous vous en allez d'aussi bonne heure ? Vérine Sedai, ne puis-je vous prier de demeurer plus longtemps ? »

Vérine secoua la tête. « Il faut que nous partions, Seigneur Barthanes. Je n'avais pas séjourné à Cairhien depuis quelques années. J'ai été heureuse que vous ayez invité le jeune Rand. C'était... captivant.

– Alors, que la Grâce vous raccompagne en sécurité jusqu'à votre auberge. *Le Grand Arbre*, n'est-ce pas ? Peut-être m'accorderez-vous de nouveau la faveur de votre présence ? Vous m'honorerez, Vérine Sedai, et vous Seigneur Rand, et vous Seigneur Ingtar, sans vous oublier, Loial, fils d'Arent fils de Halan. » Son salut fut un peu plus accentué pour l'Aes Sedai, mais n'en resta pas moins qu'une légère inclination.

Vérine remercia d'un hochement de tête. « Peut-être. Que la Lumière vous illumine, Seigneur Barthanes. » Elle se dirigea vers le portail à deux vantaux.

Comme Rand esquissait un pas pour suivre les autres, Barthanes le retint en saisissant sa manche entre deux doigts. Mat eut l'air de vouloir rester aussi jusqu'à ce que Hurin l'entraîne rejoindre Vérine et ses compagnons.

« Vous prenez part au Jeu plus sérieusement que je ne l'imaginais, dit très bas Barthanes. Quand j'ai entendu votre nom, je ne pouvais pas le croire, pourtant vous êtes venu et vous correspondez à la description, et... on m'a confié un message qui vous est destiné. Je le transmettrai donc, finalement, ma foi. »

Rand avait senti un picotement le long de sa colonne vertébrale pendant que Barthanes parlait mais, à cette dernière phrase, il le regarda avec étonnement. « Un message ? De qui ? De la Dame Séléné ?

– D'un homme. Pas du genre pour qui, d'ordinaire, je me chargerais de message, mais il a... certaines... créances sur moi que je ne puis renier. Il n'a pas donné de nom mais il est originaire du Lugard. Aaah ! Vous le connaissez.

– Je le connais. » *Fain a laissé un message ?* Rand parcourut du regard le vaste vestibule. Mat et Vérine avec les autres attendaient près du portail. Des serviteurs en livrée se tenaient figés le long des murs, prêts à s'élancer pour obéir à un ordre et pourtant semblant ne rien entendre ni voir. Les bruits de la réunion provenaient d'autres salles à l'intérieur du manoir. Cela ne semblait pas un endroit où des Amis du Ténébreux pourraient passer à l'attaque. « Quel message ?

– Il dit qu'il vous attendra à la Pointe de Toman. Il a ce que vous cherchez et si vous en voulez vous devez aller là-bas. Si vous refusez de le suivre, il dit qu'il traquera votre sang, votre famille et ceux que vous aimez jusqu'à ce que vous l'affrontiez. Cela paraît fou, bien sûr, qu'un homme pareil menace de traquer un seigneur et pourtant il avait en lui je ne sais quoi. Je le crois fou – il a même nié que vous soyez un seigneur, ce que n'importe quel œil peut voir aisément mais il y a quand même quelque chose. Qu'est-ce qu'il emporte avec lui, qu'il fait garder par des Trollocs ? Qu'est-ce que vous cherchez ? » Barthanes semblait se scandaliser lui-même de la manière directe dont il avait formulé ses questions.

« Que la Lumière vous illumine, Seigneur Barthanes. » Rand réussit à s'incliner, mais il avait les jambes en coton quand il rejoignit Vérine et ses compagnons. *Il tient à ce que je le suive ? Et il s'en prendra au Champ d'Emond, à Tam, si je ne le fais pas.* Il ne doutait pas que Fain pouvait mettre, mettrait ses menaces à exécution. *Du moins Egwene est-elle en sécurité à la Tour Blanche.* Il entrevit des images bouleversantes de Trollocs fonçant, horde après horde, sur le Champ d'Emond, d'Évanescents Sans-Yeux pourchassant Egwene. *Mais comment puis-je le suivre ? Comment ?*

Puis il fut dehors dans la nuit, enfourchant le Rouge. Vérine, Ingtar et les autres étaient déjà à cheval, et l'escorte de guerriers du Shienar se rapprochait pour les entourer.

« Qu'avez-vous découvert ? questionna Vérine avec autorité. Où le garde-t-il ? » Hurin s'éclaircit la gorge bruyamment et Loial changea d'assiette sur sa haute selle. L'Aes Sedai les examina attentivement.

« Fain a emporté le Cor à la Pointe de Toman par une Porte des Voies, dit Rand d'un ton morne. À cette heure, il y attend probablement déjà que j'arrive.

– Nous parlerons de cela plus tard », répliqua Vérine, avec tant de fermeté que personne ne proféra un mot pendant le trajet de retour jusqu'à la ville et au *Grand Arbre.*

Uno les quitta là-bas, après un ordre donné tout bas par Ingtar, remmenant les guerriers à leur auberge dans le Faubourg. Hurin jeta un coup d'œil au visage fermé de Vérine éclairé par la lumière de la salle commune, marmotta quelque chose à propos d'ale et se précipita vers une table dans un coin, seul. L'Aes Sedai éluda d'un geste machinal les espoirs pleins de sollicitude formulés par l'hôtesse qu'elle s'était bien divertie et conduisit en silence Rand et les autres à la salle à manger qui leur était réservée.

Quand ils entrèrent, Perrin leva les yeux des *Voyages de Jain Farstrider* et fronça les sourcils à la vue de leur expression. « Cela ne s'est pas bien passé, hein ? » dit-il en fermant le volume relié en cuir. Des lampes et des chandelles en cire d'abeille tout autour de la pièce donnaient une bonne clarté ; Maîtresse Tiedra demandait des prix élevés, mais elle ne lésinait pas sur le confort.

Vérine plia soigneusement son châle et le déposa sur le dossier d'une chaise.

« Redites-moi cela. Les Amis du Ténébreux ont emporté le Cor par une Porte des Voies ? Au manoir de Barthanes ?

– Le terrain sur lequel s'élève le manoir était un bosquet ogier, expliqua Loial. Quand nous avons bâti... » Sa voix s'éteignit et ses oreilles s'affaissèrent sous le regard de Vérine.

« Hurin les a pistés droit jusqu'à cette Porte. » Rand se jeta avec lassitude dans un fauteuil. *Je dois suivre plus que jamais à présent. Mais comment ?* « Je l'ai ouverte pour lui démontrer qu'il pouvait toujours repérer la piste où qu'ils aillent et le Vent Noir était là. Il a essayé d'arriver jusqu'à nous, mais Loial a réussi à refermer les battants avant que ce Vent soit complètement sorti. » Il rougit un peu en le disant, mais c'était vrai que Loial avait refermé la Porte, sans quoi, pour autant qu'il le sache, le *Machin Shin* aurait pu sortir. « Ce Vent montait la garde.

– Le Vent Noir », murmura Mat qui se figea à mi-mouvement alors qu'il s'apprêtait à s'asseoir. Perrin dévisageait Rand, lui aussi. Et de même Vérine et Ingtar. Mat se laissa choir lourdement sur son siège.

« Vous devez vous tromper, finit par dire Vérine. Le *Machin Shin* ne peut pas être utilisé comme sentinelle. Personne ne peut obliger le Vent Noir à faire quoi que ce soit.

– C'est une créature du Ténébreux, marmonna Mat d'une voix sourde. Ils sont des Amis du Ténébreux. Peut-être connaissent-ils un moyen de lui demander du secours ou de le forcer à fournir aide et assistance.

– Personne ne sait exactement ce qu'est le *Machin Shin*, reprit Vérine, à moins que ce ne soit, peut-être, l'essence même de la folie et de la cruauté. On ne peut pas raisonner avec lui, Mat, ni passer un marché, ni lui parler. Il ne peut même pas être contraint, en tout cas par aucune Aes Sedai vivant aujourd'hui et peut-être même par aucune qui ait jamais vécu. Croyez-vous vraiment que Padan Fain pourrait réaliser ce dont dix Aes Sedai sont incapables ? »

Mat secoua la tête.

L'atmosphère de la salle était empreinte d'accablement, d'espoir perdu et de dessein contrecarré. Le but qu'ils avaient poursuivi s'était évanoui et même le visage de Vérine avait une expression déconcertée.

« Je n'aurais jamais cru que Fain aurait le courage d'emprunter les Voies. » Ingtar avait un ton calme, mais soudain il frappa le mur du poing. « Peu importe comment le *Machin Shin* en est arrivé à œuvrer selon les ordres de Fain ou même s'il le fait réellement. Ils ont emporté le Cor de Valère dans les Voies, Aes Sedai. À cette heure, ils pourraient être dans la Grande Dévastation ou à mi-chemin de Tear ou de Tanchico, ou encore de l'autre côté du Désert d'Aiel. Le Cor est perdu. Je suis perdu. Je suis perdu. » Ses mains retombèrent à ses côtés et ses épaules s'affaissèrent. « Je suis perdu.

– Fain l'emporte à la Pointe de Toman », répliqua Rand, qui fut aussitôt de nouveau la cible de tous les regards.

Vérine l'examina attentivement. « Vous avez déjà dit cela. Comment le savez-vous ?

– Il a confié un message à Barthanes, répondit Rand.

– Une ruse, ironisa Ingtar. Il ne nous indiquerait pas à quel endroit le suivre.

– J'ignore ce que le reste d'entre vous veut faire, reprit Rand, en tout cas, moi, je vais à la Pointe de Toman. Il le faut. Je pars au point du jour.

– Mais, Rand, objecta Loial, cela nous prendra des mois pour arriver à la Pointe de Toman. Qu'est-ce qui vous donne à penser que Fain nous attendra là-bas ?

– Il attendra. » *Mais combien de temps avant de conclure que je ne viens pas ? Pourquoi a-t-il posté ce Vent en sentinelle s'il veut que je le suive ?* « Loial, j'ai l'intention de galoper le plus vite que je le peux et, en admettant que je crève le Rouge sous moi, j'achèterai un autre cheval, ou j'en volerai un si j'y suis obligé. Êtes-vous certain d'avoir envie de venir ?

– Je suis resté avec vous tout ce temps, Rand. Pourquoi m'arrêterais-je maintenant ? » Loial sortit sa pipe et sa blague et commença à tasser du pouce du tabac dans le grand fourneau. « Voyez-vous, j'ai de la sympathie pour vous. Je vous aimerais bien même si vous n'étiez pas *ta'veren*. Peut-être est-ce que je vous aime bien malgré cela. Vous avez apparemment le chic pour me fourrer jusqu'au cou dans le pétrin. Quoi qu'il en soit, je vous accompagne. » Il aspira par le tuyau pour vérifier le bon passage de l'air, puis prit un éclat de bois dans le pot en pierre posé sur le manteau de la cheminée et le présenta à la flamme d'une chandelle pour l'allumer. « Et je ne crois pas que vous soyez vraiment en mesure de m'en empêcher.

– Ma foi, j'y vais aussi, dit Mat. Fain a toujours ce poignard, alors j'y vais. Mais plus question de jouer les domestiques à partir de ce soir. »

Perrin soupira, une expression introspective dans ses yeux jaune d'or. « Je suppose que je vais venir aussi. » Au bout d'un instant, sa bouche se fendit d'un large sourire. « Il faut que quelqu'un veille à empêcher Mat de faire des bêtises.

– Même pas une ruse astucieuse, répéta Ingtar entre ses dents. Je m'arrangerai d'une manière ou d'une autre pour être seul à seul avec Barthanes et j'apprendrai la vérité. J'ai l'intention d'avoir le Cor de Valère, pas de courir après des feux follets.

– Il ne s'agit peut-être pas d'une ruse, avança avec prudence Vérine qui avait l'air d'examiner le sol sous ses pieds. Il y avait certaines choses laissées dans les cachots à Fal Dara, des inscriptions indiquant un rapport entre ce qui s'est produit cette nuit-là et... » elle décocha un coup d'œil à Rand sous ses sourcils froncés – « la Pointe de Toman. Je ne les comprends pas encore complètement, mais je suis persuadée que nous devons aller à la Pointe de Toman. Et je suis certaine que nous y trouverons le Cor.

– Même s'ils se rendent là-bas, objecta Ingtar, d'ici que nous y arrivions, Fain ou un autre des Amis du Ténébreux auront pu sonner cent fois du Cor et les héros sortis de la tombe chevaucheront pour l'Ombre.

– Fain aurait pu sonner cent fois du Cor depuis qu'il a

quitté Fal Dara, lui fit remarquer Vérine. Et je pense qu'il n'y aurait pas manqué s'il avait été capable d'ouvrir le coffre. Ce dont nous avons à nous inquiéter, c'est qu'il découvre quelqu'un sachant l'ouvrir. Il faut que nous le suivions par les Voies. »

La tête de Perrin se releva brusquement et Mat se tortilla dans son fauteuil. Loial poussa un gémissement étouffé.

« Même si nous parvenions je ne sais comment à passer au milieu des gardes de Barthanes, commenta Rand, je pense que nous trouverons le *Machin Shin* encore là. Nous ne pouvons pas utiliser les Voies.

– Combien d'entre nous réussiraient à se faufiler sans être vus dans le domaine de Barthanes ? reprit Vérine avec dédain. Il existe d'autres Portes des Voies. Le *Stedding* Tsofu se trouve non loin de la cité, au sud-est. C'est un jeune *stedding* qui n'a été redécouvert qu'il y a environ six cents ans, mais les Anciens ogiers continuaient à augmenter le nombre des Voies, à cette époque. Le *Stedding* Tsofu aura une Porte. Elle est là-bas et nous nous mettrons en route dès l'aube. »

Loial émit un gémissement un peu plus fort et Rand se demanda si c'était à cause de la Porte ou du *stedding*.

Ingtar ne paraissait toujours pas convaincu, mais Vérine était aussi calme et implacable qu'une avalanche de neige glissant à flanc de montagne. « Tenez vos hommes prêts à partir, Ingtar. Envoyez Hurin prévenir Uno avant qu'il aille se coucher. Je pense que nous devrions tous nous mettre au lit le plus tôt possible. Ces Amis du Ténébreux ont déjà au moins un jour d'avance sur nous et j'ai l'intention de rattraper ce temps perdu autant que faire se peut demain. » Si ferme était la décision de l'Aes Sedai rondelette qu'elle entraînait déjà Ingtar vers la porte avant même d'avoir fini de parler.

Rand suivit les autres qui sortaient mais, sur le seuil de la salle, il s'arrêta auprès de l'Aes Sedai et regarda Mat qui s'éloignait dans le couloir éclairé aux chandelles. « Pourquoi a-t-il cette mine-là ? lui demanda-t-il. Je croyais que vous l'aviez guéri, suffisamment en tout cas pour lui donner un peu de répit. »

Elle attendit que Mat et les autres se soient engagés dans l'escalier avant de répondre. « Apparemment, cela n'a pas marché aussi bien que nous le pensions. La maladie prend chez lui une tournure intéressante. Son énergie demeure ; il la gardera jusqu'à la fin, je pense. Par contre, son corps dépérit. Seulement quelques semaines, au maximum, je dirai. Vous voyez, il y a des raisons de se hâter.

– Je n'ai pas besoin de stimulant supplémentaire, Aes Sedai », répliqua Rand, accentuant le titre avec dureté. *Mat. Le Cor. La menace de Fain. Par la Lumière, Egwene ! Que je sois brûlé, je n'ai pas besoin de plus pour m'aiguillonner.*

« Et vous, Rand al'Thor ? Vous sentez-vous en forme ? Regimbez-vous toujours ou avez-vous fini par vous soumettre à la volonté de la Roue ? »

Il rétorqua : « Je vous accompagne pour trouver le Cor. En dehors de cela, rien ne me lie à des Aes Sedai. Vous me comprenez ? Rien ! »

Elle resta silencieuse et il s'éloigna mais, quand il tourna pour s'engager dans l'escalier, elle l'observait encore, une expression pénétrante et méditative dans ses yeux noirs.

34. La Roue entrelace ses fils

La première clarté de l'aube nacrait le ciel quand Thom Merrilin se retrouva cheminant d'un pas lourd pour rentrer à l'auberge de *La Grappe de Raisin*. Même à l'endroit où s'entassaient le plus de salles de spectacle et de tavernes, il y avait un bref laps de temps où le Faubourg se reposait en silence, reprenant son souffle. Dans l'humeur ou il était, Thom n'aurait pas remarqué si la rue déserte était en feu.

Quelques invités de Barthanes avaient insisté pour qu'il reste longtemps après que la plupart des hôtes étaient partis, longtemps après que Barthanes était allé se coucher. Il ne devait s'en prendre qu'à lui-même d'avoir abandonné *La Grande Quête du Cor* pour adopter le genre d'histoires qu'il récitait et de chansons qu'il chantait dans les villages, *Mara et les trois rois sans cervelle, Comment Susa apprivoisa Jain Farstrider* et quelques-uns des contes sur *Anla le Sage Conseiller*. Il avait fait ce choix à titre de commentaire personnel sur leur stupidité, sans s'imaginer qu'aucun d'eux écouterait et moins encore serait amusé. Amusé d'une certaine façon. Ils en avaient redemandé, mais ils avaient ri aux mauvais moments, de choses qui ne s'y prêtaient pas. Ils avaient ri aussi de lui, croyant apparemment qu'il ne s'en apercevrait pas, ou bien qu'une bourse pleine fourrée dans sa poche guérirait n'importe quelle blessure. Il avait déjà failli la jeter deux fois.

La lourde bourse qui lui brûlait la poche et blessait son amour-propre n'était pas l'unique raison de son humeur. Ni même le mépris des nobles. Ils avaient posé des questions sur Rand sans seulement se donner la peine de se montrer subtils avec un simple ménestrel. Pourquoi Rand se trouvait-il à Cairhien ? Pourquoi un seigneur andoran lui avait-il parlé en particulier, lui un ménestrel ? Trop de questions. Il n'était pas certain que ses réponses avaient été assez astucieuses. Ses réflexes en ce qui concernait le Grand Jeu étaient rouillés.

Avant de se diriger vers *La Grappe de Raisin*, il était passé à l'auberge du *Grand Arbre* ; trouver où logeait quelqu'un dans Cairhien n'était pas difficile si l'on met une pièce d'argent dans une ou deux paumes. Il ne savait toujours pas très bien ce qu'il avait l'intention de dire. Rand était parti avec ses amis, ainsi que l'Aes Sedai. Cela lui laissa le sentiment d'avoir manqué à un devoir. *Le garçon ne doit plus compter que sur lui-même, à présent. Que je brûle, me voilà sorti de cette histoire !*

Il traversa à grands pas la salle commune, déserte comme elle l'était rarement, et monta les marches deux par deux. Du moins l'essaya-t-il ; sa jambe droite se pliait mal et il faillit tomber. Ronchonnant entre ses dents, il grimpa le reste de l'escalier à une allure plus lente et ouvrit silencieusement la porte de sa chambre, pour ne pas réveiller Dena.

Il sourit malgré lui quand il la vit couchée sur le lit, le visage tourné vers le mur, portant encore sa robe. *Elle s'est endormie en m'attendant. La sotte.* Mais la réflexion était affectueuse ; il n'était pas sûr de n'être pas prêt à pardonner ou excuser n'importe quoi qu'elle ferait. Décidant, sous l'impulsion du moment que ce soir était celui où il la laisserait se produire en public pour la première fois, il posa précautionneusement l'étui de sa harpe sur le plancher et prit Dena par l'épaule pour la réveiller et le lui annoncer.

Elle roula mollement sur le dos, les yeux levés vers les siens, des yeux vitreux grands ouverts au-dessus de l'entaille en travers de son cou. Le côté du lit qui avait été caché par son corps était sombre et détrempé.

L'estomac de Thom se souleva ; si sa gorge n'avait pas été serrée au point qu'il n'arrivait pas à respirer, il aurait vomi ou hurlé – ou les deux.

Il n'eut que le grincement des portes d'armoire comme avertissement. Il se retourna d'un bond, les couteaux jaillissant de ses manches et quittant ses mains dans le même mouvement. La première lame frappa la gorge d'un gros homme à la calvitie naissante qui tenait un poignard à la main ; l'homme recula en trébuchant, le sang bouillonnant autour de ses doigts crispés tandis qu'il tentait de crier.

Le fait de pivoter sur sa mauvaise jambe, toutefois, avait faussé la course de l'autre lame de Thom ; le couteau se planta dans l'épaule droite d'un homme musculeux à la face balafrée qui sortait de l'autre armoire. Le couteau du colosse tomba d'une main qui soudainement n'obéissait plus à sa volonté et il s'élança pesamment vers la porte.

Il n'eut pas le temps d'esquisser une seconde enjambée que Thom sortait un autre couteau dont il lui entailla le mollet. Le colosse hurla et trébucha, Thom le saisit par une poignée de ses cheveux graisseux, plaquant violemment sa face contre le mur près de la porte ; l'homme hurla de nouveau quand le manche du couteau qui saillait de son épaule heurta la porte.

Thom brandit la lame qu'il avait en main à deux centimètres de l'œil noir du colosse. Les balafres de cet homme lui donnaient l'air d'un dur, n'empêche qu'il regarda fixement la pointe du couteau sans remuer les paupières et sans bouger un muscle. L'homme gras qui gisait à moitié dans l'armoire eut une ultime convulsion des jambes et s'immobilisa.

« Avant que je te tue, dit Thom, explique-moi. Pourquoi ? » Sa voix était basse, dépourvue d'émotion ; il se sentait engourdi intérieurement.« Le Grand Jeu », répliqua vivement l'autre. Il avait l'accent des rues, ainsi que le costume, mais ses habits étaient un soupçon trop élégants, trop peu usés ; il avait plus de monnaie sonnante et trébuchante à dépenser que n'en aurait aucun Faubourien. « Rien contre vous personnellement, vous comprenez ? C'est juste le Grand Jeu.

– Le Jeu ? Je ne participe pas au *Daes Dae'mar* ! Qui voudrait me tuer pour le Grand Jeu ? » L'homme hésita. Thom rapprocha sa lame. Si l'autre avait cligné des paupières, ses cils auraient effleuré la pointe. « Qui ?

– Barthanes, fut la réponse émise d'une voix enrouée. Le Seigneur Barthanes. Nous ne vous aurions pas tué. Barthanes désire des renseignements. Nous cherchions seulement à découvrir ce que vous savez. Il peut y avoir de l'or pour vous là-dedans. Toute une belle couronne d'or pour ce que vous savez. Peut-être deux.

– Menteur ! J'étais au manoir de Barthanes la nuit dernière, aussi près de lui que je le suis de toi. S'il avait voulu quelque chose de moi, je ne serais jamais parti de là-bas vivant.

– Je vous le répète, il y a des jours que nous vous cherchions ou quelqu'un qui connaisse quelque chose sur ce seigneur d'Andor. Je n'avais jamais entendu votre nom avant hier soir dans la salle en bas. Le Seigneur Barthanes est généreux. Cela pourrait monter à cinq couronnes. »

L'homme essaya d'écarter sa tête du couteau que tenait la main de Thom, et celui-ci le pressa plus fort contre le mur. « Quel seigneur d'Andor ? » Mais il devinait. Que la Lumière lui vienne en aide, il devinait.

« Rand. De la Maison d'al'Thor. Grand. Jeune. Un maître ès armes ou du moins en porte-t-il l'épée. Je suis au courant qu'il est venu vous voir. Lui et un Ogier, et vous avez parlé. Racontez-moi ce que vous savez. J'ajouterais peut-être une couronne ou deux de ma propre poche.

– Imbécile », soupira Thom. *Dena est morte pour ça ? Oh, Lumière, elle est morte.* Il ressentit une envie de pleurer. « Ce garçon est un berger. » Un berger en tunique de luxe, entouré d'Aes Sedai comme une mellirose d'abeilles. « Rien qu'un berger. » Il raffermit sa prise dans la chevelure de l'autre.

« Attendez ! Attendez ! Vous pouvez en tirer davantage que cinq couronnes ou même que dix. Cent, plus probablement. Toutes les Maisons tiennent à être renseignées sur ce Rand al'Thor. Deux ou trois sont entrées en pourparlers avec moi. Vous, avec ce que vous savez et moi qui connais ceux qui ont envie de savoir, nous pourrions nous remplir les poches. Et il y a une femme, une Dame, que j'ai vue s'enquérir de lui. Si nous parvenons à découvrir qui elle est... eh bien, nous pourrions vendre ce renseignement-là aussi.

– Tu as commis une erreur grossière dans tout ça, dit Thom.

– Une erreur ? » La grosse main de l'homme commençait à glisser vers sa ceinture. Nul doute qu'il avait là un autre poignard. Thom ne s'en occupa pas. « Tu n'aurais jamais dû toucher à la jeune femme. »

La main de l'autre plongea vers sa ceinture, puis il esquissa un unique sursaut convulsif comme le couteau de Thom s'enfonçait.

Thom le laissa s'affaler en avant, dégageant la porte, et resta un instant immobile avant de se pencher avec lassitude pour récupérer ses couteaux. La porte se rabattit bruyamment et il se retourna d'un seul mouvement, l'expression féroce.

Zéra se rejeta en arrière, la main à la gorge, le regardant avec stupeur. « Cette étourdie d'Ella vient juste de m'avertir que deux hommes de Barthanes avaient demandé à te voir, hier soir, expliqua-t-elle d'une voix mal assurée, et après ce que j'ai appris ce matin... Je croyais que tu avais dit ne plus jouer au Grand Jeu.

– Ils m'ont trouvé », dit-il avec lassitude.

Les yeux de Zéra qui le dévisageaient s'abaissèrent et se dilatèrent en apercevant les cadavres des deux hommes. Elle entra précipitamment dans la chambre, refermant la porte derrière elle. « Voilà qui est fâcheux, Thom. Tu vas devoir quitter Cairhien. » Son regard tomba sur le lit et la respiration lui manqua. « Oh, non. Oh, non. Oh, Thom, comme je suis navrée.

– Je ne peux pas m'en aller encore, Zéra. » Il hésita, puis étendit avec douceur une couverture par-dessus Dena, voilant son visage. « J'ai un autre homme à tuer d'abord. »

L'aubergiste se reprit et détourna les yeux du lit. Sa voix était plus qu'un peu oppressée. « Si tu penses à Barthanes, tu arrives trop tard. Tout le monde en parle déjà. Il est mort. Ses serviteurs l'ont trouvé ce matin, réduit en lambeaux dans sa chambre à coucher. Ils n'ont pu l'identifier que parce que sa tête était fichée sur une pique au-dessus de la cheminée. » Elle posa une main sur son bras. « Thom, tu ne peux cacher que tu étais là-bas, pas à quiconque est déterminé à le savoir. Ajoutez-y ces deux-là et il n'y a personne dans Cairhien qui ne te croira impliqué dans cette affaire. » Il y avait un léger accent interrogateur dans ses derniers mots, comme si elle aussi avait des doutes.

« Peu importe, je suppose », répliqua-t-il d'une voix morne. Il n'arrivait pas à détacher son regard de la forme étendue sur le lit, masquée par la couverture. « Peut-être vais-je retourner en Andor. À Caemlyn. »

Elle le saisit aux épaules, l'obligea à se détourner du lit. « Ah, vous les hommes, dit-elle en soupirant, vous pensez toujours avec vos muscles ou votre cœur, jamais avec votre tête. Caemlyn ne vaut pas mieux pour toi que

Cairhien. Dans l'une ou l'autre ville, tu finiras mort ou en prison. Crois-tu que c'est ce qu'elle voudrait ? Si tu désires honorer sa mémoire, reste en vie.

– Voudras-tu te charger de... » Il fut incapable de le dire. *Je vieillis*, pensa-t-il. *Je perds mon ressort.* Il sortit de sa poche la lourde bourse et replia dessus les mains de Zéra. « Ceci devrait suffire à... tout. Et aider aussi quand on commencera à poser des questions à mon sujet.

– Je m'en chargerai, confirma-t-elle avec douceur. Il faut que tu partes, Thom. Maintenant. »

Il acquiesça d'un signe de tête, à contrecœur, et commença avec des gestes lents à fourrer quelques affaires dans des sacoches de selle. Tandis qu'il s'occupait ainsi, Zéra aperçut pour la première fois de près le gros homme à demi affalé dans l'armoire et son souffle s'étrangla bruyamment. Thom lui adressa un coup d'œil étonné ; depuis si longtemps qu'il la connaissait, elle n'avait jamais été du genre à s'évanouir à la vue du sang.

« Ce ne sont pas des séides de Barthanes, Thom. Du moins pas celui-ci. » Elle eut un mouvement de menton vers l'homme corpulent. « C'est le secret le plus mal gardé de Cairhien qu'il travaille pour la Maison de Riatin. Pour Galldrian.

– Galldrian », répéta Thom d'une voix blanche. *Dans quoi ce maudit berger m a-t-il entraîné ? Dans quoi les Aes Sedai nous ont-elles fourrés tous les deux ? N'empêche que ce sont les hommes de Galldrian qui l'ont assassinée.*

Un reflet de ses réflexions avait dû passer sur son visage. Zéra déclara d'un ton sévère : « Dena te veut en vie, espèce d'imbécile ! Cherche à tuer le Roi et tu seras mort avant d'arriver à dix coudées de lui, si même tu parviens jusque-là ! »Une clameur s'éleva des remparts de la cité, comme si la moitié des habitants de Cairhien criaient. Fronçant les sourcils, Thom regarda par sa fenêtre. Au-delà du sommet des murs d'enceinte gris, par-dessus les toits du Faubourg, une épaisse colonne de fumée montait dans le ciel. Bien au-delà des remparts. À côté de ce premier cylindre noir, quelques vrilles grises s'unirent rapidement pour en former un autre et de nouvelles traînées apparurent plus loin. Il estima la distance et prit une profonde aspiration.

« Peut-être ferais-tu bien de songer aussi à t'en aller.

On dirait que quelqu'un met le feu aux entrepôts de grain.

– J'ai déjà survécu à des émeutes. File maintenant, Thom. » Après un dernier regard à la forme ensevelie de Dena, il rassembla ses affaires mais, au moment où il s'apprêtait à partir, Zéra reprit la parole. « Tu as une expression menaçante dans les yeux, Thom Merrilin. Imagine Dena assise ici, vivante et se portant comme un charme. Pense à ce qu'elle dirait. Te laisserait-elle aller te faire tuer pour rien ?

– Je ne suis qu'un vieux ménestrel », répliqua-t-il depuis le seuil de la chambre. *Et Rand al'Thor n'est qu'un berger, mais nous devons l'un et l'autre faire ce que nous devons.* « Envers qui pourrais-je vraiment être une menace ? »

Comme il refermait soigneusement la porte, le battant cachant Zéra, cachant Dena, un sourire sans gaieté, un sourire farouche étira ses traits. Sa jambe était douloureuse, mais il la sentait à peine tandis que d'un pas décidé il se hâtait de descendre l'escalier et de quitter l'auberge.

***

Padan Fain retint son cheval au sommet d'une colline dominant Falme, dans un des quelques halliers clairsemés qui subsistaient encore autour de la ville. Le cheval de bât portant son précieux fardeau lui heurta la jambe et il lui décocha un coup de pied dans les côtes sans le regarder ; l'animal renâcla et recula brusquement jusqu'à l'extrémité de la longe qu'il avait attachée à sa selle. La femme n'avait pas voulu renoncer à son cheval, pas plus qu'aucun des Amis du Ténébreux qui l'avaient suivi n'avait voulu rester seul dans les collines avec les Trollocs, sans la présence protectrice de Fain. Il avait résolu aisément l'un et l'autre problème. La viande dans une marmite trolloque n'a pas besoin de cheval. Les compagnons de cette femme avaient été traumatisés par le trajet le long des Voies jusqu'à une Porte jouxtant un *stedding* abandonné depuis longtemps sur la Pointe de Toman, et regarder les Trollocs préparer leur repas avait rendu dociles à l'extrême les Amis du Ténébreux survivants.

Depuis l'orée du petit bois, Fain examina la ville dépourvue de remparts et ricana. Une petite caravane de marchands entrait dans un fracas de roues au milieu des écuries, des enclos à chevaux et des cours où ranger les chariots qui bordaient la ville, tandis qu'une autre sortait tout aussi bruyamment, arrachant un peu de poussière à la terre battue de la chaussée tassée par de nombreuses années de ces passages. Les hommes conduisant les chariots et les quelques autres en selle à côté d'eux étaient tous des gens du pays à en juger par leur habillement ; pourtant, les cavaliers, au moins, avaient une épée suspendue à un baudrier et même plusieurs avaient aussi arc et lance. Les soldats qu'il aperçut, et ils étaient rares, ne semblaient même pas surveiller les hommes armés qu'ils étaient censés avoir conquis.

Fain avait appris un certain nombre de choses sur ces gens, ces Seanchans, au cours des vingt-quatre heures passées sur la Pointe de Toman. Au moins autant qu'en connaissaient les vaincus. Trouver quelqu'un seul n'était jamais difficile, et il répondait toujours aux questions posées de la bonne manière. Les hommes récoltaient davantage de renseignements sur les envahisseurs, comme s'ils croyaient réellement qu'ils pourraient se servir de ce qu'ils avaient appris, mais ils essayaient parfois de garder pour eux ce qu'ils savaient. Les femmes, en général, s'intéressaient à leur propre vie quotidienne quels que soient leurs gouvernants, cependant elles remarquaient des détails qui échappaient aux hommes et elles parlaient plus vite dès qu'elles avaient cessé de crier. Les enfants étaient ceux qui parlaient le plus rapidement, mais ils disaient rarement grand-chose d'utile.

Il avait rejeté les trois quarts de ce qu'il avait entendu comme autant de calembredaines et de rumeurs devenues légendes, mais il revenait à présent sur certaines de ces conclusions. Absolument n'importe qui pouvait entrer dans Falme, apparemment. Avec un sursaut, il constata la vérité d'une « baliverne » supplémentaire comme vingt cavaliers quittaient la ville. Il ne distinguait pas très bien leurs montures, mais ce n'était certainement pas des chevaux qu'avaient enfourchés ces guerriers. Elles couraient avec une grâce fluide et leur peau sombre scintillait au soleil à la façon d'écailles. Il tendit le cou pour continuer à les observer comme la colonne s'enfonçait dans l'intérieur des terres, puis il dirigea son cheval d'un coup de talon vers la ville.

Les gens du pays, entre les écuries, les rangées de chariots et les paddocks, ne lui adressèrent qu'un coup d'œil ou deux. Il ne s'intéressait pas non plus à eux ; il continua son chemin pour entrer en ville, sur ses chaussées pavées en cailloutis descendant vers la mer. Il voyait nettement le port et les grands vaisseaux seanchans aux formes inhabituelles ancrés là-bas. Personne ne lui chercha noise pendant qu'il explorait les rues qui n'étaient ni bondées ni désertes. Les soldats seanchans étaient plus nombreux ici. Les gens se pressaient d'aller à leurs affaires les yeux baissés, s'inclinant chaque fois que des soldats passaient, mais les Seanchans ne leur prêtaient pas attention. En surface, tout semblait paisible, en dépit des Seanchans en armure dans les rues et des vaisseaux dans le port, mais Fain sentait la tension sous-jacente. Il réussissait toujours bien ses entreprises quand les hommes étaient tendus et effrayés.

Il parvint à une grande demeure devant laquelle plus d'une douzaine de soldats montaient la garde. Fain s'arrêta et mit pied à terre. À part l'un d'eux qui était à l'évidence un officier, la plupart portaient une armure d'un noir que rien n'égayait, et leur casque le fit penser à des têtes de sauterelles. Deux bêtes à la peau ressemblant à du cuir, avec trois yeux et un bec de corne en guise de bouche, flanquaient la porte d'entrée, accroupies comme des grenouilles au repos ; le soldat qui se tenait à côté de chacune de ces créatures avait trois yeux peints sur le plastron de sa cuirasse. Fain examina l'étendard bordé de bleu flottant au-dessus du toit, le faucon aux ailes déployées agrippant des éclairs dans ses serres, et il gloussa intérieurement de joie.

De l'autre côté de la rue, des femmes entraient dans une maison ou en sortaient, des femmes reliées par des laisses d'argent, mais il ne s'en occupa pas. Il avait entendu parler des *damanes* par les villageois. Elles pourraient avoir une utilité plus tard, mais pas maintenant.

Les soldats le regardaient, notamment l'officier, dont l'armure était entièrement or, rouge et vert.

Se forçant à arborer un sourire engageant, Fain exécuta un profond salut. « Mes Seigneurs, j'ai ici quelque chose qui intéressera votre Puissant Seigneur. Je vous l'assure, il voudra le voir, ainsi que moi-même, personnellement. » Il eut un geste vers la forme à peu près carrée sur son cheval de bât, encore enveloppée par l'immense couverture rayée dans laquelle ses séides l'avaient trouvée.

L'officier le toisa de la tête aux pieds. « Vous parlez comme un étranger à ce pays. Avez-vous prêté les serments ?

– J'obéis, j'attends et je servirai », répliqua Fain sans hésitation. Tous ceux qu'il avait questionnés avaient parlé des serments, encore que personne n'ait compris ce qu'ils impliquaient. Si ces bonshommes voulaient des serments, il était prêt à jurer n'importe quoi. Il avait perdu depuis longtemps le compte des serments qu'il avait prêtés.

L'officier fit signe à deux de ses hommes de voir ce qu'il y avait sous la couverture. Les grognements de surprise devant le poids quand ils le soulevèrent du bât se changèrent en hoquets de stupeur une fois la couverture enlevée. L'officier contempla sans expression le coffre d'or aux incrustations d'argent posé sur les cailloutis, puis regarda Fain. « Un cadeau digne de l'Impératrice en personne. Venez avec moi. »

Un des soldats fouilla Fain sans ménagement, mais il l'endura en silence, ayant remarqué que les deux soldats porteurs du coffre et leur officier avaient déposé leurs épées et leurs poignards avant d'entrer. Ce qu'il apprendrait de ces gens, si peu que ce soit, serait probablement utile, bien qu'il eût déjà toute confiance en son plan. Il éprouvait toujours de l assurance, mais jamais davantage que là où les seigneurs redoutaient le couteau d'un assassin parmi leur entourage.

Comme ils franchissaient le seuil, l'officier le regarda d'un air sombre et, pendant un instant, Fain se demanda pourquoi. *Mais bien sûr. Les bêtes.* Quelles qu'elles fussent, elles n'étaient certainement pas pires que les Trollocs, rien du tout en comparaison d'un Myrddraal, et il ne leur avait pas accordé un second coup d'œil. C'était maintenant trop tard pour feindre d'en être effrayé. Toutefois le Seanchan ne dit rien, il le conduisit seulement plus loin au cœur du bâtiment.

Et voici donc comment Fain se retrouva face au sol dans une salle dépourvue de tout mobilier à part des paravents qui masquaient ses murs, tandis que l'officier parlait de lui et de son offrande au Puissant Seigneur Turak. Des serviteurs apportèrent une table sur laquelle poser le coffre afin que le Puissant Seigneur n'ait pas besoin de se baisser ; tout ce que Fain vit d'eux, c'est des sandales qui allaient et venaient précipitamment. Il attendit son heure avec impatience. Viendrait bien un temps où ce ne serait pas lui qui s'inclinerait.

Puis les soldats reçurent l'ordre de se retirer et Fain de se relever. Il le fit avec lenteur, étudiant à la fois le Puissant Seigneur à la tête rasée, aux ongles longs et à la robe de soie bleue brochée de fleurs, et l'homme qui se tenait à côté de lui avec la moitié non rasée de ses cheveux blonds tressés en longue natte. Fain était sûr que cet homme vêtu de vert n'était qu'un serviteur, si élevé que fût son rang, mais les serviteurs avaient leur utilité, surtout s'ils étaient estimés par leur maître.

« Un merveilleux cadeau. » Le regard de Turak fixé sur le coffre remonta jusqu'à Fain. Un parfum de rose émanait du Puissant Seigneur. « Cependant la question se pose d'elle-même : comment quelqu'un comme vous se trouve-t-il en possession d'un coffre que bien des seigneurs n'auraient pas les moyens de s'offrir ? Êtes-vous un voleur ? »

Fain tira sur sa tunique usée et pas trop propre. « Il est parfois nécessaire de paraître moins que l'on est, Puissant Seigneur. Ma présente apparence peu reluisante m'a permis de vous apporter ceci sans encombre. Ce coffre est ancien, Puissant Seigneur – aussi ancien que l'Ère des Légendes – et à l'intérieur gît un trésor que peu d'yeux ont vu. Bientôt – très bientôt, Puissant Seigneur – je serai en mesure de l'ouvrir et de vous donner ce qui vous mettra à même de conquérir cette terre aussi loin que vous le désirez, jusqu'à l'Échine du Monde, le Désert d'Aiel, les pays au-delà. Rien ne prévaudra contre vous, Puissant Seigneur, une fois que je... » Il s'interrompit comme Turak commençait à passer sur le coffre ses doigts aux ongles longs.

« J'ai déjà vu des coffres comme celui-ci, des coffres de l'Ère des Légendes, déclara le Puissant Seigneur, mais aucun aussi beau. Ils sont conçus pour être ouverts uniquement par ceux qui en connaissent le secret, mais je... ah ! » Il appuya parmi les bosselures et les volutes, il y eut un cliquetis sec et il rabattit en arrière le couvercle. L'ombre de ce qui pouvait être de la déception passa sur son visage.

Pour s'empêcher de pousser un grondement de rage, Fain se mordit l'intérieur de la bouche au point que le sang jaillit. Qu'il ne soit pas celui qui avait ouvert le coffre affaiblissait sa position quand viendrait l'heure de marchander. Cependant, tout le reste se déroulerait comme il l'avait prévu si seulement il parvenait à conserver sa patience. Mais il avait patienté si longtemps.

« Ce sont des trésors datant de l'Ère des Légendes ? » dit Turak en soulevant d'une main le Cor enroulé sur lui-même et, de l'autre, le poignard courbe avec le rubis incrusté dans son manche d'or. Fain crispa ses mains en poings serrés pour ne pas se jeter sur le poignard. « L'Ère des Légendes », répéta à voix basse Turak en suivant de la pointe du poignard l'inscription d'argent incrusté autour du pavillon d'or du Cor. Ses sourcils se haussèrent de stupeur, première expression que lui voyait Fain mais, un instant après, le visage de Turak était aussi impassible que jamais. « Avez-vous une idée de ce qu'est ceci ?

– Le Cor de Valère, Puissant Seigneur », répliqua avec aisance Fain, content de voir béer de stupéfaction la bouche de l'homme à la tresse. Turak se contenta de hocher la tête comme pour lui-même.

Le Puissant Seigneur s'éloigna. Fain cligna des paupières et s'apprêta à parler puis, sur un geste sec de l'homme blond, suivit sans proférer un son.

C'était une autre salle dont tout le mobilier d'origine avait été déménagé, remplacé par des paravents et un seul fauteuil placé face à un haut cabinet rond. Tenant toujours le Cor et le poignard, Turak regarda le cabinet puis porta son regard ailleurs. Il ne dit rien, mais l'autre Seanchan lança des ordres brefs et, quelques minutes après, des hommes en simple cotte de laine apparurent par une porte qui se trouvait derrière les paravents, portant une autre petite table. Une jeune femme aux cheveux si clairs qu'ils semblaient presque blancs venait derrière eux, les bras chargés de petits chevalets en bois poli de formes et de dimensions différentes. Son vêtement était en soie blanche et si mince que Fain apercevait clairement son corps au travers, mais il n'avait d'yeux que pour le poignard. Le Cor était un moyen pour atteindre un but, mais le poignard était une partie de lui-même.

Turak effleura un des chevalets de bois que tenait la jeune femme, et elle le déposa au centre de la table. Sous la direction de l'homme à la tresse, les serviteurs tournèrent le fauteuil de façon à ce qu'il soit en face. La chevelure de ces serviteurs de catégorie inférieure pendait jusqu'à leurs épaules. Ils se hâtèrent de sortir avec des courbettes qui abaissèrent leur tête presque à leurs genoux.

Plaçant le Cor sur le chevalet de sorte qu'il se dresse à la verticale, Turak posa le poignard sur la table, devant, et alla s'asseoir dans le fauteuil.

Fain fut incapable de se contenir plus longtemps. Il allongea le bras vers l'arme au rubis.

Le blond lui agrippa le poignet dans une étreinte à lui broyer les os. « Chien pas rasé ! Sache qu'est tranchée la main de qui touche sans y être invité au bien du Puissant Seigneur.

– C'est mon bien à moi ! », grommela Fain. *Patience ! Si longtemps.*

Turak, renversé dans le fauteuil, leva un ongle laqué de bleu et Fain fut tiré de côté afin que le Puissant Seigneur puisse contempler le Cor sans obstruction.

« À vous ? dit Turak. Dans un coffre que vous ne savez pas ouvrir ? Si vous m'intéressez suffisamment, je vous donnerai peut-être ce poignard. Même s'il date de l'Ère des Légendes, je ne m'intéresse pas à ce genre de chose. Avant tout, vous allez répondre à une question. Pourquoi m'avez-vous apporté le Cor de Valère ? »

Fain couva encore un instant des yeux le poignard, puis il libéra son poignet d'une secousse et le frotta en s'inclinant. « Pour que vous en sonniez, Puissant Seigneur. Alors, si vous le désirez, vous vous emparerez de tout ce pays. Du monde entier. Vous pourrez abattre la Tour Blanche et réduire les Aes Sedai en poussière, car même leurs pouvoirs sont impuissants à arrêter des héros revenus d'entre les morts.

– Moi, je dois en sonner. » Le ton de Turak était neutre. « Et abattre la Tour Blanche. Encore une fois, pourquoi ? Vous prétendez obéir, attendre et servir, mais ce pays est une terre de parjures. Pourquoi me donnez-vous votre pays ? Avez-vous une querelle personnelle avec ces... femmes ? »

Fain s'efforça de rendre sa voix convaincante. *Sois patient comme un ver qui creuse son chemin de l'intérieur.* « Puissant Seigneur, une tradition s'est transmise de génération en génération dans ma famille. Nous avons servi le Grand Roi, Artur Paendrag Tanreall, et, quand il a été assassiné par les sorcières de Tar Valon, nous n'avons pas renoncé à nos serments. Tandis que d'autres bataillaient et défaisaient l'œuvre créée par Artur Aile-de-Faucon, nous avons tenu notre serment et nous en avons souffert, cependant nous y sommes restés fidèles. Telle est notre tradition, Puissant Seigneur, transmise de père en fils, de mère en fille, tout au long des années qui ont suivi l'assassinat du Grand Roi. Que nous attendions le retour des armées envoyées par Artur Aile-de-Faucon de l'autre côté de l'Océan d'Aryth, que nous attendions le retour du Sang d'Artur Aile-de-Faucon pour détruire la Tour Blanche et reconquérir ce qui était le bien du Grand Roi. Et quand le sang d'Aile-de-Faucon reviendra, nous servirons et conseillerons comme nous l'avions fait pour le Grand Roi. À l'exception de sa bordure, Puissant Seigneur, l'étendard qui flotte sur ce toit est l'étendard de Luthair, le fils qu'Artur Paendrag Tanreall a envoyé avec ses armées de l'autre côté de l'océan. » Fain tomba à genoux, donnant une bonne imitation d'être foudroyé par l'émotion. « Puissant Seigneur, je désire seulement servir et conseiller le Sang du Grand Roi. »

Turak demeura silencieux tellement longtemps que Fain commença à se demander s'il avait besoin de davantage pour être convaincu ; il était prêt à continuer, à discourir autant qu'il en était besoin. Finalement, toutefois, le Puissant Seigneur prit la parole.

« Vous paraissez connaître ce que personne – que ce soit en haut ou en bas de l'échelle sociale – ne dit depuis que cette terre a été abordée. Les gens d'ici en parlent comme d'une rumeur parmi dix autres, mais vous savez. Je le vois dans vos yeux, je l'entends dans votre voix. Je pourrais presque imaginer que vous m'avez été envoyé pour m'attirer dans un piège. Mais qui, possédant le Cor de Valère, l'utiliserait de cette façon ? Personne de ceux du Sang qui sont venus avec l' *Hailène* n'aurait pu avoir le Cor, car la légende dit qu'il était caché dans ce pays-ci. Et sûrement un seigneur de ce pays s'en servirait contre moi au lieu de le remettre entre mes mains. Comment en êtes-vous venu à posséder le Cor de Valère ? Prétendez-vous être un héros, comme dans la légende ? Avez-vous accompli des actions d'éclat ?

– Je ne suis pas un héros, Puissant Seigneur. » Fain esquissa un sourire empreint d'une profonde humilité, mais le visage de Turak demeura impassible, et il y renonça. « Le Cor a été découvert par un de mes ancêtres pendant la tourmente qui a suivi la mort du Grand Roi. Il savait comment ouvrir le coffre, mais ce secret est mort avec lui pendant la Guerre des Cent Ans, qui a déchiré l'empire d'Artur Aile-de-Faucon, si bien que nous tous qui sommes venus après lui savions que le Cor se trouvait à l'intérieur et que nous devions le garder en sûreté jusqu'à ce que le Sang du Grand Roi revienne.

– Pour un peu, je vous croirais.

– Croyez, Puissant Seigneur. Une fois que vous aurez sonné de ce Cor...

– Ne ruinez pas la conviction que vous êtes parvenu à établir. Je ne sonnerai pas du Cor de Valère. Quand je retournerai au Seanchan, je l'offrirai à l'Impératrice comme le plus important de mes trophées. Peut-être l'Impératrice en sonnera-t-elle elle-même.

– Mais, Puissant Seigneur, protesta Fain, vous devez... » Il se retrouva étendu sur le côté, la tête résonnant comme une cloche. C'est seulement quand ses yeux se désembrumèrent qu'il vit l'homme à la tresse blonde se frotter les jointures et comprit ce qui s'était passé.

« Certains mots, dit l'autre à mi-voix, ne s'emploient jamais à l'adresse du Puissant Seigneur. »

Fain décida de quelle manière cet homme allait mourir.

Le regard de Turak alla de Fain au Cor avec autant de sérénité que s'il n'avait rien vu. « Peut-être vais-je vous donner à l'Impératrice en même temps que le Cor de Valère. Elle vous trouverait peut-être amusant, vous qui affirmez que votre famille est restée fidèle alors que tous les autres ont enfreint leurs serments ou les ont oubliés. »

Fain masqua l'exaltation qui s'emparait soudain de lui en s'affairant à se remettre debout. Il n'avait même pas eu l'idée qu'il existait une Impératrice avant que Turak en parle, mais avoir de nouveau ses entrées auprès d'une souveraine... cela ouvrait des voies nouvelles, jetait les bases de nouveaux plans. Approcher une souveraine avec la puissance des Seanchans derrière elle et le Cor de Valère entre ses mains. Beaucoup mieux que de faire de ce Turak un Grand Roi. Il pouvait attendre pour réaliser certaines parties de son plan. *Doucement. Il ne faut pas le laisser deviner à quel point tu le souhaites. Après si longtemps, patienter encore un peu n'est pas grave.* « Comme le Puissant Seigneur le désire, dit-il, s'efforçant de prendre l'accent de quelqu'un uniquement désireux de servir.

– Vous paraissez presque empressé », commenta Turak, et Fain eut du mal à se retenir de tiquer. « Je vais vous dire pourquoi je ne veux pas emboucher le Cor de Valère, ni même le conserver, et peut-être cela guérira-t-il votre ardeur. Je ne souhaite pas qu'un cadeau venant de moi offense l'Impératrice par ses actions ; si elle ne peut pas être guérie, votre ardeur ne sera jamais satisfaite, car vous ne quitterez jamais ces rivages. Savez-vous que quiconque sonne de ce Cor est à jamais lié à lui ? Qu'aussi longtemps qu'il ou elle vit, ce n'est qu'un cor ordinaire pour n'importe qui d'autre ? » Il n'avait pas l'air de s'attendre à une réponse et, de toute façon, il continua sans marquer de pause : « Je suis le douzième dans la ligne de succession au Trône de Cristal. Si je gardais par-devers moi le Cor de Valère, tous ceux qui me séparent du trône croiraient que j'ai l'intention d'être à l'avenir le premier et, alors que l'Impératrice, naturellement, souhaite que nous rivalisions entre nous afin que le plus fort et le plus astucieux prenne sa suite, elle a une préférence connue pour sa deuxième fille et elle ne considérerait pas d'un bon œil ce qui serait une menace pour Tuon. Si je sonnais du Cor, même si ensuite je déposais cette terre à ses pieds, avec toutes les femmes de la Tour Blanche mises en laisse, l'Impératrice, puisse-t-elle vivre à jamais, imaginerait sûrement que j'ai en tête davantage que d'être simplement son héritier. »

Fain s'arrêta juste à temps au moment de suggérer que ce serait possible avec l'aide du Cor. Quelque chose dans la voix du Puissant Seigneur laissait à penser – si difficile à admettre que ce fût pour Fain – qu'il souhaitait sincèrement qu'elle vive à jamais. *Il faut que je sois patient. Un ver dans la racine.*

« Les Oreilles de l'Impératrice peuvent être n'importe où, poursuivit Turak. Et peuvent être n'importe qui. Huan est né et a été élevé dans la Maison d'Aladon, et sa famille depuis onze générations avant lui, cependant même lui pourrait être une Oreille. » L'homme à la tresse esquissa à demi un geste de protestation avant de revenir brusquement à son immobilité première. « Même un seigneur ou une dame de haut rang risquent de découvrir que leurs secrets les plus profondément cachés sont connus des Oreilles et de se réveiller pour se voir déjà confiés aux Chercheurs de Vérité. La vérité est toujours difficile à découvrir, mais les Chercheurs n'épargnent aucune peine dans leur quête, et ils chercheront aussi longtemps qu'ils le jugent nécessaire. Ils prennent grand soin de ne pas laisser un seigneur ou une dame de haut rang mourir entre leurs mains, bien sûr, car nulle main humaine ne doit tuer quelqu'un dans les veines de qui court le sang d'Artur Aile-de-Faucon. Si l'Impératrice est contrainte d'ordonner cette mort, l'infortuné est placé vivant dans un sac de soie et suspendu le long de la paroi de la Tour aux Corbeaux où il est laissé jusqu'à ce qu'il se désagrège sous l'effet de la pourriture. On ne prendrait pas ce soin pour quelqu'un comme vous. À la Cour des Neuf Lunes, dans Seandar, quelqu'un comme vous serait confié aux Chercheurs pour un de vos regards qui se serait écarté, pour un mot déplacé, pour un caprice. Êtes-vous toujours aussi empressé ? »

Fain réussit à se faire des genoux tremblants. « Je désire seulement servir et conseiller, Puissant Seigneur. Je sais combien cela peut se révéler utile. » Cette cour de Seandar semblait un endroit où ses plans et ses talents rencontreraient un terrain fertile.

« Jusqu'à ce que mon navire me ramène au Seanchan, vous m'amuserez avec vos histoires de votre famille et de sa tradition. C'est un soulagement de trouver dans ce pays abandonné de la Lumière un deuxième homme qui puisse m'amuser, même si l'un et l'autre vous racontez des mensonges, comme je le soupçonne. Vous pouvez disposer. » Aucun autre mot ne fut prononcé, mais la jeune femme aux cheveux quasiment blancs et à la robe presque transparente apparut d'un pas rapide pour s'agenouiller tête baissée à côté du Puissant Seigneur, présentant une unique tasse fumante sur un plateau de laque.

« Puissant Seigneur... », commença Fain. L'homme à la tresse, Huan, le prit par le bras, mais il se dégagea. La bouche de Huan se crispa de colère tandis que Fain s'inclinait dans le plus profond des saluts qu'il ait exécutés jusque-là. *Je vais le tuer lentement, oui.* « Puissant Seigneur, il y a ceux qui me suivent. Ils ont l'intention de s'emparer du Cor de Valère. Des Amis du Ténébreux et pire, Puissant Seigneur, et ils ne doivent pas être à plus d'une journée ou deux derrière moi. »

Turak but une gorgée de liquide noir dans la tasse mince qu'il tenait au bout de ses doigts aux ongles longs. « Il reste peu d'Amis du Ténébreux dans le Seanchan. Ceux qui survivent aux Chercheurs de Vérité affrontent la hache du bourreau. Ce serait amusant de rencontrer un Ami du Ténébreux.

– Puissant Seigneur, ils sont dangereux. Ils ont des Trollocs avec eux. Ils sont conduits par quelqu'un qui s'appelle Rand al'Thor. Un jeune homme, mais abominable séide de l'Ombre au-delà de ce qui est croyable, avec une langue rusée, menteresse. Dans bien des endroits, il a prétendu être bien des choses, mais toujours les Trollocs arrivent quand il est là, Puissant Seigneur. Toujours les Trollocs arrivent... et tuent.

– Des Trollocs, répéta Turak d'un ton rêveur. Il n'y a pas de Trollocs au Seanchan, mais les Armées de la Nuit ont d'autres alliés. D'autres choses. Je me suis souvent demandé si un *grolm* serait capable de tuer un Trolloc. Je vais ordonner que l'on guette vos Trollocs et vos Amis du Ténébreux, s'il ne s'agit pas d'un autre mensonge. Ce pays m'accable d'ennui. » Il soupira et huma les vapeurs montant de sa tasse.

Fain laissa Huan dont la mine était crispée l'entraîner hors de la salle, n'écoutant pratiquement même pas la semonce hargneuse sur ce qui se produirait au cas où il s'abstiendrait une nouvelle fois de quitter la présence du Seigneur Turak dès qu'il en avait reçu la permission. Il eut à peine conscience qu'on le poussait dans la rue avec une pièce de monnaie et instruction de revenir le lendemain. Rand al'Thor était à lui, maintenant. *Je vais enfin le voir mort. Et le monde paiera alors pour ce qui m'a été infligé.*

Gloussant sous cape, il descendit en ville avec ses chevaux à la recherche d'une auberge.

35. Le Stedding Tsofu

Les collines bordant la rivière sur lesquelles était bâtie la cité de Cairhien cédèrent la place à des terrains plus plats et à des forêts quand Rand et ses compagnons eurent voyagé pendant une demi-journée, les armures des guerriers du Shienar toujours chargées sur les bêtes de somme. Il n'y avait pas de route là où ils passaient, seulement un petit nombre de chemins charretiers et quelques fermes ou villages. Vérine insistait pour presser l'allure et Ingtar, grommelant constamment qu'ils se laissaient prendre à une ruse, que Fain ne leur aurait jamais dit où il se rendait réellement, grommelant par contre en même temps à l'idée de s'en aller dans la direction opposée comme si une partie de lui-même y croyait et que cette Pointe n'était pas à des mois de marche excepté par l'itinéraire qu'ils avaient choisi – Ingtar se plia à son désir. L'étendard au Hibou Gris flottait dans le vent de leur course.

Rand chevauchait avec une détermination farouche, évitant toute conversation avec Vérine. Il avait cette chose à accomplir – ce devoir, l'aurait appelé Ingtar – après quoi, il serait libéré une fois pour toutes des Aes Sedai. Perrin semblait partager quelque peu son humeur, il avançait en regardant dans le vide droit devant lui. Lorsqu'ils s'arrêtèrent finalement pour la nuit à la lisière d'une forêt, alors que l'obscurité était près de les envelopper, Perrin posa à Loial des questions sur les *steddings*. Les Trollocs n'entrent pas dans un *stedding*, mais les loups ? Loial répliqua brièvement que seules les créatures de l'Ombre ne tenaient pas à se trouver dans un *stedding*. Et les Aes Sedai, naturellement, puisqu'elles ne pouvaient atteindre la Vraie Source à l'intérieur d'un *stedding* ni canaliser le Pouvoir Unique. Le plus réticent à se rendre au *Stedding* Tsofu était apparemment l'Ogier lui-même. Mat était le seul qui semblait le plus impatient d'y arriver, y mettant une ardeur presque frénétique. Sa peau donnait l'aspect de ne pas avoir été exposée au soleil depuis un an et ses joues avaient commencé à se creuser, bien qu'il prétendît se sentir prêt à disputer une course à pied. Vérine lui imposa les mains pour le Guérir avant qu'il s'enroule dans ses couvertures, puis recommença avant qu'ils montent à cheval le lendemain matin, mais cela ne changea rien à sa mine. Même Hurin se rembrunissait quand il regardait Mat.

Le soleil était haut le deuxième jour lorsque Vérine se redressa soudain toute droite sur sa selle et jeta un coup d'œil autour d'elle. À son côté, Ingtar eut un sursaut.

Rand n'apercevait rien de différent dans la forêt qui les entourait maintenant. Le sous-bois n'était pas très dense ; ils avaient avancé avec facilité sous la voûte de feuillage des chênes et des hickorys, des nyssas et des hêtres, percée çà et là par la blanche écorce d'un callistemon. Pourtant, quand il parvint à cet endroit après Vérine et Ingtar, Rand sentit un frisson glacé le parcourir, comme s'il avait plongé en hiver dans un étang du Bois Humide. Ce frisson le traversa et disparut, laissant derrière lui une sensation de délassement. Et il y avait aussi un sentiment lointain et morne de perte, bien que, de quoi, Rand ne l'imaginait pas.

En atteignant cet endroit, chaque cavalier réagit par un geste ou une exclamation. La bouche de Hurin béa et Uno chuchota : « Bigre de sacré... » Puis il secoua la tête comme s'il ne trouvait rien d'autre à dire. Dans les yeux dorés de Perrin s'était allumée une lueur signifiant qu'il avait compris ce que c'était.

Loial aspira lentement une longue bouffée d'air, puis la relâcha. « C'est... bon... d'être de nouveau dans un *stedding.* »

Fronçant les sourcils, Rand regarda autour de lui. Il avait escompté qu'un *stedding* serait en quelque sorte différent mais, à part ce frisson, la forêt était pareille à ce qu'ils avaient vu au cours de toute la journée. Il y avait cette soudaine impression d'être reposé, bien sûr. C'est alors qu'une Ogière apparut de derrière un chêne.

Elle était plus petite que Loial – ce qui veut dire qu'elle dépassait Rand de la tête et des épaules – mais avec le même nez large et les mêmes grands yeux, la même grande bouche et les oreilles se terminant en houppe. Toutefois ses sourcils n'étaient pas aussi longs que ceux de Loial et ses traits semblaient délicats auprès des siens, les houppes de ses oreilles plus fines. Elle portait une longue robe verte et une cape verte brodée de fleurs, et elle avait à la main un bouquet de campanules d'argent comme si elle venait de les cueillir. Elle les considérait avec calme, attendant.

Loial se hâta de descendre de son grand cheval et s'inclina précipitamment. Rand et les autres en firent autant, quoique pas aussi vite ; même Vérine inclina la tête. Loial les présenta cérémonieusement, mais il ne mentionna pas le nom de son *stedding*.

Pendant un instant, la jeune Ogière – Rand était sûr qu'elle n'était pas plus âgée que Loial – les examina, puis elle sourit. « Soyez les bienvenus au *Stedding* Tsofu. » Sa voix aussi était une version plus légère de celle de Loial ; le vrombissement plus doux d'un plus petit bourdon. « Je suis Erith, fille d'Iva fille d'Alar. Soyez les bienvenus. Nous avons eu tellement peu de visiteurs humains depuis que les tailleurs de pierre ont quitté Cairhien, et jamais autant à la fois que maintenant. Tenez, nous avons même eu quelques personnes du Peuple Voyageur mais, bien sûr, ils sont partis quand les... Oh, je parle trop. Je vais vous conduire aux Anciens. Seulement... » Elle chercha parmi eux qui était en charge du groupe et son choix s'arrêta finalement sur Vérine. « Aes Sedai, vous avez tellement d'hommes avec vous et qui sont armés. Pourriez-vous, s'il vous plaît, en laisser quelques-uns audehors ? Pardonnez-moi : mais c'est toujours inquiétant d'avoir un très grand nombre à la fois d'humains en armes au *stedding*.

– Certes, Erith, répliqua Vérine. Ingtar, voulez-vous faire le nécessaire ? »

Ingtar donna ses ordres à Uno et c'est ainsi qu'il fut le seul du Shienar avec Hurin à suivre Erith plus avant dans le *stedding*.

Menant comme les autres son cheval par la bride, Rand leva la tête quand Loial se rapprocha, jetant de nombreux coups d'œil en direction d'Erith qui se trouvait devant avec Vérine et Ingtar. Hurin marchait à mi-chemin des deux groupes, examinant ce qui l'entourait avec ébahissement, encore que Rand n'aurait pas su dire ce qui l'étonnait tant. Loial se pencha pour lui parler à l'oreille. « N'est-ce pas qu'elle est belle, Rand ? Et sa voix chante. »

Mat ricana mais, quand Loial le regarda d'un air interrogateur, il déclara : « Très jolie, Loial. Un peu grande pour mon goût, à vrai dire, mais très jolie, ma foi. »

Loial fronça les sourcils, hésitant ; néanmoins il inclina la tête. « Oui, en effet. » Son visage s'éclaira. « C'est bon de se retrouver dans un *stedding*. Non pas que la Nostalgie m'ait pris, vous savez.

– La Nostalgie ? répéta Perrin. Non, je ne comprends pas, Loial.

– Nous autres Ogiers sommes liés au *stedding*, Perrin. On raconte qu'avant la Destruction du Monde nous pouvions aller où nous avions envie aussi longtemps que nous le désirions, comme vous les humains, mais cela a changé avec la Destruction. Les Ogiers étaient dispersés ainsi que les autres gens, et ils ne parvenaient à regagner aucun de leurs *steddings*. Tout était déplacé, tout métamorphosé. Les montagnes, les rivières, même les mers.

– La Destruction, on connaît tous ça, s'exclama Mat avec impatience. Quel rapport a-t-elle avec cette... cette Nostalgie ?

– C'est au cours de l'Exil, alors que nous errions sans but, que la Nostalgie a commencé à s'abattre sur nous. Le désir de se retrouver dans le *stedding*, de se retrouver dans nos foyers. Beaucoup en sont morts. » Loial secoua la tête avec tristesse. « Ils ont été plus nombreux à en mourir qu'à survivre. Lorsque nous avons finalement recommencé à découvrir les *steddings*, un par un, dans les années du Pacte des Dix Nations, nous avions l'impression d'avoir vaincu la Nostalgie, mais elle nous avait transformés, avait semé des graines en nous. À présent, si un Ogier reste au-dehors trop longtemps, la Nostalgie réapparaît ; il commence à s'affaiblir et il meurt s'il ne retourne pas chez lui.

– Avez-vous besoin de demeurer ici quelque temps ? questionna Rand avec anxiété. Ce n'est pas nécessaire de risquer la mort pour nous accompagner.

– Je le sentirai quand elle m'attaquera. » Loial rit. « Pas mal de temps s'écoulera avant qu'elle soit assez forte pour me causer du mal. Voyons, Dalar a vécu dix ans chez le Peuple de la Mer sans même voir un *stedding* et elle est revenue chez elle en excellente santé. »

Une Ogière sortit d'entre les arbres et s'arrêta un instant pour parler à Erith et à Vérine. Elle toisa Ingtar et parut le juger quantité négligeable, ce qui le fit tiquer. Ses yeux passèrent sur Loial, effleurèrent Hurin et les jeunes du Champ d'Emond, avant qu'elle rentre dans la forêt ; Loial avait l'air d'essayer de se dissimuler derrière son cheval. « D'ailleurs, reprit-il en la regardant prudemment par-dessus sa selle ; l'existence dans le *stedding* est morne comparée à un voyage avec trois *ta'verens*.

– Si vous vous remettez à parler de ça », marmonna Mat, et Loial corrigea vivement : « Trois amis, alors. Vous êtes mes amis, j'espère.

– Oui », dit simplement Rand – et Perrin confirma d'un signe de tête.

Mat rit. « Comment ne serais-je pas ami avec quelqu'un qui joue aussi mal aux dés ? » Il leva les mains dans un geste de protection devant le coup d'œil que lui décochèrent Rand et Perrin. « Oh, ça va. J'ai de la sympathie pour vous, Loial. Vous êtes mon ami. Seulement, n'allez pas ratiociner à propos de... Aaah ! Parfois, vous êtes aussi désagréable à fréquenter que Rand. » Sa voix sombra dans un murmure. « Au moins sommes-nous à l'abri ici, dans un *stedding.* »

Rand se crispa. Il savait à quoi pensait Mat. *Ici, dans un stedding où je ne peux pas canaliser.*

Perrin donna une bourrade à l'épaule de Mat, mais parut le regretter quand Mat lui adressa une grimace avec ce visage hâve qu'il avait.

Ce fut la musique dont Rand prit conscience en premier, des flûtes et violons invisibles jouant un air joyeux qui résonnait au milieu des arbres, et des voix graves qui chantaient et riaient.

Nettoie le champ, aplanis mottes et sillons
Ne laisse debout ni herbe ni éteule
Ici nous trimons, ici nous travaillons
Ici les arbres géants pousseront.

Presque au même moment, il se rendit compte que l'énorme forme qu'il distinguait au milieu des arbres en était un aussi, avec un tronc strié, aux cannelures inclinées comme des contreforts, ayant bien vingt pas de diamètre. Son regard ébahi monta le long du tronc à travers la voûte de la forêt jusqu'aux branches qui s'étalaient comme le chapeau d'un champignon gigantesque au moins à trente coudées au-dessus du sol. Et derrière cet arbre il y en avait d'encore plus hauts.

« Que je brûle, murmura Mat. On pourrait construire dix maisons rien qu'avec un seul de ceux-là. Cinquante maisons.

– Abattre un Grand Arbre ? » Loial avait un accent scandalisé et plus qu'un peu irrité. Ses oreilles étaient raides et immobiles, ses longs sourcils rabaissés le long de ses joues. « Nous ne coupons jamais un des Grands Arbres, sauf s'il meurt, et ils ne meurent presque jamais. Peu ont survécu à la Destruction du Monde, mais quelques-uns des plus grands actuels étaient de jeunes plants à l'époque de l'Ère des Légendes.

– Désolé, s'excusa Mat. C'était simplement une manière d'admirer leurs dimensions. Je ne veux pas de mal à vos arbres. »

Loial hocha la tête, apparemment apaisé.

D'autres Ogiers survinrent alors, avançant au milieu des arbres. La plupart semblaient absorbés par leurs occupations ; quoique tous aient regardé les nouveaux venus et même les aient salués amicalement d'un signe de tête ou d'une légère révérence, aucun ne s'arrêta ni ne parla. Ils avaient une curieuse façon de se déplacer, mêlant en quelque sorte une soigneuse économie de mouvement avec une allégresse insouciante presque enfantine. Ils connaissaient et aimaient qui ils étaient, ce qu'ils étaient et l'endroit où ils se trouvaient, et ils donnaient l'impression d'être en paix avec eux-mêmes et leur environnement. Rand eut conscience qu'il les enviait.

Rares étaient les Ogiers ayant une taille plus élevée que Loial, mais repérer les hommes plus âgés était facile ; à l'unanimité, ils arboraient des moustaches aussi longues que leurs sourcils pendants et des barbes étroites sous le menton. Tous les jeunes étaient rasés de près, comme Loial. Bon nombre des hommes étaient en manches de chemise et tenaient à la main des pelles et des pioches-haches ou des scies et des seaux de poix ; les autres avaient de simples tuniques boutonnées jusqu'au cou et allant s'élargissant jusqu'aux genoux à la manière d'un kilt écossais. Les femmes avaient l'air d'aimer les broderies de fleurs et beaucoup en avaient aussi orné leurs cheveux. Les broderies étaient limitées aux capes pour les plus jeunes femmes; les robes des plus âgées étaient brodées également, et quelques femmes aux cheveux gris avaient des fleurs et des lianes descendant du cou à l'ourlet. Quelques Ogiers, surtout des femmes et des jeunes filles, parurent s'intéresser particulièrement à Loial; il marchait les yeux fixés droit devant lui, ses oreilles s'agitant de plus en plus au fur et à mesure qu'ils avançaient.

Rand fut surpris de voir un Ogier sortir apparemment de terre, d'un des monticules couverts d'herbes et de fleurs des champs qui étaient éparpillés là au milieu des arbres. Puis il vit des fenêtres dans ces tertres, et une Ogière debout devant l'une d'elles visiblement occupée à rouler de la pâte pour un pâté, et il se rendit compte qu'il regardait des maisons ogières. Le tour des fenêtres était en pierre, mais elles semblaient être des formations non seulement naturelles mais aussi sculptées par le vent et l'eau depuis des générations.

Les Grands Arbres, avec leur tronc massif et leurs racines de la grosseur d'un cheval qui irradiaient autour, avaient besoin de beaucoup de place entre eux, mais plusieurs croissaient au milieu même de la ville. Des rampes de terre battue permettaient aux sentiers de passer pardessus les racines. En fait, en dehors des sentiers, la seule indication distinguant la ville de la forêt au premier coup d'œil était un vaste espace dégagé au centre de cette ville, autour de ce qui ne pouvait être que la souche d'un des Grands Arbres. Avec presque cent pas de diamètre, sa surface était aussi lisse qu'un parquet et des marches avaient été construites à divers endroits pour y accéder. Rand était en train de supputer de quelle taille avait été cet arbre quand Erith prit la parole suffisamment fort pour que chacun puisse entendre.

« Voici nos autres hôtes. »

Trois femmes surgirent au détour de l'énorme souche. La plus jeune portait une jatte en bois.

« Des Aielles, dit Ingtar. Des Vierges de la Lance. Heureusement que j'ai laissé Masema avec les autres. » Toutefois il s'écarta de Vérine et d'Erith et passa la main par-dessus son épaule pour faire jouer son épée dans son fourreau.

Rand examina les Aielles avec une curiosité mêlée de

malaise. Elles étaient ce que trop de gens s'étaient épuisés à dire et redire à son propos. Deux des femmes avaient largement la maturité, l'autre n'était guère plus qu'une toute jeune fille, mais les trois étaient grandes pour des femmes. Leurs cheveux coupés court allaient du brun roux au presque blond, avec une queue étroite dans le dos qui avait été laissée longue et tombait jusqu'aux épaules. Elles portaient d'amples chausses au bas enfoncé dans des bottes souples, et tous leurs vêtements étaient d'une teinte de brun, de gris ou de vert ; il se dit que ces habits devaient se fondre dans les rochers et les bois presque aussi bien qu'une cape de Lige. Un arc court saillait au-dessus de leur épaule, un carquois et un long couteau étaient pendus à leur ceinture et chacune était munie d'un petit bouclier de cuir rond et d'une poignée de lances à hampe brève et longue pointe. Même la plus jeune se mouvait avec une souplesse qui suggérait qu'elle savait se servir des armes dont elle était munie.

Brusquement, ces femmes prirent conscience de la présence des autres humains ; à la vue de Rand et de ses compagnons, elles eurent l'air aussi stupéfaites qu'eux-mêmes l'avaient été à la leur, mais elles réagirent avec la rapidité de l'éclair. La plus jeune s'écria : « Des Shienariens ! » et se retourna pour déposer la jatte avec soin derrière elle. Les deux autres enlevèrent vivement des étoffes brunes qui leur entouraient les épaules et les drapèrent alors autour de leur tête. Les plus âgées tirèrent un voile noir en travers de leur visage, cachant tout sauf leurs yeux, et la plus jeune se redressa pour les imiter. Ramassées sur elles-mêmes, elles avancèrent d'un pas ferme, tenant en avant leur bouclier et leur poignée de lances, à part celle que chacune tenait en arrière dans l'autre main.

L'épée d'Ingtar jaillit du fourreau. « Reculez, Aes Sedai. Erith, dégagez. » Hurin saisit son casse-épée, hésita entre épée et gourdin pour son autre main ; après un deuxième coup d'œil aux lances des Aielles, il choisit l'épée.

« Ne faites pas cela », protesta la jeune Ogière. Elle se tordait les mains en se tournant alternativement vers Ingtar et les Aielles. « Il ne faut pas. »

Rand s'aperçut qu'il avait en main l'épée marquée au héron. Perrin avait dégagé sa hache à moitié de la boucle de son ceinturon et hésitait en secouant la tête.

« Non, mais, vous êtes fous, tous les deux ? » s'exclama Mat d'une voix autoritaire. Son arc était encore suspendu en travers de son dos. « Peu importe qu'elles soient Aielles, ce sont des femmes.

– Arrêtez, ordonna Vérine. Arrêtez ça immédiatement. » Les Aielles ne ralentirent pas l'allure et l'Aes Sedai serra les poings dans sa frustration.

Mat recula pour chausser un de ses étriers. « Je m'en vais, annonça-t-il. Vous m'entendez ? Je ne reste pas pour qu'elles me plantent ces machins dedans et je ne tirerai pas sur une femme !

– Le Pacte ! criait Loial. Rappelez-vous le Pacte ! » Cela n'eut pas plus d'effet que les injonctions de Vérine et d'Erith.

Rand remarqua qu'aussi bien l'Aes Sedai que l'Ogière se tenaient soigneusement à l'écart du chemin pris par les Aielles. Il se demanda si Mat n'avait pas la bonne idée. Il n'était pas certain d'être capable de tuer une femme quand bien même elle s'efforçait de le tuer, lui. Ce qui le décida fut la constatation qu'en admettant qu'il parvienne jusqu'à la selle du Rouge, les Aielles ne se trouvaient plus qu'à une trentaine de pas. Il soupçonnait leurs courtes lances d'être capables de franchir cette distance. Comme les femmes se rapprochaient, toujours ramassées sur elles-mêmes, les lances en arrêt, il cessa de craindre de leur faire du mal et commença à se demander comment les empêcher de lui en faire à lui-même.

Il sollicita nerveusement le vide, qui s'établit. Et la vague conscience que ce n'était que le vide se formula à l'extérieur de ce vide. Le flamboiement du *saidin* en était absent. Ce manque était encore plus poignant qu'il ne s'en souvenait, plus intense, comme une faim assez forte pour le consumer. Une faim pour davantage ; quelque chose qui était censé être en plus.

Brusquement, un Ogier s'avança à grands pas entre les deux groupes, sa barbe étroite frémissante. « Qu'est-ce que cela signifie ? Relevez vos armes. » Il avait un ton scandalisé. « Pour vous », – son regard furieux engloba Ingtar et Hurin, Rand et Perrin, et n'épargna pas Mat en dépit de ses mains vides – « il y a une certaine excuse mais, quant à vous », – il se tourna avec colère vers les Aielles qui s'étaient arrêtées – « avez-vous oublié le Pacte ? »

Les Aielles découvrirent leur tête et leur visage avec

une telle précipitation qu'elles donnaient l'impression d'essayer de prétendre ne s'être jamais voilées. Le visage de la jeune fille était cramoisi et les autres paraissaient décontenancées. L'une des plus âgées, celle dont les cheveux avaient des reflets roux, dit : « Pardonnez-nous, Frère Arbre. Nous nous souvenons du Pacte, et nous n'aurions pas voulu mettre l'acier au clair, mais nous sommes dans le pays des Tueurs d'Arbres, où toutes les mains s'élèvent contre nous, et nous avons vu des hommes armés. » Elle avait les yeux gris, Rand s'en aperçut, de la même couleur que les siens.

« Vous êtes dans un *stedding*, Rhian, répliqua avec douceur l'Ogier. Tout le monde est en sécurité dans le *stedding*, petite sœur. Il n'y a pas de combat ici, ni de main brandie contre une autre. » Elle hocha la tête, confuse, et l'Ogier examina Ingtar et ses compagnons.

Ingtar remit son épée au fourreau et Rand l'imita, mais pas aussi vite que Hurin qui avait l'air presque autant rempli de confusion que les Aielles. Perrin n'avait jamais dégagé complètement sa hache. Tout en écartant sa main de la poignée de son épée, Rand relâcha aussi sa prise sur le vide, et il frissonna. Le vide disparut, mais en laissant derrière un écho de cette dépossession qui s'estompa lentement en lui et d'une aspiration à quelque chose pour la combler.

L'Ogier se tourna vers Vérine et s'inclina. « Aes Sedai, je suis Juin, fils de Lacel fils de Laude. Je suis là pour vous conduire aux Anciens. Ils aimeraient connaître pourquoi une Aes Sedai se présente parmi nous, avec des hommes armés et l'un de nos propres jeunes. » Loial courba les épaules comme pour tenter de disparaître.

Vérine eut à l'adresse des Aielles un regard qui semblait empreint du regret de ne pas pouvoir s'entretenir avec elles, puis elle fit signe à Juin de montrer le chemin et il l'emmena sans un mot de plus ni même un premier coup d'œil à Loial.

Pendant quelques instants, Rand et les autres restèrent avec gêne face aux trois Aielles. Rand, du moins, se savait mal à l'aise. Ingtar semblait ferme comme un roc, sans plus d'expression qu'un rocher. Quant aux Aielles, si elles s'étaient dévoilées, elles tenaient encore des lances à la main et elles observaient les quatre hommes avec l'air de vouloir tenter de voir jusqu'au tréfonds de leur être. Rand, en particulier, devint la cible d'un nombre croissant de regards furieux. Il entendit la plus jeune marmotter : « Il porte une épée », d'une voix où se mêlaient l'horreur et le mépris. Puis les trois s'en allèrent, s'arrêtant pour récupérer la jatte en bois et jeter un dernier coup d'œil en arrière à Rand et à ses compagnons avant de disparaître au milieu des arbres.

« Des Vierges de la Lance, murmura Ingtar. Je ne m'attendais vraiment pas à ce qu'elles s'arrêtent une fois qu'elles s'étaient voilé le visage. Certainement pas pour quelques mots. » Il se tourna vers Rand et ses deux amis. « Vous auriez dû voir une charge par les Boucliers Rouges ou les Soldats de Pierre. Aussi facile à arrêter qu'une avalanche.

– Elles se sont refusées à rompre le Pacte une fois qu'on le leur a rappelé, dit Erith en souriant. Elles étaient venues chercher du bois chanté. » Une note de fierté vibra dans sa voix. « Nous avons deux Chanteurs-d'Arbre au *Stedding* Tsofu. Ils sont rares, à présent. J'ai entendu dire que le *Stedding* Shangtai a un jeune Chanteur-d'Arbre très doué, seulement nous, nous en avons deux. » Loial rougit ; toutefois elle ne parut pas le remarquer. « Si vous voulez bien m'accompagner, je vais vous montrer où vous pourrez attendre jusqu'à ce que les Anciens se soient prononcés. »

Tandis qu'ils la suivaient, Perrin chuchota : « Du bois chanté, mon œil. Ces Aielles cherchent Celui-qui-Vient-avec-l'Aube. »

Et Mat ajouta d'un ton sarcastique : « Elles te cherchent, Rand.

– Moi ? C'est stupide. Qu'est-ce qui vous donne à croire... »

Il s'interrompit comme Erith leur faisait descendre les marches conduisant à une maison couverte de fleurs des champs apparemment réservée aux hôtes humains. Les pièces avaient vingt enjambées d'un mur de pierre à l'autre, avec des plafonds peints à deux bonnes hauteurs d'homme au-dessus du sol, mais les Ogiers s'étaient efforcés au mieux d'installer quelque chose qui soit agréable pour des humains. Même ainsi, le mobilier était un peu trop vaste pour être confortable, les sièges assez hauts pour que les talons d'un homme ne touchent pas le sol, la table dépassant la taille de Rand. Hurin, au moins, aurait pu entrer tout debout dans l'âtre de pierre qui semblait avoir été creusé par l'eau plutôt que taillé de main d'homme. Erith regarda Loial d'un air de doute, mais il balaya du geste ses interrogations et tira un des sièges dans l'angle le moins visible de la porte.

Dès que la jeune Ogière fut sortie, Rand entraîna Mat et Perrin à l'écart. « Elles me cherchaient, qu'est-ce que vous entendez par là ? Pourquoi ? Pour quelle raison ? Elles m'ont regardé en face et sont parties.

– Elles t'ont regardé, dit Mat avec un sourire moqueur, comme si tu ne t'étais pas baigné depuis un mois et avais plongé par-dessus le marché dans un bain désinfectant pour moutons. » Son sourire s'effaça. « Mais c'est bien toi qu'elles cherchaient. Nous avons déjà vu un autre Aiel. »

Rand écouta avec un étonnement grandissant leur récit de la rencontre dans la Dague du Meurtrier-des-Siens. Mat en raconta la plus grande partie, Perrin interposant un mot de temps à autre pour ramener le récit à de plus justes proportions quand Mat l'embellissait trop. Mat montait en épingle le fait que l'Aiel s'était montré dangereux et que la rencontre avait bien failli s'achever en bataille.

« Et comme tu es le seul Aiel que nous connaissons, conclut-il, eh bien, il y avait des chances que ce soit toi. Ingtar dit que les Aiels ne vivent jamais en dehors du Désert, alors tu dois être le seul.

– Je ne trouve pas cela drôle, Mat, grommela Rand. Je ne suis pas un Aiel. » *L'Amyrlin a affirmé que tu en étais un. Ingtar le pense. Tam a raconté... Il était malade, fiévreux.* Entre eux, l'Aes Sedai et Tam, ils avaient coupé les racines qu'il croyait les siennes, quoique Tam ait été trop mal en point pour savoir ce qu'il disait. Ils l'avaient laissé à la merci d'un souffle de tempête en tranchant ses points d'attache, puis lui avaient offert quelque chose de nouveau à quoi se raccrocher. Faux Dragon, Aiel. Il ne pouvait pas revendiquer cela comme racine. Il ne le voulait pas. « Peut-être suis-je de nulle part. Mais la seule patrie que je connaisse, c'est les Deux Rivières.

– Je ne pensais pas à mal, protesta Mat. C'est simplement que... Que je brûle, Ingtar dit que tu en es un. Masema le dit. Urien aurait pu passer pour ton cousin et si Rhian enfilait une robe et prétendait être ta tante, tu le croirais toi aussi. Oh, bon, bon. Ne me regarde pas comme ça, Perrin. S'il veut soutenir qu'il n'en est pas un, d'accord. Quelle différence cela fait-il, d'ailleurs ? » Perrin secoua la tête.

Des jeunes Ogières apportèrent de l'eau et des serviettes pour laver mains et visages, ainsi que du fromage, des fruits et du vin, avec des gobelets d'étain un peu trop grands pour tenir complètement dans la main sans gêne. D'autres Ogières plus âgées vinrent aussi, avec des robes entièrement brodées. Elles arrivèrent une par une, une douzaine au total, pour demander si les humains étaient bien, s'ils n'avaient besoin de rien. Chacune tourna son attention vers Loial juste avant de partir. Il leur répondait avec respect mais aussi avec une concision que Rand ne lui avait jamais connue, se tenant debout, serrant contre sa poitrine comme un bouclier un livre aux dimensions ogières, relié avec une couverture en bois, et après leur départ il se blottissait dans son fauteuil, le livre dressé devant son visage. Les livres de cette maison étaient une chose qui n'avait pas été calculée selon les normes humaines.

« Ah, sentez-moi cet air, Seigneur Rand », dit Hurin qui souriait en emplissant ses poumons. Ses pieds pendillaient d'un des sièges autour de la table ; il les balançait comme un gamin. « La plupart des endroits ne m'ont jamais paru sentir mauvais, mais ici... Seigneur Rand, je ne crois pas qu'il y ait jamais eu une seule tuerie ici. Pas même des blessures, sauf par accident.

– Les *steddings* sont censés être un asile de paix pour tout le monde », répliqua Rand. Il observait Loial. « C'est ce que l'on raconte, en tout cas. » Il avala une dernière bouchée de fromage blanc et s'approcha de l'Ogier. Mat suivit, un gobelet à la main. « Que se passe-t-il, Loial ? demanda Rand. Vous avez l'air aussi nerveux qu'un chat dans un chenil depuis que nous sommes arrivés ici.

– Oh, rien », répliqua Loial en jetant du coin de l'œil un regard inquiet vers la porte.

« Avez-vous peur qu'on découvre que vous avez quitté le *Stedding* Shangtai sans l'autorisation de vos Anciens ? »

Loial regarda autour de lui d'un air affolé, les huppes de ses oreilles secouées de vibrations. « Ne dites pas cela, chuchota-t-il d'une voix sibilante. Pas là où quelqu'un peut entendre. Si on découvrait... » Avec un profond soupir, il s'affaissa en arrière dans son fauteuil, ses yeux allant de Rand à Mat. « Je ne sais pas quel est l'usage chez les humains mais, chez les Ogiers... Si une jeune fille voit un garçon qui lui plaît, elle va trouver sa mère. Ou quelquefois la mère voit quelqu'un qu'elle juge acceptable. Dans les deux cas, si elles sont d'accord, la mère de la jeune fille va trouver la mère du garçon et avant d'avoir dit " ouf " le garçon se retrouve avec son mariage tout arrangé.

– Le garçon n'a pas son mot à dire ? questionna Mat d'un ton incrédule.

– Non. Les femmes affirment toujours que nous passerions notre vie mariés aux arbres si elles ne s'en chargeaient pas. » Loial se déplaça sur son siège avec une grimace. « La moitié de nos mariages se concluent entre *steddings* ; des groupes de jeunes Ogiers vont en visite d'un *stedding* à l'autre afin de voir et d'être vus. Si l'on découvre que je suis à l'Extérieur sans permission, les Anciens décideront presque certainement qu'il me faut une épouse pour me mettre du plomb dans la tête. Je n'aurais pas le temps de me retourner qu'ils auront envoyé un message à ma mère au *Stedding* Shangtai et elle viendra me marier avant même d'avoir lavé la poussière de son voyage. Elle a toujours dit que j'étais trop irréfléchi et que j'avais besoin d'une épouse. Je crois qu'elle s'était mise en quête quand je suis parti. Quelque femme qu'elle choisisse pour moi... eh bien, aucune ne me laissera aller Au-Dehors avant que j'aie du gris dans ma barbe. Les épouses disent toujours qu'aucun homme ne devrait être autorisé à aller à l'Extérieur avant d'avoir assez mûri pour savoir se conduire avec sagesse. »

Mat partit d'un rire assez bruyant pour que toutes les têtes se retournent mais, devant le geste affolé de Loial, il parla à voix basse. « Chez nous, ce sont les hommes qui choisissent et aucune femme n'empêche un homme d'agir à sa guise. »

Rand fronça les sourcils, en se rappelant qu'Egwene avait commencé à le suivre partout quand ils étaient encore petits l'un et l'autre. C'est alors que Maîtresse al'Vere s'était mise à s'intéresser à lui, bien davantage qu'à n'importe lequel des autres garçons. Par la suite, des jeunes filles dansaient avec lui les jours de fête et d'autres non, et celles qui acceptaient étaient toujours des amies d'Egwene, alors que les autres étaient des jeunes filles qu'Egwene n'aimait pas. Il crut également se rappeler Maîtresse al'Vere prenant Tam à part – *et elle se lamentait que Tam n'ait pas d'épouse avec qui elle aurait pu bavarder* ! – après quoi Tam et tout le monde s'étaient conduits comme si Egwene et lui étaient fiancés, même s'ils ne s'étaient pas agenouillés devant le Cercle des Femmes pour prononcer la formule sacramentelle. Il n'y avait jamais pensé auparavant sous ce jour ; entre Egwene et lui, les choses avaient paru aller de soi et voilà tout.

« Je crois que nous procédons de la même façon », murmura-t-il et, quand Mat rit, il ajouta : « Te rappelles-tu ton père faisant quoi que ce soit malgré l'opposition de ta mère ? » La bouche de Mat s'ouvrit sur un sourire moqueur, puis ses sourcils se froncèrent d'un air pensif et sa bouche se referma.

Juin descendit les marches qui permettaient d'accéder au niveau du sol. « Voudriez-vous tous m'accompagner, je vous prie ? Les Anciens désirent vous voir. » Il ne regarda pas Loial, n'empêche que Loial faillit laisser échapper son livre.

« Si les Anciens essaient de vous obliger à rester, dit Rand, nous soutiendrons que nous avons besoin de vous.

– Je parie qu'il ne s'agit pas du tout de vous, déclara Mat, péremptoire. Je parie qu'ils vont simplement dire que nous pouvons utiliser la Porte des Voies. » Il se secoua et sa voix baissa encore d'un ton. « Il faut bien en passer par là, n'est-ce pas. » Ce n'était pas une question.

« Rester et se marier ou voyager par les Voies. » Loial eut une grimace désabusée. « La vie n'a vraiment rien de paisible quand on a des *ta'verens* pour amis. »

36. En Présence des Anciens

Tandis qu'ils traversaient la cité ogière sous la conduite de Juin, Rand vit grandir l'anxiété de Loial. Ses oreilles étaient aussi raides que son dos ; ses yeux se dilataient chaque fois qu'il s'apercevait que des Ogiers s'intéressaient à lui, notamment les femmes et les jeunes filles, et un grand nombre d'entre elles donnaient effectivement l'impression de lui prêter une notable attention. Loial avait l'air de marcher à son exécution.

L'Ogier barbu indiqua du geste de vastes marches descendant à l'intérieur d'un tertre herbu beaucoup plus important que les autres ; c'était pratiquement une colline, située presque à la base d'un des Grands Arbres.

« Pourquoi n'attendez-vous pas ici, au-dehors, Loial ? proposa Rand.

– Les Anciens..., commença Juin.

– ... veulent probablement ne voir que le reste d'entre nous, acheva Rand pour lui.

– Qu'ils le laissent donc tranquille », commenta Mat.

Loial hocha la tête avec vigueur. « Oui. Oui, je crois... » Un rassemblement d'Ogières l'observait – depuis des grands-mères à cheveux blancs jusqu'à des jeunes filles de l'âge d'Erith, un groupe d'entre elles discutant ensemble mais avec les yeux unanimement braqués sur lui. Ses oreilles tressautèrent, mais il regarda la large porte vers laquelle descendait le perron et hocha de nouveau la tête. « Oui, je vais m'asseoir ici, dehors, et lire. C'est cela. Je vais lire. » Fouillant dans la poche de sa tunique, il en sortit un livre. Il s'installa sur le tertre à côté de la première marche du perron, le livre tout petit dans ses mains, et fixa son regard sur les pages. « Je resterai à lire ici jusqu'à ce que vous ressortiez. » Ses oreilles se crispaient comme s'il sentait sur lui le regard des femmes.

Juin secoua la tête, puis haussa les épaules et désigna de nouveau le perron. « Si vous voulez bien. Les Anciens attendent. »

L'énorme salle sans fenêtres à l'intérieur du tertre avait été conçue à l'échelle des Ogiers, avec un plafond aux poutres épaisses à plus de quatre hauteurs d'homme ; elle n'aurait été déplacée dans aucun palais, du moins par ses dimensions. Les sept Ogiers assis sur l'estrade juste en face de la porte la faisaient paraître plus petite du fait de leur stature, mais Rand eut néanmoins l'impression de se trouver dans une caverne. Les dalles sombres du sol étaient lisses, encore que larges et de forme irrégulière, mais les murs gris auraient pu être la paroi rugueuse d'une falaise. Les poutres du plafond, grossièrement taillées à la hache comme elles l'étaient, ressemblaient à de grandes racines.

Excepté un siège à haut dossier où était installée Vérine face à l'estrade, le mobilier se composait uniquement des lourds sièges construits avec des sarments qu'occupaient les Anciens. L'Ogière placée au centre de l'estrade était assise sur un siège un peu plus élevé que ceux des autres, trois hommes barbus à sa gauche en longues tuniques à la jupe évasée, trois femmes à sa droite en robes pareilles à la sienne, brodées de lianes et de fleurs depuis l'encolure jusqu'à l'ourlet. Tous avaient des visages âgés couronnés de cheveux d'un blanc de neige, y compris les huppes de leurs oreilles, et une dignité imposante.

Hurin les contemplait carrément bouche bée, et Rand avait lui aussi envie d'ouvrir de grands yeux. Pas même Vérine n'avait l'expression de sagesse qui se reflétait dans les grands yeux des Anciens, ni Morgase couronne en tête leur autorité, ni Moiraine leur calme sérénité. Ingtar fut le premier à s'incliner, avec un formalisme dans son respect de l'étiquette que Rand ne lui avait jamais vu appliquer, alors que les autres restaient encore figés sur place.

« Je suis Alar, dit l'Ogière assise sur le plus haut siège quand ils eurent finalement pris place à côté de Vérine, l'Aînée des Anciens du *Stedding* Tsofu. Vérine nous a expliqué que vous aviez besoin d'utiliser la Porte des Voies qui se trouve ici. Reprendre aux Amis du Ténébreux le Cor de Valère est une criante nécessité, mais depuis plus d'un siècle nous n'avons autorisé personne à emprunter les Voies. Aucun de nous ni les Anciens d'aucun autre *stedding*.

– Je veux trouver le Cor, s'exclama Ingtar avec emportement. Il le faut. Si vous ne nous autorisez pas à emprunter la Porte des Voies... » Le regard de Vérine le fit taire, mais son visage garda son air farouche.

Alar sourit. « Ne soyez pas si fougueux, Shienarien. Vous les humains, vous ne vous donnez jamais le temps de réfléchir. Seules les décisions prises avec pondération sont valables. » Son sourire s'estompa, remplacé par la gravité, mais sa voix conserva son calme mesuré. « Les dangers des Voies ne s'affrontent pas l'épée à la main, comme une charge d'Aiels ou de Trollocs féroces. Je dois vous avertir qu'entrer dans les Voies c'est risquer non seulement la mort et la folie mais peut-être aussi vos âmes mêmes.

– Nous avons vu le *Machin Shin* », dit Rand, et Mat et Perrin acquiescèrent. Sans parvenir à se montrer pleins d'ardeur pour recommencer.

« Je suivrai le Cor jusqu'au Shayol Ghul, si nécessaire », riposta Ingtar avec fermeté. Hurin se contenta de hocher la tête comme s'il s'incluait dans la déclaration d'Ingtar.

« Amenez Trayal », ordonna Alar, et Juin qui était resté près de la porte s'inclina et sortit. « Entendre ce qui peut arriver ne suffit pas, dit-elle à Vérine. Il faut le voir, le ressentir au fond de son cœur. »

Un silence gêné s'établit jusqu'au retour de Juin et devint plus oppressant encore quand derrière Juin apparurent deux Ogières guidant un Ogier d'âge moyen, à la barbe noire, qui traînait les pieds entre elles comme s'il ne savait pas très bien faire fonctionner ses jambes. Son visage était affaissé, totalement inexpressif, et ses grands yeux étaient atones, sans un battement de paupières, ne fixant rien, ne regardant rien, ne semblant même pas voir. Une des femmes essuya avec précaution la bave qui coulait au coin de sa bouche. Elles lui posèrent la main sur les bras pour l'arrêter ; son pied avança, hésita, puis retomba en arrière, lourdement. Il paraissait aussi satisfait de rester debout que de marcher, ou du moins cela le laissait-il aussi indifférent.

« Trayal a été un des derniers parmi nous à voyager dans les Voies, dit Alar à voix basse. Il en est sorti tel que vous le voyez. Voulez-vous le toucher, Vérine ? »

Vérine la regarda pensivement, puis se leva et marcha jusqu'à Trayal. Il ne broncha pas quand elle posa les mains sur sa vaste poitrine, il ne cilla même pas en témoignage qu'il sentait son contact. Sifflant entre ses dents serrées, elle recula d'une secousse, les yeux levés vers lui, puis elle se retourna d'un seul élan face aux Anciens. « Il est... vide. Ce corps vit, mais il n'y a rien à l'intérieur. Rien. » Le visage de chaque Ancien exprimait une intolérable tristesse.

« Rien ». dit à mi-voix une des Anciennes à la droite d'Alar. Dans ses yeux se peignait toute la douleur que ceux de Trayal étaient désormais incapables d'exprimer. « Pas d'esprit. Pas d'âme. De Trayal ne demeure que son corps.

– C'était un merveilleux Chanteur-d'Arbre », dit l'un des hommes avec un soupir.

Alar fit un signe et les deux femmes tournèrent Trayal pour le ramener dehors ; elles durent lui imprimer une impulsion pour qu'il se mette à marcher.

« Nous connaissons les risques, dit Vérine, mais quels qu'ils soient, nous devons suivre le Cor de Valère. »

L'Aînée des Anciens hocha la tête. « Le Cor de Valère. Je ne sais pas ce qui est la pire nouvelle, qu'il est entre les mains des Amis du Ténébreux ou qu'il a été découvert. » Son regard passa sur la rangée d'Anciens ; chacun à son tour inclina la tête, un des hommes tiraillant d'abord avec hésitation sur sa barbe. « Très bien. Vérine me dit que le temps presse. Je vais vous conduire moi-même à la Porte des Voies. » Rand se sentit à moitié soulagé et à moitié inquiet quand elle ajouta : « Vous avez avec vous un jeune Ogier, fils d'Arent fils de Halan, du Stedding *Shangtai*. Il est loin de ses foyers.

– Nous avons besoin de lui », rétorqua vivement Rand. Sa voix ralentit son rythme devant les regards étonnés que posaient sur lui les Anciens et Vérine, mais il poursuivit néanmoins avec obstination : « Nous avons besoin qu'il nous accompagne et il le désire.

– Loial est un ami », ajouta Perrin, en même temps que Mat déclarait : « Il se tient toujours à sa place et il sait se débrouiller sans jamais rien demander à personne. » Aucun des trois n'avait l'air heureux d'avoir attiré sur eux l'attention des Anciens, mais ils ne bronchèrent pas.

« Existe-t-il une raison empêchant qu'il vienne avec nous ? questionna Ingtar. Comme le dit Mat, il n'est pas un poids mort. Je ne vois pas en quoi nous avons besoin de lui mais, s'il a envie de venir, pourquoi... ?

– Nous avons effectivement besoin de lui, interrompit Vérine d'un ton uni. Rares désormais sont ceux qui connaissent les Voies, mais Loial les a étudiées. Il sait déchiffrer les Indications. »

Alar les dévisagea tour à tour, puis arrêta son regard sur Rand qu'elle se mit à examiner. Elle avait l'air au courant de certaines choses ; tous les Anciens aussi, mais elle davantage encore. « Vérine dit que vous êtes *ta'veren*, conclut-elle finalement, et je le sens en vous. Que je le puisse signifie qu'en vérité vous devez être très fortement *ta'veren*, car ces Talents-là ne se manifestent jamais avec intensité en nous, si même nous en sommes dotés. Avez-vous entraîné Loial, fils d'Arent fils de Halan, dans la *ta'maral'ailen*, la Toile que le Dessin tisse autour de vous ?

– Je... je veux simplement trouver le Cor et... » Rand laissa sa phrase inachevée. Alar n'avait pas mentionné le poignard de Mat. Il ne savait pas si Vérine en avait parlé aux Anciens ou s'était abstenue pour une raison quelconque. « C'est mon ami, Très Ancienne.

– Votre ami, répéta Alar. Il est jeune, d'après notre façon de penser. Vous êtes jeune aussi mais *ta'veren*. Veillez sur lui et quand le tissage sera terminé faites en sorte qu'il retourne sain et sauf dans ses foyers au *Stedding* Shangtai.

– Je le ferai », répliqua-t-il. Sa réponse rendait le son d'un engagement, d'une prestation de serment.

« Nous allons donc nous rendre à la Porte des Voies. »

Quand ils ressortirent à l'air libre, Alar et Vérine les premières, Loial se leva précipitamment. Ingtar envoya Hurin chercher en toute hâte Uno et les autres soldats. Loial regarda l'Aînée des Anciens avec circonspection, puis se joignit à Rand en queue de cortège. Les Ogières qui l'avaient détaillé étaient toutes parties. « Les Anciens ont-ils parlé de moi ? A-t-elle... ? » Il jeta un coup d'œil prudent au large dos d'Alar qui ordonnait à Juin d'amener leurs chevaux. Elle se mit en route avec Vérine, penchant la tête pour s'entretenir avec elle à voix basse, alors que Juin continuait à s'incliner avant d'aller obtempérer.

« Elle a ordonné à Rand de prendre soin de vous et de veiller à ce que vous rentriez chez vous aussi sain et sauf qu'un nourrisson, déclara Mat à Loial d'un ton morose tandis qu'ils emboîtaient le pas aux autres. Je ne comprends pas ce qui vous empêche de rester ici et de vous marier.

– Elle a dit que vous pouviez venir avec nous. » Rand décocha un coup d'œil assassin à Mat, ce qui déclencha chez ce dernier un gloussement de rire sous cape. C'était déconcertant, sortant de ce visage hâve. Loial faisait tournoyer entre ses doigts la tige d'une fleur de cœur-sincère. « Êtes-vous allé cueillir des fleurs ? demanda Rand.

– Erith me l'a donnée. » Loial regarda tourner les pétales dorés. « Elle est vraiment très jolie, même si Mat ne s'en rend pas compte.

– Cela signifie-t-il que vous ne souhaitez finalement pas nous accompagner ? »

Loial eut un sursaut. « Comment ? Oh, non. Je veux dire, si. Je désire aller avec vous. Elle m'a simplement offert une fleur. Rien qu'une fleur. » N'empêche qu'il sortit de sa poche un livre dont il rabattit sur la corolle le plat de dessus. Tout en rangeant le livre, il murmura pour lui-même, à peine assez haut pour que Rand l'entende : « Et elle a dit aussi que j'étais beau garçon. » Mat pouffa, se plia en deux et avança d'un pas trébuchant en se tenant les côtes ; les joues de Loial s'empourprèrent. « Ma foi... c'est elle qui l'a dit. Pas moi. »

Perrin assena un coup sec de ses jointures sur le haut du crâne de Mat. « Personne n'a jamais dit que Mat était beau. Il est jaloux, voilà tout.

– Ce n'est pas vrai, protesta Mat en se redressant subitement. Neysa Ayellin me trouve beau. Elle me l'a dit plus d'une fois.

– Neysa est-elle jolie ? questionna Loial.

– À voir sa figure, on dirait une chèvre », répliqua Perrin imperturbable. Mat voulut protester avec vigueur et s'en étrangla.

Rand ne put s'empêcher de sourire. Neysa Ayellin était presque aussi jolie qu'Egwene. Et c'était presque comme naguère, presque comme là-bas au village, où l'on se renvoyait raillerie pour raillerie et rien au monde n'était plus important que rire de bon cœur et taquiner l'autre.

Tandis qu'ils traversaient la cité, des Ogiers saluaient l'Aînée des Anciens, s'inclinant ou plongeant dans une révérence, examinant les visiteurs humains avec intérêt. Toutefois, le visage fermé d'Alar empêchait tout le monde de s'arrêter pour lui parler. La seule indication qu'ils étaient sortis de la cité fut l'absence des tertres ; il y avait encore çà et là des Ogiers qui examinaient des arbres ou s'affairaient avec mastic à panser les coupes, scie ou hache aux endroits où les branches étaient mortes et lorsqu'un arbre avait besoin d'un ensoleillement plus grand. Ils s'acquittaient de ces tâches avec tendresse.

Juin les rejoignit, conduisant leurs chevaux, et Hurin arriva en selle avec Uno et les autres guerriers, ainsi que les chevaux de bât, juste avant qu'Alar tende la main en disant : « C'est là-bas. » Les plaisanteries moururent d'elles-mêmes.

Rand éprouva une brève surprise. La Porte des Voies devait se trouver en dehors du *stedding* – les Voies avaient été commencées avec le Pouvoir Unique ; elles n'auraient pas pu l'être à l'intérieur – mais rien n'indiquait qu'ils avaient franchi la limite du *stedding*. Puis il se rendit compte qu'il y avait une différence ; le sentiment de perte qu'il avait éprouvé en entrant dans le *stedding* avait disparu. Ce qui provoqua en lui un frisson d'autre sorte. Le *saidin* était là de nouveau. Et attendait.

Alar les conduisit au-delà d'un chêne de haute futaie et là, dans une petite clairière, se dressait la grande dalle de la Porte des Voies, dont la face était délicatement sculptée de lianes étroitement entrelacées et de feuillage de cent espèces différentes. Autour de l'orée de la clairière, les Ogiers avaient construit un mur bas coiffé d'un chaperon qui semblait avoir poussé là, car il évoquait un cercle de racines. Son aspect mit Rand mal à l'aise. Il lui fallut un moment pour s'apercevoir que les racines évoquées étaient celles de rosiers sauvages et de ronciers aux longues épines, de sumacs vénéneux et de chênes urticants. Pas les sortes de plantes au milieu desquelles on aimerait à tomber.

L'Aînée des Anciens s'arrêta devant le muret. « Cette enceinte est conçue pour avertir de ne pas s'approcher quiconque viendrait par ici. Non pas que beaucoup d'entre nous le fassent. Pour ma part, je ne la franchirai pas. Par contre, vous le pouvez si vous le désirez. »

Juin ne s'était pas avancé aussi près qu'elle ; il ne cessait de se frotter les mains sur le devant de sa tunique et se gardait de tourner les yeux vers la Porte.

« Merci, dit Vérine à Alar. Le besoin est grand, sinon je ne l'aurais pas demandé. »

Rand se crispa quand l'Aes Sedai passa par-dessus le muret et approcha de la Porte. Loial prit une profonde aspiration et murmura quelque chose pour lui-même. Uno et le reste des guerriers changèrent de position sur leur selle et firent jouer leur épée dans son fourreau. Il n'existait rien dans les Voies contre quoi une épée ait une utilité, mais c était un geste pour se convaincre qu'ils étaient prêts. Seuls Ingtar et l'Aes Sedai avaient l'air calmes ; même Alar avait agrippé sa jupe à deux mains.

Vérine dégagea la feuille de *l'Avendesora* et Rand se pencha en avant avec une attention soutenue. Une impulsion impérieuse l'incitait à établir en lui le vide, à se trouver là où il pourrait entrer en contact avec le *saidin* s'il le jugeait nécessaire.

La verdure sculptée sur la face de la Porte des Voies remua sous l'effet d'une brise dont le souffle ne se sentait pas, les feuilles voltigeant tandis qu'une fente s'ouvrait au centre de la masse et que les deux vantaux commençaient à s'écarter.

Rand regarda dès que la fissure apparut. Au-delà, nul reflet d'argent mat, seulement du noir plus noir que poix. « Fermez-la ! cria-t-il. Le Vent Noir ! Fermez ! »

Vérine jeta un coup d'œil stupéfait et replaça vivement la feuille trilobée parmi toutes les variétés déjà là ; la feuille resta en place quand elle retira sa main et recula vers le muret d'enceinte. Dès que la feuille de l'Avendesora eut retrouvé sa position première, la Porte des Voies commença aussitôt à se clore. La fente disparut, les feuillages et les plantes grimpantes se fondant les uns dans les autres, masquant les ténèbres du *Machin Shin*, et la Porte des Voies ne fut plus que pierre, encore qu'une pierre sculptée avec une apparence de vie plus grande que cela ne semblait possible.

Alar relâcha un souffle frémissant. « Le *Machin Shin*. Si près.

– Il n'a pas tenté de sortir », dit Rand. Juin émit un son étranglé.

« Je vous l'ai dit, répliqua Vérine. Le Vent Noir est une créature des Voies. Il ne peut pas les quitter. » Elle avait la voix calme, mais elle frottait néanmoins ses mains sur sa jupe. Rand ouvrit la bouche, puis renonça à parler. « Et cependant, reprit-elle, je m'étonne qu'il soit ici. D'abord à Cairhien, maintenant ici. Cela m'intrigue. » Elle jeta sur Rand un coup d'œil de côté qui le fit sursauter. Il ne pensait pas que quelqu'un d'autre l'ait remarqué tant ce regard avait été rapide mais pour Rand il donnait l'impression d'établir une relation entre lui et le Vent Noir.

« Voilà une chose dont je n'avais jamais entendu parler, trouver le *Machin Shin* posté pour guetter l'ouverture d'une Porte, déclara lentement Alar. Il rôdait toujours dans les Voies. Seulement bien du temps a passé et peut-être le Vent Noir est-il affamé et espère s'emparer de quelqu'un qui pénétrerait innocemment par une Porte. Vérine, de toute évidence, vous ne pouvez pas utiliser cette Porte. Et si grande que soit votre nécessité, je ne puis dire que je le regrette. Les Voies appartiennent à l'Ombre, maintenant. »

Rand regarda la Porte en fronçant les sourcils. *Serait-ce que ce Vent me suit?* Trop de questions se posaient. Fain avait-il en quelque sorte contraint le Vent Noir à exécuter sa volonté ? Vérine disait que c'était impossible. Et pourquoi Fain exigerait-il que lui, Rand, le rejoigne puis tente de l'en empêcher ? Il savait seulement qu'il tenait le message pour véridique. Il devait se rendre à la Pointe de Toman. S'ils découvraient le Cor de Valère et le poignard de Mat sous un buisson, il devrait encore aller là-bas.

Vérine réfléchissait, le regard perdu dans le vide. Mat était assis sur la murette, la tête dans les mains, et Perrin l'observait d'un air soucieux. Loial paraissait soulagé qu'ils ne puissent emprunter la Porte des Voies et honteux de son soulagement.

« Nous n'avons plus rien à faire ici, déclara Ingtar. Vérine Sedai, je vous ai accompagnée en dépit de mon intime conviction, mais il m'est impossible de continuer avec vous. J'ai l'intention de retourner à Cairhien. Barthanes est en mesure de m'indiquer où sont partis les Amis du Ténébreux et je m'arrangerai pour qu'il le dise.

– Fain est allé à la Pointe de Toman, répliqua Rand d'un ton las. Et où il est allé, c'est là que se trouve le Cor, ainsi que le poignard.

– Je suppose... » Perrin eut un haussement d'épaules

dénotant son manque d'enthousiasme. « Je suppose que nous pourrions essayer une autre Porte des Voies. Dans un autre *stedding ?* »

Loial se frotta le menton et répondit aussitôt, comme pour compenser son soulagement à l'échec d'ici. « Le *Stedding* Cantoine est situé juste au-dessus de la rivière Iralell, et le *Stedding* Taijing en est à l'est, dans l'Echine du Monde. Mais la Porte des Voies dans Caemlyn, où était le bosquet, est plus proche et la Porte de Tar Valon est la plus proche de toutes.

– Quelle que soit la Porte des Voies que nous tentions d'utiliser, répliqua Vérine d'une voix distraite, je crains que nous n'y rencontrions le *Machin Shin* qui nous attende. »

Alar la regarda d'un air interrogateur, mais l'Aes Sedai ne dit plus rien d'audible. Elle parlait entre ses dents en secouant la tête comme si elle discutait avec elle-même.

« Ce dont nous avons besoin, suggéra timidement Hurin, c'est d'une de ces Pierres Portes. » Ses yeux allèrent d'Alar à Vérine et comme aucune ne lui intima de se taire, il poursuivit d'un ton de plus en plus assuré. « La Dame Séléné a raconté que les Aes Sedai des temps anciens avaient étudié ces mondes et que c'est ainsi qu'ils avaient su comment créer ces Voies. Et de cet endroit où nous étions... eh bien, il nous a fallu seulement deux jours – même pas pour parcourir cent lieues. Si nous pouvions utiliser une Pierre Porte pour nous rendre dans ce monde, ou un qui lui ressemble, alors nous ne mettrions pas plus d'une semaine ou deux pour atteindre l'Océan d'Aryth, et nous pourrions revenir tout droit à la Pointe de Toman. Peut-être n'est-ce pas aussi rapide que les Voies, mais c'est de beaucoup plus court que partir à cheval pour l'ouest. Qu'en pensez-vous, Seigneur Ingtar ? Seigneur Rand ? »

C est Vérine qui lui répondit. « Ce que vous proposez est peut-être possible, Flaireur, mais autant espérer ouvrir de nouveau cette Porte et constater que le *Machin Shin* n'est plus là qu'espérer découvrir une Pierre Porte. Je n'en connais pas de plus proche que dans le Désert d'Aiel. Il est vrai que nous pourrions retourner dans la Dague du Meurtrier-des-Siens si vous ou Rand, ou Loial pensez réussir à localiser de nouveau cette Pierre. »

Rand se tourna vers Mat. Son ami avait levé la tête

avec espoir en entendant cette discussion à propos des Pierres Portes. Quelques semaines, avait dit Vérine. S'ils se contentaient de chevaucher vers l'ouest, Mat ne vivrait jamais assez longtemps pour voir la Pointe de Toman.

« Je peux la trouver », annonça Rand à contrecœur. Il avait honte de lui-même. *Mat va mourir, les Amis du Ténébreux sont en possession du Cor de Valère, Fain ravagera le Champ d'Emond si tu ne le rejoins pas et tu as peur de canaliser le Pouvoir. Une fois pour aller et une fois pour revenir. Deux fois de plus ne te rendront pas fou.* Au fond, ce qui lui inspirait réellement de la crainte, c'est l'ardeur qui avait flambé en lui à l'idée de canaliser encore, de sentir le Pouvoir l'envahir, de se sentir vraiment vivre.

« Je ne comprends pas ce que vous dites, commenta Alar d'une voix lente. Les Pierres Portes n'ont pas servi depuis l'Ère des Légendes. Je ne crois pas qu'il existe encore quelqu'un sachant les utiliser.

– L'Ajah brune est au courant de bien des choses, répliqua Vérine sèchement, et je connais comment s'emploient les Pierres. »

L'Aînée des Anciens hocha la tête. « En vérité, la Tour Blanche recèle des merveilles qui dépassent notre imagination. Toutefois, si vous savez utiliser une Pierre Porte, vous n'avez pas besoin de voyager jusqu'à la Dague du Meurtrier-des-Siens. Il y a une Pierre pas loin d'ici.

– La Roue tisse selon son bon vouloir et le Dessin fournit ce qui est nécessaire. » Le visage de Vérine perdit subitement son expression absente. « Conduisez-nous à cette Pierre, dit-elle avec autorité. Nous n'avons déjà perdu que trop de temps. »

37. Ce qui aurait pu être

Alar se détourna de la Porte des Voies et les précéda à une allure d'une majestueuse lenteur, en dépit du fait que Juin était visiblement plus que désireux de mettre de la distance entre lui et ce lieu. Mat, tout au moins, avait l'air plein d'espoir et Hurin était confiant, tandis qu'apparemment Loial redoutait qu'Alar revienne sur sa décision de le laisser partir. Rand marchait sans empressement à côté du Rouge qu'il menait par la bride. Il ne pensait pas que Vérine avait l'intention d'utiliser elle-même la Pierre Porte.

La colonne de pierre grise se dressait près d'un bouleau qui avait près de quinze coudées de haut et six d'épaisseur; Rand l'aurait qualifié de gros avant d'avoir vu les Grands Arbres. Il n'y avait pas de murette protectrice ici, seulement quelques fleurs qui avaient percé la couche de feuilles décomposées en humus du sol forestier. La Pierre Porte elle-même était rongée par les intempéries, mais les symboles qui la recouvraient étaient encore assez nets pour être repérés.

Les cavaliers du Shienar se déployèrent plus ou moins en cercle autour de la Pierre et de ceux qui étaient à pied.

« Nous l'avons relevée quand nous l'avons découverte, il y a de nombreuses années, expliqua Alar, mais nous ne l'avons pas replantée ailleurs. Elle... donnait l'impression de... s'opposer à tout déplacement. » Alar marcha droit à la colonne et posa sa vaste main sur la Pierre. « Je l'ai toujours considérée comme un symbole de ce qui a été perdu, de ce qui a été oublié. Pendant l'Ère des

Légendes, on pouvait l'étudier et la comprendre jusqu'à un certain point. Pour nous, ce n'est que de la pierre.

– Plus que cela, j'espère. » La voix de Vérine prit un accent plus énergique. « Très Ancienne, je vous remercie de votre aide. Pardonnez-nous de vous quitter ainsi sans cérémonie, mais la Roue n'attend personne. Du moins ne troublerons-nous plus la paix de votre *stedding*.

– Nous avons rappelé de Cairhien les tailleurs de pierre, répliqua Alar, mais nous sommes encore au courant de ce qui se produit dans le monde extérieur. De Faux Dragons. La Grande Quête du Cor. Nous en entendons parler, sans que cela vienne jusqu'à nous. Je ne crois pas que la *Tarmon Gai'don* nous ignorera ou nous laissera en paix. Adieu, Vérine Sedai. Vous tous, adieu et puissiez-vous être à l'abri dans la paume du Créateur. Juin. » Elle ne s'arrêta que pour lancer un coup d'œil à Loial et un dernier regard d'avertissement à Rand, puis les Ogiers disparurent entre les arbres.

Les selles grincèrent comme les cavaliers changeaient de position. Ingtar passa en revue le cercle qu'ils formaient. « Est-ce nécessaire, Vérine Sedai ? Même si c'est réalisable... Nous ne savons même pas si les Amis du Ténébreux ont réellement emporté le Cor à la Pointe de Toman. Je suis toujours persuadé que je peux obliger Barthanes...

– Si nous n'avons aucune certitude, répliqua Vérine en lui coupant la parole d'un ton paisible, alors la Pointe de Toman est un endroit qui en vaut un autre pour l'y chercher. Plus d'une fois, je vous ai entendu dire que vous chevaucheriez jusqu'au Shayol Ghul si besoin était pour récupérer le Cor. Hésitez-vous maintenant à cause de cela ? » Elle désigna du geste la Pierre sous l'arbre à l'écorce satinée.

Le dos d'Ingtar se raidit. « Je ne recule devant rien. Emmenez-nous à la Pointe de Toman ou emmenez-nous au Shayol Ghul. Si le Cor de Valère se trouve au bout du chemin, je vous suivrai.

– C'est bien, Ingtar. Voyons, Rand, vous avez été transporté par une Pierre Porte plus récemment que moi. Venez. » Elle lui fit signe et il conduisit le Rouge jusqu'à elle près de la Pierre.

« Vous vous êtes déjà servie d'une Pierre Porte ? » Il regarda par-dessus son épaule pour s'assurer que personne n'était assez près pour entendre. « Alors vous n'avez pas l'intention que je m'en charge. » Ses épaules se soulevèrent dans un soupir de soulagement.

Vérine le dévisagea d'un air à demi malicieux. « Je n'ai jamais utilisé de Pierre ; voilà pourquoi votre expérience est plus récente que la mienne. Je connais mes limites. Je serais anéantie avant même de parvenir à canaliser assez de Pouvoir pour agir sur une Pierre Porte. Toutefois, j'ai quelques notions sur elle. Suffisamment pour vous aider, tant soit peu.

– Mais moi je n'en ai *aucune.* » Tirant son cheval par la bride, il tourna autour de la Pierre pour l'examiner du haut en bas. « La seule chose dont je me souviens, c'est le symbole pour notre monde. Séléné me l'a montré, mais je ne le vois pas ici.

– Bien sûr que non. Pas sur une Pierre qui se trouve *dans* notre monde ; les symboles sont des éléments permettant d'aller vers un monde. » Elle secoua la tête. « Que ne donnerais-je pas pour m'entretenir avec cette jeune femme dont vous parlez ! Ou mieux, pour mettre la main sur son livre. La croyance générale est qu'aucun exemplaire des *Miroirs de la Roue* n'a survécu en entier à la Grande Destruction. Sérafelle me répète sans cesse que le nombre de livres que nous croyons perdus, alors qu'ils attendent d'être retrouvés, dépasse de beaucoup ce que je pourrais imaginer. Bah, inutile de se tourmenter pour ce que j'ignore. Par contre, je connais certaines choses. Les symboles sur la partie supérieure de la Pierre figurent des mondes. Pas la totalité des *Mondes qui Pourraient Exister*, bien sûr. Apparemment, toutes les Pierres ne relient pas à tous les mondes, et les Aes Sedai de l'Ère des Légendes pensaient qu'il y a des mondes possibles qu'aucune Pierre n'atteignait. Ne remarquez-vous rien qui éveille un souvenir ?

– Rien. » S'il découvrait le symbole adéquat, il pourrait l'utiliser pour trouver Fain et le Cor, pour sauver Mat, pour empêcher Fain de nuire au Champ d'Emond. S'il repérait le symbole, il serait obligé d'entrer en contact avec le *saidin*. Il voulait sauver Mat et barrer la route à Fain, mais il souhaitait ne rien avoir à faire avec le *saidin*. Il avait peur de canaliser, et il le désirait aussi ardemment qu'un homme affamé un plat de nourriture. « Je ne me rappelle rien. »

Vérine soupira. « Les symboles du bas indiquent des Pierres situées à d'autres endroits. Si vous connaissez la procédure, vous pourriez nous emporter non pas jusqu'à cette même Pierre dans un autre monde mais jusqu'à une autre de là-bas ou même à une d'ici. Cela s'apparente plus ou moins au Voyage, je pense, mais de même que personne ne sait plus comment s'y prendre pour Voyager, personne ne se remémore cette procédure. Dans l'ignorance de la méthode à employer, toute tentative pourrait aisément nous anéantir tous. » Elle désigna deux lignes onduleuses parallèles traversées par un curieux griffonnage, gravées dans le bas de la colonne. « Ceci indique une pierre sur la Pointe de Toman. C'est une des trois Pierres dont je connais le symbole ; la seule des trois que je suis allée voir. Et ce que j'ai appris – après avoir failli être ensevelie sous les neiges dans les Montagnes de la Brume et être gelée en traversant la Plaine d'Almoth – se résume à rien du tout. Jouez-vous aux dés ou aux cartes, Rand al'Thor ?

– C'est Mat, le joueur. Pourquoi ?

– Oui. Eh bien, nous le laisserons en dehors de cette affaire, je pense. Ces autres symboles aussi me sont familiers. »

D'un doigt, elle souligna un rectangle contenant huit ciselures qui se ressemblaient beaucoup, un cercle et une flèche, mais dans la moitié des dessins la flèche était inscrite dans le cercle alors que dans les autres la pointe traversait la circonférence. Les flèches étaient dirigées vers la gauche, vers la droite, vers le haut et vers le bas ; de plus, entourant chaque cercle il y avait une trace différente qui devait être de l'écriture, Rand en était sûr, mais d'une langue de lui inconnue ; elle adoptait des formes courbes qui se métamorphosaient subitement en crochets aux arêtes vives, puis redevenaient curvilignes.

« Voici au moins ce que j'en sais, reprit Vérine. Chaque symbole représente un monde, dont l'étude a conduit finalement à la construction des Voies. Ils ne représentent pas l'ensemble des mondes étudiés mais les seuls dont je connais les symboles. C'est là qu'intervient le jeu de hasard. J'ignore à quoi ressemblent ces mondes. Il est de commune croyance que dans certains un an correspond à un jour seulement ici et que dans d'autres une journée vaut une de nos années. On suppose qu'il y a des mondes dont l'air même nous tuerait si nous en aspirions une bouffée et des mondes possédant juste assez de réalité pour exister. Je ne veux pas échafauder de conjectures sur ce qui risque de se produire au cas où nous nous trouverions dans un de ceux-là. Il faut que vous choisissiez. Comme l'aurait dit mon père, il est temps de jeter les dés. »

Rand secoua la tête, le regard perdu dans le vide. « Je risque de nous tuer tous, quel que soit mon choix.

– N'êtes-vous pas prêt à courir ce risque ? Pour le Cor de Valère ? Pour Mat ?

– Pourquoi êtes-vous si désireuse de le courir ? Je ne sais même pas si je suis capable de le faire. Cela... cela ne marche pas chaque fois que j'essaie. » Il avait conscience que personne ne s'était rapproché, néanmoins il vérifia. Tous attendaient, réunis en une espèce de large cercle dont la Pierre était le centre, les observant mais pas assez proches pour entendre ce que Rand et Vérine disaient. « Quelquefois, le *saidin* est simplement là. Je le sens, mais il pourrait aussi bien être sur la lune pour ce qui est d'entrer en contact avec lui. Et même si cela réussissait, imaginez que je nous emmène quelque part où il nous sera impossible de respirer. En quoi cela servira-t-il Mat ? Ou le Cor ?

– Vous êtes le Dragon Réincarné, dit-elle à mi-voix. Oh, vous pouvez mourir, mais je ne crois pas que le Dessin vous laissera mourir avant d'en avoir fini avec vous. D'autre part, l'Ombre s'étend à présent sur le Dessin et qui peut dire comment cela affecte le tissage ? Tout ce que vous pouvez, c est vous soumettre à votre destinée.

– Je suis Rand al'Thor, grommela-t-il. Je ne suis pas le Dragon Réincarné. Je ne veux pas être un faux Dragon.

– Vous êtes ce que vous êtes. Allez-vous choisir ou attendre ici jusqu'à ce que votre ami meure ? »

Rand entendit ses dents grincer et se força à desserrer les mâchoires. Les symboles auraient pu être tous d'une similitude parfaite, pour ce qu'il y comprenait. Et l'écriture être en réalité les éraflures d'une griffe de poule. Il finit par se fixer sur une ciselure avec une flèche pointant à gauche, parce qu'elle était dirigée vers la Pointe de Toman, une flèche qui perçait le cercle parce qu'elle s'était libérée comme il souhaitait l'être. Il eut envie de rire. Jouer leurs vies sur des détails d'une telle insignifiance.

« Rapprochez-vous, ordonna Vérine aux autres. Mieux vaut que vous soyez à proximité. » Ils obéirent, avec juste une légère hésitation. « Il est temps de commencer », ajouta-t-elle comme ils se regroupaient.

Elle rejeta sa cape en arrière et posa les mains sur la colonne, mais Rand vit qu'elle l'observait du coin de l'œil. Il prit conscience de toux nerveuses et de raclements de gorge chez les hommes entourant la Pierre, d'un juron lancé par Uno à quelqu'un qui renâclait à avancer, d'une faible plaisanterie émise par Mat, du bruit de gorge de Loial qui ravalait bruyamment sa salive. Il fit le vide en lui.

C'était vraiment facile, à présent. La flamme consuma peur et passion, puis disparut presque avant qu'il l'ait consciemment évoquée. Disparue, ne laissant que le vide et le *saidin* resplendissant, source de malaise, de tentation, de crispation interne et de séduction. Rand... chercha à l'atteindre... et le *saidin* l'envahit, le vivifia. Il ne bougea pas un muscle, mais il eut la sensation de frémir sous l'afflux du Pouvoir Unique en lui. Le symbole se forma, une flèche perçant un cercle, juste au-delà de la bulle de vide, aussi solide que la matière sur laquelle il avait été gravé. Rand laissa le Pouvoir Unique fluer à travers lui jusqu'au symbole.

Le symbole miroita, vacilla.

« Quelque chose est en train de se produire, dit Vérine. Quelque chose... »

Le monde vacilla.

La serrure de fer tournoya sur le sol de la salle de ferme et Rand laissa échapper la bouilloire brûlante quand un personnage énorme à la tête surmontée de cornes de bélier franchit le seuil, se silhouettant sur le fond obscur de la Nuit de l'Hiver [1].

« Va-t'en ! » cria Tam. Son épée jeta un éclair et le Trolloc chancela, mais il saisit Tam à bras-le-corps dans sa chute, l'entraînant à terre avec lui.

D'autres se massaient à la porte, formes en haubert noir au visage humain déformé par un museau, un bec, des cornes, avec des épées curieusement incurvées s'abattant sur Tam qui tentait de se relever, et des haches de guerre à deux tranchants qui fendaient l'air, du sang rouge sur l'acier.

« Père ! » hurla Rand. Sortant précipitamment son

1. Évocation transformée d'une des premières scènes par lesquelles débute *La Roue du Temps*, premier volume du cycle intitulé *L'Œil du Monde* dans la langue originale, titre repris en français pour le deuxième volume, que suivent *Le Cor de Valère* et le présent récit. *(N.d. T.)*

couteau de l'étui suspendu à sa ceinture, il sauta par-dessus la table pour se porter au secours de son père et hurla de nouveau quand la première épée s'enfonça dans sa poitrine.

Des bulles sanglantes lui remontèrent dans la bouche et une voix chuchota à l'intérieur de sa tête : *J'ai gagné encore une fois, Lews Therin.*

Clic.

Rand s'efforça de garder le contact avec le symbole, vaguement conscient de la voix de Vérine.

« ... ne va pas... »

Le Pouvoir afflua.

Clic.

Rand était heureux d'avoir épousé Egwene et il s'efforçait de résister aux accès de mélancolie qui l'assaillaient, quand il se disait que la vie aurait pu lui réserver quelque chose de plus, quelque chose de différent. Les nouvelles du monde extérieur parvenaient aux Deux Rivières par l'entremise des colporteurs et des négociants venus acheter de la laine et du tabac ; toujours des nouvelles de troubles récents, de guerres et de faux Dragons partout. Une année, ni négociants ni colporteurs ne vinrent et, à leur retour l'année suivante, ils rapportèrent que les armées d'Artur Aile-de-Faucon étaient revenues, ou du moins leurs descendants. Les vieilles nations étaient vaincues, disait-on, et les nouveaux maîtres du monde, qui se servaient dans leurs batailles d'Aes Sedai enchaînées, avaient abattu la Tour Blanche et semé du sel à l'emplacement de Tar Valon. Les Aes Sedai n'existaient plus.

Cela ne changeait pas grand-chose dans le pays des Deux Rivières. Les champs devaient toujours être livrés aux semailles, les moutons tondus, les agneaux élevés. Tam eut des petits-enfants, filles et garçons, à faire sauter sur son genou avant qu'il soit couché en terre auprès de son épouse, et la vieille maison de ferme s'agrandit de nouvelles pièces. Egwene devint Sagesse [1] et la plupart estimaient que son habileté surpassait de beaucoup celle de l'ancienne Sagesse, Nynaeve al'Meara. C'était aussi bien, car ses soins qui opéraient de façon tellement miraculeuse sur d'autres parvenaient tout juste à tenir en

1. Voir dans le glossaire à *Sagesse*.

échec la maladie qui rongeait apparemment Rand en permanence et à le garder en vie. Ses accès de mélancolie s'aggravèrent, empirèrent, et il proclamait avec fureur que cette vie n'était pas ce qu'elle aurait dû être. Egwene commença à avoir peur quand ces accès le prenaient, car d'étranges choses parfois se produisaient quand il était au plus profond de la dépression – des orages dont elle n'avait pas prévu l'apparition en écoutant le vent, des incendies de forêt – mais elle l'aimait, le soignait et le maintenait sain d'esprit, ce qui n'empêchait pas certains de prétendre entre leurs dents que Rand al'Thor était fou et dangereux.

À sa mort, il resta assis de longues heures près de sa tombe, sa barbe parsemée de fils gris trempés de larmes. Sa maladie l'attaqua de nouveau et il dépérit ; il perdit les deux derniers doigts qui restaient à sa main droite et un sur sa gauche, ses oreilles ressemblaient à des cicatrices et les gens marmonnaient qu'il sentait une odeur de décomposition. Son humeur s'assombrit.

Pourtant, quand arrivèrent les terribles nouvelles, personne ne refusa d'accepter sa présence parmi les autres. Des Trollocs, des Évanescents et des choses inimaginables avaient surgi de la Grande Dévastation et les nouveaux maîtres du monde étaient en pleine déroute malgré les immenses pouvoirs dont ils disposaient. Rand prit donc l'arc qu'il pouvait utiliser avec les doigts qui lui restaient et partit en traînant la jambe avec ceux qui marchèrent au nord vers la rivière Taren, hommes de tous les villages, fermes et lieux-dits des Deux Rivières, avec leurs arcs, leurs haches, les épieux et les épées qui rouillaient dans les greniers. Rand était également armé d'une épée, avec un héron gravé sur la lame, qu'il avait découverte après la mort de Tam, bien qu'ignorant comment s'en servir. Des femmes les accompagnaient, portant sur leur épaule ce qu'elles avaient déniché comme armes, marchant à côté des hommes. Quelques-unes riaient, en disant qu'elles avaient le curieux sentiment d'avoir déjà fait cela auparavant.

Et au bord de la Taren, les gens des Deux Rivières rencontrèrent les envahisseurs, rang après rang à l'infini de Trollocs commandés par des Évanescents cauchemardesques sous une bannière d'un noir mat qui semblait absorber la clarté. Rand vit cette bannière et crut que la folie s'était de nouveau emparée de lui, car il avait l'impression que c'était pour cela qu'il était né – pour lutter contre cette bannière. Il dirigea vers elle chacune de ses flèches, aussi droit au but que son adresse et le vide le permettaient, sans se soucier des Trollocs qui se frayaient un passage de l'autre côté de la rivière – ni des hommes ou des femmes qui mouraient autour de lui. C'est un de ces Trollocs qui le transperça d'un coup d'épée avant de s'enfoncer plus avant dans le pays des Deux Rivières, à grandes enjambées, hurlant en quête de sang à répandre. Et tandis qu'il gisait sur la berge de la Taren, regardant le ciel s'assombrir en plein midi, reprenant de plus en plus lentement son souffle, il entendit une voix dire : J'ai encore gagné, Lews Therin.

Clic.

La flèche et le cercle se détortillèrent en parallèles curvilignes, et il se remit à combattre.

La voix de Vérine. « ... ce qu'il faut. Quelque chose... »

Le Pouvoir se déchaînait.

Clic.

Tam tenta de réconforter Rand quand Egwene tomba malade et mourut juste une semaine avant leur mariage. Nynaeve s'y essaya aussi, mais elle-même était ébranlée, car en dépit de l'étendue de son savoir elle n'avait aucune idée de ce qui avait tué la jeune fille. Rand était resté assis devant la maison d'Egwene pendant son agonie et il ne voyait pas dans quel endroit du Champ d'Emond il aurait pu aller sans l'entendre encore hurler. Il comprit qu'il ne pouvait pas continuer à demeurer là. Tam lui donna une épée dont la lame portait l'estampille d'un héron et, bien qu'avare de renseignements sur la façon dont pareil objet était parvenu entre les mains d'un berger des Deux Rivières, il enseigna à Rand comment s'en servir. Le jour de son départ, Tam lui confia une lettre qui, dit-il, pouvait faire admettre Rand dans l'armée d'Illian et il l'embrassa en ajoutant : « Je n'ai jamais eu d'autre fils, ni souhaité en avoir un autre. Reviens avec une épouse comme je l'ai fait, si tu peux, mon garçon, mais reviens de toute façon. »

Seulement Rand se fit voler son argent à Baerlon, ainsi que sa lettre d'introduction et peu s'en fallut que son épée subisse le même sort, et il rencontra une femme appelée Min qui lui dit tant de folies le concernant qu'il décida de quitter la ville pour la fuir. Ses errances l'amenèrent finalement à Caemlyn et là son habileté à l'épée lui conquit une place parmi les Gardes de la Reine. Parfois, il se retrouvait en train de contempler la Fille-Héritière Elayne et, à ces moments-là, il était assailli par la bizarre pensée qu'il devait y avoir quelque chose de plus dans sa vie. Elayne ne le regardait pas, bien sûr ; elle avait épousé un prince tareni, bien qu'elle ne parût pas heureuse de ce mariage. Rand n'était qu'un soldat, jadis berger dans un petit village tellement éloigné vers la frontière de l'ouest que seuls des traits sur une carte le reliaient vraiment au pays d'Andor. D'ailleurs, il avait une réputation inquiétante d'homme sujet à des accès de violence.

D'aucuns disaient qu'il était fou et, en temps ordinaire, peut-être même que son habileté à l'épée ne lui aurait pas permis de rester dans la Garde Royale, mais l'époque n'était pas ordinaire. Les faux Dragons se multipliaient comme de mauvaises herbes. Chaque fois qu'il y en avait un d'abattu, deux autres se proclamaient, sinon trois, de sorte que toutes les nations étaient déchirées par la guerre. Et l'étoile de Rand grandit, car il avait appris le secret de sa folie, un secret qu'il savait devoir garder et qu'il garda. Il était capable de canaliser. Il y a des lieux, des moments, au cours d'une bataille, où un peu de canalisage, pas assez puissant pour être remarqué dans la confusion, pouvait faire tourner la chance. Parfois, il obtenait des résultats, ce canalisage, et d'autres fois non, mais il réussissait assez souvent. Rand se savait fou et s'en moquait. Une sorte de dépérissement l'avait atteint et il ne s'en souciait pas non plus, ni personne d'autre, car la nouvelle était arrivée que les armées d'Artur Aile-de-Faucon étaient revenues reconquérir le pays.

Rand conduisait mille hommes quand les Gardes de la Reine franchirent les Montagnes de la Brume – jamais ne l'effleura l'idée de faire un détour pour revoir les Deux Rivières ; il n'y pensait plus que bien rarement - et il commandait la Garde quand les rescapés épuisés battirent en retraite à travers les Montagnes. Il se battit sur toute la longueur du territoire d'Andor et recula, au milieu de hordes de réfugiés en fuite, jusqu'à ce qu'il atteigne finalement Caemlyn. Bon nombre des habitants s'en étaient allés déjà, et beaucoup conseillaient à l'armée de reculer plus loin encore, mais Elayne était maintenant la Souveraine et elle jura qu'elle ne quitterait pas Caemlyn. Elle ne regarda pas son visage ravagé, dévasté par sa maladie, mais il ne pouvait pas l'abandonner et donc ce qui subsistait des Gardes de la Reine se prépara à défendre la Souveraine pendant que fuyait son peuple.

Le Pouvoir vint à Rand pendant la bataille pour Caemlyn, et il jeta le feu et les éclairs au milieu des envahisseurs, et ouvrit la terre sous leurs pas, cependant revint également le sentiment qu'il était né dans un autre but pour autre chose. En dépit de ses efforts, il y avait trop d'ennemis à arrêter et eux aussi avaient avec eux celles qui savaient canaliser. En dernier ressort, un trait de foudre précipita Rand du haut du rempart du Palais, brisé, perdant son sang, brûlé, et comme son dernier souffle sortait en râle de sa gorge, il entendit une voix chuchoter : *J'ai gagné de nouveau, Lews Therin.*

Clic.

Rand lutta pour conserver le vide ébranlé par les oscillations du monde qui le frappaient comme des coups de marteau, pour retenir le bon symbole tandis que des milliers d'autres filaient à la surface du vide. Il se débattit pour retenir n'importe quel symbole.

« ... n'est pas le bon ! » hurla Vérine.

Le Pouvoir était tout.

Clic. Clic. Clic. Clic. Clic. Clic.

Il était un soldat. Il était un berger. Il était un mendiant et un roi. Il était paysan, ménestrel, marin, charpentier. Il naissait, vivait et mourait Aiel. Il mourait fou. Il mourait en se décomposant tout vif, il mourait de maladie, d'accident, de vieillesse. Il était exécuté et des multitudes acclamaient sa mort. Il se proclamait le Dragon Réincarné et faisait flotter son étendard dans le ciel ; il fuyait le Pouvoir et se cachait ; il vivait et mourait en toute ignorance. Il résistait à la folie et à la maladie pendant des années ; il succombait entre deux hivers. Parfois Moiraine arrivait pour l'entraîner hors des Deux Rivières, seul ou avec ceux de ses amis qui avaient survécu à la Nuit de l'Hiver ; parfois non. Parfois d'autres Aes Sedai venaient le chercher. L'Ajah Rouge, par exemple. Egwene l'avait épousé ; Egwene, le visage sévère, portant l'étole de l'Amyrlin, conduisait le cortège d'Aes Sedai qui le neutralisaient ; Egwene, avec des larmes dans les yeux, lui plongeait un poignard dans le cœur, et il la remerciait en mourant. Il aimait d'autres femmes, épousait d'autres femmes. Elayne et Min, ainsi qu'une blonde fille de fermier rencontrée sur la route de Caemlyn, et des femmes qu'il n'avait jamais vues avant de vivre ces vies. Cent vies. Davantage encore. Si nombreuses qu'il était incapable de les compter. Et à la fin de chacune d'elles, alors qu'il exhalait son dernier soupir, une voix chuchotait à son oreille : *J'ai encore gagné, Lews Therin.*

Clicclicclicclicclicclicclicclicclicclicclicclicclic

Clicclicclicclicclicclicclicclicclicclicclicclicclic

Le vide disparut, le contact avec le *saidin* se rompit et Rand tomba avec une lourdeur qui lui aurait coupé le souffle s'il n'avait déjà été à moitié étourdi. Il sentit le contact rude de la pierre sous sa joue et ses mains. Elle était froide.

Il prit conscience de Vérine qui, étendue sur le dos, s'efforçait de se relever sur les mains et les genoux. Il entendit quelqu'un vomir bruyamment et redressa la tête. Uno était à genoux sur le sol et s'essuyait la bouche d'un revers de main. Tout le monde était à terre, et les chevaux, les jambes raidies et tremblantes, roulaient des yeux affolés. Ingtar avait dégainé son épée dont la lame était agitée de secousses tant il en serrait fort la poignée, et il avait le regard perdu dans le vide. Loial gisait les quatre fers en l'air, assommé, l'air ahuri. Mat s'était ramassé en boule, les bras rabattus pardessus la tête, et Perrin s'était enfoncé les doigts dans la figure comme s'il voulait extirper ce qu'il avait vu ou peut-être les yeux mêmes qui avaient vu. Aucun des guerriers n'était en meilleure forme. Masema pleurait ouvertement, le visage ruisselant de larmes, et Hurin examinait les alentours comme à la recherche d'un endroit où se réfugier.

« Qu'est-ce... » Rand s'arrêta pour s'éclaircir la gorge. Il était couché sur de la pierre rugueuse usée par les intempéries, à demi enterrée dans le sol. « Qu'est-ce qui est arrivé ?

– Une montée en puissance du Pouvoir Unique. » L'Aes Sedai se remit sur pied en chancelant et serra sa cape contre elle avec un frisson. « C'était comme si nous étions contraints... poussés... On aurait dit que cela surgissait du néant. Il faut que vous appreniez à le contrôler. Il le faut ! Une telle intensité de Pouvoir risque de vous réduire en cendres.

– Vérine, je... j'ai vécu... j'étais... » Il se rendit compte que la pierre sous lui était arrondie. La Pierre Porte. Avec précipitation, en tremblant, il se redressa. « Vérine, j'ai vécu et je suis mort je ne sais combien de fois. Chaque fois d'une façon différente, mais c'était moi. C'était moi.

– Les lignes joignant les Mondes-qui-pourraient-exister, tracées par ceux qui connaissaient les Nombres du Chaos. » Vérine frissonna ; elle semblait se parler à elle-même. « Je n'en avais jamais entendu parler, mais il n'y a aucune raison que nous ne soyons pas nés dans ces mondes, cependant l'existence que nous avons menée serait différente. Bien sûr. Des vies différentes selon la façon différente dont se seraient déroulés les événements.

– C'est ce qui s'est passé ? Je... nous avons vu ce que notre vie aurait pu être ? » *J'ai gagné une fois encore, Lews Therin ! Non ! Je suis Rand al'Thor !*

Vérine se secoua et le regarda. « Cela vous surprend-il que votre vie puisse prendre un tour différent si vous faisiez des choix différents ou s'il vous advenait des choses différentes ? Bien que je n'aie jamais pensé que... Bah, l'important, c'est que nous sommes ici. Bien que ce ne soit pas comme nous l'avions espéré.

– Ici ? C'est où ? » s'exclama-t-il. Les bois du *Stedding* Tsofu avaient disparu, remplacés par une plaine vallonnée. Pas très loin vers l'ouest, il y avait apparemment des forêts et quelques collines. Le soleil se trouvait haut dans le ciel quand ils s'étaient regroupés autour de la Pierre Porte près du *stedding* mais ici sa position basse dans un ciel gris annonçait l'après-midi. La poignée d'arbres à proximité avaient des branches dénudées ou ornées de quelques feuilles aux couleurs éclatantes. Un vent froid soufflait de l'est par rafales, chassant devant lui des tourbillons de feuilles à ras la terre.

« La Pointe de Toman, dit Vérine. Ceci est la Pierre que j'étais venue voir. Vous n'auriez pas dû tenter de nous amener directement ici. Je ne sais pas ce qui a mal tourné – je ne crois pas que je l'apprendrai jamais – toutefois à voir l'aspect des arbres, je crois que nous sommes à la fin de l'automne. Rand, nous n'avons pas gagné de temps par ce moyen. Nous en avons perdu. À mon sens, nous avons passé facilement quatre mois à venir ici.

– Mais je n'avais pas...

– Il faut que vous me laissiez vous guider en ces matières. Je ne peux pas vous instruire, c'est vrai, mais peut-être suis-je au moins en mesure de vous empêcher de vous tuer vous-même – et nous tous par-dessus le marché – en présumant trop de vos forces. En admettant que vous ne mouriez pas sur le coup, si le Dragon Réincarné se consume comme une chandelle dégoulinant, qui alors affrontera le Ténébreux ? » Sans attendre qu'il renouvelle ses protestations, elle se dirigea vers Ingtar.

Le Seigneur du Shienar sursauta quand elle lui effleura le bras et la regarda avec des yeux brûlants de fièvre. « Je marche dans la Lumière, dit-il d'une voix rauque. Je trouverai le Cor de Valère et je renverserai le pouvoir du Shayol Ghul. Je le ferai !

– Bien sûr que vous le ferez », répliqua-t-elle d'un ton apaisant. Elle prit son visage dans ses mains et il aspira soudain une bouffée d'air, se dégageant brusquement de ce qui s'était emparé de lui. Sauf que le souvenir en demeurait encore dans ses yeux. « Allons, dit-elle. Voilà qui suffira pour vous. Je vais voir comment soulager les autres. Nous pouvons encore récupérer le Cor, mais notre chemin n'est pas devenu plus facile. »

Tandis que Vérine allait de l'un à l'autre, s'arrêtant brièvement auprès de chacun, Rand s'approcha de ses amis. Quand il essaya de relever Mat, celui-ci eut un mouvement brusque et le regarda, puis il l'empoigna à deux mains par sa tunique. « Rand, jamais je n'ai raconté à personne quoi que ce soit sur... sur toi. Je ne voudrais pas te trahir. Il faut que tu le croies ! » Il avait une mine plus défaite que jamais, cependant Rand pensa que c'était principalement dû à la peur.

« Je te crois », dit-il. Il se demanda quelles existences Mat avait vécues, et ce qu'il avait fait. *Il doit avoir prévenu quelqu'un, sinon il n'éprouverait pas tant d'angoisse.* Il ne pouvait pas lui en tenir rigueur. C'étaient d'autres Mat, pas celui-ci. D'ailleurs, après quelques-unes des versions différentes qu'il avait vues pour lui-même... « Je te crois. Perrin ? »

Le jeune homme aux cheveux bouclés laissa en soupirant tomber ses mains qu'il avait plaquées sur sa figure. Des marques rouges étaient imprimées sur son front et ses joues à l'endroit où s'étaient enfoncés ses ongles. Ses yeux d'or masquaient ses pensées. « Nous n'avons pas grand choix, en réalité, n'est-ce pas, Rand ? Quoi qu'il arrive, quoi que nous fassions, certaines choses restent presque toujours les mêmes. » Il poussa de nouveau un profond soupir. « Où sommes-nous ? Dans un de ces mondes dont toi et Hurin parliez ?

– Nous sommes à la Pointe de Toman, répliqua Rand. Dans notre monde. Ou du moins Vérine le dit. Et c'est l'automne. »

Mat avait l'air soucieux. « Comment cela... ? Non, je ne tiens pas à savoir comment c'est arrivé. Mais alors comment découvrirons-nous maintenant Fain et le poignard ? À présent, il peut se trouver n'importe où.

– Il est ici », lui assura Rand. Il espérait ne pas se tromper. Fain avait eu tout le loisir de s'embarquer pour n'importe quelle direction. De se rendre à cheval au Champ d'Emond. Ou à Tar Valon. *Veuille la Lumière qu'il ne se soit pas lassé d'attendre. S'il a fait du mal à Egwene ou à tout autre au Champ d'Emond, je... Que la Lumière me brûle, je me suis efforcé d'arriver à temps.*

« Les bourgs les plus importants de la Pointe de Toman sont situés tous à l'ouest d'ici », annonça Vérine d'une voix assez forte pour que chacun l'entende. Le groupe était debout, à l'exception de Rand et de ses deux amis ; elle s'approcha de Mat et posa les mains sur lui en continuant à parler. « Non pas qu'il y ait tellement de villages assez grands pour mériter le nom de bourg. Si nous avons une chance de repérer une trace des Amis du Ténébreux, c'est par l'ouest qu'il faut commencer à chercher. Et je pense que nous ne devrions pas perdre ce qui reste de jour à demeurer assis ici. »

Quand Mat cligna des paupières et se leva – il avait encore l'air malade mais il se mouvait avec vivacité – elle posa les mains sur Perrin. Rand recula quand elle vint à lui.

« Ne soyez pas ridicule, dit-elle.

– Je ne veux pas de votre aide, chuchota-t-il. Ni de l'aide d'aucune Aes Sedai. »

Les lèvres de Vérine se contractèrent. « Comme il vous plaira. »

Ils se mirent aussitôt en selle et partirent vers l'ouest, laissant derrière eux la colonne de la Pierre Porte. Personne ne s'y opposa, Rand encore moins que les autres. Ô *Lumière, fais que je n'arrive pas trop tard.*

38. Entraînement

Assise en tailleur sur son lit, revêtue de sa robe blanche, Egwene faisait s'entrecroiser au-dessus de ses mains, selon diverses figures de jonglerie, trois minuscules boules de lumière. Elle n'était pas censée s'entraîner sans au moins une des Acceptées pour superviser l'exercice mais Nynaeve qui, le regard farouche, arpentait comme un lion en cage le devant de la petite cheminée, portait bien l'anneau au Serpent attribué aux Acceptées et le bas de sa robe blanche avait au-dessus de l'ourlet les bandes de couleur rituelles même si elle n'était pas encore autorisée à enseigner qui que ce soit. Et Egwene s'était aperçue au cours de ces treize dernières semaines qu'elle était incapable de résister à la tentation. Elle savait maintenant à quel point il était facile d'atteindre la *saidar*. Elle la sentait toujours présente, l'attendant comme la fragrance d'un parfum ou la sensation de la soie, l'attirant, l'attirant irrésistiblement. Et une fois qu'elle avait établi le contact, elle réussissait rarement à s'empêcher de canaliser ou du moins d'essayer. Elle échouait aussi souvent qu'elle y parvenait, mais ce n'était qu'un stimulant de plus pour persévérer.

Elle en était souvent terrifiée. Terrifiée par l'intensité de son désir de canaliser et par le sentiment d'être morne et minable quand elle ne canalisait pas, en comparaison de ce qu'elle était dans le cas contraire. Elle avait envie d'absorber la *saidar* par tous les pores, en dépit des avertissements qu'elle s'y consumerait entièrement, et cette envie l'effrayait plus que tout. Parfois, elle aurait aimé n'être jamais venue à Tar Valon. Par contre, la terreur ne l'arrêtait jamais longtemps, pas plus que la crainte d'être surprise par une Aes Sedai ou une des Acceptées, à part Nynaeve.

Toutefois, elle ne risquait pas grand-chose ici, dans sa propre chambre. Min était là qui la regardait, assise sur le tabouret à trois pieds, mais elle connaissait assez bien Min à présent pour savoir que Min ne la dénoncerait jamais. Elle se dit qu'elle avait eu de la chance de se faire deux vraies amies depuis son arrivée à Tar Valon.

La pièce était exiguë et dépourvue de fenêtre, comme toutes les cellules des novices. Trois courtes enjambées amenaient Nynaeve d'un mur plâtré de blanc à l'autre ; la propre chambre de Nynaeve était beaucoup plus vaste mais, comme elle ne s'était liée avec aucune des autres Acceptées, elle venait dans la chambre d'Egwene quand elle avait besoin de parler à quelqu'un, ou même comme maintenant où elle ne prononçait pas un mot. Le fcu minuscule dans l'âtre étroit tenait en échec les premiers froids annonciateurs de l'automne, encore qu'Egwene fût convaincue qu'il ne serait pas aussi efficace une fois l'hiver venu. Une petite table pour étudier complétait l'ameublement, et ses possessions étaient suspendues en bon ordre à une série de patères fixées au mur ou rangées sur la courte étagère au-dessus de la table. Les novices étaient en général maintenues trop occupées pour passer du temps dans leur chambre mais aujourd'hui était une journée de repos, la troisième seulement depuis qu'elle et Nynaeve étaient arrivées à la Tour Blanche.

« Else contemplait Galad avec des yeux de crapaud mort d'amour aujourd'hui pendant qu'il s'exerçait avec les Liges », dit Min qui se balançait sur deux des trois pieds du tabouret.

Les petites boules perdirent leur rythme pendant un instant au-dessus des mains d'Egwene. « Qu'elle admire donc qui elle veut, déclara Egwene d'un ton détaché. Je me demande bien pourquoi cela m'intéresserait.

– Aucune raison, je suppose. Il est terriblement beau garçon, si l'on ne se formalise pas qu'il soit si bardé de principes. Très agréable à détailler, surtout sans sa chemise. »

Les boules tournoyèrent follement. « Je n'ai en tout cas aucune envie d'examiner Galad, avec ou sans chemise.

– Je ne devrais pas te taquiner, reprit Min d'une voix contrite. Pardonne-moi. N'empêche que tu aimes bien le regarder – ne me fais pas ces grimaces – comme presque toutes les femmes de la Tour Blanche qui ne sont pas de l'Ajah Rouge. J'ai aperçu des Aes Sedai dans les cours d'exercice où il s'entraîne, en particulier des Vertes. Venues vérifier où en étaient leurs Liges, à ce qu'elles prétendent, mais je n'en compte pas un aussi grand nombre quand Galad n'est pas là-bas. Même les cuisinières et les servantes sortent pour le voir. »

Les boules s'arrêtèrent net et, pendant un instant, Egwene les fixa des yeux. Elles disparurent. Soudain elle gloussa de rire. « Il est beau, hein ? Même quand il marche il a l'air de danser. » La couleur de ses joues s'accentua. « Je sais que je ne devrais pas le dévorer des yeux, mais je ne peux pas m'en empêcher.

– Moi non plus, répliqua Min, pourtant je sais ce qu'il est.

– Mais si c'est quelqu'un de bien... ?

– Egwene, Galad est d'une telle perfection que tu t'en arracherais les cheveux. Il est prêt à marcher sur le corps de quelqu'un parce qu'il jugerait devoir accomplir une action d'un mérite plus important. Il ne remarquerait même pas qui a été écrasé, parce que toute son attention se concentrerait sur son but mais, s'il s'en apercevait, il s'attendrait à ce que tout le monde comprenne et estime que c'est parfaitement justifié.

– Je suppose que tu as raison », dit Egwene. Elle connaissait la faculté qu'avait Min de dévisager les gens et de déceler toutes sortes de choses à leur sujet ; Min ne disait pas tout ce qu'elle voyait et elle ne voyait pas toujours quelque chose, mais Egwene avait eu assez de preuves pour être convaincue de ses dons. Elle jeta un coup d'œil à Nynaeve – l'autre jeune femme continuait à aller et venir en parlant entre ses dents – puis elle reprit contact avec la *saidar* et recommença à jongler.

Min haussa les épaules. « Je peux aussi bien te le dire, je crois. Il n'a même pas remarqué les mines d'Else. Il lui a demandé si à sa connaissance tu ne te promènerais pas par hasard dans le Jardin du Sud après souper, puisque aujourd'hui est un jour de congé. J'en étais navrée pour elle.

– Pauvre Else », murmura Egwene, et les boules de lumière dansèrent plus allégrement au-dessus de ses mains. Min rit.

La porte s'ouvrit bruyamment, rabattue par le vent. Egwene poussa un petit cri et laissa les boules disparaître avant de s'apercevoir que c'était seulement Elayne.

La blonde Fille-Héritière d'Andor referma la porte d'une poussée et suspendit sa cape à une patère. « On me l'a confirmé, dit-elle. Les rumeurs sont exactes. Le Roi Galldrian est mort. C'est bien une guerre de succession. »

Min eut un rire sec. « Une guerre civile. Une guerre de succession. Une quantité de termes ridicules pour la même chose. Cela vous ennuierait que nous n'en discutions pas ? On ne parle que de ça. La guerre au Cairhien. La guerre sur la Pointe de Toman. On a peut-être capturé le faux Dragon dans la Saldaea, mais il y a encore la guerre dans le Tear. La plupart de ces nouvelles-là ne sont que des bruits qui courent, d'ailleurs. Hier, j'ai entendu une des cuisinières raconter qu'on lui avait annoncé qu'Artur Aile-de-Faucon marchait sur Tanchico. Artur Aile-de-Faucon !

– Je croyais que tu ne tenais pas à en discuter, commenta Egwene.

– J'ai vu Logain, dit Elayne. Il était assis sur un banc dans la Cour Intérieure et il pleurait. Il s'est enfui en courant quand il m'a aperçue. Je ne peux m'empêcher d'être désolée pour lui.

– Mieux vaut que ce soit lui qui pleure plutôt que nous autres, Elayne, rétorqua Min.

– Je sais ce qu'il est, répliqua calmement Elayne. Ou plutôt, ce qu'il était. Il ne l'est plus et cela me permet de me sentir peinée pour lui. »

Egwene se laissa retomber lourdement contre le mur. *Rand.* Logain lui rappelait toujours Rand. Elle n'avait pas rêvé de lui depuis des mois maintenant, tout au moins pas du même genre de rêve que ceux qu'elle avait eus sur *La Reine de la Rivière.* Anaiya lui faisait encore coucher sur le papier tout ce dont elle rêvait, et l'Aes Sedai y cherchait des signes ou des corrélations avec des événements, mais il n'y avait jamais rien concernant Rand excepté des rêves qui, selon Anaiya, indiquaient qu'il lui manquait. Curieusement, elle avait presque la sensation qu'il n'était plus là, comme s'il avait cessé d'exister en même temps que ses rêves, quelques semaines après son arrivée à la Tour Blanche. *Et je suis assise là à m'extasier sur l'élégante démarche de Galad,* songea-t-elle amèrement. *Rand doit aller bien. S'il avait été capturé et neutralisé, j'en aurais reçu une indication quelconque.*

Cette pensée déclencha en elle un frisson, comme cela ne manquait jamais – la pensée que Rand était neutralisé, que, de même que Logain, Rand pleurait et souhaitait la mort.

Elayne s'assit sur le lit à côté d'Egwene, repliant ses pieds sous elle. « Si tu languis après Galad, Egwene, tu n'obtiendras de moi aucune sympathie. Je demanderai à Nynaeve de t'administrer une de ces horribles concoctions dont elle nous rebat perpétuellement les oreilles. » Elle regarda en fronçant les sourcils Nynaeve qui n'avait pas remarqué son entrée. « Qu'a-t-elle donc ? Ne me dis pas qu'elle s'est mise aussi à soupirer après Galad !

– Mieux vaut la laisser tranquille, à mon avis. » Min s'était penchée vers elles deux et avait baissé la voix. « Irella, ce sac d'os d'Acceptée, lui a dit qu'elle n'avait pas plus d'adresse qu'une vache et pas seulement la moitié de son intelligence, alors Nynaeve lui a flanqué une claque. » Elayne fit la grimace. « Tout juste, murmura Min. On l'a traînée illico dans le bureau de Sheriam et depuis elle est invivable. »

Apparemment, Min n'avait pas parlé suffisamment bas, car une sorte de feulement émana de Nynaeve. Soudain la porte se rabattit et un vent de tempête hurla dans la chambre. Il ne souleva pas les couvertures sur le lit d'Egwene, mais Min et le trépied basculèrent et roulèrent contre le mur. Aussitôt, le vent mourut et Nynaeve s'immobilisa avec un air consterné.

Egwene courut à la porte et regarda prudemment dehors. Le soleil de midi desséchait les ultimes traces du déluge de pluie de la nuit précédente. Le balcon encore détrempé entourant la Cour des Novices était désert, la longue rangée de portes des chambres de novices était entièrement close. Les novices qui avaient profité de cette journée de congé pour s'ébattre dans les jardins rattrapaient sans doute leur sommeil. Personne n'avait rien pu voir. Elle referma le battant et reprit sa place à côté d'Elayne tandis que Nynaeve aidait Min à se relever.

« Je suis désolée, Min, dit Nynaeve d'une voix contrainte. Parfois, mon caractère... Je ne vous demande pas de me pardonner, pas pour ceci. » Elle prit une profonde aspiration. « Si vous désirez me signaler à Sheriam, je comprendrai. Je le mérite. »

Egwene aurait préféré ne pas entendre cet aveu ; Nynaeve avait tendance à se montrer irritable en pareille circonstance. À la recherche de quelque chose sur quoi se concentrer, quelque chose par quoi Nynaeve pouvait croire que son attention était absorbée, elle s'avisa qu'elle était de nouveau en contact avec la *saidar* et elle recommença à jongler avec les boules de lumière. Elayne se joignit aussitôt à elle. Egwene vit le halo de clarté autour de la Fille-Héritière avant même que trois minuscules boules apparaissent au-dessus de ses mains. Elles se mirent à se lancer ces boules selon des figures de plus en plus compliquées. Parfois une des boules s'éteignait quand l'une ou l'autre des jeunes filles ne parvenait pas en la rattrapant à la maintenir telle, puis elle réapparaissait dans une dimension ou une couleur légèrement altérée.

Le Pouvoir Unique décuplait en Egwene la sensation de vivre. Elle sentit le faible arôme de rose du savon qu'avait utilisé Elayne pour son bain matinal. Elle avait conscience du plâtre rêche des murs, des dalles lisses du sol, aussi bien que du lit sur lequel elle était assise. Elle entendait la respiration de Min et de Nynaeve, beaucoup moins les paroles qu'elles échangeaient à voix basse.

« S'il est question de pardonner, déclarait Min, peut-être devriez-vous le faire en ce qui me concerne. Vous avez mauvais caractère et moi la langue trop longue. Je veux bien vous pardonner si vous me rendez la pareille. » Avec des murmures de « Pardonné » qui rendaient un son sincère de chaque côté, les deux jeunes femmes s'étreignirent. « Mais si vous recommencez, déclara Min avec un éclat de rire, c'est vous qui pourriez bien recevoir une claque.

– La prochaine fois, répliqua Nynaeve, je vous lancerai je ne sais quoi à la tête. » Elle aussi riait, mais son rire s'interrompit net comme son regard tombait sur Egwene et Elayne. « Vous deux, arrêtez ou sinon il y aura quelqu'un qui ira chez la Maîtresse des Novices. Deux quelqu'uns.

– Nynaeve, vous ne voudriez pas ! » protesta Egwene. Quand elle vit l'expression dans les yeux de Nynaeve, elle rompit précipitamment tout contact avec la *saidar*. « D'accord. Je vous crois. Inutile de le prouver.

– Il faut que nous nous exercions, dit Elayne. On exige de nous toujours davantage. Si on ne s'exerçait pas seules, on ne réussirait pas à suivre le rythme. » Son visage se parait de sérénité, mais elle avait coupé le contact avec la *saidar* aussi vite qu'Egwene.

« Et qu'arrivera-t-il si vous en attirez trop et que personne ne soit là pour y mettre un frein ? dit Nynaeve. Je voudrais bien que vous soyez un peu plus craintives. Moi, j'ai peur. Je sais ce que cela représente pour vous, comprenez-le. Elle est toujours là et l'on a envie de l'absorber dans tout son être. J'ai parfois le plus grand mal à m'obliger à m'arrêter ; je désire l'avoir en totalité. Je sais qu'elle me réduirait à l'état de braise crépitante et pourtant je la désire. » Elle frissonna. « Oui, je voudrais bien que vous soyez plus craintives.

– J'ai peur, dit Egwene avec un soupir. Je suis terrifiée, mais cela ne sert pas à grand-chose, finalement. Et toi, Elayne ?

– La seule chose qui m'affole, riposta Elayne avec désinvolture, c'est laver la vaisselle. J'ai l'impression de passer mes journées à ça. » Egwene lui plaqua son oreiller sur la tête. Elayne se dégagea et le renvoya, mais alors ses épaules s'affaissèrent. « Oh, d'accord. Je suis terrorisée au point que je m'étonne de ne pas entendre mes dents claquer. Elaida m'avait dit que je serais tellement effrayée que j'aurais envie de m'enfuir auprès du Peuple Nomade, mais je n'avais pas compris. Un homme qui traiterait ses bœufs aussi durement qu'on nous surmène ici serait honni de tout le monde. Je suis constamment fatiguée et je vais me coucher épuisée, et parfois la crainte de commettre une erreur et de canaliser davantage de Pouvoir que je ne peux en maîtriser est si forte que je... » Les yeux fixés sur son giron, elle laissa les mots s'éteindre.

Egwene savait ce qu'elle ne disait pas. Leurs chambres étaient contiguës et comme dans beaucoup de cellules de novices, un petit trou avait été depuis longtemps foré dans la paroi de séparation, trop petit pour être remarqué à moins de savoir où regarder, mais utile pour parler après l'extinction des lampes, quand les jeunes filles n'étaient plus autorisées à quitter leur chambre. Egwene avait entendu plus d'une fois Elayne s'endormir à force de pleurer et elle ne doutait pas qu'Elayne avait entendu ses propres sanglots.

« Les Nomades sont une tentation, acquiesça Nynaeve, mais quelle que soit la direction prise, elle ne change rien à ce qu'on est capable de faire. On ne peut pas fuir la *saidar*. » Ce qu'elle disait là n'avait pas l'air de la réjouir.

« Qu'est-ce que tu vois, Min ? demanda Elayne. Allons-nous toutes devenir de puissantes Aes Sedai, serons-nous obligées de finir notre existence en lavant la vaisselle comme novices ou... » Elle eut un haussement d'épaules gêné comme si formuler la troisième hypothèse qui lui venait à l'esprit ne la tentait guère. Ou renvoyées chez elles. Exclues de la Tour. Deux novices avaient été éliminées depuis l'arrivée d'Egwene et tout le monde parlait d'elles à voix basse comme si elles étaient mortes.

Min changea de position sur son tabouret. « Je n'aime pas déchiffrer l'aura qui entoure les gens pour qui j'ai de l'amitié, murmura-t-elle. L'amitié fausse l'interprétation. Elle m'incite à tenter de choisir la signification la plus favorable pour ce que je distingue. Voilà pourquoi je ne le fais plus pour vous trois. En tout cas, rien n'a changé en ce qui vous concerne, que je sache... » Elle plissa les paupières en les examinant et fronça soudain les sourcils. « Ça, c'est nouveau, dit-elle dans un souffle.

– Quoi donc ? » questionna Nynaeve d'un ton exigeant réponse.

Min hésita avant d'expliquer : « Du danger. Une sorte de menace pèse sur vous trois. Ou vous vous trouverez très bientôt dans une situation périlleuse. Je n'arrive pas à définir de quoi il s'agit, mais c'est du danger.

– Vous voyez, dit Nynaeve aux deux jeunes filles perchées sur le lit. Vous devez vous montrer prudentes. Nous le devons toutes. Il faut que vous promettiez, vous deux, de ne plus canaliser sans qu'il y ait quelqu'un pour vous guider.

– Je ne veux plus en parler », déclara Egwene.

Elayne acquiesça d'un hochement de tête énergique. « Oui. Discutons d'autre chose. Min, si tu enfilais une robe, je parie que Gawyn te demanderait de sortir avec lui. Tu sais qu'il te porte de l'intérêt, mais je pense qu'il s'abstient à cause de ces chausses et de ce bliaud d'homme.

– Je m'habille comme cela me plaît et je ne changerai pas mes habitudes à cause d'un seigneur, serait-il ton frère. » Min avait répliqué d'un ton machinal, les fixant toujours d'un air sombre, les paupières à demi fermées. « C'est parfois utile de passer pour un garçon.

– Personne qui te regardera deux fois ne te prendra pour un garçon. » Elayne sourit.

Egwene se sentait mal à l'aise. Elayne se forçait à paraître gaie, Min était pratiquement absorbée dans ses réflexions et Nynaeve donnait l'impression de vouloir renouveler ses recommandations.

Quand la porte se rabattit brusquement, Egwene sauta à terre pour la fermer, heureuse d'avoir une occupation autre que voir ses compagnes affecter un état d'esprit qu'elles n'avaient pas, mais elle n'eut pas le temps d'arriver à la porte qu'une Aes Sedai aux yeux noirs, aux cheveux blonds tressés en mille nattes, entra dans la cellule. Egwene cligna des yeux sous l'effet de la surprise, stupéfaite que ce soit une Aes Sedai et aussi stupéfaite que cette Aes Sedai soit Liandrin. Elle n'avait pas entendu dire que Liandrin était de retour à la Tour Blanche et, de plus, on envoyait chercher les novices si une Aes Sedai voulait leur parler; qu'une Sœur vienne elle-même n'était pas de bon augure.

La pièce était bondée avec cinq jeunes femmes dedans. Liandrin les dévisageait en s'arrêtant pour rajuster son châle à franges rouges. Min ne broncha pas, mais Elayne se leva et les trois qui étaient debout exécutèrent une révérence, encore que Nynaeve se soit contentée de plier à peine le genou. Egwene songea à part soi que jamais Nynaeve ne s'habituerait à se trouver sous l'autorité de qui que ce soit.

Le regard de Liandrin se posa sur Nynaeve. « Pourquoi donc êtes-vous là, dans les locaux réservés aux novices, enfant ? » Son ton était de glace.

« Je rends visite à des amies », répliqua Nynaeve d'une voix contrainte. Après un temps, elle ajouta un tardif « Liandrin Sedai ».

« Les Acceptées, elles ne peuvent pas avoir d'amies chez les novices. Ceci, enfant, vous devriez le savoir à présent. Mais c'est aussi bien que je vous trouve ici. Vous et vous » – son doigt se pointa avec autorité vers Elayne et Min – « sortez.

– Je reviendrai tout à l'heure. » Min se leva nonchalamment, démontrant avec ostentation qu'elle n'était nullement pressée d'obéir, et passa avec lenteur devant Liandrin, un sourire moqueur aux lèvres, ce dont cette dernière ne tint aucun compte. Elayne adressa à Egwene et à Nynaeve un coup d'œil inquiet avant de plonger dans une révérence et de s'en aller.

Après qu'Elayne eut fermé la porte derrière elle, Liandrin examina Egwene et Nynaeve. Egwene commença à s'agiter fébrilement sous ce regard scrutateur, mais Nynaeve se tenait raide comme un piquet, seul son teint s'empourprant un peu.

« Vous deux êtes du même village que les garçons qui accompagnaient Moiraine dans son voyage. N'est-ce pas ? dit soudain Liandrin.

– Avez-vous eu des nouvelles de Rand ? » demanda aussitôt Egwene avec empressement. Liandrin haussa un sourcil à son adresse. « Pardonnez-moi, Aes Sedai. Je manque aux bienséances.

– Avez-vous eu de leurs nouvelles ? » répéta Nynaeve d'un ton qui était à la limite de l'impératif. Les Acceptées n'avaient pas de règle interdisant de parler à une Aes Sedai sans y avoir été invitées.

« Vous vous souciez pour eux. C'est bien. Ils sont en danger et vous seriez en mesure de les aider.

– Comment savez-vous qu'ils ont des ennuis ? » Il n'y avait aucun doute cette fois-ci sur l'intonation de Nynaeve ; elle était nettement impérieuse.

Les lèvres en bouton de rose de Liandrin se pincèrent, mais sa voix ne changea pas. « Bien que vous ne soyez pas au courant, Moiraine a envoyé à la Tour Blanche des lettres vous concernant. Moiraine Sedai, elle se tourmente pour vous et vos jeunes... amis. Ces garçons, ils sont en danger. Désirez-vous les aider ou les abandonner à leur sort ?

– Les aider ! » s'écria Egwene en même temps que Nynaeve disait : « Quel genre d'ennuis ? Pourquoi vous soucier, vous, de leur prêter secours ? » Nynaeve jeta un coup d'œil à la frange rouge du châle de Liandrin. « Et je pensais que vous n'aimiez pas Moiraine.

– Ne présumez pas trop, enfant, répliqua Liandrin sèchement. Être une Acceptée n'est pas être une Sœur. Les Acceptées comme les Novices écoutent quand une Sœur parle et exécutent les ordres qu'on leur donne. » Elle respira à fond et poursuivit – sa voix était de nouveau empreinte de froide sérénité, mais des taches blanches de colère déparaient ses joues : « Un jour viendra, j'en suis sûre, où vous servirez une cause et vous apprendrez alors que pour la servir vous êtes obligées d'œuvrer même avec ceux que vous détestez. Je vous affirme que j'ai collaboré avec bien des gens dont je ne voudrais pas partager la chambre en aurais-je le choix. N'accepteriez-vous pas de travailler avec la personne que vous haïssez le plus si cela devait sauver vos amis ? »

Nynaeve hocha la tête à contrecœur. « Mais vous ne nous avez toujours pas expliqué quelle sorte de péril ils courent, Liandrin Sedai.

– Le risque vient du Shayol Ghul. Ils sont pourchassés, comme ils l'avaient été une fois à ce que j'ai compris. Si vous voulez m'accompagner, il sera possible d'éliminer au moins certains dangers. Ne demandez pas comment, car je ne peux vous le dire, mais je vous affirme qu'il en est ainsi.

– Nous irons, Liandrin Sedai, s'exclama Egwene.

– Et où irons-nous ? » demanda Nynaeve. Egwene lui jeta un coup d'œil exaspéré.

« À la Pointe de Toman. »

Egwene en resta bouche bée et Nynaeve marmotta : « Il y a la guerre à la Pointe de Toman. Ce danger a-t-il un rapport quelconque avec les armées d'Artur Aile-de-Faucon ?

– Vous croyez aux rumeurs, enfant ? En admettant même qu'elles soient vraies, est-ce suffisant pour vous arrêter ? Il me semblait que vous appeliez ces jeunes gens des amis. » Une certaine façon dans sa manière de prononcer cette dernière remarque signifiait qu'elle-même n'en ferait jamais autant.

« Nous irons », répéta Egwene. Nynaeve ouvrit de nouveau la bouche, mais Egwene continua sans lui laisser la possibilité de parler : « Nous irons, Nynaeve. Si Rand a besoin de notre aide – et aussi Mat et Perrin – nous devons la leur apporter.

– Ça, je sais, rétorqua Nynaeve, mais ce que j'aimerais connaître, c'est pourquoi nous ? Que sommes-nous en mesure d'accomplir qui soit impossible à Moiraine... ou à vous, Liandrin ? »

La blancheur gagna du terrain sur les joues de Liandrin – Egwene se rendit compte que Nynaeve avait oublié la formule de politesse en s'adressant à l'Aes Sedai – mais ce que Liandrin se contenta de répliquer, c'est : « Vous deux êtes originaires de leur village. D'une certaine façon que je ne comprends pas totalement, vous êtes liées à eux. Voilà tout ce que je peux en dire. Et à plus aucune de vos questions ridicules je ne répondrai. M'accompagnerez-vous par amitié pour eux ? » Elle marqua une pause dans l'attente de leur acquiescement ; une tension visible la quitta quand elles inclinèrent la tête. « Bien. Vous me rejoindrez à l'orée du bosquet ogier situé le plus au nord une heure avant le coucher du soleil, avec vos chevaux et ce dont vous aurez besoin pour le voyage. Ne parlez de ceci à personne.

– Nous ne sommes pas censées quitter le domaine de la Tour sans autorisation, dit lentement Nynaeve.

– Vous avez ma permission. Ne prévenez personne. Absolument personne. L'Ajah Noire hante les couloirs de la Tour Blanche. »

Egwene eut un hoquet de stupeur et en entendit un résonner en écho chez Nynaeve, mais celle-ci se reprit vite. « Je croyais que toutes les Aes Sedai niaient l'existence de... de ça. »

La bouche de Liandrin se pinça dans un rictus sarcastique. « Beaucoup le nient, mais la *Tarmon Gai'don* approche et le temps s'éloigne où peuvent se soutenir des démentis. L'Ajah Noire, elle est l'opposé de tout ce que représente la Tour Blanche, mais elle existe, enfant. Elle est partout, n'importe quelle femme peut en être, et elle sert le Ténébreux. Si vos amis sont pourchassés par l'Ombre, vous imaginez-vous que l'Ajah Noire vous permettra de rester en vie et libres de leur porter secours ? Ne parlez à personne – absolument personne ! – ou vous risquez de ne pas vivre pour atteindre la Pointe de Toman. Une heure avant le coucher du soleil. Ne me faites pas faux bond. » Sur quoi, elle s'en alla, la porte se rabattant avec fermeté derrière elle.

Egwene s'effondra sur son lit, les mains dans son giron. « Nynaeve, elle est de l'Ajah Rouge. Elle n'est sûrement pas au courant pour Rand. Sinon...

– C'est certain, acquiesça Nynaeve. J'aimerais bien savoir pourquoi une Rouge tient à l'aider. Ou pourquoi elle est désireuse de collaborer avec Moiraine. J'aurais juré qu'aucune d'elles ne donnerait de l'eau à l'autre quand bien même elle mourrait de soif.

– Vous pensez qu'elle ment ?

– C'est une Aes Sedai, répliqua Nynaeve, caustique. Je gagerai ma plus belle épingle d'argent contre une myrtille que chaque mot prononcé par elle est vrai ; mais je me demande si nous avons entendu ce que nous avons cru entendre.

– L'Ajah Noire. » Egwene frissonna. « Il n'y a pas à se

méprendre sur ce qu'elle a dit là-dessus, que la Lumière nous assiste.

– Non, pas moyen de s'y tromper, répliqua Nynaeve. Et elle nous a empêchées d'avance de demander conseil parce que, après cela, à qui nous fier ? Que la Lumière nous assiste, en vérité. »

Min et Elayne se précipitèrent dans la cellule, claquant la porte derrière elles. « Allez-vous réellement partir ? » questionna Min, et Elayne, avec un geste vers le trou minuscule dans la paroi au-dessus du lit d'Egwene, expliqua : « Nous avons écouté depuis ma chambre. Nous avons tout entendu. »

Egwene échangea un regard avec Nynaeve, se demandant ce qu'elles avaient surpris de l'ensemble de la conversation, et lut la même expression inquiète sur le visage de Nynaeve. *Si elles découvrent ce qu'est Rand...*

« Il faut garder cela pour vous, leur recommanda Nynaeve. Je suppose que Liandrin s'est arrangée avec Sheriam pour que nous soyons autorisées à partir mais, même dans le cas contraire, même si on fouille la Tour de la cave au grenier à notre recherche, il ne faut pas en souffler mot.

– Le garder pour moi ? dit Min. N'ayez crainte. Je pars avec vous. Je consacre mes journées entières à essayer d'expliquer à une Sœur Brune ou une autre quelque chose que je ne comprends pas moi-même. Je ne peux pas me promener sans que l'Amyrlin en personne surgisse pour me demander de décrire ce que je vois sur n'importe qui que nous rencontrons. Quand cette femme demande quelque chose, il n'y a pas moyen de se défiler. Je dois avoir déchiffré l'aura de la moitié de la Tour Blanche pour elle, mais elle désire toujours une démonstration supplémentaire. Tout ce dont j'avais besoin, c'est d'un prétexte pour m'en aller, et en voici un. » Son visage avait un air de détermination irréductible.

Egwene se demanda pourquoi Min était tellement décidée à les accompagner au lieu de partir simplement de son côté mais, avant qu'elle ait eu le temps de dépasser le stade de l'étonnement pour poser la question, Elayne dit : « Je pars aussi.

– Elayne, remontra gentiment Nynaeve, Egwene et moi, nous sommes les amies de ces garçons du Champ d'Emond. Vous êtes la Fille-Héritière d'Andor. Si vous disparaissez de la Tour Blanche, voyons, cela... cela risque de déclencher une guerre.

– Ma mère ne déclarerait pas la guerre à Tar Valon même si on me mettait à sécher pour me conserver ensuite dans du sel, ce qui pourrait bien être le but de ces dames. Si vous trois avez une chance de courir l'aventure, ne vous fatiguez pas à imaginer que je resterai ici à laver la vaisselle, à frotter les planchers et à m'entendre réprimander par une quelconque Acceptée parce que je n'aurais pas donné au feu l'exacte teinte de bleu qu'elle désirait. Gawyn mourra d'envie quand il s'en apercevra. » Elayne sourit de toutes ses dents et allongea le bras pour tirer d'un air taquin les cheveux d'Egwene. « D'ailleurs, si tu laisses tomber Rand comme une vieille chaussette, j'ai peut-être une chance de le ramasser.

– Je ne pense pas qu'aucune de nous l'aura, répliqua Egwene tristement.

– Alors nous trouverons celle qu'il aura choisie et nous rendrons à cette fille la vie impossible, mais il ne serait pas assez bête pour prendre quelqu'un d'autre quand il pourrait nous avoir, l'une ou l'autre. Oh, je t'en prie, souris, Egwene. Je sais qu'il est à toi. C'est simplement que je... » – elle hésita, cherchant le mot – « je me sens libre. Je n'ai jamais vécu d'aventure. Je parie que nous ne nous endormirons ni l'une ni l'autre à force de pleurer pendant cette aventure-là. Et si cela nous arrive, nous prendrons nos précautions pour que les ménestrels n'en parlent pas.

– C'est de la sottise, insista Nynaeve. Nous nous rendons à la Pointe de Toman. Vous avez entendu les nouvelles, et les rumeurs. Ce sera dangereux. Vous devez rester ici.

– J'ai entendu aussi ce que Liandrin a dit à propos de... de l'Ajah Noire. » La voix d'Elayne s'était abaissée presque au murmure pour prononcer ce nom. « Comment serais-je en sécurité à la Tour si elle y est aussi ? Maman aurait-elle même seulement le soupçon que l'Ajah Noire existe, elle foncerait sur moi en plein milieu d'une bataille pour m'arracher aux membres de cette Ajah.

– Mais, Elayne...

– Vous n'avez qu'un moyen de m'empêcher de vous accompagner. C'est prévenir la Maîtresse des Novices. Nous formerons un joli tableau, toutes les trois alignées dans son bureau. Toutes les quatre. Je ne pense pas que Min voudrait se dérober à une séance pareille. Alors comme vous n'avertirez pas Sheriam Sedai, je viens aussi. »

Nynaeve renonça. « Peut-être connaissez-vous un argument qui réussisse à la convaincre », dit-elle à Min.

Adossée à la porte, Min observait Elayne, les yeux mi-clos, et maintenant elle secouait la tête. « J'estime qu'elle doit venir aussi bien que nous. À présent, je vois le danger tout autour de vous plus nettement. Pas assez pour en déterminer la nature, mais j'ai l'impression qu'il a un rapport avec votre décision de partir. Voilà pourquoi c'est plus distinct ; parce que le danger est plus certain.

– Ce n'est pas une raison pour qu'elle nous accompagne », objecta Nynaeve, mais Min secoua la tête.

« Elle a un lien avec... avec ces garçons autant que vous ou Egwene ou moi. Elle en fait partie, Nynaeve, de quoi qu'il s'agisse. Partie du Dessin, dirait une Aes Sedai, je suppose. »

Elayne paraissait interloquée mais intéressée aussi. « Moi ? Quel rôle, Min ?

– Je ne le perçois pas très bien. » Min baissa les yeux vers le sol. « Parfois, je souhaite ne pas avoir ce don de voyance. De toute façon, la plupart des gens sont mécontents de ce que je vois.

– Si nous partons toutes, intervint Nynaeve, alors mieux vaut que nous établissions nos plans. »

Quelque ardeur qu'elle mette à discuter au préalable, une fois un parti adopté, Nynaeve passait toujours tout de suite aux questions pratiques : ce qu'il fallait qu'elles emportent avec elles, quelle baisse accuserait la température d'ici qu'elles arrivent à la Pointe de Toman et comment elles parviendraient à sortir leurs chevaux des écuries sans qu'on les en empêche.

En l'écoutant, Egwene ne put s'empêcher de se demander quelle sorte de danger Min prévoyait pour elles, et quel danger menaçait Rand. Elle n'en connaissait qu'un qui risquait de lui fondre dessus et elle se sentait glacée rien que d'y penser. *Tiens bon, Rand. Tiens bon, espèce de triple idiot. Je m'arrangerai pour t'aider.*

39. Départ de la Tour Blanche

Egwene et Elayne adressaient une brève inclination de tête à chaque groupe de femmes qu'elles croisaient en traversant la Tour Blanche. C'est une bonne chose qu'il y ait autant de femmes étrangères à la Tour aujourd'hui, songea Egwene ; elles étaient en effet trop nombreuses pour que chacune soit escortée d'une Aes Sedai ou d'une Acceptée. Isolées ou assemblées à plusieurs, richement ou pauvrement vêtues, en costumes d'une demi-douzaine de contrées différentes, certains encore maculés par la poussière du trajet jusqu'à Tar Valon, elles ne se mêlaient pas les unes aux autres et attendaient leur tour pour interroger les Aes Sedai ou présenter leurs pétitions. Quelques-unes – dames nobles, négociantes ou épouses de négociant – étaient accompagnées de servantes. Même des hommes étaient venus avec des suppliques ; ils se tenaient à l'écart, l'air gênés de se trouver dans la Tour Blanche, et examinaient toutes les autres personnes présentes avec malaise.

Nynaeve qui marchait la première maintenait ses yeux fermement fixés droit devant elle, sa cape virevoltant à sa suite, et avançait comme si elle savait où elles allaient – ce qui était le cas, pour autant que nul ne les arrêtait – et avaient parfaitement le droit d'y aller – ce qui était une tout autre question, bien sûr. Habillées maintenant avec les vêtements qu'elles avaient apportés à Tar Valon, elles n'avaient assurément pas l'aspect de résidentes de la Tour. Chacune avait choisi sa plus jolie robe avec une jupe divisée en deux pour monter à cheval et des capes de beau drap de laine enrichies de broderies. Aussi longtemps qu'elles se maintiendraient à distance de quiconque pourrait les identifier – elles avaient déjà évité plusieurs femmes qui les connaissaient de vue – Egwene pensait qu'elles réussiraient dans leur entreprise.

« Cette robe conviendrait mieux pour une promenade dans le parc d'un seigneur que pour un voyage à cheval jusqu'à la Pointe de Toman », avait commenté ironiquement Nynaeve pendant qu'Egwene l'aidait à boutonner une robe de soie grise travaillée de motifs au fil d'or et de fleurs en perles sur la poitrine et le long des manches, « mais cela nous permettra de sortir sans être remarquées ».

Ainsi donc, Egwene rajusta sa cape, lissa sa propre robe en soie verte brodée d'or, jeta un coup d'œil à Elayne, en bleu à crevés crème, et espéra que Nynaeve ne s'était pas trompée. Jusque-là, tout le monde les avait prises pour des solliciteuses, des nobles ou au moins de riches bourgeoises, mais elle avait l'impression qu'elles auraient dû être la cible des regards. Elle fut surprise en comprenant pourquoi : elle se sentait déplacée dans cette robe élégante après avoir porté une simple tunique blanche de novice au cours de ces quelques derniers mois.

Un petit groupe de paysannes en solides habits de lainage sombre plongea dans une révérence à leur passage. Egwene tourna la tête vers Min dès qu'elle les eut laissées en arrière. Min avait conservé sa vaste chemise masculine et ses chausses sous un bliaud et une cape de garçon, avec un vieux chapeau à large bord enfoncé sur ses cheveux courts. « Il faut bien que l'une de nous joue les domestiques, avait-elle dit en riant. Des femmes habillées comme vous l'êtes en ont toujours au moins un. Vous regretterez de ne pas avoir mes chausses si nous avons à courir. » Elle était chargée de quatre paires de sacoches de selles bourrées de vêtements chauds, car l'hiver serait sûrement installé avant leur retour. Il y avait aussi des paquets de nourriture chapardée dans les cuisines, suffisamment pour durer jusqu'à ce qu'elles aient la possibilité d'en acheter davantage.

« Es-tu sûre que je ne peux pas porter un peu de tout ça, Min ? demanda tout bas Egwene.

– C'est malcommode à tenir, mais pas lourd », répliqua Min avec un large sourire. Elle avait l'air de penser que c'était un jeu ou alors faisait semblant de le croire.

« Et l'on s'étonnerait sûrement qu'une belle dame comme toi porte ses propres fontes. Tu te chargeras des tiennes – et des miennes aussi, si tu veux – une fois que nous... » – son sourire s'effaça et elle chuchota avec véhémence : « Aes Sedai ! »

Egwene ramena en un éclair son regard en avant. Une Aes Sedai aux longs cheveux noirs lisses et au teint d'ivoire, témoignage d'un grand âge, s'approchait dans le couloir, écoutant avec attention une femme en habits grossiers de paysanne au manteau rapiécé. L'Aes Sedai ne les avait pas encore aperçues, mais Egwene la reconnut : Takima, de l'Ajah Brune, qui enseignait l'histoire de la Tour Blanche et des Aes Sedai – et qui était capable de repérer une de ses élèves à cent pas.

Nynaeve s'engagea dans un couloir transversal sans changer d'allure, mais là elles furent croisées par une des Acceptées, une grande femme maigre à la mine perpétuellement mécontente, qui avançait au pas de course en tirant par l'oreille une novice cramoisie.

Egwene fut obligée de ravaler sa salive avant de pouvoir parler. « C'était Irella, avec Else. Nous ont-elles remarquées ? » Elle fut incapable de se forcer à se retourner pour vérifier.

« Non, dit Min au bout d'un instant. Tout ce qu'elles ont vu, c'est nos vêtements. » Egwene émit un long soupir de soulagement et en entendit aussi un émaner de Nynaeve.

« J'ai le cœur qui risque de flancher avant que nous arrivions aux écuries, murmura Elayne. Est-ce que cela se passe d'habitude comme ça, une aventure, Egwene ? Ton cœur entre les dents et l'estomac retourné ?

– Je le suppose », répliqua Egwene avec lenteur. Elle avait du mal à croire qu'il y avait eu un temps où elle brûlait de vivre des aventures, de faire quelque chose de dangereux et d'exaltant comme les personnages des contes. À présent, elle songea que le côté exaltant était ce dont on se souvenait quand on y repensait et que les contes laissaient de côté pas mal de désagréments. C'est ce qu'elle expliqua à Elayne.

« N'empêche, répliqua la Fille-Héritière d'un ton ferme, je n'ai jamais expérimenté quelque chose d'excitant et j'ai peu de chance d'y parvenir tant que Maman a son mot à dire et qu'elle dira jusqu'à ce que je lui succède sur le trône.

– Silence, vous deux », ordonna Nynaeve. Elles se trouvaient seules dans le couloir, pour changer, avec personne en vue ni dans une direction ni dans l'autre. Elle désigna un escalier étroit qui descendait. « Voilà probablement ce que nous cherchons. Si je n'ai pas été complètement désorientée par tous nos tours et détours. »

Elle s'engagea néanmoins dans l'escalier comme si elle était sûre d'elle, et les autres suivirent. Effectivement, la petite porte dans le bas ouvrait sur la cour poussiéreuse de l'Écurie du Sud, où étaient logés les chevaux des novices, pour celles qui en avaient, jusqu'à ce qu'elles aient de nouveau besoin d'une monture, ce qui ne se produisait généralement pas avant qu'elles deviennent Acceptées ou soient renvoyées chez elles. La masse miroitante de la Tour se dressait derrière elle ; le domaine entourant la Tour s'étendait sur un chiffre imposant d'arpents de terre, avec ses propres murs plus hauts que les remparts de bien des villes.

Nynaeve pénétra dans l'écurie du même pas que si elle la possédait. Il y régnait une odeur plaisante de foin et de cheval, et deux longues rangées de stalles se perdaient dans des ombres traversées de barres lumineuses provenant des petites fenêtres hautes assurant l'aération. Par miracle, Béba à la robe broussailleuse et la jument grise de Nynaeve se tenaient dans des stalles proches de la porte. Béla passa le nez par-dessus la barre de sa stalle et hennit doucement à l'adresse d'Egwene. Il n'y avait sur place qu'un palefrenier, un bonhomme avenant d'aspect, avec du gris dans la barbe, qui mâchonnait une paille.

« Nous voulons que nos chevaux soient sellés, lui dit Nynaeve de sa voix la plus autoritaire. Ces deux-là. Min, allez chercher votre cheval et celui d'Elayne. » Min laissa choir les sacoches et entraîna Elayne au fond de l'écurie.

Le palefrenier les regarda s'éloigner en fronçant les sourcils et retira lentement la paille de sa bouche. « Il doit y avoir une erreur, ma Dame. Ces bêtes...

– ... sont à nous, répliqua d'un ton ferme Nynaeve qui croisa les bras de façon que l'anneau au Serpent soit visible. Sellez-les tout de suite. »

Egwene retint son souffle ; c'était en dernière ressource que Nynaeve devait essayer de passer pour une Aes Sedai si elles rencontraient des difficultés avec quiconque pouvait ne pas douter de sa qualité. Ce qui, bien sûr, ne serait le cas ni d'une Aes Sedai ni d'une Acceptée et probablement même pas d'une novice, mais un palefrenier...

Le bonhomme cligna des paupières en regardant l'anneau, puis Nynaeve elle-même. « On m'a dit deux, finit-il par répondre, apparemment pas impressionné. Une des Acceptées et une novice. Il n'a pas été question de quatre personnes. »

Egwene eut envie de rire. Évidemment, Liandrin ne les avait pas crues capables de prendre leurs chevaux elles-mêmes.

Nynaeve parut déçue et sa voix se fit plus acerbe. « Sortez-moi ces chevaux sans plus tarder et sellez-les ou vous aurez besoin des Soins de Liandrin, si toutefois elle veut bien vous les donner. »

Le palefrenier répéta à la muette le nom de Liandrin mais, après un coup d'œil au visage de Nynaeve, il s'occupa des chevaux avec juste un murmure ou deux, pas assez audible pour tout autre que pour lui-même. Min et Elayne revinrent avec leurs propres montures à l'instant où il achevait d'ajuster la seconde sangle. La monture de Min était un grand hongre cendré, celle d'Elayne une jument baie à l'encolure rouée [1].

Quand elles furent en selle, Nynaeve s'adressa à nouveau au palefrenier. « On vous a recommandé sans doute de garder ceci secret, et cela n'a pas changé, que nous soyons deux ou deux cents. Au cas où vous croiriez le contraire, pensez à ce que fera Liandrin si vous parlez de ce qu'on vous a ordonné de taire. »

Comme elles sortaient à cheval, Elayne lui lança une pièce de monnaie et murmura : « Pour votre dérangement, mon bon ami. Vous avez bien travaillé. » Au-dehors, elle capta le regard d'Egwene et sourit. « Maman dit qu'un bâton et du miel donnent toujours de meilleurs résultats qu'un bâton tout seul.

– J'espère que nous n'en aurons pas besoin non plus avec les gardes, dit Egwene. J'espère que Liandrin les a prévenus aussi. »

Toutefois, à la Porte de Tarlomen qui s'ouvrait dans le haut rempart sud du domaine de la Tour, il ne fut pas possible de deviner si quelqu'un avait ou non averti les gardes. Ils firent signe aux quatre jeunes femmes de sor-

1. Se dit d'un cheval dont l'encolure va s'arrondissant du garrot à la nuque, autrement dit dont le bord supérieur est convexe. *(N.d.T.)*

tir sans autre cérémonie qu'un coup d'œil et un salut de pure forme. Les gardes avaient pour mission de refouler à l'extérieur les gens dangereux ; apparemment, ils n'avaient pas d'ordre pour retenir qui que ce soit à l'intérieur.

Une brise fraîche montant de la rivière leur donna le prétexte de se coiffer du capuchon de leur cape tandis qu'elles traversaient lentement à cheval les rues de la ville. Le tintement des sabots ferrés de leurs montures sur les pavés se noyait dans le murmure de la multitude qui emplissait les rues et dans la musique jaillissant de quelques-uns des bâtiments devant lesquels elles passaient. Les gens habillés de costumes de tous les pays, depuis la mode sombre et sévère du Cairhien jusqu'aux couleurs éclatantes et joyeuses du Peuple Nomade, avec tous les styles entre les deux, s'écartaient devant les cavalières comme les eaux d'un fleuve autour d'un rocher, mais les jeunes femmes n'arrivaient quand même à avancer qu'au pas.

Egwene ne prêtait aucune attention aux tours légendaires avec leurs passerelles aériennes ou aux immeubles qui ressemblaient davantage à des vagues déferlantes, à des falaises sculptées par le vent ou encore à des coquillages fantastiques qu'à quelque chose fait de pierre. Des Aes Sedai se rendaient souvent dans la cité et, au milieu de cette foule, les quatre cavalières risquaient de se retrouver face à face avec une d'elles avant de s'en apercevoir. Après un moment, Egwene se rendit compte que ses compagnes maintenaient un guet aussi précautionneux que le sien ; néanmoins elle ne fut pas qu'un peu soulagée quand apparut le bosquet des Ogiers.

Les Grands Arbres étaient maintenant visibles au-delà des toits, leurs cimes touffues dressées dans les airs à trois cent soixante coudées et davantage. Chênes et ormes, lauréoles et sapins géants semblaient des nains auprès d'eux. Une espèce de muraille entourait le bosquet qui s'étendait aisément sur une bonne lieue, mais ce n'était qu'une série d'arches de pierre s'enroulant en spirale à l'infini, chacune haute de dix-huit coudées et deux fois plus large. À l'extérieur de cette enceinte, il y avait une rue grouillante de charrettes et de passants, alors qu'à l'intérieur c'était en quelque sorte une enclave restée à l'état sauvage. Le bosquet n'avait ni l'aspect domestiqué d'un parc ni la complète imprévisibilité des profondeurs d'une forêt. Il représentait plutôt l'idéal de la nature, comme s'il incarnait les bois parfaits, la plus magnifique forêt qui puisse exister. Des feuilles avaient déjà commencé à changer de couleur et même les petites gerbes d'orange, de jaune et de rouge au milieu du vert paraissaient à Egwene le juste aspect que doit prendre le feuillage en automne.

Un petit nombre de promeneurs déambulaient le long des arcades à l'intérieur et aucun ne se retourna quand les quatre jeunes femmes s'enfoncèrent sous les arbres. La cité fut vite hors de vue, même les bruits qui en émanaient furent assourdis, puis étouffés par les arbres. En l'espace de dix foulées, elles eurent l'impression d'être à des lieues de la ville la plus proche.

« La lisière nord du bosquet, elle a dit, marmonna Nynaeve en jetant un coup d'œil alentour. Il n'y a pas d'endroit plus au nord que... » Elle s'interrompit comme deux chevaux surgissaient d'un taillis de sureau noir – une jument à la robe sombre et luisante portant une cavalière et un cheval de bât chargé légèrement.

La jument noire se cabra, battant l'air de ses sabots, quand Liandrin tira avec rudesse sur sa bride. Le visage de l'Aes Sedai était un vrai masque de furie. « Je vous avais dit de ne prévenir personne ! Personne ! » Egwene remarqua des lanternes fixées à des perches sur le cheval de bât et trouva cela curieux.

« Ce sont des amies... », commença Nynaeve, raidissant l'échine, mais Elayne lui coupa la parole.

« Pardonnez-nous, Liandrin Sedai. Elles ne nous ont pas parlé ; nous l'avons entendu. Nous n'avions pas l'intention d'écouter ce qui ne nous concernait pas, mais nous l'avons surpris involontairement. Et nous souhaitons aussi aider Rand al'Thor. Et les autres garçons, bien sûr », ajouta-t-elle vivement.

Liandrin dévisagea avec attention Elayne et Min. Le soleil de fin du jour, lançant ses rayons obliques à travers les branches, laissait dans l'ombre leurs traits sous la capuche de leurs manteaux. « D'accord, finit-elle par dire sans cesser d'observer les jeunes filles. J'avais pris des dispositions pour qu'on s'occupe de vous mais, puisque vous voici, vous voici. Quatre peuvent accomplir ce trajet aussi bien que deux.

– Des dispositions pour qu'on s'occupe de nous, Liandrin Sedai ? dit Elayne. Je ne comprends pas.

– Enfant, on sait que vous et cette autre êtes amies de ces deux-là. Ne pensez-vous donc pas qu'une fois leur absence découverte il y en aurait qui voudraient vous poser des questions ? Croyez-vous que l'Ajah Noire vous traiterait avec douceur simplement parce que vous êtes l'héritière présomptive d'un trône ? Si vous étiez restée dans la Tour Blanche, vous n'auriez peut-être pas survécu jusqu'à la fin de la nuit. » Ce qui les rendit toutes muettes pendant un instant. Liandrin fit tourner sa jument et ordonna : « Suivez-moi ! »

L'Aes Sedai les conduisit toujours plus profondément dans le bosquet, jusqu'à une haute grille de robuste fer forgé couronné par une haie de fers de lance tranchants comme des rasoirs. Amorçant une légère courbe comme si elle renfermait une vaste superficie, cette grille disparaissait hors de vue parmi les arbres aussi bien à droite qu'à gauche. La grille comportait une porte fermée par une serrure massive. Liandrin l'ouvrit avec une grosse clef qu'elle avait tirée de son manteau, puis la verrouilla de nouveau derrière leur groupe dont elle reprit aussitôt la tête. Un écureuil leur babilla quelque chose depuis une branche au-dessus d'elles et, d'ailleurs, parvint le tambourinement d'un pivert.

« Où allons-nous ? » demanda impérieusement Nynaeve.

Liandrin ne répondit pas et Nynaeve se tourna vers les autres avec irritation : « Pourquoi nous engager toujours plus avant dans ces bois ? Il nous faut franchir un pont ou bien prendre un bateau, si nous voulons quitter Tar Valon, et il n'y a ni pont ni bateau dans...

– Il y a ceci, annonça Liandrin. La grille, elle est là pour éloigner ceux qui risqueraient de s'exposer au danger, mais en ce qui nous concerne aujourd'hui l'urgence nous y oblige. » Ce vers quoi elle esquissait un geste était une épaisse et haute dalle dressée qui semblait être en pierre, avec une face couverte d'entrelacs compliqués de lianes et de feuillages sculptés.

La gorge d'Egwene se serra; elle comprit soudain pourquoi Liandrin avait apporté des lanternes et ce qu'elle avait compris ne la réjouissait pas. Elle entendit Nynaeve murmurer : « Une Porte des Voies. » L'une et l'autre ne se rappelaient que trop bien ces Voies.

« Nous l'avons fait une fois, dit-elle pour elle-même autant que pour Nynaeve. Nous pouvons le refaire. » *Si*

Rand et les autres ont besoin de nous, il faut que nous allions les aider. Pas d'autre solution.

« Est-ce que c'est réellement... ? commença Min d'une voi étranglée sans pouvoir achever sa phrase.

– Une Porte des Voies, dit très bas Elayne. J'ignorais que l'on pouvait encore utiliser les Voies. Du moins, je ne pensais pas que s'en servir serait autorisé. »

Liandrin avait déjà mis pied à terre et extrait d'entre les sculptures la feuille trilobée d'*Avendesora* ; comme deux énormes vantaux tissés de lianes vivantes, les battants de la porte s'ouvraient, laissant voir ce qui paraissait un miroir argenté terni renvoyant vaguement leur reflet.

« Vous n'êtes pas obligées de venir, déclara Liandrin. Vous pouvez m'attendre ici, enfermées en sûreté par la grille jusqu'à ce que je vienne vous chercher. Ou peut-être que l'Ajah Noire vous trouvera avant qui que ce soit d'autre. » Son sourire n'avait rien d'agréable. Derrière elle, la Porte des Voies s'était ouverte en grand et s'était immobilisée.

« Je n'ai pas dit que je ne viendrais pas », dit Elayne, mais en attardant son regard sur les bois ombreux.

« Si nous devons y aller, dit à son tour Min d'une voix rauque, eh bien, pas d'hésitation. » Elle contemplait la Porte et Elayne crut l'entendre murmurer : « Que la Lumière vous brûle, Rand al'Thor. »

« Il faut que je passe la dernière, reprit Liandrin. Ouste, vous toutes. J'entrerai après vous. » Elle aussi maintenant scrutait les bois, comme si elle envisageait la possibilité qu'on les ait suivies. « Vite ! Vite ! »

Egwene n'imaginait pas ce que Liandrin s'attendait à voir, mais au cas où des gens surviendraient ils les empêcheraient probablement de franchir cette Porte. *Rand, espèce d'âne bâté,* songea-t-elle, *pourquoi ne te fourres-tu pas pour une fois dans des ennuis qui ne me forcent pas à agir comme une héroïne de conte ?*

Elle enfonça ses talons dans les flancs de Béla et la jument aux poils rudes, rendue nerveuse par un trop long séjour à l'écurie, bondit en avant.

« Doucement ! » cria Nynaeve, mais c'était trop tard.

Egwene et Béla s'élançaient vers leur reflet indistinct ; deux chevaux à la robe épaisse se touchèrent du nez, parurent se fondre l'un dans l'autre. Puis Egwene plongea dans sa propre image avec un choc glaçant. Le temps parut s'étirer, comme si le froid l'envahissait par l'épaisseur d'un cheveu à la fois et que chaque épaisseur demande une minute.

Soudain Béla trébucha dans une obscurité noire comme poix, avançant d'un mouvement si vif que la jument faillit tomber sur la tête. Elle se ressaisit et se redressa toute tremblante tandis qu'Egwene mettait précipitamment pied à terre, tâtant les jambes de la jument dans le noir pour vérifier si elle ne s'était pas blessée. Elle se félicitait presque de la pénombre qui cachait la rougeur montant à ses joues. Elle savait que le temps comme les distances étaient différents de l'autre côté d'une Porte ; elle avait agi sans réfléchir.

Il n'y avait que le noir autour d'elle dans toutes les directions, excepté le rectangle de la Porte ouverte, telle une fenêtre de verre fumé vue de ce côté-ci. Une fenêtre qui ne laissait passer aucune clarté – le noir donnait l'impression de s'appliquer contre elle – mais au travers de cette fenêtre Egwene voyait les autres qui se mouvaient avec une infinie lenteur comme des personnages de cauchemar. Nynaeve tenait à distribuer les lanternes et à les allumer ; Liandrin cédait à son insistance avec mauvaise grâce, apparemment insistant de son côté pour faire vite.

Quand Nynaeve passa la Porte – conduisant sa jument grise avec lenteur, la plus lente des lenteurs – Egwene faillit courir lui sauter au cou, et une partie pour ne pas dire plus de la moitié de cette impulsion était due à la lanterne que tenait Nynaeve. Cette lanterne répandait une nappe de clarté plus petite qu'elle n'aurait dû être – les ténèbres cernaient la lumière dans un effort pour l'obliger à réintégrer la lanterne – mais Egwene sentait peu à peu ces ténèbres l'oppresser à croire qu'elles étaient pesantes. Elle se contenta donc de dire : « Béla n'a rien et je ne me suis pas rompu le cou comme je le méritais. »

Jadis, les Voies avaient été éclairées, avant que la souillure du Pouvoir par lequel elles avaient été créées à l'origine, la souillure du Ténébreux sur le *saidin*, eût commencé à les corrompre. Nynaeve lui fourra la perche de la lanterne dans les mains et se tourna pour en tirer une autre de dessous la sangle de sa selle. « Pour autant que tu comprends que tu le mérites, murmura-t-elle, alors tu ne le mérites pas. » Elle eut soudain un petit rire.

« Parfois, je me dis que ce sont des sentences de ce genre qui ont créé le titre de Sagesse bien plus que tout le reste. Eh bien, en voici une autre. Romps-toi le cou et je veillerai à le réparer pour que je puisse te le casser à mon tour. »

C'était dit d'un ton léger et Egwene se retrouva en train de rire aussi – jusqu'à ce que s'impose de nouveau à elle l'endroit où elle était. L'amusement de Nynaeve ne dura pas longtemps non plus.

Min et Elayne franchirent la Porte avec hésitation, conduisant leurs chevaux par la bride et portant une lanterne, s'imaginant manifestement qu'elles allaient découvrir pour le moins des monstres aux aguets. D'abord, elles parurent soulagées de ne trouver que l'obscurité, mais l'atmosphère lourde qui s'en dégageait ne tarda pas à les faire passer nerveusement d'un pied sur l'autre. Liandrin remit en place la feuille d'*avendesora* et arriva en selle sur sa jument entre les battants qui se refermaient, guidant le cheval de bât.

Liandrin n'attendit pas que la Porte achève de se clore ; elle jeta à Min sans mot dire la longe du cheval de bât et se mit à suivre une ligne blanche, que permettait de distinguer vaguement la lueur de la lanterne, et cette ligne se dirigeait vers les Voies. Le sol semblait être en pierre, rongée et trouée par de l'acide. Egwene se hissa précipitamment sur le dos de Béla, mais elle ne fut pas plus prompte que les autres à s'élancer derrière l'Aes Sedai. On avait l'impression que rien n'existait au monde à part le sol rugueux sous les sabots des chevaux.

La ligne blanche filait droit comme une flèche dans le noir jusqu'à une vaste dalle de pierre couverte d'écriture ogière incrustée d'argent. Les mêmes trous qui criblaient le sol interrompaient par place les inscriptions.

« Un Indicateur », murmura Elayne, qui se retourna sur sa selle pour promener sur les alentours un regard inquiet. « Elaida m'a enseigné quelques notions sur les Voies. Elle n'a pas voulu dire grand-chose. Pas assez, ajouta-t-elle d'un air sombre. Ou peut-être trop. »

Liandrin compara calmement l'Indicateur avec un parchemin qu'elle fourra ensuite dans une poche de son manteau avant qu'Egwene réussisse à voir ce qu'il y avait dessus.

La clarté de leur lanterne était comme tranchée net à une certaine distance au lieu que son rayonnement se dilue dans l'obscurité ambiante, mais suffisait pour qu'Egwene distingue une épaisse balustrade de pierre, rongée entièrement par endroits, quand l'Aes Sedai s'éloigna de l'Indicateur avec elles quatre groupées derrière. Une Île, l'avait appelée Elayne ; l'obscurité rendait difficile de juger de ses dimensions, mais Egwene eut l'impression que sa largeur devait avoisiner au maximum un quart de lieue.

La balustrade s'interrompait au débouché de rampes et de ponts, chacun avec un poteau de pierre à côté où était marquée une seule ligne en caractères ogiers. Les ponts semblaient plonger leur arche dans le néant. Les rampes montaient ou descendaient. Impossible d'apercevoir davantage que l'amorce des uns ou des autres en passant devant.

Liandrin, qui ne s'arrêtait que le temps de donner un coup d'œil aux poteaux de pierre, s'engagea dans une rampe descendante – et il n'y eut bientôt plus que la rampe et l'obscurité. Un silence étouffant pesait sur tout ; Egwene avait le sentiment que même le clic-clac des fers des chevaux sur la pierre inégale ne se répercutait guère au-delà du cercle de lumière.

La rampe descendait de plus en plus bas, tournant en hélice sur elle-même jusqu'à une autre Île, avec ses balustrades rompues par des ponts et des rampes, ses Indicateurs que Liandrin comparait avec son parchemin. L'Île paraissait être entièrement en pierre, exactement comme la première. Egwene aurait aimé ne pas avoir la conviction que la première Île était directement audessus de leurs têtes.

Nynaeve prit soudain la parole, exprimant de façon audible ce que pensait Egwene. Son ton était ferme, mais elle s'arrêta au milieu de sa phrase pour s'éclaircir la gorge.

« C'est... c'est possible », répondit Elayne dans un murmure. Elle leva les yeux en l'air et les rabaissa aussitôt. « Elaida prétend que les lois de la nature ne jouent pas dans les Voies. Du moins pas comme elles s'appliquent à l'extérieur.

– Par la Lumière », marmotta Min qui haussa ensuite la voix. « Combien de temps comptez-vous nous faire rester là-dedans ? »

Les tresses couleur de miel de l'Aes Sedai virevoltèrent quand sa tête pivota pour les regarder. « Jusqu'à ce que je vous en sorte, répliqua-t-elle sèchement. Plus vous me dérangez, plus cela prendra du temps. » Elle se pencha de nouveau pour étudier parchemin et Indicateur.

Egwene et les autres se turent.

Liandrin avançait d'Indicateur en Indicateur, par des rampes et des ponts qui donnaient l'impression de s'élancer sans point d'appui à travers les perpétuelles ténèbres. L'Aes Sedai ne prêtait pratiquement pas attention au reste d'entre elles, et Egwene se surprit à se demander si Liandrin tournerait bride pour aller à sa recherche si l'une d'elles s'était laissée distancer. Les autres pensaient peut-être de même, car elles chevauchaient en groupe serré juste derrière la jument noire.

Egwene se rendit compte avec étonnement qu'elle sentait encore l'attraction de la *saidar*, à la fois la présence de la moitié féminine de la Vraie Source et le désir d'entrer en contact avec elle, de canaliser son afflux. Elle s'était en quelque sorte imaginé que la souillure de l'Ombre sur les Voies la lui dissimulerait. Elle avait conscience de cette souillure jusqu'à un certain point. À peine perceptible et totalement différente de la *saidar*, mais Egwene était certaine que tenter d'atteindre ici la Vraie Source serait comme plonger le bras dans de la fumée grasse et fétide pour aller prendre une tasse propre. Quoi qu'elle fasse serait pollué. Pour la première fois depuis des semaines, elle n'eut aucun mal à résister à l'attraction de la *saidar*.

Au moment de ce qui aurait été le cœur de la nuit dans le monde extérieur aux Voies, sur une Île, Liandrin mit brusquement pied à terre et annonça qu'elles allaient s'arrêter pour dîner et dormir et qu'il y avait des provisions sur le cheval de bât.

« Partagez-les, ordonna-t-elle sans se soucier d'assigner la tâche à l'une ou à l'autre. Il nous faudra facilement presque deux jours pour atteindre la Pointe de Toman. Je ne veux pas que vous arriviez affamées si vous avez été assez stupides pour ne pas avoir pris vous-mêmes de quoi vous nourrir. »

Elle dessella et entrava avec promptitude sa jument mais, ensuite, elle s'assit sur sa selle et attendit que l'une d'elles la serve.

Elayne apporta à Liandrin sa part de galette de seigle et de fromage. L'Aes Sedai avait marqué ouvertement qu'elle ne tenait pas à leur compagnie, aussi les autres mangèrent-elles galette et fromage un peu à l'écart, assises sur leurs selles qu'elles avaient rapprochées. L'obscurité au-delà de leurs lanternes était un piètre piment pour donner du goût à leur repas.

Au bout d'un temps, Egwene demanda : « Liandrin Sedai, que ferons-nous si nous rencontrons le Vent Noir ? » Min forma le mot avec les lèvres sur le mode interrogatif, mais Elayne laissa échapper un petit cri aigu. « Moiraine Sedai dit qu'il ne peut pas être tué, ni même gravement atteint, et je sens ici cette souillure prête à pervertir tout ce que nous pourrions tenter avec le Pouvoir.

– Évitez même de penser à la Source à moins que je ne vous l'ordonne, répliqua sèchement Liandrin. Voyons, si l'une de vous essayait de canaliser ici, dans les Voies, elle risquerait de devenir aussi folle qu'un homme. Vous n'avez pas la formation nécessaire pour maîtriser la corruption des hommes qui ont bâti ces Voies. Si le Vent Noir survient, je m'en occuperai. » Lèvres serrées, elle examina un bout de fromage blanc. « Moiraine n'en connaît pas autant qu'elle l'imagine. » Avec un sourire, elle projeta dans sa bouche le morceau de fromage.

« Je ne la trouve pas sympathique, murmura Egwene, assez bas pour être sûre de n'être pas entendue par l'Aes Sedai.

– Si Moiraine peut œuvrer en collaboration avec elle, répliqua Nynaeve sur le même ton, nous aussi. Non pas que j'aime Moiraine davantage que Liandrin, mais si elles se mêlent encore de la vie de Rand et des autres... » Elle se plongea dans le silence, remontant sa cape autour d'elle. L'obscurité n'était pas froide mais en donnait l'impression.

« C'est quoi, ce Vent Noir ? » questionna Min. Quand Elayne l'eut expliqué, grâce à ce que sa mère avait dit et à une grande partie de ce qu'Elaida avait raconté, Min soupira. « Le Dessin assume une grave responsabilité. Je ne crois pas qu'aucun homme vaille la peine de s'exposer à pareille épreuve.

– Tu n'étais pas obligée de venir, lui rappela Egwene. Tu n'avais qu'à partir dès que l'envie t'en prenait. Personne n'aurait essayé de t'empêcher de quitter la Tour.

– Oh, j'aurais eu tout loisir de m'en aller par monts et

par vaux, répliqua ironiquement Min. Aussi aisément que toi ou Elayne. Le Dessin ne s'occupe guère de nos désirs personnels. Que se passera-t-il si, après tout ce que tu supportes pour lui, Rand ne t'épouse pas, Egwene ? S'il se marie avec une autre femme que tu n'as encore jamais vue ou avec Elayne ou avec moi ? Alors ? »

Egwene resta un instant silencieuse. Rand risquait de ne pas vivre assez longtemps pour épouser qui que ce soit. Et dans le cas contraire... Elle était incapable de se représenter Rand en train de faire du mal à quelqu'un. *Pas même après être devenu fou ?* Un moyen d'empêcher cette folie, de changer ce dénouement, devait exister ; les Aes Sedai avaient des connaissances tellement immenses, des capacités tellement extraordinaires. *Si elles étaient en mesure de mettre fin à cette folie, pourquoi ne s'en occuperaient-elles pas ?* L'unique réponse était qu'elles ne le pouvaient pas, et ce n'était pas la réponse que souhaitait Egwene.

Elle s'efforça de prendre un ton léger. « Je ne pense pas que je vais l'épouser. Les Aes Sedai se marient rarement, tu sais. N'empêche que je ne jetterais pas mon dévolu sur lui si j'étais toi. Ni toi, Elayne. Je ne crois pas... » Elle s'étrangla d'émotion et elle toussa pour la masquer. « Je crois qu'il ne se mariera jamais. Par contre, s'il le fait, tous mes vœux vont à celle qui s'unira à lui, même l'une de vous. » Elle eut l'impression d'avoir réussi à paraître aussi sincère que si c'était vrai. « Il est entêté comme une mule et son obstination confine à l'idiotie, mais il est la gentillesse même. » Sa voix trembla ; cependant, elle s'arrangea pour transformer son chevrotement en rire.

« Tu as beau dire et répéter que cela t'indiffère, s'exclama Elayne, je suis persuadée que tu serais encore moins d'accord que ma mère. Il est attachant, Egwene. Plus attachant qu'aucun homme de ma connaissance, quand bien même c'est un berger. Serais-tu assez sotte pour le rejeter, tu n'aurais que toi-même à blâmer si je décide de vous tenir tête, à toi aussi bien qu'à maman. Ce ne serait pas la première fois que le Prince d'Andor n'aurait pas de titre de noblesse avant son mariage. Mais tu ne seras pas bête à ce point-là, alors n'essaie pas de nous le faire croire. Tu choisiras sans doute l'Ajah Verte et tu le prendras en tant qu'un de tes Liges. Les seules Vertes que je connais avec un seul Lige sont mariées avec lui. »

Egwene se força à rester dans le ton de la plaisanterie et répliqua qu'au cas où elle entrerait effectivement dans l'Ajah Verte, elle aurait dix Liges.

Min l'observait, les sourcils froncés, et Nynaeve observait Min pensivement. Toutes étaient devenues silencieuses quand elles échangèrent leurs vêtements contre d'autres tirés de leurs fontes et mieux appropriés pour voyager. Ce n'était pas facile de garder sa bonne humeur dans un lieu pareil.

Le sommeil vint lentement pour Egwene, troublé et rempli de cauchemars. Elle rêva non pas de Rand mais de l'homme aux yeux qui étaient de feu. Cette fois, il n'avait pas le visage masqué, et ce visage était horrible avec des brûlures presque guéries. Il se contentait de la regarder et de rire, mais c'était pire que les rêves qui suivirent, les rêves où elle était à jamais perdue dans les Voies, ceux où le Vent Noir la pourchassait. Elle fut soulagée quand la pointe de la botte de Liandrin s'enfonça dans ses côtes pour la réveiller ; elle avait la sensation de n'avoir pas dormi du tout.

Liandrin leur imposa un train d'enfer le jour d'après, ou ce qui passait pour le jour avec leurs seules lanternes comme soleil, n'acceptant de s'arrêter pour dormir que lorsqu'elles vacillèrent sur leur selle. La pierre était un lit dur, ce qui n'empêcha pas Liandrin de les arracher sans pitié au sommeil au bout seulement de quelques heures, et c'est à peine si elle attendit qu'elles montent à cheval pour continuer son chemin. Par des rampes et des ponts, des Îles et des Indicateurs.

Egwene en aperçut une telle quantité dans cette noirceur de poix qu'elle renonça à les compter. Elle avait perdu depuis longtemps la notion des heures ou des jours. Liandrin n'autorisait que de brèves haltes pour manger et laisser reposer les chevaux, et l'obscurité pesait sur leurs épaules. Elles étaient affaissées sur leur selle comme des sacs de blé, sauf Liandrin. L'Aes Sedai semblait insensible à la fatigue ou à la pénombre. Elle était aussi reposée que dans la Tour Blanche et tout aussi froide. Elle ne permettait à personne de jeter un coup d'œil au parchemin qu'elle comparait avec les Indicateurs, le renfonçant dans sa poche avec un sec « Vous n'y comprendriez rien » quand Nynaeve lui posa la question.

Et alors qu'Egwene avait du mal à garder les paupières ouvertes à force de lassitude, voilà que Liandrin s'éloignait d'un Indicateur, non pas vers un autre pont ou une autre rampe mais le long d'une ligne blanche corrodée qui s'enfonçait dans le noir. Egwene regarda ses compagnes d'un air déconcerté, puis toutes se hâtèrent de suivre. En avant, à la clarté de sa lanterne, l'Aes Sedai enlevait déjà la feuille d'*Avendesora* d'entre les sculptures sur une Porte de Voie.

« Nous y sommes, dit Liandrin avec un sourire. Je vous ai enfin amenées là où vous devez aller. »

40. Les Damanes

Egwene avait mis pied à terre pendant que la Porte de la Voie s'ouvrait et, quand Liandrin leur fit signe de la franchir, elle conduisit avec prudence de l'autre côté la jument à la robe épaisse. Même ainsi, aussi bien elle que Béla trébuchèrent sur des broussailles rabattues à plat par les vantaux de pierre dont l'écartement semblait soudain s'effectuer avec une lenteur croissante. Un écran de buissons denses avait entouré et masqué la Porte de la Voie. Il y avait seulement quelques arbres à proximité et une brise matinale faisait bruisser leur feuillage un peu plus coloré que ne l'avaient été les feuilles dans Tar Valon.

Elle regardait ses amies apparaître à sa suite et cela depuis une bonne minute avant de prendre conscience qu'il y avait déjà sur place des gens impossibles à apercevoir de l'intérieur des Voies. Quand elle les remarqua, elle les examina avec incertitude ; ils formaient le groupe le plus étrange qu'elle avait jamais vu et elle n'avait entendu que trop de rumeurs concernant la guerre sur la Pointe de Toman.

Des guerriers cuirassés, cinquante au moins, en armure à plates (les lames d'acier se chevauchant du haut en bas de leur torse) et casque d'un noir mat en forme de tête d'insecte, étaient en selle ou à côté de leurs chevaux, les yeux fixés sur elle et ses compagnes qui sortaient de la Porte de la Voie, échangeant entre eux des propos indistincts. Le seul homme tête nue parmi eux, un grand gaillard au teint sombre, au nez en bec d'aigle, un casque peint et doré posé sur la hanche, avait l'air stupéfait par ce qu'il découvrait. Des femmes aussi se trouvaient à côté des guerriers. Deux étaient habillées d'une simple robe gris foncé, le cou entouré d'un collier d'argent, et elles observaient avec une attention soutenue les jeunes femmes qui sortaient de la Porte de la Voie, chacune avec une autre postée tout près derrière elle comme prête à lui parler à l'oreille. Deux autres, un peu à l'écart, avaient des panneaux brodés d'éclairs arborescents ornant leurs corsages et leurs jupes, lesquelles étaient amples, divisées pour monter à cheval et s'arrêtaient au-dessus de leurs chevilles. La plus étonnante était la dernière qui reposait nonchalamment dans un palanquin porté par huit hommes musclés au torse nu, en large pantalon noir. Les côtés de sa tête étaient rasés de sorte que demeurait seule une épaisse crinière de cheveux noirs qui déferlaient le long de son dos. Une longue tunique couleur crème bordée de fleurs et d'oiseaux dans des ovales bleus était soigneusement disposée pour laisser voir sa jupe plissée blanche, et ses ongles avaient près d'un bon pouce de long, les deux premiers de chaque main laqués de bleu.

« Liandrin Sedai, questionna Egwene avec inquiétude, savez-vous qui sont ces gens ? » Ses amies tortillaient entre leurs doigts la bride de leurs chevaux comme se demandant si elles ne devraient pas les enfourcher et s'enfuir, mais Liandrin replaça la feuille d'*Avendesora* et s'avança d'un pas assuré tandis que les battants de la Porte commençaient à se refermer.

« La Haute et Puissante Dame Suroth », dit Liandrin d'un ton à mi-chemin entre l'interrogation et l'affirmation.

L'occupante du palanquin esquissa un hochement de tête minimal. « Vous êtes Liandrin. » Elle escamotait les syllabes de telle façon qu'Egwene mit un moment à la comprendre. « Aes Sedai », ajouta Suroth avec un certain rictus, et un murmure monta du groupe des guerriers. « Nous devons en finir vite ici, Liandrin. Il y a des patrouilles et il ne faudrait pas qu'on nous trouve. Vous ne prendriez pas plus que moi plaisir aux attentions des Chercheurs de Vérité. J'ai l'intention d'être de retour à Falme avant que Turak sache que j'en étais partie.

– De quoi parlez-vous ? s'exclama Nynaeve d'un ton impératif. De quoi parle-t-elle, Liandrin ? »

Liandrin posa une main sur l'épaule de Nynaeve et

l'autre sur celle d'Egwene. « Voici les deux qui vous ont été annoncées. Et il s'y ajoute une autre. » Elle eut un mouvement de tête vers Elayne. « C'est la Fille-Héritière d'Andor. »

Les deux femmes aux broderies en forme de zébrures d'éclair approchaient du groupe arrêté devant la Porte de la Voie – Egwene remarqua qu'elles tenaient des rouleaux d'une espèce de fil de métal argenté – et le guerrier nu-tête vint avec elles. Il ne tendit pas la main vers la poignée de l'épée saillant au-dessus de son épaule et il avait un sourire détaché, ce qui n'empêcha pas Egwene de le surveiller de près. Liandrin ne présentait aucun signe d'inquiétude ; sinon Egwene aurait aussitôt sauté en selle sur Béla.

« Liandrin Sedai, dit-elle d'une voix pressante, qui sont ces gens ? Sont-ils ici pour aider aussi Rand et les autres ? »

L'homme au nez crochu empoigna soudain Min et Elayne par le cou et, dans la seconde qui suivit, tout sembla se produire à la fois. L'homme proféra violemment un juron et une femme hurla, ou peut-être plus d'une ; Egwene n'aurait pas su le dire. Brusquement la brise se transforma en souffle de tempête qui emporta au loin les cris de colère de Liandrin dans les nuages de poussière et de feuilles mortes et fit se courber les arbres en gémissant. Les chevaux se cabrèrent avec des hennissements aigus. Et l'une des femmes allongea le bras pour attacher quelque chose autour du cou d'Egwene.

Sa cape claquant comme une voile de navire, Egwene se campa pour résister au vent et tira sur ce qui ressemblait à un collier de métal lisse. Lequel refusa de céder ; sous ses doigts fébriles, il donnait l'impression d'être d'une seule pièce, bien qu'elle sût qu'il devait avoir une sorte de fermeture. Les rouleaux de fil argenté que portait cette femme traînaient maintenant par-dessus l'épaule d'Egwene, son autre extrémité rejoignant un bracelet brillant sur le poignet gauche de la femme. Serrant le poing, Egwene l'abattit de toute sa force sur cette femme, droit dans l'œil – et trébucha puis tomba elle-même à genoux, la tête bourdonnante.

Quand elle eut recouvré la vue, le vent s'était apaisé. Un certain nombre de chevaux erraient à l'aventure, Béla et la jument d'Elayne parmi eux, et des soldats tombés sur le sol juraient en se relevant. Liandrin brossait calmement sa robe pour la débarrasser de la poussière et des feuilles. Min se redressa sur ses mains, s'efforçant en chancelant de se remettre debout. L'homme au nez en bec d'aigle se tenait au-dessus d'elle, du sang dégoulinant de sa main. Le poignard de Min gisait par terre juste hors de sa portée, la lame rougie d'un côté. Nynaeve et Elayne n'étaient visibles nulle part, et la jument de Nynaeve avait disparu aussi. De même une partie des guerriers et deux des quatre femmes. Les deux autres étaient toujours là, et Egwene s'aperçut alors qu'elles étaient reliées par une corde d'argent exactement comme celle qui l'unissait à la femme debout au-dessus d'elle.

Celle-ci se frottait la joue quand elle s'accroupit à côté d'Egwene ; une marque se dessinait déjà autour de son œil gauche. Avec ses longs cheveux noirs et ses grands yeux bruns, elle était jolie et avait peut-être dix ans de plus que Nynaeve. « Votre première leçon », déclara-t-elle d'un ton doctoral. Il n'y avait pas d'animosité dans sa voix, mais une note qui ressemblait presque à de la bienveillance. « Je ne vous punirai pas davantage cette fois-ci, puisque j'aurais dû rester sur mes gardes avec une *damane* qui venait d'être capturée. Apprenez ceci. Vous êtes une *damane*, une Porteuse-de-laisse, et je suis une *sul'dam*, une Teneuse-de-la-Laisse. Quand la *damane* et la *sul'dam* sont jointes, tout mal ressenti par la *sul'dam* l'est deux fois plus violemment par la *damane*. Même jusqu'à en mourir. Il faut donc vous souvenir que vous ne devez jamais attaquer d'aucune manière une *sul'dam*, et vous devez protéger votre *sul'dam* encore plus que vous-même. Je suis Renna. Comment vous appelle-t-on ?

– Je ne suis pas... ce que vous dites », marmotta Egwene. Elle tira de nouveau sur le collier ; il ne céda pas plus qu'avant. Elle songea à assommer cette femme et à essayer de lui arracher le bracelet mais y renonça. Même si les guerriers ne tentaient pas de l'en empêcher – et jusqu'à présent ils semblaient ne prêter aucune attention à elle et à Renna – elle avait le sentiment démoralisant que cette femme disait la vérité. Toucher son œil gauche provoquait une grimace, elle ne le sentait pas enflé, alors peut-être n'avait-elle pas de marque pareille à celle de Renna, mais il était douloureux. Son œil gauche et l'œil gauche de Renna. Elle éleva la voix. « Liandrin Sedai, pourquoi les laissez-vous faire ça ? » Liandrin se frottait les mains l'une contre l'autre pour les nettoyer, sans regarder une seconde dans sa direction.

« La première chose que vous devez apprendre, déclara Renna, est à faire exactement ce qu'on vous ordonne et sans délai. »

Egwene eut un hoquet de stupeur. Sa peau lui donnait soudain l'impression de s'être enflammée et d'être parcourue de démangeaisons comme si elle s'était roulée dans des orties, depuis la plante des pieds jusqu'au sommet du crâne. La sensation de brûlure augmenta et elle secoua la tête en tout sens.

« Beaucoup de *sul'dams*, poursuivit Renna sur ce ton quasi amical, ne croient pas que les *damanes* devraient être autorisées à avoir un nom, ou du moins le devraient être seulement à porter celui qui leur est attribué. Toutefois, je suis celle qui vous a capturée, alors je serai en charge de votre entraînement et je vais vous autoriser à garder votre propre nom. Si vous ne me causez pas trop de déplaisir. En ce moment, je suis légèrement mécontente de vous. Désirez-vous réellement continuer jusqu'à ce que je sois en colère ? »

Frémissante, Egwene serra les dents. Ses ongles s'enfoncèrent dans ses paumes dans un effort pour ne pas se lancer dans une attaque sauvage. « Egwene, réussit-elle à dire. Egwene al'Vere. » Aussitôt la démangeaison cuisante disparut. Elle relâcha un long souffle tremblant.

« Egwene, répéta Renna. Voilà un joli nom. » Et à l'horreur d'Egwene, Renna lui tapota la tête comme à un chien.

C'est cela, elle le comprit, qu'elle avait décelé dans la voix de cette femme – une certaine disposition d'esprit favorable envers un chien à dresser, pas grand-chose à voir avec la bienveillance qu'on éprouve envers un autre être humain.

Renna gloussa de rire. « Vous voilà encore plus en colère. Si vous avez de nouveau l'intention de me frapper, rappelez-vous de ne donner qu'un coup léger, car vous le ressentirez deux fois plus fort que moi. N'essayez pas de canaliser ; cela, vous ne devrez jamais le faire sans mon ordre formel. »

L'œil d'Egwene la lancinait. Elle s'appuya sur ses bras pour se relever et s'efforça d'oublier Renna, autant qu'il est possible d'ignorer quelqu'un qui tient une laisse attachée à un collier autour de votre cou. Ses joues devinrent brûlantes quand l'autre gloussa de nouveau de rire. Elle aurait aimé aller vers Min, mais la longueur de la laisse que lui allouait Renna n'était pas suffisante. Elle appela à mi-voix : « Min, tu n'as rien ? »

S'asseyant lentement sur ses talons, Min hocha la tête, puis y porta la main comme si elle regrettait de l'avoir bougée.

La foudre crépita, traçant un éclair en zigzag dans le ciel pur, puis frappa les arbres qui se trouvaient non loin de là. Egwene sursauta et subitement sourit. Nynaeve était encore libre, ainsi qu'Elayne. Si quelqu'un pouvait les libérer, elle et Min, c'était bien Nynaeve. Son expression souriante fit place à un regard fulgurant dardé sur Liandrin. Quelle que fût la raison pour laquelle l'Aes Sedai les avait trahies, il y aurait expiation. *Un jour. D'une manière ou d'une autre.* Le regard foudroyant fut peine perdue ; Liandrin ne détournait pas les yeux du palanquin.

Les hommes au torse nu s'étaient agenouillés pour déposer le palanquin sur le sol et Suroth en descendait, défroissant sa tunique avec soin, puis s'approchait de Liandrin en plaçant précautionneusement ses pieds chaussés de pantoufles souples. Les deux femmes avaient à peu près la même stature. Les yeux bruns regardaient droit dans les yeux noirs.

« Vous deviez m'en amener deux, dit Suroth. À la place, je n'en ai qu'une tandis que deux courent la campagne, et dont l'une est de loin bien plus puissante que je n'avais été induite à le croire. Elle attirera tous ceux des nôtres qui patrouillent à deux lieues à la ronde.

– Je vous en ai amené trois, répliqua Liandrin d'un ton serein. Si vous n'êtes pas capable de les garder, peut-être notre maître trouvera-t-il quelqu'un d'autre parmi vous pour le servir. Vous tremblez pour des vétilles. Si des patrouilles arrivent, tuez-les. »

Un éclair zigzagua de nouveau à mi-distance et quelques secondes plus tard éclata comme un grondement de tonnerre non loin de l'endroit où la foudre était tombée ; un nuage de poussière s'éleva dans les airs. Ni Liandrin ni Suroth ne s'en préoccupèrent.

« Je pourrais encore revenir à Falme avec deux nouvelles *damanes*, déclara Suroth. Cela me peine de permettre à une... Aes Sedai » – à la façon dont elle prononça ces mots on aurait dit des termes grossiers – « de s'en aller librement ».

L'expression de Liandrin ne changea pas, mais Egwene vit soudain un halo lumineux autour d'elle.

« Attention, Puissante Dame, cria Renna. Elle est prête ! »

Il y eut du remue-ménage parmi les guerriers, leurs mains se portant vers les épées et les lances, mais Suroth se contenta de joindre le bout des doigts en château, souriant à Liandrin par-dessus ses ongles démesurés. « Vous ne tenterez rien contre moi, Liandrin. Notre maître désapprouverait, comme je suis sûrement plus nécessaire ici que vous, et vous le redoutez davantage que d'être transformée en *damane*. »

Liandrin sourit, ce qui n'empêcha pas la colère de marquer ses joues de taches blanches. « Et vous, Suroth, le craignez davantage que d'être réduite ici même en cendres par moi.

– Exactement. Nous le redoutons l'une et l'autre. Cependant, même les besoins de notre maître se modifient avec le temps. Toutes les *marath'damanes* finiront par être mises en laisse. Peut-être serai-je celle qui placera le collier autour de votre jolie gorge.

– Comme vous le dites, Suroth. Les nécessités de notre maître changeront. Je vous le rappellerai le jour où vous vous agenouillerez devant moi. »

Une haute lauréole à peut-être moins d'un quart de lieue se métamorphosa soudain en torche de feu ronflant.

« Voilà qui devient agaçant, commenta Suroth. Elbar, rappelez-les. » L'homme au profil aquilin prit un cor pas plus gros que son doigt ; lequel rendit un son rauque et perçant.

« Il faut que vous rattrapiez cette femme qui s'appelle Nynaeve, dit Liandrin sèchement. Elayne n'a pas d'importance, mais la femme et cette jeune fille qui est ici doivent être emmenées avec vous sur vos navires quand vous mettrez à la voile.

– Je connais parfaitement les ordres, *marath'damane*, encore que je serais prête à donner beaucoup pour en connaître la raison.

– Ce qui vous a été confié, enfant, ironisa Liandrin, est ce que vous êtes autorisée à savoir. Rappelez-vous que vous servez et obéissez. Ces deux-là doivent être transportées de l'autre côté de l'Océan d'Aryth et y être gardées. »

Suroth eut un reniflement dédaigneux. « Je ne veux pas m'attarder ici pour cette Nynaeve. Je ne serais plus d'aucune utilité à notre maître si Turak me livrait aux Chercheurs de la Vérité. » Liandrin ouvrit la bouche pour répliquer avec colère, mais Suroth ne lui accorda pas le temps de proférer un mot. « Cette femme ne demeurera pas libre longtemps. Ni l'autre non plus. Quand nous repartirons, nous embarquerons dans nos vaisseaux toute femme de cette minable langue de terre capable de tant soit peu canaliser, et elle portera laisse et collier. Si vous avez envie de rester pour chercher cette Nynaeve, ne vous gênez pas. Des patrouilles vont bientôt arriver, dans l'intention de livrer bataille à la racaille qui se cache encore dans la campagne. Certaines patrouilles se font accompagner de *damanes* et elles se soucient peu du maître que vous servez. Même si vous parvenez à survivre au combat, laisse et collier vous enseigneront une nouvelle sorte d'existence et je ne crois pas que notre maître se préoccupe de délivrer une femme assez stupide pour qu'on la capture.

– Si l'une ou l'autre a la possibilité de demeurer ici, répliqua Liandrin d'une voix tendue, notre maître s'en prendra à vous, Suroth. Mettez la main sur elles ou assumez les conséquences. » Le poing crispé sur les rênes de sa jument, elle s'éloigna à grands pas vers la Porte de la Voie. Dont les battants se rabattaient bientôt derrière elle.

Les guerriers qui étaient partis en quête de Nynaeve et d'Elayne revinrent au galop avec les deux femmes reliées par laisse, collier et bracelet, la *damane* et la *sul'dam* chevauchant botte à botte. Trois hommes conduisaient des chevaux avec des corps jetés en travers de leur selle. Egwene ressentit un sursaut d'espoir quand elle se rendit compte que tous les cadavres portaient une armure.

Min voulut se redresser, mais l'homme au nez en bec d'aigle planta sa botte entre ses omoplates et la projeta à plat ventre. Haletante, elle se tortilla faiblement sur le sol. « J'implore la permission de parler, Puissante Dame », dit-il. Suroth fit un léger signe de la main et il poursuivit : « Cette paysanne m'a blessé, Puissante Dame. Si la Puissante Dame n'a pas besoin d'elle... » Suroth esquissa de nouveau un petit geste, tournant déjà les talons, et il porta la main par-dessus son épaule pour empoigner son épée.

« Non ! » cria Egwene. Elle entendit Renna jurer tout bas et, soudain, la démangeaison brûlante s'empara de sa peau, plus insupportable qu'avant, mais cela ne l'arrêta pas. « Je vous en prie, Puissante Dame, s'il vous plaît ! C'est mon amie ! » Une souffrance comme elle n'en avait jamais enduré de pareille la ravagea en même temps que la brûlure. Tous ses muscles se nouèrent et se bloquèrent ; elle tomba face contre terre, poussant des petits cris plaintifs, mais elle voyait toujours la lourde lame incurvée d'Elbar se dégager du fourreau, voyait Elbar la brandir à deux mains. « Je vous en prie ! Oh, Min ! »

Brusquement, la souffrance disparut comme si elle n'avait jamais existé. Seul en demeurait le souvenir. Les pantoufles en velours bleu de Suroth, maintenant maculées de poussière, apparurent devant son visage, mais c'est Elbar qu'elle regardait. Il se tenait là l'épée brandie au-dessus de sa tête et tout son poids pesant d'un pied sur le dos de Min... et il ne bougeait pas.

« Cette paysanne est votre amie ? » questionna Suroth.

Egwene s'apprêtait à se relever mais, devant le haussement de sourcils surpris de Suroth, elle resta couchée comme elle était et souleva seulement la tête. Il fallait qu'elle sauve Min. *Si cela implique de me prosterner...* Elle entrouvrit les lèvres et espéra que ses dents serrées passeraient pour un sourire. « Oui, Puissante Dame.

– Et si je l'épargne, si je l'autorise à vous rendre visite de temps à autre, vous travaillerez avec zèle et apprendrez ce qui vous est enseigné ?

– Oui, Puissante Dame. » Elle aurait promis bien davantage pour empêcher cette épée de fendre le crâne de Min. *Je tiendrai ma promesse aussi longtemps qu'il le faudra,* pensa-t-elle amèrement.

« Mettez cette jeune fille sur son cheval, Elbar, ordonna Suroth. Au cas où elle ne pourrait pas se tenir en selle, attachez-la. Si cette *damane* se révèle décevante, peut-être alors vous laisserai-je avoir la tête de la jeune fille. » Elle se dirigeait déjà vers son palanquin.

Renna remit Egwene sur pied avec rudesse et la poussa vers Béla, mais Egwene ne regardait que Min. Elbar ne s'y prenait pas avec Min plus doucement que Renna ne la traitait, elle, mais elle conclut que Min n'était pas blessée. Du moins Min évinça-t-elle d'un haussement d'épaules la tentative d'Elbar pour la ligoter en travers de sa selle et elle enfourcha son hongre avec juste un peu d'aide.

Le singulier cortège s'ébranla en direction de l'ouest, Suroth en tête et Elbar légèrement en retrait de son palanquin mais assez près pour répondre aussitôt à un appel. Renna et Egwene chevauchaient en queue avec Min et les autres *sul'dams et damanes*, derrière les guerriers. La femme qui avait apparemment eu l'intention de passer un collier autour du cou de Nynaeve tripotait le rouleau de laisse d'argent qu'elle avait toujours en main, l'air furieux. Des bois clairsemés couvraient les ondulations de terrain et la fumée de la lauréole en feu ne fut bientôt plus qu'une tache dans le ciel derrière eux.

« C'est un honneur pour vous que la Puissante Dame vous parle, dit Renna au bout d'un moment. Une autre fois, je vous aurais laissé porter un ruban pour marquer cet honneur, mais puisque vous avez attiré son attention sur vous... »

Egwene poussa un cri. Elle avait l'impression qu'une baguette cinglait son dos, puis une autre sa jambe, son bras. Les coups semblaient venir de toutes les directions ; elle savait qu'il n'y avait rien à parer, pourtant elle ne put s'empêcher d'agiter les bras comme pour arrêter les coups. Elle se mordit la lèvre afin d'étouffer ses gémissements, néanmoins des larmes continuaient à rouler sur ses joues. Béla hennit et dansa sur place, mais la prise serrée de Renna sur la laisse d'argent l'empêcha d'emporter Egwene. Pas un guerrier ne daigna se retourner.

« Qu'est-ce que vous lui faites ? cria Min. Egwene ? Arrêtez ça !

– Vous êtes en vie par tolérance... Min, c'est bien ce nom-là ? dit Renna d'un ton tranquille. Que ce soit pour vous aussi une leçon. Cela ne cessera pas tant que vous essaierez de vous interposer. »

Min leva un poing, puis le laissa retomber. « Je ne me mêlerai de rien, seulement, je vous en prie, cessez. Egwene, je suis désolée. »

Les coups invisibles continuèrent encore pendant quelques minutes, comme pour démontrer à Min que son intervention n'avait eu aucun effet, puis s'interrompirent, mais Egwene fut incapable de maîtriser son tremblement. Cette fois-ci, la souffrance n'avait pas disparu. Elle retroussa la manche de sa robe, pensant voir des marques de cinglure ; sa peau ne portait aucune trace, mais la sensation des coups demeurait. Elle déglutit : « Ce n'était pas ta faute, Min. » Béla encensa, roulant les yeux, et Egwene caressa le cou hirsute de la jument. « Ce n'était pas la tienne non plus.

– La faute en revenait à vous, Egwene », dit Renna. Elle avait un ton tellement patient, une manière tellement bienveillante de traiter quelqu'un de trop bête pour se montrer raisonnable qu'Egwene eut envie de hurler. « Quand une *damane* est punie, c'est toujours sa faute, même si elle ne sait pas pourquoi. Une *damane* doit devancer les désirs de sa *sul'dam*. Néanmoins, cette fois-ci vous savez pourquoi. Les *damanes* sont comme du mobilier ou l'équivalent d'outils, toujours prêtes à être utilisées mais ne se mettant jamais en avant pour attirer l'attention. Surtout pas l'attention de quelqu'un du Sang. »

Egwene se mordit la lèvre jusqu'à sentir le goût de son propre sang. *C'est un cauchemar. Impossible que ce soit réel. Pourquoi Liandrin a-t-elle fait ça ? Pourquoi cela arrive-t-il ?* « Est-ce que... puis-je poser une question ?

– Certes à moi vous le pouvez, dit Renna en souriant. Bien des *sul'dams* porteront votre bracelet au cours des années – il y a toujours beaucoup plus de *sul'dams* que de *damanes* – et certaines vous déchiquetteront la peau en lanières si vous levez les yeux ou ouvrez la bouche sans permission, mais je ne vois aucune raison de ne pas vous laisser parler, pour autant que vous prenez garde à ce que vous dites. » Une des autres *sul'dams* ricana ouvertement ; elle était reliée à une jolie femme brune d'âge mûr qui tenait les yeux fixés sur ses mains.

« Liandrin... » – Egwene ne voulait pas lui donner son titre honorifique, plus jamais désormais – « ... et la Puissante Dame ont parlé d'un maître qu'elles servent toutes deux. » Dans son esprit s'imposa l'image d'un homme que des cicatrices de brûlure presque guéries défiguraient, et dont les yeux et la bouche se transformaient parfois en brasier mais, ne serait-il même qu'un personnage dans ses rêves, c'était trop horrible à envisager. « Qui est-il ? Que veut-il de moi et de... de Min ? » Elle savait bien qu'éviter de parler de Nynaeve était idiot – elle ne pensait pas qu'aucun de ces gens l'oublierait simplement parce que son nom n'était pas mentionné, en particulier la *sul'dam* aux yeux bleus qui caressait sa laisse inutilisée – mais c'est le seul moyen de se rebeller qui lui vint en tête sur le moment.

« Il ne m'appartient pas de m'occuper des affaires du Sang, répliqua Renna, et à vous moins encore. La Puissante Dame me dira ce qu'elle désire que je connaisse, et je vous dirai ce que je souhaite que vous connaissiez. Quoi que ce soit d'autre que vous entendez ou voyez doit être pour vous comme si cela n'avait jamais été dit, comme si ce n'était jamais arrivé. Voilà comment sauvegarder sa sécurité, tout spécialement pour une *damane*. Les *damanes* sont trop précieuses pour être tuées sans autre forme de procès, mais vous risqueriez de vous trouver non seulement sévèrement punie mais aussi moins une langue pour parler ou des mains pour écrire. Les *damanes* peuvent faire ce qu'elles doivent sans cela. »

Egwene frissonna, bien que l'air ne fût pas très froid. En resserrant sa cape autour de ses épaules, sa main effleura la laisse et elle la tirailla spasmodiquement. « Voilà quelque chose d'horrible. Comment peut-on infliger ça à un être humain ? Quel esprit malade en a jamais eu l'idée ? »

La *sul'dam* aux yeux bleus avec la laisse inutile grommela : « Celle-ci pourrait déjà se passer de sa langue, Renna. »

Renna se contenta de sourire avec patience. « En quoi est-ce horrible ? Pourrions-nous laisser en liberté quelqu'un qui est capable de faire ce que fait une *damane* ? Parfois naissent des hommes qui seraient des *marath'damanes* s'ils étaient nés femmes – c'est la même chose ici, à ce que j'ai entendu dire – et ils doivent être tués, naturellement, mais les femmes ne perdent pas la raison. Mieux vaut pour elles devenir *damanes* que susciter des troubles en luttant pour le pouvoir. Quant à l'esprit qui a eu le premier l'idée de l'*a'dam*, c'est celui d'une femme qui se disait Aes Sedai. »

Egwene comprit qu'une expression d'incrédulité s'était peinte sur son visage, car Renna éclata de rire.

« Quand Luthair Paendrag Mondwin, fils de l'Aile-de-Faucon, a affronté pour la première fois les Armées de la Nuit, il en a découvert beaucoup parmi celles qui se disaient Aes Sedai. Elles rivalisaient entre elles pour conquérir la suzeraineté et usaient du Pouvoir Unique sur le champ de bataille. L'une d'elles nommée Deain, a cru que ce serait pour elle un atout de se rallier à l'Empereur – ce qu'il n'était pas encore, évidemment – puisqu'il n'avait pas d'Aes Sedai dans ses armées et elle est allée le trouver avec un dispositif qu'elle avait imaginé, le premier *a'dam*, attaché au cou d'une de ses Sœurs. Cette Sœur ne voulait pas servir Luthair, mais l'*a'dam* l'exigeait d'elle. Deain a créé d'autres *a'dams*, les premières *sul'dams* ont été découvertes, et des femmes capturées qui se disaient Aes Sedai se sont aperçues qu'elles n'étaient en réalité que des *marath'damanes*, Celles qui doivent être Enchaînées. On raconte que lorsqu'elle-même a été mise en laisse, les hurlements de Deain ont ébranlé les Tours de Minuit mais, évidemment, elle aussi était une *marath'damane* et on ne peut pas permettre à des *marath'dames* de rester en liberté. Peut-être serez-vous une de celles qui ont la faculté de créer des *a'dams*. Si c'est le cas, vous serez choyée, vous pouvez m'en croire. »

Egwene balaya d'un regard d'envie la campagne qu'elles traversaient. Le terrain commençait à s'élever en collines basses et la forêt clairsemée s'était réduite à des bosquets épars, mais Egwene était certaine de pouvoir s'y dissimuler.

« Suis-je censée me réjouir à la perspective d'être choyée comme un chien favori ? dit-elle amèrement. À la perspective d'une vie entière enchaînée à des hommes et des femmes qui me prennent pour une espèce d'animal ?

– Pas à des hommes. » Renna eut un gloussement de rire. « Les *sul'dams* sont toutes des femmes. Si un homme passait ce bracelet à son poignet, la plupart du temps cela ne donnerait pas plus de résultat que si le bracelet était suspendu à une patère fixée sur un mur.

– Et quelquefois, ajouta âprement la *sul'dam* aux yeux bleus, les deux meurent en hurlant. » Cette femme avait des traits anguleux et une bouche serrée aux lèvres minces, et Egwene se rendit compte que la colère était de toute évidence son expression permanente. « De temps à autre, l'Impératrice s'amuse avec des seigneurs en les reliant à une *damane*. Cela terrorise les seigneurs et amuse la Cour des Neuf Lunes. Le seigneur ne sait jamais avant la fin s'il va vivre ou mourir, et la *damane* non plus. » Elle eut un rire haineux.

« Seule l'Impératrice peut se permettre de gaspiller des *damanes* de pareille façon, Alwhin, riposta sèchement Renna, et je n'ai pas l'intention d'entraîner cette *damane* rien que pour qu'elle soit jetée au rebut.

– Je n'ai pas constaté le moindre entraînement

jusqu'ici, Renna. Il y a seulement beaucoup de bavardages, comme si vous et cette *damane* étiez amies d'enfance.

– Peut-être le moment est-il venu de vérifier ce dont elle est capable, répliqua Renna en étudiant Egwene. Avez-vous déjà une maîtrise suffisante pour canaliser à cette distance ? » Elle désigna du doigt un grand chêne solitaire au sommet d'une colline.

Egwene regarda en plissant les paupières l'arbre, à un quart ou un cinquième de lieue du trajet suivi par les guerriers et le palanquin de Suroth. Elle ne s'était jamais exercée sur quelque chose de guère plus éloigné que le bout de son bras, mais elle pensa que ce serait possible. « Je ne sais pas, déclara-t-elle.

– Essayez, ordonna Renna. Prenez conscience de l'arbre. Prenez conscience de la sève dans l'arbre. Je veux que vous la rendiez non seulement brûlante mais encore tellement brûlante que chaque goutte de sève dans chaque branche se transforme instantanément en vapeur. Allez-y. »

Egwene éprouva un choc en se découvrant une envie pressante d'agir comme l'avait commandé Renna. Elle n'avait pas canalisé, ni même n'était entrée en contact avec la *saidar* depuis deux jours ; le désir de s'emplir du Pouvoir Unique la fit frissonner. « Je... » – le temps d'un demi-battement de cœur, elle rejeta le « ne veux pas », les zébrures qui ne se voyaient pas brûlaient encore trop pour qu'elle soit stupide à ce point-là – « ... ne peux pas, dit-elle à la place. C'est tellement loin et je n'ai jamais rien fait de ce genre-là. »

Une des *sul'dams* éclata d'un rire bruyant et Alwhin commenta : « Elle n'a même pas essayé. »

Renna secoua la tête presque avec tristesse. « Quand on a été *sul'dam* assez longtemps, dit-elle à Egwene, on apprend à connaître bien des choses sur une *damane* même sans le bracelet mais, avec le bracelet, on peut toujours savoir si une *damane* a essayé de canaliser. Vous ne devez jamais me mentir, ni à moi ni à aucune *sul'dam*, ne jamais vous écarter de la vérité pas même de l'épaisseur d'un cheveu. »

Soudain, les cravaches invisibles furent de retour, la frappant partout. Poussant un cri, elle tenta de frapper Renna, mais la *sul'dam* écarta son poing d'un geste négligent et Egwene eut la sensation d'avoir reçu de

Renna un coup de bâton sur le bras. Elle enfonça ses talons dans les flancs de Béla, mais la *sul'dam* tenait si fermement la laisse qu'elle faillit être désarçonnée. Avec l'énergie du désespoir, elle chercha à atteindre la *saidar*, dans l'intention de frapper Renna suffisamment pour qu'elle cesse, juste le genre de correction qu'elle-même avait dû subir. La *sul'dam* secoua la tête avec une grimace sardonique ; Egwene hurla en sentant subitement sa propre peau ébouillantée. Ce n'est pas avant qu'elle ait renoncé totalement à la *saidar* que la brûlure commença à s'atténuer, alors que la volée de coups invisibles ne s'interrompait ni ne ralentissait. Elle s'efforça de crier qu'elle allait essayer si seulement Renna s'arrêtait, mais elle ne réussit qu'à émettre des piaillements aigus en se tordant de douleur.

Elle se rendit vaguement compte que Min s'exclamait avec colère et tentait de la rejoindre, qu'Alwhin lui arrachait les rênes des mains, qu'une autre *sul'dam* donnait un ordre bref à sa *damane* qui tourna les yeux vers Min. Alors Min hurla à son tour, battant des bras comme pour s'efforcer de parer des coups ou d'écarter des insectes piquants. Dans les affres où elle-même se débattait, celles de Min semblaient lointaines.

Elles criaient assez fort à elles deux pour que quelques-uns des guerriers se retournent sur leur selle. Après un coup d'œil, ils rirent et reprirent leur assiette de marche. La façon dont les *sul'dams* traitent les *damanes* ne les concernait pas.

Pour Egwene, cela sembla durer éternellement mais, enfin, ce fut terminé. Elle gisait affalée faiblement sur sa selle, les joues trempées de larmes, sanglotant dans la crinière de Béla. La jument hennissait doucement avec nervosité.

« C'est bien que vous ayez du caractère, commenta Renna avec calme. Les meilleures *damanes* sont celles qui ont un caractère à dresser et à modeler. »

Egwene ferma hermétiquement les yeux. Elle aurait aimé pouvoir clore aussi ses oreilles pour ne plus entendre la voix de Renna. Il faut que je m'enfuie. *Il le faut, mais comment ? Nynaeve, aidez-moi. Ô Lumière, faites que quelqu'un vienne à mon secours.*

« Vous serez une des meilleures », conclut Renna avec des accents de satisfaction. Sa main caressa les cheveux d'Egwene, du geste d'une maîtresse flattant son chien.

Nynaeve se pencha en dehors de sa selle pour chercher à voir de l'autre côté de l'écran de buissons aux feuilles épineuses. Son regard rencontra des arbres éparpillés, certains avec des feuilles virant aux couleurs d'automne. Les étendues d'herbe et de broussailles entre eux semblaient désertes. Rien ne bougeait pour autant qu'elle pouvait le distinguer, à l'exception de la colonne de fumée en train de se disperser qui montait de la lauréole et qui oscillait dans la brise.

C'était son œuvre, cela, la lauréole, et la foudre qui avait jailli une fois d'un ciel serein, y compris quelques autres astuces qu'elle n'avait songé à tenter que lorsque ces deux femmes les avaient essayées contre elle. Elle se dit qu'elles devaient œuvrer ensemble d'une manière ou d'une autre, sans arriver à comprendre la relation de l'une par rapport à l'autre, les deux étant unies par une laisse. L'une portait un collier, mais la seconde était aussi effectivement enchaînée qu'elle. Ce dont Nynaeve était certaine, c'est que l'une ou les deux étaient des Aes Sedai. Elle ne les avait jamais aperçues assez nettement pour distinguer l'aura entourant traditionnellement la personne qui canalise, mais il devait y en avoir une.

Ma foi, je serais ravie de parler d'elles à Sheriam, songea-t-elle ironiquement. *Tiens donc, les Aes Sedai n'utilisent pas le Pouvoir comme arme, vraiment?*

En tout cas, elle l'avait fait. Elle avait au moins jeté à terre ces deux femmes avec le coup de foudre et elle avait vu l'un des guerriers, ou plutôt son corps, s'enflammer au contact de la boule de feu qu'elle avait créée et lancée sur eux. Par contre, voilà un certain temps qu'elle n'avait plus aperçu aucun de ces inconnus.

La sueur perlait sur son front et ne provenait pas entièrement de la fatigue. Son contact avec la *saidar* avait disparu et elle était incapable de le rétablir. Dans le premier accès de colère en découvrant que Liandrin les avait trahies, la *saidar* était apparue presque avant qu'elle s'en rende compte, le Pouvoir Unique la submergeant. Elle avait eu l'impression d'être capable de réaliser n'importe quoi. Et aussi longtemps qu'on l'avait pourchassée, la rage d'être traquée comme une bête sauvage l'avait soutenue. Maintenant ses poursuivants s'étaient évanouis dans la nature. Plus elle passait de temps sans voir d'ennemis sur qui frapper, plus elle s'était mise à craindre qu'ils ne lui tombent dessus par surprise d'une manière ou d'une autre, et plus elle avait le loisir de se demander avec inquiétude ce qu'il advenait d'Egwene, d'Elayne et de Min. À présent, elle était forcée de reconnaître que son sentiment dominant était la peur. Peur pour elles, peur pour elle-même. C'est de colère qu'elle avait besoin.

Quelque chose remua derrière un arbre.

La respiration lui manqua et elle tâtonna à la recherche de la *saidar*, mais tous les exercices que Sheriam et les autres lui avaient enseignés, toutes les corolles dépliant leurs pétales dans son esprit, tous les ruisseaux imaginaires qu'elle contenait comme entre des berges, n'y faisaient rien. Elle la sentait, sentait la Source, mais elle ne parvenait pas à établir le contact avec elle.

Elayne sortit de derrière l'arbre, prudemment ramassée sur elle-même, et les muscles de Nynaeve se détendirent de soulagement. La robe de la Fille-Héritière était terreuse et déchirée, sa chevelure dorée était un enchevêtrement de boucles et de feuilles, ses yeux aux aguets étaient aussi dilatés que ceux d'un faon effrayé, mais elle tenait d'une main ferme son poignard à courte lame. Nynaeve rassembla ses rênes et sortit du couvert.

Elayne eut un sursaut convulsif, puis sa main se porta à sa gorge et elle aspira une grande bouffée d'air. Nynaeve descendit de cheval et les deux jeunes femmes s'étreignirent, réconfortées de s'être retrouvées.

« Pendant un moment, dit Elayne quand elles finirent par se séparer, j'ai cru que vous étiez... Savez-vous où ils sont ? Il y avait deux hommes qui me suivaient. Quelques minutes de plus et ils me rattrapaient, mais un cor a sonné et ils ont tourné bride et filé au galop. J'étais bien visible, Nynaeve, et ils sont partis, sans plus.

– J'ai entendu aussi ce cor et je n'ai pas rencontré un seul guerrier depuis. Avez-vous vu Egwene ou Min ? »

Elayne secoua la tête en se laissant choir sur le sol où elle s'assit. « Pas depuis... Cet homme a frappé Min, il l'a assommée. Et une de ces femmes s'efforçait de passer quelque chose autour du cou d'Egwene. C'est tout ce que j'ai aperçu avant de m'enfuir. Je ne crois pas qu'elles se soient échappées, Nynaeve. J'aurais dû tenter quelque chose. Min a planté son couteau dans la main qui m'agrippait, et Egwene... Je me suis simplement mise à courir, Nynaeve. Je me suis rendu compte que j'étais libre et je me suis enfuie. Maman serait sage d'épouser Gareth Bryne et d'avoir une autre fille aussi vite que possible. Je ne suis pas digne de monter sur le trône.

– Ne jouez pas les sottes, riposta Nynaeve. Rappelez-vous que j'ai un paquet de racines de langue-de-mouton parmi mes herbes. » Elayne avait la tête dans les mains ; la taquinerie ne provoqua même pas un murmure. « Écoutez-moi, mon petit. M'avez-vous vue rester pour combattre vingt ou trente hommes armés, pour ne rien dire des Aes Sedai ? Si vous aviez attendu, le plus probable et de beaucoup c'est que vous seriez prisonnière aussi. En admettant qu'ils ne vous aient pas simplement tuée. Ils avaient l'air, je ne sais trop pourquoi, de s'intéresser à Egwene et à moi. Cela leur aurait peut-être été égal que vous soyez demeurée en vie ou non. » *Pourquoi s'intéressent-ils à Egwene et à moi ? Pourquoi à nous en particulier ? Pourquoi Liandrin a-t-elle fait ça ? Pourquoi ?* Elle n'avait pas plus de réponse maintenant qu'elle n'en avait eu la première fois qu'elle s'était posé ces questions.

« Si j'étais morte en essayant de les secourir..., commença Elayne.

– ... vous seriez morte. Et cela ne servirait pas à grand-chose, ni à vous ni à elles. Maintenant, debout et secouez la poussière de votre robe. » Nynaeve fouilla dans ses fontes à la recherche d'une brosse à cheveux. « Et recoiffez-vous. »

Elayne se releva lentement et prit la brosse avec un petit rire. « À vous entendre, on croirait écouter ma vieille nourrice Lini. » Elle commença à passer la brosse dans ses cheveux avec une grimace à chaque nœud qui résistait. « Mais comment allons-nous les secourir, Nynaeve ? Vous êtes aussi forte qu'une Sœur professe quand vous êtes en colère, mais elles aussi ont des femmes capables de canaliser. Je n'arrive pas à croire qu'elles sont des Aes Sedai, n'empêche qu'elles en sont peut-être. Nous ne savons même pas dans quelle direction on les a emmenées.

– À l'ouest, répliqua Nynaeve. Cette créature de malheur Suroth a mentionné Falme et c'est aussi loin à l'ouest que l'on puisse se rendre sur la Pointe de Toman. Nous irons à Falme. J'espère que Liandrin y est. Je lui ferai maudire le jour où sa mère a posé les yeux sur son père. Mais d'abord je crois que mieux vaut nous procurer des costumes du pays. J'ai vu des Tarabonaises et des Domaines à la Tour et leurs vêtements ne ressemblent en rien à ce que nous portons. À Falme, on repérerait tout de suite que nous sommes des étrangères.

– Cela m'est égal de mettre une robe domanie – quoique maman piquerait sûrement une crise si jamais elle l'apprenait et Lini m'en rebattrait les oreilles jusqu'à la fin des temps – mais même si nous trouvons un village, avons-nous les moyens d'acheter de nouvelles robes ? Je n'ai aucune idée de la somme que vous avez, mais je n'ai que dix marcs d'or et peut-être le double en pièces d'argent. Cela nous durera deux ou trois semaines, seulement je ne sais pas comment nous nous débrouillerons ensuite.

– Quelques mois de noviciat à Tar Valon ne vous ont pas fait cesser de raisonner comme l'héritière d'un trône, commenta Nynaeve en riant. Je ne possède pas le dixième de ce que vous avez mais, au total, cela subviendra à notre entretien confortablement pendant deux ou trois mois. Plus longtemps encore, si nous sommes économes. Je n'ai pas l'intention de nous acheter des robes et en tout état de cause elles ne seront pas neuves. Ma robe de soie grise nous sera assez utile avec toutes ces perles et ce fil d'or. Si je ne découvre pas une femme qui nous troquera contre cette robe deux ou trois vêtements de rechange pour chacune de nous, je vous donne cet anneau et je serai la novice. »

Elle sauta d'un bond en selle et tendit la main pour hisser Elayne derrière elle.

« Qu'allons-nous faire quand nous arriverons à Falme ? questionna Elayne en se calant sur la croupe de la jument.

– Je l'ignore tant que nous n'y serons pas. » Nynaeve marqua un temps, laissant leur monture immobile. « Êtes-vous sûre que vous avez envie de venir ? Ce sera dangereux.

– Plus dangereux que pour Egwene et Min ? Elles iraient à notre recherche si les circonstances étaient inversées ; j'en suis sûre. Allons-nous passer le reste de la journée ici ? »

Nynaeve fit tourner leur monture jusqu'à ce que le soleil qui n'avait pas encore atteint tout à fait son zénith brille dans leur dos. « Il faudra nous montrer prudentes.

Les Aes Sedai que nous connaissons peuvent reconnaître une femme capable de canaliser sans s'approcher plus près qu'à bout de bras. Ces Aes Sedai sont en mesure de nous repérer dans une foule si elles nous recherchent et mieux vaut pour nous supposer que c'est le cas. » *Elles étaient bien en quête d'Egwene et de moi. Mais pourquoi ?*

« Oui, de la prudence. Ce que vous disiez tout à l'heure était juste, également. Nous ne leur serons d'aucune utilité si nous nous laissons capturer aussi. » Elayne demeura un instant silencieuse. « Pensez-vous que c'était tout des mensonges, Nynaeve ? Ce qu'a raconté Liandrin à propos de Rand, qu'il était en danger ? Et les autres ? Les Aes Sedai ne mentent pas. »

Ce fut au tour de Nynaeve de garder le silence, tandis qu'elle se remémorait la voix de Sheriam lui parlant des vœux prononcés par la femme élevée au rang de professe, des vœux prononcés à l'intérieur d'un *ter'angreal* qui l'obligeait à les respecter. *Ne pas proférer un mot qui ne soit vrai.* C'était une chose, mais tout le monde savait que la vérité dite par une Aes Sedai risquait fort de ne pas être la vérité qu'on pensait avoir entendue. « Je parie qu'à cette minute même Rand se chauffe les pieds devant la cheminée du Seigneur Agelmar à Fal Dara », répliqua-t-elle. *Je n'ai pas le temps de me tracasser pour lui maintenant. Il faut que je m'occupe d'Egwene et de Min.*

« Je le suppose », acquiesça Elayne avec un soupir. Elle modifia sa position sur la croupe de la jument, derrière la selle. « Comme le chemin jusqu'à Falme risque d'être très long, j'espère que j'aurai place sur la selle pour la moitié du trajet. Ceci n'est pas un siège très confortable. Nous n'atteindrons jamais Falme si vous laissez cette jument aller constamment à son pas. »

Nynaeve éperonna du talon la jument qui partit à un trot relevé, Elayne poussa un petit cri de surprise et se cramponna au manteau de Nynaeve. Celle-ci se dit qu'elle prendrait son tour pour chevaucher en croupe sans se plaindre si Elayne lançait leur monture au galop, mais la plupart du temps elle ne prêta pas attention aux halètements de sa passagère qui rebondissait derrière elle. Elle était trop occupée à espérer que, d'ici qu'elles arrivent à Falme, elle cesserait d'avoir peur et commencerait à être en colère.

41. Dissensions

Le tonnerre grondait sourdement dans le ciel de l'après-midi sombre comme de l'ardoise. Rand ramena en avant le capuchon de sa cape, avec l'espoir d'éviter au moins un peu de la pluie glacée. Le Rouge avançait avec persévérance au milieu des flaques boueuses. L'étoffe imprégnée d'eau pendait autour de la tête de Rand, comme le reste de son manteau sur ses épaules, et sa belle tunique noire était tout aussi mouillée et froide. La température n'aurait pas à baisser beaucoup pour que neige ou grésil se substituent à la pluie. La neige ne tarderait pas à faire de nouveau son apparition ; les gens du village qu'ils avaient traversé disaient qu'il y en avait déjà eu deux chutes cette année. Frissonnant, Rand regrettait presque que ce ne soit pas des flocons qui tombent. Alors au moins ne serait-il pas trempé jusqu'aux os.

La colonne cheminait péniblement, sans cesser d'observer avec méfiance la campagne accidentée. Le Hibou Gris d'Ingtar tombait en plis de plomb même sous les coups de bourrasque. Hurin rejetait parfois son capuchon en arrière pour flairer le vent ; il disait que ni la pluie ni le froid n'avaient d'effet sur une piste, en aucun cas sur le genre de piste qu'il suivait, mais jusqu'à présent le Flaireur n'avait rien décelé. Derrière lui, Rand entendait Uno jurer entre ses dents. Loial ne cessait de tâter ses sacoches ; se retrouver imbibé d'eau semblait sans importance pour lui-même, mais il s'inquiétait continuellement pour ses livres. Tout un chacun était abattu à l'exception de Vérine, apparemment trop absorbée dans ses réflexions pour remarquer que sa capuche avait glissé en arrière, exposant son visage à la pluie.

« Ne pouvez-vous rien pour changer le temps ? » la pria Rand d'un ton pressant. Une petite voix dans sa tête lui disait qu'il était capable de s'en charger lui-même. Il n'avait besoin que d'accueillir le *saidin*. Si attirant, l'appel du *saidin*. Être envahi par le Pouvoir Unique, ne faire qu'un avec l'orage. Changer les cieux en voûte ensoleillée, ou enfourcher la tempête déchaînée et la fouailler jusqu'à la furie afin qu'elle ravage sur son passage toute la Pointe de Toman depuis l'océan jusqu'à la plaine. Embrasser le *saidin*. Il réprima avec rudesse ce désir poignant.

L'Aes Sedai sursauta. « Comment ? Oh. Oui, je suppose. Un peu. Il ne m'est pas possible de refouler une perturbation atmosphérique de cette importance, pas à moi seule – elle sévit sur une trop grande étendue – mais je pourrais la réduire un peu. Où nous nous trouvons, du moins. » Elle essuya la pluie sur sa figure, parut s'apercevoir enfin que son capuchon avait glissé et le rabattit en avant machinalement.

« Alors pourquoi ne le faites-vous pas ? » dit Mat. Le visage était celui d'un agonisant, mais sa voix était vigoureuse.

« Parce que si j'utilisais ce qu'il faut du Pouvoir Unique, n'importe quelle Aes Sedai à moins de quatre lieues à la ronde saurait que quelqu'un a canalisé. Pas besoin d'attirer vers nous ces Seanchans avec quelques-unes de leurs *damanes*. » Ses lèvres se pincèrent de colère.

Ils avaient recueilli des bribes de renseignements sur les envahisseurs dans cette bourgade appelée le Moulin d'Atuan, encore que la majorité de ce qu'ils avaient appris ait suscité plus de questions qu'apporté de réponses. Les villageois avaient parlé d'abondance pendant un moment, puis soudain refermé la bouche en tremblant et en regardant par-dessus leur épaule. Ils mouraient tous de peur que les Seanchans reviennent avec leurs monstres et leurs *damanes*. Que des femmes qui auraient dû être révérées en tant qu'Aes Sedai soient tenues en laisse comme des animaux avait terrifié ces paysans encore plus que les créatures étranges commandées par les Seanchans, des êtres de cauchemar d'après la façon dont les décrivaient les habitants du Moulin d'Atuan en baissant la voix jusqu'au murmure. Et pire encore les exemples qu'avaient faits les Seanchans avant de partir glaçaient encore ces gens jusqu'à la moelle. Ils avaient enterré leurs morts, mais ils avaient peur de nettoyer le vaste emplacement charbonneux sur la place du village. Aucun d'entre eux n'avait voulu dire ce qui s'était passé là, mais Hurin avait vomi dès que leur petite troupe avait pénétré dans le village et il avait refusé d'approcher ce bout de terrain carbonisé.

Le Moulin d'Atuan avait été à moitié déserté. Certains s'étaient enfuis à Falme, avec l'idée que les Seanchans seraient moins cruels dans une ville qu'ils tenaient bien en main, et d'autres avaient pris la direction de l'est. D'autres encore disaient en être tentés. On se battait sur la Plaine d'Almoth, les Tarabonais guerroyant contre les Domanis à ce qu'on racontait, mais les maisons et les granges qui brûlaient là-bas avaient été incendiées par des torches allumées de main d'homme. Même une guerre était plus facile à affronter que ce que les Seanchans avaient commis, que ce qu'ils pouvaient commettre.

« Pourquoi Fain a-t-il apporté le Cor ici ? » marmonna Perrin. La question avait été posée par chacun d'eux à un moment ou à l'autre, et personne n'avait trouvé de réponse. « Il y a la guerre, et ces Seanchans avec leurs montures. Pourquoi ici ? »

Ingtar se retourna sur sa selle pour les regarder. Son expression était presque aussi hagarde que celle de Mat. « On trouve toujours des hommes qui voient une chance de tourner à leur avantage la confusion qui règne pendant une guerre. Fain est de ceux-là. Nul doute qu'il pense à voler de nouveau le Cor, cette fois au Ténébreux, et à l'utiliser pour son profit personnel.

– Le Père des Mensonges ne forge jamais des plans simples, objecta Vérine. Il pourrait fort bien vouloir que Fain apporte ici le Cor pour une raison connue seulement dans le Shayol Ghul.

– Des monstres », commenta Mat avec un ricanement sarcastique. Il avait à présent les joues creuses, les yeux enfoncés dans les orbites. Que sa voix ait la vigueur de la santé rendait le contraste encore pire. « Ils ont vu des Trollocs ou un Évanescent, si vous voulez mon idée. Hein, pourquoi pas ? Si les Seanchans font combattre pour eux des Aes Sedai, pourquoi pas des Évanescents et des Trollocs ? » Il s'aperçut que Vérine le regardait d'un œil sévère et il tiqua. « Eh bien quoi, c'est ce qu'elles sont, en laisse ou pas. Elles canalisent et cela en fait des Aes Sedai. » Il jeta un coup d'œil à Rand et éclata d'un rire saccadé. « Et toi aussi, que la Lumière nous vienne à tous en aide. »

Masema qui les avait précédés revenait au galop dans la boue, sous la pluie diluvienne. « Un autre village en avant, mon Seigneur », annonça-t-il en s'arrêtant à côté d'Ingtar. Son regard passa sur Rand et se porta ailleurs, mais ses paupières s'étaient plissées. « Il est désert, mon Seigneur. Pas d'habitants, pas de Seanchans, absolument personne. Les maisons ont toutes l'air en bon état, enfin excepté deux ou trois qui... ma foi, elles n'existent plus, mon Seigneur. »

Ingtar leva la main pour signaler de prendre le trot.

Le village découvert par Masema s'étageait sur les pentes d'une colline, avec une place pavée au sommet et une enceinte de pierre. Les maisons étaient en pierre, toutes avec un toit plat et quelques-unes hautes de plus d'un étage. Trois qui avaient été plus vastes, d'un côté de la place, n'étaient plus que des masses de décombres noircis ; des fragments de pierre éclatée et de poutres étaient éparpillés sur la place. Quelques volets claquaient quand soufflait une bourrasque.

Ingtar mit pied à terre devant le seul grand bâtiment encore debout. L'enseigne grinçante au-dessus de sa porte arborait une femme jonglant avec des étoiles, mais aucun nom ; la pluie s'écoulait de chaque côté en un double flot dru. Vérine se hâta d'entrer tandis qu'Ingtar prenait la parole.

« Uno, fouillez toutes les maisons. S'il reste des gens, peut-être nous renseigneront-ils sur ce qui s'est passé et, avec un peu de chance, nous en diront davantage sur ces Seanchans. Et s'il y a des provisions de bouche, apportez-les aussi. Et des couvertures. » Uno hocha la tête et se mit à distribuer des ordres à ses hommes. Ingtar se tourna vers Hurin. « Que sentez-vous ? Fain est-il venu par ici ? »

Hurin secoua la tête en se frottant le nez. « Pas lui, mon Seigneur, et pas les Trollocs non plus. Ceux qui ont fait ça ont néanmoins laissé une puanteur. » Il désigna les débris qui avaient été des demeures. « Il y a eu tuerie, mon Seigneur. Des gens étaient là-dedans.

– Ces Seanchans, grommela Ingtar. Ragan, dénichez quelque chose qui serve d'écurie pour les chevaux. »

Vérine avait déjà allumé du feu dans les deux vastes cheminées, situées chacune à une extrémité opposée de la salle commune, et présentait ses mains à la flamme devant l'une d'elles, son manteau trempé étalé en travers d'une des tables disséminées sur le carrelage. Elle avait aussi déniché une poignée de chandelles qui, plantées dans leur propre suif, brûlaient à présent sur une table. Le vide et le silence, à part de temps en temps le grondement sourd du tonnerre, se conjuguaient avec les ombres vacillantes pour donner à la salle une atmosphère de caverne. Rand jeta sur une table sa cape et sa tunique, aussi gorgées d'eau l'une que l'autre, et rejoignit Vérine. Seul Loial semblait s'intéressait davantage à examiner l'état de ses livres qu'à se réchauffer.

« Nous ne récupérerons jamais le Cor de Valère de cette façon, déclara Ingtar. Trois jours depuis que... depuis que nous sommes arrivés ici », – il frissonna et se passa la main vigoureusement dans les cheveux ; Rand se demanda ce que ce seigneur du Shienar avait vu dans ses autres vies – « au moins encore deux pour atteindre Falme, et nous n'avons pas aperçu la moindre trace de Fain ou d'Amis du Ténébreux. Les villages sont nombreux le long de la côte. Il a pu se rendre dans n'importe lequel et s'embarquer, à présent. Si même il est venu ici.

– Il est ici, répliqua Vérine avec calme, et il est allé à Falme.

– Et il y est encore », ajouta Rand. *Qui m'attend. Ô Lumière, fais qu'il continue à attendre.*

« Hurin n'a toujours pas capté le moindre effluve venant de lui », répliqua Ingtar. Le Flaireur haussa les épaules comme s'il se sentait responsable de cet échec. « Pourquoi choisirait-il Falme ? S'il faut en croire ces villageois, Falme est aux mains des Seanchans. Je donnerais mon meilleur limier pour savoir qui sont ces Seanchans et d'où ils viennent.

– Qui ils sont n'a pas d'importance pour nous. » Vérine s'agenouilla et ouvrit ses sacoches de selle pour en tirer des vêtements secs. « Du moins avons-nous des chambres où nous changer, bien que cela ne serve pas à grand-chose tant que le temps ne s'améliore pas. Ingtar, c'est parfaitement possible que les gens du village nous aient dit la vérité, et qu'il s'agit bien des descendants des armées d'Artur Aile-de-Faucon qui sont de retour. L'important, c'est que Padan Fain est parti pour Falme. Les graffitis dans le cachot de Fal Dara...

– ... ne mentionnaient aucunement Fain. Pardonnez-moi, Aes Sedai, mais pourquoi ne serait-ce pas une blague autant qu'une prophétie ténébreuse ? Je ne suis nullement persuadé que même des Trollocs seraient assez stupides pour nous informer de tous leurs faits et gestes avant qu'ils les aient accomplis. »

Elle tourna le buste pour le regarder. « Et quelles sont vos intentions, si vous ne tenez pas compte de mon avis ?

– Prendre possession du Cor de Valère, riposta Ingtar d'un ton ferme. Pardonnez-moi, mais je dois en croire mon jugement personnel plutôt que quelques mots gribouillés par un Trolloc...

– Un Myrddraal, sûrement », murmura Vérine, mais Ingtar poursuivit sans s'arrêter pour l'écouter :

« ... ou un Ami du Ténébreux qui se trahirait par sa propre bouche. Je me propose de quadriller le terrain jusqu'à ce que Hurin sente une piste ou que nous mettions la main sur Fain lui-même. Il faut que j'aie le Cor, Vérine Sedai. Il le faut !

– Ce n'est pas une façon de parler, dit à mi-voix Hurin. Il n'y a pas de “ il faut, il faut ” qui tienne. Ce qui doit arriver arrivera. » Personne ne lui prêta attention.

« Nous avons tous un devoir à remplir, murmura Vérine en scrutant l'intérieur de ses fontes, toutefois certaines choses peuvent revêtir encore plus d'importance. »

Elle n'ajouta rien, mais Rand esquissa une grimace. Il mourait d'envie de se soustraire à ses allusions et coups de patte. *Je ne suis pas le Dragon Ressuscité. Par la lumière, comme j'aimerais pouvoir échapper complètement aux Aes Sedai.* « Ingtar, je pense que je vais continuer jusqu'à Falme. Fain est là-bas – j'en suis certain – et si je n'arrive pas bientôt il... il attirera une catastrophe sur le Champ d'Emond. » Il n'avait pas encore mentionné cette menace.

Ils le dévisagèrent tous, Mat et Perrin les sourcils froncés, inquiets mais réfléchissant ; Vérine comme si elle venait de découvrir une nouvelle pièce s'insérant dans un puzzle. Loial avait l'air stupéfait et Hurin déconcerté. Ingtar était ouvertement incrédule. Il questionna : « Pourquoi le ferait-il ?

– Je l'ignore, mentit Rand, mais c'était une partie du message qu'il a confié à Barthanes.

– Et Barthanes a dit que Fain se rendait à Falme ? dit ironiquement Ingtar. Non. Peu importe qu'il l'ait dit. » Il eut un rire amer. « Les Amis du Ténébreux mentent comme ils respirent.

– Rand, déclara Mat, si je savais comment empêcher Fain de nuire au Champ d'Emond, je le ferais. Si j'étais sûr qu'il en ait l'intention. Mais j'ai besoin de ce poignard, Rand, et celui qui a le plus de chances de le découvrir, c'est Hurin.

– Je vous accompagnerai, quelle que soit votre destination, Rand », déclara à son tour Loial. Il avait fini de s'assurer que ses livres étaient secs et enlevait sa tunique dégoulinante. « Cependant, je ne vois pas ce que quelques jours de plus ou de moins changeront à la situation, à présent. Essayez d'agir avec un peu moins de précipitation, pour une fois.

– Peu importe d'aller à Falme aujourd'hui ou plus tard, ou de ne jamais y mettre les pieds, dit Perrin avec un haussement d'épaules, mais si Fain menace réellement le Champ d'Emond... eh bien, Mat a raison. Hurin demeure notre seul moyen de le localiser.

– Je le peux, Seigneur Rand, confirma Hurin. Que je le flaire une fois et je vous mène droit à lui. Jamais rien d'autre n'a laissé une piste comme la sienne.

– C'est à vous de décider, conclut Vérine d'une voix mesurée, mais rappelez-vous que Falme est aux mains d'envahisseurs dont nous ne savons toujours pratiquement rien. Si vous allez seul à Falme, vous risquez de vous retrouver prisonnier, ou pire, et cela n'aura servi à rien. Je suis sûre que quel que soit votre choix ce sera le bon.

– *Ta'veren* », dit Loial de sa voix de basse.

Rand abandonna la partie.

Uno entra, venant de la place, secouant sa cape pour la débarrasser des gouttes de pluie. « Pas une fichue âme par ici, pas plus que sur le dos de ma main, mon Seigneur. M'a tout l'air qu'ils ont fichu le camp comme des marcassins. Le bétail a disparu, et il ne reste pas non plus une seule fichue charrette ou un seul chariot. La moitié des maisons sont dépouillées jusqu'à leur foutue porte. Je parierais ma paie du mois prochain qu'on pourrait les suivre par le sacré mobilier qu'ils ont jeté sur le bord de la route quand ils se sont rendu compte que cela ne servait qu'à alourdir leurs foutus véhicules.

– Et les vêtements ? » questionna Ingtar.

Uno cligna de surprise son œil unique. « Rien qu'une poignée de nippes, mon Seigneur. Principalement ce qu'ils n'ont pas jugé valoir la sacrée peine d'emporter.

– Il faudra s'en contenter. Hurin, j'ai l'intention de vous déguiser, vous et quelques autres, en gens du pays, autant d'entre vous que cela sera possible, afin que vous ne vous fassiez pas remarquer. Je veux que vous ratissiez largement le pays au nord et au sud, jusqu'à ce que vous croisiez la piste. »

D'autres guerriers entraient ; ils se rassemblèrent tous autour d'Ingtar et de Hurin pour écouter.

Rand appuya les mains sur la tablette de la cheminée au-dessus de l'âtre et plongea son regard dans les flammes. Elles lui rappelèrent les yeux de Ba'alzamon. « Il ne reste pas grand temps, dit-il. J'ai l'impression que... quelque chose m'attire vers Falme et que le temps va manquer. » Il vit que Vérine l'observait et il ajouta d'un ton âpre : « Pas ça. C'est Fain que je dois trouver. Rien à voir avec... ça. »

Vérine hocha la tête. « La Roue tisse selon son bon plaisir et nous sommes tous insérés dans le Dessin. Fain séjourne ici depuis des semaines avant nous, peut-être des mois. Quelques jours de plus n'apporteront pas grande différence dans ce qui se produira.

– Je vais essayer de dormir un peu, marmotta-t-il en ramassant ses sacoches. Ils n'ont sûrement pas emporté tous les lits. »

À l'étage, il découvrit effectivement des lits, par contre quelques-uns seulement avaient encore un matelas mais avec tellement de bosses qu'il se dit que dormir par terre serait peut-être plus confortable. Finalement, il choisit un lit dont le matelas était seulement creusé au milieu. Il n'y avait rien d'autre dans la pièce, à part une chaise en bois et une table branlante.

Il ôta ses vêtements humides, enfila une chemise et des chausses sèches avant de s'étendre, étant donné l'absence de draps et de couvertures, et accota son épée près de la tête du lit. Il songea ironiquement que la seule chose sèche susceptible de lui servir de couvre-pieds était la bannière du Dragon ; il la laissa bien à l'abri bouclée dans sa sacoche.

La pluie tambourinait sur le toit, le tonnerre grondait au-dessus de sa tête et, de temps en temps, un éclair illuminait les fenêtres. Frissonnant, il se retournait comme une crêpe sur le matelas, à la recherche d'une position confortable pour s'étendre, se demandant si finalement il n'allait pas prendre la bannière comme couverture, s'interrogeant s'il devait continuer jusqu'à Falme.

Il se retourna sur l'autre côté et Ba'alzamon était là debout près de la chaise, tenant dans ses mains la longueur blanc pur de la bannière du Dragon. La chambre semblait plus sombre à cet endroit, comme si Ba'alzamon se dressait au bord d'une nuée de fumée noire huileuse. Son visage était craquelé de brûlures presque cicatrisées et Rand vit ses yeux noirs comme poix disparaître, remplacés par des cavernes sans fond emplies de feu. Les fontes de Rand gisaient à ses pieds, les boucles défaites, le rabat de celle où avait été cachée la bannière rejeté en arrière.

« Le moment approche, Lews Therin. Mille fils de tissage se resserrent et bientôt tu seras lié et pris au piège, obligé de suivre une voie dont tu ne pourras pas te détourner. La folie. La mort. Avant de mourir, vas-tu tuer encore une fois tout ce que tu aimes ? »

Rand jeta un coup d'œil vers la porte, mais il se borna à s'asseoir au bord du lit. À quoi bon essayer de fuir le Ténébreux ? Il avait l'impression que sa gorge était emplie de sable. « Je ne suis pas le Dragon, Père des Mensonges ! » dit-il d'une voix rauque.

L'obscurité derrière Ba'alzamon tourbillonna et des fournaises rugirent tandis que Ba'alzamon éclatait de rire. « Tu m'honores. Et te déprécies toi-même. Je te connais trop bien. Je t'ai affronté mille fois. Mille fois mille. Je te connais jusqu'au tréfonds de ton âme pitoyable, Lews Therin Meurtrier-des-Tiens. » Il rit de nouveau ; Rand éleva une main en écran devant sa figure pour se protéger de la chaleur exhalée par cette bouche en feu.

« Que voulez-vous ? Je ne vous servirai pas. Je ne ferai rien de ce que vous désirez. Plutôt mourir !

– Tu mourras, espèce de larve ! Combien de fois es-tu mort au cours des Âges, imbécile, et qu'est-ce que cette mort t'a apporté ? La tombe est froide et solitaire, à part les vers. La tombe m'appartient. Cette fois, il n'y aura pas de renaissance pour toi. Cette fois, la Roue du Temps sera brisée et le monde refaçonné à l'image de l'Ombre. Cette fois, ta mort durera toujours ! Que choisiras-tu ? La mort à jamais ? Ou la vie éternelle... et la puissance ! »

Rand se rendit compte qu'il était debout. Le vide l'avait enveloppé, le *saidin* était là, et le Pouvoir Unique affluait en lui. Ce fait rompit presque le vide. Était-ce réel ? Était-ce un rêve ? Pouvait-il canaliser dans un rêve ? Mais le torrent qui l'envahissait balaya ses doutes. Il le lança sur Ba'alzamon, lança le Pouvoir Unique pur, la force qui faisait tourner la Roue du Temps, une force capable d'enflammer les océans et de broyer les montagnes.

Ba'alzamon recula d'un demi-pas, serrant l'étendard dans ses mains crispées devant lui. Du feu jaillit dans sa bouche et ses yeux énormes, puis l'obscurité parut l'envelopper d'ombre. De l'Ombre. Le Pouvoir sombra dans cette brume noire et disparut, absorbé comme de l'eau sur du sable sec.

Rand se concentra pour aspirer le *saidin*, pour en attirer encore et encore. Sa chair semblait glacée au point de paraître prêtre à éclater en morceaux au moindre contact ; elle brûlait à croire qu'elle allait bouillir et se dissiper en buée. Ses os lui donnaient l'impression de se réduire en froide cendre cristalline. Il s'en moquait ; c'était comme de boire la vie même.

« Imbécile ! rugit Ba'alzamon. Tu vas te détruire ! »

Mat. La pensée se formula quelque part au-delà du flot qui le consumait. *Le poignard. Le Cor. Fain. Le Champ d'Emond. Je ne peux pas mourir encore.*

Il n'aurait pas su dire comment il s'y était pris, mais soudain le Pouvoir n'était plus là, non plus que le *saidin*, et le vide. Secoué de frissons incoercibles, il tomba à genoux à côté du lit, serrant ses bras autour de lui dans un vain effort pour arrêter leur tremblement.

« Ah, c'est mieux, Lews Therin. » Ba'alzamon jeta la bannière sur le sol et posa les mains sur le dossier de la chaise ; des volutes de fumée s'élevèrent entre ses doigts. L'ombre ne l'enveloppait plus. « Voici ta bannière, Meurtrier-des-Tiens. Grand bien t'en fasse. Mille fils tendus depuis mille années t'ont attiré ici. Dix mille tissés à travers les siècles te ligotent comme un mouton prêt pour l'abattoir. La Roue elle-même te retient prisonnier de ton sort siècle après siècle. Mais je peux te libérer. Espèce de chien couchant, moi seul dans le monde entier peux t'enseigner comment exercer le Pouvoir. Moi seul peux l'empêcher de te tuer avant que tu ne coures le risque de devenir fou. Moi seul peux barrer la route à la folie. Tu m'as servi auparavant. Sers-moi de nouveau, Lews Therin, ou sois détruit à jamais !

– Mon nom, réussit à proférer Rand entre ses dents qui claquaient, est Rand al'Thor. » Ses frissons l'obligèrent à fermer hermétiquement les yeux et, quand il les rouvrit, il était seul.

Ba'alzamon avait disparu. L'ombre avait disparu. Ses sacoches de selle étaient appuyées contre la chaise, leurs boucles attachées et un côté gonflé par la masse de la bannière du Dragon, exactement comme il les avait laissées. Par contre, sur le dossier de la chaise, des vrilles de fumée montaient encore au-dessus des empreintes de doigt creusées par le feu.

42. Falme

Nynaeve repoussa Elayne dans l'étroite venelle entre la boutique d'un marchand d'étoffes et l'étalage d'un potier quand les deux femmes reliées par une laisse d'argent arrivèrent à leur hauteur, descendant la rue pavée en cailloutis dans la direction du port de Falme. Elles n'osaient pas se laisser approcher de trop près par ces deux femmes. Les gens qui se trouvaient dans la rue s'effaçaient devant ces deux-là encore plus vite que devant les guerriers seanchans, ou le palanquin de quelque noble qui passait de temps en temps, drapé d'épais rideaux maintenant que les journées étaient froides. Même les artistes des rues n'offrirent pas de dessiner leur portrait aux pastels ou au crayon, alors qu'ils harcelaient tous les autres passants. La bouche de Nynaeve se serra tandis que son regard suivait la *sul'dam* et la *damane* à travers la foule. Même après des semaines dans la ville, ce spectacle la rendait malade. Peut-être encore plus malade maintenant. Elle était incapable de s'imaginer faisant cela à une autre femme, pas même à Moiraine ou à Liandrin.

Ma foi, peut-être bien à Liandrin, s'avoua-t-elle, morose. Parfois la nuit, dans la petite chambre malodorante que les deux voyageuses avaient louée au-dessus de la boutique d'un poissonnier, elle songeait à ce qu'elle aimerait faire à Liandrin quand elle lui mettrait la main dessus. À Liandrin plus encore qu'à Suroth. Elle avait été choquée plus d'une fois par sa propre cruauté, tout en étant enchantée de son esprit inventif.

Alors qu'elle s'efforçait encore de ne pas perdre de

vue les femmes à la laisse d'argent, ses yeux furent attirés par un homme osseux plus bas dans la rue, avant que les remous de la foule ne le dissimulent de nouveau. Elle n'avait eu qu'un aperçu d'un gros nez dans un visage en lame de couteau. Il portait une riche tunique en velours bronze de coupe seanchane par-dessus ses vêtements, mais elle pensa qu'il n'était pas un Seanchan, au contraire du serviteur qui le suivait, et un serviteur de haut rang, avec une tempe rasée. Les gens du pays n'avaient pas adopté les modes seanchanes, celle-ci en particulier. *On croirait Padan Fain*, se dit-elle, incrédule. *Impossible. Pas ici.*

« Nynaeve, suggéra tout bas Elayne, ne pourrions-nous continuer notre chemin maintenant ? Ce bonhomme qui vend des pommes regarde son éventaire comme s'il pensait qu'il en avait davantage tout à l'heure et je ne voudrais pas qu'il se demande ce que j'ai dans mes poches. »

Elles étaient habillées l'un et l'autre d'un long manteau en peau de mouton avec la toison tournée à l'intérieur et des spirales rouge vif brodées sur la poitrine. C'était un costume paysan, mais il convenait fort bien pour Falme, où beaucoup de gens provenaient de fermes et de villages. Parmi tant d'étrangers, les deux avaient pu se fondre dans la masse. Nynaeve avait dénatté ses cheveux ; quant à son anneau d'or, le serpent se mordant la queue, il était maintenant niché sous sa robe à côté du lourd anneau de Lan sur le lien de cuir autour de son cou.

Les grandes poches du manteau d'Elayne s'arrondissaient en saillies suspectes.

« Vous avez volé ces pommes ? chuchota Nynaeve très bas, d'un ton réprobateur, en entraînant Elayne dans la rue bondée. Elayne, nous n'avons pas besoin de voler. Pas encore, du moins.

– Non ? Combien d'argent nous reste-t-il ? Vous avez “ manqué d'appétit ” très souvent à l'heure des repas ces quelques derniers jours.

– Je n'ai pas faim, voilà tout » riposta Nynaeve en essayant de ne pas penser au creux de son estomac. La vie coûtait considérablement davantage qu'elle ne s'y était attendue ; elle avait entendu les gens du pays se plaindre de la montée des prix depuis l'arrivée des Seanchans. « Donnez-m'en une. » La pomme qu'Elayne extirpa de sa poche était petite et dure mais s'écrasa avec une délicieuse saveur quand Nynaeve mordit dedans. Elle lécha le jus qui coulait sur ses lèvres. « Comment vous y êtes-vous prise pour... » Elle arrêta Elayne d'une secousse et la dévisagea avec attention. « Est-ce que vous... ? Est-ce que vous... ? » Elle ne parvenait pas à trouver moyen de le formuler au milieu d'un tel flot de passants autour d'elles, mais Elayne comprit.

« Rien qu'un peu. J'ai fait tomber ce tas de vieux melons talés et quand il s'est mis à les rempiler... » Elle n'eut même pas la décence – du point de vue de Nynaeve – de rougir ou de paraître gênée. Elle croquait une des pommes avec insouciance et haussa les épaules. « Inutile de me toiser avec cet air furibond. Je me suis assurée qu'il n'y avait pas de *damanes* à proximité. » Elle eut un reniflement de dédain. « Si j'étais prisonnière, je n'aiderais pas ceux qui me retiennent captive à trouver d'autres femmes pour les réduire en esclavage. Pourtant, à la manière dont les Falmais se conduisent, on croirait qu'ils sont les serviteurs dévoués à tout jamais de ceux qui devraient être leurs ennemis jurés. » Elle regarda autour d'elle, visiblement méprisante, les gens qui se hâtaient ; on pouvait suivre l'itinéraire de n'importe quel Seanchan, même de simples guerriers et même de loin, par les ondulations des bustes s'inclinant dans une révérence. « Ces gens devraient résister. Ils devraient rendre coup pour coup.

– Comment ? Contre... ça ? »

Elles furent obligées de se ranger sur le côté de la rue comme tous les autres parce qu'une patrouille de Seanchans approchait, remontant du port. Nynaeve réussit l'inclination rituelle – les mains sur les genoux, le visage astreint à exprimer une expression d'un calme parfait. Elayne se montra plus lente et exécuta son salut avec une moue dédaigneuse.

La patrouille comptait vingt femmes et hommes revêtus d'armure et en selle sur des chevaux, ce pour quoi Nynaeve éprouva un sentiment de soulagement. Elle ne parvenait pas à s'habituer à voir des gens chevaucher ce qui ressemblait à des chats à écailles couleur de bronze et dépourvus de queue, et un cavalier perché sur une des bêtes volantes suffisait toujours à lui donner le vertige ; elle était contente que leur nombre soit aussi restreint. Toutefois, deux créatures au bout d'une longe trottaient à côté de la patrouille, pareilles à des oiseaux sans ailes, à la peau épaisse comme du cuir et des becs pointus plus hauts au-dessus du cailloutis de la chaussée que les heaumes protégeant les têtes des soldats. Leurs longues pattes nerveuses donnaient l'impression qu'elles étaient capables de courir plus vite que n'importe quel cheval.

Elle se redressa lentement après le passage des Seanchans. Certains de ceux qui s'étaient inclinés devant la patrouille s'éloignaient à une allure ressemblant presque au pas de course ; personne n'était à l'aise en présence des animaux des Seanchans, à part ces derniers. « Elayne, dit-elle à voix basse tandis qu'elles recommençaient à remonter la rue, si on nous capture, je jure qu'avant qu'ils nous tuent ou nous infligent ce qu'ils font d'autre, je les supplierai à genoux de me laisser vous zébrer de coups de bâton avec la baguette la plus solide que je trouverai ! Si vous n'êtes pas encore capable d'apprendre à être prudente, peut-être est-il temps de penser à vous renvoyer à Tar Valon ou chez vous à Caemlyn, n'importe où sauf ici.

– Je suis prudente. Au moins ai-je vérifié qu'il n'y avait pas de *damane* à proximité. Et vous-même ? Je vous ai vue canaliser alors qu'il y en avait une visible comme le nez au milieu du visage.

– J'avais vérifié moi aussi qu'on ne me regardait pas », marmotta Nynaeve. Elle avait dû concentrer toute sa rage à l'idée de femmes enchaînées comme des animaux pour y réussir. « Et je ne l'ai pratiqué qu'une fois. Et ce n'était qu'un mince filet.

– Un filet ? Il a fallu nous terrer trois jours de suite dans notre chambre à respirer un air empestant le poisson pendant qu'on fouillait la ville à la recherche des responsables. Appelez-vous ça être prudente ?

– J'avais besoin de savoir s'il y avait un moyen de détacher ces colliers. » Elle pensait qu'il en existait un. Elle devrait répéter l'essai une fois encore au minimum avant d'en avoir la certitude – et renouveler l'expérience ne l'enchantait pas. Elle avait cru, comme Elayne, que les *damanes* étaient des prisonnières avides de s'évader mais c'était la femme au collier qui avait donné l'alarme.

Un homme poussant une brouette qui cahotait sur la chaussée caillouteuse passa à côté d'elles, offrant à grands cris ses services aux chalands pour repasser ciseaux et couteaux. « Ils devraient se débrouiller pour résister, grommela Elayne. Ils se conduisent comme s'ils étaient aveugles à ce qui se passe autour d'eux quand il y a un Seanchan impliqué dedans. »

Nynaeve ne put que soupirer. Penser qu'Elayne avait au moins partiellement raison ne servait pas à grand-chose. Au début, elle avait été persuadée que la soumission des Falmais, au moins partiellement, était une feinte, mais elle n'avait pas découvert la moindre preuve d'une résistance quelconque. Elle avait commencé par chercher avec l'espoir de trouver de l'aide pour libérer Egwene et Min, mais tout le monde avait pris peur à la plus simple allusion que l'on puisse s'opposer aux Seanchans, et elle avait cessé de questionner avant de s'attirer un genre d'attention fâcheux. À la vérité, elle était incapable d'imaginer quels moyens le peuple avait de se rebeller. *Des monstres et des Aes Sedai. Comment pouvait-on affronter des monstres et des Aes Sedai ?*

Devant elles se dressaient cinq hautes maisons de pierre parmi les plus importantes de la ville, formant ensemble un bloc. À une rue de distance, Nynaeve dénicha un passage étroit à côté d'une boutique de tailleur, d'où elles auraient la possibilité de surveiller au moins quelques-unes des entrées de ces maisons hautes. Impossible d'observer toutes les portes à la fois – elle ne voulait pas courir le risque de laisser Elayne aller seule en contrôler plus – mais s'approcher davantage n'était pas sage. Au-dessus des toits, dans la rue suivante, l'étendard au faucon d'or du Puissant Seigneur Turak claquait au vent.

Seules des femmes entraient et sortaient de ces maisons et la plupart étaient des *sul'dams*, seules ou avec une *damane* en remorque. Ces bâtiments avaient été réquisitionnés par les Seanchans pour loger les *damanes*. Egwene devait être là-dedans et probablement Min ; elles n'avaient trouvé aucune trace de cette dernière jusqu'à ce jour, toutefois c'était possible qu'elle soit dissimulée par la foule comme elles-mêmes. Nynaeve avait entendu parler bien des fois de femmes et de jeunes filles qui avaient été enlevées dans la rue ou amenées des villages ; toutes étaient venues dans ces maisons et, si on les revoyait, elles portaient un collier.

S'installant sur un cageot à côté d'Elayne, elle plongea la main dans la poche du manteau de celle-ci pour en retirer une poignée de petites pommes. Il y avait peu de gens du pays dans les rues par ici. Tout le monde savait ce qu'étaient ces maisons et tout le monde les évitait, comme on évitait les écuries où les Seanchans abritaient leurs bêtes. Garder un œil sur les portes entre deux passants n'était pas difficile. Simplement deux femmes s'arrêtant pour manger un morceau ; simplement deux personnes de plus qui n'avaient pas de quoi se payer un repas dans une auberge. Rien pour attirer plus qu'un regard au passage.

Mangeant machinalement, Nynaeve essaya encore une fois d'échafauder un plan. Être en mesure d'ouvrir le collier – si réellement elle y parvenait – ne servait à rien à moins quelle ne puisse arriver jusqu'à Egwene. Les pommes n'avaient plus aussi bon goût.

Par l'étroite fenêtre de sa minuscule chambre sous les toits, une parmi d'autres aménagées au moyen d'un cloisonnage grossier dans ce qui existait auparavant, Egwene apercevait le jardin où les *damanes* étaient promenées par leurs *sul'dams*. Il y avait eu plusieurs jardins avant que les Seanchans abattent les murs qui les séparaient et s'emparent des grandes demeures pour y enfermer leurs *damanes*. Les arbres étaient pratiquement dépouillés de leurs feuilles, mais les *damanes* étaient toujours sorties pour prendre l'air, qu'elles le veuillent ou non. Egwene observait le jardin parce que Renna s'y trouvait, devisant avec une autre *sul'dam* et que, aussi longtemps qu'elle pourrait voir Renna, alors Renna n'allait pas entrer et la surprendre.

Une autre *sul'dam* pouvait venir – il y avait beaucoup plus de *sul'dams* que de *damanes*, et chacune des premières voulait porter un bracelet à son tour ; elles appelaient ça être complètes – mais Renna était encore chargée de son entraînement et c'est Renna qui enfilait le bracelet quatre fois sur cinq. Si quelqu'un arrivait, rien ne l'empêcherait d'entrer. Les portes des chambres de *damanes* n'avaient pas de serrure. Celle d'Egwene ne contenait qu'un lit étroit et dur, une table de toilette avec un broc et une cuvette ébréchés, une seule chaise et une petite table, mais la place manquait pour y mettre autre chose. Les *damanes* n'avaient besoin ni de confort ni d'intimité, ni de biens personnels. Les *damanes* ellesmêmes étaient des biens. Min occupait une chambre exactement pareille, dans un autre bâtiment, mais Min pouvait aller et venir à sa fantaisie, ou presque. Les Seanchans étaient très portés sur les règlements ; ils en avaient plus pour tout le monde que la Tour Blanche pour ses novices.

Egwene se tenait en retrait de la fenêtre. Elle ne voulait pas qu'une des femmes qui étaient en bas lève les yeux et aperçoive la lueur qui, elle le savait, l'entourait quand elle canalisait le Pouvoir Unique, tâtant délicatement le collier autour de son cou, dans une recherche vaine ; elle était même incapable de dire si le bandeau était constitué de fils tressés ou de maillons – ils semblait être composé tantôt des uns tantôt des autres. Ce n'était qu'un minuscule filet du Pouvoir, la plus petite goutte qu'elle pouvait imaginer, mais il faisait néanmoins perler la sueur sur son visage, et se nouer son estomac. C'était une des propriétés de l'*a'dam* ; si une *damane* essayait de canaliser sans qu'une *sul'dam* porte son bracelet, elle était malade et plus elle canalisait de Pouvoir plus elle se sentait mal. Egwene aurait vomi si elle avait allumé une chandelle au-delà de la longueur de son bras. Une fois, Renna lui avait ordonné de jongler avec ses minuscules boules de lumière quand le bracelet était sur la table. Ce souvenir la faisait encore frissonner.

Pour le moment, la laisse d'argent serpentait sur le sol nu et remontait le long de la cloison de bois brut jusqu'au bracelet suspendu à une patère. Ses mâchoires se crispèrent de rage à la vue de ce bracelet accroché là. Un chien attaché aussi négligemment aurait pu s'enfuir. Si une *damane* déplaçait son bracelet ne serait-ce que d'un pas de l'endroit où il avait été touché la dernière fois par une *sul'dam*... Renna l'avait obligée à cela aussi – à transporter son bracelet à travers la pièce. Ou à le tenter. Quelques minutes seulement s'étaient écoulées, elle en était sûre avant que la *sul'dam* referme avec un claquement le bracelet sur son propre poignet, mais pour Egwene les crampes qui l'avaient jetée hurlante et se tordant sur le sol avaient semblé durer des heures.

Quelqu'un frappa à la porte et Egwene sursauta, avant de penser qu'il ne s'agissait sûrement pas d'une *sul'dam*. Aucune n'aurait frappé avant d'entrer. Elle lâcha néanmoins sa prise sur la *saidar* ; elle commençait à se sentir vraiment mal.

« Min ?

– C'est moi, pour ma visite hebdomadaire », annonça Min qui se glissa à l'intérieur et ferma la porte. Sa gaieté était un peu forcée, mais elle faisait toujours son possible pour remonter le moral d'Egwene. « Comment me trouves-tu ? » Elle tourna dans un petit cercle pour déployer sa robe de laine vert foncé de coupe seanchane. Une épaisse cape assortie était pliée sur son bras. Il y avait même un ruban vert qui attachait ses cheveux noirs, lesquels étaient pourtant à peine assez longs pour être rassemblés. Toutefois, son poignard était toujours dans son étui à sa ceinture. Egwene avait été surprise quand Min était venue la première fois ainsi armée, mais il semblait que les Seanchans accordaient leur confiance à tout le monde. Jusqu'à ce que soit enfreint un règlement.

« Jolie tenue, dit Egwene d'une voix prudente. Mais pourquoi ?

– Je ne suis pas passée à l'ennemi, au cas où tu te ferais des idées. C'était ça ou trouver un endroit où loger en ville et risquer de ne plus pouvoir te rendre visite. » Elle s'apprêta à enfourcher la chaise comme lorsqu'elle avait des chausses, hocha la tête d'un air sarcastique et retourna la chaise dans l'autre sens pour s'asseoir. « *Chacun a sa place dans le Dessin*, singea-t-elle, *et la place de chacun doit être facilement repérable*. Cette vieille sorcière de Mulaen s'est apparemment lassée de ne pas reconnaître ma place au premier coup d'œil et a décidé que je me rangeais parmi les servantes. Elle m'a donné le choix. Tu devrais voir ce que portent certaines des servantes seanchanes, celles qui servent les seigneurs. Ce serait peut-être amusant mais pas à moins que je ne sois fiancée ou mieux encore mariée. Bah, il n'y a pas à revenir en arrière. Pas dans l'immédiat, en tout cas. Mulaen a brûlé ma tunique et mes chausses. » Avec une grimace pour montrer ce qu'elle en pensait, elle saisit un caillou dans un petit tas qui se trouvait sur la table et le fit sauter d'une main dans l'autre. « Ce n'est pas dramatique, ajouta-t-elle en riant, à part que je me prends constamment les pieds dedans parce que je ne porte plus de jupe depuis trop longtemps. »

Egwene aussi avait dû regarder brûler ses vêtements, y compris la si jolie robe en soie verte. Ce qui l'avait réjouie de n'avoir pas emporté davantage des vêtements offerts par la Dame Amalisa, quand bien même elle ne pourrait jamais revoir aucun d'eux ni la Tour Blanche. Ce qu'elle avait maintenant sur elle était le même gris foncé alloué à toutes les *damanes*. *Les* damanes *ne pos-*

sèdent rien, lui avait-il été expliqué. *La robe que revêt une* damane, *la nourriture qu'elle absorbe, le lit dans lequel elle dort sont tous des cadeaux de sa* sul'dam. *Si une* sul'dam *décide qu'une* damane *couche par terre plutôt que sur un lit, ou dans une stalle d'écurie, cela dépend uniquement de la volonté de la* sul'dam. Mulaen, qui était en charge de la résidence des *damanes*, avait une voix nasale monotone, mais sa réaction était vive à l'égard de la *damane* qui ne se remémorait pas mot à mot ses sermons assommants.

« Je ne crois pas qu'il me soit jamais donné de revenir en arrière », dit Egwene avec un soupir en se laissant choir sur son lit. Elle eut un geste vers les cailloux sur la table. « Renna m'a soumise à un test, hier. J'ai sélectionné le morceau de minerai de fer et celui de cuivre les yeux bandés chaque fois qu'elle les mélangeait. Elle les a tous laissés ici pour me rappeler mon succès. Elle avait l'air de penser que ce rappel était en quelque sorte une récompense.

– À première vue, ce n'est pas pire que le reste – bien moins que de forcer des choses à exploser comme des fusées – mais n'aurais-tu pas pu lui mentir ? Dire que tu ne savais pas quoi était quoi ?

– Tu ne comprends toujours pas ce que c'est que ça. » Egwene tira sur le collier ; tirer ne produisit pas plus de résultat que canaliser. « Quand Renna porte ce bracelet, elle sait ce que je fais avec le Pouvoir, et ce que je ne fais pas. Parfois, elle a même l'air de le savoir quand elle ne le porte pas ; elle dit que les *sul'dams* développent – elle appelle ça une affinité – au bout d'un certain temps. » Elle soupira. « Personne n'avait même pensé à me tester là-dessus plus tôt. La terre est l'un des Cinq Pouvoirs qui sont plus forts chez les hommes. Quand j'ai eu choisi ces fragments de minerai, elle m'a conduite hors de la ville, et j'ai été capable de désigner l'emplacement exact d'une mine de fer abandonnée. Elle était complètement recouverte de végétation et aucune galerie d'entrée n'était visible, mais une fois que j'ai compris comment m'y prendre, j'ai senti le minerai de fer qui se trouvait encore là. Il n'y en avait pas assez pour rendre la veine rentable pendant cent ans, mais je savais qu'elle était là. Je ne pouvais pas lui mentir, Min. Elle avait deviné que j'avais détecté la mine à l'instant même où c'est arrivé. Elle était tellement surexcitée qu'elle m'a promis un pudding pour mon dîner. » Elle eut conscience que ses joues s'embrasaient, de colère et d'embarras. « Apparemment, continua-t-elle avec amertume, j'ai trop de valeur pour être gaspillée à provoquer des explosions. N'importe quelle *damane* y arrive ; une poignée seulement peut découvrir du minerai dans le sol. Par la Lumière, je déteste provoquer des explosions, mais j'aimerais que ce soit tout ce dont je suis capable. »

La couleur de ses joues fonça. Elle le haïssait réellement, ce don de contraindre des arbres à éclater en échardes et la terre à entrer en éruption ; c'était utile pour une bataille, pour tuer, et elle ne voulait pas participer à ce genre de chose. Cependant, quoi que les Seanchans lui donnent à faire était une chance d'entrer en contact avec la *saidar*, de sentir le Pouvoir affluer en elle. Elle détestait ce à quoi Renna et les autres *sul'dams* l'obligeaient, mais elle était certaine de maîtriser beaucoup plus du Pouvoir qu'avant de quitter Tar Valon. En tout cas, elle se savait en mesure d'effectuer des choses qui n'étaient jamais venues à l'idée d'aucune des Sœurs de la Tour ; celles-là ne songeaient nullement à éventrer la terre pour tuer des gens.

« Peut-être n'auras-tu pas à t'en tracasser beaucoup plus longtemps, déclara Min avec un large sourire. Je nous ai trouvé un bateau, Egwene. Le capitaine a été retenu ici par les Seanchans et il est pratiquement prêt à mettre à la voile avec ou sans autorisation.

– S'il veut te prendre à son bord, Min, pars avec lui, répliqua Egwene d'une voix lasse. Je t'ai dit que j'étais précieuse, maintenant. Renna a annoncé qu'on allait renvoyer un navire au Seanchan. Rien que pour m'emmener. »

Le sourire de Min s'évanouit et elles se regardèrent. Soudain, Min jeta son caillou sur la table, dans le tas qui s'éparpilla. « Il doit bien y avoir un moyen de sortir d'ici. Il doit bien y avoir un moyen de t'enlever ce foutu machin d'autour du cou. »

Egwene renversa la tête en arrière et l'appuya au mur. « Les Seanchans, tu le sais, ont rassemblé tout ce qu'ils ont pu comme femmes susceptibles de canaliser si peu que ce soit. Elles viennent de partout, pas seulement d'ici, de Falme, mais des villages de pêcheurs et de bourgs de cultivateurs à l'intérieur du pays. Des Tarabonaises et des Domanies, des passagères de navires qu'ils ont arraisonnés. Il y a deux Aes Sedai parmi elles.

– Des Aes Sedai ! » s'exclama Min. Par habitude, elle regarda autour d'elle pour s'assurer qu'aucune Seanchane ne l'avait entendue prononcer ce nom. « Egwene, s'il y a des Aes Sedai ici, elles peuvent nous aider. Laisse-moi leur parler et...

– Elles ne peuvent même pas s'aider elles-mêmes, Min. Je n'ai parlé qu'à l'une d'elles – son nom est Ryma ; la *sul'dam* ne l'appelle pas comme ça, mais c'est son nom ; elle tenait à s'assurer que je l'apprenne – et elle m'a dit qu'il y en avait une autre. Elle m'a raconté ça entre deux crises de larmes. Elle est une Aes Sedai et elle pleurait, Min ! Elle a un collier au cou, on l'oblige à répondre au nom de Pura et elle n'est pas plus capable que moi d'y rien changer. Ils l'ont capturée quand Falme est tombée. Elle pleurait parce qu'elle commence à cesser de se rebeller, parce qu'elle ne peut plus supporter ce qu'on lui inflige. Elle pleurait parce qu'elle veut se suicider et qu'elle ne le peut même pas sans permission. Par la Lumière, je la comprends ! »

Min remua sur sa chaise avec malaise, lissant sa jupe avec des mains soudain nerveuses. « Egwene, tu ne voudrais pas... Egwene, tu ne dois pas penser à te faire du mal. Je vais m'arranger pour te sortir de là. Promis !

– Je ne me tuerai pas, rétorqua Egwene d'un ton ironique. Même si je le pouvais. Donne-moi ton poignard. Allons. Je ne me ferai rien. Passe-le-moi seulement. »

Min hésita avant de dégainer lentement l'arme qu'elle portait à la taille. Elle la tendit avec méfiance, visiblement prête à bondir si Egwene tentait quoi que ce soit.

Egwene respira à fond et allongea la main pour en saisir le manche. Un léger frisson parcourut les muscles de son bras. Quand sa main fut à une courte distance du poignard, une crampe crispa soudain ses doigts. Les yeux fixes, elle s'efforça de rapprocher sa main. La crampe s'empara de son bras entier, lui nouant les muscles jusqu'aux épaules. Avec un gémissement, elle se laissa aller en arrière, se frictionnant le bras et concentrant ses pensées sur l'idée de ne pas toucher au poignard. La souffrance commença lentement à s'apaiser.

Min la dévisageait avec incrédulité. « Qu'est-ce... ? Je ne comprends pas.

– Les *damanes* ne sont pas autorisées à toucher une arme d'une sorte ou d'une autre. » Elle remua son bras, sentant la rigidité s'estomper. « Même notre viande est coupée pour nous. Je ne veux pas me faire de mal, mais j'en serais incapable même si j'en avais envie. Aucune *damane* n'est laissée seule à un endroit d'où elle pourrait sauter d'une grande hauteur – cette fenêtre est clouée – ou se jeter dans un fleuve.

– Ma foi, c'est une bonne chose. Je veux dire... Oh, je ne sais plus ce que je voulais dire. Si tu pouvais plonger dans une rivière, tu aurais une chance de t'évader. »

Egwene poursuivit d'une voix morne comme si son amie n'avait pas soufflé mot : « On me dresse, Min. La *sul'dam* et l'*a'dam* me dressent. Je ne peux rien toucher dont j'imagine de me servir comme arme. Il y a quelques semaines, j'avais envisagé de frapper Renna à la tête avec le broc et j'ai été dans l'impossibilité de verser de l'eau pour me laver pendant trois jours. Une fois que j'ai eu cette idée, j'ai dû non seulement cesser de songer à l'assommer avec mais encore me convaincre que jamais, quelles que soient les circonstances, je ne la frapperai avec ce broc avant de pouvoir y toucher de nouveau. Elle savait ce qui s'était produit en moi, m'expliqua ce que j'avais à faire et m'a empêchée de me laver autrement qu'avec cette cuvette et ce broc. Tu as de la chance que ce soit arrivé entre deux de tes visites. Renna s'est arrangée pour que je passe ces journées à transpirer depuis mon réveil jusqu'à ce que je tombe de sommeil, épuisée. J'essaie de leur résister, mais elles me dressent aussi sûrement qu'elles dressent Pura. » Elle se plaqua la main devant la bouche, gémissant entre ses dents. « Son nom est Ryma. Il faut que je me rappelle son nom à elle, pas celui qu'elles lui ont imposé. Elle s'appelle Ryma et elle est de l'Ajah Jaune, et elle leur a résisté aussi longtemps et fermement qu'elle l'a pu. Ce n'est pas sa faute s'il ne lui reste plus la force de lutter. J'aimerais savoir quelle est l'autre Sœur dont Ryma a parlé. J'aimerais connaître son nom. Souviens-toi de nous deux, Min. Ryma, de l'Ajah Jaune, et Egwene al'Vere. Pas Egwene la *damane* ; Egwene al'Vere du Champ d'Emond. Tu veux bien ?

– Arrête ! riposta Min. Arrête tout de suite ! Si on t'embarque pour le Seanchan, j'y serai avec toi. Mais je ne crois pas que cela se passera comme ça. Tu sais que j'ai vu dans ton avenir, Egwene. Je n'en comprends pas la majeure partie – c'est presque toujours le cas – mais je vois des choses qui, j'en suis sûre, te lient à Rand, à Mat et à Perrin et, oui... même à Galad, que la Lumière assiste la pauvre sotte que tu es. Comment cela pourrait-il se produire si les Seanchans t'emmènent de l'autre côté de l'océan ?

– Peut-être vont-ils conquérir le monde entier, Min. S'ils conquièrent le monde, il n'y a pas de raison que Rand, Galad et les autres ne se retrouvent pas finalement dans le Seanchan.

– Espèce de bécasse sans cervelle !

– Je me sers de mon bon sens, répliqua Egwene sèchement. Je n'ai pas l'intention de cesser de résister, pas tant que je serai capable de respirer, mais je n'entrevois pas non plus la moindre chance que je sois débarrassée un jour de l'*a'dam*. De même que je n'entrevois aucun espoir de barrer la route aux Seanchans. Min, si ce capitaine veut te prendre à son bord, va avec lui. Au moins une de nous deux sera libre. »

La porte se rabattit et Renna entra.

D'un bon, Egwene se remit debout et s'inclina vivement, et Min de même. La cellule minuscule était encombrée pour exécuter des révérences, mais les Seanchans mettaient le protocole au-dessus du confort.

« Votre jour de visite, n'est-ce pas ? dit Renna. J'avais oublié. Eh bien, il y a des exercices à pratiquer même les jours de visite. »

Egwene regarda avec attention la *sul'dam* décrocher le bracelet, l'ouvrir et le refermer autour de son poignet. Elle ne réussit pas à distinguer comment cela s'était fait. Si elle avait pu observer avec le Pouvoir Unique, elle y serait parvenue, mais Renna l'aurait senti immédiatement. Quand le bracelet se referma sur le poignet de Renna, le visage de la *sul'dam* prit une expression qui serra le cœur d'Egwene.

« Vous avez canalisé. » La voix de Renna affectait une douceur trompeuse ; une étincelle de colère brillait dans ses yeux. « Vous savez que c'est interdit sauf lorsque nous sommes complètes. » Egwene s'humecta les lèvres. « Peut-être me suis-je montrée trop indulgente avec vous. Peut-être croyez-vous que parce que vous avez maintenant de la valeur, vous êtes autorisée à vous passer vos fantaisies. Je crois que j'ai commis une erreur en vous laissant garder votre ancien nom. J'avais un chaton appelé Tuli quand j'étais enfant. Désormais, votre nom est Tuli. Allez-vous-en à présent, Min. Votre jour de visite avec Tuli est terminé. »

Min n'hésita que le temps de lancer un coup d'œil angoissé à Egwene avant de sortir. Rien de ce que Min aurait dit ou fait n'aurait eu d'autre résultat qu'aggraver la situation, mais Egwene ne put s'empêcher de regarder avec nostalgie la porte qui se refermait derrière son amie.

Renna s'installa sur la chaise, dévisageant Egwene les sourcils froncés. « Il faut que je vous punisse sévèrement pour cette incartade. Nous allons être convoquées toutes les deux à la Cour des Neuf Lunes – vous pour ce que vous savez faire, moi en tant que votre *sul'dam* et dresseuse – et je ne vous permettrai pas de me couvrir de honte sous les yeux de l'Impératrice. Je m'arrêterai quand vous me direz combien vous aimez être *damane* et comme vous serez obéissante après ceci. Et, Tuli, prenez soin que je croie chaque mot. »

43. Un Plan

Une fois dehors, dans le couloir au plafond bas, Min enfonça ses ongles dans ses paumes au premier cri perçant qui jaillit de la cellule. Elle avança d'un pas vers la porte avant de réussir à se retenir et, quand elle s'arrêta, les larmes lui montèrent aux yeux. *Que la Lumière m'assiste, je ne pourrais que rendre les choses pires quoi que je fasse. Egwene, je suis navrée. Je suis navrée.*

Se sentant au-dessous de tout, elle releva ses jupes et se mit à courir, poursuivie par les hurlements d'Egwene. Elle était incapable de s'obliger à rester et elle se jugeait lâche de partir. À demi aveuglée par les larmes, elle se retrouva subitement dans la rue. Elle avait eu l'intention de retourner dans sa chambre mais maintenant elle en était incapable. Elle ne supportait pas l'idée qu'Egwene était martyrisée pendant qu'elle-même resterait tranquillement au chaud sous le toit d'à côté. Elle se frotta les yeux pour en chasser les larmes, jeta sa cape sur ses épaules et se mit à descendre la rue. Chaque fois qu'elle essuyait ses yeux, de nouvelles larmes commençaient à couler sur ses joues. Elle n'avait pas l'habitude de pleurer à chaudes larmes, mais elle n'était pas non plus accoutumée à se sentir aussi désarmée, aussi inutile. Elle ne savait pas où elle allait, elle savait seulement que ce devait être assez loin pour ne plus entendre les cris d'Egwene.

« Min ! »

L'appel lancé à voix basse l'arrêta court. Sur le moment, elle ne repéra pas qui avait parlé. Relativement peu de gens circulaient dans la rue aussi près de l'endroit où étaient parquées les *damanes*. À part un seul homme qui tentait d'inciter deux guerriers seanchans à acheter le portrait qu'il dessinerait d'eux avec ses craies de couleur, tous les habitants de la ville s'efforçaient de passer rapidement leur chemin sans avoir l'air de vraiment courir. Deux *sul'dams* venaient d'un pas tranquille, avec des *damanes* qui les suivaient les yeux baissés; les Seanchanes parlaient du nombre d'autres *marath'damanes* qu'elles escomptaient découvrir avant de s'embarquer. Les yeux de Min effleurèrent machinalement les deux femmes vêtues de longues pelisses en peau de mouton, puis se reportèrent avec étonnement sur elles qui s'avançaient à sa rencontre. « Nynaeve ? Elayne ?

– Nulles autres. » Le sourire de Nynaeve était contraint; les deux jeunes femmes avaient le regard tendu, comme si elles se forçaient à chasser de leurs traits une expression soucieuse. Min se dit que rien dans sa vie n'avait jamais été plus merveilleux que leur apparition. « Cette couleur vous sied, poursuivit Nynaeve. Vous auriez dû vous habiller en robe depuis longtemps. N'empêche que j'ai pensé moi aussi à mettre des chausses depuis que je vous ai vue en porter. » Sa voix devint plus sèche quand elle fut assez près pour distinguer nettement le visage de Min. « Qu'est-ce qu'il y a ? »

– Tu as pleuré, dit Elayne. Est-il arrivé quelque chose à Egwene ? »

Min sursauta et jeta un coup d'œil par-dessus son épaule. Une *sul'dam* et une *damane* qui descendaient le même perron qu'elle tournèrent du côté opposé, vers la cour des écuries et des chevaux. Une autre femme avec les panneaux brodés d'éclairs sur sa robe se tenait en haut des marches, parlant à quelqu'un qui se trouvait encore à l'intérieur. Min agrippa ses amies par le bras et les entraîna rapidement dans la rue en direction du port. « C'est dangereux pour vous deux, ici. Par la Lumière, c'est dangereux pour vous d'être à Falme. Il y a des *damanes* partout et si elles vous découvrent... Vous connaissez ce que sont les *damanes* ? Oh, vous ne vous rendez pas compte à quel point c'est bon de vous avoir là toutes les deux.

– Pas moitié autant que pour nous, j'imagine, répliqua Nynaeve. Savez-vous où est Egwene ? Est-elle dans un de ces bâtiments ? Va-t-elle bien ? »

Min hésita une fraction de seconde avant de répondre :

« Elle va aussi bien qu'on peut s'y attendre. » Min se doutait que si elle leur racontait le traitement que subissait Egwene en cet instant précis, Nynaeve foncerait vraisemblablement là-bas comme une furie pour essayer d'y mettre fin. *Ô Lumière, fais-lui courber sa nuque raide juste une fois avant qu'elles ne la lui brisent d'abord plus qu'à moitié.* « Malheureusement, je me demande comment la sortir de là. J'ai trouvé un capitaine qui, je crois, nous embarquera si nous réussissons à gagner son bateau avec elle – il ne veut pas nous aider à moins que nous n'allions jusque-là, et je ne dirai pas que je l'en blâme – mais je n'ai aucune idée de la façon de parvenir même à ça.

– Un bateau, répéta Nynaeve songeuse. J'avais eu l'intention de partir à cheval vers l'est, mais je dois reconnaître que cela m'inquiète assez. D'après ce que j'ai compris, il faudrait que nous ayons presque laissé derrière nous la Pointe de Toman pour échapper complètement aux patrouilles seanchanes, et il y a des rumeurs de batailles dans la Plaine d'Almoth. Je n'avais pas pensé à un bateau. Nous avons des chevaux et pas d'argent pour payer notre passage. Combien désire cet homme ?

Min haussa les épaules. « Je suis loin d'en être à ce stade-là. Nous n'avons pas d'argent non plus. Je m'étais dit que je pourrais repousser la question du paiement jusqu'après avoir pris la mer. Ensuite... eh bien, je ne crois pas qu'il aborde dans un port où se trouvent des Seanchans. Quel que soit l'endroit où il nous débarque, ce sera mieux qu'ici. Le vrai problème est de le convaincre de lever l'ancre. Il ne demande pas mieux, mais on patrouille aussi le port et on ne peut pas deviner si une *damane* est sur leurs vaisseaux avant qu'il ne soit trop tard. " Donnez-moi une *damane* à moi sur mon pont et je hisse les voiles aussitôt ", voilà ce qu'il dit. Puis il se met à parler de tirant d'eau, de hauts-fonds et de côtes sous le vent. Je n'y comprends rien mais, tant que je souris et hoche parfois la tête, il continue à parler et je pense que si je peux l'inciter à parler assez longtemps il se persuadera lui-même de quitter le port. » Elle prit une longue inspiration tremblante ; des larmes recommencèrent à lui picoter les yeux. « Seulement je crois que nous n'avons plus le temps de le laisser se convaincre tout seul. Nynaeve, on va emmener Egwene au Seanchan, et bientôt. »

Elayne eut un hoquet de surprise. « Mais pourquoi ?
– Elle est capable de découvrir du minerai, dit Min d'une pauvre voix. Elle a dit quelques jours et je ne sais pas si quelques jours suffiront pour que cet homme se décide à partir. Même dans ce cas, comment allons-nous enlever à Egwene ce collier engendré par l'Ombre ? Comment la sortirons-nous de cette maison ?
– J'aimerais bien que Rand soit là. » Elayne soupira et, comme les deux autres se retournaient vers elle, elle rougit et ajouta vivement : « Eh bien, au moins a-t-il une épée. J'aimerais bien que nous ayons avec nous une personne possédant une épée. Dix. Cent.
– Ce n'est pas d'épée ni de muscles mais de matière grise que nous avons besoin, déclara Nynaeve. Les hommes pensent avec les poils qu'ils ont sur la poitrine. » Elle tâta machinalement la sienne comme si elle cherchait quelque chose sous son manteau. « La plupart, en tout cas.
– Il nous faudrait une armée, commenta Min. Une grande armée. Les Seanchans étaient inférieurs en nombre quand ils ont affronté les Tarabonais et les Domanis, et ils ont gagné sans peine tous les combats, à ce que j'ai entendu dire. » Elle entraîna précipitamment Nynaeve et Elayne de l'autre côté de la rue comme une *damane* et une *sul'dam* qui remontaient la rue allaient les croiser. Elle fut soulagée de ne pas avoir à les inciter à se dépêcher ; les deux autres regardaient les femmes enchaînées avec autant de méfiance qu'elle. « Puisque nous n'avons pas d'armée, nous devons nous en charger à nous trois. J'espère que l'une de vous inventera quelque chose qui ne m'est pas venu à l'esprit ; je me suis creusé la cervelle, et j'achoppe toujours quand j'en viens à l'*a'dam*, la laisse et le collier. Les *sul'dams* n'aiment pas qu'on les observe de trop près quand elles les ouvrent. Je pense être en mesure de vous introduire dans le bâtiment, si cela peut être utile. Au moins une de vous, en tout cas. On me considère comme une servante, mais les servantes sont autorisées à recevoir des visites, pour autant qu'elles se cantonnent dans le quartier des domestiques. »

Le visage de Nynaeve qui était sombre et songeur s'éclaira presque aussitôt, arborant une expression décidée. « Ne vous tracassez pas, Min. J'ai quelques idées. Je n'ai pas passé mon temps ici à bayer aux corneilles.

Conduisez-moi à cet homme. S'il se montre plus récalcitrant que les membres du Conseil du Village lorsqu'ils sont en colère, je mange ce manteau. »

Elayne acquiesça d'un signe de tête, avec un large sourire, et Min sentit son premier élan de véritable espoir depuis qu'elle était arrivée à Falme. Pendant un instant, elle se retrouva en train de déchiffrer les auras de ses deux compagnes. Il y avait du danger, mais c'était prévisible – et des choses nouvelles aussi, parmi les images qu'elle avait déjà vues ; cela arrivait parfois. Une épaisse bague d'homme en or planait au-dessus de la tête de Nynaeve, et un fer rouge et une hache au-dessus de celle d'Elayne. Cela signifiait des difficultés, elle en était certaine, mais cela paraissait distant, quelque part dans l'avenir. Les signes ne restèrent visibles qu'un instant, puis elle ne vit plus qu'Elayne et Nynaeve qui posaient sur elle un regard interrogateur.

« C'est en bas, près du port », dit-elle.

La rue en pente devenait plus encombrée à mesure qu'elles descendaient. De petits marchands ambulants côtoyaient des négociants qui avaient amené des chariots en provenance des villages de l'intérieur des terres et qui ne s'en retourneraient pas avant que l'hiver ne soit venu et reparti, des camelots avec leur éventaire interpellaient les chalands, des Falmais en manteau brodé bousculaient au passage des familles de paysans vêtus d'épaisses pelisses en peau de mouton. Beaucoup étaient des réfugiés en provenance de villages situés plus loin sur la côte. Min n'en voyait pas l'utilité – ils avaient échangé l'éventualité d'une incursion des Seanchans contre la certitude d'être environnés de Seanchans – mais elle avait entendu dire comment les Seanchans agissaient quand ils pénétraient pour la première fois dans un village, et elle ne pouvait pas vraiment blâmer les paysans de craindre une autre irruption. Chacun s'inclinait quand passait un Seanchan ou qu'un palanquin aux rideaux fermés était transporté vers le haut de la rude montée.

Min fut contente de voir que Nynaeve et Elayne étaient au courant de l'usage des saluts. Les porteurs au torse nu ne prêtaient pas plus attention que les guerriers arrogants en armure aux gens qui se courbaient devant eux, mais ne pas s'incliner aurait sûrement attiré leurs regards.

Elles parlèrent un peu en longeant la rue et elle fut

surprise tout d'abord d'apprendre qu'elles étaient en ville depuis quelques jours de moins seulement qu'Egwene et elle-même. Au bout d'un instant, toutefois, elle conclut que le fait de ne pas s'être rencontrées plus tôt n'avait rien d'étonnant, étant donné le monde qui circulait dans les rues. Elle n'avait pas voulu s'écarter d'Egwene davantage que nécessaire ; elle avait toujours la terreur de découvrir Egwene partie quand elle allait la voir selon la permission de visite qui lui avait été accordée. *Et maintenant elle va partir. À moins que Nynaeve n'imagine quelque chose.*

L'odeur de sel et de poix imprégnait lourdement l'air, des goélands criaient en tournoyant dans le ciel. Il y avait à présent des marins dans la foule, beaucoup encore pieds nus malgré le froid.

L'auberge avait été hâtivement rebaptisée *Les Trois Fleurs de prunier*, mais une partie du mot *Guetteur* se lisait encore sous le barbouillage bâclé de l'enseigne. En dépit de l'affluence au-dehors, la salle était à peine plus qu'à moitié pleine ; les prix étaient trop élevés pour qu'un grand nombre de gens passent leur temps assis devant une chope d'ale. Des feux ronflants à chaque extrémité de la salle la réchauffaient et l'aubergiste corpulent était en manches de chemise. Il examina les trois jeunes femmes en fronçant les sourcils et Min pensa que c'était son costume seanchan qui l'empêcha de leur dire de déguerpir. Nynaeve et Elayne, dans leurs manteaux de paysannes, n'avaient certainement pas l'air d'avoir de l'argent à dépenser.

L'homme qu'elle cherchait était seul à une table dans un coin, à sa place habituelle, marmonnant au-dessus de son verre de vin. « Avez-vous le temps de bavarder, Capitaine Domon ? » dit-elle.

Il leva la tête, se passant une main sur la barbe en voyant qu'elle n'était pas seule. Elle songea comme toujours que sa lèvre supérieure nue contrastait bizarrement avec cette barbe. « Tiens, vous avez amené des amies pour boire mes sous, hein ? Eh bien, ce seigneur seanchan a acheté ma cargaison, alors des sous j'en ai. Asseyez-vous. » Elayne sursauta quand il s'écria d'une voix mugissante : « Aubergiste ! Du vin chaud avec des épices par ici !

– Tout va bien, dit Min à Elayne en prenant place à une extrémité d'un des bancs entourant la table. Il a seulement l'apparence et la voix d'un ours. » Elayne s'assit à l'autre bout du banc, hésitante.

« Un ours, que je suis ? dit Domon en riant. Peut-être. Mais vous, ma petite ? Avez-vous renoncé à l'idée de partir ? Cette robe m'a l'air seanchane.

– Pas question ! » rétorqua Min d'une voix farouche, mais elle s'interrompit comme survenait une serveuse portant le vin épicé fumant.

Domon se montra aussi prudent. Il attendit que la serveuse se soit éloignée avec la monnaie qu'il lui avait donnée avant de répliquer : « Que la Fortune me pique, jeune fille, je n'y mettais pas d'intention offensante. La plupart des gens désirent continuer à vivre leur vie, que leurs seigneurs soient seanchans ou autre chose. »

Nynaeve appuya ses avant-bras sur la table. « Nous désirons aussi continuer à vivre notre vie, Capitaine, mais sans les Seanchans. Je crois comprendre que vous avez l'intention de prendre bientôt la mer.

– Je lèverais l'ancre aujourd'hui même si je le pouvais, dit Domon d'un ton morose. Tous les deux ou trois jours, ce Turak m'envoie chercher pour lui raconter tout ce que j'ai vu d'ancien. Trouvez-vous que je ressemble à un ménestrel ? J'avais cru que je n'aurais qu'à débiter une histoire ou deux puis que je poursuivrais ma route, mais maintenant je pense que lorsque je ne le distrairai plus il y a une chance sur deux qu'il me laisse partir ou me coupe la tête. Ce gaillard a la mine douce, mais il est dur comme fer et aussi insensible.

– Votre bateau est-il capable d'éviter les Seanchans ? questionna Nynaeve.

– Que la Fortune me pique, si je réussissais à sortir du port sans qu'une *damane* réduise *L'Écume* en miettes, oui. Si je ne laisse pas un vaisseau seanchan avec une *damane* m'approcher de trop près une fois que j'aurai pris la mer. Il y a des hauts-fonds tout le long de cette côte et *L'Écume* a un faible tirant d'eau. Il m'est possible de l'emmener dans des eaux où ces lourdes carcasses seanchanes ne s'aventureront pas. À cette époque de l'année, elles doivent se méfier des vents si elles serrent la terre, et une fois que j'aurais emmené *L'Écume...* »

Nynaeve lui coupa la parole. « Alors nous nous embarquerons avec vous, Capitaine. Nous serons quatre et je compte que vous serez prêt à hisser les voiles dès que nous serons à bord. »

Domon frotta sa lèvre supérieure avec un doigt en contemplant son vin. « Eh bien, quant à ça, reste toujours la question de sortir du port, vous comprenez. Ces *damanes*...

– Et si je vous disais que vous naviguerez avec quelque chose de mieux qu'une *damane* ? » questionna à mi-voix Nynaeve. Les yeux de Min s'écarquillèrent quand elle comprit à quoi songeait Nynaeve.

Presque pour elle-même, Elayne murmura : « Et vous me recommandez d'être prudente. »

Domon n'avait d'yeux que pour Nynaeve, et c'étaient des yeux emplis de circonspection. « Qu'entendez-vous par là ? » chuchota-t-il.

Nynaeve ouvrit son manteau pour tâtonner sur sa nuque, extirpant finalement un lien de cuir qui avait été caché à l'intérieur de sa robe. Deux anneaux d'or y étaient suspendus. Min sursauta en apercevant l'un d'eux – c'était la lourde bague d'homme qu'elle avait vue quand elle avait eu sa vision prophétique de Nynaeve dans la rue – mais elle savait que c'était l'autre, plus légère et à la mesure d'un doigt féminin effilé, qui fit s'ouvrir tout grands les yeux de Domon. Un serpent qui se mordait la queue.

« Vous connaissez ce que cela signifie », déclara Nynaeve en commençant à faire glisser le serpent le long du lien de cuir, mais Domon referma la main dessus.

« Rangez-le. » Son regard empreint de malaise balaya la salle ; personne ne les observait d'après ce que Min pouvait constater, mais il paraissait croire que tout le monde les dévisageait. « Cet anneau est dangereux. Si on l'apercevait...

– Pour autant que vous êtes au courant de sa signification », répliqua Nynaeve avec un calme qu'envia Min. Elle retira le lien de dessous la main de Domon et le noua de nouveau autour de son cou.

« Je sais, reprit-il d'une voix étranglée. Je sais de quoi il s'agit. Peut-être y a-t-il une chance si vous... Quatre, dites-vous ? Cette jeune fille qui aime entendre ma langue aller son train, elle est une des quatre, je suppose. Et vous, et... » Il fronça les sourcils à l'adresse d'Elayne. « Cette enfant n'est sûrement pas... quelqu'un comme vous. »

Elayne se raidit de colère, mais Nynaeve lui posa la main sur le bras et adressa à Domon un sourire apaisant.

« Elle voyage avec moi, Capitaine. Vous seriez surpris de ce que nous sommes capables de réaliser même avant de gagner le droit de porter un anneau. Quand nous mettrons à la voile, vous aurez un trio sur votre bateau qui combattra les *damanes* si besoin est.

– Trois, soupira-t-il. Il y a une bonne chance. Peut-être... » Son expression se rasséréna un instant mais, tandis qu'il les dévisageait, elle redevint grave. « Je devrais vous emmener à *L'Écume* tout de suite et larguer les amarres, mais que la Fortune me pique si je ne vous explique pas ce qui vous attend si vous restez ici et peut-être même si vous m'accompagnez. Écoutez-moi et retenez ce que je vais vous raconter. » Il balaya de nouveau les alentours d'un regard circonspect, baissa encore le ton et choisit ses mots avec soin. « J'ai vu une... une femme qui portait un anneau comme celui-ci capturée par les Seanchans. Une jolie petite femme svelte que c'était, avec un solide Li... un homme robuste qui l'accompagnait et semblait savoir se servir de son épée. Un des deux avait dû laisser sa méfiance se relâcher, car les Seanchans leur avaient dressé une embuscade. Le grand gaillard a taillé en pièces six, sept guerriers avant de mourir lui-même. La... la femme... Ils l'ont entourée de six *damanes* qui ont jailli tout d'un coup des ruelles latérales. Je croyais qu'elle allait... faire quelque chose – vous voyez à quoi je pense – mais... je ne connais rien à tout cela. Un instant, elle a paru sur le point de les anéantir tous, puis son visage a pris une expression d'horreur et elle a hurlé.

– Elles lui ont barré l'accès de la Vraie Source. » Elayne était blême.

« Peu importe, reprit Nynaeve avec calme. Nous ne laisserons pas la même chose nous arriver.

– Bien, bien, cela se passera peut-être comme vous l'assurez, mais je m'en souviendrai jusqu'à ma dernière heure. “ Ryma, au secours. ” Voilà ce qu'elle criait. Et une des *damanes* s'est affalée par terre en pleurant, et les autres ont attaché un de ces colliers au cou de la... jeune femme, et moi... j'ai pris la fuite. » Il haussa les épaules, se frotta le nez et contempla fixement son vin. « J'ai vu capturer trois femmes et je ne peux pas le supporter. Je serais prêt à laisser ma vieille grand-mère sur le quai pour lever l'ancre d'ici, mais je me devais de vous avertir.

– Egwene disait qu'ils ont deux prisonnières, commenta Min d'une voix lente. Ryma, une Jaune, et elle ignorait qui était l'autre. » Nynaeve lui adressa un coup d'œil sévère et elle se tut en rougissant. À voir l'air de Domon, cela n'aurait nullement plaidé en faveur de leur cause de lui apprendre que les Seanchans détenaient non pas une mais deux Aes Sedai.

Cependant il se mit brusquement à dévisager Nynaeve et avala une longue gorgée de vin. « Serait-ce la raison pour laquelle vous êtes ici ? Pour libérer... ces deux-là ? Vous avez dit que vous seriez trois.

– Vous savez ce que vous avez besoin de savoir, lui rétorqua Nynaeve avec autorité. Vous devez être prêt à larguer les amarres à tout moment dans les deux ou trois jours qui viennent. Le voulez-vous, ou resterez-vous ici pour voir si on va finalement vous couper le cou ? Il y a d'autres bateaux, Capitaine, et j'ai l'intention de m'assurer un passage sur l'un d'eux aujourd'hui. »

Min retint son souffle ; sous la table, ses doigts s'étaient noués.

Finalement, Domon hocha la tête. « Je serai prêt. »

Quand elles ressortirent dans la rue, Min fut surprise de voir Nynaeve s'affaisser contre la façade de l'auberge dès que la porte fut refermée. « Êtes-vous malade, Nynaeve ? » demanda-t-elle avec anxiété.

Nynaeve respira à fond et se redressa en ajustant son manteau. « Il y a des gens avec qui il faut se montrer sûr de soi. Si vous laissez paraître le plus petit doute, ils vous entraîneront dans une direction où vous n'avez pas envie d'aller. Par la lumière, je craignais qu'il ne s'apprête à dire “ non ”. Venez, nous avons des plans à mettre au point. Il y a encore un ou deux petits problèmes à résoudre.

– J'espère que tu n'as rien contre le poisson, Min », commenta Elayne.

Un ou deux petits problèmes ? répéta Min pour elle-même en les suivant. Elle souhaita de tout cœur que Nynaeve ne feigne pas cette fois encore d'être sûre d'elle.

44. Ils partiront à cinq

Perrin regardait les villageois du coin de l'œil, en remontant avec gêne sur ses épaules une cape trop courte, brodée sur la poitrine et percée de quelques trous qui n'avaient même pas été raccommodés, mais personne ne se retourna sur lui en dépit de l'association bizarre de ces vêtements et de la hache à son côté. Hurin portait sous son manteau un surcot avec des spirales bleues en travers de la poitrine et Mat avait enfilé d'amples chausses dont le bas bouffait au-dessus des bottes où elles étaient enfoncées. C'est tout ce qu'ils avaient réussi à trouver à peu près à leur taille dans le village abandonné. Perrin se demanda si celui-ci ne serait pas bientôt déserté aussi. La moitié des maisons de pierre étaient vides et, devant l'auberge, plus loin sur la chaussée en terre battue, trois chariots tirés par des bœufs, trop lourdement chargés en hauteur et bâchés de toile assujettie par des cordes, attendaient au milieu de familles rassemblées autour.

Comme il les observait, serrés les uns contre les autres et adressant leurs adieux à ceux qui restaient – au moins pour le moment, Perrin conclut que l'attitude de ces villageois ne traduisait pas un manque d'intérêt à l'égard d'inconnus ; en fait, ils évitaient soigneusement de se tourner vers lui et ses compagnons. Ces gens avaient appris à ne pas montrer de curiosité envers des étrangers, même des étrangers qui n'étaient manifestement pas seanchans. Les étrangers présentaient le risque d'être dangereux à cette époque sur la Pointe de Toman. Ils avaient constaté la même indifférence voulue dans d'autres villages. Il y avait par ici un plus grand nombre de bourgs à quelques lieues de la côte, chacun se considérant comme indépendant. En tout cas jusqu'à l'arrivée des Seanchans.

« À mon avis, il est temps d'aller chercher les chevaux, avant qu'ils se décident à poser des questions, dit Mat. Il faudra bien en arriver là. »

Hurin contemplait fixement un grand cercle de terrain noirci qui tranchait désagréablement sur l'herbe jaunie du pré communal. Il n'avait pas l'air récent, mais personne n'avait rien tenté pour l'effacer. « Remonte à six ou huit mois, mais pue encore. Tous les Conseillers du Village et leurs familles. Pourquoi ont-ils perpétré une horreur pareille ?

– Qui sait pourquoi ils font quoi que ce soit ? marmonna Mat. Les Seanchans n'ont apparemment pas besoin de raisons pour tuer. Aucune qui me vienne en tête, je l'avoue. »

Perrin s'efforçait de ne pas regarder l'emplacement carbonisé. « Hurin, êtes-vous sûr en ce qui concerne Fain ? Hurin ? » Cela avait été difficile d'arracher le Flaireur à cette contemplation depuis qu'ils avaient pénétré dans le village. « Hurin !

– Comment ? Oh. Fain. Oui. » Les narines de Hurin se dilatèrent et aussitôt il plissa le nez. « Impossible de s'y tromper, même que cela date d'un certain temps. À côté, un Myrddraal paraît sentir la rose. Il est bien passé par là, mais je crois qu'il était seul. Sans Trollocs, c'est sûr, et s'il avait des Amis du Ténébreux avec lui, ils n'ont pas commis grands méfaits ces derniers temps. »

Du côté de l'auberge se manifestait une certaine agitation, des gens s'exclamaient et tendaient le bras. Ni vers Perrin ou les deux autres mais vers quelque chose que Perrin ne voyait pas, dans les collines basses à l'est du village.

« On va chercher les chevaux maintenant ? dit Mat. Ce sont peut-être des Seanchans. »

Perrin acquiesça d'un signe de tête et ils s'élancèrent au pas de course vers l'endroit où ils avaient attaché leurs montures derrière une maison abandonnée. Comme Mat et Hurin disparaissaient au coin de cette maison, Perrin regarda en arrière dans la direction de l'auberge et s'immobilisa, stupéfait. Les Enfants de la Lumière entraient dans le bourg, en longue colonne.

Il fonça à la suite des autres. « Des Blancs Manteaux ! »

Ils ne perdirent qu'un bref instant à le regarder d'un air incrédule avant de se hisser précipitamment en selle. Laissant des maisons entre eux et la rue principale, les trois sortirent du village au galop en direction de l'ouest, avec un coup d'œil par-dessus l'épaule pour guetter si on les poursuivait. Ingtar leur avait recommandé d'éviter tout ce qui risquait de les retarder, et les Blancs Manteaux en posant des questions n'y manqueraient pas, même si eux imaginaient des réponses satisfaisantes. Perrin guettait avec encore plus d'attention que les deux autres ; il avait des raisons personnelles pour ne pas vouloir rencontrer des Blancs Manteaux. *La hache dans mes mains. Par la Lumière, que ne donnerais-je pas pour changer cela.*

Les collines parsemées de bois masquèrent bientôt le village et Perrin commença à penser que finalement rien ne les pourchassait Il tira sur ses rênes et fit signe aux autres de s'arrêter. Quand ils eurent obtempéré, l'air interrogateur, il tendit l'oreille. Son ouïe était plus fine que naguère, mais il ne perçut aucun martèlement de sabots.

À contrecœur, il lança son esprit à la recherche de loups. Il en trouva presque aussitôt, une petite meute qui se reposait pour la journée dans les collines au-dessus du village qu'ils venaient de quitter. Les loups éprouvèrent d'abord une stupeur si forte que Perrin eut presque l'impression que c'était lui qui la ressentait ; ces loups avaient entendu des rumeurs, mais ils n'avaient pas vraiment cru que des Deux-Pattes savaient parler à ceux de leur espèce. Perrin sua sang et eau pendant les minutes qu'il lui fallut pour passer du stade où il se présenta – il projeta malgré lui l'image de Jeune Taureau et ajouta sa propre odeur, selon la coutume en usage parmi les loups ; les loups étaient très attachés à l'étiquette lors des premiers contacts – mais il parvint à la longue à transmettre sa question. Ils ne s'intéressaient pas réellement à des Deux-Pattes qui ne pouvaient pas communiquer avec eux, mais ils finirent par descendre discrètement voir ce qu'il en était, invisibles aux yeux sans pénétration des deux-Pattes.

Au bout d'un moment, des images se présentèrent à lui, ce que les loups voyaient. Des cavaliers en cape blanche parcouraient le village, passaient au milieu des maisons, tournaient autour de l'agglomération, mais aucun ne s'éloignait. En particulier en direction de l'ouest. Les loups dirent que tout ce qu'ils sentaient se diriger vers l'ouest c'était lui-même et deux autres Deux-Pattes avec trois des grands aux pieds durs.

Perrin rompit le contact avec soulagement. Il savait que Mat et Hurin le regardaient.

« Ils ne nous suivent pas, dit-il.

– Qu'est-ce qui t'en rend si sûr ? protesta Mat, agressif.

– Je le sais », rétorqua sèchement Perrin, qui ajouta plus doucement : « Je le sais, voilà tout. »

Mat ouvrit la bouche, la referma, dit finalement : « Eh bien, s'ils ne nous donnent pas la chasse, je suis d'avis que nous retournions retrouver Ingtar et la piste de Fain. Ce poignard ne se rapprochera pas tout seul si nous restons plantés là.

– Impossible de rejoindre la piste aussi près de ce village, objecta Hurin. Pas sans risquer de tomber sur des Blancs Manteaux. Je ne crois pas que le Seigneur Ingtar apprécierait, ni Vérine Sedai. »

Perrin acquiesça d'un signe de tête. « De toute façon, nous ne la prendrons pas pour plus d'une demi-lieue. Mais soyez sur vos gardes. Nous ne devons plus être bien loin de Falme, à présent. Cela n'arrangerait pas nos affaires d'éviter les Blancs Manteaux pour tomber sur une patrouille seanchane. »

Comme ils se remettaient en route, il ne put s'empêcher de se demander ce que des Blancs Manteaux faisaient dans cette région.

Assis sur sa selle, Geofram Bornhald scrutait la grand-rue tandis que la légion se répandait dans le petit bourg et l'encerclait. Quelque chose chez l'homme aux épaules massives qui s'était éclipsé, quelque chose réveillait en lui un souvenir. *Oui, bien sûr. Le garçon qui avait prétendu être forgeron. Comment s'appelait-il donc ?*

Byar arrêta sa monture devant lui, la main sur le cœur. « Nous nous sommes assurés du bourg, mon Seigneur Capitaine. »

Les villageois engoncés dans leurs lourdes pelisses en peau de mouton que les guerriers à la cape blanche rassemblaient près des chariots surchargés devant l'auberge tournaient en rond avec malaise. Des enfants en pleurs se cramponnaient à la jupe de leur mère, mais personne n'arborait un air de défi. Les yeux des adultes avaient un regard morne, ils attendaient passivement ce qui allait arriver. Pour cela, au moins, Bornhald était reconnaissant. Il n'avait franchement pas le désir de faire un exemple parmi ces gens et pas la moindre envie de perdre du temps.

Mettant pied à terre, il jeta ses rênes à l'un des Enfants. « Veillez à ce que les hommes prennent un repas. Byar, enfermez les prisonniers dans l'auberge avec autant de nourriture et d'eau qu'ils peuvent en porter, puis clouez toutes les portes et les volets. Arrangez-vous pour les persuader que je laisse quelques hommes pour les garder, hein ? »

Byar porta de nouveau la main à son cœur et fit tourner son cheval pour lancer des ordres. Le rassemblement recommença dans l'auberge au toit plat, tandis que d'autres Enfants fouillaient les maisons à la recherche de marteaux et de clous.

Observant les visages empreints de tristesse qui défilaient devant lui, Bornhald se dit que deux ou trois jours se passeraient probablement avant que l'un d'eux trouve assez de courage pour forcer un passage hors de l'auberge et découvre qu'il n'y avait pas de sentinelles. Deux ou trois jours, il n'avait pas besoin de plus, mais il n'avait pas l'intention de courir le risque que les Seanchans aient à présent vent de sa présence.

Laissant derrière lui assez d'hommes pour faire croire aux Inquisiteurs que sa légion entière était toujours éparpillée dans la Plaine d'Almoth, il avait amené plus de mille Enfants presque jusqu'au bout de la Pointe de Toman sans donner l'alarme, pour autant qu'il le sache. Trois escarmouches avec des patrouilles seanchanes s'étaient vite terminées. Les Seanchans s'étaient habitués à affronter un ramassis de gens minés déjà par la défaite ; les Enfants de la Lumière avaient été une surprise accablante. Néanmoins, les Seanchans savaient combattre comme les hordes du Ténébreux, et il ne pouvait s'empêcher de se rappeler la rencontre qui lui avait coûté plus de cinquante hommes. Il n'aurait toujours pas su dire laquelle des deux femmes criblées de flèches qu'il avait contemplées ensuite était l'Aes Sedai.

« Byar ! » Un des hommes de Bornhald lui tendait de

l'eau dans une chope en terre prise sur un des chariots ; elle lui glaça la gorge.

L'homme au visage décharné sauta à bas de sa selle. « Oui, Seigneur Capitaine ?

– Quand j'engagerai le combat avec l'ennemi, Byar, dit avec lenteur Bornhald, vous n'y prendrez pas part. Vous observerez à distance et vous irez rapporter à mon fils ce qui se passera.

– Mais, mon Seigneur Capitaine... !

– C'est mon ordre, Enfant Byar, répliqua-t-il d'un ton cassant. Vous l'exécuterez, oui ? »

Byar raidit l'échine et regarda droit devant lui. « Puisque vous le commandez, Seigneur Capitaine. »

Bornhald l'examina un instant. Cet homme obéirait, mais mieux valait lui donner un autre objectif que d'apprendre à Dain de quelle façon son père était mort. Ce n'est pas comme s'il manquait d'informations précieuses à envoyer d'urgence à Amador. Depuis cette escarmouche avec les Aes Sedai – *y en avait-il une ou étaient-elles deux ? Trente Seanchans, de bons guerriers, et deux femmes m'ont coûté deux fois plus de pertes que celles qu'ils ont subies* – depuis lors, il ne pensait plus partir vivant de la Pointe de Toman. Au cas bien aléatoire où les Seanchans n'y veilleraient pas, les Inquisiteurs s'en chargeraient probablement.

« Quand vous aurez trouvé mon fils – il devrait être avec le Seigneur Capitaine Eamon Valda près de Tar Valon – et l'aurez averti, vous irez à Amador faire votre rapport au Seigneur Capitaine Commandant. À Pedron Niall en personne, Enfant Byar. Vous lui exposerez ce que nous avons appris sur les Seanchans ; je vais l'écrire pour vous. Assurez-vous qu'il comprenne que nous ne pouvons plus compter que les sorcières de Tar Valon se contentent d'influer dans l'ombre sur les événements. Si elles combattent ouvertement pour les Seanchans, nous aurons sûrement à les affronter ailleurs. » Il hésita. Ce dernier point était le plus important de tous. Il fallait que l'on sache sous la Coupole de Vérité qu'en dépit de tous leurs serments tant vantés les Aes Sedai participaient aux combats. Cela lui serrait le cœur, ce monde où les Aes Sedai usaient du Pouvoir dans une guerre ; il n'était pas certain de regretter de le quitter. Mais il y avait encore un message qu'il voulait transmettre à Amador. « Et, Byar... expliquez à Pedron

Niall comment nous avons été manipulés par les Inquisiteurs.

– Comme vous le commandez, mon Seigneur Capitaine », dit Byar, mais Bornhald soupira en voyant son expression. Cet homme ne comprenait pas. Pour Byar, les ordres devaient être exécutés, qu'ils émanent du Seigneur Capitaine ou des Inquisiteurs, et quelle que soit leur nature.

« Je vais vous l'écrire pour que vous le donniez aussi à Pedron Niall », reprit-il. Il ne savait pas trop quel bien en résulterait, de toute façon. Une idée lui traversa l'esprit et il regarda en fronçant les sourcils l'auberge où quelques-uns de ses hommes enfonçaient bruyamment à coups de marteau des clous dans les volets et les portes. « Perrin, murmura-t-il. C'était son nom. Perrin des Deux Rivières.

– L'Ami du Ténébreux, mon Seigneur Capitaine ?

– Peut-être, Byar. » Lui-même n'en était pas entièrement certain, mais sûrement qu'un homme ayant des loups combattant pour lui ne pouvait être rien d'autre. En tout cas, ce Perrin avait tué deux des Enfants. « J'ai cru l'avoir vu quand nous sommes arrivés, mais je ne me rappelle personne parmi les prisonniers ressemblant à un forgeron.

– Leur forgeron est parti depuis un mois, mon Seigneur Capitaine. Quelques-uns se lamentaient en disant qu'ils auraient été partis avant notre arrivée s'ils n'avaient pas été obligés de réparer eux-mêmes les roues de leurs chariots. Croyez-vous qu'il s'agit de ce Perrin, Seigneur Capitaine ?

– Peu importe, il n'a pas été repéré ici, non ? Et il pourrait informer les Seanchans de notre présence.

– Un Ami du Ténébreux n'y manquerait sûrement pas, mon Seigneur Capitaine.

Bornhald avala le reste de l'eau et jeta la chope de côté. « Pas de repas pour les hommes ici, Byar. Je ne laisserai pas ces Seanchans me prendre au dépourvu, qu'ils soient avertis par Perrin des Deux Rivières ou par quelqu'un d'autre. Que la Légion se mette en selle, Enfant Byar ! »

Très haut au-dessus de leurs têtes, une énorme forme ailée décrivait un cercle, sans que personne l'ait remarquée.

Dans la clairière au milieu du hallier couronnant la colline où ils avaient installé leur camp, Rand s'exerçait aux différentes phases d'assaut avec son épée. Il voulait s'empêcher de réfléchir. Il avait eu ses chances de chercher avec Hurin la piste de Fain ; tous les avaient eues, par deux et par trois, de façon à ne pas attirer l'attention, et tous jusqu'à présent avaient fait chou blanc. Ils attendaient maintenant que Mat et Perrin reviennent avec le Flaireur ; ils auraient dû être de retour depuis des heures.

Loial lisait, bien entendu, et impossible de dire si le frémissement de ses oreilles se rapportait à son livre ou au retard du trio parti en reconnaissance, mais Uno et la plupart des guerriers du Shienar étaient assis, les nerfs tendus, s'affairant à huiler leur épée, ou guettaient à travers les arbres comme s'ils croyaient que des Seanchans allaient apparaître d'un instant à l'autre. Seule Vérine semblait imperturbable. L'Aes Sedai était assise sur un tronc d'arbre à côté de leur petit feu, parlant à voix basse et écrivant avec un long bâton dans la terre ; de temps en temps, elle secouait la tête, effaçait tout avec le pied et recommençait. La totalité des chevaux étaient sellés et prêts à repartir, les montures des cavaliers du Shienar attachées chacune à une lance enfoncée dans le sol.

« *Le-Héron-s'avance-dans-les-roseaux* », commenta Ingtar. Il était assis adossé à un arbre, faisant glisser une pierre à aiguiser le long de la lame de son épée en regardant Rand. « Vous ne devriez pas perdre votre temps avec cet exercice-là. Il vous laisse complètement à découvert. »

Pendant un instant, Rand resta en équilibre sur la demi-pointe d'un pied, l'épée qu'il brandissait à deux mains renversée en arrière au-dessus de sa tête, puis il reporta son poids en souplesse sur l'autre pied. « Lan dit que c'est bon pour perfectionner le sens de l'équilibre. » Garder son équilibre n'était pas facile. Dans le vide, il lui semblait souvent possible de se maintenir debout sur un rocher dévalant une pente, mais il n'osait pas faire appel au vide. Il le désirait trop pour être sûr de se maîtriser.

« Ce que l'on pratique trop souvent, on le met en œuvre machinalement. Vous embrocherez votre adversaire sur votre lame avec ce coup-là si vous êtes vif, mais pas avant qu'il vous ait perforé le thorax avec la sienne. Vous l'y invitez, pratiquement. Je ne crois pas que je résisterais à l'envie de lui enfoncer mon épée dans le corps si j'avais en face de moi quelqu'un tellement à découvert, même en sachant que je risque dans ce cas-là qu'il m'atteigne en plein cœur.

– C'est seulement pour l'équilibre, Ingtar. » Rand chancela sur son pied et dut poser l'autre pour ne pas tomber. Il renfonça sa lame dans le fourreau et ramassa la cape grise qui lui servait de déguisement. Elle était mangée aux mites et effrangée dans le bas mais doublée d'une toison épaisse et le vent se levait, froid, venant de l'ouest. « J'aimerais qu'ils reviennent. »

Comme si son souhait avait été un signal, Uno annonça d'une voix basse mais pressante : « Foutus cavaliers qui arrivent, mon Seigneur. » Ceux qui n'avaient pas déjà leur arme en main dégainèrent dans un cliquetis de fourreau. Quelques-uns sautèrent en selle et empoignèrent leur lance.

La tension s'apaisa à la vue de Hurin qui entrait au trot dans la clairière, en tête des autres, et remonta quand il prit la parole. « Nous avons trouvé la piste, Seigneur Ingtar.

– Nous l'avons suivie presque jusqu'à Falme », dit Mat en mettant pied à terre. Le rose de ses pommettes sur son visage blême semblait une singerie de santé ; la peau lui collait au crâne. Les guerriers du Shienar se groupèrent autour de lui, aussi surexcités qu'il l'était. « Rien que Fain, mais il ne pouvait aller nulle part ailleurs, de toute façon. Il doit avoir le poignard.

– Nous avons trouvé aussi des Blancs Manteaux, compléta Perrin en descendant de cheval. Des centaines.

– Des Blancs Manteaux ? s'exclama Ingtar en fronçant les sourcils. Ici ? Ma foi, s'ils ne nous cherchent pas noise, nous ne leur en chercherons pas non plus. Peut-être que si les Seanchans sont occupés avec eux, cela nous aidera à parvenir jusqu'au Cor de Valère. » Son regard tomba sur Vérine, toujours assise près du feu. « Je suppose que vous allez me dire que j'aurais dû vous écouter, Aes Sedai. Le gaillard s'est bien rendu à Falme.

– La Roue tisse selon son bon vouloir, répliqua placidement Vérine. Avec des *ta'verens*, ce qui arrive est ce qui est prévu. Qui sait si le Dessin ne requérait ces jours supplémentaires. Le Dessin dispose chaque chose à sa place avec précision et, quand nous essayons d'altérer le motif, en particulier si des *ta'verens* y sont impliqués, le tissage change pour nous réinsérer dans le Dessin à l'emplacement prévu. » S'ensuivit un silence inquiet qu'elle ne parut pas remarquer ; elle continuait à dessiner distraitement avec son bâton. « À présent, toutefois, je pense que nous devrions peut-être nous concerter. Le Dessin nous a enfin amenés à Falme. Le Cor de Valère a été emporté à Falme. »

Ingtar s'accroupit en face d'elle, de l'autre côté du feu. « Quand un nombre suffisant de gens disent la même chose, j'ai tendance à la croire et les gens du pays disent que les Seanchans ne se soucient apparemment pas de qui entre dans Falme ou en sort. Je vais emmener Hurin avec quelques autres dans la ville. Une fois qu'il aura suivi la piste de Fain jusqu'au Cor... eh bien, alors nous verrons ce que nous verrons. »

Du bout du pied, Vérine effaça une roue qu'elle avait dessinée par terre. À cet endroit, elle traça deux lignes courtes qui se touchaient à une extrémité. « Ingtar et Hurin. Et Mat, puisqu'il sent la présence du poignard s'il s'en approche suffisamment. Vous voulez bien y aller, n'est-ce pas, Mat ? »

Mat eut l'air tiraillé entre deux partis, mais il acquiesça d'un signe de tête nerveux. « J'y suis bien obligé, hein ? Il faut que je trouve ce poignard. »

Une troisième ligne transforma le dessin en empreinte de patte d'oiseau. Vérine jeta un coup d'œil de côté à Rand.

« J'irai, dit-il. C'est pour cela que je suis venu. » Les yeux de l'Aes Sedai s'éclairèrent d'un flamboiement bizarre, une lueur semblant signifier une certaine compréhension qui le mit mal à l'aise. « Pour aider Mat à reprendre le poignard, poursuivit-il d'un ton sec, et Ingtar le Cor. » Il compléta intérieurement : *Et Fain. Il faut que je trouve Fain si ce n'est pas déjà trop tard.*

Vérine creusa une quatrième ligne, transformant l'empreinte d'oiseau en étoile asymétrique. « Et qui d'autre ? » dit-elle à mi-voix. Elle tenait son bâton-stylet en arrêt.

« Moi », lança Perrin un quart de seconde avant que Loial ne s'écrie : « J'aimerais bien venir aussi, je pense », tandis qu'Uno et les autres guerriers du Shienar commençaient à réclamer d'être de la partie.

« Perrin a parlé le premier », déclara Vérine comme si cela réglait la question. Elle traça une cinquième ligne et les entoura toutes les cinq d'un cercle. Les cheveux se hérissèrent sur la nuque de Rand ; c'était la même roue qu'elle avait effacée auparavant. « Ils partent à cinq, murmura-t-elle.

– Je serais vraiment content de visiter Falme, reprit Loial. Je n'ai jamais vu l'Océan d'Aryth. D'ailleurs, je peux porter le coffre, si le Cor est encore dedans.

– Mieux vaudrait au moins m'inclure, moi aussi, mon Seigneur, insista Uno. Vous et le Seigneur Rand aurez besoin d'une autre épée pour garder vos arrières si ces foutus Seanchans tentent de vous barrer le chemin. » Le bourdonnement des voix mêlées du reste des guerriers traduisait le même sentiment.

« Ne soyez pas stupides », dit sèchement Vérine. L'expression sévère de son regard les réduisit tous au silence. « Vous ne pouvez pas partir en bloc. Quelle que soit l'indifférence des Seanchans à l'égard des étrangers, ils ne manqueront pas de remarquer vingt soldats et vous n'avez pas l'air d'autre chose même sans armure. Et qu'il y en ait un ou deux de plus ne changera rien. Cinq est un nombre suffisamment faible pour entrer en ville sans éveiller de curosité et c'est approprié que trois de ceux-là soient les trois *ta'verens* qui sont parmi nous. Non, Loial, vous aussi vous devez rester. Il n'y a pas d'Ogier sur la Pointe de Toman. Vous attireriez autant les regards que tous les autres réunis.

– Et vous ? » questionna Rand.

Vérine secoua la tête. « Vous oubliez les *damanes.* » Elle prononça le mot avec une moue de dégoût. « La seule façon dont je pourrais vous aider serait que je canalise le Pouvoir et cela ne vous serait d'aucun secours si je focalise l'attention de celles-là sur vous. En admettant même qu'elles ne soient pas assez près pour voir, il pourrait y en avoir une qui sente qu'une femme – ou un homme aussi bien – canalise, si soin n'est pas pris de maintenir minime le Pouvoir canalisé. » Elle ne regarda pas Rand, elle s'appliquait ostensiblement à ne pas le regarder ; quant à Mat et à Perrin, ils s'absorbèrent soudain dans la contemplation de leurs pieds.

« Un homme, dit Ingtar d'un ton sarcastique. Vérine Sedai, pourquoi ajouter des problèmes ? Nous en avons déjà assez sans supposer que des hommes canalisent. Mais ce serait bien que vous soyez présente. Si nous avons besoin de vous...

– Non, vous cinq devez partir seuls. » Son pied passa en raclant sur la roue, l'effaçant partiellement. Elle les dévisagea chacun tour à tour, attentive, les sourcils froncés. « Cinq se mettront en route. »

On aurait pu penser pendant un instant qu'Ingtar allait renouveler sa demande mais, devant son regard ferme, il haussa les épaules et se tourna vers Hurin. « Combien de temps d'ici Falme ? »

Le Flaireur se gratta la tête. « Si nous partons maintenant et que nous voyagions toute la nuit, nous pourrions être là-bas demain au lever du jour.

– Alors c'est ce que nous allons faire. Je ne perdrai pas plus de temps. Vous tous, sellez vos chevaux. Uno, je veux que vous emmeniez les autres derrière nous, mais restez hors de vue et ne laissez personne... »

Tandis qu'Ingtar continuait à donner ses instructions, Rand examina le croquis de la roue. C'était maintenant une roue brisée, avec seulement quatre rayons. Il ne sut trop pourquoi, cela le fit frissonner. Il se rendit compte que Vérine l'observait, ses yeux noirs brillants et vigilants comme des yeux d'oiseau. Il lui fallut un effort pour détourner les siens et commencer à rassembler ses affaires.

Tu te laisses entraîner par ton imagination, se dit-il avec agacement. *Elle ne peut rien faire si elle n'est pas là-bas.*

45. Maître à l'épée

Le soleil levant haussait son sommet pourpre au-dessus de l'horizon et projetait de longues ombres en direction du port sur les rues pavées en cailloutis de Falme. Une brise de mer chassait vers l'intérieur des terres la fumée sortant des cheminées où avait été allumé le feu pour préparer le petit déjeuner. Seuls les lève-tôt étaient déjà dehors, leur haleine formant un petit nuage de vapeur dans le froid matinal. En comparaison des foules qui emplissaient les rues à une autre heure, la ville semblait presque déserte.

Assise sur un tonneau posé sens dessus dessous devant une boutique de quincaillier, Nynaeve se réchauffait les mains sous ses bras en surveillant son armée. Min était installée sur le seuil d'une porte de l'autre côté de la rue, enveloppée dans sa cape seanchane, et croquait une prune ridée ; quant à Elayne, elle se pelotonnait dans sa pelisse en mouton à l'entrée d'une ruelle qui débouchait dans la rue tout près d'elle. Un grand sac, dérobé sur les quais, était posé, soigneusement plié, à côté de Min. *Mon armée*, songea avec amertume Nynaeve. *Mais il n'y a personne d'autre.*

Elle aperçut une *sul'dam* et une *damane* qui remontaient la rue, une blonde portant le bracelet et une brune le collier, les deux bâillant de sommeil. Les quelques Falmais qui avaient emprunté comme elles cette rue détournaient les yeux et se gardaient d'en approcher. Aussi loin qu'elle pouvait voir en direction du port, il n'y avait pas d'autre Seanchan. Elle ne tourna pas la tête d'un autre côté. À la place, elle s'étira et se secoua comme pour délasser ses épaules engourdies avant de reprendre sa position première.

Min jeta sa prune à demi mangée, lança un coup d'œil détaché vers le haut de la rue et s'adossa contre le montant de la porte. La voie était libre aussi dans ce sens-là, sinon elle aurait posé les mains sur ses genoux. Min avait commencé à se masser nerveusement les mains, et Nynaeve se rendit compte qu'Elayne sautillait maintenant avec impatience sur la pointe des pieds.

Si elles font échouer nos projets, je leur tape la tête l'une contre l'autre. Néanmoins Nynaeve savait que si elles étaient découvertes, ce serait les Seanchans qui décideraient ce qui arriverait à elles trois. Elle ne se rendait que trop bien compte qu'elle n'avait aucune certitude concernant la réussite de ce qu'elle avait agencé. Ce pourrait aussi bien être ses propres erreurs qui risquaient de les trahir. Une fois de plus, elle se promit que si les choses tournaient de travers elle s'arrangerait pour attirer l'attention sur elle pendant que Min et Elayne s'échapperaient. Elle leur avait dit de s'enfuir dans ce cas-là et leur avait laissé croire qu'elle fuirait aussi. Ce qu'elle entreprendrait à la place, elle ne le savait pas. *À part que je ne leur permettrais pas de me prendre vivante. Je vous en prie, ô Lumière, pas ça.*

La *sul'dam* et la *damane* gravirent la rue jusqu'à la hauteur des trois femmes postées en embuscade et se trouvèrent encadrées par elles. Une douzaine de Falmais avançaient largement à l'écart des deux reliées ensemble.

Nynaeve rassembla toute sa colère. Les Porteuses-de-laisse et les Teneuses-de-laisse. Elles avaient refermé leur immonde collier sur le cou d'Egwene, et elles le passeraient autour du sien et de celui d'Elayne si elles le pouvaient. Elle avait réussi à ce que Min lui explique comment les *sul'dams* imposaient leur volonté. Elle était sûre que Min s'était abstenue d'en dire une partie, le pire, mais ce qu'elle avait raconté suffisait pour chauffer à blanc la fureur de Nynaeve. En un instant, une corolle blanche sur une branche épineuse s'épanouit à la lumière, à la *saidar*, et le Pouvoir Unique l'envahit. Elle savait qu'il y avait une aura autour d'elle, visible pour qui était capable de la discerner. La *sul'dam* au teint clair sursauta et la bouche de la *damane* s'entrouvit de stupeur, mais Nynaeve ne leur accorda aucune chance. C'est seulement un mince filet du Pouvoir qu'elle canalisa, mais elle le fit claquer, tel un fouet captant en l'air un atome de poussière.

Le collier d'argent s'ouvrit brusquement et cliqueta sur les pavés pointus. Nynaeve poussa un soupir de soulagement tout en se levant d'un bond.

La *sul'dam* regardait fixement le collier tombé à terre comme si c'était un serpent venimeux. La *damane* porta à sa gorge une main tremblante mais, avant que la femme à la robe ornée d'éclairs ait eu le temps de réagir, la *damane* se retourna et lui assena un coup de poing en pleine figure ; les genoux de la *sul'dam* flanchèrent et elle faillit tomber.

« Bravo ! » cria Elayne. Elle arrivait déjà en courant, elle aussi, et Min de même.

Avant que l'une ou l'autre atteigne les deux femmes, la *damane* jeta un regard effaré autour d'elle, puis détala à toutes jambes.

« Ne craignez rien ! lui cria Elayne. Nous sommes des amies !

– Chut ! » ordonna Nynaeve dans un souffle. Elle extirpa de sa poche une poignée de chiffons et les fourra sans ménagement dans la bouche béante de la *sul'dam* qui chancelait encore. Min déploya précipitamment d'une secousse le sac d'où se dégagea un nuage de poussière et l'enfila par-dessus la tête de la *sul'dam*, l'enveloppant jusqu'à la taille. « Nous n'attirons déjà que trop l'attention. »

C'était exact et pourtant pas entièrement vrai. Leur quatuor se tenait dans une rue qui se vidait rapidement, mais les gens qui avaient décidé d'être ailleurs évitaient de les regarder. Nynaeve avait compté là-dessus – sur le fait que les gens s'appliquent à ignorer tout ce qui avait rapport avec les Seanchans – pour gagner quelques instants. Ils finiraient par parler, mais à voix basse ; cela prendrait probablement des heures avant que les Seanchans apprennent qu'il s'était produit quelque chose.

La femme encapuchonnée commença à se débattre, poussant sous le sac des cris assourdis par les chiffons, mais Nynaeve et Min la saisirent à bras le corps et l'entraînèrent de haute lutte dans une venelle voisine. La laisse et le collier ricochaient derrière elles en cliquetant sur les cailloutis.

« Ramassez-le, ordonna Nynaeve d'un ton bref à Elayne. Il ne vous mordra pas ! »

Elayne respira à fond, puis attrapa avec précaution le collier d'argent, comme si elle craignait qu'effectivement il la morde. Nynaeve éprouva une certaine compassion, encore que limitée ; tout reposait sur l'exécution par chacune d'elles de ce qu'elles avaient prévu.

La *sul'dam* donnait des coups de pied et se démenait pour essayer de se dégager mais, à elles deux, Nynaeve et Min l'emmenèrent de force par cette venelle dans un autre passage légèrement plus large derrière des maisons, puis une autre ruelle et finalement à l'intérieur d'une baraque en bois rudimentaire qui avait apparemment abrité naguère deux chevaux, à en juger par les stalles. Rares étaient ceux qui avaient les moyens d'entretenir des chevaux depuis le débarquement des Seanchans, et de toute la journée où Nynaeve l'avait surveillée, personne ne s'en était approché. Dedans régnait une odeur de poussière et de renfermé qui proclamait l'abandon. Dès qu'elles furent entrées, Elayne laissa choir la laisse d'argent et s'essuya les mains avec de la paille.

Nynaeve canalisa un autre filet et le bracelet tomba sur le sol en terre battue. La *sul'dam* poussa des cris rauques et se rua de côté et d'autre.

« Prêtes ? » questionna Nynaeve. Les deux autres hochèrent la tête et elles retirèrent d'un coup sec le sac qui coiffait leur prisonnière.

La *sul'dam* avait la respiration sifflante, ses yeux bleus larmoyaient à cause de la poussière ; seulement son visage cramoisi l'était autant de colère que de manque d'air dans le sac. Elle fonça vers la porte, mais les autres la rattrapèrent dès son premier pas. Elle n'était pas faible, par contre elles étaient trois et, quand elles en eurent fini, la *sul'dam* avait été dépouillée jusqu'à sa chemise exclusivement et gisait dans une des stalles, pieds et poings liés par une corde solide, avec un autre morceau de corde qui l'empêchait de recracher son bâillon.

Massant une lèvre tuméfiée, Min évalua du regard la robe aux panneaux ornés d'éclairs et les bottes souples qu'elles avaient étalées. « Cela vous ira peut-être, Nynaeve. Ce n'est ni à la taille d'Elayne ni à la mienne. » Elayne enlevait les pailles qui s'étaient prises dans ses cheveux.

« Je le vois bien. De toute façon, vous n'avez jamais été une candidate possible, pas vraiment. On vous connaît trop bien. » Nynaeve se déshabilla en hâte. Elle jeta ses vêtements de côté et enfila la robe de la *sul'dam*. Min l'aida à passer les boutons dans les boutonnières.

Nynaeve remua les orteils dans les bottes ; elles étaient un peu étroites. La robe la serrait aussi à hauteur de la poitrine et était trop large ailleurs. L'ourlet touchait presque le sol, plus bas que ceux des *sul'dams*, mais la robe serait allée encore plus mal aux autres. Nynaeve ramassa d'un geste vif le bracelet, respira à fond et le referma autour de son poignet gauche. Les extrémités s'emboîtèrent et il parut être d'une seule pièce comme un anneau. Il ne donnait pas l'impression d'être autre chose qu'un bracelet. Elle avait redouté le contraire.

« Mettez la robe, Elayne. » Elles avaient teint deux robes – une à elle, une à Elayne – dans le gris de celles des *damanes*, ou en tout cas du gris le plus approchant possible, et les avaient cachées là. Elayne n'esquissa aucun mouvement, à part se passer la langue sur les lèvres en regardant le collier ouvert. « Elayne, c'est à vous de la mettre. Il y en a trop qui ont vu Min pour qu'elle s'en charge. Je l'aurais bien portée moi-même si cette robe-ci avait été à vos mesures. » Elle se dit qu'elle serait devenue folle si elle avait dû avoir ce collier autour du cou, c'est pourquoi elle était incapable de parler maintenant à Elayne sur un ton impératif.

« Je sais. » Elayne soupira. « J'aimerais seulement en connaître un peu plus sur les effets qu'il a. » Elle releva la masse de ses cheveux d'or roux. « Min, aide-moi, s'il te plaît. » Min commença à détacher les boutons qui fermaient la robe dans le dos.

Nynaeve réussit à ramasser le collier sans sourciller. « Il y a un moyen de l'apprendre. » Avec seulement une seconde d'hésitation, elle se pencha et le boucla autour du cou de la *sul'dam*. *Elle est mieux que personne indiquée pour l'expérimenter.* « Elle sera peut-être capable de nous dire quelque chose d'utile, en tout cas. » La femme aux yeux bleus jeta un coup d'œil à la laisse traînant de son cou au poignet de Nynaeve, puis dévisagea celle-ci d'un air méprisant.

« Cela ne fonctionne pas comme ça », objecta Min, mais Nynaeve l'entendit à peine.

Elle avait... conscience... de l'autre femme, conscience de ce qu'elle éprouvait, la pression des cordes s'incrustant dans ses chevilles et ses poignets derrière son dos, le goût prononcé de poisson des chiffons dans sa bouche, le picotement de la paille à travers la mince étoffe de sa chemise. Non pas comme si elle, Nynaeve, ressentait cela, mais dans sa tête il y avait une masse de sensations qu'elle identifiait comme appartenant à la *sul'dam*.

Elle déglutit, s'efforçant de les ignorer – elles persistèrent – et elle s'adressa à la femme ligotée. « Je ne vous ferai aucun mal si vous répondez à mes questions avec franchise. Nous ne sommes pas des Seanchanes. Mais si vous me mentez... » Elle souleva la laisse dans un geste menaçant.

Les épaules de l'autre s'agitèrent et sa bouche s'arrondit autour du bâillon dans une expression moqueuse. Il fallut à Nynaeve un moment pour comprendre que la *sul'dam* riait.

Elle pinça les lèvres, mais alors une idée lui vint. Cet assortiment de sensations à l'intérieur de sa tête semblait tout ce que l'autre femme ressentait de physique. À titre d'expérience, elle essaya d'y ajouter.

Les yeux soudain exorbités, la *sul'dam* poussa un cri que le bâillon n'étouffa qu'en partie. Remuant ses mains écartées comme pour tenter de se protéger de quelque chose, elle s'arqua sur la paille telle une chenille arpenteuse dans un vain effort pour fuir.

Stupéfaite, Nynaeve se hâta de se débarrasser des sensations supplémentaires qu'elle avait ajoutées. La *sul'dam* s'affaissa, en larmes.

« Qu'est-ce... qu'est-ce que vous... lui avez fait ? » questionna Elayne d'une voix faible. Min ne pouvait qu'ouvrir de grands yeux, ébahie.

Nynaeve répliqua avec brusquerie : « La même chose que vous avait infligée Shériam quand vous aviez jeté une tasse à la tête de Marith. » *Ô Lumière, c'est vraiment une chose abominable.*

Elayne avala brusquement sa salive. « Oh.

– Mais un *a'dam* n'est pas censé fonctionner de cette manière, remarqua Min. Elles prétendent toujours qu'il ne marche pas sur une femme qui ne peut pas canaliser.

– Peu m'importe comment il est censé fonctionner, du moment qu'il donne le résultat escompté. » Nynaeve empoigna la laisse d'argent à l'endroit où elle se joignait au collier et redressa la *sul'dam* juste assez pour la regarder droit dans les yeux. Des yeux affolés, elle le constata. « Écoutez-moi et écoutez-moi bien. Je veux des réponses et si je ne les obtiens pas, je vous ferai penser que je vous ai écorchée vive. » Une terreur sans nom se peignit sur le visage de la *sul'dam* et l'estomac de Nynaeve se souleva quand elle comprit soudain que l'autre l'avait prise au mot. *Si elle croit que je le peux, c'est parce qu'elle le sait. Voilà à quoi servent ces laisses.* Elle se ressaisit avec fermeté pour s'empêcher d'arracher le bracelet d'autour de son poignet. En lieu de quoi, elle durcit son expression. « Êtes-vous prête à parler ? Ou vous en faut-il plus pour vous convaincre ? »

La frénésie avec laquelle la tête se secouait suffisait comme réponse. Quand Nynaeve eut ôté le bâillon, la *sul'dam* ne se tut que le temps de déglutir avant de s'écrier précipitamment : « Je ne vous dénoncerai pas. Je le jure. Seulement, enlevez ça de mon cou. J'ai de l'or. Prenez-le. Je le jure, je ne dirai jamais rien à personne.

– Taisez-vous », lança sèchement Nynaeve, et la *sul'dam* referma immédiatement la bouche. « Quel est votre nom ?

– Sèta. Je vous en prie. Je vous répondrai mais, je vous en supplie, ôtez-le-moi ! Si quelqu'un le voyait sur moi... » Les yeux de Sèta s'abaissèrent pour regarder longuement la laisse, puis ses paupières se fermèrent étroitement. « S'il vous plaît ? » chuchota-t-elle.

Nynaeve se rendit compte d'une chose. Jamais elle ne pourrait imposer à Elayne de porter ce collier.

« Mieux vaut en finir », déclara celle-ci d'un ton ferme. Elle était dépouillée aussi jusqu'à sa chemise, à présent. « Donnez-moi une minute pour endosser cette autre robe et...

– Renfilez vos habits, dit Nynaeve.

– Quelqu'un doit faire semblant d'être une *damane*, rétorqua Elayne, ou nous ne parviendrons jamais jusqu'à Egwene. Cette robe vous va et Min ne peut pas jouer les *damanes*. Il ne reste donc plus que moi.

– Je vous ai dit de vous rhabiller. Nous avons quelqu'un pour être notre Porteuse-de-Laisse. » Nynaeve tira sur la laisse qui retenait Sèta, et la *sul'dam* eut un haut-le-corps.

« Non, non, par pitié ! Si on me voit... » Elle s'interrompit net devant le regard glacial de Nynaeve.

« En ce qui me concerne, vous êtes pire qu'un assassin, pire qu'un Ami du Ténébreux. Je n'imagine rien de pire que vous. Le fait que je dois avoir cette chose à mon poignet, vous ressembler même pour une heure, me rend malade. Alors si vous pensez qu'il y a quoi que ce soit que j'hésiterai à vous infliger, vous vous trompez. Vous ne voulez pas être vue ? Parfait. Nous non plus. Encore que personne ne regarde vraiment une *damane*. Pour autant que vous vous tiendrez tête baissée comme le doit une Femme-en-laisse, on ne vous remarquera même pas. Par contre, débrouillez-vous de votre mieux pour vous assurer que le reste d'entre nous ne le soit pas non plus. Si nous le sommes, vous serez certainement vue et si cela ne suffit pas à vous retenir, je vous promets que je vous ferai regretter le premier baiser que votre mère a jamais donné à votre père. Nous sommes-nous bien comprises ?

– Oui, dit Sèta d'une voix faible. Je le jure. »

Nynaeve dut enlever le bracelet afin qu'elles glissent la robe d'Elayne teinte en gris le long de la laisse et par-dessus la tête de Sèta. Elle n'habillait pas bien la *Sul'dam*, trop flottante au corsage et serrée aux hanches, mais celle de Nynaeve ne lui serait pas allée mieux et aurait été trop courte par-dessus le marché. Nynaeve espéra que les gens ne s'attardaient effectivement pas à observer les *damanes*. Elle remit le bracelet avec répugnance.

Elayne rassembla les vêtements de Nynaeve, les enveloppa dans l'autre robe teinte en un paquet, le genre de paquet que peut porter une jeune femme vêtue en paysanne marchant derrière une *sul'dam* et une *damane*. « Gawyn va se ronger les sangs quand il apprendra ça », dit-elle, et elle rit. D'un rire qui rendit un son forcé.

Nynaeve dévisagea attentivement Elayne, puis Min. Il était temps de passer à la partie dangereuse de l'expédition. « Êtes-vous prêtes ? »

Le sourire d'Elayne s'effaça. « Je suis prête.

– Prête, répondit Min d'un ton bref.

– Où allez... allons... nous ? » questionna Sèta, ajoutant vivement : « Si je puis me permettre de poser la question ?

– Dans l'antre du lion, répliqua Elayne.

– Danser avec le Ténébreux », ajouta Min.

Nynaeve soupira et secoua la tête. « Ce qu'elles veulent dire, c'est que nous allons où sont parquées toutes les *damanes* et que nous avons l'intention d'en libérer une. »

Sèta en était encore bouche bée d'étonnement quand elles la poussèrent en hâte hors de l'écurie.

Sur le pont de son bateau, Bayle Domon observait le soleil qui se levait. Les quais commençaient déjà à s'animer, alors que les rues remontant du port étaient encore pratiquement désertes. Un goéland perché sur un pilotis le regardait fixement ; les goélands ont une expression cruelle.

« Vous êtes certain que ça ira, Capitaine ? questionna Yarin. Si les Seanchans se demandent ce que nous faisons tous à bord...

– Assurez-vous seulement qu'il y a bien une hache à côté de chaque amarre, rétorqua sèchement Domon. Et, Yarin ? Qu'un des hommes coupe un cordage avant que ces femmes soient à bord, je lui fends le crâne.

– Mais si elles ne viennent pas, Capitaine ? Et si ce sont des guerriers seanchans qui arrivent à leur place ?

– Dénouez vos tripes, mon gars ! Si des soldats s'amènent, je filerai vers l'entrée du port, que la Lumière nous prenne tous en pitié. Mais tant que des soldats ne se présentent pas, je veux attendre ces femmes. Maintenant, allez-vous-en avec l'air de n'avoir qu'à flâner au soleil. »

Domon se remit à scruter la ville, dans la direction où les *damanes* étaient emprisonnées. Ses doigts tambourinaient nerveusement sur la lisse.

La brise de mer apporta au nez de Rand l'odeur des feux allumés pour cuire le petit déjeuner et s'efforça de soulever sa cape mangée aux mites, mais il la serrait d'une main autour de lui pendant que le Rouge approchait de la ville. Dans les vêtements qu'ils avaient trouvés, il n'y avait pas de bliauds à sa taille et il avait jugé sage de garder cachés les broderies d'argent de ses manches et les hérons sur son col. L'attitude des Seanchans envers les vaincus porteurs d'armes pouvait ne pas s'étendre à ceux qui avaient une épée marquée d'un héron.

Les premières ombres du matin s'étiraient devant lui. Il distinguait tout juste Hurin avançant entre les parcs où étaient rangés des chariots et les enclos à chevaux. Seulement un ou deux hommes se déplaçaient au milieu des rangées de chariots et ils avaient sur eux le grand tablier des charrons ou des forgerons. Ingtar, le premier entré, était déjà hors de vue. Perrin et Mat suivaient Rand à intervalles réguliers. Il ne se retourna pas pour vérifier s'ils étaient là. Rien n'était censé les relier ; cinq hommes entrent dans Falme de bonne heure, mais pas ensemble.

Il était entouré d'enclos, les chevaux déjà près des barrières, attendant qu'on leur apporte à manger. Hurin passa la tête entre deux écuries, leurs portes toujours fermées et bâclées, aperçut Rand et l'appela du geste avant de se retirer vivement. Rand fit tourner son étalon alezan dans cette direction.

Hurin tenait son cheval par la bride. Il avait endossé un de ces longs gilets du pays au lieu de son surcot et, en dépit de la cape épaisse qui masquait sa courte épée et son brise-épée, il frissonnait de froid. « Le seigneur Ingtar est là-bas au fond, dit-il en indiquant d'un mouvement de tête le passage étroit. Il a ordonné de laisser les chevaux ici et de continuer à pied. » Comme Rand sautait à terre, le Flaireur ajouta : « Fain est passé par cette rue, Seigneur Rand. Je peux presque le sentir d'ici. »

Rand conduisit le Rouge jusqu'à l'endroit où Ingtar avait déjà attaché son cheval derrière l'écurie. Le Shienarien n'avait guère l'apparence d'un seigneur dans cette pelisse en peau de mouton retournée au cuir sali et troué par l'usure à divers endroits, et l'épée qu'il avait ceinte par-dessus cadrait bizarrement avec. Ses yeux avaient une intensité fiévreuse.

Rand attacha le Rouge à côté de l'étalon d'Ingtar et hésita devant ses sacoches de selle. Il n'avait pas pu se résoudre à partir sans la bannière. Il ne pensait pas qu'un des guerriers aurait fouillé dans ses bagages, mais il ne pouvait en affirmer autant de Vérine, ni prévoir sa réaction au cas où elle trouverait la bannière. Toutefois, l'avoir avec lui le rendait mal à l'aise. Il se résolut à laisser les sacoches attachées derrière sa selle.

Mat les rejoignit et, quelques instants après, Hurin arriva avec Perrin. Mat arborait d'amples chausses aux jambes enfoncées dans le haut de ses bottes et Perrin sa cape trop courte. Rand songea qu'ils avaient tous des allures de gueux sans foi ni loi, mais tous avaient traversé les villages en n'éveillant pratiquement pas de curiosité.

« À présent, annonça Ingtar, voyons ce que nous allons trouver. »

Ils avancèrent d'un pas tranquille sur le chemin en

terre battue comme s'ils n'avaient pas de destination particulière en tête, bavardant entre eux, et dépassèrent en flânant les parcs à chariots pour s'engager dans des rues en pente pavées en cailloutis. Rand ne savait pas trop ce que lui-même disait et moins encore ce que disaient les autres. Le plan d'Ingtar était qu'ils aient l'air de n'importe quel autre groupe d'hommes cheminant ensemble, mais il y avait trop peu de gens dehors. Cinq hommes représentaient une foule dans ces rues, par un matin froid.

Ils marchaient en bande, mais c'est Hurin qui les conduisait, flairant l'air, montant cette rue, descendant celle-là. Les autres l'imitaient comme si c'était ce qu'ils avaient eu dès le début l'intention de faire. « Il a arpenté cette ville dans tous les sens, marmotta Hurin avec une grimace. Son odeur est partout et elle pue tellement qu'on a du mal à distinguer les vieilles pistes des récentes. Je sais du moins qu'il est encore ici. Quelques-unes ne doivent pas dater de plus d'un jour ou deux, assurément. J'en suis certain », ajouta-t-il d'un ton moins hésitant.

Des gens commençaient à apparaître en plus grand nombre, ici un marchand ambulant installait sa marchandise sur des tréteaux, là un bonhomme se hâtait, un gros rouleau de parchemins en bandoulière, un rémouleur huilait l'axe de sa meule installée sur sa charrette. Deux femmes les croisèrent, l'une tête baissée, avec un collier d'argent autour du cou, l'autre vêtue d'une robe ornée d'éclairs, tenant une laisse d'argent enroulée dans la main.

Rand en eut la respiration coupée ; il lui fallut un effort pour ne pas se retourner sur elles.

« Était-ce... » Mat avait les yeux écarquillés, un regard fixe sortant du creux de ses orbites. « Était-ce une *damane* ?

– C'est ainsi qu'on les désigne, dit Ingtar d'un ton cassant. Hurin, allons-nous arpenter toutes les rues de cette ville affligée par la malédiction de l'Ombre ?

– Il est passé partout, Seigneur Ingtar, répliqua Hurin. Sa pestilence est répandue partout. » Ils étaient arrivés dans un quartier où les maisons de pierre avaient deux ou trois étages, aussi grandes que des auberges.

Ils tournèrent le coin de la rue et Rand fut décontenancé en apercevant d'un côté de la chaussée une vingtaine de guerriers seanchans qui montaient la garde devant un grand bâtiment et, de l'autre, deux femmes à la robe ornée d'éclairs en train de bavarder sur le perron de la maison d'en face. Un étendard claquait au vent au-dessus de l'immeuble que protégeaient les soldats – un faucon d'or tenant des éclairs dans ses serres. Rien de particulier ne signalait celui où parlaient les deux femmes sinon elles-mêmes. L'armure de l'officier était resplendissante, aux couleurs rouge, noir et or, son casque doré et peint pour qu'il ressemble à une tête d'araignée. Puis Rand vit les deux grosses masses à la peau comme du cuir accroupies au milieu des soldats et il trébucha.

Des *grolms*. Il n'y avait pas à se tromper à ces têtes coniques avec leurs trois yeux. *Impossible que ce soit des grolms.* Peut-être qu'il dormait, en réalité, et que ceci était un cauchemar. *Si ça se trouve, nous ne sommes même pas encore partis pour Falme.*

Les autres regardèrent ces bêtes avec stupeur en passant devant l'immeuble sous bonne garde.

« Au nom de la Lumière, qu'est-ce que c'est ? » questionna Mat.

Les yeux de Hurin semblaient lui manger la figure. « Seigneur Rand, ce sont... Ceux-là sont...

– Peu importe », dit Rand. Au bout d'un instant, Hurin acquiesça d'un signe de tête.

« Nous sommes ici pour le Cor, déclara Ingtar, pas pour admirer des monstres seanchans. Concentrez-vous sur la recherche de Fain, Hurin. »

Les guerriers leur jetèrent à peine un coup d'œil. La rue descendait tout droit jusqu'à l'anse arrondie du port. Rand apercevait des navires ancrés là-bas ; de hauts navires d'aspect carré avec de grands mâts, petits à cette distance.

« Il est venu ici bien des fois. » Hurin se frotta le nez avec le dos de sa main. « La rue empeste couche après couche de son odeur. Je pense qu'il est peut-être venu ici pas plus tard qu'hier, Seigneur Ingtar. Possible même que ce soit la nuit dernière. »

Mat étreignit soudain son manteau à deux mains. « Il est là-dedans », chuchota-t-il. Il se retourna et marcha à reculons en examinant la grande maison à l'étendard. « Le poignard est à l'intérieur. Je ne m'en étais pas rendu compte avant, à cause de ces... ces choses, mais je le sens. »

Perrin lui enfonça un doigt dans les côtes. « Eh bien, arrête avant qu'ils commencent à se demander pourquoi tu les contemples avec des yeux ronds comme un idiot. »

Rand jeta un coup d'œil par-dessus son épaule. L'officier les suivait du regard.

Mat se remit de mauvaise grâce à marcher normalement. « Allons-nous continuer à avancer longtemps comme ça ? Il est là-bas, je vous répète.

– C'est le Cor que nous cherchons, grommela Ingtar. Je veux trouver Fain et lui faire me dire où il est. » Il ne ralentit pas l'allure.

Mat ne répliqua rien, mais son visage n'était qu'une supplication.

Il faut que moi aussi je trouve Fain, songea Rand. *Il faut absolument.* Pourtant, quand il vit l'expression de Mat, il dit : « Ingtar, si le poignard est dans cette maison, il y a des chances pour que Fain y soit également. Je ne l'imagine pas laissant le poignard ou le Cor, l'un ou l'autre, bien loin hors de sa vue. »

Ingtar s'arrêta. Au bout d'un instant, il conclut : « C'est possible, mais nous ne le saurons jamais d'ici, à l'extérieur.

– Nous pourrions faire le guet jusqu'à ce qu'il sorte, suggéra Rand. S'il sort à cette heure matinale, c'est qu'il aura passé la nuit dans cette maison. Et je suis prêt à parier que là où il dort c'est là qu'est le Cor. S'il sort, nous pouvons être de retour à midi et avoir échafaudé un plan avant la nuit.

– Je n'ai pas l'intention d'attendre Vérine, risposta Ingtar, pas plus d'attendre la nuit. Je n'ai déjà que trop attendu. J'entends tenir le Cor dans mes mains avant que le soleil se couche.

– Mais nous n'avons aucune certitude, Ingtar.

– Je sais que le poignard est là-bas, affirma Mat.

– Et Hurin dit que Fain était ici la nuit dernière. » Ingtar balaya d'une phrase les réserves que Hurin tentait d'émettre sur ce point. « C'est la première fois que vous acceptez de donner une indication un peu plus précise qu'un jour ou deux. Nous allons reprendre le Cor maintenant. Tout de suite !

– Comment ? » objecta Rand. L'officier ne leur prêtait plus attention, mais il y avait toujours au moins vingt soldats devant le bâtiment. Et une couple de *grolms. C'est fou. Il ne peut pas y avoir de grolms ici.* Toutefois, juger leur présence impossible ne fit pas disparaître les monstres.

« Je crois qu'il y a des jardins derrière toutes ces maisons, dit Ingtar en regardant autour de lui pensivement. Si l'une de ces ruelles passe le long d'un mur de jardin... Parfois, les gens sont tellement affairés à protéger le devant qu'ils négligent leurs arrières. Venez. » Il se dirigea droit vers la plus proche ruelle étroite entre deux des hautes maisons. Hurin et Mat coururent aussitôt derrière lui.

Rand échangea un regard avec Perrin – son ami aux cheveux frisés eut un haussement d'épaules résigné – et ils suivirent, eux aussi.

La venelle était à peine plus large que leur carrure, mais elle était aménagée entre de hauts murs renfermant des jardins et croisait finalement une autre ruelle assez large pour permettre le passage d'une charrette à bras ou d'un petit chariot. Celle-là était pavée en cailloutis, comme la grand-rue, mais seul l'arrière des maisons donnait dessus, fenêtres aux volets clos et vastes surfaces de pierre ; quant aux grands murs des jardins, ils étaient surmontés par des branches presque dénudées.

Ingtar les conduisit dans cette ruelle jusqu'à ce qu'ils arrivent en face de la bannière flottant au vent. Retirant de son surcot ses gantelets au dos renforcé de lamelles d'acier, il les enfila, sauta, attrapa la crête du mur, puis se hissa suffisamment pour regarder par-dessus. Il annonça d'une voix basse, monocorde : « Arbres. Plates-bandes. Allées. Il n'y a pas une âme en... Attendez ! Une sentinelle. Un seul homme. Il ne porte même pas son casque. Comptez jusqu'à cinquante, puis suivez-moi. » Il lança une jambe bottée par-dessus le mur et se laissa rouler de l'autre côté, disparaissant à l'intérieur avant que Rand ait eu le temps de proférer un mot.

Mat commença à compter lentement. Rand retint son souffle. Perrin assura sa prise sur sa hache et Hurin saisit les manches de ses armes.

« ... cinquante. » Hurin joua des pieds et des mains pour escalader le mur et le franchir avant même que le mot ait complètement jailli de la bouche de Mat. Perrin l'imita aussitôt.

Rand pensait que Mat aurait peut-être besoin d'aide – il paraissait tellement pâle et las – mais il n'en donna aucun signe en effectuant son escalade. Le mur de pierre offrait de nombreux points d'appui et, quelques minutes plus tard, Rand était tapi à l'intérieur du jardin avec Mat, Perrin et Hurin.

Le jardin était sous l'emprise de l'automne en son plein, les parterres vides à part quelques buissons à feuilles persistantes, les branches des arbres presque totalement dépouillées. Le vent qui faisait ondoyer l'étendard soulevait de la poussière sur les dalles des allées. Pendant un instant, Rand ne réussit pas à repércr Ingtar. Puis il vit le Shienarien, plaqué contre le mur de derrière de la maison qui, l'épée en main, leur signalait d'avancer.

Rand courut, plié en deux, plus conscient des fenêtres aux volets fermés donnant sur le jardin que de ses amis qui couraient à côté de lui. Ce fut un soulagement de s'aplatir contre la maison à côté d'Ingtar.

Mat ne cessait de répéter entre ses dents : « Il est dedans. Je le sens.

– Où est la sentinelle ? chuchota Rand.

– Morte, répliqua Ingtar. Le bonhomme était trop confiant. Il n'a même pas essayé de jeter un cri d'alarme. J'ai caché son corps sous un de ces buissons. »

Rand le regarda avec stupeur. *Le Seanchan était trop confiant ?* La seule chose qui l'empêcha de retourner immédiatement sur ses pas était le murmure angoissé de Mat.

« Nous y sommes presque. » Ingtar avait lui aussi l'air de parler pour lui-même. « Presque. Venez. »

Rand dégaina tandis qu'ils commençaient à gravir les marches de derrière. Il se rendait compte que Hurin décrochait son épée à la courte lame [1] et son brise-épée cranté, tandis que Perrin dégageait à contrecœur sa hache de la boucle qui la retenait à sa ceinture.

Le couloir à l'intérieur était étroit. Une porte entrouverte à leur droite était d'après l'odeur celle d'une cuisine. Plusieurs personnes s'y affairaient ; il y avait un bruit de voix indistinctes et, de temps en temps, le claquement léger d'un couvercle de marmite.

Ingtar indiqua du geste à Mat de montrer le chemin et ils se faufilèrent devant la porte. Rand surveilla l'étroite ouverture jusqu'à ce qu'ils aient dépassé le tournant suivant.

Une svelte jeune femme aux cheveux noirs surgit

1. Ou *brand* au Moyen Âge. *(N.d.T.)*

d'une porte devant eux, portant un plateau sur lequel il n'y avait qu'une tasse. Tous se figèrent. Elle tourna de l'autre côté sans regarder dans leur direction. Les yeux de Rand s'écarquillèrent. Sa longue robe blanche était pratiquement transparente. Elle disparut derrière un autre tournant du couloir.

« Avez-vous vu ça ? dit Mat d'une voix étranglée. On distinguait tout à travers... »

Ingtar appuya brusquement une main sur la bouche de Mat et chuchota : « Gardez en tête la raison de notre présence ici. Maintenant trouvez-le. Trouvez-moi le Cor. »

Mat désigna un étroit escalier en hélice. Ils gravirent un étage et Mat les conduisit vers le devant de la maison. L'ameublement dans les couloirs était succinct et semblait tout en courbes. Çà et là, une tapisserie était suspendue sur un mur ou un paravent posé devant, chacun orné de quelques oiseaux juchés sur des branches ou d'une fleur ou deux. Une rivière coulait en travers d'un paravent mais, à part l'ondulation de l'eau et d'étroites berges, le reste était vierge de tout dessin.

Autour d'eux, Rand entendait les sons de gens qui bougeaient, de pantoufles effleurant le sol, de murmures de voix. Il ne vit personne, mais il n'imaginait que trop bien quelqu'un survenant dans le couloir pour apercevoir cinq hommes qui avancent furtivement des armes à la main, hurlant « au secours »...

« Ici », chuchota Mat en désignant devant eux les deux grands battants d'une porte coulissante, dont les poignées sculptées étaient l'unique décoration. « Le poignard y est, du moins. »

Ingtar regarda Hurin ; le Flaireur repoussa les battants et Ingtar franchit le seuil d'un bond, l'épée haute. Il n'y avait personne à l'intérieur. Rand et les autres se hâtèrent d'entrer et Hurin referma vivement les battants derrière eux.

Des paravents peints masquaient tous les murs et autres portes, et tamisaient la lumière tombant de fenêtres qui devaient donner sur la rue. À une extrémité de la vaste salle se dressait une haute armoire circulaire. À l'autre était installée une petite table, l'unique siège sur le tapis tourné de façon à lui faire face. Rand entendit s'étrangler la respiration d'Ingtar, mais lui-même eut seulement envie de pousser un soupir de soulagement.

Un chevalet sur la table supportait le Cor de Valère au tube d'or enroulé sur lui-même. Au-dessous, le rubis dans le manche du poignard ornementé captait la lumière.

Mat bondit vers la table, saisit Cor et poignard. « Nous l'avons, s'exclama-t-il d'une voix croassante en agitant l'arme qu'il serrait dans son poing. Nous les avons tous les deux.

– Pas si fort, dit Perrin avec une grimace. Nous ne les avons pas encore sortis d'ici. » Ses mains remuaient sur le manche de sa hache ; elles semblaient avoir envie de tenir autre chose.

« Le Cor de Valère. » L'accent d'Ingtar révélait une vénération sincère. Il toucha le Cor avec hésitation, suivant du doigt l'inscription en lettres d'argent incrustée autour du pavillon et prononçant à la muette sa traduction, puis il retira sa main, frémissant d'exaltation. « C'est lui. Par la Lumière, c'est lui ! Je suis sauvé. »

Hurin déplaçait les paravents qui masquaient les fenêtres. Il repoussa le dernier hors de son chemin et examina la rue au-dessous. « Ces soldats sont tous encore là, comme qui dirait qu'ils ont pris racine. » Il frissonna. « Ces... choses-là aussi. »

Rand alla le rejoindre. Les deux bêtes étaient des *grolms* ; c'était indubitable. « Comment ont-ils... » Il releva les yeux en parlant et sa voix s'éteignit. Il voyait par-dessus un mur l'intérieur du jardin de la grande maison qui se trouvait de l'autre côté de la rue. Il distinguait les endroits où d'autres murs avaient été abattus pour lui adjoindre d'autres jardins. Des femmes étaient assises sur des bancs là-bas, ou se promenaient dans les allées, toujours par deux. Des femmes reliées, du cou au poignet, par des laisses d'argent. L'une d'elles, avec un collier au cou, redressa la tête. Il était trop loin pour voir nettement ses traits mais, pendant un instant, il eut l'impression de croiser son regard, et il sut. Le sang se retira de son visage. « Egwene, dit-il dans un souffle.

– Qu'est-ce que tu racontes ? s'exclama Mat. Egwene est en sécurité à Tar Valon. Je voudrais bien y être.

– C'est ici qu'elle est », répliqua Rand. Les deux femmes tournaient, se dirigeant vers l'un des bâtiments situés à l'autre extrémité des jardins réunis. « Elle est ici, juste de l'autre côté de la rue. Oh, par la Lumière, elle porte un de ces colliers !

– En es-tu sûr ? » demanda Perrin. Il s'approcha pour regarder par la fenêtre. « Je ne la vois pas, Rand. Et... et je la reconnaîtrais si je la voyais, même à cette distance.

– J'en suis certain », affirma Rand. Les deux femmes disparurent dans une des maisons dont la façade donnait sur l'autre rue. Il avait l'estomac serré. *Elle est censée être en sécurité. Elle est censée se trouver dans la Tour Blanche.* « Il faut que je la sorte de là. Vous autres...

– Tiens ! » La voix grasseyante était aussi feutrée que le son des portes coulissant dans leur rainure. « Vous n'êtes pas celui que j'attendais. »

Pendant un bref instant, Rand resta à regarder, stupéfait. L'homme de haute taille, à la tête rasée, qui venait d'entrer dans la salle, était vêtu d'une longue robe bleue traînant jusqu'à terre et ses ongles étaient si longs que Rand se demanda s'il pouvait manipuler quoi que ce soit. Les deux hommes qui se tenaient obséquieusement derrière lui n'avaient que la moitié de leur chevelure noire rasée, le reste pendait en tresse sur leur joue droite. Une épée dans son fourreau reposait sur les avant-bras de l'un d'eux.

Rand n'eut qu'un instant pour s'étonner, puis des paravents basculèrent, dévoilant à chaque extrémité de la salle l'embrasure d'une porte bloquée par quatre ou cinq guerriers seanchans, nu-tête mais cuirassés et l'épée au clair.

« Vous êtes en présence du Puissant Seigneur Turak... », commença l'homme chargé de l'épée, jetant à Rand et à ses compagnons un regard de colère, mais un léger mouvement d'un doigt à l'ongle laqué de bleu le fit s'interrompre. L'autre serviteur s'avança en saluant et se mit à déboutonner la robe de Turak.

« Quand un de mes gardes a été trouvé mort, déclara calmement le personnage à la tête rasée, j'ai soupçonné l'homme qui dit s'appeler Fain. Je me méfiais de lui depuis que Huan est mort si mystérieusement, lui qui avait toujours eu envie de ce poignard. » Il écarta les bras pour que le serviteur ôte sa robe. En dépit de sa voix douce, presque chantante, des muscles durs saillaient comme des cordes sur ses bras et sa poitrine lisse, qui était nue jusqu'à une ceinture-écharpe bleue resserrée sur un ample pantalon blanc, lequel paraissait constitué de centaines de plis. Il avait un ton détaché et semblait indifférent aux armes que Rand et ses compagnons avaient en main. « Et maintenant trouver des inconnus avec non seulement le poignard mais aussi le Cor. Il me sera agréable de tuer un ou deux d'entre vous, puisque vous avez troublé ma matinée. Ceux qui survivront me raconteront ce que vous êtes et pourquoi vous êtes venus. » Il tendit une main sans tourner la tête – l'homme à l'épée au fourreau en déposa la poignée dans cette main – et dégaina la lourde lame courbe. « Je ne voudrais pas que le Cor soit endommagé. »

Turak ne donna pas d'autre signal, mais un des guerriers s'avança à grands pas dans la salle et s'apprêta à prendre le Cor. Rand ne savait pas s'il devait ou non rire. L'homme avait une cuirasse mais son expression arrogante disait apparemment qu'il ne se préoccupait pas plus de leurs armes que Turak.

Mat mit un terme à cette insouciance. Comme le Seanchan allongeait la main, Mat y plongea le poignard au manche orné d'un rubis. Poussant un juron, le guerrier recula d'un bond. Puis il cria. Ce cri glaça la salle, figea d'étonnement tous les assistants. La main tremblante qu'il levait devant son visage devenait noire ; cette teinte sombre partait de l'entaille saignante qui traversait sa paume. Il ouvrit tout grand la bouche d'où jaillit un hurlement tandis qu'il griffait son bras, puis son épaule. Lançant des coups de pied, se démenant, il s'écroula par terre, se débattit sur le tapis de soie, hurlant jusqu'à ce que sa langue noire gonflée l'étouffe tandis que sa face prenait une teinte d'ébène et que ses yeux noircis saillaient comme des prunes trop mûres. Il se contracta, suffoqua, tambourina des talons, puis cessa de remuer. Tout ce qui était visible de sa chair était pareil à de la poix putride et paraissait prêt à éclater au moindre contact.

Mat s'humecta les lèvres et déglutit ; sa prise se raffermit avec malaise sur le poignard. Même Turak regardait, ébahi.

« Vous voyez, dit Ingtar à mi-voix, nous sommes plutôt coriaces. » Soudain, il sauta par-dessus le cadavre vers les guerriers toujours stupéfiés par ce qui restait de l'homme encore côte à côte avec eux quelques secondes plus tôt. « Shinowa ! cria-t-il. Suivez-moi ! » Hurin bondit après lui, les guerriers reculèrent devant leur assaut et l'acier cliqueta contre l'acier.

Les Seanchans à l'autre bout de la pièce s'avancèrent dès qu'Ingtar bougea, mais alors eux aussi se mirent à reculer devant les coups de pointe assenés par le poignard de Mat encore plus que devant la hache que faisait tournoyer Perrin en poussant des grondements inarticulés.

Le temps de quelques battements de cœur et Rand se retrouva seul face à Turak qui tenait son épée à la verticale devant lui. La stupeur de Turak s'était dissipée. Ses yeux regardaient fixement Rand; le corps noirci et distendu d'un de ses soldats aurait aussi bien pu ne pas exister. Ce cadavre n'existait apparemment pas non plus pour les deux serviteurs; de même que Rand et son épée ou le fracas des combats qui s'affaiblissait à mesure que ceux-ci se poursuivaient de salle en salle de chaque côté jusqu'au cœur de la maison. Les serviteurs avaient commencé calmement à plier la robe de Turak dès que le Puissant Seigneur avait pris son épée et n'avaient même pas levé les yeux aux cris perçants du guerrier mourant; à présent, ils étaient agenouillés près de la porte et regardaient d'un air impassible.

« Je me doutais que cela tournerait à l'affrontement entre vous et moi. » Turak fit tourner en cercle sa lame avec aisance dans un sens puis dans l'autre, ses doigts aux ongles démesurés se déplaçant d'un mouvement délicat sur la poignée. Ses ongles ne semblaient nullement le gêner. « Vous êtes jeune. Voyons ce qui est requis pour mériter le héron sur ce bord-ci de l'océan. »

Soudain Rand vit. Dressé sur la lame de Turak, il y avait un héron. Avec le peu d'entraînement qu'il avait eu, il se trouvait en face d'un vrai maître en fait d'armes. Il jeta hâtivement de côté sa pelisse pour se débarrasser de ce qui pouvait l'alourdir ou l'encômbrer. Turak attendit.

Rand brûlait d'envie de rechercher le vide. C'était manifeste qu'il aurait besoin de toutes les ressources les plus intimes de son habileté et, même ainsi, ses chances de quitter vivant la salle étaient minces. Qu'il en sorte vivant était impératif. Egwene se trouvait presque assez près pour qu'elle l'entende appeler, et il devait se débrouiller pour la libérer. Seulement le *saidin* attendait dans le vide. Cette pensée faisait à la fois bondir son cœur d'un désir ardent et se crisper de dégoût son estomac. Par contre, aussi près qu'Egwene, il y avait ces autres femmes. Les *damanes*. S'il entrait en contact avec le *saidin* et s'il ne parvenait pas à s'empêcher de canaliser, elles le sentiraient. Vérine l'avait prévenu. Elles le sentiraient et se poseraient des questions. Tellement nombreuses, tellement proches. Il ne survivrait peut-être à Turak que pour mourir en affrontant les *damanes* et il ne pouvait pas mourir avant qu'Egwene soit libre. Rand leva son épée.

Turak s'avança sur lui à pas silencieux. Lame contre lame résonnèrent comme un marteau sur l'enclume.

Dès le début, il fut clair pour Rand que l'autre le testait, ne le pressait que juste assez pour vérifier de quoi il était capable, le pressant ensuite un peu plus fort, puis encore un peu plus. C'est la vitesse de ses jeux de poignet et de jambes qui maintint en vie Rand autant que sa technique. Sans le vide, il était toujours en retard d'un demi-battement de cœur. La pointe de la lourde épée de Turak creusa une tranchée cuisante juste sous son œil gauche. Un morceau de manche pendait de son épaule, d'autant plus foncé qu'il était trempé de sang. Sous son bras droit, au-dessous d'une coupure franche, aussi précise qu'un coup de ciseaux de tailleur, il sentait une humidité tiède couler le long de ses côtes.

De la déception se lisait sur le visage du Puissant Seigneur. Il recula avec un geste de dégoût. « Où avez-vous ramassé cette lame, gamin ? Ou accorde-t-on vraiment ici le héron à ceux qui ne sont pas plus habiles que vous ? Peu importe. Mettez-vous en règle avec vous-même. Il est temps de mourir. » Il repassa à l'attaque.

Le vide enveloppa Rand. Le *saidin* affluait vers lui, rayonnant de la promesse du Pouvoir Unique, mais il n'y prêta pas attention. Ce n'était pas plus difficile que de ne pas tenir compte d'une épine aux piquants acérés lui vrillant la chair. Il refusa de laisser le Pouvoir l'envahir, refusa de s'unir à la partie masculine de la Vraie Source. Il ne faisait plus qu'un avec l'épée dans ses mains, avec le sol sous ses pieds, avec les murs. Avec Turak.

Il reconnut les assauts que le Puissant Seigneur lui destinait ; ils étaient légèrement différents de ce qui lui avait été enseigné, mais la différence était négligeable. L'Hirondelle-prend-son-vol para Couper-la-soie. La-Lune-sur-l'eau contra les Danses-du-Grand-Tétras. Le Ruban-volant-dans-les-airs détourna les Pierres-tombant-de-la-falaise. Ils se déplaçaient dans la salle comme pour une danse, et leur musique était le choc de l'acier contre l'acier.

Déception et dégoût disparurent des yeux noirs de Turak, remplacés par la surprise, puis la concentration. De la sueur apparut sur le visage du Puissant Seigneur comme il pressait Rand plus furieusement. L'Éclair-triplement-fourchu rencontra la Feuille-au-vent.

Les pensées de Rand planaient hors du vide, indépendantes de lui-même, à peine prises en compte. Ce n'était pas suffisant. Il affrontait un maître ès armes et, avec le vide et les moindres ressources de sa technique, il réussissait bien juste à lui tenir tête. Bien juste. Il devait en terminer avant que Turak ne s'en charge finalement. *Le saidin? Non! Parfois il est nécessaire de prendre sa propre chair comme fourreau pour son épée.* D'autre part, cela ne serait d'aucune aide non plus pour Egwene. Il devait en finir à présent. Tout de suite.

Les yeux de Turak s'écarquillèrent quand Rand s'élança d'un pas léger. Jusqu'à présent, il était resté simplement sur la défensive; maintenant, il attaquait à fond. Le Sanglier-dévale-la-pente-de-la-montagne. Chaque mouvement de son épée était destiné à atteindre le Puissant Seigneur; Turak en fut dès lors réduit à reculer en se défendant, d'un bout à l'autre de la salle, presque jusqu'au seuil de la porte.

En une seconde, tandis que Turak tentait encore d'affronter le Sanglier, Rand chargea. Le Fleuve-sape-la-berge. Il se laissa choir sur un genou, sa lame frappant de taille. Il entendit deux bruits sourds, sachant ce qu'il verrait. Son regard fila le long de sa lame, humide et rougie, vers l'endroit où gisait le Puissant Seigneur, son arme échappée par sa main sans force, une humidité sombre tachant les oiseaux tissés dans le tapis sous son corps. Les yeux de Turak étaient encore ouverts mais déjà voilés par la mort.

Le vide trembla. Rand avait affronté auparavant des Trollocs, affronté l'engeance de l'Ombre. Jamais auparavant il n'avait affronté un être humain avec une épée en dehors d'exercices d'escrime ou de manœuvres d'intimidation. *Je viens de tuer un homme.* Le vide trembla et le *saidin* tenta de s'infiltrer en lui.

Avec l'énergie du désespoir, il s'en arracha, haletant, et jeta un coup d'œil à la ronde. Il sursauta quand il vit les deux serviteurs toujours agenouillés près de la porte. Il les avait oubliés et maintenant il se demandait que décider à leur sujet. Ni l'un ni l'autre ne semblait armé, pourtant il leur suffisait d'appeler au secours...

Ils ne le regardaient pas, ne se regardaient pas entre eux, ils contemplaient en silence le corps du Puissant Seigneur. Ils extirpèrent un poignard de dessous leur tunique et Rand resserra sa prise sur son épée, mais chaque homme plaça la pointe sur sa propre poitrine. « De la naissance à la mort, je sers le Sang », entonnèrent-ils à l'unisson. Et ils plongèrent le poignard dans leur cœur. Ils s'affaissèrent en avant presque paisiblement, la tête sur le sol, comme s'ils saluaient cérémonieusement leur seigneur.

Rand les considéra d'un œil incrédule. *De la folie*, pensa-t-il. *Peut-être deviendrai-je fou, mais eux l'étaient déjà.*

Il se redressait en chancelant quand Ingtar et les autres revinrent au pas de course. Tous portaient des estafilades et des coupures ; le cuir du vêtement d'Ingtar était taché en plus d'une place. Mat avait toujours le Cor et son poignard, dont la lame était plus foncée que le rubis ornant son manche. La hache de Perrin était rougie, elle aussi, et il avait l'air sur le point de vomir.

« Vous les avez liquidés ? dit Ingtar en examinant les cadavres. Alors nous en avons fini, si l'alarme n'a pas été donnée. Ces imbéciles n'ont pas appelé encore à l'aide. Pas une fois.

– Je vais voir si les gardes ont entendu quelque chose », dit Hurin, qui s'élança vers la fenêtre.

Mat secoua la tête. « Rand, ces gens sont cinglés. J'admets que je l'ai déjà dit, mais c'est vrai. Ces domestiques... » Rand retint son souffle, se demandant s'ils s'étaient tous suicidés. Mat reprit : « Chaque fois qu'ils nous ont vus combattre, ils sont tombés à genoux, se sont placés face contre terre et ont croisé les bras pardessus leur tête. Ils n'ont pas esquissé un mouvement ni crié ; jamais essayé de prêter secours aux soldats ou de donner l'alarme. Ils sont encore là-bas, pour autant que je sache.

– Je ne compterais pas trop qu'ils restent agenouillés, rétorqua sèchement Ingtar. Nous partons maintenant, aussi vite que nous pouvons.

– Partez, vous, dit Rand. Egwene...

– Imbécile ! répliqua Ingtar avec brusquerie. Nous avons ce pour quoi nous sommes venus. Le Cor de Valère. L'espoir du salut. Quelle importance a une jeune fille, même si vous l'aimez, à côté du Cor et de ce qu'il représente ?

– Le Ténébreux peut l'avoir, le Cor, je m'en fiche ! Quelle importance a la découverte du Cor si j'abandonne Egwene à cette vie-là ? Si je le faisais, le Cor ne pourrait pas me sauver. Le Créateur ne pourrait pas me sauver. Je me damnerais moi-même. »

Ingtar le dévisagea, l'expression impénétrable. « Vous le pensez sincèrement, hein ?

– Il se passe quelque chose au-dehors, s'exclama Hurin d'une voix pressante. Un homme vient d'arriver en courant et ils s'agitent tous dans tous les sens comme des poissons dans un baquet. Attendez. L'officier entre dans la maison !

– Filez ! » ordonna Ingtar. Il voulut saisir le Cor, mais Mat s'était déjà élancé. Rand hésita. Ingtar l'empoigna alors par le bras et l'entraîna dans le couloir. Les autres se précipitaient derrière Mat ; Perrin avait seulement adressé à Rand un regard peiné avant de se mettre en route. « Vous ne sauverez pas cette jeune fille si vous restez là et que vous mourez ! »

Il les suivit en courant. Une part de lui-même se haïssait pour cette fuite, mais une autre murmurait : *Je reviendrai. Je me débrouillerai pour la libérer.*

Quand ils arrivèrent au bas de l'étroit escalier en colimaçon, il entendit la voix de basse-taille d'un homme dans la partie de devant de la maison qui ordonnait que quelqu'un se lève et parle. Une servante en tunique quasi transparente était agenouillée au pied de l'escalier et une femme aux cheveux gris entièrement vêtue de lainage blanc, avec un long tablier couvert de farine, était agenouillée près de la porte de la cuisine. L'une et l'autre étaient exactement comme Mat l'avait décrit, le visage à plat par terre et les bras entourant la tête ; elles ne bronchèrent pas quand Rand et ses compagnons passèrent précipitamment devant elles. Il fut soulagé de voir les frémissements provoqués par la respiration.

Ils traversèrent le jardin à fond de train et escaladèrent vivement le mur de derrière. Ingtar poussa un juron quand Mat jeta le Cor de Valère de l'autre côté et il tenta encore de le récupérer lorsqu'il prit pied dans la ruelle, mais Mat l'avait déjà ramassé d'un geste preste avec un rapide : « Il n'a même pas une égratignure » et avait détalé.

D'autres clameurs jaillissaient de la maison qu'ils venaient de quitter ; une femme hurla et quelqu'un commença à frapper un gong.

Je retournerai la chercher. Je m'arrangerai d'une manière ou d'une autre. Rand se hâta à la suite des autres aussi vite que ses forces le lui permettaient.

46. Sortir de l'Ombre

Nynaeve et les autres entendirent des cris assourdis en approchant des bâtiments où étaient logées les *damanes*. L'affluence commençait à grandir dans la rue et il y avait de la nervosité chez les passants, une rapidité supplémentaire dans leur démarche, une prudence accrue quand ils jetaient un coup d'œil sur Nynaeve, dans sa robe aux panneaux ornés d'éclairs, et sur la jeune femme qu'elle tirait au bout d'une laisse d'argent.

Changeant avec inquiétude la position du ballot qu'elle portait, Elayne regarda dans la direction des clameurs, à une rue de là, où flottait au vent le faucon doré agrippant des éclairs dans ses serres. « Qu'y a-t-il donc ?

– Rien qui nous concerne, répliqua Nynaeve d'un ton ferme.

– Vous l'espérez, compléta Min, et moi aussi. » Elle accéléra l'allure, gravissant précipitamment le perron en avant des autres, et disparut à l'intérieur de la haute maison en pierre.

Nynaeve raccourcit la longueur de laisse qu'elle avait en main. « N'oubliez pas, Sèta, que vous tenez autant que nous à ce que nous nous tirions de cette affaire saines et sauves.

– Oui », dit la Seanchane avec ardeur. Elle avait abaissé son menton sur sa poitrine pour cacher son visage. « Je ne vous causerai aucun ennui, je le jure. »

Comme elles s'engageaient sur les marches de pierre grise, une *sul'dam* et une *damane* apparurent en haut du perron, descendant tandis qu'elles-mêmes montaient. Après s'être assurée que la femme au collier n'était pas

Egwene, Nynaeve ne les regarda plus. Elle utilisa l'*a'dam* pour garder Sèta tout près d'elle, afin que si la *damane* décelait en l'une d'elles la faculté de canaliser elle croie qu'il s'agissait de Sèta. Elle sentit néanmoins la sueur ruisseler le long de son échine jusqu'au moment où elle se rendit compte que les deux ne lui prêtaient pas plus d'attention qu'elle ne leur en accordait. Tout ce qu'elles voyaient, c'est une robe à panneaux ornés d'éclairs et une robe grise, les femmes qui les avaient sur elles reliées par la longueur d'argent d'un *a'dam*. Simplement une autre Teneuse-de-laisse avec une Femme-en-laisse, et une jeune fille du pays qui suivait d'un pas pressé, chargée d'un paquet appartenant à la *sul'dam*.

Nynaeve poussa la porte, et elles entrèrent.

Quelle que fût l'effervescence régnant au-dessous de l'étendard de Turak, elle n'avait pas gagné jusqu'ici, pas encore. Il n'y avait que des femmes qui passaient dans le vestibule, toutes faciles à situer par leur habillement. Trois *damanes* en gris, des *sul'dams* portant les bracelets. Deux femmes en robe aux panneaux ornés d'éclairs fourchus bavardaient ensemble, trois traversaient séparément la pièce. Quatre vêtues comme Min, en simple robe de drap de laine sombre, se hâtaient avec des plateaux.

Min attendait à l'autre extrémité quand elles pénétrèrent dans le vestibule ; elle les toisa une seule fois, puis s'engagea plus avant dans la maison. Nynaeve guida Sèta dans la direction prise par Min, Elayne se dépêchant derrière elles. Pas une femme présente ne s'intéressait à leur trio, Nynaeve en eut l'impression, mais elle se dit que le ruisseau de transpiration qui dégoulinait le long de sa colonne vertébrale risquait fort de devenir bientôt un fleuve. Elle obligea Sèta à marcher vite afin que personne n'ait une chance de les regarder de près ou – pire – de poser une question. Les yeux fixés sur la pointe de ses pieds, Sèta avait si peu besoin d'être aiguillonnée que Nynaeve songea qu'elle aurait couru si elle n'avait pas été matériellement retenue par la laisse.

Près du fond de la maison, Min s'engagea dans un escalier étroit qui s'élevait en spirale. Nynaeve y poussa Sèta devant elle, jusqu'au troisième étage. Les plafonds étaient bas, là-haut, les couloirs déserts et silencieux à part le faible son de pleurs. Pleurer semblait bien s'accorder avec l'atmosphère de ces couloirs glacials.

« Cet endroit..., commença Elayne qui secoua la tête. Il donna la sensation...

– Oui, c'est un fait », dit Nynaeve d'un ton farouche. Elle lança un regard furieux à Sèta qui gardait la tête baissée. La pâleur de la peur rendait le teint de la Seanchane encore plus blanc que d'ordinaire.

Sans un mot, Min ouvrit une porte et entra, elles suivirent. La salle où elles avaient pénétré avait été divisée en pièces plus petites par des cloisons sommaires en bois, avec un étroit couloir menant à une fenêtre. Nynaeve marchait sur les talons de Min qui se dirigeait à grands pas vers la dernière porte sur la droite et poussait le battant.

Une mince jeune fille brune en gris était assise à une petite table, la tête posée sur ses bras croisés mais, avant même qu'elle lève les yeux, Nynaeve sut que c'était Egwene. Un ruban de métal brillant courait du collier d'argent autour du cou d'Egwene jusqu'à un bracelet suspendu à une patère sur le mur. Ses pupilles s'écarquillèrent à leur vue, sa bouche remua sans un son. Comme Elayne refermait la porte, Egwene eut un petit gloussement de rire et pressa ses mains sur sa bouche pour l'étouffer. La pièce minuscule était plus qu'encombrée avec elles toutes dedans.

« Je sais que je ne rêve pas, dit-elle d'une voix frémissante, parce que si je rêvais vous seriez Rand et Galad sur de grands étalons. J'étais en train de rêver. Je croyais que Rand était là. Je ne pouvais pas le voir, mais je pensais... » Sa voix s'éteignit.

« Si tu préfères les attendre... dit ironiquement Min.

– Oh, non. Non, vous êtes toutes belles, ce qu'il y a de plus beau que j'ai vu dans ma vie. D'où venez-vous ? Comment vous y êtes-vous prises ? Cette robe, Nynaeve, et l'*a'dam*, et qui est... » Elle poussa un brusque cri aigu. « C'est Sèta. Comment... ? » Sa voix durcit au point que Nynaeve la reconnut à peine. « J'aimerais la plonger dans un chaudron d'eau bouillante. » Sèta avait fermé étroitement les paupières et ses mains se cramponnaient à sa jupe ; elle tremblait.

« Qu'est-ce qu'elles t'ont fait ? s'écria Elayne. Qu'est-ce qu'elles ont pu te faire pour que tu souhaites une chose pareille ? »

Egwene ne quittait pas des yeux la Seanchane. « J'aimerais qu'elle en ait la sensation. Ce qu'elle m'a fait, c'est ça, me sentir jusqu'au cou dans de... » Elle frissonna. « Tu ne peux pas savoir ce que c'est que porter un de ces colliers, Elayne. Tu ne sais pas ce qu'elles peuvent t'infliger. Je suis incapable de dire si Sèta est pire que Renna, mais elles sont toutes abominables.

– Je crois que je le sais », dit à mi-voix Nynaeve. Elle percevait la sueur qui détrempait la peau de Sèta, les frissons glacés qui lui secouaient les membres. La Seanchane blonde était terrifiée. Elle se retint de justesse de rendre réelles sur-le-champ les terreurs de l'étrangère.

« Pouvez-vous m'enlever ça ? demande Egwene en touchant le collier. Vous devez en être capable si vous avez réussi à passer celui-là autour du... »

Nynaeve canalisa, un minuscule faisceau. Le collier au cou d'Egwene provoquait assez de colère et si cela n'avait pas suffi, la peur de Sèta, la conscience qu'avait cette dernière de l'avoir amplement mérité et sa propre conscience de ce qu'elle-même avait envie d'infliger à la Seanchane auraient eu le même effet. Le collier s'ouvrit subitement et tomba par terre, libérant la gorge d'Egwene. L'air émerveillée, Egwene tâta son cou.

« Enfile ma robe et mon manteau », lui dit Nynaeve. Elayne déballait déjà les vêtements sur le lit. « Nous allons sortir d'ici et personne ne te remarquera. » Elle envisagea de conserver le contact avec la *saidar* – elle était certainement assez furieuse et c'était tellement merveilleux – mais, à regret, elle le rompit. C'était le seul endroit dans Falme où il n'y avait aucun risque qu'une *sul'dam* et une *damane* viennent s'enquérir de ce qui se passait au cas où elles auraient senti que quelqu'un canalisait, mais elles n'y manqueraient certainement pas si une *damane* voyait une femme qu'elle prenait pour une *sul'dam* environnée du halo lumineux suscité par le canalisage du Pouvoir. « Je ne sais pas pourquoi tu n'es pas déjà partie. Seule ici, même si tu n'arrivais pas à imaginer comment te débarrasser de ce machin-là, tu n'avais qu'à le prendre et t'enfuir. »

Tandis que Min et Elayne l'aidaient précipitamment à mettre la vieille robe de Nynaeve, Egwene expliqua ce qui se passait quand on enlevait le bracelet de l'endroit où une *sul'dam* l'avait laissé, et que canaliser la rendait malade à moins qu'une *sul'dam* ne porte le bracelet. Ce matin, justement, elle avait découvert comment ouvrir le collier sans le Pouvoir – et avait constaté que toucher le fermoir dans cette intention lui provoquait une crispation de la main, qui devenait inutilisable. Elle pouvait le toucher autant qu'elle le voulait pourvu qu'elle ne pense pas à ouvrir le fermoir ; par contre, la moindre tentation et...

Nynaeve se sentit elle-même malade. Le bracelet autour de son poignet la rendait malade. C'était trop horrible. Elle avait envie de l'arracher de son bras avant d'en apprendre davantage sur l'*a'dam*, avant d'apprendre peut-être quelque chose qui la ferait se sentir à jamais souillée pour l'avoir porté.

Ouvrant le fermoir du bandeau d'argent, elle l'enleva, le referma d'un coup sec et le suspendit à une des patères. « Ne croyez pas que cela signifie que vous pouvez maintenant appeler au secours. » Elle brandit le poing sous le nez de Sèta. « Je peux encore vous faire regretter d'être venue au monde si vous ouvrez la bouche et je n'ai pas besoin de ce sacré... machin.

– Vous... vous n'avez pas l'intention de me laisser ici avec ? répliqua Sèta dans un murmure. Oh, non, pas possible. Attachez-moi ! Bâillonnez-moi pour que je ne puisse pas donner l'alarme. Je vous en prie ! »

Egwene eut un rire sans joie. « Laissez-le-lui. Elle ne criera pas au secours même sans bâillon. Espérez plutôt que celle qui vous découvrira enlèvera l'*a'dam* et gardera votre petit secret, Sèta. Votre sale secret, n'est-ce pas ?

– De quoi parles-tu ? demanda Elayne.

– J'y ai beaucoup réfléchi, répliqua Egwene. Réfléchir, c'est la seule chose qui me restait à faire quand elles me laissaient seule ici. Les *sul'dams* prétendent qu'au bout de quelques années se développe chez elles une certaine affinité. La plupart d'entre elles savent discerner quand une femme canalise, qu'elles soient reliées à elle ou non. Je n'en était pas sûre, mais Sèta le prouve.

– Prouve quoi ? » s'exclama Elayne, puis ses yeux s'écarquillèrent comme elle devinait subitement, mais Egwene poursuivit :

« Nynaeve, l'*a'dam* ne fonctionne qu'avec les femmes capables de canaliser. Vous ne comprenez pas ? Les *sul'dams* ont la même faculté de canaliser que les *damanes*. » Sèta gémit entre ses dents, secouant la tête dans un violent geste de dénégation. « Une *sul'dam* est prête à mourir plutôt que d'admettre qu'elle en est capable, même si elle le sait, et elles ne s'exercent jamais, de sorte qu'elles ne parviennent pas à s'en servir, mais l'aptitude, elles l'ont.

– Je vous l'avais dit, commenta Min. Ce collier n'aurait jamais dû fonctionner sur elle. » Min finissait d'attacher les derniers boutons dans le dos d'Egwene. « Toute femme qui ne canalise pas aurait le temps de vous assommer pendant que vous essayez de la dominer avec ce système.

– Commcnt est-ce possible ? se récria Nynaeve. Je pensais que les Seanchanes mettaient en laisse toutes les femmes ayant le don de canaliser.

– Toutes celles qu'elles trouvent, expliqua Egwene, mais celles-là sont comme vous, comme moi, comme Elayne. Nous sommes nées avec le don, prêtes à canaliser, qu'on nous l'enseigne ou non. Par contre qu'en est-il des jeunes Seanchanes qui ne sont pas nées avec cette faculté mais que l'on peut former ? Ce n'est pas possible à n'importe qui de devenir une... une Teneuse-de-laisse. Renna croyait m'accorder une faveur en me racontant ça. Apparemment, c'est un jour de fête dans les villages seanchans quand les *sul'dams* viennent tester les jeunes filles. Elles cherchent à en trouver comme vous et moi pour leur passer l'*a'dam* au cou, mais elles laissent toutes les autres mettre un bracelet afin de vérifier si elles décèlent ce que ressent la pauvre femme portant le collier. Celles qui y réussissent sont emmenées pour être entraînées à jouer le rôle de *sul'dams*. Ce sont les femmes qui peuvent être formées. »

Sèta gémissait tout bas : « Non. Non. Non. » Sans arrêt.

« Je sais bien qu'elle est horrible, dit Elayne, mais j'ai comme l'impression que je devrais l'aider, vaille que vaille. »

Nynaeve ouvrait la bouche pour répliquer qu'elles devraient plutôt se préoccuper de s'aider elles-mêmes quand la porte se rabattit.

« Qu'est-ce qui se passe ici ? s'exclama Renna avec autorité en pénétrant dans la cellule. Une audience ? » Elle dévisagea Nynaeve, les mains sur les hanches. « Jamais je n'ai autorisé qui que ce soit à se relier avec mon chouchou, Tuli. Je ne sais même pas qui... » Son regard tomba sur Egwene – Egwene revêtue de la robe de Nynaeve au lieu du gris des *damanes*. Egwene sans collier autour de sa gorge – et ses yeux s'écarquillèrent, grands comme des soucoupes. Elle n'eut pas une chance de se mettre à crier.

Avant qu'aucune autre ait eu le temps d'esquisser un geste, Egwene saisit le broc posé sur sa table de toilette et le lança au creux de l'estomac de Renna. Le broc se brisa et la *sul'dam*, le souffle coupé net dans un gargouillement étranglé, se plia en deux. Comme elle tombait, Egwene lui sauta dessus en poussant un grondement, la renversa à plat sur le sol, attrapa le collier porté par elle qui était toujours par terre et le referma autour du cou de la *sul'dam*.

D'une secousse sur la laisse d'argent, Egwene décrocha le bracelet de sa patère et l'attacha à son propre poignet. Ses lèvres étaient retroussées sur ses dents, ses yeux fixés sur Renna avec une concentration terrible. S'agenouillant sur les épaules de la *sul'dam*, elle appuya fortement ses deux mains sur sa bouche. Renna se tordit dans une convulsion effrayante, ses yeux s'exorbitèrent ; des sons rauques jaillirent de sa gorge, des hurlements étouffés par les paumes d'Egwene ; ses talons martelaient le sol.

« Arrête, Egwene ! » Nynaeve attrapa Egwene par les épaules, l'écarta de force de l'autre femme. « Egwene, arrête ! Tu ne veux pas ça ! » Renna gisait haletante et le visage blême, regardant le plafond avec des yeux fous.

Soudain Egwene se jeta contre Nynaeve, sanglotant spasmodiquement sur sa poitrine. « Elle m'a fait mal, Nynaeve. Elle m'a fait mal. Toutes m'ont fait mal. Elles m'ont torturée jusqu'à ce que j'agisse comme elles le désiraient. Je les déteste. Je les déteste parce qu'elles m'ont fait mal et je les déteste parce que je ne pouvais pas les empêcher de m'obliger à exécuter leurs volontés.

– Je sais », dit Nynaeve avec douceur. Elle lissa les cheveux d'Egwene. « C'est juste de les détester, Egwene. Très juste. Elles l'ont mérité. Mais ce n'est pas bien de les laisser te transformer en ce qu'elles sont. »

Les mains de Sèta étaient pressées contre son visage. Renna tâtait le collier autour de son cou avec incrédulité, d'une main tremblante.

Egwene se redressa en essuyant vivement ses larmes. « Non, non. Je ne suis pas devenue comme elles. » Elle arracha le bracelet, s'égratignant presque pour l'enlever, et le jeta par terre. « Je ne suis pas devenue comme elles. N'empêche, j'aimerais les tuer.

– Elles le méritent. » Min dévisageait d'un air sévère les deux *sul'dams*.

« Rand tuerait quiconque aurait commis une chose pareille », dit Elayne. Elle parut se cuirasser le cœur. « Je suis sûre qu'il n'hésiterait pas.

– Peut-être le méritent-elles, déclara Nynaeve, et peut-être qu'il les exécuterait, mais les hommes prennent souvent à tort la vengeance et la mise à mort pour la justice. » Elle avait souvent siégé avec le Cercle des Femmes pour rendre des jugements. Quelquefois, des hommes se présentaient devant leur Cercle, pensant que des femmes seraient plus indulgentes que les Conseillers du Village, les hommes s'imaginent toujours pouvoir influer sur les décisions par leur éloquence ou des appels à la clémence. Le Cercle des Femmes accordait la clémence quand elle était méritée mais rendait toujours la justice, et c'était la Sagesse qui prononçait la sentence. Nynaeve ramassa le bracelet dont Egwene s'était débarrassée et le referma. « Si j'étais en mesure de le faire, je libérerais toutes les femmes qui sont ici et je détruirais ces engins-là jusqu'au dernier, mais puisque je ne le peux pas... » Elle enfila le bracelet sur la patère où était déjà accroché l'autre, puis s'adressa aux *sul'dams*. *Des Teneuses-de-laisse qui n'en sont plus*, songea-t-elle. « Si vous restez tranquilles, peut-être que l'on vous laissera ici le temps de réussir à ôter vos colliers. La Roue tisse selon Son bon vouloir, et il est possible que vous ayez à votre actif suffisamment d'actions louables pour compenser les mauvaises, assez pour qu'il vous soit permis de les enlever. Dans le cas contraire, on finira par vous découvrir. Et je pense que celles qui vous trouveront poseront pas mal de questions avant de vous délivrer de vos colliers. Je pense que vous apprendrez peut-être de première main, par vous-mêmes, la vie que vous avez imposée à d'autres femmes. Voilà ce qui est la justice », ajouta-t-elle à l'adresse de ses compagnes.

Renna avait les traits figés d'horreur. Sèta avait enfoui son visage dans ses mains et ses épaules tressautaient au rythme de ses sanglots. Nynaeve se força à s'endurcir – *C'est la justice*, se dit-elle. *C'est la justice* – et poussa les autres hors de la pièce.

Personne ne prêta davantage attention à leur sortie qu'à leur arrivée. Nynaeve supposa qu'elle le devait à la robe de *sul'dam*, mais il lui tardait de l'échanger contre autre chose. N'importe quoi d'autre. Elle aurait eu la sensation d'avoir quelque chose de plus propre sur la peau en portant les loques les plus crasseuses.

Les jeunes filles, qui lui marchaient sur les talons, gardèrent le silence jusqu'à ce qu'elles se retrouvent au-dehors sur les cailloutis de la rue. Nynaeve ne savait pas si c'était à cause de ce qu'elle avait fait ou de la peur que quelqu'un leur barre la route. Elle s'assombrit. Se seraient-elles senties mieux si elle les avait laissées en venir à couper la gorge de ces *sul'dams* ?

« Des chevaux, dit Egwene. Nous aurons besoin de chevaux. Je connais l'écurie où elles ont emmené Béla, mais je ne crois pas que nous ayons la possibilité d'aller jusqu'à elle.

– Il faut que nous abandonnions Béla ici, répliqua Nynaeve. Nous partons par bateau.

– Où ont-ils tous disparu ? » remarqua Min et, subitement, Nynaeve se rendit compte que la rue était déserte. Il n'y avait plus foule, plus trace d'un seul passant ; toutes les boutiques et les volets étaient hermétiquement clos le long de la rue. Par contre, montant du port, arrivait une formation de combattants seanchans, cent ou davantage en rangs réguliers, avec un officier à leur tête, revêtu de son armure peinte. Ils n'avaient parcouru que la moitié du chemin, mais ils avançaient d'une démarche menaçante que rien ne semblait capable d'arrêter et Nynaeve eut l'impression que tous les regards étaient fixés sur elle. *C'est ridicule. Je ne peux pas voir leurs yeux à l'intérieur de ces casques et si quelqu'un avait donné l'alarme, ce serait derrière nous.* Néanmoins, elle s'arrêta.

« Il y en a d'autres dans notre dos », murmura Min. Nynaeve entendit aussi ces bruits de bottes. « Je ne sais pas lesquels nous atteindront les premiers. »

Nynaeve respira à fond. « Cela ne nous concerne pas. » Elle regarda au-delà des guerriers qui approchaient, en direction du port bondé de hauts navires carrés seanchans. Elle n'arrivait pas à repérer *l'Écume* ; elle émit intérieurement la prière que le bateau soit encore là, et prêt à lever l'ancre. « Nous allons passer simplement à côté d'eux. » *Ô Lumière, j'espère que nous le pourrons.*

« Et s'ils vous demandent de vous joindre à eux, Nynaeve ? objecta Elayne. Vous portez cette robe. Si on commence à poser des questions...

– Je ne retournerai pas là-bas, dit Egwene farouchement. Je mourrai d'abord. Laissez-moi leur montrer ce qu'on m'a appris. » Nynaeve eut conscience qu'un nimbe doré l'entourait subitement.

« Non ! » s'écria-t-elle, mais c'était trop tard.

Avec un rugissement de tonnerre, la rue entra en éruption sous les premiers rangs seanchans – la terre, les petits pavés et les guerriers en armure rejaillirent de côté comme l'écume autour d'une fontaine. Toujours nimbée de clarté, Egwene pivota sur elle-même pour diriger son regard vers le haut de la rue, et le grondement formidable retentit de nouveau. De la terre retomba en pluie sur les jeunes femmes. Les guerriers seanchans se dispersèrent en bon ordre pour s'abriter dans les ruelles transversales et derrière les porches des maisons. En un moment, ils furent tous hors de vue, à part ceux qui gisaient autour des deux vastes cavités qui trouaient la chaussée. Quelques-uns parmi eux remuaient faiblement et des gémissements résonnèrent le long de la rue.

Nynaeve, dégoûtée, essayait d'observer la rue dans les deux sens à la fois. « Idiote ! Nous voulons précisément NE pas attirer l'attention ! » Il n'y avait maintenant aucun espoir d'y parvenir. Elle souhaita seulement qu'elles arrivent à gagner le port en contournant la troupe seanchane par les ruelles de derrière. *Les damanes doivent aussi être au courant, à présent. Impossible qu'elles ne s'en soient pas aperçues.*

« Je ne retournerai pas à ce collier, riposta Egwene avec véhémence. Je m'y refuse !

– Attention ! » cria Min.

Avec un piaulement aigu, une boule de feu de la taille d'un cheval s'éleva par-dessus les toits et commença à redescendre. Droit sur elles.

« Courez ! » ordonna Nynaeve à pleine gorge et elle plongea vers la ruelle la plus proche, entre deux boutiques closes.

Elle atterrit maladroitement sur le ventre, avec un grognement, la respiration à moitié coupée, tandis que la boule de feu terminait sa trajectoire. Un souffle brûlant s'engouffra au-dessus d'elle dans la venelle. Aspirant l'air à grandes goulées, elle roula sur le dos et regarda dans la rue.

À l'endroit qu'elles venaient de quitter, le pavage en cailloutis était éclaté, fendillé et noirci sur une surface circulaire de dix pas de diamètre. Elayne était allongée juste à l'entrée d'une autre ruelle, en face. De Min et d'Egwene, pas trace. Nynaeve plaqua la main contre sa bouche dans un geste horrifié.

Elayne parut comprendre sa pensée. La Fille-Héritière secoua violemment la tête en désignant le bas de la rue. Elles s'en étaient allées par là.

Nynaeve poussa un soupir de soulagement qui se transforma aussitôt en bougonnement. *Quelle idiote ! Nous aurions pu passer outre sans peine !* Toutefois, l'heure n'était pas aux récriminations. Elle se précipita jusqu'à la rue et regarda avec prudence au-delà du mur du bâtiment.

Une boule de feu grosse comme une tête humaine fila en flamboyant vers elle. Nynaeve sauta en arrière juste avant que la boule explose contre le coin où s'était trouvée sa propre tête, l'arrosant d'éclats de pierre.

La colère déclencha en elle l'irruption du Pouvoir et elle ne s'en rendit compte qu'après coup. Un éclair avait jailli du ciel et frappé avec fracas quelque part dans le haut de la rue près d'où était partie la boule de feu. Un autre trait de foudre fendit le ciel, puis Nynaeve s'enfonça en courant dans la ruelle. Derrière elle, un éclair transperça l'entrée de cette ruelle.

Si Domon n'a pas ce bateau prêt à partir, je... Ô Lumière, fais que nous arrivions toutes là-bas saines et sauves.

Bayle Domon se redressa comme mû par un ressort quand un éclair zébra le ciel gris ardoise et s'enfonça quelque part en ville, suivi d'un autre. *Point assez de nuages pour ça !*

Un grondement retentit dans la ville et une boule de feu s'écrasa sur un toit juste au-dessus des quais, projetant en l'air des ardoises fracassées qui décrivaient de grands arcs. Les gens avaient déserté les quais un moment plus tôt, à l'exception de quelques Seanchans ; ceux-ci couraient à présent comme des fous, en dégainant leurs épées et en criant. Un homme sortit d'un des entrepôts avec un *grolm* à son côté : il courait lui aussi pour rester à la hauteur de la bête qui progressait par longues foulées, et ils disparurent dans une des rues qui montaient du bord de l'eau.

Un des membres de l'équipage de Domon se précipita vers une hache et la brandit au-dessus d'une des amarres.

En deux enjambées, Domon saisit la hache dressée d'une main et de l'autre la gorge du matelot. « *L'Écume* ne bouge pas tant que je n'ai pas donné l'ordre de partir, Aedwin Cole !

– Ils deviennent fous, Capitaine ! » cria Yarin. Une explosion éveilla les échos qui grondèrent à travers le port, des mouettes se mirent à tourner en cercles criards et un éclair fulgura de nouveau, s'enfonçant au cœur de Falme. « Les *damanes* vont nous tuer tous ! Partons pendant qu'ils sont affairés à s'entretuer. Nous serons loin avant qu'ils s'en aperçoivent !

– J'ai donné ma parole », répliqua Domon. Il arracha la hache de la main de Cole et la jeta sur le pont où elle tomba avec fracas. « J'ai donné ma parole. » *Dépêchez-vous, femme, Aes Sedai ou qui que vous soyez*, songea-t-il. *Dépêchez-vous !*

Geofram Bornhald regarda l'éclair au-dessus de Falme et l'écarta de son esprit. Une énorme créature volante – un des monstres seanchans, sans doute – fuyait à tire-d'aile pour échapper à la foudre. Si un orage éclatait, ce serait un désavantage pour les Seanchans autant que pour lui-même. Des collines presque dépourvues d'arbres, quelques-unes surmontées de halliers épars, lui cachaient encore la ville et le dissimulaient à celle-ci.

Ses mille hommes s'alignaient de chaque côté de lui en un long ruban de cavaliers qui ondulait dans les creux entre les collines. Le vent bousculait leurs manteaux blancs et faisait claquer la bannière auprès de Bornhald – le soleil doré aux rayons ondoyants des Enfants de la Lumière.

« Allez maintenant, Byar », ordonna-t-il. L'homme au visage décharné hésita, et Bornhald mit de la sécheresse dans sa voix. « J'ai dit : partez, Enfant Byar ! »

Byar porta la main à son cœur et s'inclina. « Puisque vous l'ordonnez, mon Seigneur Capitaine. » Il s'éloigna à cheval, son attitude entière clamant sa répugnance à obéir.

Bornhald ne pensa plus à Byar. Il avait agi au mieux de ses possibilités sur ce point-là. Il éleva la voix. « Légion, en marche, au pas ! »

Dans un craquement de cuir de selle, la longue file d'hommes aux blancs manteaux se dirigea lentement vers Falme.

Avançant la tête au-delà du bâtiment, Rand vit les Seanchans qui approchaient puis, avec une grimace, il recula prestement dans l'étroite ruelle entre deux écuries. Ils seraient là bientôt. Il y avait du sang séché sur ses joues. Les estafilades qu'il avait reçues de Turak étaient cuisantes, mais impossible d'y porter remède maintenant. Un éclair fulgura de nouveau dans le ciel ; il ressentit la vibration grondante de ce coup de foudre jusque dans ses bottes. *Au nom de la Lumière, que se passe-t-il donc ?*

« Ils arrivent ? demanda Ingtar. Le Cor de Valère doit être sauvé, Rand. » En dépit des Seanchans, en dépit des éclairs et des étranges explosions au cœur de la ville même, il semblait préoccupé par ses propres réflexions. Mat, Perrin et Hurin se tenaient à l'autre bout de la venelle, surveillant une autre patrouille seanchane. L'endroit où ils avaient laissé les chevaux était tout proche maintenant, si seulement ils pouvaient y parvenir.

« Elle a des ennuis », marmotta Rand. Egwene. Son esprit était en proie à une curieuse sensation, comme si des fragments de sa vie étaient en danger. Egwene en était un, un des brins du fil qui formait sa vie, mais il y en avait d'autres et Rand les sentait menacés. Ici même, dans Falme. Et si un de ces brins était détruit, sa vie ne serait jamais complète, telle qu'elle avait été préordonnée. Il ne le comprenait pas, mais il était sûr et certain de ce qu'il ressentait.

« Un seul homme pourrait en affronter cinquante ici », dit Ingtar. Les deux écuries étaient voisines, avec juste assez d'espace entre elles pour qu'ils aient la place de rester côte à côte. « Un homme tenant tête à cinquante dans un passage étroit. Pas une vilaine façon de mourir. Des chansons ont été composées pour moins.

– Ce ne sera pas nécessaire, répliqua Rand. Je l'espère. » Le faîte d'un toit explosa dans la ville. *Comment m'y prendre pour retourner là-bas ? Il faut que j'arrive jusqu'à elle. Jusqu'à elles ?* Secouant la tête, il jeta de nouveau un coup d'œil au coin du bâtiment. Les Seanchans avaient continué à avancer et se rapprochaient.

« Je n'étais pas au courant de ce qu'il venait faire », reprit Ingtar à mi-voix comme se parlant à lui-même. Il avait dégainé son épée et en tâtait le tranchant du pouce.

« Un petit homme blême qu'on n'avait même pas l'impression de voir quand on le regardait. Introduisez-le dans Fal Dara, voilà l'ordre qui m'avait été donné. À l'intérieur de la forteresse. Je ne le voulais pas, mais j'y étais obligé. Vous comprenez ? Je le devais. Je ne connaissais rien de ses intentions jusqu'à ce qu'il tire cette flèche. J'ignore toujours à qui la flèche était destinée, à l'Amyrlin ou à vous. »

Un frisson parcourut Rand. Il regarda Ingtar avec stupeur. « De quoi parlez-vous ? » murmura-t-il.

Ingtar examinait sa lame sans avoir l'air d'entendre. « L'humanité est chassée de partout. Les nations s'affaiblissent et disparaissent. Les Amis du Ténébreux sont omniprésents, et aucun de ces gens du sud ne semble s'en apercevoir ou s'en inquiéter. Nous nous battons pour sauvegarder les Marches, pour qu'ils soient en sécurité dans leurs maisons et, chaque année, malgré tous nos efforts, la Dévastation progresse. Et ces gens du sud s'imaginent que les Trollocs sont des mythes et les Myrddraals des inventions de ménestrel. » Il fronça les sourcils et secoua la tête. « Cela paraissait la seule solution. Nous serions tués pour rien, en défendant des gens qui ne sont même pas au courant ou s'en moquent. Cela semblait logique. Pourquoi mourir pour eux quand nous pouvions obtenir la paix chez nous ? Mieux valait l'Ombre, à mon avis, qu'une inutile plongée dans l'oubli comme Caralain ou Hardan ou... cela paraissait tellement logique, à ce moment-là. »

Rand saisit Ingtar par les revers de son vêtement. « Vous dites des choses incompréhensibles. » *Pas possible qu'il pense ce qu'il raconte. Pas possible.* « Parlez clairement, quoi que vous ayez en tête. Vous débitez des absurdités ! »

Pour la première fois, Ingtar regarda Rand. Ses yeux brillaient de larmes contenues. « Vous êtes meilleur que moi. Berger ou seigneur, un homme meilleur. La prophétie recommande. " Que celui qui m'embouche en sonnant songe non pas à la gloire mais seulement au salut. " C'était à mon salut que je songeais. Je voulais sonner du Cor et conduire les héros des Ères contre le Shayol Ghul. Cela aurait sûrement suffi pour me sauver. Nul homme ne marche si longtemps dans l'Ombre qu'il ne puisse retourner vers la Lumière. Voilà ce qu'on affirme. Cela aurait sûrement suffi à effacer ce que j'ai été et ce que j'ai fait.

– Oh, par la Lumière, Ingtar. » Rand lâcha son compagnon et se laissa retomber le dos contre la paroi de l'écurie. « Je crois... je crois que le vouloir suffit. Je crois que vous avez simplement à cesser d'être... l'un d'eux. » Ingtar tressaillit comme si Rand avait prononcé les mots. Un Ami du Ténébreux.

« Rand, quand Vérine nous a amenés ici par la Pierre Porte, je... j'ai vécu d'autres existences. Quelquefois je tenais le Cor, mais je ne l'ai jamais embouché. J'essayais d'échapper à ce que j'étais devenu, mais je n'y parvenais jamais. Il y avait toujours quelque chose d'autre qui était exigé de moi, toujours quelque chose de pire que la fois d'avant, jusqu'à ce que je sois... Vous étiez prêt à y renoncer pour sauver un ami. Ne pas penser à la gloire. Ô Lumière, aide-moi. »

Rand ne savait que dire. C'était comme si Egwene lui avait appris qu'elle avait assassiné des enfants. Trop horrible pour y croire. Trop horrible pour être avoué sans que ce soit vrai. Trop horrible.

Au bout d'un instant, Ingtar reprit la parole, d'une voix ferme. « Il doit y avoir un prix à payer, Rand. Il y a toujours un prix. Peut-être puis-je m'en acquitter ici.

– Ingtar, je...

– C'est le droit de tout homme, Rand, de choisir quand Mettre l'Épée au Fourreau. Même quelqu'un comme moi. »

Avant que Rand ait eu le temps de répondre, Hurin accourut du bout de la ruelle. « La patrouille s'est détournée pour redescendre en ville, annonça-t-il vivement. Elles ont toutes l'air de se rassembler là-bas. Mat et Perrin sont allés de l'avant. » Il jeta un rapide coup d'œil dans la rue et battit en retraite. « Mieux vaudrait en faire autant, Seigneur Ingtar, Seigneur Rand. Ces fichus Seanchans vont arriver d'un instant à l'autre.

– Partez, Rand », dit Ingtar. Il pivota face à la rue et ne regarda plus ni Rand ni Hurin. « Emportez le Cor là où il doit être. J'ai toujours eu l'idée que l'Amyrlin aurait dû vous en confier la charge. Mais je n'ai jamais cherché qu'à maintenir l'intégrité du Shienar, qu'à nous épargner d'être anéantis et oubliés.

– Je sais, Ingtar. » Rand prit une profonde aspiration. « Que la Lumière brille sur vous, Seigneur Ingtar de la Maison de Shinowa et puissiez-vous trouver asile dans la paume du Créateur. » Il effleura l'épaule d'Ingtar. « Que la dernière étreinte de la Mère vous accueille en votre demeure. »

Hurin eut un hoquet de surprise.

« Merci », murmura Ingtar. Une tension en lui sembla se relâcher. Pour la première fois depuis la nuit du raid trolloc sur Fal Dara, il était comme Rand l'avait vu lorsqu'il avait fait sa connaissance : ferme et décontracté. En paix.

Rand se retourna et s'aperçut que Hurin le dévisageait avec stupeur, les dévisageait l'un et l'autre. « Il est temps que nous partions.

– Mais le Seigneur Ingtar...

– ... fait ce qu'il a à faire, répliqua Rand d'un ton bref. Par contre, nous, nous partons. » Hurin inclina la tête et Rand le suivit à grands pas. Rand entendait maintenant le bruit régulier des bottes des Seanchans. Il ne regarda pas en arrière.

47. La Tombe n'est pas un obstacle à mon appel

Mat et Perrin étaient en selle quand Rand et Hurin les rejoignirent. Loin derrière lui, Rand entendit s'élever la voix d'Ingtar. « La Lumière et Shinowa ! » Le cliquetis de l'acier vint se mêler au rugissement d'autres voix.

« Où est Ingtar ? cria Mat. Qu'est-ce qui se passe ? » Il avait enroulé l'enguichure du Cor de Valère autour du haut pommeau de sa selle comme n'importe quel cor, mais le poignard était glissé dans sa ceinture, le manche orné d'un rubis à son extrémité niché au creux d'une main protectrice toute blême qui semblait n'être qu'os et tendons.

« Il se meurt », répliqua Rand avec brusquerie en se hissant sur le dos du Rouge.

« Alors il nous faut le secourir, dit Perrin. Mat emportera le Cor et le poignard à...

– Il le fait pour que nous puissions nous échapper tous », expliqua Rand. *Pour cela aussi.* « Nous partons tous confier le Cor à Vérine, puis vous pourrez la seconder quand elle ira le remettre là où elle estime qu'il doit être.

– Qu'est-ce que tu entends par là ? » questionna Perrin.

Rand enfonça les talons dans les flancs de l'alezan et le Rouge s'élança vers les collines au-delà de la ville.

« La Lumière et Shinowa ! » Le cri d'Ingtar s'éleva derrière lui avec un accent de triomphe, et en réponse, un éclair zébra le ciel.

Rand fouetta le Rouge avec ses rênes, puis se coucha sur l'encolure de l'étalon, comme l'alezan filait à fond de train, crinière et queue flottant au vent. Il aurait bien aimé ne pas avoir l'impression de fuir le cri de guerre d'Ingtar, de fuir ce qu'il était censé faire. *Ingtar, un Ami du Ténébreux. Je m'en moque. Il n'en était pas moins mon ami.* Le galop de l'alezan ne parvenait pas à le distraire de ses réflexions. *La mort est plus légère qu'une plume, le devoir plus lourd qu'une montagne. Tant de devoirs. Egwene. Le Cor. Fain. Mat et son poignard. Pourquoi ne peut-il y en avoir un seulement à la fois ? Il faut que je me charge de tous. Ô, Lumière, Egwene !*

Il tira sur la bride si soudainement que le Rouge s'immobilisa en dérapant, assis sur ses postérieurs. Ils se trouvaient dans un taillis clairsemé d'arbres aux branches dénudées sur une des collines dominant Falme. Les autres arrivèrent au galop derrière lui.

« Qu'est-ce que tu racontes ? s'exclama Perrin. Nous, nous pouvons accompagner Vérine quand elle emportera le Cor où est censée être sa place ? Et toi, où seras-tu ?

– Peut-être qu'il devient déjà fou, commenta Mat. Il ne voudrait pas rester avec nous s'il devenait fou. N'est-ce pas, Rand ?

– Vous trois portez le Cor à Vérine », dit Rand. *Egwene. Tant de brins de fil, tant de danger. De si nombreux devoirs.* « Vous n'avez pas besoin de moi. »

Mat caressait le manche du poignard. « Tout cela est bel et bon, mais toi ? Que je brûle, pas possible que tu perdes déjà la tête. Pas possible ! » Hurin les regardait d'un air ébahi, ne comprenant pas la moitié de ce qui se passait.

« Je retourne, reprit Rand. Je n'aurais jamais dû partir. » Sans qu'il comprenne bien pourquoi, cela ne sonnait pas juste à ses propres oreilles ; cela ne donnait pas l'impression d'être juste dans sa tête. « Il faut que je retourne. Maintenant. » Voilà qui sonnait mieux. « Egwene est encore là-bas, rappelle-toi. Avec un de ces colliers autour du cou.

– En es-tu sûr ? répliqua Mat. Moi, je ne l'ai pas vue. Aaah ! Si tu dis qu'elle est là-bas, alors elle y est. Nous portons tous le Cor à Vérine, puis nous revenons tous la chercher. Tu ne t'imagines pas que je voudrais la laisser là-bas, dis-moi ? »

Rand secoua la tête. *Des fils de tissage. Des devoirs.* Il se sentait près d'exploser comme une fusée de feu d'artifice. *Ô Lumière, que m'arrive-t-il ?* « Mat, Vérine doit t'emmener avec ce poignard à Tar Valon pour t'en libérer définitivement. Tu n'as pas de temps à perdre.

– Sauver Egwene n'est pas une perte de temps ! » Mais la main de Mat tremblait à force de se cramponner au poignard.

« Aucun de nous ne va s'en retourner, commenta Perrin. Pas tout de suite. Regardez. » Il tendit le bras derrière eux en direction de Falme.

Les parcs à chariots et les enclos à chevaux étaient noirs de guerriers seanchans, de milliers de guerriers, rang après rang, avec des pelotons de cavaliers montés sur des animaux écailleux ainsi que des hommes en armure sur des chevaux, les officiers se signalant par des gonfanons aux couleurs vives. Les rangs étaient parsemés de *grolms* et d'autres créatures étranges, presque mais pas tout à fait pareilles à des oiseaux et des lézards monstrueux, ainsi que de grandes choses qu'il n'aurait pas su décrire, à peau grise plissée et aux énormes défenses. Par intervalles, le long des files de soldats, il y avait des vingtaines de *sul'dams* et de *damanes*. Rand se demanda si Egwene était parmi elles. Dans la ville, derrière les guerriers, un toit explosait encore de temps à autre, et des éclairs zébraient toujours le ciel. Deux bêtes volantes d'une envergure de plus de soixante-dix coudées planaient haut dans les airs au-dessus, prenant bien garde de rester à l'écart des endroits où dansaient les éclairs fulgurants.

« Tout ça pour nous ? s'exclama Mat, incrédule. Qui croient-ils que nous sommes ? »

Une réponse vint à Rand, mais il l'écarta avant qu'elle ait eu une chance de se formuler entièrement.

« Nous ne partons pas non plus dans l'autre sens, Seigneur Rand, annonça Hurin. Des Blancs Manteaux. Par centaines. »

Rand fit pivoter son cheval pour regarder ce que désignait le Flaireur. Une longue file en capes blanches ondulait lentement vers eux à travers les collines.

« Seigneur Rand, murmura Hurin, si cette bande-là aperçoit le Cor de Valère, nous ne le remettrons jamais entre les mains d'une Aes Sedai. Nous ne remettrons nous-mêmes jamais la main dessus.

– C'est peut-être la raison pour laquelle les Seanchans se rassemblent, suggéra Mat avec espoir. À cause des

Blancs Manteaux. Peut-être cela ne nous concerne-t-il pas du tout.

– Quoi qu'il en soit, commenta Perrin avec une pointe d'ironie, il y aura une bataille ici dans quelques minutes.

– L'un ou l'autre côté nous tuerait, dit Hurin, même s'ils ne voient pas le Cor. S'ils le voient... »

Rand était incapable de se concentrer sur les Blancs Manteaux ou les Seanchans. *Il faut que je retourne. Il le faut.* Il se rendit compte qu'il regardait fixement le Cor de Valère. Ils le fixaient tous. Le Cor aux courbes d'or était suspendu au pommeau de la selle de Mat, point de mire de tous les yeux.

« Il doit se trouver présent lors de la Dernière Bataille, fit remarquer Mat en s'humectant les lèvres. Rien ne précise qu'il ne peut pas être utilisé avant. » Il libéra le Cor attaché par son enguichure et dévisagea ses compagnons avec anxiété. « Rien ne l'interdit. »

Personne d'autre ne dit mot. Rand ne se sentait pas capable de parler ; ses propres pensées étaient trop pressantes pour laisser place à la parole. *Il me faut retourner. Il me faut retourner.* Plus il regardait le Cor, plus ses pensées devenaient pressantes. *Il le faut. Il le faut.*

La main de Mat tremblait quand il porta le Cor de Valère à ses lèvres.

Jaillit un son limpide, harmonieux, une note d'or comme le Cor était d'or. Les arbres autour d'eux parurent vibrer en même temps, comme le sol sous leurs pieds et le ciel au-dessus de leurs têtes. Cette longue note sonore englobait tout.

Du brouillard se matérialisa et commença à s'élever. D'abord en fines traînées planant en l'air, puis en flots toujours plus épais jusqu'à ce qu'il recouvre la terre comme des nuages.

Geofram Bornhald se raidit sur sa selle quand un son emplit l'air, si mélodieux qu'il eut envie de rire, si triste qu'il eut envie de pleurer. Cela semblait venir de toutes les directions à la fois. Puis de la brume se mit à se répandre, s'épaississant sous ses yeux.

Les Seanchans. Ils tentent quelque chose. Ils savent que nous sommes ici.

C'était trop tôt, la ville trop loin, mais il dégaina – un cliquetis de fourreaux résonna d'un bout à l'autre de la file de sa demi-légion – et il cria : « La Légion avance au trot. »

Le brouillard recouvrait tout à présent, mais il savait que Falme était toujours là, devant. L'allure des chevaux s'accéléra ; il ne les voyait pas, mais il entendait.

Brusquement, le terrain en avant se souleva dans un grondement, l'aspergeant de poussière et de cailloux. Dans la blancheur impénétrable à sa droite, il perçut un autre grondement, et des hommes et des chevaux crièrent, puis à sa gauche. Et cela recommença. Encore et encore. Un fracas de tonnerre et des hurlements, masqués par le brouillard.

« La Légion charge ! » Son cheval s'élança quand il enfonça les talons dans ses flancs et il entendit le grondement alors que la Légion, du moins ce qui en subsistait encore, le suivait.

Tonnerre et clameurs, noyés dans le brouillard.

Sa dernière pensée fut un regret. Byar ne serait pas en mesure de raconter à son fils Dain comment il était mort.

***

Rand n'apercevait plus les arbres autour d'eux. Mat avait cessé d'emboucher le Cor, les yeux dilatés d'effroi sacré, mais le son en résonnait encore dans les oreilles de Rand. Le brouillard cachait tout dans l'assaut de ses vagues aussi blanches que la plus belle laine blanchie, cependant Rand pouvait voir. Il voyait, mais c'était incroyable. Falme planait quelque part au-dessous de lui, ses faubourgs du côté de la campagne noirs de soldats seanchans, ses rues sillonnées d'éclairs. Falme planait au-dessus de sa tête. Là, des Blancs Manteaux chargeaient et mouraient parce que la terre entrait en éruption flambante sous les sabots de leurs chevaux. Là, des hommes arpentaient en courant le pont de hauts vaisseaux carrés dans le port et, sur un seul bateau, un bateau d'aspect familier, des hommes apeurés attendaient. Il pouvait même reconnaître le visage du capitaine. Bayle Domon. Il s'empoigna la tête à deux mains. Les arbres étaient cachés, mais il voyait encore chacun de ses compagnons. Hurin anxieux. Mat qui marmottait, craintif. Perrin avec l'air de savoir que tout cela était dans l'ordre des choses. Le brouillard les enveloppa de ses tourbillons.

Hurin eut un hoquet de surprise. « Seigneur Rand ! » Nul besoin pour lui de faire un geste.

Du haut du brouillard tournoyant, comme du flanc d'une montagne, descendaient des silhouettes à cheval. Au début, les couches denses du brouillard ne laissaient pas en voir davantage mais, lentement, les silhouettes se rapprochèrent et ce fut le tour de Rand d'avoir le souffle coupé. Il les connaissait. Des hommes, pas tous en armure, et des femmes. Leurs habits et leurs armes dataient des différentes Ères, mais il les connaissait tous.

Rogosh Œil-d'Aigle, un homme à l'aspect paternel avec ses cheveux blancs et des yeux au regard si vif que son surnom semblait une simple indication. Gaidal Cain, un homme au teint bistre avec les poignées de ses deux épées saillant au-dessus de ses épaules. Birgitte la blonde, avec son arc d'argent étincelant et son carquois bourré de flèches d'argent. D'autres encore. Rand connaissait leurs visages, connaissait leurs noms. Par contre, il entendit cent noms différents quand il regarda chaque visage, certains si différents qu'il ne les reconnaissait pas comme nom, bien que sachant que c'en était un. Michael au lieu de " Mikel ". Patrick au lieu de " Paedrig ". Oscar au lieu de " Otarin ".

Il connaissait aussi l'homme qui chevauchait à leur tête. Grand, avec un nez aquilin, des yeux noirs profondément enfoncés, sa grande épée Justice au côté. Artur Aile-de-Faucon.

Mat les regarda avec ahurissement quand ils s'arrêtèrent devant lui et ses compagnons. « Êtes-vous... ? Êtes-vous tous là ? » Ils n'étaient guère plus de cent, Rand le vit et se rendit compte qu'il avait su en quelque sorte qu'ils ne seraient pas plus nombreux. Hurin était bouche bée ; les yeux lui sortaient presque de la tête.

« Il faut plus que de la bravoure pour lier un homme au Cor. » Artur Aile-de-Faucon avait une voix profonde et sonore, une voix habituée à commander.

« Ou une femme, dit Birgitte d'un ton brusque.

– Ou une femme, acquiesça Aile-de-Faucon. Quelques-uns seulement sont liés à la Roue, perpétués encore et toujours afin d'accomplir la volonté de la Roue dans le Dessin des Ères. Tu aurais pu le lui expliquer, Lews Therin, si seulement tu t'étais souvenu du temps où tu étais de chair et d'os. » Il regardait Rand.

Rand secoua la tête, mais il ne voulait pas perdre de

temps en dénégations. « Des envahisseurs sont venus, des hommes se disant des Seanchans, qui utilisent dans les combats des Aes Sedai enchaînées. Ils doivent être rejetés à la mer. Et... et il y a une jeune fille. Egwene al'Vere. Une novice de la Tour Blanche. Les Seanchans la retiennent prisonnière. Vous devez m'aider à la libérer. »

À sa surprise, plusieurs parmi la petite ost derrière Artur Aile-de-Faucon gloussèrent et Birgitte, qui vérifiait la tension de son arc, rit. « Tu choisis toujours des femmes qui te causent des ennuis, Lews Therin. » C'était dit sur un ton affectueux, comme entre de vieux amis.

« Mon nom est Rand al'Thor, corrigea-t-il sèchement. Il faut vous hâter. Il ne reste pas beaucoup de temps.

– Du temps ? répéta Birgitte en souriant. Nous avons tout le temps du monde. » Gaidal Cain lâcha ses rênes et, guidant son cheval avec les genoux, dégaina de chaque main une de ses épées. Tout le long de la petite troupe de héros, il y eut des bruits de lames que l'on tire du fourreau, d'arcs détachés, de lances et de haches soupesées.

L'épée Justice brillait comme un miroir au poing recouvert d'un gantelet d'Artur Aile-de-Faucon. « J'ai combattu à ton côté d'innombrables fois, Lews Therin, et je t'ai affronté tout autant. La Roue nous garde en réserve selon ses intentions, non les nôtres, pour servir le Dessin. Je te connais, si tu ne te connais pas toi-même. Nous repousserons ces envahisseurs pour toi. » Son destrier caracola et il regarda autour de lui en fronçant les sourcils. « Il y a quelque chose qui ne va pas ici. Quelque chose me retient. » Soudain, il tourna son regard perçant vers Rand. « Tu es ici. As-tu la bannière ? » Un murmure courut parmi ceux qui étaient derrière lui.

« Oui. » Rand fit sauter les courroies de ses fontes et en extirpa la bannière. Elle lui remplissait les mains et pendait presque jusqu'au genou de son étalon. Le murmure montant du groupe des héros s'amplifia.

« Le Dessin se tisse autour de notre cou comme un licol, commenta Artur Aile-de-Faucon. Tu es ici. La bannière est ici. Le tissage de ce moment est prêt. Nous sommes venus à l'appel du Cor, mais nous devons suivre la bannière. Et le Dragon. »

Hurin émit un son faible, comme si sa gorge s'était étranglée.

« Que je brûle ! s'exclama Mat dans un souffle. C'est donc vrai. Que je brûle ! »

Perrin n'hésita qu'un instant avant de s'élancer à bas de son cheval et de s'enfoncer à grandes enjambées dans le brouillard. Un bruit de coups de hache s'éleva et, quand Perrin revint, il portait une longueur bien droite de baliveau débarrassé de ses branches. « Donne-la-moi, Rand, dit-il avec gravité. S'ils en ont besoin. Donne-la-moi. »

Rand l'aida vivement à attacher la bannière à cette hampe. Quand Perrin se remit en selle, la hampe en main, un courant d'air souleva la longueur blanche de la bannière qui ondula, de sorte que le Dragon serpentin parut remuer comme vivant. Le vent n'agissait pas sur le brouillard épais, il soufflait seulement sur la bannière.

« Restez ici, dit Rand à Hurin. Quand ce sera terminé... Vous serez en sécurité ici. »

Hurin dégaina sa courte épée, la tenant comme si elle pouvait être d'une quelconque utilité du haut d'un cheval. « Mille pardons, Seigneur Rand, mais ce n'est pas mon intention. Je ne comprends pas le dixième de ce que j'ai entendu... ou de ce que je vois » – son ton baissa jusqu'au murmure puis reprit de la force – « mais pour autant que je suis venu jusqu'ici, j'ai dans l'idée d'accomplir le reste du chemin. »

Artur Aile-de-Faucon frappa sur l'épaule du Flaireur. « Parfois la Roue ajoute à notre nombre, ami. Peut-être te retrouveras-tu parmi nous, un jour. » Hurin se redressa comme si on lui avait offert une couronne. Aile-de-Faucon s'inclina cérémonieusement sur sa selle à l'adresse de Rand. « Avec ta permission... Seigneur Rand. Sonneur, voulez-vous nous donner de la musique avec le Cor ? Il est approprié que le Cor de Valère nous accompagne de son chant au combat. Porte-étendard, voulez-vous avancer ? »

Mat sonna de nouveau du Cor, longtemps et fort – le brouillard en résonna – et Perrin poussa du talon son cheval en avant. Rand dégaina la lame marquée au héron et chevaucha entre eux.

Il ne voyait que d'épaisses vagues de blancheur, mais il distinguait encore aussi vaille que vaille ce qu'il avait aperçu auparavant. Falme, où quelqu'un se servait du Pouvoir dans les rues, ainsi que le port, l'ost seanchane et les Blancs Manteaux décimés, tout cela au-dessous de lui, tout cela lui planant au-dessus, tout l'ensemble exactement comme avant. On aurait dit que pas une seconde ne s'était écoulée depuis que le Cor avait été embouché pour la première fois, comme si le temps avait marqué une pause pendant que les héros répondaient à l'appel du Cor et maintenant reprenait son vol.

Les accents sauvages que Mat tirait du Cor se répercurtèrent dans le brouillard, ainsi que le martèlement des sabots comme les chevaux accéléraient l'allure. Rand chargea dans le brouillard en se demandant s'il savait où il allait. Les nuages s'épaissirent, masquèrent les extrémités de la colonne de héros qui galopaient de chaque côté de lui, gagnèrent de plus en plus, au point qu'il ne discernait plus nettement que Mat, Perrin et Hurin. Ce dernier couché sur sa selle, les yeux écarquillés, pressant son cheval. Mat riant entre deux sonneries de Cor. Perrin, ses yeux jaunes luisant, la bannière du Dragon flottant derrière lui. Puis ils s'estompèrent eux aussi et Rand eut l'impression de chevaucher seul. D'une certaine façon, il les voyait encore mais c'était à présent comme il voyait Falme et les Seanchans. Il était incapable de déterminer où ils se trouvaient, où lui-même se trouvait. Il resserra sa prise sur son épée, scruta les nuées de brouillard devant lui. Il fonçait seul dans le brouillard et intuitivement il comprit que c'était ainsi que les choses devaient se passer.

Soudain Ba'alzamon se dressa devant lui dans la brume, écartant largement les bras.

Le Rouge se cabra brutalement, projetant Rand avec violence hors de sa selle. Rand se cramponna frénétiquement à son épée comme il fendait l'air. Retomber à terre ne fut pas pénible. En fait, il songea avec une sensation d'étonnement que cela ressemblait beaucoup à reprendre contact avec... rien. Un instant, il volait à travers la brume, le suivant il ne volait plus.

Quand il se remit debout, son cheval avait disparu, mais Ba'alzamon était toujours là, avançant à grands pas vers lui, avec dans les mains un long bâton charbonneux.

Ils étaient seuls, rien qu'eux et le mouvant brouillard ambiant. Derrière Ba'alzamon, il y avait de l'ombre. Ce n'est pas que le brouillard était noir derrière lui ; cette noirceur formait une masse à part sans rapport avec le brouillard blanc.

Rand avait aussi conscience du reste. Artur Aile-de-Faucon et les autres héros affrontant les Seanchans dans un brouillard dense. Perrin avec la bannière, brandissant sa hache pour écarter ceux qui tentaient de l'atteindre plutôt que pour les mettre hors du combat. Mat, toujours sonnant du Cor de Valère dont il tirait des accents sauvages. Hurin qui avait sauté à bas de sa selle pour batailler avec sa courte épée et son brise-épée selon la méthode qu'il connaissait. Apparemment, le nombre des Seanchans semblait devoir les écraser au premier assaut, pourtant c'étaient les Seanchans aux armures noires qui reculaient.

Rand s'avança pour affronter Ba'alzamon. À regret, il fit en lui le vide, prit contact avec la Vraie Source, fut empli du Pouvoir Unique. C'était le seul moyen. Peut-être n'avait-il aucune chance contre le Ténébreux, mais si chance il y avait elle se trouvait dans le Pouvoir. Lequel s'infiltra dans ses membres, parut imprégner ce qu'il avait autour de son corps, ses vêtements, son épée. Il avait l'impression qu'il devait briller comme le soleil. Il en était électrisé ; il en avait envie de vomir.

« Ôtez-vous de mon chemin, dit-il d'une voix rude. Je ne suis pas ici pour vous !

– Pour la jeune fille ? » Ba'alzamon rit. Sa bouche émit une flamme. Ses brûlures étaient pratiquement cicatrisées, laissant seulement quelques cicatrices roses qui pâlissaient déjà. Il avait l'apparence d'un bel homme d'âge mûr. À part sa bouche et ses yeux. « Laquelle, Lews Therin ? Tu n'auras personne pour t'aider, cette fois-ci. Tu es mien ou tu es mort. Dans l'un et l'autre cas, tu m'appartiens de toute façon.

– Menteur ! » répliqua hargneusement Rand. Il porta une botte à Ba'alzamon, mais le bâton de bois noirci par le feu détourna la lame dans une pluie d'étincelles. « Père des Mensonges !

– Idiot ! Est-ce que ces autres imbéciles que tu as convoqués ne t'ont pas dit qui tu étais ? » Les feux dans le visage de Ba'alzamon rugirent de rire.

Même environné du vide, Rand frissonna. *Auraient-ils menti ? Je ne veux pas être le Dragon Réincarné.* Il raffermit sa prise sur son épée. Couper-la-soie, mais Ba'alzamon écartait d'une parade chaque coup de taille ; des étincelles s'envolèrent comme d'une enclume sous le marteau dans une forge. « J'ai affaire dans Falme mais rien qui ait à voir avec vous. Jamais avec vous », dit Rand. *Il faut que je retienne son attention jusqu'à ce qu'ils puissent libérer Egwene.* De cette même curieuse manière, il pouvait distinguer la bataille qui faisait rage au milieu des enclos à chevaux et des parcs où étaient rangés les chariots.

« Pauvre minable. Tu as sonné du Cor de Valère. Tu es lié à lui, maintenant. Crois-tu donc que la vermine de la Tour Blanche te relâchera à présent ? Elle te passera au cou des chaînes si lourdes que tu ne pourras jamais les rompre. »

La surprise fut si grande pour Rand qu'il la sentit à l'intérieur du vide. *Il ne sait pas tout. Il ne sait pas !* Il était certain que la surprise se lisait sur son visage. Pour la masquer, il s'élança sur Ba'alzamon. Le Colibri-s'abreuve-à-la-Mellirose. La Lune-sur-l'eau. L'Hirondelle-fend-les-airs. Des éclairs crépitèrent en un arc entre l'épée et le bâton. De coruscantes étincelles illuminèrent le brouillard. Cependant Ba'alzamon rompit, ses yeux flambant comme des fournaises.

À la limite de sa perception, Rand vit les Seanchans reculer dans les rues de Falme en se battant avec acharnement. Des *damanes* éventraient la terre avec le Pouvoir Unique, mais c'était sans effet contre Artur Aile-de-Faucon ou contre les autres héros qui avaient répondu à l'appel du Cor.

« Resteras-tu une larve tapie sous un rocher ? » dit Ba'alzamon rageusement. La masse obscure derrière lui bouillonna et remua. « Tu es en train de te tuer ici même où nous sommes. Le Pouvoir te ravage. Il te consume. Il te tue ! Moi seul au monde je saurai t'enseigner comment le maîtriser. Sers-moi et vis. Sers-moi ou meurs !

– Jamais ! » *Il faut que je le retienne assez longtemps. Hâtez-vous, Aile-de-Faucon ! Hâtez-vous !* Il attaqua de nouveau Ba'alzamon. La Colombe-s'envole. La-Feuille-tombe.

Cette fois, c'est lui qui dut rompre. Il eut vaguement conscience que les Seanchans avançaient de nouveau au milieu des écuries. Le Martin-pêcheur-attrape-une-perche-argentée. Les Seanchans plièrent devant une charge, Artur Aile-de-Faucon et Perrin côte à côte à l'avant-garde. Ramasser-de-la-paille. Ba'alzamon para l'attaque dans un jaillissement pareil à une nuée de lucioles rouges, et Rand dut reculer d'un bond pour que le bâton ne lui fende pas la tête. Les Seanchans repartirent de l'avant. Frapper-le-silex. Des étincelles s'envolèrent comme des grêlons, Ba'alzamon sauta en arrière pour éviter cette botte et les Seanchans furent repoussés jusqu'aux rues pavées.

Rand eut envie de hurler à pleine gorge. Il comprenait subitement que les deux combats étaient liés. Quand il avançait, les héros appelés par le Cor repoussaient les Seanchans : quand lui rompait, les Seanchans reprenaient du terrain.

« Ils ne te sauveront pas, déclara Ba'alzamon. Celles qui pourraient te sauver seront emmenées bien loin de l'autre côté de l'Océan d'Aryth. Si jamais tu les revois, elles seront des esclaves avec un collier autour du cou et elles te tueront pour leurs nouveaux maîtres. »

Egwene. Je ne peux pas leur laisser lui faire ça.

La voix de Ba'alzamon domina ses réflexions. « Tu n'as qu'un seul moyen de te sauver, Rand al'Thor. Lews Therin Meurtrier-des-Tiens. Je suis ton unique salut. Sers-moi et je te donne le monde. Résiste et je te tuerai comme je t'ai déjà tué si souvent. Par contre, cette fois, je détruirai jusqu'à ton âme même, je te détruirai totalement et à jamais. »

J'ai encore gagné, Lews Therin. Cette pensée se trouvait à l'extérieur du vide, pourtant Rand dut se forcer pour l'ignorer, pour ne pas songer à toutes les vies où il l'avait entendue formulée. Il changea la position de son épée et Ba'alzamon se prépara à parer avec son bâton.

Pour la première fois, Rand s'avisa que Ba'alzamon réagissait comme si la lame estampillée au héron pouvait le blesser. *L'acier ne peut pas blesser le Ténébreux.* Pourtant Ba'alzamon surveillait l'épée avec méfiance. Rand ne faisait qu'un avec elle. Il en sentait chaque particule, des morceaux infimes trop petits pour être distingués à l'œil nu. Et le Pouvoir dont il était imprégné, il le sentait affluer aussi dans l'épée, s'insinuant dans les matrices complexes forgées par les Aes Sedai pendant les Guerres Trolloques.

C'est une autre voix qu'il entendit alors. La voix de Lan. *Un moment viendra où tu tiendras à quelque chose davantage qu'à ta vie.* La voix d'Ingtar. *C'est le droit de tout homme de choisir quand Mettre l'Épée au Fourreau.* Se forma une image d'Egwene, enchaînée par le cou, condamnée à l'existence de *damane. Des fils de ma vie en danger. Egwene. Si Aile-de-Faucon entre dans Falme, il peut la sauver.* Avant de s'en apercevoir, il avait adopté la première posture du Héron-avançant-dans-les-roseaux, en équilibre sur un pied, l'épée haute, à découvert et sans défense. *La mort est plus légère qu'une plume, le devoir plus lourd qu'une montagne.*

Ba'alzamon le dévisagea avec stupeur. « Pourquoi souris-tu comme un crétin, espèce d'imbécile ? Ne sais-tu pas que je peux t'anéantir ? »

Rand éprouvait une sérénité dépassant celle que lui donnait le vide. « Je ne vous servirai jamais, Père des Mensonges. Au cours de mille existences, jamais je ne vous ai servi. Je le sais. J'en suis sûr. Il est temps de mourir. »

Les yeux de Ba'alzamon s'ouvrirent tout grands ; pendant un instant, ils devinrent des fournaises qui provoquèrent un afflux de transpiration sur la figure de Rand. La masse noire derrière Ba'alzamon bouillonna autour de lui et son expression se durcit. « Eh bien, meurs, vermine ! » Il frappa avec son bâton comme avec une lance.

Rand poussa un cri quand il le sentit percer son flanc, brûlant comme un tisonnier chauffé à blanc. Le vide frémit, mais Rand tint bon en rassemblant ce qui lui restait de force et enfonça l'épée estampillée au héron dans le cœur de Ba'alzamon. Lequel hurla et l'ombre derrière lui hurla aussi.

Le monde s'embrasa.

48. Première Revendication

Min remontait péniblement la rue pavée en cailloutis, se frayant un chemin parmi une foule de gens livides, les yeux fixes, quand ils ne hurlaient pas en proie à une attaque de nerfs. Quelques-uns couraient, apparemment sans savoir vers quoi, mais la plupart se déplaçaient comme des marionnettes aux fils maladroitement manipulés, plus effrayés de bouger que de demeurer sur place. Elle les dévisageait avec l'espoir de trouver Egwene, ou Elayne ou Nynaeve, mais elle ne vit que des habitants de Falme. Et quelque chose l'obligeait à continuer son chemin, aussi sûrement que si elle était attachée au bout d'une corde.

Une fois, elle se retourna pour regarder en arrière. Des vaisseaux seanchans brûlaient dans le port et elle en apercevait d'autres en feu au-delà des jetées. Bon nombre de ces vaisseaux seanchans aux formes presque carrées apparaissaient déjà minuscules à contre-jour dans le soleil couchant – ils voguaient vers l'ouest aussi vite que les *damanes* pouvaient forcer les vents à les pousser, et un petit bateau sorti de la rade tirait des bords, gîtant pour capter une brise qui l'entraîne le long de la côte. *L'Écume*. Min ne blâmait pas Bayle Domon de ne pas avoir attendu plus longtemps, pas après ce qu'elle avait vu ; elle se dit que c'était merveille qu'il soit resté à quai si longtemps.

Il y avait un unique vaisseau seanchan dans le port qui ne flambait pas, bien qu'ayant ses gaillards noircis par des feux qui avaient été éteints. Comme le vaisseau de haut bord avançait lentement vers la sortie du port, une silhouette à cheval apparut soudain au détour des falaises entourant la rade. Galopant sur l'eau. La bouche de Min s'entrouvrit de stupeur. De l'argent scintilla quand la silhouette leva un arc ; un sillon d'argent s'élança vers le lourd vaisseau, une ligne miroitante reliant arc et navire. Avec un rugissement qu'elle entendit même à cette distance, le feu enveloppa de nouveau le gaillard d'avant, et des matelots accoururent de partout sur le pont.

Min cligna des paupières et, quand elle regarda de nouveau, la cavalière avait disparu. Le vaisseau continuait toujours lentement sa route vers le large, tandis que l'équipage luttait contre les flammes.

Elle se secoua et recommença à gravir la chaussée pentue. Elle en avait trop vu ce jour-là pour que quelqu'un allant à cheval sur l'eau soit davantage qu'une distraction momentanée. *Même si c'était réellement Birgitte avec son arc. Et Artur Aile-de-Faucon. Je l'ai bien vu. Je l'ai vu de mes yeux vu.*

Elle s'immobilisa, hésitante, devant un des hauts bâtiments de pierre, sans se soucier des gens qui avançaient comme s'ils avaient reçu un coup sur la tête et la bousculaient au passage. C'était là, quelque part à l'intérieur, qu'elle devait aller. Elle gravit quatre à quatre le perron et poussa la porte.

Personne ne tenta de l'arrêter. Pour autant qu'elle le sache, la maison était désertée. La plupart des citoyens de Falme étaient sortis dans les rues, essayant de déterminer s'ils avaient tous été atteints de folie collective. Elle traversa la maison, aboutit dans le jardin de derrière et voilà que Rand était là.

Il était étendu à plat dos sous un chêne, le visage blême et les yeux clos, la main gauche crispée sur un pommeau d'épée qui se prolongeait par moins d'une coudée de lame dont l'extrémité semblait fondue. Sa poitrine se soulevait et retombait trop lentement, et non au rythme régulier de quelqu'un qui respire normalement.

S'emplissant d'air les poumons afin de se calmer, elle alla voir ce qu'elle pouvait faire pour le soulager. En premier s'imposait de se débarrasser de ce tronçon de lame ; Rand risquait de se blesser, ou de la blesser, s'il commençait à s'agiter. Elle lui ouvrit de force la main et tiqua en découvrant que le pommeau adhérait à la chair. Elle le jeta au loin avec une grimace. Le héron de la garde s'était imprimé en marque de feu dans sa paume. Cependant, de toute évidence, si Rand gisait là inconscient, ce n'en était pas la cause. *Comment a-t-il attrapé ça ? Nynaeve y mettra du baume plus tard.*

Un examen rapide révéla que la majorité de ses estafilades et meurtrissures n'étaient pas récentes – du moins le sang avait-il eu le temps de sécher et de former une croûte, et les contusions jaunissaient sur les bords – mais sa tunique avait un trou de brûlure du côté gauche. Détachant le vêtement, Min remonta sa chemise. Son souffle siffla entre ses dents serrées. Une blessure se creusait dans la poitrine de Rand, mais elle s'était cautérisée d'elle-même. Ce qui bouleversait Min était la sensation émanant de sa chair ; elle donnait une impression de glace ; en comparaison de Rand, l'air semblait chaud.

Elle l'attrapa par les épaules et commença à le remorquer vers la maison. Il s'abandonnait, mou comme une chiffe, un poids mort. « Espèce de grand abruti, grommela Min. Vous n'auriez pas pu être petit et léger, hein ? Il a fallu que vous ayez toute cette masse de jambes et d'épaules. Je devrais bien vous laisser couché là, dehors. »

Néanmoins, elle le monta péniblement en haut du perron, attentive à empêcher qu'il se cogne plus qu'elle ne pouvait l'éviter, et le traîna à l'intérieur. Le déposant juste derrière la porte, elle se frotta les reins avec ses jointures, en marmonnant pour elle-même quelque chose à propos du Dessin, et se lança dans une rapide exploration. Au fond de la maison, il y avait une petite chambre, peut-être une chambre de serviteur, où des couvertures s'entassaient sur un lit et des bûches étaient déjà disposées dans l'âtre. Quelques minutes lui suffirent pour ouvrir le lit et allumer le feu, ainsi qu'une lampe sur la table de chevet. Puis elle retourna chercher Rand.

Ce ne fut pas une mince affaire que de l'amener dans la chambre ou de le hisser sur le lit, mais elle y parvint, seulement tout juste haletante, et rabattit les couvertures sur lui. Au bout d'un instant, elle glissa la main sous les couvertures ; elle fit la grimace et secoua la tête. Les draps étaient glacés ; le corps de Rand n'avait pas la moindre chaleur que puisse conserver ce qui le recouvrait. Avec un soupir d'exaspération, elle se faufila sous les couvertures à côté de lui. Finalement, elle installa la tête de Rand sur son bras. Il avait toujours les yeux clos, la respiration irrégulière, mais elle se dit qu'il serait mort d'ici qu'elle revienne si elle partait à la recherche de Nynaeve. *Il a besoin d'une Aes Sedai*, pensa-t-elle. *Tout ce qui est en mon pouvoir, c'est essayer de lui transmettre un peu de chaleur.*

Pendant un moment, elle examina son visage. C'est uniquement sa figure qu'elle vit ; elle ne déchiffrait jamais rien au sujet de quelqu'un qui n'était pas conscient. « J'aime les hommes plus âgés, lui dit-elle. J'aime les hommes ayant de l'éducation et de l'esprit. Je ne m'intéresse pas aux fermes, ni aux moutons ni aux bergers. Ni en particulier aux jeunes bergers. » Avec un soupir, elle écarta doucement les cheveux retombant sur le visage de Rand ; il avait des cheveux soyeux. « Mais aussi vous n'êtes pas un berger, n'est-ce pas ? Plus maintenant. Par la Lumière, pourquoi le Dessin avait-il besoin de me prendre au piège avec vous ? Pourquoi ne m'est-il pas échu quelque chose de simple et de tout repos, comme d'être naufragée sans provisions avec une douzaine d'Aiels affamés ? »

Un bruit résonna dans le couloir et elle leva la tête quand la porte s'ouvrit. Egwene était plantée sur le seuil, et les regardait à la clarté du feu et de la lampe. « Oh », fut le seul mot qu'elle dit.

Les joues de Min s'enflammèrent. *Pourquoi me conduire comme si j'avais fait quelque chose de mal ? Idiote !* « Je... je le réchauffe. Il est inconscient et aussi froid que de la glace. »

Egwene ne s'avança pas dans la pièce. « Je... j'ai eu la sensation qu'il me tirait par la manche. Qu'il avait besoin de moi. Elayne l'a eue aussi. Je me suis dit que ce devait être en rapport avec... avec ce qu'il est, mais Nynaeve n'a rien ressenti. » Elle aspira une longue bouffée d'air par saccades. « Elayne et Nynaeve sont allées chercher les chevaux. Nous avons trouvé Béla. Les Seanchans ont laissé à terre la plupart de leurs montures. Nynaeve dit que nous devrions partir aussi vite que possible et... et... Min, tu sais maintenant ce qu'il est, n'est-ce pas ?

– Je sais. » Min avait envie de retirer son bras de sous la tête de Rand, mais elle était incapable de se forcer à bouger. « Je pense le savoir, en tout cas. Quel qu'il soit, il est blessé. Je ne peux rien pour lui à part lui tenir chaud. Peut-être que Nynaeve parviendra à le soigner.

– Min, tu sais... tu sais bien que le mariage lui est interdit. Il est... dangereux... pour nous toutes, Min.

– Parle pour toi », répliqua Min. Elle attira le visage de Rand contre sa poitrine. « C'est comme le disait Elayne. Tu l'as rejeté en faveur de la Tour Blanche. Que t'importe si je le prends ? »

Egwene la regarda fixement pendant ce qui parut un long moment. Elle ne regardait pas Rand, non, elle la regardait, elle uniquement. Min sentit sa figure s'enflammer et aurait aimé détourner les yeux, mais n'y parvint pas.

« Je vais amener Nynaeve », dit enfin Egwene qui s'en alla le dos bien droit et la tête haute.

Min aurait voulu la rappeler, courir après elle, mais resta allongée là comme pétrifiée. Des larmes de frustration lui brûlèrent les yeux. *C'est ce qui doit être. Je le sais. Je le sais. Je l'ai vu pour chacun d'eux. Ô Lumière, comme j'aimerais rester en dehors de tout cela.* « C'est votre faute, dit-elle à la forme immobile de Rand. Non, vous n'y êtes pour rien. N'empêche que vous en porterez la peine, je suppose. Nous sommes les uns et les autres pris comme des mouches dans une toile d'araignée. Et si je disais à Egwene qu'il y a encore à venir une nouvelle femme, une qu'elle ne connaît même pas ? D'ailleurs, qu'est-ce que vous en diriez, mon beau Seigneur Berger ? Vous n'êtes pas vilain du tout, mais... Ô Lumière, je ne sais même pas si je suis celle que vous choisirez. Je ne sais pas si je souhaite être votre choix. Ou bien essaierez-vous de nous câliner toutes les trois sur vos genoux ? Ce n'est peut-être pas votre faute, Rand al'Thor, mais ce n'est pas loyal.

– Pas Rand al'Thor, dit une voix musicale sur le seuil de la porte. Lews Therin Telamon. Le Dragon Réincarné. »

Min ouvrit de grands yeux. C'était la plus belle jeune femme qu'elle avait jamais vue, avec une peau lisse au teint clair, de longs cheveux noirs et des yeux sombres comme la nuit. Sa robe était d'un blanc à donner l'air terne à la neige, et ceinturée par un lien d'argent. Tous ses bijoux étaient en argent. Min fut consciente de se hérisser. « Que voulez-vous dire ? Qui êtes-vous ? »

La jeune femme s'approcha jusqu'auprès du lit – elle se mouvait avec une telle grâce que Min ressentit une pointe d'envie, elle qui n'avait jamais encore jalousé quoi que ce soit chez une autre femme – et se mit à caresser les cheveux de Rand comme si Min n'était pas là. « Il ne l'admet toujours pas, je pense. Il le sait, mais il n'y croit pas. J'ai guidé ses pas, je l'ai poussé, tiré, entraîné. De tout temps, il a été obstiné mais, cette fois-ci, je le formerai. Ishamael s'imagine qu'il dirige les événements, alors que c'est moi. » Son doigt passa sur le front de Rand comme s'il dessinait une marque ; Min eut l'impression désagréable que cela ressemblait au Croc du Dragon. Rand remua en murmurant, le premier son ou mouvement provenant de lui depuis qu'elle l'avait trouvé.

« Qui êtes-vous ? » questionna Min d'un ton impératif. La jeune femme tourna son regard vers elle, seulement le regard, néanmoins Min se retrouva plaquée sur les oreillers dans un sursaut de recul involontaire, serrant fiévreusement Rand contre elle.

« Je m'appelle Lanfear, jeune fille. »

La bouche de Min fut soudain si sèche qu'elle aurait été incapable de parler, sa vie dût-elle en dépendre. *Une des Réprouvés ! Non ! Lumière, non !* Elle put seulement secouer négativement la tête. Cette dénégation muette fit sourire Lanfear.

« Lew Therin était et est mien, jeune fille. Prenez grand soin de lui pour moi jusqu'à ce que je revienne. » Et elle s'en alla.

Min en resta stupéfaite. Une seconde elle était devant Min. La suivante, elle avait disparu. Min découvrit qu'elle étreignait étroitement la forme inanimée de Rand. Elle aurait préféré ne pas avoir l'impression de souhaiter qu'il la protège.

Son visage maigre affichant une résolution farouche, Byar galopait avec le soleil couchant derrière lui, sans jamais se retourner. Il avait vu tout ce qu'il avait besoin de voir, tout ce qu'il pouvait voir avec ce maudit brouillard. La Légion était anéantie, le Seigneur Capitaine Geofram Bornhald était mort et il n'y avait à cela qu'une explication ; des Amis du Ténébreux les avaient trahis, des Amis du Ténébreux comme ce Perrin des Deux Rivières. Cette nouvelle, il devait l'apporter à Dain Bornhald, le fils du Seigneur Capitaine qui montait la garde avec les Enfants de la Lumière devant Tar Valon. Toutefois, pire était ce qu'il devait raconter à nul autre qu'à Pedron Niall lui-même. Il devait dire ce qu'il avait vu dans le ciel au-dessus de Falme. Il fouettait son cheval avec ses rênes et ne regardait jamais en arrière.

49. Ce qui devait être

Rand ouvrit les yeux et se retrouva en train de regarder les rayons obliques du soleil qui filtraient à travers les branches d'une lauréole, dont les larges feuilles coriaces étaient encore vertes en dépit de l'époque de l'année. Le vent qui agitait les feuilles annonçait de la neige pour après la tombée de la nuit. Il était couché sur le dos et il sentait sous ses mains des couvertures qui l'enveloppaient. Sa tunique et sa chemise semblaient avoir disparu, mais quelque chose lui comprimait la poitrine et son côté gauche lui faisait mal. Il tourna la tête et Min était assise là, par terre, le veillant. Il faillit ne pas la reconnaître ainsi vêtue d'une robe. Elle eut un sourire mal assuré.

« Min. C'est vous. D'où venez-vous ? Où sommes-nous ? » Sa mémoire lui présentait des souvenirs par éclairs et fragments. Il se rappelait des choses anciennes, mais ces derniers jours ressemblaient à des débris de miroir tournoyant dans son esprit, montrant de brèves images qui s'éclipsaient avant qu'il réussisse à les identifier nettement.

« De Falme, répondit Min. Nous en sommes maintenant à cinq jours de marche vers l'est et vous avez dormi tout ce temps. »

« Falme. » Encore un souvenir. Mat avait sonné du Cor de Valère. « Egwene ! Est-elle... ? L'ont-ils libérée ? » Il retint son souffle.

« Je ne sais pas de quels “ ils ” vous parlez, mais elle est libre. Nous l'avons libérée nous-mêmes.

– “ Nous ” ? Je ne comprends pas. » *Elle est libre. Au moins est-elle...*

« Nynaeve, Elayne et moi.

– Nynaeve ? Elayne ? Comment ? Vous étiez *toutes* à Falme ? » Il s'efforça de se redresser, mais elle l'obligea sans peine, d'une poussée, à se recoucher et resta les mains appuyées sur ses épaules, le regard fixé attentivement sur lui. « Où est-elle ?

– Partie. » Le visage de Min rosit. « Tous sont partis. Egwene, Nynaeve, Elayne, Mat, Hurin et Vérine. Hurin ne voulait pas vous quitter, à franchement parler. Ils sont en route pour Tar Valon. Egwene et Nynaeve afin de continuer leur formation à la Tour et Mat afin d'en passer par ce que les Aes Sedai doivent faire pour le libérer de ce poignard. Ils ont emporté le Cor de Valère. J'ai du mal à croire que je l'ai vu de mes propres yeux.

– Partie, murmura-t-il. Elle n'a même pas attendu que je me réveille. » La teinte rose fonça sur les joues de Min et elle se rassit, le regard fixé sur son giron.

Rand leva les mains pour les passer sur sa figure et interrompit son geste, examinant ses paumes avec stupeur. Il y avait aussi un héron imprimé par de l'acier rougi sur sa paume gauche, à présent, assorti à celui de sa paume droite, chaque trait net et précis. *Une fois le héron pour indiquer sa voie ; deux fois le héron pour le bien désigner.* « Non !

– Ils sont partis, répliqua Min. Dire “ non ” n'y changea rien. »

Il secoua la tête. Quelque chose lui donnait à penser que la douleur dans son côté était importante. Il ne se souvenait pas d'avoir été blessé, mais c'était sérieux. Il commença à soulever les couvertures, mais elle lui écarta les mains d'une tape.

« Cela ne vous avancera à rien. Elle n'est pas encore complètement cicatrisée. Vérine a tenté de vous Guérir, mais elle a dit que la Guérison n'avait pas opéré comme elle aurait dû. » Elle se mordilla la lèvre, hésitante. « Moiraine pense que Nynaeve doit être intervenue d'une manière ou d'une autre, sinon vous n'auriez pas survécu jusqu'à ce que nous vous amenions à Vérine, mais Nynaeve affirme qu'elle était trop effrayée même pour allumer une chandelle. Votre blessure a... quelque chose de bizarre. Il vous faudra attendre qu'elle guérisse d'elle-même. » Elle paraissait inquiète.

« Moiraine est ici ? » Il émit un éclat de rire amer. « Quand vous aviez annoncé que Vérine était partie, je me croyais débarrassé de nouveau des Aes Sedai.

– Je suis là », dit Moiraine. Elle approcha, tout de bleu vêtue et aussi sereine que si elle se trouvait à la Tour Blanche, avançant d'un pas tranquille jusqu'à lui. Min regardait l'Aes d'un air sombre. Rand eut la curieuse impression qu'elle voulait le protéger de Moiraine.

« J'aurais préféré que vous n'y soyez pas, répliqua-t-il à Moiraine. En ce qui me concerne, vous n'avez qu'à retourner où vous vous étiez cachée et y rester.

– Je ne m'étais pas cachée, expliqua Moiraine avec calme. Je faisais ce que je pouvais, ici sur la Pointe de Toman et dans Falme. Peu de chose, effectivement, encore que j'aie beaucoup appris. Je n'ai pas réussi à libérer deux de mes sœurs avant que les Seanchans les embarquent de force sur leurs vaisseaux avec les Femmes-en-laisse, mais j'ai fait mon possible.

– Votre possible. Vous avez dépêché Vérine pour veiller sur moi comme sur un mouton, mais je ne suis pas un mouton, Moiraine. Vous aviez dit que je pouvais aller où j'en avais envie et je veux aller où vous n'êtes pas.

– Je n'avais pas envoyé Vérine. » Moiraine se rembrunit. « Elle est venue de son propre mouvement. Tu intéresses un grand nombre de gens, Rand. Est-ce que Fain t'a trouvé, ou l'as-tu trouvé ? »

Le brusque changement de sujet le prit par surprise. « Fain ? Non. Quel fameux héros je suis. J'essaie de sauver Egwene et Min y parvient avant moi. Fain a dit qu'il s'en prendra au Champ d'Emond si je ne l'affronte pas et je n'en ai pas même vu l'ombre. Est-il parti aussi avec les Seanchans ? »

Moiraine secoua la tête. « Je l'ignore. J'aimerais le savoir. Toutefois, c'est aussi bien que tu ne l'aies pas affronté, du moins pas avant que tu apprennes ce qu'il est.

– C'est un Ami du Ténébreux.

– Plus que cela. Pire. Padan Fain était la créature du Ténébreux jusqu'au tréfonds de son âme, mais je crois que dans Shadar Logoth il s'est heurté à Mordeth qui s'était montré aussi infâme en combattant l'Ombre que l'Ombre elle-même. Mordeth a tenté de consumer l'âme de Fain, pour recouvrer un corps humain, mais il a découvert une âme qui avait été façonnée directement par le Ténébreux et ce qui en est résulté... Ce qui en est résulté n'était ni Padan Fain ni Mordeth, mais quelque chose de bien plus malfaisant, un mélange des deux. Fain – continuons à l'appeler ainsi – est plus dangereux que tu ne peux l'imaginer. Tu n'aurais pas survécu à pareille rencontre et, dans le cas contraire, tu risquais encore davantage que d'être transformé en séide de l'Ombre.

– S'il est vivant, s'il n'est pas allé avec les Seanchans, je dois... » Il s'interrompit comme Moiraine sortait de sous sa cape l'épée estampillée au héron. La lame se terminait brusquement à un pied de la garde, comme fondue. La mémoire revint brutalement à Rand. « Je l'ai tué, dit-il à voix basse. Cette fois je l'ai tué. »

Moiraine posa de côté l'objet inutile qu'était à présent cette épée tronquée et se frotta les mains l'une avec l'autre pour les essuyer. « Le Ténébreux n'est pas tué aussi facilement. Le seul fait qu'il est apparu dans le ciel au-dessus de Falme est plus troublant. Il ne devrait pas être en mesure de le faire, s'il est enfermé comme nous le croyons. Et s'il ne l'est pas, pourquoi ne nous a-t-il pas tous anéantis ? »

Min changea de position, mal à l'aise.

« Dans le ciel ? répéta Rand avec stupeur.

– Vous deux, répliqua Moiraine. Votre duel s'est déroulé en plein ciel, visible par tout le monde à Falme. Peut-être dans d'autres villes sur la Pointe de Toman, aussi, s'il faut en croire la moitié de ce que j'entends raconter.

– Nous... nous l'avons tous vu », murmura Min d'une voix faible. Elle posa sa main sur une main de Rand dans un geste de réconfort.

Moiraine fouilla de nouveau sous sa cape et en sortit un rouleau de parchemin, une de ces larges feuilles comme en utilisaient les dessinateurs des rues à Falme. Les traits de craie étaient un peu estompés quand elle le déroula mais l'image était encore assez nette. Un homme dont le visage était une flamme compacte se battait avec un bâton contre un autre armé d'une épée au milieu de nuages où dansaient des éclairs et, derrière eux flottait la bannière du Dragon. Le visage de Rand était aisément reconnaissable.

« Combien de gens ont-ils vu ça ? s'exclama-t-il avec emportement. Déchirez-le. Brûlez-le. »

L'Aes Sedai laissa le parchemin s'enrouler de lui-même. « Cela ne servirait à rien, Rand. Je l'ai acheté il y a deux jours, dans un village que nous avons traversé. Il y en a des centaines, peut-être des milliers, et partout se raconte comment le Dragon a combattu le Ténébreux dans le ciel au-dessus de Falme. »

Rand se tourna vers Min. Elle acquiesça à contrecœur d'un signe de tête, et pressa sa main. Elle avait l'air effrayée, mais elle ne s'écarta pas. *Je me demande si c'est ce qui a fait partir Egwene. Elle a eu raison de s'en aller.*

« Le Dessin se tisse autour de toi encore plus étroitement, dit Moiraine. Tu as besoin de moi aujourd'hui plus que jamais.

– Je n'ai pas besoin de vous, répliqua-t-il âprement, et je ne veux pas de vous. Je me refuse à être impliqué là-dedans. » Il se rappela avoir été appelé Lews Therin ; non seulement par Ba'alzamon mais aussi par Artur Aile-de-Faucon. « Je m'y refuse. Par la Lumière, le Dragon est censé détruire de nouveau le monde, tout mettre en pièces. Je me refuse à être le Dragon.

– Tu es ce que tu es, dit Moiraine. Déjà tu remues le monde. L'Ajah Noire s'est dévoilée pour la première fois depuis deux mille ans. L'Arad Doman et le Tarabon sont à la veille d'entrer en guerre et la situation s'aggravera quand les nouvelles de Falme arriveront là-bas. Le Cairhien est plongé dans la guerre civile.

– Je n'ai rien fait là-bas, protesta Rand. Vous ne pouvez pas rejeter le blâme sur mon dos.

– Ne rien faire a toujours été une tactique dans le Grand Jeu, répliqua-t-elle en poussant un soupir, et surtout comme on le joue là-bas à présent. Tu as été l'étincelle et le Cairhien s'est mis à feu comme une pièce d'artifice d'Illuminateur. Que crois-tu qui se produira quand les événements de Falme seront connus dans l'Arad Doman et le Tarabon ? Il y a toujours eu des gens prêts à se prononcer pour quiconque se dit le Dragon, mais ils n'ont jamais eu auparavant des signes pareils. Ce n'est pas tout. Tiens. » Elle lança une escarcelle sur la poitrine de Rand.

Il hésita un instant avant de l'ouvrir. À l'intérieur se trouvaient des tessons de ce qui ressemblait à de la poterie vernissée noire et blanche. Il en avait déjà vu de pareils. « Encore un sceau venant de la prison du Ténébreux », dit-il entre ses dents. Min eut un haut-le-corps ; son étreinte sur la main de Rand cherchait maintenant à obtenir du réconfort plutôt qu'à en offrir.

« Deux, rectifia Moiraine. Trois des sept sceaux sont brisés à présent. Celui que j'avais et deux que j'ai trouvés dans la résidence du Puissant Seigneur à Falme. Quand tous les sept seront rompus, peut-être même avant, la plaque que les hommes avaient posée sur le trou foré dans la prison faite par le Créateur sera réduite en morceaux, et une fois de plus le Ténébreux sera en mesure de passer la main par ce trou pour atteindre le monde. Et l'unique espoir du monde est que le Dragon Réincarné sera là pour l'affronter. »

Min voulut empêcher Rand de rejeter ses couvertures, mais il la repoussa avec douceur. « J'ai besoin de marcher. » Elle l'aida à se lever, non sans multiples soupirs et reproches qu'il aggravait sa blessure. Min drapa une des couvertures sur ses épaules à la manière d'une cape.

Pendant un instant, il contempla l'épée au héron, ce qui en restait, qui gisait sur le sol. *L'épée de Tam. L'épée de mon père.* À contrecœur, avec plus de regret que pour quoi que ce soit d'autre dans sa vie, il renonça à l'espoir de découvrir que Tam était réellement son père. Cela lui donna l'impression de s'arracher le cœur. Mais ne changea rien à ses sentiments pour Tam, d'ailleurs il n'avait jamais connu d'autre foyer que le Champ d'Emond. *L'important, c'est Fain. J'ai encore un devoir à remplir. Lui barrer la route.*

Min et Moiraine durent le soutenir, chacune par un bras, pour aller vers les feux de camp qui étaient déjà allumés, non loin d'un chemin en terre battue. Loial était là, en train de lire un livre – *Naviguer au-delà du couchant* – et Perrin aussi, qui contemplait les flammes d'un des feux. Les guerriers du Shienar préparaient leur repas du soir. Lan, assis sous un arbre, aiguisait son épée ; le Lige lui adressa un coup d'œil attentif, puis un petit salut de la tête.

Il y avait aussi autre chose. La bannière du Dragon ondulait au vent au-dessus du camp. Ils avaient trouvé quelque part une vraie hampe pour remplacer le baliveau de Perrin.

Rand s'exclama avec humeur : « Qu'est-ce que ça fait là, où le premier passant venu peut la voir ?

– C'est trop tard pour se cacher, Rand, répliqua Moiraine. Il a toujours été trop tard pour te cacher.

– Vous n'êtes pas obligée non plus de planter une enseigne annonçant “ Me voici ”. Je ne trouverai jamais

Fain si quelqu'un me tue à cause de cette bannière. » Il se tourna vers Loial et Perrin. « Je suis content que vous soyez restés. J'aurais très bien compris si vous étiez partis.

– Pourquoi ne resterais-je pas ? dit Loial. Vous êtes encore plus *ta'veren* que je ne l'avais cru, c'est vrai, mais vous êtes toujours mon ami. Je l'espère, du moins. » Ses oreilles frémirent d'incertitude.

« Oui, je suis votre ami, répondit Rand. Pour autant que vous ne risquez rien à demeurer en ma compagnie et même après, également. »

Le sourire de l'Ogier lui fendit presque le visage en deux.

« Je reste aussi », dit Perrin. Il y avait une note de résignation ou d'acceptation – dans sa voix. « La Roue nous tisse étroitement dans le Dessin, Rand. Qui l'aurait cru, quand nous étions au Champ d'Emond ? »

Les guerriers du Shienar se rassemblaient auprès d'eux. À la surprise de Rand, ils tombèrent tous à genoux. Chacun d'eux avait les yeux fixés sur lui.

« Nous voulons engager notre foi envers vous », déclara Uno. Les autres, agenouillés auprès de lui, hochèrent la tête en signe d'assentiment.

« Vos serments d'allégeance vous lient à Ingtar et au Seigneur Agelmar, protesta Rand. Ingtar est mort en brave, Uno. Il est mort pour que nous autres puissions nous échapper avec le Cor. » Inutile de fournir à eux ou à quiconque de plus amples détails. Il espérait qu'Ingtar avait retrouvé la Lumière. « Expliquez-le au Seigneur Agelmar quand vous retournerez à Fal Dara.

– Il est dit, reprit le borgne en pesant ses mots, que lorsque le Dragon sera Réincarné il rompra tous les serments, brisera tous les liens. Rien ne nous retient, à présent. Nous voulons jurer à vous fidélité. » Il dégaina son épée et la déposa devant lui, la garde tournée vers Rand, et les autres guerriers du Shienar en firent autant.

« Vous avez combattu le Ténébreux », dit Masema qui le haïssait, Masema qui le regardait maintenant comme s'il contemplait une apparition de la Lumière. « Je vous ai vu, Seigneur Dragon. J'ai vu. Je suis votre homme lige à jamais. » Ses yeux noirs brillaient de ferveur.

« Il te faut choisir, Rand, dit Moiraine. Le monde sera bouleversé, que tu le détruises ou non. La *Tarmon Gai'don* sera livrée et cela seul déchirera le monde.

Vas-tu essayer encore de te soustraire à ce que tu es et laisser le monde affronter sans défenseur la Dernière Bataille ? Choisis. »

Tous avaient les yeux fixés sur lui, tous attendaient. *La mort est plus légère qu'une plume, le devoir plus lourd qu'une montagne.* Il prit sa décision.

50. Par la suite

Ils s'étaient propagés, ces récits, par bateau et à cheval, par convois de chariots marchands ou par des gens cheminant à pied, dits et redits, modifiés et pourtant toujours fondamentalement les mêmes, jusqu'à l'Arad Doman, le Tarabon et au-delà – récits de signes et de prodiges apparus dans le ciel au-dessus de Falme. Alors des hommes se déclarèrent pour le Dragon et d'autres hommes les terrassèrent puis furent terrassés à leur tour.

D'autres rumeurs se répandirent, parlant d'une cavalcade surgie du couchant dans la Plaine d'Almoth. Cent guerriers des Marches, à ce que l'on racontait. Non, un millier. Non, un millier de héros sortis du tombeau pour répondre à l'appel du Cor de Valère. Dix mille. Ils avaient détruit une Légion des Enfants de la Lumière abattus jusqu'au dernier. Ils avaient rejeté à la mer les armées d'Artur Aile-de-Faucon de retour d'outre-océan. C'étaient eux, les soldats d'Artur à nouveau débarqués sur ces rivages. Et c'est vers les montagnes qu'ils s'avançaient à cheval, vers l'aube.

Toutefois un détail, toujours le même, figurait dans chaque récit. À leur tête allait un cavalier dont le visage avait été vu dans le ciel de Falme, et ils chevauchaient sous la bannière du Dragon Réincarné.

Et les hommes imploraient le Créateur, disant :
Ô Lumière des Cieux, Lumière du Monde, fais que Celui qui nous a été promis naisse de la montagne, ainsi que l'annoncent les Prophéties, comme il est né dans les Ères passées et naîtra dans les Ères à venir. Que le

Prince du Matin chante pour la terre afin que pousse la verdure et que foisonnent les agneaux dans les vallées. Que le bras du Seigneur de l'Aube nous protège des Ténèbres et que la grande Épée de Justice nous défende. Que le Dragon arrive de nouveau, porté par les souffles du temps.

De *Charal Drianaan te Calamon : Le Cycle du Dragon*
Auteur inconnu de la Quatrième Ère

Note sur les dates mentionnées dans ce glossaire

Trois systèmes de datation ont été communément utilisés depuis la Destruction du Monde. Le premier fait débuter le calendrier après la Destruction (A.D.). Comme les années de la Destruction et celles qui les ont immédiatement suivies étaient une période de chaos quasi total et que ce calendrier a été mis en usage au moins cent ans après la fin de la Destruction, le point de départ en a été désigné arbitrairement. À la fin des Guerres trolloques, de nombreuses archives avaient disparu, si bien que cette date fixée selon l'ancien système prêtait à controverse. Un nouveau calendrier fut donc établi, partant de la date de la fin de ces Guerres et du jour célébrant la délivrance supposée de la menace trolloque qui pesait sur le monde. Ce deuxième calendrier désignait chaque année sous le nom d'Année Libre (A.L.). À la suite des morcellements, décès et destructions causés par la Guerre des Cent ans, un troisième calendrier a été adopté. C'est ce calendrier, dit de la Nouvelle Ère (N.E.) qui est actuellement en usage.

Glossaire

a'dam : Dispositif consistant en un collier et un bracelet reliés par une laisse de métal argenté, qui sert à obtenir obéissance, contre sa volonté, de toute femme ayant le don de canaliser. Le collier est porté par la *damane*, le bracelet par la *sul'dam* (cf. ces mots).

Aes Sedai : Celles qui exercent le Pouvoir Unique. Depuis le Temps de la Folie, les femmes sont les seules Aes Sedai survivantes. Objets de crainte et de méfiance un peu partout, détestées même, elles sont tenues par beaucoup pour responsables de la Destruction du Monde et sont soupçonnées d'ingérence dans les affaires intérieures des nations. Néanmoins, il n'y a guère de gouvernants qui se passent d'une conseillère Aes Sedai, même dans les pays où l'existence de ces relations doit être gardée secrète. (Cf. aussi : *Ajah; Amyrlin, Trône d'Amyrlin; Temps de la Folie.*)

Agelmar; Seigneur Agelmar de la Maison de Jagad : Seigneur de Fal Dara. Son emblème est trois renards roux courant.

Aiels : Les habitants du Désert d'Aiel. Cruels et courageux, ils se voilent le visage avant de tuer, ce qui a donné naissance au dicton « Agir comme un Aiel voilé de noir » pour décrire quelqu'un qui se montre violent. Guerriers redoutables avec des armes ou à mains nues, ils ne se servent jamais d'une épée. Ils vont à la bataille au son d'airs de danse que jouent leurs cornemuseux et les Aiels appellent un combat « la Danse ». (Cf. aussi : *Associations guerrières aielles; Désert d'Aiel.*)

Ajahs : Associations d'Aes Sedai, auxquelles adhèrent

toutes les Aes Sedai. Elles sont désignées par des couleurs : l'Ajah Bleue, l'Ajah Rouge, l'Ajah Blanche, l'Ajah Verte, l'Ajah Brune, l'Ajah Jaune et l'Ajah Grise. Chacune a une conception personnelle de l'utilisation du Pouvoir Unique et des buts à poursuivre. Par exemple, l'Ajah Rouge applique toute son énergie à découvrir et neutraliser les hommes qui tentent de se servir du Pouvoir Unique. Par contre, l'Ajah Brune refuse de s'impliquer dans les affaires du monde et se consacre à l'étude. Des rumeurs passionnément niées (et jamais mentionnées devant une Aes Sedai sans conséquences fâcheuses) suggèrent l'existence d'une Ajah Noire servant le Ténébreux.

Alanna Mosvani : Une Aes Sedai de l'Ajah Verte.

alantin : Dans l'Ancienne Langue, « Frère » ; abréviation pour *tia avende alantin* – « Frère des Arbres » ; « Frère-Arbre ».

Alar : La plus Ancienne des Anciens du *Stedding* Tsofu.

Aldieb : Dans l'Ancienne Langue, *Vent d'Ouest*, le vent qui amène les pluies de printemps. C'est le nom donné à la jument blanche de l'Aes Sedai Moiraine.

al'Meara, Nynaeve : Jeune femme du Champ d'Emond dans la région des Deux Rivières, au pays d'Andor. Elle en est la *Sagesse.*

al'Thor, Rand : Jeune homme du Champ d'Emond, naguère berger, fils de Tam al'Thor.

al'Vere, Egwene : Fille cadette de l'aubergiste et maire du bourg appelé le Champ d'Emond.

Amalisa, Dame : Appartenant à la Maison de Jagad, du Shienar ; sœur d'Agelmar.

Amis du Ténébreux : Sectateurs du Ténébreux persuadés qu'ils auront pouvoir et récompense quand il sera libéré de prison.

Amyrlin ou *Trône d'Amyrlin :* 1) Titre de celle qui dirige les Aes Sedai. Élue à vie par la Chambre de la Tour *(la Tour Blanche)*, le Haut Conseil des Aes Sedai, composé de trois représentantes (appelées Députées ou Gardiennes) de chacune des sept Ajahs. Le Trône/Siège d'Amyrlin, en théorie du moins, exerce une autorité quasi suprême sur les Aes Sedai et occupe dans l'échelle sociale un rang égal à celui de roi ou de reine. On lui donne aussi le titre de Souveraine d'Amyrlin ou, selon une étiquette moins rigoureuse, simplement « l'Amyrlin ». 2) Le trône sur lequel s'assied l'Amyrlin.

Anaiya : Une Aes Sedai de l'Ajah Bleue.

angreal : Objet d'une extrême rareté qui permet à quiconque sait canaliser le Pouvoir Unique d'en maîtriser une plus grande portion que ce ne serait possible sans risque si cet appoint venait à manquer. Vestige de l'Ère des Légendes, son secret de fabrication a été perdu. Il n'en existe plus que de rares exemplaires. (Cf. aussi : *sa'angreal; ter'angreal.*)

Arad Doman : Une nation au bord de l'Océan d'Aryth.

Arafel : Une des Marches (Pays Frontières).

Artur Aile-de-Faucon : Roi légendaire (règne de 943 à 994, A.L.), qui avait uni tous les pays à l'ouest de l'Échine du Monde, ainsi que quelques terres au-delà du Désert d'Aiel. Il avait même envoyé des armées de l'autre côté de l'Océan d'Aryth (en 992), mais tout contact avec ces armées a été perdu à sa mort, qui a déclenché la Guerre des Cent Ans. Son emblème est un faucon d'or en vol. Voir aussi : *Guerre des Cent Ans.*

Associations guerrières des Aiels : Les Aiels font tous partis d'une des sociétés guerrières de leur pays – Soldats de Pierre, Boucliers Rouges, ou Vierges de la Lance. Chaque société a ses coutumes et parfois des tâches spécifiques. Par exemple, les Boucliers Rouges se consacrent à la police. Les Soldats de Pierre font souvent le vœu de ne pas battre en retraite une fois un combat engagé et mourront jusqu'au dernier si besoin est pour respecter ce vœu. Les clans des Aiels se livrent fréquemment bataille entre eux, mais les membres d'une même société ne s'affrontent pas même si leurs clans sont en guerre. De la sorte, il existe toujours des points de contact entre les clans même lors d'un conflit déclaré. Voir aussi : *Aiels; Désert d'Aiel; Far Dareis Mai.*

Avendesora : Dans l'Ancienne Langue, « l'Arbre de Vie ». Mentionné dans de nombreux récits et légendes.

Aybara Perrin : Jeune homme originaire du bourg du Champ d'Emond où il était apprenti forgeron. Ami d'enfance de Rand al'Thor et de Mat Cauthon.

Ba'alzamon : En langue trolloque : Cœur des Ténèbres. Passe pour être le nom trolloc du Ténébreux. Voir aussi : *Ténébreux; Trollocs.*

Barthanes : Seigneur de la Maison de Damodred, Cairhienin qui est le second personnage du Cairhien après le roi sur le plan de la puissance. Son emblème personnel est un *Sanglier qui Charge.* L'emblème de la Maison de Damodred est *la Couronne et l'Arbre.*
Bel Tine : Festival de printemps au pays des Deux Rivières, célébrant la fin de l'hiver, les premières pousses des semailles et la naissance des premiers agneaux.
Birgitte : Blonde héroïne de légende et de cent contes de ménestrels, elle avait un arc en argent et des flèches également en argent avec lesquelles elle ne manquait jamais sa cible.
Blancs Manteaux : Voir *Enfants de la Lumière.*
Bois chanté : Voir *Chanteur d'Arbre.*
Bornhald Geofram : Un seigneur, capitaine des Enfants de la Lumière.
Boucliers Rouges : Voir *Associations guerrières des Aiels.*
Byar, Jaret : Un officier des Enfants de la Lumière.

Caemlyn : Capitale du pays d'Andor.
Cairhien : Nom à la fois d'une nation, située le long de l'Échine du Monde, et de la capitale de ce pays. La ville a été incendiée et pillée pendant la Guerre des Aiels (976-978 N.E.). L'emblème de Cairhien est un soleil d'or rayonnant hissant d'un champ d'azur.
Canaliser : Maîtriser l'afflux du Pouvoir Unique et lui faire exécuter ce que l'on désire.
Carallain : Une des nations arrachées à l'empire d'Artur Aile-de-Faucon au cours de la Guerre des Cent Ans. Affaiblie par la suite, elle a fini par disparaître, ses dernières traces datant des environs de 500 N.E.
Cauthon Mat : Jeune fermier des Deux Rivières, en Andor, né au bourg du Champ d'Emond. « Mat » est le diminutif de « Matrim ».
Cent Compagnons, les : Cent hommes ayant titre d'Aes Sedai parmi les plus puissants de l'Ère des Légendes qui, sous le commandement de Lews Therin Telamon, ont lancé l'offensive ultime qui a mis fin à la *Guerre de l'Ombre* en enfermant de nouveau le Ténébreux dans sa prison du Shayol Ghul. La riposte du Ténébreux a corrompu le *saidin* ; les Cent Compagnons sont devenus fous et ont commencé la Destruction du Monde.
Cinq Pouvoirs, les : Il existe des fils rattachés au Pouvoir

Unique et quiconque est capable de maîtriser ce Pouvoir peut habituellement en saisir aussi quelques-uns mieux que d'autres. Ces fils prennent en général le nom de ce sur quoi on peut agir quand on s'en sert – Terre, Air, Feu, Eau et Esprit – et sont appelés les Cinq Pouvoirs. Un détenteur de la maîtrise du Pouvoir Unique aura une action plus efficace avec l'un ou peut-être deux d'entre ceux-ci et moindre avec les autres. Un petit nombre acquiert une grande force avec Trois Pouvoirs mais, depuis l'Ère des Légendes, personne n'a pu réunir sous sa volonté l'ensemble des Cinq. Et encore était-ce extrêmement rare à l'époque. Le degré de concentration varie grandement selon les individus. Accomplir certains actes avec le Pouvoir Unique exige d'avoir la maîtrise d'un ou plusieurs des Cinq Pouvoirs. Par exemple, susciter ou diriger du feu requiert un don concernant le feu, et modifier le temps qu'il fait exige d'avoir une action sur l'Air et l'Eau, tandis que la Santé ne va pas sans la maîtrise de l'Eau et de l'Esprit. Alors que le Pouvoir sur l'Esprit se trouve à part égale chez les hommes et les femmes, un don particulier pour agir sur la Terre et/ou le Feu était beaucoup plus fréquent chez les hommes tandis que chez les femmes c'était sur l'Eau et/ou l'Air. Il y avait des exceptions, mais cela se manifestait si souvent que la Terre et le feu en étaient venus à être considérés comme des Pouvoirs masculins, l'Air et l'Eau comme des Pouvoirs féminins. En général, aucun don n'est considéré comme plus fort qu'un autre, bien qu'un dicton ait cours chez les Aes Sedai : « Il n'y a pas de rocher si dur que l'Eau et le Vent ne puissent user et il n'y a pas de Feu si ardent que l'Eau ne puisse éteindre ou le Vent souffler. » Il faut noter que ce dicton est entré dans l'usage bien des années après la mort du dernier homme ayant titre d'Aes Sedai. Tout dicton équivalent ayant cours parmi ceux-ci est oublié depuis longtemps.

Cistre : Instrument de musique, tenu à plat sur les genoux, comportant six, neuf ou douze cordes que l'on pince ou gratte.

Chant-d'Arbre : Voir *Chanteur-d'Arbre.*

Chanteur-d'Arbre : Un Ogier qui a le don de se faire comprendre des Arbres en chantant (le « chant-d'Arbre »), soit les guérissant, soit les aidant à croître et fleurir, soit à faire des objets dans leur bois sans endommager les arbres. Les objets produits de cette manière sont appelés « bois chanté » et sont hautement appréciés. Il reste peu d'Ogiers Chanteurs-d'Arbre; ce talent semble en voie d'extinction.

Cor de Valère : Cor censé capable de faire sortir de leurs tombeaux les héros mots en combattant l'Ombre. But légendaire de la *Grande Quête du Cor.*

Croc-du-Dragon : Marque stylisée en forme de larme équilibrée sur sa pointe. Griffonnée sur une porte ou une maison, c'est l'accusation que les habitants sont malfaisants (séides du Ténébreux) ou une tentative pour attirer sur eux l'attention du Ténébreux, donc du malheur.

Corenne : Dans l'Ancienne Langue : « Retour » ou « le Retour ».

Cuendillar, la : Appelée aussi Pierre-à-Cœur, substance indestructible créée pendant l'Ère des Légendes. Toute force connue pour tenter de la détruire est absorbée, la rendant encore plus solide.

Cycle de Karaethon, le : Voir *Prophéties du Dragon.*

Daes Dae'mar : Le Grand Jeu, connu aussi sous le nom de Jeu des Maisons (nobles). Nom donné aux intrigues, complots et manipulations pour obtenir des avantages pratiqués par les Maisons seigneuriales. Une grande valeur est attribuée à la subtilité, à feindre de vouloir atteindre un certain but alors qu'on en vise un autre et à parvenir à ses fins avec le moins d'effort apparent.

Dai Shan : Titre ayant cours dans les Marches signifiant « Seigneur de Guerre couronné ».

Damane : Dans l'Ancienne Langue, les « Femmes-en-laisse ». Femmes capables de canaliser, prisonnières d'*a'dam* (torque ou collier) et utilisées par les Seanchans pour de nombreuses tâches, la principale étant de servir d'armes dans les combats. Voir aussi *Seanchans, a'dam; sul'dam.*

Damodred, Seigneur Galadedrid : Demi-frère d'Elayne et Gawyn. Fils unique de Taringail Damodred et de Tigraine. Son emblème est une épée d'argent ailée, pointe en bas.

Damodred, prince Taringail : Prince royal de Cairhien, il épousa Tigraine et engendra Galadedrid. Lorsque Tigraine disparut et fut déclarée morte, il se remaria avec Morgase et engendra Gawyn et Elayne. Luimême disparut sans laisser de traces dans des circonstances mystérieuses et resta présumé mort pendant de nombreuses années. Il a pour emblème une hache d'armes à double tranchant en or.

Désactivation : L'acte, accompli par les Aes Sedai, interdisant toute communication entre une femme capable de canaliser et le Pouvoir Unique. La femme qui a été désactivée a conscience de la présence de la Vraie Source, mais est incapable d'y puiser.

Dessin d'une Ère : La Roue du Temps tisse les fils des destinées humaines en un Dessin d'une Ère, qui forme la substance de la réalité pour cette Ère ; appelée aussi Dessin ou Dentelle du Temps. Voir également : *ta'veren.*

Dôme de la Vérité : Grande salle d'audience des Enfants de la Lumière, située à Amador, la capitale d'Amadicia. Il existe un roi d'Amadicia, mais les Enfants sont souverains en tout sauf de nom. *Voir aussi* Enfants de la Lumière.

Do Miere A'vron : Voir *Les Guetteurs-Par-Dessus-Les-Vagues.*

Domon, Bayle : Le capitaine de *L'Écume*, collectionneur d'objets anciens.

Draghkar : Créature du Seigneur des Ténèbres, née de la déformation d'une souche humaine. Un Draghkar est un homme de haute taille aux ailes de chauve-souris, dont la peau est trop pâle et les yeux trop grands. Le chant du Draghkar hypnotise sa proie et l'attire à lui. Selon le dicton : « Le baiser du Draghkar est mortel. » En fait, il ne mord pas, mais son baiser consume d'abord l'âme de sa victime, puis sa vie.

Dragon, le : Nom par lequel Lews Therin Telamon était connu pendant la *Guerre de l'Ombre.* Au cours de la crise de folie qui a frappé tous les hommes portant le titre d'Aes Sedai, Lews Therin a tué tous ceux de son sang, ainsi que tous ceux qu'il aimait, ce qui lui a valu le surnom de Meurtrier-des-Siens.

Dragon, le faux : De temps à autre, des hommes prétendent être le Dragon Réincarné et, parfois, l'un d'eux rassemble assez de partisans pour qu'une armée soit nécessaire afin d'écraser cette rébellion. Certains ont déclenché des conflits qui ont entraîné l'entrée en guerre de nombreuses nations. Au cours des siècles, la plupart d'entre eux s'étaient révélés incapables de maîtriser le Pouvoir Unique, mais quelques-uns le pouvaient. Néanmoins, tous soit disparurent, soit furent capturés, soit furent tués sans avoir accompli aucune des Prophéties concernant la Renaissance du Dragon. Ces hommes ont été appelés faux Dragons. Parmi ceux qui savaient canaliser, les plus puissants étaient Raolin Fléau-du-Ténébreux (335-36 A.D.), Yurian Arc-de-Pierre (circa 1300-108 A.D.), Davian (A.L. 351), Guaire Amalassan (A.L. 939-43) et Logain (997 N.E.). Voir aussi *Dragon Réincarné.*

Dragon Réincarné, le : D'après légendes et prophéties, le Dragon renaîtra à l'heure du plus grand péril de l'humanité pour sauver le monde. Ce que personne n'envisage d'un cœur joyeux. À la fois à cause des prophéties disant que le Dragon ressuscité provoquera une nouvelle Destruction du Monde et, à cause de Lews Therin Meurtrier-des-Siens, le Dragon est un nom qui fait frémir les gens même plus de trois mille ans après sa mort. Voir aussi : *Dragon, Faux Dragon.*

Échine du Monde : Chaîne de montagnes très élevées, avec peu de cols permettant de la franchir, qui sépare le Désert d'Aiel des pays de l'ouest.

Elaida : Une Aes Sedai de l'Ajah Rouge qui conseille la reine d'Andor, Morgase. Elle a parfois le don de Divination.

Elayne : Fille de la reine Morgase, Fille-Héritière du Trône d'Andor. Son emblème est un lis d'or.

Enfants de la Lumière : Association aux strictes croyances ascétiques, vouée à vaincre le Ténébreux et à détruire tous ses Amis. Fondée pendant la Guerre des Cent Ans par Lothair Mantelar pour réunir des prosélytes afin de lutter contre le nombre croissant d'Amis du Ténébreux, ses membres ont l'absolue conviction d'être seuls à connaître la vérité et ce qui est juste. Ils haïssent les Aes Sedai, qu'ils considèrent, ainsi que tous ceux qui les soutiennent par leur aide ou leur affection, comme des Amis du Ténébreux. On les surnomme par mépris les Blancs Manteaux ; leur emblème est un soleil rayonnant sur champ d'argent.

Fain, Padan : Un colporteur arrivé au bourg du Champ d'Emond lors de la Nuit de l'Hiver (veille de Bel

Tine) : voir *La Roue du Temps* (premier volume du cycle écrit par Robert Jordan). Emprisonné en tant qu'Ami du Ténébreux dans les cachots de la citadelle de Fal Dara, au Shienar.

Far Dareis Mai : Littéralement « Vierges de la Lance ». Une des sociétés guerrières des Aiels qui, au contraire des autres, admet des femmes et uniquement des femmes. Une Vierge ne peut rester membre de cette société une fois qu'elle se marie ou combattre quand elle est enceinte. Tout enfant né d'une Vierge de la Lance est donné à élever à une autre femme de sorte que nul ne sache qui est la mère de l'enfant. *(Tu ne peux appartenir à aucun homme, aucun homme ni aucun enfant ne peuvent t'appartenir. La Lance est ton amant, ton enfant, ta vie.)* Ces enfants sont tendrement aimés, car il a été prédit qu'un enfant né d'une Vierge unirait les clans et restaurerait la grandeur des Aiels qu'ils avaient connue pendant l'Ère des Légendes.

Fille-Héritière : Titre de l'héritière présomptive du trône d'Andor. La fille aînée de la souveraine succède à sa mère sur le trône. À défaut de fille survivante, le trône va à la parente la plus proche de la reine par le sang.

Fille de la Nuit : Voir *Lanfear.*

Flamme de Tar Valon, la : Symbole de Tar Valon, du Trône d'Amyrlin/Amyrlin, et des Aes Sedai. Représentation stylisée d'une flamme ; larme blanche dessinée pointe en l'air.

Gaidin : Littéralement « Frère des batailles ». Un titre utilisé par les Aes Sedai pour les Liges. Voir aussi *Liges.*

Galad : Voir *Damodred*, Seigneur Galadedrid.

Galldrian su Riatin Rie : Littéralement, Galldrian de la Maison de Riatin, Roi. Souverain de Cairhien. Voir aussi *Cairhien.*

Gawyn : Fils de la reine Morgase et frère d'Elayne. Son emblème est un sanglier blanc.

Gardienne des Chroniques : (ou des Archives) qui détient la plus haute autorité après l'Amyrlin chez les Aes Sedai. Elle est aussi la secrétaire de l'Amyrlin. Choisie à vie par le Conseil de la Tour, habituellement de la même Ajah que l'Amyrlin. Cf. *Trône/Siège de l'Amyrlin ; Ajah.*

Goaba : Une des nations arrachées à l'empire d'Artur

Aile-de-Faucon au cours de la Guerre des Cent Ans. Elle s'est affaiblie et a disparu approximativement vers la 500e année de la N.E.

Grande Dévastation, la : Une région de l'extrême nord, entièrement corrompue par le Ténébreux. Repaire des Trollocs, des Myrddraals et autres créatures de l'Ombre.

Grand Jeu, le : Voir *Daes Dae'mar.*

Grande Quête du Cor, la : Cycle de récits concernant la recherche légendaire du Cor de Valère, dans les années qui se situent entre la fin des Guerres trolloques et le début de la Guerre des Cent Ans. Raconter ce cycle dans sa totalité requiert de nombreux jours.

Grand Seigneur de l'Ombre : Appellation par laquelle les Amis du Ténébreux font allusion au Seigneur des Ténèbres, imbus qu'ils sont de l'idée que prononcer son nom (Shai'tan) serait blasphématoire.

Grand Serpent : Symbole du temps et de l'éternité, déjà ancien avant que commence l'Ère des Légendes, il représente un serpent qui se mord la queue. Un anneau en forme de Grand Serpent est donné aux femmes élevées au rang d'Acceptées au sein des communautés d'Aes Sedai.

Guerre des Cent Ans : Une série de guerres qui se sont chevauchées à la suite d'alliances constamment changeantes, précipitées par la mort d'Artur Aile-de-Faucon et la lutte qui en est résultée pour la conquête de son empire. Elle a duré de 994 A.L. à 1117 A.L. Cette guerre a dépeuplé de grands espaces des terres situées entre l'Océan d'Aryth et le Désert d'Aiel, depuis la Mer des Tempêtes jusqu'à la Grande Dévastation. Si massives ont été les destructions que ne subsistent que des archives fragmentaires de l'époque. L'empire d'Aile-de-Faucon a été démantelé et c'est alors que se sont formées les nations de l'Ère présente.

Guerre des Trollocs : Série de guerres commencée vers l'an 1000 A.D. dont la durée a dépassé trois cents ans, pendant lesquelles les armées trolloques ont ravagé le monde. Finalement elles ont été exterminées ou refoulées dans la Grande Dévastation. Les archives de cette époque sont partout fragmentaires. Voir aussi : *Pacte des Dix Nations.*

Guetteurs-Par-Dessus-Les-Vagues : Un groupe persuadé

que les armées envoyées par Artur Aile-de-Faucon de l'autre côté de l'Océan d'Aryth reviendront un jour, de sorte qu'ils persistent à observer l'océan depuis la ville de Falme, à la Pointe de Toman.

Hailène : Dans l'Ancienne Langue : « Ceux qui viennent les premiers » ou « l'Avant-Garde ».

Hardan, le : Une des nations arrachées à l'empire d'Artur Aile-de-Faucon, depuis longtemps oubliée. Le Hardan se trouve entre le Cairhien et le Shienar.

Hurin : Un natif du Shienar qui a la faculté de sentir les emplacements où de la violence a été commise, et de suivre à l'odeur ceux qui l'ont perpétrée. Appelé « Flaireur », il est auxiliaire de la justice du roi dans Fal Dara, au Shienar.

Illian : Un grand port sur la Mer des Tempêtes, ville capitale de la nation du même nom.

Ingtar : Le Seigneur Ingtar de la Maison de Shinowa ; guerrier du Shienar dont l'emblème est le Hibou Gris.

Inquisiteurs : Un ordre dans l'organisation des Enfants de la Lumière. Leur but avoué est de découvrir la vérité dans les « disputations » et de démasquer les Amis du Ténébreux. Dans la recherche pour la Vérité et la Lumière, leur méthode habituelle d'investigation est la torture ; leur point de vue habituel : qu'ils connaissent déjà la vérité et doivent seulement obliger leur victime à la confesser. Les Inquisiteurs se désignent eux-mêmes comme la Main de la Lumière et parfois agissent comme s'ils étaient entièrement indépendants des Enfants et du Conseil des Oints de la Lumière qui dirige les Enfants. Le chef des Inquisiteurs est le Grand Inquisiteur qui siège au Conseil des Oints. Leur emblème est une crosse de berger rouge sang.

Ishamael : Dans l'Ancienne Langue : « Traître à l'Espoir. » Un des Réprouvés. Nom donné au chef des Aes Sedai qui avaient pris le parti du Ténébreux dans la Guerre de l'Ombre. On dit que lui-même a oublié son véritable nom. Voir aussi : *Réprouvés.*

Laman : Un roi du Cairhien, de la Maison de Damodred, qui a perdu son trône et sa vie dans la Guerre des Aiels.

Lan ; al'Lan Mandragoran : Un Lige au service de Moiraine. Roi sans couronne de la Malkier, Dai Shan, et le dernier seigneur malkieri survivant. Voir aussi *Moiraine; la Malkier; Dai Shan.*

Lanfear : Dans l'Ancienne Langue « Fille de la Nuit ». Une des Réprouvés, peut-être la plus puissante après Ishamael. Au contraire des autres Réprouvés, elle a choisi elle-même ce nom. On dit qu'elle avait aimé Lews Therin Telamon. Voir aussi *Réprouvés; Dragon.*

Leane : Une Aes Sedai de l'Ajah Bleue, Gardienne des Chroniques; voir aussi : *Ajah, Gardienne.*

Lews Therin Telamon : Lews Therin Meurtrier-des-Siens; voir *Dragon.*

Liandrin : Une Aes Sedai de l'Ajah Rouge, originaire du Tarabon.

Lige, un : Guerrier lié par serment à une Aes Sedai. Ce lien est en relation avec le Pouvoir Unique et par ce lien il obtient des avantages tels que la faculté de guérir rapidement, de se passer longtemps de nourriture, d'eau ou de repos et aussi de sentir à distance la souillure du Ténébreux. Aussi longtemps que vit ce guerrier, l'Aes Sedai dont il est l'Homme Lige sait qu'il est vivant quelque éloigné d'elle qu'il puisse se trouver et, quand il meurt, elle est avertie de l'heure et de la manière de sa mort. Cependant ce lien ne la renseigne ni sur la direction dans laquelle il se trouve ni sur la distance qui la sépare du Lige. Tandis que la plupart des Ajahs estiment qu'une Aes Sedai peut avoir un seul Lige à sa dévotion, les Ajahs Rouges refusent tout engagement de Lige, alors que les Ajahs Vertes sont convaincues qu'une Aes Sedai peut avoir autant de Liges qu'elle le désire. Sur le plan éthique, le Lige doit accéder de son plein gré à cet état de serviteur vassal, mais on a vu des Liges qui l'étaient devenus involontairement. Ce que les Aes Sedai tirent comme bénéfice de ce vasselage est un secret bien gardé. Voir aussi *Aes Sedai.*

Logain : Un faux Dragon neutralisé par les Aes Sedai.

Loial : Un Ogier originaire du *Stedding* Shangtai.

Luc; Seigneur Luc de la Maison de Mantear : Frère de Tigraine. Sa disparition dans la Grande Dévastation (971 N.E.) passe pour être en relation avec celle de Tiraine qui se produisit ensuite. Son emblème est un gland.

Luthair : Voir *Mondwin, Luthair Paendrag.*

Malkier : Une nation qui avait jadis fait partie des Marches, à présent détruite par la Dévastation. Son emblème : une grue dorée en plein essor.

Manetheren : Une des dix nations qui avaient signé le Deuxième Pacte. Manetheren est aussi le nom de sa capitale. L'une et l'autre – nation aussi bien que cité – ont été détruites au cours des Guerres trolloques.

marath'damane : Dans l'Ancienne Langue : « Celles qui doivent être mises en laisse. » Terme utilisé par les Seanchans pour les femmes capables de canaliser, mais qui n'ont pas encore été capturées et enchaînées à l'aide d'un collier. Voir aussi *damane; a'dam; Seanchans.*

Masema : Un guerrier du Shienar qui déteste les Aiels.

mashiara : Dans l'Ancienne Langue, « bien-aimée », mais dans le sens de « qui est aimée d'un amour sans espoir ».

Merrilin, Thom : Un ménestrel qui était venu se produire au Champ d'Emond à l'occasion du Festival de Bel Tine et avait suivi la cavalcade de Moiraine en route pour Tar Valon. (Voir *La Roue du Temps.*) *Ménestrel* s'entend au sens élargi du terme qui est celui du vieil anglais : gleeman, de *gleo-man* – homme de musique et de divertissement, compositeur de ballades et d'épopées dans le style des sagas islandaises – récitant, conteur et musicien, mais aussi jongleur avec balles et couteaux ou baladin exécutant sauts périlleux et culbutes – le « divertisseur » serait le bon néologisme. *(N.d.T.)*

Min : Jeune femme ayant le don de comprendre les auras qu'elle voit parfois autour des gens.

Moiraine : Une Aes Sedai de l'Ajah Bleue (voir : *La Roue du Temps*).

Mondwin, Luthair Paendrag : Fils d'Artur Aile-de-Faucon, il commandait les armées qu'Aile-de-Faucon avait envoyées de l'autre côté de l'Océan d'Aryth. Sa bannière était un faucon doré aux ailes déployées, tenant dans ses serres des éclairs. Voir *Artur Aile-de-Facon.*

Mordeth : Conseiller qui a incité la cité d'Aridhol à utiliser les procédés des Amis des Ténèbres contre ceux-ci, entraînant sa destruction et lui valant un nouveau nom, Shadar Logoth (« Où l'Ombre attend »). Une seule chose survit dans Shadar Logoth en plus de la haine qui l'a détruite, c'est Mordeth enfermé dans ses ruines pour deux mille ans, guettant la venue de quelqu'un dont il pourrait consumer l'âme et ainsi s'emparer de son corps, s'y réincarnant.

Morgase : Reine d'Andor, Haut Siège de la Maison de Trakand.

Myrddraals, les : Créatures du Ténébreux, chefs des Trollocs. Descendants dénaturés de Trollocs en qui l'héritage humain utilisé pour créer les Trollocs a repris sa prépondérance, mais a été corrompu par le mal qui a fabriqué les Trollocs. Physiquement, ils sont comme des humains, à part qu'ils sont dépourvus d'yeux, mais ils ont une vue d'aigle la nuit comme le jour. Ils possèdent certains pouvoirs hérités du Ténébreux, y compris la faculté de provoquer une peur paralysante d'un seul regard et le don de disparaître chaque fois qu'il y a des ombres. Une de leurs rares faiblesses connues est qu'ils répugnent à traverser de l'eau courante. Selon les pays, ils sont connus sous des noms différents, entre autres Demi-Hommes, les Sans-Yeux, les Hommes-Ombres, les Rôdeurs et les Évanescents.

Niall, Pedron : Un seigneur Capitaine Commandant des Enfants de la Lumière (voir aussi : *Enfants de la Lumière*).

Nisura, Dame : Dame noble du Shienar, une des suivantes de Dame Amalisa, sœur d'Agelmar seigneur de Fal Dara.

Ombre, guerre de l' : Connue aussi sous le nom de *Guerre du Pouvoir*, elle a mis fin à l'Ère des Légendes. Elle a été déclarée peu après la tentative pour libérer le Ténébreux et n'a pas tardé à s'étendre au monde entier. Dans un monde où même le souvenir de la guerre avait été oublié, chaque facette de la guerre a été redécouverte, souvent déformée par le contact du Ténébreux sur la terre, et le Pouvoir Unique dut être utilisé comme arme. La guerre s'est achevée sur la réincarcération du Ténébreux dans sa prison. Voir *Cent compagnons*.

Peuple de la Mer ou *Atha'an Miere :* Habitants d'îles dans l'Océan d'Aryth et de la Mer des Tempêtes, ils séjournent peu de temps sur ces îles, vivant en général sur leurs bateaux. La plupart du trafic maritime passe par les mains du Peuple de la Mer.

Pouvoir Unique, le : Le Pouvoir puisé à la Vraie Source. La grande majorité des gens est absolument incapable d'apprendre à canaliser le Pouvoir Unique. Un très petit nombre peut apprendre à le faire et un nombre encore plus restreint en a le don inné. Ces rares privilégiés n'ont pas besoin de recevoir de formation ; ils atteindront la Vraie Source et canaliseront le Pouvoir qu'ils le veuillent ou non, peut-être sans même s'en rendre compte. Ce don inné se manifeste en général à la fin de l'adolescence ou au début de l'âge adulte. Si la maîtrise n'en a pas été acquise par expérience personnelle (extrêmement difficile, avec une chance sur quatre de succès) ou par une formation spéciale, la mort est certaine. Depuis le temps de la Folie, aucun homme n'a été capable de canaliser le Pouvoir sans devenir fou furieux et, même s'il a appris tant soit peu à le maîtriser, sans mourir d'une maladie de langueur qui fait que celui qui en est atteint pourrit vivant, maladie causée comme la folie par la souillure instillée dans le *saidin* par le Ténébreux. Pour une femme, la mort qui survient quand elle ne peut contrôler le Pouvoir est moins horrible, mais est inéluctable. Les Aes Sedai recherchent les jeunes filles qui ont le don inné autant pour sauver leur vie que pour accroître le nombre des Aes Sedai et elles recherchent les hommes pour empêcher les actes terribles auxquels ils se livreraient inévitablement à l'aide du Pouvoir dans leur folie. Voir aussi : *canaliser; Temps de la Folie; Vraie Source.*

Prophéties du dragon : Peu connues et rarement citées, les prophéties mentionnées dans le *Cycle de Karaethon* annoncent que le Ténébreux sera de nouveau libéré pour s'attaquer au monde. Et que Lews Therin Telamon, le Dragon, Destructeur du Monde, renaîtra pour livrer la *Tarmon Gai'don*, la dernière Bataille contre l'Ombre. Voir : *le Dragon.*

Ragan : Guerrier du Shienar.

Renna : Une femme d'origine Seanchan : une *sul'dam.*

Rhyagelle : Dans l'Ancienne Langue : « Ceux qui sont revenus ».

Rétameurs : Voir *Tuatha'an.*

Roue du Temps, la : Le Temps est une roue à sept rayons, chacun représentant une Ère. À mesure que la Roue tourne, les Ères surviennent et s'en vont, chacune laissant des souvenirs qui se fondent en légende, puis en mythe et son oubliés quand l'Ère revient. Le Dessin d'une Ère est légèrement différent à chaque survenance et, chaque fois, le changement est plus important, mais c'est chaque fois la même Ère.

sa'angreal : Nom donné à des objets permettant à un individu de canaliser une plus grande partie du Pouvoir Unique que ce ne serait possible ou dépourvu de danger sans lui. Le *sa'angreal* est comparable à un *angreal*, mais est beaucoup plus puissant. La quantité du Pouvoir Unique maîtrisable avec un *sa'angreal* est, par rapport à celle obtenue avec un *angreal*, du même ordre que celle obtenue par un *angreal* par rapport à celle qui est manipulée sans aide. Vestige de l'Ère des Légendes, sa méthode de fabrication a été perdue. Il n'en reste plus qu'un très petit nombre, encore moindre que celui des *angreals*.

Sagesse, la : Dans les villages, jeune femme choisie par le Cercle des Femmes pour ses compétences en l'art de guérir et de prédire le temps à venir, ainsi que pour son robuste bon sens. Poste de grande responsabilité et d'autorité, autant réelles qu'implicites. La Sagesse est généralement considérée à l'égal du Maire, de même que le Cercle des Femmes est l'égal du Conseil du Village. Au contraire du Maire, elle est nommée à vie et c'est bien rare qu'une Sagesse soit démise de son poste avant la fin de ses jours. Selon les pays, on lui donne un titre différent : Guide, Guérisseuse, Sagette ou Devineresse.

saidar, saidin : Voir *Vraie Source.*

Saldaea : Une des Marches.

Sanche, Siuan : Une Aes Sedai appartenant originellement à l'Ajah Bleue. Élevée au rang d'Amyrlin en 985 N.E. L'Amyrlin est de toutes les Ajahs et d'aucune.

Seanchans : 1) Descendants des armées envoyées par Artur Aile-de-Faucon de l'autre côté de l'Océan d'Aryth qui sont revenus reconquérir les terres de leurs aïeux. 2) Seanchan est la terre d'où ils viennent. Voir *Hailène; Corenne; Rhyagelle.*

Seandar : Capitale du Seanchan où l'Impératrice siège sur le Trône de Cristal dans la Cour des Neuf Lunes.

Séléné : Une jeune femme rencontrée au cours du voyage pour se rendre à Cairhien.

Sèta : Une Seanchan ; une *sul'dam.*

Shadar Logoth : Cité abandonnée et évitée depuis les Guerres trolloques. Son sol est souillé et pas un caillou de cette ville n'est inoffensif. Dans l'Ancienne Langue, *L'endroit où attend l'Ombre.* Appelée aussi *L'Attente-de-l'Ombre.*

Shai'tan : Le Ténébreux. Shai'tan est aussi le nom que les musulmans donnent au Génie du Mal. Assimilable au dieu rouge Seth des anciens Égyptiens et au Satan des chrétiens.

Shayol Ghul : Montagne dans les Terres Maudites, site de la prison du Ténébreux.

Sheriam : Une Aes Sedai de l'Ajah Bleue. Maîtresse des Novices à la Tour Blanche.

Shienar : Une des Marches. L'emblème du Shienar est un faucon noir fondant sur sa proie.

shoufa : Partie de vêtement des Aiels, pièce d'étoffe couleur de sable ou de roche qui entoure la tête et le cou, laissant seulement à nu le visage.

Soleil, Jour du : Jour férié et festival célébré au milieu de l'été dans de nombreuses parties du monde.

Stedding : terre natale des Ogiers. De nombreux *steddings* ont été abandonnés depuis la Destruction du Monde. Ils sont protégés, on ne sait plus par quoi, de sorte que dans leur enceinte nulle Aes Sedai ne peut canaliser le Pouvoir ni même sentir l'existence de la Vraie Source. Les tentatives pour faire agir le Pouvoir Unique de l'extérieur d'un *stedding* n'ont pas d'effet à l'intérieur de ses limites. Aucun Trolloc n'entrera dans un *stedding* à moins d'y être contraint et forcé. Et même un Myrddraal ne se portera à cette extrémité qu'en cas de nécessité, et alors avec la plus grande répugnance et aversion. Même les plus fermes Amis du Ténébreux se sentent mal à l'aise dans un *stedding.*

sul'dam : Une femme ayant subi avec succès les épreuves démontrant qu'elle peut porter le bracelet de l'*a'dam* et ainsi faire obéir une *damane.* Voir aussi : *a'dam ; damane.*

Suroth, Haute et Puissante Dame : Noble Seanchan de haut rang.

Tai'shar : Dans l'Ancienne Langue : « Vrai sang de ».

ta'maral'ailen : Dans l'Ancienne Langue : « Toile de destinée ». Un grand changement dans le Dessin d'une Ère, centré autour d'une ou plusieurs personnes qui sont *ta'veren*. Voir aussi : *Dessin d'une Ère; ta'veren.*

Tanreall, Artur Paendrag : Voir Artur Aile-de-Faucon.

Tarmon Gai'don, la : La Dernière Bataille. Voir aussi : *Dragon; Prophétie du Dragon; Cor de Valère.*

Tar Valon : ville sur une île au milieu du fleuve Erinin. Le centre du pouvoir des Aes Sedai et emplacement de la Tour Blanche.

ta'veren : Une personne autour de qui la Roue du Temps tisse tous les fils de la vie qui l'entourent, sinon même la *totalité* des fils de la vie pour former une Toile de Destinée.

Tear : Grand port sur la Mer des Tempêtes.

Telamon, Lews Therin : Voir *le Dragon.*

Temps de la Folie, le : Dans les années ayant succédé à la riposte du Ténébreux qui avait pollué la partie masculine de la Vraie Source, les hommes Aes Sedai étaient devenus fous et avaient détruit le monde. La durée de cette période est inconnue, mais on suppose qu'elle s'est étendue sur près d'une centaine d'années. Elle ne s'est achevée qu'à la mort du dernier Aes Sedai. Voir aussi : *Cent Compagnons; Vraie Source; Pouvoir Unique; Destruction du Monde.*

ter'angreal : Un parmi certain nombre d'objets restant de l'Ère des Légendes participant à l'usage du Pouvoir Unique. Au contraire de l'*angreal* et du *sa'angreal* (voir ces mots), chaque *ter'angreal* a été fait pour obtenir un résultat particulier. Par exemple, il y en a un qui rend les serments formulés dedans impossibles à rompre. Quelques-uns sont utilisés par les Aes Sedai, mais on connaît mal leur destination première. Certains tuent ou détruisent le don de canaliser de la femme qui les utilise.

tie avende alantin : « Frère des Arbres. »

Tia mi aven Moridin isainde vadin : Dans l'Ancienne Langue : « La tombe n'est pas un obstacle à mon appel. » Inscription sur le Cor de Valère (voir ce mot).

Tigraine : En tant que Fille-Héritière d'Andor, elle avait épousé Taringail Damodred, dont elle eut un fils, Galadedrid. Sa propre disparition en 972 N.E. peu après celle de son frère Luc dans la Grande Dévastation, a conduit à la lutte dans l'Andor appelée la Succession et provoqué dans le Cairhien les événements qui aboutirent à la Guerre contre les Aiels. Son emblème est une main de femme étreignant une tige épineuse de rose blanche.

Toile de la Destinée : Un grand changement dans le Dessin d'une Ère, centré autour d'une ou plusieurs personnes qui sont *ta'veren*. Équivalent : *ta'maral'ailen*.

Trollocs : créatures du Ténébreux, créées pendant la Guerre de l'Ombre. D'une stature gigantesque, ils sont un mélange dénaturé de souches humaines et animales. Cruels par essence, ils tuent pour le plaisir de tuer. Fourbes à l'extrême, on ne peut compter sur eux qu'en leur inspirant de la crainte.

Tuatha'an : Population errante appelée aussi Rétameurs et Peuple Nomade ou Voyageur, qui vit dans des roulottes peintes de couleurs vives et adhère à une philosophie totalement pacifiste appelée la Voie de la Feuille. Les objets réparés par les Rétameurs valent parfois mieux que les objets neufs. Ils comptent parmi les rares étrangers qui peuvent traverser le Désert d'Aiel sans être molestés, les Aiels évitant avec soin tout contact avec eux.

Tueur d'arbre : surnom donné aux Cairhienins par les Aiels, toujours prononcé avec un accent d'horreur et de dégoût. (Les Aiels avaient envahi le Cairhien pour tuer son souverain Laman qui avait commis le crime, à leurs yeux, d'abattre l'Arbre de Vie – *cf. La Roue du Temps* – c'est l'origine de la Guerre des Aiels... et de la naissance du Dragon Réincarné sur les pentes du Mont-Dragon ainsi que l'avaient annoncé les Prophéties. *N.d.T.*)

Turak, Haut et Puissant Seigneur de la Maison d'Aladon : Un Seanchan de haut rang, chef des *Hailènes*. Voir aussi : *Seanchan; Hailène*.

Vérine : Une Aes Sedai de l'Ajah Brune.

Vraie Source, la : La force motrice de l'univers, qui fait tourner la Roue du Temps. Elle est partagée en une moitié mâle (le *saidin*) et une moitié femelle (la *saidar*) qui œuvrent à la fois ensemble et l'un contre l'autre. Seul un homme peut attirer à soi le *saidin*, seule une femme peut recourir à la *saidar*. Depuis le commencement du Temps de la Folie, le *saidin* a été corrompu par le contact du Ténébreux. Voir aussi *Pouvoir Unique*.

[illegible] [illegible] appelés aussi Rétameurs et [illegible] ou Voyageurs qui vivent dans des roulottes [illegible] de [illegible] C'est une philosophie [illegible] appelée la Voie de la Feuille. Les objets [illegible] par les Rétameurs valent [illegible] que [illegible] les Rétameurs [illegible] les [illegible] qui peuvent [illegible] le [illegible] d'Aiel [illegible] les Aiels [illegible] avec soin tout contact avec eux.

OUVRAGES DE LA COLLECTION « SCIENCE-FICTION »

ANTHONY Patricia
Frère Termite

ASIMOV Isaac
Avenir commence demain (l')
Azazel
Azazel 2 : Légende
Courants de l'espace (les)
Destination cerveau
Fils de Fondation (les)
Mais le docteur est d'or
Némésis
Cycle de fondation
1. Prélude à Fondation
2. Aube de Fondation (l')

ASIMOV Isaac
SILVERBERG Robert
Retour des ténèbres (le)
• Tout sauf un homme (l'homme bicentenaire)

BRADLEY Marion Zimmer
Chute d'Atlantis (la)
Fantôme de lumière
Gladiatrice (la)
Voix de l'espace (les)
Tombe de lumière
La tour et la ruche
LA ROMANCE DE TÉNÉBREUSE
Les premiers temps
1. Planète aux vents de folie (la)
2. Cycle des légendes (le)
Les âges du chaos
1. Ages du chaos (les)
2. Reine des orages !
3. Belle Fauconnière (la)
Les cent royaumes
1. Cent royaumes (les)
2. Loup des Kilghard (le)
3. Héritiers d'Hammerfell (les)
Le temps des comyne
1. Redécouverte
Les amazones libres
1. Amazones libres (les)
2. Chaîne brisée (la)
3. Maison des Amazones (la)
4. Cité mirage (la)
L'âge de Damon Ridenow
1. Empire débarque (l')
2. Épée enchantée (l')
3. Tour interdite (la)
4. Étoile du danger (l')
5. Captive aux cheveux de feu (la)
L'âge de Régis Hastur
1. Alliance (l')
2. Soleil sanglant
3. Héritage d'Hastur (l')
4. Projet Jason
5. Exil de Sharra (l')
6. Chanson de l'exil
7. Matrice fantôme (la)
8. Soleil du traître (le)
9. Casseurs de mondes (les)
Unité
1. Chasse sur la lune rouge
2. Survivants (les)
3. Ruines d'Isis (les)

BRADLEY Marion Zimmer/
NORTON Andre/MAY Julian
Trois amazones (les)

BRIN David
Jeune fille et les clones (la)

CRICHTON Michael
Mangeurs de morts (les)

CROWLEY John
Le parlement des fées
1. Orée du bois (l')
2. Art de la mémoire (l')
Aegypt
Amour et sommeil

Eddings David
LA GRANDE GUERRE DES DIEUX
Les préquelles
Belgarath le sorcier
1. Années noires (les)
2. Années d'espoir (les)
Polgara la sorcière :
1. Années d'enfance (les)
2. Temps des souffrances (le)
La belgariade
1. Pion blanc des présages (le)
2. Reine des sortilèges (la)
3. Gambit du magicien (le)
4. Tour des maléfices (la)
5. Fin de partie de l'enchanteur (la)
La mallorée
1. Gardiens du Ponant (les)
2. Roi des Murgos (le)
3. Démon majeur de Karanda (le)
4. Sorcière de Darshiva (la)
5. Sibylle de Kell (la)
LA PIERRE SACRÉE PERDUE
La trilogie des joyaux
1. Trône de diamant (le)
2. Chevalier de rubis (le)
3. Rose de saphir (la)
La trilogie des périls
1. Dômes de feu (les)
2. Ceux-qui-brillent
3. Cité occulte (la)

Evangelisti Valerio
Fragments d'un miroir brisé

Farland Dave
La douleur de la terre
1. Don d'amour (le)
2. Anneau du serpent (l')
La confrérie des loups
1. Dernière chance (la)
2. Seau de la désolation (le)

Herbert Frank
Barrière Santaroga (la)
Champ mental
Dragon sous la mer (le)
Fabricants d'Éden (les)
Preneur d'âmes (le)
Prêtres du Psi (les)
Prophète des sables (le)
Yeux d'Heisenberg (les)
Cycle de dune
1. Dune 1
2. Dune 2
3. Messie de Dune (le)
4. Enfants de Dune (les)
5. Empereur-Dieu de Dune (l')
6. Hérétiques de Dune (les)
7. Maison des Mères (la)
Le bureau des sabotages
Dosadi
Le programme conscience
1. Destination vide
2. Incident Jésus (l')
Prélude à Dune
Et l'homme créa un dieu

Huxley Aldous
Meilleur des Mondes (le)
Retour au meilleur des mondes

Jordan Robert
LA ROUE DU TEMPS
L'invasion des ténèbres
1. Roue du Temps (la)
2. Œil du monde (l')
La grande chasse
1. Cor de Valère (le)
2. Bannière du dragon (la)
La roue du temps
1. Le dragon réincarné
2. Le jeu des ténèbres

Kurtz Katherine
LES DERYNIS
La trilogie des rois
1. Roi de folie
2. Roi de douleur
3. Roi de mort
La trilogie des héritiers
1. Calvaire de Gwynedd (le)
2. Année du roi Javan (l')
3. Prince Félon (le)

La trilogie des magiciens
1. Réveil des magiciens (le)
2. Chasse aux magiciens (la)
3. Triomphe des magiciens (le)
La trilogie du roi Kelson
1. Bâtard de l'Évêque (le)
2. Justice du roi (la)
3. Quête de Saint Camber (la)

LACKEY Mercedes
LES HÉRAUTS DE VALDEMAR
La trilogie du héraut-mage
1. Proie de la magie (la)
2. Promesses de la magie (les)
3. Prix de la magie (le)
La magicienne et la guerrière
1. Sœurs de sang
2. Parjures (les)
La trilogie des flèches
1. Vol de la flèche (le)
2. Flèches de la reine (les)
3. Chute de la flèche (la)
L'histoire de Kerowin
Par le fer
La trilogie des vents
1. Vents du destin (les)
2. Vents du changement (les)
3. Vents furieux (les)

LACKEY Mercedes/DIXON Larry
La guerre des images
1. Griffon noir (le)
2. Griffon blanc (le)

LEIBER Fritz
Le cycle des épées
1. Épées et démons
2. Épées et mort
3. Épées et brumes
4. Épées et sorciers
5. Royaume de Lankhmar (le)
6. Magie des glaces (la)
7. Crépuscule des épées (le)

LOVECRAFT Howard Phillips/DERLETH August
Légendes du mythe de Cthulhu
1. Appel de Cthulhu (l')
2. Chose des ténèbres (la)
3. Livre noir (le)

LUMLEY Brian
Terre des rêves
1. Héros des rêves (le)
2. Vaisseau des rêves (le)
3. Lune des rêves (la)

MARSHALL SMITH Michael
Avance rapide
Frères de chair
Proie des rêves (la)

MCDEVITT Jack
Anciens rivages

MAY Julian
Éperon de persée (l')

MCCAFFREY Anne
Acorna
Le cycle des hommes libres
Terre de défi
Terre de liberté
Terre d'élection
Cycle des partenaires
Vaisseau qui chantait (le)
LA BALLADE DE PERN
Les origines
1. Aube des dragons (l')
2. Chute des Fils, chroniques (la)
3. Dauphins de Pern (les)
4. Œil du dragon (l')
L'épidémie
1. Dame aux dragons (la)
2. Histoire de Nerilka
Autres mondes de Pern
1. Renégats de Pern (les)
La grande guerre des fils
1. Vol du dragon (le)
2. Quête du dragon (la)
3. Dragon blanc (le)
4. Tous les Weyrs de Pern
Les harpistes
1. Chant du dragon (le)
2. Chanteuse-dragon de Pern (la)
3. Tambours de Pern (les)

La transe du crystal
1. Chanteuse crystal (la)
2. Killashandra
3. Mémoire du crystal (la)

Le vol de pégase
1. Galop d'essai (le)
2. Bond vers l'infini (le)
3. Rowane (la)
4. Damia
5. Enfants de Damia (les)
6. Orgueil des Lyon (l')

McCaffrey Anne et
Scaborough Dorothy Anne

Cycle des forces
1. Forces majeures (les)
2. Lignes de forces (les)
3. Jeu des forces (le)

Le cycle des hommes libres

Terre d'élection

Moorcock Michael

Contes du loup blanc
1. Par-delà le multivers
2. Gloire d'Elric (la)

I - Les livres du Corum
1. Chevalier des épées (le)
2. Reine des épées (la)
3. Roi des épées (le)
4. Lance et le taureau (la)
5. Chêne et le bélier (le)
6. Glaive et l'étalon (le)

II - Le cycle d'Elric
1. Elric des dragons
2. Forteresse de la perle (la)
3. Navigateur sur les mers du destin (le)
4. Elric le nécromancien
5. Sorcière dormante (la)
6. Revanche de la rose (la)
7. Épée noire
8. Stormbringer
9. Elric à la fin des temps

III - La légende de Hawkmoon
1. Joyau noir (le)
2. Dieu fou (le)
3. Épée de l'aurore (l')
4. Secret des runes (le)

Le pacte de von Bech
1. Chien de guerre et la douleur du monde (le)
2. Cité des étoiles d'automne (la)

IV - La quête d'Érékosé
1. Champion éternel (le)
2. Guerriers d'argent (les)

V - Le nomade du temps
1. Seigneur des airs (le)
2. Léviathan des terres (le)
3. Tsar d'acier (le)

Nasir Jamil

Tour des rêves (la)

Pratchett Terry

Eric
Face cachée du soleil (la)
Strate-à-gemmes
Zinzins d'Olive-Oued

Le disque-monde
1. Huitième couleur (la)
2. Huitième sortilège (le)
3. Huitième fille (la)
4. Mortimer
5. Sourcellerie
6. Trois sœurcières
7. Pyramides
8. Au guet !

Roberson Jennifer

Chroniques des Cheysulis
1. Métamorphes (les)
2. Ballade d'Homana (la)
3. Épée du destin (l')
4. Piste du loup blanc (la)
5. Une nichée de princes
6. Fille du lion (la)
7. Vol du corbeau (le)
8. Tapisserie aux lions (la)

Russel (M.)

Moineau de dieu (le)

Silverberg Robert

Livre des crânes (le)

Simmons Dan
Les cantos d'Hypérion
1. Hypérion 1
2. Hypérion 2
3. Chute d'Hypérion 1 (la)
4. Chute d'Hypérion 2 (la)
Les voyages d'Endymion
Endymion 1
Endymion 2
Eveil d'Endymion (l') 1
Eveil d'Endymion (l') 2

Sterling Bruce
Feu sacré (le)

Tarr Judith
L'aube d'Avaryan
1. Héritier du soleil
2. Dame d'Han-Gilen (la)

Tolkien J. R. R.
Livre des Contes Perdus (le) tome 1
Silmarillion (le)
Chansons pour J.R.R. Tolkien
1. Adieu au roi (l')
2. Sur les berges du temps
3. Éveil des Belles au Bois (l')
Contes et légendes inachevés
1. Premier âge (le)
2. Second âge (le)
3. Troisième âge (le)
Histoire de la terre du milieu II
Second livre des contes perdus (le)
Le seigneur des anneaux
1. Communauté de l'anneau (la)
2. Deux tours (les)
3. Retour du roi (le)

Vance Jack
Mémoire des étoiles (la)
La geste des princes-démons
1. Prince des étoiles (le)
2. Machine à tuer (la)
4. Visage du démon (le)
5. Livre des rêves (le)
Lyonesse
1. Jardin de Suldrun (le)
2. Perle verte (la)
3. Madouc
Escales dans les étoiles

Weis Margaret
L'étoile des gardiens
1. Quête du roi (la)
2. Épreuve du roi (l')
3. Sacrifice du roi (le)
4. Légion fantôme (la)

Weis M./Hickman T.
La légende de l'épée noire
1. Naissance de l'épée (la)
2. Malédiction de l'épée (la)
3. Triomphe de l'épée (le)
4. Renaissance de l'épée
La rose du prophète
1. Désir du Dieu errant (le)
2. Paladin de la nuit (le)
3. Prophète d'Akhran (le)
Le bouclier des étoiles
Épée de la nuit (l')
Les portes de la mort
1. Aile du dragon (l')
2. Étoile des elfes (l')
3. Mer de feu (la)
4. Serpent mage (le)
5. Main du chaos (la)
6. Voyage au fond du labyrinthe
7. Septième porte (la)

Williams Tad
L'ARCANE DES ÉPÉES
La ligue du parchemin
1. Trône du dragon (le)
2. Roi de l'orage (le)
La citadelle assiégée
1. Livre du Nécromant (le)
2. Cri de Camaris (le)
3. Ombre de la roue (l')
4. Tour de l'ange vert (la)
La route des rêves
1. Maison de l'ancêtre (la)
2. Pierre de l'adieu (la)

Zahn Timothy
Les conquérants
1. Orgueil du conquérant (l')
2. Sang du conquérant (le)
3. Héritage du conquérant (l')

Achevé d'imprimer sur les presses de

BUSSIÈRE

GROUPE CPI

à Saint-Amand-Montrond (Cher)
en août 2002

POCKET - 12, avenue d'Italie - 75627 Paris Cedex 13
Tél. : 01-44-16-05-00

— N° d'imp. : 24556. —
Dépôt légal : janvier 1999.

Imprimé en France